NORA ROBERTS

Ufer der Hoffnung

Roman

Aus dem Amerikanischen
von Angelika Naujokat

WILHELM HEYNE VERLAG
MÜNCHEN

Die Originalausgabe CHESAPEAKE BLUE
erschien bei Putnam, New York

Dieses Buch ist auch als E-Book erhältlich.

MIX
Papier aus verantwortungsvollen Quellen
FSC® C014496
FSC www.fsc.org

Verlagsgruppe Random House FSC® N001967

Vollständige Taschenbuchausgabe 09/2016

Printed in Germany
Umschlaggestaltung: Eisele Grafik-Design, München unter Verwendung
von © Heinz Wohner / LOOK-foto/GettyImages
Satz: Buch-Werkstatt GmbH, Bad Aibling
Druck und Bindung: GGP Media GmbH, Pößneck
ISBN: 978-3-453-41933-9

www.heyne.de

Für all meine Leser, die mich gefragt haben:

WANN WERDEN SIE ENDLICH SETHS GESCHICHTE ERZÄHLEN?

Es gibt ein Schicksal, das uns zu Brüdern macht;
Keiner schreitet allein auf seinem Weg:
Was wir in das Leben eines anderen hineingeben,
Kehrt in unser eigenes zurück.

Edwin Markham

Die Kunst ist die Komplizin der Liebe

Remy de Gourmont

1. Kapitel

Er kehrte heim.

Heim an die Ostküste Marylands mit ihren Sumpf- und Wattgebieten, mit den weiten Feldern, auf denen die Kulturen wie Soldaten in Reih und Glied standen, den Flüssen mit ihren scharfen Biegungen und den versteckten Bächen, wo die Reiher ihr Futter fanden.

Heim in eine Welt, in der Krebse und die Chesapeake Bay und die Männer, die dort fischten, eine große Rolle spielten.

Wenn er zurückblickte auf das erste, unglückliche Jahrzehnt seines Lebens oder auch auf die letzten Jahre, in denen er sich nunmehr dem Ende seines dritten Lebensjahrzehnts näherte, so stellte er fest, dass nur dort immer seine Heimat gewesen war.

Es gab zahllose Bilder in seinem Kopf, zahllose Erinnerungen an diese Heimat, und jedes einzelne stand so strahlend und hell vor seinem inneren Auge wie die Sonne, die sich auf dem Wasser der Bucht spiegelte.

Als er über die Brücke fuhr, hätte sein Künstlerauge am liebsten diesen Moment eingefangen: das tiefblaue Wasser und die Boote, die über die Oberfläche hinwegglitten, die weißen Wellenkämme und die herabstoßenden, gierigen Möwen, das Land, das sich in seinen Braun- und Grüntönen ergoss, die dichten Blätter der Gummi- und Eichenbäume und die vielen Farbtupfer, die sich beim näheren Hinsehen als Blumen entpuppten, die sich in der Frühlingssonne zu wärmen schienen.

Er wollte sich an diesen Moment erinnern, genauso wie an jenes erste Mal, als er die Bucht zur Ostküste hinüber überquert hatte. Damals war er ein mürrischer, verängstigter Junge gewesen, neben einem Mann sitzend, der ihm ein neues Leben versprochen hatte.

Seth hatte auf dem Beifahrersitz eines Wagens gesessen. Er wurde von dem Mann gesteuert, den er kaum kannte. Seth besaß nur die Kleider, die er am Leib trug, und ein paar wenige Dinge in einer Papiertüte.

Sein Magen war vor Nervosität ganz verkrampft, aber er versuchte, seinem Gesicht einen gelangweilten Ausdruck zu verleihen, und starrte aus dem Fenster.

So lange er bei dem alten Mann war, war er wenigstens nicht bei *ihr.* Und das schien seiner Ansicht nach ein guter Tausch zu sein.

Außerdem war der alte Mann ziemlich cool.

Er stank nicht nach Alkohol – oder womöglich nach Pfefferminz, um eine Fahne zu überdecken, wie es einige der Arschlöcher taten, die Gloria in das Dreckloch anschleppte, in dem sie hausten. Und die wenigen Male, die sie zuvor schon zusammen gewesen waren, hatte ihm der alte Mann – er hieß Ray – immer einen Hamburger oder eine Pizza gekauft.

Und er hatte sich mit ihm unterhalten.

Nach Seths Erfahrung sprachen Erwachsene nicht mit Kindern. Sie schrien sie an, redeten über ihre Köpfe hinweg oder beschwerten sich über sie. Aber sich mit ihnen unterhalten, nein, das taten sie nicht.

Ray unterhielt sich aber mit ihm. Und er hörte auch zu. Und als der alte Mann ihn geradeheraus gefragt hatte, ob er – der doch nichts weiter war als ein kleiner Junge – bei ihm leben wollte, da hatte er nicht jene Furcht verspürt, die einem den Atem nahm, und auch keine plötzliche Panik. Stattdessen hatte sich in ihm die leise Hoffnung geregt, dass er mithilfe dieses Mannes vielleicht – nur vielleicht – die Chance auf eine kleine Atempause hatte.

Nur weg von ihr. Das war das Beste daran. Je länger sie fuhren, desto weiter entfernten sie sich von ihr.

Wenn es Schwierigkeiten geben sollte, konnte er immer noch weglaufen. Der Kerl war wirklich alt. Zwar verdammt riesig, aber alt. Die Haare, die noch sehr dicht auf seinem Kopf wuchsen, waren schlohweiß, und sein breites Gesicht war von Falten durchzogen.

Seth warf Ray einen Seitenblick zu und begann, dieses Gesicht im Geiste zu malen.

Die Augen des alten Mannes waren von einem intensiven Blau, was irgendwie seltsam war, denn seine eigenen hatten die gleiche Farbe.

Ray hatte eine laute Stimme, obwohl er nie brüllte, wenn er etwas zu sagen hatte. Er klang stets besonnen, vielleicht sogar ein wenig müde.

Und inzwischen sah er wirklich ziemlich müde aus.

»Wir sind beinahe zu Hause«, sagte Ray, als sie sich der Brücke näherten. »Hungrig?«

»Keine Ahnung. Ja, vielleicht. Ein bisschen.«

»Meiner Erfahrung nach sind Jungs immer hungrig. Habe drei großgezogen, von denen jeder einzelne einen Magen hatte wie ein Fass ohne Boden.«

Es lag eine Fröhlichkeit in seiner dröhnenden Stimme, aber die klang gezwungen. Der Junge mochte wohl erst zehn Jahre alt sein, aber er erkannte sehr wohl falsche Töne.

Inzwischen waren sie weit genug weg – falls er fliehen musste. Also konnte er genauso gut die Karten auf den Tisch legen, um in Erfahrung zu bringen, was eigentlich Sache war.

»Warum nehmen Sie mich mit zu sich nach Hause?«

»Weil du ein Dach über dem Kopf brauchst.«

»Ach, hören Sie schon auf. So ’nen Scheiß macht doch keiner.«

»Manche Leute schon. Stella, meine Frau, und ich, wir haben so ’nen Scheiß gemacht.«

»Haben Sie ihr gesagt, dass Sie mich mitbringen?«

Ray lächelte, aber es lag eine große Traurigkeit in diesem Lächeln. »Auf meine Weise schon. Sie ist vor einiger Zeit gestorben. Du hättest sie gemocht. Und sie hätte nur einen einzigen Blick auf dich geworfen und sofort die Ärmel aufgekrempelt.«

Der Junge wusste nicht, was er darauf antworten sollte. »Und was soll ich tun, wenn wir dort angekommen sind, wo wir hinfahren?«

»Leben«, erwiderte Ray. »Ein Junge sein. Zur Schule gehen, etwas anstellen. Und segeln lernen. Das werde ich dir auf jeden Fall beibringen.«

»Auf einem Boot?«

Jetzt lachte Ray, ein mächtiges, dröhnendes Lachen, das den Wagen erfüllte und aus irgendeinem Grund, den der Junge nicht verstand, die Verkrampfungen in seinem Bauch löste. »Jawohl, auf einem Boot. Und ich habe einen Hundewelpen ohne jeden Verstand – ich scheine immer die ohne Grips zu kriegen –, den ich stubenrein bekommen muss. Dabei kannst du mir helfen. Du wirst einige Pflichten haben, aber das werden wir noch genauer besprechen. Wir stellen Regeln auf, und du wirst dich daran halten. Glaub nur nicht, dass du mit mir ein leichtes Spiel hast, nur weil ich ein paar Jährchen auf dem Buckel habe.«

»Sie haben ihr Geld gegeben.«

Ray löste seinen Blick für einen Moment von der Straße und sah in die Augen des Jungen, die den seinen so sehr ähnelten. »Das stimmt. Das ist eine Sprache, die sie versteht, wenn ich sie richtig einschätze. Aber dich hat sie nie verstanden, was, mein Junge?«

Etwas ging in Seths Inneren vor sich. Ein Gefühl, das ihn aufwühlte, das er aber nicht als Hoffnung erkannte. »Wenn Sie sauer auf mich werden oder es leid sind, mich um sich zu haben, oder Ihnen aus irgendeinem Grund danach ist, werden Sie mich zu ihr zurückschicken. Aber ich werde nicht wieder zurückgehen.«

Sie hatten inzwischen die Brücke überquert. Ray fuhr den Wagen auf den Seitenstreifen der Straße und wuchtete seinen mächtigen Körper im Sitz herum, sodass sie einander ins Gesicht sehen konnten. »Ich werde ganz bestimmt irgendwann einmal sauer auf dich sein, und in meinem Alter wird man von Zeit zu Zeit auch manche Dinge leid, aber ich mache dir hier und jetzt ein Versprechen, und ich gebe dir mein Wort darauf: Ich werde dich nicht zurückschicken.«

»Aber wenn sie –«

»Ich werde nicht zulassen, dass sie dich von mir wegholt«, unterbrach Ray ihn, da er ahnte, was der Junge sagen wollte. »Egal, was ich tun muss, du gehörst jetzt zu mir. Zu meiner Familie. Und du kannst bei mir bleiben, solange du willst. Wenn ein Quinn ein Versprechen gibt«, fügte er hinzu und streckte die Hand aus, »dann hält er es auch. Und von jetzt an duzt du mich und nennst mich Ray.«

Seth blickte erst auf die ihm dargebotene Hand und dann auf seine eigene, die feucht war vor Aufregung. »Ich mag es nicht, wenn man mich anfasst.«

Ray nickte. »Kein Problem. Aber mein Wort gilt trotzdem.« Er lenkte den Wagen wieder auf die Straße und warf dem Jungen einen letzten Blick zu. »Wir sind beinahe zu Hause«, wiederholte er.

Nur wenige Monate später war Ray Quinn gestorben, aber

er hatte sein Wort gehalten. Er hatte es durch die drei Männer gehalten, die er zu seinen Söhnen gemacht hatte. Diese Männer schenkten dem mageren, misstrauischen, verletzten kleinen Jungen ein neues Leben.

Sie gaben ihm ein Zuhause und machten einen Mann aus ihm.

Cameron, der rasch aufbrausende, leidenschaftliche Herumtreiber, Ethan, der geduldige, verlässliche Fischer, Phillip, der elegante, gewiefte Manager. Sie waren für ihn eingestanden, hatten um ihn gekämpft. Sie hatten ihn gerettet.

Seine Brüder.

Das goldene Licht der späten Nachmittagssonne tauchte das Sumpfgras, die Wattenmeere und die flachen Felder mit den ordentlich gepflanzten Reihen in einen schimmernden Glanz. Seth fuhr mit heruntergelassenen Fenstern und sog den Geruch des Meeres in sich auf, als er an der kleinen Stadt St. Christopher vorüberfuhr.

Er überlegte, in die Stadt abzubiegen und als Erstes zu der alten, backsteinernen Bootswerkstatt zu fahren. »Boats by Quinn« – dort wurden immer noch Holzboote nach den individuellen Wünschen der Kunden gebaut, und seit der Gründung der Firma vor achtzehn Jahren – an deren Anfang ein Traum, List und Tücke und viel Schweiß gestanden hatten – haftete ihr der Ruf an, für Qualität und handwerkliches Können zu stehen.

Wahrscheinlich wären seine Brüder um diese Uhrzeit noch da und arbeiteten: Cam, der herumfluchte, während er die letzten Feinarbeiten in einer Kajüte erledigte, Ethan, der schweigend die Planken bearbeitete, und Phil, der sich oben im Büro irgendeine flotte Werbekampagne einfallen ließ.

Er könnte bei *Crawford's* vorbeifahren und ein Sechserpack

Bier holen. Vielleicht würden sich seine Brüder ein kühles Schlückchen genehmigen. Aber es war eher anzunehmen, dass Cam ihm einen Hammer in die Hand drücken und ihn auffordern würde, seinen Hintern an die Arbeit zu bewegen.

Es hätte ihm Spaß gemacht, aber es war nicht das, wonach ihm jetzt der Sinn stand. Irgendetwas zog ihn geradezu magisch über diese schmale Landstraße entlang des Sumpfes, wo die Bäume ihre knorrigen Äste mit den zartgrünen Blättern ausbreiteten.

Von allen Orten, die er gesehen hatte – ob es Florenz mit seinen großartigen Kuppeln und Türmen war, Paris mit seiner reich verzierten Schönheit oder Irland mit seinen atemberaubend grünen Hügeln – gab es doch nur einen, bei dessen Anblick ihm die Kehle eng wurde und das Herz aufging: Es war das alte weiße Haus mit dem verblassten blauen Holzwerk, das auf einer unebenen Wiese am Rande eines ruhigen Gewässers stand.

Seth bog in die Auffahrt und hielt hinter der alten, weißen Corvette, die einmal Ray und Stella Quinn gehört hatte. Der Wagen sah noch genauso tadellos aus wie an jenem Tag, als er den Ausstellungsraum verlassen hatte. Das war Cams Verdienst. Er würde sagen, es gehöre sich eben, einem so außergewöhnlichen Wagen den Respekt zu zollen, den er verdiente, aber Seth wusste, dass es dabei allein um Ray und Stella ging. Um die Familie. Um Liebe.

Der Flieder im Vorgarten stand in voller Blüte. Seth hatte Anna den kleinen Busch zum Muttertag geschenkt, als er zwölf war.

Anna war Cams Frau und dadurch auf gewisse Art Seths Schwester. Aber tief in seinem Inneren, wo es wirklich zählte, war sie wie eine Mutter für ihn. Die Quinns hatten sich immer schon gut in andere Menschen einfühlen können.

Er schaltete den Motor aus und stieg aus dem Wagen. Ringsum herrschte eine herrliche Stille. Als er das erste Mal vor diesem Haus gestanden hatte, war er noch ein magerer Junge mit zu großen Füßen und Misstrauen im Blick gewesen.

Er war sozusagen in diese Füße hineingewachsen. Heute maß er einen Meter fünfundachtzig und besaß einen drahtigen Körper, der zur Schlaksigkeit neigte. Sein Haar war zu einem Bronzebraun nachgedunkelt und erinnerte nur noch entfernt an das Rotblond seiner Mähne in jugendlichen Jahren. Seth legte wenig Wert auf seine Frisur, und als er sich jetzt mit der Hand durch die Haare fuhr, fiel ihm mit Schrecken ein, dass er sie sich eigentlich vor seiner Abreise in Rom noch hatte schneiden lassen wollen.

Die Jungs würden ihn wegen des kleinen Pferdeschwanzes aufziehen, was bedeutete, dass er ihn noch eine Weile behalten musste – schon aus Prinzip.

Er zuckte mit den Schultern, stopfte die Hände in die Taschen seiner abgetragenen Jeans und machte sich auf den Weg. Sein Blick schweifte über Annas Blumen, die Schaukelstühle auf der vorderen Veranda, den Wald, der an den Seiten bis an die Grundstücksgrenzen heranreichte und in dem er als Junge so gern herumgetobt war.

An dem alten, über dem Wasser schwankenden Anlegesteg war die weiße Schaluppe vertäut.

Seth stand da, das Gesicht hohlwangig und gebräunt, und blickte aufs Wasser hinaus.

Seine vollen, festen Lippen verzogen sich zu einem Lächeln. Er spürte, wie sich ein Gewicht, von dem er gar nicht gewusst hatte, wie schwer es auf seinem Herzen lastete, zu heben begann.

Als er ein Rascheln im Wald vernahm, drehte er sich blitzartig um, um sich notfalls sofort verteidigen zu können – ein

Überbleibsel aus jener Zeit, als er noch ein misstrauischer kleiner Junge gewesen war. Zwischen den Bäumen kam eine schwarze Kugel hervorgeschossen.

»Witless!« Seths Stimme hatte einen autoritären Klang, in dem aber eine gute Portion von Amüsiertheit mitschwang. Der Hund blieb stehen und musterte den Mann mit baumelnden Ohren und heraushängender Zunge.

»Komm schon, so lange ist es doch nun wirklich nicht her.« Seth hockte sich hin und streckte eine Hand aus. »Erinnerst du dich noch an mich?«

Witless bedachte ihn mit jenem schwachsinnigen Grinsen, das ihm seinen Namen eingebracht hatte, ließ sich dann auf den Boden plumpsen und rollte sich auf den Rücken, um sich den Bauch kraulen zu lassen.

»Na, also. So ist's richtig.«

In dem weißen Haus hatte es immer einen Hund gegeben, so, wie auch immer ein Boot am Anlegesteg vertäut gewesen war und ein Schaukelstuhl auf der Veranda gestanden hatte.

»Oh ja, du erinnerst dich an mich.« Während er Witless kraulte, blickte Seth zum hinteren Ende des Gartens hinüber, wo Anna eine Hortensie auf das Grab seines eigenen Hundes gepflanzt hatte. Der treue und geliebte Foolish.

»Ich bin's, Seth«, murmelte er. »Ich bin viel zu lange weg gewesen.«

Er vernahm den Klang eines Motors, dann das Quietschen von Reifen, die eine Kurve einen Tick schneller nahmen, als das Gesetz es erlaubte. Während er sich langsam aufrichtete, sprang der Hund auf und rannte zur Auffahrt.

Seth, der den Augenblick genießen wollte, folgte ihm langsamer. Er lauschte auf das Zuknallen der Autotür und hörte dann, wie sich eine weibliche Stimme hob und in einem singenden Tonfall mit dem Hund sprach.

Seth schaute die Frau für einen Moment nur an – Anna Spinelli Quinn mit ihrer lockigen, dunklen Haarmähne, die von der Fahrt verzaust war, die Arme voll gepackt mit Papiertüten, die sie offenbar gerade aus dem Wagen gehoben hatte.

Sein Grinsen vertiefte sich, als er sah, wie sie versuchte, die aufdringlichen Zuneigungsbekundungen des Hundes abzuwehren.

»Wie oft muss ich diese eine, simple Regel eigentlich noch wiederholen?«, fragte sie. »Man springt Leute nicht einfach so an, ganz besonders nicht mich – und schon mal gar nicht, wenn ich ein Kostüm trage.«

»Klasse Kostüm!«, rief Seth. »Aber die Beine gefallen mir noch besser.«

Ihr Kopf fuhr herum, und ihre tiefbraunen Augen, in denen sich Schock und Freude zugleich spiegelten, weiteten sich.

»Oh mein Gott!« Ohne auf den Inhalt zu achten, warf Anna die Tüten durch die geöffnete Tür ins Innere des Wagens zurück und rannte los.

Er fing sie auf, hob sie gute fünfzehn Zentimeter in die Luft und wirbelte sie einmal herum, bevor er sie wieder auf dem Boden absetzte. Aber er ließ sie immer noch nicht los. Stattdessen vergrub er sein Gesicht in ihrem Haar.

»Hallo, Anna«, flüsterte er.

»Seth! Oh, Seth!« Sie umklammerte ihn, ohne den Hund zu beachten, der winselnd an ihnen hochsprang und versuchte, seine Schnauze zwischen sie zu schieben. »Ich kann es einfach nicht glauben, dass du wirklich da bist.«

»Weine doch nicht!«

»Nur ein bisschen. Lass dich einmal ansehen.« Ihre Hände umfassten sein Gesicht, und sie trat ein Stück zurück. Er war ein so gut aussehender Kerl. Und so erwachsen geworden.

»Sieh sich das mal einer an«, murmelte sie und strich mit der Hand über sein Haar.

»Ich wollte es eigentlich schon längst schneiden lassen.«

»Es gefällt mir.« Tränen liefen über ihr lächelndes Gesicht. »Du siehst wundervoll aus, ganz wundervoll. Wie ein richtiger Künstler.«

»Und du bist die schönste Frau auf der ganzen Welt.«

»Ach, du meine Güte!« Anna schniefte und schüttelte den Kopf. Dann wischte sie sich die Tränen vom Gesicht. »Wann bist du denn angekommen? Ich dachte, du wärest in Rom.«

»War ich auch. Aber ich hatte Sehnsucht.«

»Warum hast du nicht angerufen? Dann hätten wir dich vom Flughafen abgeholt.«

»Ich wollte euch überraschen.« Seth ging auf den Wagen zu, um die Einkaufstüten herauszuholen. »Ist Cam in der Werkstatt?«

»Müsste er eigentlich. Warte, ich nehme das schon. Du musst doch deine Sachen hineintragen.«

»Die hole ich später. Wo sind Kevin und Jake?«

Sie ging neben ihm her und warf einen Blick auf ihre Uhr, während sie überlegte, wo ihre Söhne wohl gerade stecken mochten. »Welcher Tag ist heute? In meinem Kopf dreht sich noch alles.«

»Donnerstag.«

»Ach ja. Kevin ist bei der Theaterprobe. Sie führen in der Schule ein Stück auf. Und Jake ist beim Softball-Training. Kevin hat seinen Führerschein gemacht, Gott steh uns bei, und holt seinen Bruder auf dem Rückweg ab.« Sie schloss die Haustür auf. »Sie müssten in einer Stunde wieder da sein, dann ist es mit dem Frieden im Land vorbei.«

Alles ist noch wie früher, dachte Seth. Es spielte keine Rolle, welche Farbe die Wände hatten, ob ein neues Sofa das alte ersetzt hatte oder eine neue Lampe auf dem Tisch stand. Es war alles noch wie früher, weil es sich wie früher *anfühlte.*

Der Hund drängte sich an seinen Beinen vorbei und trottete schnurstracks in die Küche.

»Setz dich hin.« Anna nickte zum Küchentisch hinüber, unter dem Witless sich bereits ausgestreckt hatte und zufrieden an einem dicken Stück Seil zu kauen begann. »Du musst mir alles erzählen. Möchtest du ein Glas Wein?«

»Klar, nachdem ich dir dabei geholfen habe, das ganze Zeug hier wegzuräumen.« Als ihre Augenbrauen in die Höhe wanderten, verharrte er mit der Milch in der Hand vor der Kühlschranktür. »Was ist?«

»Ich musste mich gerade daran erinnern, wie sämtliche Bewohner dieses Hauses – du eingeschlossen – immer dann verschwanden, wenn es Zeit war, die Einkäufe wegzuräumen.«

»Weil du uns immer erklärt hast, dass wir sie an die falschen Stellen räumen würden.«

»Das hast du auch immer ganz besonders gern gemacht. Aber es war Absicht, weil du wolltest, dass ich dich aus der Küche werfe.«

»Das wusstest du?«

»Wenn es um meine Jungs geht, weiß ich alles. Mir entgeht nichts, mein Freund. Ist irgendwas in Rom vorgefallen?«

»Nein.« Seth fuhr fort, die Tüten auszupacken. Er wusste, wo die Lebensmittel in Annas Küche ihren Platz hatten, hatte es schon immer gewusst. »Keine Sorge, ich stecke nicht in Schwierigkeiten, Anna.«

Aber irgendetwas bereitet dir Kummer, dachte sie, sprach es aber nicht aus. »Ich werde einen guten italienischen Weißwein aufmachen. Dann trinken wir ein Gläschen zusammen, und du erzählst mir von all den wunderbaren Dingen, die du erlebt hast. Es kommt mir vor, als hätten wir uns schon Jahre nicht mehr gegenübergesessen und geredet.«

Er schloss die Kühlschranktür und drehte sich zu ihr um. »Tut mir leid, dass ich es Weihnachten nicht geschafft habe, nach Hause zu kommen.«

»Aber Schätzchen, dafür hatten wir doch Verständnis. Du hattest schließlich eine Ausstellung im Januar. Wir sind alle so stolz auf dich, Seth. Cam hat mindestens hundert Hefte des *Smithsonian* gekauft, als sie damals diesen Artikel über dich brachten: ›Ein junger amerikanischer Künstler verführt Europa‹.«

Er zuckte mit einer Schulter, was eine typische Angewohnheit der Quinns war. Anna musste lächeln. »Also, setz dich hin.«

»Ich werde mich gern setzen, aber es wäre mir lieber, wenn du mich erst einmal auf den neuesten Stand bringen würdest. Wie geht es denn allen so? Wie geht es dir? Was macht die Arbeit?«

»Na schön.« Sie entkorkte die Flasche und holte zwei Gläser aus dem Schrank. »Ich mache im Moment mehr Verwaltungs- als Sozialarbeit. Aber in dem Job gibt es nun einmal viel Papierkram zu erledigen, auch wenn das nicht besonders befriedigend ist. Aber mit meiner Arbeit und zwei Teenagern im Haus komme ich wenigstens nicht dazu, mich zu langweilen. – Die Bootswerkstatt läuft gut.«

Sie setzte sich und reichte Seth sein Glas. »Aubrey arbeitet jetzt dort mit.«

»Ehrlich?« Der Gedanke an das Mädchen, das wie eine Schwester für ihn war – mehr, als es eine Blutsverwandte je sein konnte – entlockte Seth ein Lächeln. »Wie geht es ihr?«

»Prima. Sie ist hübsch, klug und dickköpfig und kann laut Cam ganz wunderbar mit Holz umgehen. Ich glaube, Grace war ein wenig enttäuscht, als Aubrey mit dem Tanzen aufhörte, aber es ist schwer, etwas einzuwenden, wenn das Kind, das man liebt, so glücklich ist. Und Grace und Ethans Emily ist ja in Mutters Fußstapfen getreten.«

»Will sie immer noch Ende August nach New York?«

»Die Chance bei der American Ballet Company zu tanzen bekommt man nicht alle Tage. Emily will sie beim Schopfe packen und schwört, dass sie Erste Solistin wird, bevor sie zwanzig ist. Deke ist ganz wie sein Vater – ruhig, handwerklich begabt und glücklich, wenn er draußen auf dem Wasser sein kann. Möchtest du eine Kleinigkeit essen, mein Schatz?«

»Nein.« Er streckte seine Hand aus und legte sie auf die ihre. »Erzähl weiter.«

»Wenn du meinst. Phillip ist der Marketing- und Werbeguru der Firma geblieben. Ich glaube nicht, dass irgendeiner von uns – Phil eingeschlossen – jemals gedacht hätte, dass er bei dieser Werbeagentur in Baltimore kündigen, das Leben in der Stadt aufgeben und sich in St. Chris niederlassen würde. Aber inzwischen sind es, lass mal nachrechnen, ja, schon vierzehn Jahre, also kann man es wohl kaum mehr als eine Laune bezeichnen. Natürlich haben die beiden die Wohnung in New York gehalten. Sybill arbeitet übrigens an einem neuen Buch.«

»Ja, ich weiß, ich habe mit ihr gesprochen.« Seth kraulte den Hund mit seinem Fuß hinter dem Ohr. »Es geht wohl um die Entwicklung der Gesellschaft in den Zeiten des Cyberspace – oder so ähnlich. Was machen die Kinder?«

»Führen sich auf wie die Verrückten, wie es jeder anständige Teenager eben tut. Bram war letzte Woche schwer verliebt in ein Mädchen namens Cloe. Das könnte aber jetzt schon wieder vorbei sein. Fiona ist in ihren Interessen hin- und hergerissen zwischen Jungs und Shopping. Aber sie ist vierzehn, da ist das normal.«

»Vierzehn! Du lieber Himmel. Sie war noch nicht mal zehn, als ich nach Europa ging. Obwohl ich sie alle in den letzten Jahren immer mal wieder gesehen habe, kann ich kaum glauben, dass Kevin Auto fährt und Aub Boote baut und Bram hinter Mädchen her ist. Also wirklich –« Er verstummte und schüttelte den Kopf.

»Was denn?«

»Ich weiß noch, wie Grace mit Emily schwanger war. Es war das erste Mal, dass ich mit einer Frau zu tun hatte, die ein Baby bekam – nun ja, einer Frau, die es auch haben wollte. Es kommt mir so vor, als seien seitdem gerade einmal fünf Minuten vergangen – und jetzt geht Emily schon nach New York. Wie können achtzehn Jahre nur einfach so vergehen, Anna, ohne dass du auch nur einen Tag älter aussiehst?«

»Ach, ich habe dich so schrecklich vermisst!« Sie lachte und drückte seine Hand.

»Ich habe dich auch vermisst. Euch alle.«

»Das werden wir ganz schnell ändern. Wir trommeln alle zusammen und feiern am Sonntag eine große, laute, original Quinn'sche Willkommensparty. Na, wie klingt das?«

»Wundervoll!«

Der Hund jaulte, kroch unter dem Tisch hervor und lief zur Haustür.

»Das wird Cameron sein«, sagte Anna. »Geh nur und begrüße ihn.«

Seth durchquerte das Haus, wie er es früher so oft getan hatte, öffnete die Tür wie Hunderte Male zuvor und blickte den Mann an, der auf dem Rasen stand und mit dem Hund, der sein Seil mit nach draußen geschleppt hatte, Tauziehen spielte.

Cam war groß und hatte immer noch die Statur eines Sprinters. In seinem Haar glitzerten bereits ein paar silberne

Strähnen. Er hatte sich die Ärmel seines Arbeitshemdes bis zu den Ellenbogen aufgerollt, und seine Jeans waren an den strapazierten Stellen ganz weiß. Er trug eine Sonnenbrille und schwer mitgenommen wirkende Nikes.

Mit fünfzig sah Cameron Quinn immer noch richtig verwegen aus.

Anstelle einer Begrüßung ließ Seth die Fliegentür hinter sich zufallen. Cameron blickte zu ihm hinüber, und als einziges Zeichen seiner Überraschung glitt ihm das Seil aus den Fingern.

Tausend Worte wurden zwischen ihnen gewechselt, ohne dass sie ausgesprochen wurden, eine Million Gefühle und zahllose Erinnerungen. Seth ging schweigend die Stufen hinunter, während Cameron quer über die Wiese auf ihn zukam. Dann standen sie einander gegenüber.

»Ich hoffe doch sehr, dass diese Scheißkarre da auf der Auffahrt bloß ein Mietwagen ist«, sagte Cameron.

»Ja, das ist ein Mietwagen. Was Besseres konnte ich in der kurzen Zeit nicht auftreiben. Ich hatte eigentlich vor, ihn morgen zurückzugeben und für eine Weile die Corvette zu fahren.«

Camerons Lächeln war so scharf wie eine Rasierklinge. »Träum nur weiter, mein Freund. Nicht in hundert Jahren.«

»Aber es macht doch keinen Sinn, dass sie hier herumsteht und nicht gefahren wird. Was für eine Verschwendung!«

»Es wäre eine noch größere Verschwendung, irgendeinen albernen Maler, der unter der Wahnvorstellung leidet, ein großer Künstler zu sein, hinter das Lenkrad dieses Klassikers zu lassen.«

»Hey, immerhin bist du derjenige gewesen, der mir das Fahren beigebracht hat!«

»Ich hab's zumindest versucht. Wahrscheinlich käme eine

Neunzigjährige mit einem gebrochenen Arm besser mit einer Gangschaltung klar als du.« Cam deutete mit dem Kopf auf Seths Mietwagen. »Diese Peinlichkeit da lässt mich nicht gerade hoffen, dass du auf diesem Gebiet irgendwelche Fortschritte gemacht hast.«

Seth federte voller Selbstgefälligkeit auf seinen Absätzen vor und zurück. »Ich habe vor zwei Monaten einen Maserati Probe gefahren.«

Cams Augenbrauen wanderten nach oben. »Du willst mich wohl verscheißern!«

»Hab ihn bis auf zweihundert Stundenkilometer hochgejagt, aber dann hatte ich die Hosen voll!«

Cam lachte und versetzte Seth einen liebevollen Knuff gegen den Arm. Dann seufzte er. »Du Mistkerl, du kleiner Mistkerl«, wiederholte er immer und immer wieder, während er ihn in eine heftige Umarmung zog. »Warum zum Teufel hast du uns denn nicht Bescheid gesagt, dass du nach Hause kommst?«

»Es war eine spontane Idee«, erklärte Seth. »Ich wollte zurück – ich musste unbedingt zurück.«

»Verstehe. Und laufen bei Anna schon die Telefondrähte heiß? Verkündet sie allen, dass wir ein Willkommensgelage veranstalten?«

»Wahrscheinlich. Ich glaube, es soll am Sonntag stattfinden.«

»Prima. Hast du deine Sachen schon reingebracht?«

»Nein. Sie sind noch im Wagen.«

»Bezeichne dieses potthässliche Ding bitte nicht als Wagen! Komm, lass uns deinen Koffer holen.«

»Cam ...« Seth streckte die Hand aus und berührte Cams Arm. »Ich möchte nach Hause kommen. Nicht nur für ein paar Tage oder Wochen. Ich möchte bleiben. Darf ich?«

Cam nahm seine Sonnenbrille ab, und seine rauchgrauen Augen blickten Seth an. »Was zum Henker ist los mit dir, dass du glaubst, du müsstest erst fragen? Bring mich bloß nicht auf die Palme!«

»Das würde ich nie wagen, schließlich traut sich das keiner bei dir. – Ich würde natürlich auch meinen Teil beitragen.«

»Das hast du doch immer getan. Und außerdem haben wir deine hässliche Visage hier vermisst.«

Und das war genau der Willkommensgruß, den Seth von Cameron Quinn hören wollte.

Seths Zimmer hatte sich über die Jahre verändert – die Farbe an den Wänden hatte gewechselt, ein neuer Teppich lag auf dem Boden. Aber das Bett, in dem er geschlafen und geträumt hatte und in dem er jeden Morgen aufgewacht war, war immer noch dasselbe.

Dasselbe Bett, in das er als Kind Foolish geschmuggelt hatte.

Und dasselbe Bett, in das er Alice Albert geschmuggelt hatte, als er glaubte, ein Mann zu sein.

Seth war sich sicher, dass Cam von Foolish wusste, aber er hatte sich oft gefragt, ob er auch die Sache mit Alice mitbekommen hatte.

Er warf seinen Koffer achtlos auf das Bett und legte seinen mitgenommen wirkenden Malkoffer – den Sybill ihm einst zu seinem elften Geburtstag geschenkt hatte – auf den von Ethan geschreinerten Arbeitstisch.

Er musste sich demnächst unbedingt ein Atelier suchen. Solange das Wetter hielt, konnte er draußen arbeiten, das war ihm ohnehin lieber. Aber er musste etwas finden, wo er seine Leinwände und seine Malutensilien unterbringen konnte. Vielleicht gab es Platz in irgendeiner alten Scheune, aber auf Dauer würde das natürlich nicht gehen.

Und Seth wünschte sich nichts mehr, als dass sein Aufenthalt in diesem Haus von Dauer war.

Er hatte genug vom Herumreisen, genug davon, unter Fremden zu leben.

Damals hatte er Weggehen und auf eigenen Füßen stehen müssen. Es hatte so vieles gegeben, was er lernen wollte. Und er hatte dieses überwältigende Bedürfnis verspürt zu malen.

Und so ging er für einige Jahre nach Europa, studierte in Florenz und arbeitete in Paris, wanderte über die Hügel Irlands und Schottlands und besichtigte die Klippen Cornwalls.

Die meiste Zeit lebte er recht primitiv, und wenn er die Wahl hatte, etwas zu essen oder neue Farbe zu kaufen, blieb er eher hungrig.

Hunger war nichts Neues für ihn. Er konnte sich gut daran erinnern, wie es war, niemanden zu haben, der sich darum kümmerte, dass man satt und gut versorgt war und nicht fror.

Es war wohl der Quinn in ihm, der ihn so versessen darauf machte, seinen eigenen Weg zu gehen.

Seth legte seinen Zeichenblock in die Schublade und verstaute Zeichenkohle und Bleistifte. Er wollte einige Zeit damit verbringen, sich auf das Wesentliche seiner Arbeit zu besinnen, bevor er wieder einen Pinsel in die Hand nahm.

An den Wänden seines Zimmers hingen einige seiner frühen Zeichnungen. Cam hatte ihm an einer alten Gehrungssäge in der Bootswerkstatt beigebracht, wie man Rahmen fertigte. Seth nahm eine der Zeichnungen von der Wand, um sie zu betrachten. Die groben, undisziplinierten Linien zeugten bereits von einem gewissen Talent. Aber vor allem lag in ihnen das Versprechen auf ein Leben verborgen.

Er hatte sie recht gut getroffen: Cam, der wie so oft die Daumen in seine Hosentaschen einhakte, und dessen Haltung ausdrückte, dass er keiner Konfrontation auswich. Dann

Phillip, gewieft, elegant und clever. Und schließlich Ethan, der Geduldige, Solide, in seinem Arbeitszeug.

Er hatte auch sich selbst dazugezeichnet, den zehnjährigen Seth. Dünn, schmale Schultern, große Füße und ein hochgerecktes Kinn, mit dem er etwas Schmerzvolleres als Angst zu verbergen versuchte.

Etwas wie Hoffnung.

Ein einschneidender Moment in einem Leben, dachte Seth, eingefangen mit einem Kohlestift. Als er damals diese Zeichnung anfertigte, hatte er tief in seinem Innern langsam daran zu glauben begonnen, dass er einer von ihnen war.

Ein Quinn.

»Wenn man sich mit einem Quinn anlegt, legt man sich mit allen an«, murmelte er, während er die Zeichnung wieder an die Wand hängte.

Er drehte sich um, warf einen Blick auf die Koffer und fragte sich, ob er Anna wohl mit ein paar schmeichelnden Worten überreden könnte, sie für ihn auszupacken.

Aber das konnte er sich abschminken, das wusste er.

»Hallo!«

Seth blickte zur Tür und seine Miene heiterte sich auf, als er Kevin erblickte. Wenn er schon seine Klamotten verstauen musste, hatte er jetzt wenigstens Gesellschaft dabei. »Hallo, Kev.«

»Du willst also dieses Mal wirklich hierbleiben? Für immer?«

»Sieht ganz so aus.«

»Cool.« Kevin schlenderte herein, ließ sich auf das Bett plumpsen und legte seine Füße auf den Koffer. »Mom ist ziemlich aufgedreht deshalb. Und wenn Mom glücklich ist, ist jeder im Haus glücklich. Vielleicht könnte ich sie in der Stimmung, in der sie jetzt ist, sogar dazu kriegen, dass sie mir am Wochenende ihr Auto gibt.«

»Freut mich, dass ich helfen konnte.« Seth schob Kevins Füße von dem Koffer herunter und öffnete den Reißverschluss.

Seth fand, dass Kevin seiner Mutter sehr ähnlich sah. Dunkles, lockiges Haar, große, fast schwarze Augen. Wahrscheinlich fielen die Mädchen bei seinem Anblick reihenweise um wie die Kegel beim Bowling.

»Was macht die Schulaufführung?«

»Das wird absolut Spitze! *West Side Story.* Ich spiele den Tony.«

Seth stopfte willkürlich seine T-Shirts in eine Schublade. »Dann musst du sterben, stimmt's?«

»Korrekt.« Kevin umklammerte sein Herz, begann zu zucken und sank mit einem Gesichtsausdruck voller Schmerz und Entzücken in sich zusammen. »Es ist einfach großartig. Und bevor ich dieses Todesding abziehe, haben wir noch eine echt geile Kampfszene. Die Aufführung ist nächste Woche. Du kommst doch, oder?«

»Ich werde in der ersten Reihe sitzen, Kumpel.«

»Achte mal auf Lisa Maxdon, die spielt die Maria. Eine süße Schnecke! Wir haben ein paar Liebesszenen zusammen. Dafür mussten wir eine Menge üben«, fügte er hinzu und zwinkerte ihm zu.

»Was tut man nicht alles für die Kunst, nicht wahr?«

»Richtig, Mann.« Kevin richtete sich ein wenig auf. »Erzähl mir doch mal was von den Häschen in Europa. Die müssen ziemlich heiß sein, was?«

»An denen kannst du dich leicht verbrennen, glaub mir. In Rom habe ich Anna-Theresa kennengelernt.«

»Ein Mädchen mit zwei Vornamen?« Kevin schüttelte seine Finger, als habe er sie zu nahe an eine Flamme gehalten. »Mädchen mit zwei Vornamen sind voll sexy.«

»Wem sagst du das? Sie arbeitete in einer kleinen Trattoria. Und die Art und Weise, wie sie *Pasta al pomodoro* servierte, war atemberaubend.«

»Und? Hast du sie aufs Kreuz gelegt?«

Seth warf Kevin einen mitleidigen Blick zu. »Also bitte, was glaubst du, mit wem du hier redest?« Er stopfte eine Jeans in die Kommode. »Sie hatte Haare, die ihr bis zum Hintern reichten – und es war ein verdammt schnuckeliger Hintern! Augen wie geschmolzene Schokolade und ein Mund, der unersättlich war.«

»Hast du sie nackt gezeichnet?«

»Ich habe ungefähr ein Dutzend Körperstudien von ihr gemacht. Sie war ein Naturtalent. Völlig entspannt und ohne Hemmungen.«

»Oh Mann, du machst mich ganz fertig!«

»Und sie hatte wirklich die umwerfendsten ...« Seth verstummte und hob die Hände auf Brusthöhe, um es zu demonstrieren. »Augen«, fuhr er dann fort und ließ die Hände sinken. »Hallo, Anna.«

»Ihr redet über Kunst?«, erkundigte sie sich trocken. »Wie schön, dass du einige deiner kulturellen Erfahrungen mit Kevin teilst.«

»Hm ... na ja.« Jenes mörderische Lächeln, das Anna in seine Richtung sandte, hatte schon immer einen Knoten in Seths Zunge gezaubert. Und so griff er auf ein unschuldiges Grinsen zurück.

»Aber für heute ist der Abendkurs über Kunst und Kultur erst einmal beendet. Kevin, wie sieht's mit deinen Hausaufgaben aus?«

»Schon gut. Setze mich sofort dran.« Kevin erkannte die Gelegenheit zur Flucht und nahm Reißaus.

Anna betrat das Zimmer. »Glaubst du etwa, dass es die

fragliche junge Dame zu schätzen wüsste, auf ihren Busen reduziert zu werden?«, fragte sie Seth mit zuckersüßer Stimme.

»Oh ... ich habe ja auch ihre Augen erwähnt. Und die waren beinahe so toll wie deine.«

Anna zog ein T-Shirt aus der offenen Schublade und faltete es ordentlich. »Du glaubst doch wohl nicht, dass du damit bei mir durchkommst, oder?«

»Nein. Ich bitte um Vergebung. Bitte tu mir nichts! Ich bin doch gerade erst nach Hause gekommen.«

Sie nahm das nächste T-Shirt heraus und faltete es. »Kevin ist sechzehn, und mir ist durchaus bewusst, dass sein Hauptinteresse zurzeit nackten Brüsten gilt – und natürlich der Frage, wie er so viele wie möglich betatschen kann.«

Seth zuckte zusammen. »Du liebe Güte, Anna!«

»Ich bin mir auch bewusst«, fuhr sie ungerührt fort, »dass diese Vorliebe während des ganzen Lebens tief in der männlichen Spezies verwurzelt bleibt – wenn sie sich auch mit der Zeit auf eine etwas zivilisiertere und kontrolliertere Weise äußert.«

»Wie wäre es, wenn ich dir einige meiner Landschaftsskizzen aus der Toskana zeige?«

»Ich bin von Männern umzingelt.« Seufzend zog Anna ein weiteres T-Shirt hervor. »Ihr seid in der Überzahl, und das war schon so, seit ich dieses Haus betreten habe. Aber das heißt schließlich nicht, dass ich euch nicht hin und wieder zusammenstauchen kann, wenn es nötig ist. Verstanden?«

»Jawohl, Ma'am.«

»Gut. Und jetzt zeig mir deine Landschaften.«

Später, als es im Haus ruhig war und der Mond über dem Wasser hing, stand Cam auf der hinteren Veranda. Als Anna ihn dort entdeckte, ging sie zu ihm.

Er legte einen Arm um sie und rieb liebevoll ihre Schulter. Die Nacht war kühl. »Hast du alle versorgt und ins Bett verfrachtet?«

»Dafür bin ich ja da. Ganz schön frisch heute.« Sie blickte zum Himmel hinauf, zu den Sternen, die wie festgefrorene Punkte wirkten. »Ich hoffe, es bleibt bis Sonntag schön.« Dann drehte sie sich zu ihm und legte ihre Wange an seine Brust. »Oh Cam!«

»Ich weiß.« Er strich mit der Hand über ihr Haar und rieb seine Wange an der ihren.

»Es tut so gut, ihn am Küchentisch sitzen zu sehen. Zuzuschauen, wie er mit Jake und diesem dummen Köter herumtollt. Sogar sich anzuhören, wie er mit Kevin über nackte Frauen redet –«

»Was für nackte Frauen?«

Anna lachte und schüttelte ihr Haar zurück, als sie ihn ansah. »Niemand, den du kennst. Es ist so schön, ihn wieder zu Hause zu haben.«

»Ich habe dir ja gesagt, dass er zurückkommen wird. Die Quinns kehren immer wieder ins Nest zurück.«

»Da hast du wohl recht.« Ihre Lippen trafen sich zu einem langen warmen Kuss. »Warum gehen wir nicht nach oben?« Sie ließ ihre Hände herabgleiten und versetzte seinem Hinterteil einen aufreizenden Kniff. »Dann werde ich dich auch ins Bett verfrachten.«

2. Kapitel

Raus aus den Federn, mein Freund! Du bist hier schließlich nicht im Erholungsheim!«

Die Stimme mit dem eindeutig sadistischen Unterton weckte Seth unsanft aus dem Schlaf. Er stöhnte, wälzte sich auf den Bauch und zerrte sich ein Kissen über den Kopf. »Hau ab! Hau bloß ab!«

»Wenn du glaubst, du könntest bis in die Puppen schlafen, dann hast du dich aber schwer getäuscht.« Cam zog genüsslich an dem Kissen. »Los, steh auf.«

Seth öffnete ein Auge. Es rollte hin und her, bis es ihm gelang, den Blick auf die Uhr auf seinem Nachttisch zu konzentrieren. Es war noch nicht einmal sieben. Er verbarg das Gesicht wieder in der Matratze und murmelte ein paar unhöfliche Worte auf Italienisch.

»Meinst du etwa, ich hätte all die Jahre mit Anna gelebt, ohne herauszubekommen, dass das ›Leck mich am Arsch‹ heißt? Also, ich fürchte, du bist nicht nur faul, sondern auch noch dämlich dazu.«

Cam riss Seth kurzerhand die Bettdecke weg, packte seine Fußknöchel und zerrte ihn auf den Boden.

»Scheiße. *Scheiße!*« Nackt und mit schmerzendem Ellenbogen, den er sich am Nachttisch gestoßen hatte, funkelte Seth seinen Peiniger wütend an. »Was zum Teufel soll denn das? Das hier ist mein Zimmer, mein Bett, und ich versuche, darin zu schlafen.«

»Zieh dir was an. Hinten im Garten wartet Arbeit auf dich.«

»Oh Gott, kannst du einem Menschen nicht erst mal einen Tag Ruhe gönnen, bevor du ihn zur Arbeit einteilst?«

»Junge, du warst zehn, als ich dich unter meine Fittiche genommen habe, und ich bin noch lange nicht damit fertig, einen anständigen Menschen aus dir zu machen. Also los, da draußen wartet Arbeit, die erledigt werden muss. Sieh zu, dass du in die Gänge kommst.«

»Cam!« Anna kam zur Tür herein, die Hände in die Hüften gestemmt. »Ich habe dich gebeten, ihn zu wecken. Von zusammenschlagen habe ich nichts gesagt.«

»Großer Gott!« Seth riss Cam die Bettdecke aus der Hand und schlang sie sich um die Taille. »Mensch, Anna, ich bin nackt!«

»Dann zieh dich an«, lautete Annas lapidare Antwort, bevor sie wieder verschwand.

»Wir sehen uns draußen«, erklärte ihm Cam, als er aus dem Zimmer spazierte. »In fünf Minuten.«

»Ja, ja, ja.«

Einige Dinge ändern sich einfach nie, dachte Seth, als er hastig in seine Jeans schlüpfte. Er könnte sechzig sein, und Cam würde ihn immer noch aus dem Bett werfen, als wäre er zwölf.

Er griff nach seinem verschlissenen *University of Maryland-Sweatshirt* und zog es sich über den Kopf, während er aus dem Zimmer wankte.

Wenn es jetzt keinen heißen und frischen Kaffee gab, würde ihm das jemand bitter büßen müssen.

»Mom! Ich kann meine Schuhe nicht finden!«, ertönte es aus Jakes Zimmer.

»Sie sind hier unten!«, rief Anna zurück. »Mitten auf meinem Küchenboden, wo sie nichts zu suchen haben.«

»Nicht *die* Schuhe. Oh Mann, Mom! Die anderen Schuhe.«

»Such sie doch in deinem Arsch«, ertönte es aus Kevins Zimmer. »Dein Kopf steckt ja auch schon drin.«

»Du dürftest ja wohl auch keine Probleme damit haben, deinen Arsch zu finden«, kam die gezischte Antwort. »Du trägst ihn schließlich auf den Schultern.«

Der Austausch solch vertrauter Nettigkeiten in der Familie hätte Seth wohl ein Lächeln entlockt, wenn es nicht erst kurz vor sieben gewesen wäre, wenn es in seinem Ellenbogen nicht so höllisch gepocht hätte – und wenn er schon eine Dosis Koffein gehabt hätte.

»Keiner von euch beiden würde seinen Arsch mit den eigenen Händen finden«, brummte er, während er schmollend die Treppe hinunterging.

»Was ist denn bloß mit Cam los?«, fragte er Anna, als er die Küche betrat. »Ist noch Kaffee übrig? Warum schreit eigentlich jeder hier in aller Herrgottsfrühe so herum?«

»Zu deiner ersten Frage: Cam will dich draußen sehen. Zweitens: Ja, es ist noch eine halbe Kanne Kaffee da, und drittens: Hier wird deshalb in aller Herrgottsfrühe so herumgeschrien, weil das eben unsere Art ist, den Tag zu beginnen.« Sie schüttete Kaffee in einen dicken, weißen Becher. »Du wirst allein frühstücken müssen. Ich habe eine frühe Besprechung. Hör auf zu schmollen, Seth. Ich bringe Eiscreme mit, wenn ich von der Arbeit komme.«

Damit sah der Tag doch gleich ein wenig freundlicher aus. »Rocky Road, meine Lieblingssorte?«

»Rocky Road. – Jake! Räum endlich deine Schuhe aus meiner Küche, bevor ich sie an den Hund verfüttere! – Geh nach draußen Seth, sonst verdirbst du Cam noch die gute Laune.«

»Du hast recht, er sah richtig fröhlich aus, als er mich aus dem Bett gezerrt hat.« Seth war immer noch sauer, als er nach draußen marschierte.

Und da standen sie, beinahe so, wie Seth sie vor so vielen Jahren gezeichnet hatte: Cam, die Daumen in die Hosentaschen gehakt, Phillip in einem todschicken Anzug und Ethan mit einer abgewetzten Kappe auf dem zerzausten Haar.

Seth schluckte den Kaffee mitsamt dem Kloß hinunter, der ihm plötzlich im Hals saß. »Hast du mich etwa deshalb so früh aus dem Bett gezerrt?«

»Immer noch dieselbe große Klappe.« Phillip schloss ihn in die Arme. Seine Augen, die beinahe das gleiche Goldbraun wie sein Haar hatten, wanderten über Seths abgerissenes Sweatshirt und die alte Jeans hinweg. »Du meine Güte, Junge, hast du denn gar nichts von mir gelernt?« Kopfschüttelnd befingerte er den abgewetzten, grauen Ärmel. »Offenbar war es reine Verschwendung, dass du nach Italien gegangen bist.«

»Das sind doch nur Klamotten, Phil. Die trägt man, damit einem nicht kalt wird und einen die Polizei nicht verhaftet.«

Mit gespieltem Entsetzen hob Phillip die Hände. »Was habe ich nur falsch gemacht?«

»Wieso? Er sieht doch gar nicht so schlecht aus, höchstens noch ein bisschen mager. Und was ist das?« Ethan zog an Seths Haar. »Die sind ja so lang wie bei einem Mädchen.«

»Gestern Abend hatte er die Haare zu einem hübschen, kleinen Pferdeschwanz zusammengebunden«, erklärte Cam ihm. »Er sah richtig niedlich aus.«

»Du kannst mich mal«, sagte Seth lachend.

»Wir werden dir ein nettes, rosa Bändchen kaufen«, versprach Ethan kichernd und umarmte Seth ungestüm.

Phillip nahm Seth den Kaffeebecher aus der Hand und trank einen Schluck. »Wir dachten, wir kommen einfach vor Sonntag schon einmal vorbei und werfen einen Blick auf dich.«

»Ich freue mich, euch zu sehen. Ich freue mich wirklich.« Seth warf Cam einen Blick zu. »Du hättest mir ruhig sagen können, dass sie hier sind, statt mich wortlos aus dem Bett zu zerren.«

»Hat aber so mehr Spaß gemacht. Also Jungs, seid ihr bereit?« Cam federte auf seinen Absätzen vor und zurück.

»Bereit!«, erklärte Phillip und setzte den Becher auf dem Geländer ab.

»Bereit!«, sagte auch Ethan, zog Seth ein weiteres Mal am Haar und umfasste dann seinen Arm mit einem eisernen Griff.

»Was zum Teufel –?«

Cam grinste nur und packte seinen anderen Arm. Seth musste gar nicht erst das Funkeln in ihren Augen sehen, um zu wissen, was ihm bevorstand.

»Leute, das ist doch jetzt hoffentlich nicht euer Ernst, oder?«

»Was sein muss, muss sein.« Bevor Seth überhaupt die Chance hatte, sich zu wehren, hatte Phillip schon seine Beine gepackt. »Gott sei Dank musst du dir ja keine Sorgen um irgendwelche schicken Klamotten machen, die nicht nass werden dürfen.«

»Hört sofort auf!« Seth sträubte sich und versuchte zu treten, als er von der Veranda getragen wurde. »Ich mein's ernst! Das Wasser ist scheißkalt.«

»Der wird bestimmt wie ein nasser Sack absaufen«, mutmaßte Ethan leichthin, während sie Seth in Richtung Anlegesteg schleppten. »Das Leben in Europa hat ihn ja zu einem richtigen Waschlappen gemacht.«

»Von wegen Waschlappen!« Seth kämpfte gegen die eisernen Griffe und zugleich gegen das Lachen an, das ihm in der Kehle hochstieg. »Ihr müsst schon zu dritt gegen mich antreten, um mich außer Gefecht zu setzen! Ein Haufen schwacher, alter Männer seid ihr«, knurrte er. Mit Händen wie Schraubstöcke, fügte er in Gedanken hinzu.

Seine Worte zauberten ein Stirnrunzeln auf Phillips Gesicht. »Was glaubt ihr, wie weit wir den Kerl werfen können?«

»Das werden wir gleich herausfinden. – Eins!«, verkündete Cam, als sie auf dem Steg standen und Seth zwischen sich hin und her schaukelten.

»Ich bringe euch um!« Seth zappelte wie ein Fisch, fluchte und lachte zugleich.

»Zwei!«, sagte Phillip grinsend. »Spar dir deinen Atem lieber auf, mein Junge.«

»Drei! Willkommen zu Hause, Seth!«, rief Ethan, als die drei ihn in die Luft schleuderten.

Seth hatte recht gehabt. Das Wasser war eiskalt. Es nahm ihm beinahe den Atem, und die Kälte drang bis in seine Knochen. Als er hustend und spuckend wieder auftauchte und sich das Haar zurückstrich, hörte er, wie seine Brüder vor Freude brüllten, sah sie dort oben nebeneinander auf dem Steg stehen, das alte weiße Haus im Hintergrund.

Ich bin Seth Quinn, dachte er. Ich bin zu Hause.

Das frühmorgendliche Bad hatte einen Vorteil: Es vertrieb den Jetlag. Da er nun schon einmal auf war, beschloss Seth, einige Dinge zu erledigen. Er fuhr nach Baltimore, gab den Mietwagen bei der Verleihfirma ab und war nach einigem zähen Ringen mit einem Autohändler stolzer Besitzer eines silberfarbenen Jaguar Cabrio.

Er wusste sehr wohl, dass er es damit förmlich herausforderte, Strafzettel wegen Geschwindigkeitsübertretung zu bekommen, aber er konnte einfach nicht widerstehen.

Auf diese Art konnte er zumindest die Früchte seiner Arbeit ernten und genießen. Der Verkauf seiner Kunst war ein zweischneidiges Schwert für Seth. Es versetzte ihm jedes Mal einen Stich, wenn er sich von einem seiner Bilder trennen musste, aber auf der anderen Seite brachten sie ihm eine Menge Geld ein, weil sie sich sehr gut verkauften.

Seine Brüder würden vor Neid erblassen, wenn sie seinen neuen Wagen sahen.

Als er auf dem Rückweg nach St. Chris hineinfuhr, nahm er den Fuß vom Gas. Er hatte die kleine Stadt am Wasser mit dem geschäftigen Treiben am Hafen und den ruhigen Straßen bereits zahllose Male und aus den verschiedensten Perspektiven gemalt.

Die Market Street mit ihren Läden und Restaurants verlief parallel zum Pier, wo die Krebspuhler jedes Wochenende ihre Tische aufbauten, um den Touristen etwas zu bieten. Fischer wie Ethan brachten ihren täglichen Fang hierher.

Die Stadt erstreckte sich mit ihren alten viktorianischen Häusern im Saltbox-Stil, die im Schatten von mächtigen Bäumen lagen, vom Meer bis ins Land hinein. Die Touristen erfreuten sich an diesem sauberen, malerischen alten Örtchen, durchstöberten die Läden, aßen in den Restaurants oder machten es sich in einer der Frühstückspensionen gemütlich, um sich ein Wochenende lang an der See zu entspannen.

Die Einheimischen hatten gelernt, mit den Touristen zu leben, wie sie mit den Stürmen lebten, die vom Atlantik hereinbliesen, und den Hitzeperioden, durch die ihre Sojabohnenfelder versengt wurden. Und sie lebten mit der launischen Bucht.

Als Seth bei *Crawford's* vorbeikam, musste er an die schlabberigen Riesensandwichs und die köstliche Eiscreme in Waffelhörnchen denken, die man dort bekam. Außerdem erfuhr man in dem Laden stets den neuesten Klatsch.

Als Junge war er diese Straßen mit dem Fahrrad entlanggefahren, hatte sich Rennen mit Danny und Will McLean geliefert. Später hatte er die beiden in dem alten Chevy mitgenommen, den er und Cam in jenem Sommer, als er sechzehn geworden war, auf Vordermann gebracht hatten.

Und oft hatte er an einem der beschirmten Tische inmitten des geschäftigen Treibens gesessen und zu begreifen versucht, was diesen Ort für ihn so einzigartig auf der Welt machte.

Er war sich nicht sicher, ob er es damals durchschaut hatte oder ob es ihm jemals gelingen würde.

Seth setzte den Wagen in eine Parklücke, stieg aus und lief zum Pier hinunter. Er wollte das Licht, die Schatten, die Farben und Formen studieren und bedauerte es bereits jetzt, dass er seinen Skizzenblock nicht dabeihatte.

Es erstaunte ihn immer wieder, wie viel Schönheit es auf dieser Erde gab, und wie sie sich selbst beim bloßen Hinsehen veränderte. Er liebte es, wenn die Sonne für einen Moment hinter einer Wolke verschwand und ihr Licht dann wieder auf das Wasser traf und sich auf seine Oberfläche ergoss.

Oder dort drüben, die Rundung der Wange des kleinen Mädchens, das den Kopf hob, um eine Möwe zu betrachten. Ihr Lachen, die Hand, die sich in absolutem Vertrauen in die der Mutter legte – in dieser Geste lag eine ganz besondere Kraft.

Vom Pier aus beobachtete Seth ein weißes Boot, das sich gerade auf dem blauen Wasser zur Seite neigte, und dessen Segel sich aufblähten, als der Wind hineinfuhr.

In diesem Augenblick spürte er, wie sehr er sich danach sehnte, wieder aufs Wasser zu gehen. Vielleicht würde er Aubrey für ein paar Stunden loseisen können. Er wollte noch ein wenig durch die Gegend fahren und dann bei der Bootswerkstatt vorbeischauen, um zu sehen, ob er sie entführen konnte.

Auf dem Weg zurück zum Wagen blieb sein Blick an einem selbst gemalten Schild über einem Laden hängen. *Knospe und Blüte,* las er. Ein Blumenladen, der war offensichtlich neu. Neugierig schlenderte Seth auf das Geschäft zu und bemerkte die fröhlich wirkenden Töpfe, die zu beiden Seiten des Eingangs standen.

Das Schaufenster war gefüllt mit Pflanzen und Blumen und anderen Dingen, die Seth gern als Krimskrams bezeichnete, aber es war hübscher Krimskrams. Amüsiert betrachtete er eine schwarz-weiß gefleckte Kuh, aus deren Rücken Stiefmütterchen wuchsen.

In der unteren rechten Ecke des Schaufensters war in derselben kunstvollen Schrift wie auf dem Schild zu lesen: *Inhaberin: Drusilla Whitcomb Banks.*

Der Name sagte ihm nichts. Seth las, dass der Laden im September des vorherigen Jahres eröffnet worden war, und stellte sich die Ladenbesitzerin als pedantische, ältliche Witwe mit weißem Haar vor, die ein gestärktes Kleid mit züchtigem Blumenmuster, bequeme Schuhe und eine Brille mit Halbgläsern trug, die an einer Goldkette um ihren Hals hing.

Wahrscheinlich war sie mit ihrem Mann hin und wieder für ein verlängertes Wochenende nach St. Chris gekommen, und als er starb, hatte sie womöglich zu viel Geld und Zeit übrig gehabt. Weil sie an einem Ort leben wollte, wo sie mit ihrem Mann glücklich gewesen war, war sie dann hierhergezogen und hatte einen Blumenladen eröffnet – womit sie sich zugleich einen lang gehegten Wunsch erfüllt hatte.

Diese Vorstellung brachte Seth dazu, Mrs. Whitcomb Banks und ihre versnobte Katze namens Ernestine – denn die Dame *musste* einfach eine Katze mit diesem Namen haben – zu mögen.

Er entschloss sich spontan, seinen Schwestern Blumen mitzubringen und öffnete die Tür, worauf ein melodisches Glöckchengebimmel ertönte.

Die Ladeninhaberin verfügte offenbar über ein künstlerisches Auge. Die Blumen standen nicht einfach nur herum, sondern Mrs. Whitcomb hatte sie auf liebevolle Art in dem kleinen Raum arrangiert.

Seth wusste aus den vielen Jahren des Zusammenlebens mit Anna genug über Blumen, um zu erkennen, wie geschickt hier pinkfarbene Gerbera mit strahlend blauem Rittersporn kombiniert worden waren, schneeweiße Lilien mit der Eleganz roter Rosen. Zu diesem Rausch an Farben gesellte sich Grün in den verschiedensten Formen und Schattierungen.

Und natürlich der Krimskrams, wie Seth amüsiert bemerkte. Gusseiserne Schweine, Flöte spielende Frösche, grimmig dreinblickende Wasserspeier.

Es gab Töpfe und Vasen, Bänder und Spitze, flache Gefäße mit Kräutern und prächtig gedeihende Zimmerpflanzen. Das Ganze war ein clever arrangiertes Durcheinander auf engem, aber gut genutztem Raum, und über allem schwebten die märchenhaften Klänge von »Der Nachmittag eines Fauns«.

Sehr nett, Mrs. Whitcomb Banks, dachte Seth. Er war bereit, in diesem Laden einiges für seine Lieben auszugeben.

Die Frau, die durch die Tür hinter dem Ladentisch in das Geschäft trat, entsprach Seths Vorstellung von der talentierten Witwe allerdings nicht im Geringsten.

In Gedanken gestand er der Witwe einige Extrapunkte zu, weil sie diese äußerst attraktive Hilfe eingestellt hatte, die einen Mann unwillkürlich an Feen und verzauberte Prinzessinnen denken ließ.

»Kann ich Ihnen helfen?«

»Oh ja.« Seth trat auf den Ladentisch zu und betrachtete die junge Frau eingehend.

Sie war schlank und wirkte sehr gepflegt. Ihr Haar war schwarz, und der kurze Schnitt schmiegte sich um ihren wohlgeformten Kopf und entblößte ihren elegant geschwungenen Hals. Eine solche Frisur erforderte bei einer Frau verdammt viel Mut und Selbstbewusstsein.

Ihr Gesicht mit der zarten Haut erschien auf diese Weise

wie umrahmt. Die Götter mussten bester Laune gewesen sein, als sie es erschufen, und hatten ihm ein paar große, mandelförmige, moosgrüne Augen geschenkt, deren Pupille von einem Ring aus Bernsteingelb umgeben war.

Die Nase der jungen Frau war klein und gerade und ihr Mund, passend zu den Augen, breit und voll. Sie hatte ihn in einem dunklen, verführerischen Rosé geschminkt.

Ihr Kinn trug den Hauch eines Grübchens, als habe ihr ihr Erschaffer noch einen leichten, anerkennenden Stups mit dem Finger versetzt.

Seth wusste sofort, dass er dieses Gesicht malen musste, und den Rest der jungen Frau dazu. Seth sah sie ausgestreckt auf einem Bett voller roter Rosenblätter vor sich, die Feenaugen strahlend, die Lippen zu einem kaum merklichen Lächeln verzogen, als sei sie gerade aus einem Traum erwacht.

Während Seth sie ausgiebig musterte, wich das Lächeln für keinen Moment von ihren Lippen, aber ihre dunklen Augenbrauen hoben sich. »Womit kann ich Ihnen helfen?«

Ihre Stimme klang fest und sanft zugleich. Die Aussprache ließ darauf schließen, dass sie nicht aus der Gegend stammte. »Lassen Sie uns erst einmal mit den Blumen anfangen«, erwiderte er. »Sie haben einen ganz wundervollen Laden.«

»Vielen Dank. Hatten Sie an etwas Bestimmtes gedacht?«

»Dazu kommen wir gleich.« Er stützte sich auf den Ladentisch. In St. Chris war immer genug Zeit für eine kleine Unterhaltung. »Arbeiten Sie schon lange hier?«

»Seit der Eröffnung des Ladens. Suchen Sie vielleicht schon etwas für Muttertag? Ich habe da einige wunderschöne …«

»Nein, was den Muttertag angeht, bin ich versorgt. – Sie kommen nicht von hier, nicht wahr? Ihre Aussprache verrät sie«, fügte er erklärend hinzu, als sich ihre Brauen erneut hoben. »Sie stammen nicht aus dieser Gegend. Weiter nördlich, würde ich sagen.«

»Nicht schlecht. Washington, D. C.«

»Und jetzt zum Namen des Ladens. *Knospen und Blüten.* Ist das etwa ein Zitat von Whistler?«

Ein Ausdruck der Überraschung huschte über ihr Gesicht, und sie blickte ihn neugierig an. »Das stimmt. Sie sind der Erste, der darauf kommt.«

»Einer meiner Brüder kennt sich ziemlich gut mit diesen Dingen aus. Ich kann mich allerdings nicht mehr genau an den Wortlaut erinnern. ›Vollendet in Knospe wie in Blüte‹ oder so ähnlich.«

»Das Meisterwerk sollte erscheinen, wie die Blume dem Maler – vollendet in Knospe wie in Blüte.«

»Genau, das ist es. Wahrscheinlich ist es mir in Erinnerung geblieben, weil ich auch Maler bin.«

»Wirklich?« Sie ermahnte sich im Stillen, geduldig zu bleiben. Schließlich wollte sie sich dem Rhythmus des Lebens in dieser Stadt anpassen. Die Menschen liebten es, sich ausführlich mit Fremden zu unterhalten. Sie hatte den Mann bereits einer Musterung unterzogen. Sein Gesicht kam ihr irgendwie bekannt vor. Seine erstaunlich blauen Augen blickten sie offen und direkt an. Sie würde sich nicht auf einen Flirt einlassen, um etwas zu verkaufen, aber es konnte ja nicht schaden, freundlich zu sein.

Schließlich hatte sie sich vorgenommen, stets freundlich zu sein, als sie nach St. Chris kam.

In der Annahme, er sei Anstreicher, überlegte sie, welche Blumen zu seinem Geldbeutel passen könnten. »Arbeiten Sie hier am Ort?«

»Jetzt schon. Ich bin längere Zeit weg gewesen. Schmeißen Sie den Laden allein?« Er blickte sich um und versuchte sich vorzustellen, wie aufwändig es war, das Geschäft in diesem gepflegten Zustand zu halten. »Oder hilft die Besitzerin mit?«

»Im Moment arbeite ich allein hier. Und ich bin die Besitzerin.«

Er blickte sie an und begann zu lachen. »Du liebe Güte, die habe ich mir aber anders vorgestellt! Sehr erfreut, Sie kennenzulernen, Drusilla Whitcomb Banks.« Er streckte ihr die Hand hin. »Ich bin Seth Quinn.«

Seth Quinn. Sie reichte ihm die Hand und revidierte ihre Einschätzung. Ihr wurde klar, dass sie sein Gesicht nicht irgendwo in der Stadt gesehen hatte, sondern in einer Zeitschrift. Und er war trotz der alten Jeans und des ausgebleichten T-Shirts kein Anstreicher, sondern Künstler. Ein Sohn der Stadt, der ein gefeierter Star in Europa geworden war.

»Ich bewundere Ihre Arbeit«, sagte sie.

»Danke. Und ich bewundere die Ihre. Und außerdem halte ich Sie wahrscheinlich gerade davon ab. Aber ich werde Sie dafür entschädigen. Ich möchte ein paar Damen beeindrucken, und dazu benötige ich Ihre Hilfe.«

»Gleich mehrere Damen?«

»Ja. Drei, genau gesagt, nein, vier«, korrigierte er sich, als ihm Aubrey einfiel.

»Es wundert mich, dass Sie überhaupt noch Zeit zum Malen finden, Mr. Quinn.«

»Nennen Sie mich doch Seth. Ja, das ist wirklich nicht leicht.«

»Das glaube ich gern.« Manche Männer waren einfach unverbesserlich. »Schnittblumen, Gestecke oder Topfpflanzen?«

»Nun … Schnittblumen in einer hübschen Schachtel. Das ist romantischer, nicht wahr?« Er dachte für einen Moment nach und entschied sich dann, zuerst Sybill einen Besuch abzustatten. »Nummer eins ist kultiviert, elegant, intellektuell, praktisch veranlagt und besitzt einen weichen Kern. Rosen, schätze ich.«

»Rosen wären nicht schlecht, auf diese Idee würde aber wohl jeder kommen.«

Er blickte Drusilla an. »Na schön, geben wir uns einmal unberechenbar.«

»Einen Moment. Ich habe etwas am Lager, das Ihnen gefallen dürfte.«

Seth fand bereits jetzt Gefallen an etwas in diesem Laden. Als Drusilla sich umdrehte und auf die Tür hinter dem Ladentisch zuging, verspürte er einen Stich im Herzen.

Phillip würde die klassische, klare Linie des pfirsichfarbenen Kostüms, das sie trug, gutheißen, sinnierte er, während er durch den Laden spazierte. Ethan dagegen würde sich fragen, wie er ihr bei der Arbeit zur Hand gehen könnte. Und Cam ... nun ja, Cam würde einen einzigen langen Blick auf sie werfen und grinsen.

Wahrscheinlich hatte er etwas von allen dreien in sich.

Drusilla kam mit einem Arm voller exotischer Blumen mit wächsernen Blüten zurück, die die Farbe von Auberginen hatten.

»Zimmercallas«, erklärte sie. »Elegant, schlicht, exklusiv und in dieser Farbe einfach umwerfend.«

»Sie haben den Nagel auf den Kopf getroffen.«

Sie stellte die Blumen in eine kegelförmige Vase. »Die nächste Dame?«

»Warmherzig, auf wundervolle Art altmodisch.« Allein der Gedanke an Grace brachte ihn zum Lächeln. »Kein komplizierter Charakter. Lieb, aber mit einem Rückgrat aus Stahl.«

»Tulpen«, sagte Drusilla und ging auf eine Kühlvitrine zu. »In diesem zarten Rosa. Es ist eine schlichte Blume, aber robuster, als sie aussieht«, fügte sie hinzu, als sie einen ganzen Strauß zu ihm herüberbrachte.

»Bingo! Sie sind richtig gut.«

»Ja, das bin ich.« Seth Quinn zu bedienen begann ihr Spaß zu machen – nicht nur wegen des Geschäfts, das sie dabei machte, sondern weil sie es als Spiel sah. Und dies war schließlich der Grund, warum sie den Laden eröffnet hatte. »Nummer drei?«

Aubrey. Wie sollte er Aubrey beschreiben? »Jung, frech, immer gut drauf. Hart im Nehmen und absolut loyal.«

»Warten Sie.« Mit dem Bild vor Augen eilte Drusilla wieder nach hinten und kam mit einigen Sonnenblumen zurück, deren Köpfe so groß waren wie Dessertteller.

»Meine Güte, die sind einfach perfekt. Sie sind in der richtigen Branche tätig, Drusilla.«

Das ist das schönste Kompliment, das man mir machen kann, dachte sie. »Nun, es macht auch keinen Sinn, in der falschen Branche zu arbeiten, finde ich. Und da Sie gerade dabei sind, den Einkaufsrekord meiner Laufkundschaft zu brechen – nennen Sie mich doch Dru.«

»Sehr gern.«

»Und was ist mit der vierten beneidenswerten Dame?«

»Mutig, schön, klug und sexy. Mit einem Herzen, das ...« Nun, Annas Herz eben, dachte Seth. »Mit einem Herzen, das jeder Beschreibung trotzt. Die erstaunlichste Frau, die mir jemals begegnet ist.«

»Und offenbar kennen Sie eine ganze Menge Frauen. Eine Sekunde.« Dru verschwand ein weiteres Mal im Hinterzimmer. Er bewunderte gerade die Sonnenblumen, als sie mit Lilien in einem triumphierenden Scharlachrot zurückkehrte.

»Oh Mann! Wie gemacht für Anna.« Er streckte die Hand aus, um eine der leuchtend roten Blütenblätter zu berühren. »Die passen hundertprozentig zu ihr. Sie haben mich gerade zum Helden gemacht.«

»Stets zu Diensten. Ich werde sie in Schachteln legen und um jede ein Band machen, das zur Farbe der jeweiligen Blumen passt. Werden Sie sie auseinanderhalten können?«

»Ich glaube, das schaffe ich.«

»Karten sind im Preis eingeschlossen. Sie können sich aus dem Ständer auf dem Ladentisch aussuchen, was Sie möchten.«

»Danke, aber Karten werde ich nicht benötigen.« Er beobachtete, wie Dru kleine, mit Wasser gefüllte Behälter über die Stengelenden schob. Kein Ehering. Er würde sie auf jeden Fall malen, aber wäre sie verheiratet gewesen, hätte das seine darüber hinausgehenden Hoffnungen zunichtegemacht.

»Und welche Blumen passen zu Ihnen?«

Sie warf ihm einen Blick zu, als sie die ersten Blumen in eine mit Seidenpapier ausgeschlagene weiße Schachtel legte. »Alle. Ich mag Abwechslung.« Sie schlang ein violettfarbenes Band um die erste Pappschachtel. »Sie offenbar auch.«

»Ich nehme Ihnen nur ungern die Illusion, dass ich einen Harem betreibe. Für meine Schwestern«, sagte er und deutete auf die Blumen. »Obwohl die Sonnenblumen für eine Frau bestimmt sind, die für mich Nichte, Cousine und Schwester in einer Person ist. Die genauen Familienverhältnisse sind ein wenig kompliziert.«

»Aha.«

»Die Frauen meiner Brüder«, erklärte er. »Und die älteste Tochter meines Bruders. Ich dachte mir, ich sollte das lieber aufklären, da ich Sie demnächst malen werde.«

»Ach, werden Sie das?« Sie schlang ein rosafarbenes Band mit weißem Spitzenrand um die zweite Schachtel. »Das ist mir neu.«

Er holte seine Kreditkarte hervor und legte sie auf den Ladentisch, während sie sich mit den Sonnenblumen beschäftigte. »Sie glauben bestimmt, dass ich Sie nur dazu bringen will, sich auszuziehen, und ich muss sagen, ich hätte nichts dagegen einzuwenden.«

Sie zog goldenes Band von einer Rolle. »Warum sollten Sie auch?«

»Genau. Aber warum fangen wir nicht mit Ihrem Gesicht an? Sie haben ein schönes Gesicht. Und eine bezaubernde Kopfform.«

Zum ersten Mal, seit Seth Quinn in ihrem Laden aufgetaucht war, begannen Drus Finger ein wenig zu zittern. Sie ließ die Arbeit mit einem halben Lachen ruhen und blickte ihn an. »Eine bezaubernde Kopfform?«

»Genau. Und Ihnen gefällt sie auch, sonst würden Sie Ihr Haar nicht so tragen. Damit treffen Sie eine eindrucksvolle Aussage ohne großes Getue.«

Sie schlang das Band zu einer Schleife. »Sie sind sehr geschickt darin, eine Frau mit ein paar prägnanten Sätzen zu definieren.«

»Ich mag Frauen.«

»Das habe ich mir schon gedacht.« Als sie gerade mit den roten Lilien fertig wurde, betraten zwei Kunden den Laden und begannen sich umzusehen.

Gott sei Dank, dachte Dru. Es war an der Zeit, den kunstsinnigen Mr. Quinn loszuwerden.

»Ich fühle mich geschmeichelt, dass Ihnen meine Kopfform gefällt.« Sie nahm seine Kreditkarte vom Tisch und tippte die Preise in die Kasse ein. »Und ich fühle mich ebenfalls geschmeichelt, dass jemand mit Ihrem Talent und Ihrem Ruf mich malen möchte. Aber das Geschäft hält mich ganz schön in Trab, und ich habe nicht viel Freizeit. Und die wenige Zeit, die mir bleibt, gehört mir, da bin ich sehr egoistisch.«

Sie schob ihm den Kassenzettel mit der Gesamtsumme hin, damit er ihn unterschrieb.

»Sie schließen jeden Tag um sechs und haben sonntags zu.«

Eigentlich hätte Dru verärgert sein müssen, aber stattdessen war sie fasziniert. »Ihnen entgeht wohl gar nichts?«

»Details sind wichtig.« Nachdem er den Bon unterschrieben hatte, zog er eine der Grußkarten aus dem Ständer und legte sie mit der leeren Rückseite nach oben auf den Tresen. Er zeichnete eine flüchtige Studie ihres Gesichts als Blüte einer langstieligen Blume und fügte dann seine Telefonnummer hinzu, ehe er seine Unterschrift darunter setzte. »Für den Fall, dass Sie es sich anders überlegen«, sagte er und reichte ihr die Karte.

Sie betrachtete die Zeichnung und musste unwillkürlich lächeln. »Die könnte ich bei *eBay* bestimmt für eine nette kleine Summe versteigern.«

»Dafür haben Sie zu viel Klasse.« Seth stapelte die Pappschachteln übereinander und hob sie hoch. »Vielen Dank für die Blumen.«

»Keine Ursache.« Sie kam hinter dem Ladentisch hervor, um ihm die Tür aufzuhalten. »Ich hoffe, Ihre … Schwestern werden Freude daran haben.«

»Ganz bestimmt.« Er warf ihr einen letzten Blick über die Schulter zu. »Ich werde wiederkommen.«

»Tun Sie das, bis sechs bin ich ja immer für meine Kunden da.« Sie steckte die Zeichnung in ihre Tasche und schloss die Tür hinter ihm.

Er genoss es, Sybill wiederzusehen und eine Stunde allein mit ihr zu verbringen. Und zu beobachten, wie viel Freude es ihr bereitete, die Blumen in einer hohen Glasvase zu arrangieren.

Sie sind einfach wie gemacht für sie, fand Seth, genau wie das Haus, das Phillip und sie gekauft und eingerichtet hatten. Der gewaltige, alte viktorianische Bau mit all den stilisierten Details passte zu Sybill.

Sie hatte über die Jahre verschiedene Frisuren ausprobiert, aber jetzt trug sie das Haar wieder so, wie es ihm am besten gefiel: Es fiel ihr glatt bis beinahe auf die Schultern herab und hatte die Farbe eines teuren Nerzmantels.

Sybill arbeitete zu Hause und hatte sich nicht die Mühe gemacht, Lippenstift aufzulegen. Sie trug eine schlichte, weiße Hemdbluse zu einer eng sitzenden, schwarzen Hose. Offenbar stellt sie sich das unter Freizeitkleidung vor, dachte Seth.

Sie war die Mutter zweier lebhafter Kinder und außerdem studierte Soziologin und erfolgreiche Autorin. Und wirkte unglaublich gelassen, wie Seth fand.

Er wusste, wie schwer erkämpft diese Gelassenheit war.

Sybill war in demselben Haushalt aufgewachsen wie seine Mutter, doch die Halbschwestern waren so verschieden wie die beiden Seiten einer Münze.

Da sich schon allein bei dem Gedanken an Gloria DeLauter sein Magen zusammenkrampfte, verbannte Seth sie aus seinem Kopf und konzentrierte sich auf Sybill.

»Als du vor ein paar Monaten mit Phil und den Kindern in Rom gewesen bist, hätte ich nicht gedacht, dass ich dich das nächste Mal hier wiedersehen würde. Ich habe mir so gewünscht, dass du zurückkommst.« Sie schenkte ihnen zwei Gläser Eistee ein. »Ich weiß, das war absolut egoistisch von mir, aber ich wollte dich einfach wieder hierhaben. Manchmal hielt ich während irgendeiner Beschäftigung inne und dachte: Irgendetwas fehlt. Was könnte es nur sein? Und dann: Oh ja, Seth. Seth fehlt. Albern, nicht wahr?«

»Nein, das ist einfach lieb von dir.« Er drückte ihre Hand,

bevor er das Glas nahm, das sie vor ihm abgesetzt hatte. »Danke.«

»Du musst mir unbedingt alles erzählen«, forderte sie ihn auf.

Sie redeten über seine Arbeit und über die ihre. Über die Kinder und darüber, was sich verändert hatte und was gleich geblieben war.

Als Seth aufstand, um zu gehen, legte sie ihre Arme um ihn und hielt ihn noch etwas länger fest. »Vielen Dank für die Blumen. Sie sind wunderschön.«

»Es gibt einen hübschen neuen Laden auf der Market Street. Die Inhaberin scheint zu wissen, was sie tut.« Hand in Hand ging er mit Sybill zur Tür. »Bist du schon einmal dort gewesen?«

»Ein- oder zweimal.« Da sie ihn nur zu gut kannte, lächelte Sybill. »Sie ist eine Schönheit, nicht wahr?«

»Wen meinst du?« Aber als sich Sybill nur an den Kopf tippte, da grinste er. »Erwischt. Ja, sie hat ein tolles Gesicht. Was weißt du über sie?«

»Eigentlich gar nichts. Sie ist im letzten Spätsommer hierhergezogen, glaube ich, und hat den Laden im Herbst aufgemacht. Sie stammt wohl aus der Washingtoner Gegend. Ich glaube, meine Eltern kennen irgendwelche Whitcombs und Banks in der Ecke. Könnten Verwandte sein.« Sie zuckte mit den Schultern. »Ich bin mir nicht sicher, und meine Eltern und ich, wir … kommunizieren zurzeit nicht häufig miteinander.«

Er berührte sanft ihre Wange. »Das tut mir leid.«

»Muss es nicht. Sie haben zwei tolle Enkelkinder, die sie die meiste Zeit ignorieren.« Genauso, wie sie dich ignoriert haben, dachte sie. »Sie sind diejenigen, die etwas verpassen.«

»Deine Mutter hat dir niemals vergeben, dass du dich für mich eingesetzt hast.«

Sybill sprach in aller Deutlichkeit, als sie sein Gesicht mit ihren Händen umfing: »Sie weiß ja gar nicht, was sie verpasst hat. Und außerdem stand ich nicht allein da. Niemand in dieser Familie tut das jemals.«

Damit hat sie recht, dachte Seth, als er auf die Bootswerkstatt zufuhr, als Quinn steht man niemals allein da.

Aber er war sich trotzdem nicht sicher, ob er es über sich bringen würde, den anderen von den Schwierigkeiten zu erzählen, von denen er fürchtete, dass sie ihn sogar bis hierher, wo er zu Hause war, verfolgen würden.

3. Kapitel

Als Dru die nächsten Kunden bedient hatte und wieder allein im Laden war, zog sie die Zeichnung aus ihrer Tasche.

Seth Quinn. Seth Quinn wollte sie malen. Wie faszinierend! So faszinierend wie der Künstler selbst. Eine Frau durfte einen Mann doch wohl faszinierend finden, ohne wirklich an ihm interessiert zu sein.

Denn das war sie ja schließlich nicht.

Sie verspürte kein Verlangen danach zu posieren, genau gemustert und verewigt zu werden. Nicht einmal von solch talentierten Händen. Aber die Vorstellung erfüllte sie mit Neugier, genauso wie sie neugierig darauf war, mehr über Seth Quinn zu erfahren.

In dem Artikel, den sie über ihn gelesen hatte, war es unter anderem um einige Details aus seinem Privatleben gegangen. Daher wusste sie, dass er als Kind hierhergekommen war und ein Zuhause bei Ray Quinn gefunden hatte, bevor dieser bei einem Autounfall ums Leben gekommen war. Etwas an der Geschichte war undurchsichtig geblieben, und seine Eltern waren nicht erwähnt worden. In dieser Hinsicht schwieg Seth sich in dem Interview aus. Der Leser erfuhr lediglich, dass Ray Quinn sein Großvater gewesen war und sich dessen Adoptivsöhne nach seinem Tod mithilfe der Ehefrauen, die nach und nach hinzugekommen waren, um ihn gekümmert und ihn großgezogen hatten.

Für meine Schwestern, hatte er gesagt, als er die Blumen gekauft hatte. Vielleicht waren sie wirklich für jene Frauen gewesen, die er als Schwestern ansah.

Aber das sollte ihr eigentlich gleichgültig sein.

Sie erinnerte sich daran, was der Artikel über Seths Arbeit berichtet hatte, und darüber, wie seine Familie sein Talent gefördert hatte. Sie hatte seinen Wunsch, in Europa zu studieren, voll und ganz unterstützt.

Drus Ansicht nach konnte sich ein Junge in dieser Situation verdammt glücklich schätzen. Seine Familie liebte ihn so sehr, dass sie ihn ziehen ließ, ihm zugestand, auf sich allein gestellt Dinge zu entdecken, die Erfahrung zu machen, auch einmal zu versagen oder Erfolge zu feiern. Und dann hatte sie ihn – offenbar ebenso selbstlos – wieder in ihren Schoß aufgenommen.

Dennoch konnte sie sich nur schwer vorstellen, dass der Mann, den die Italiener *il maestro giovane* – der junge Meister – getauft hatten, sich in St. Christopher niederlassen würde, um Meeresansichten zu malen.

Wahrscheinlich fällt es den vielen Bekannten von Drusilla Whitcomb Banks, die immerhin zu den oberen Zehntausend zählt, ebenso schwer, sich vorzustellen, wie sie Blumen in einem kleinen Laden am Meer verkauft, dachte Dru.

Es war ihr egal, was die Leute von ihr dachten oder über sie erzählten – und Seth Quinn hatte in dieser Hinsicht offenbar die gleiche Einstellung wie sie. Sie war hierhergekommen, um all den Forderungen und Erwartungen zu entfliehen, dem klammernden Griff ihrer Familie und dem Gefühl, in dem endlosen Tauziehen, das ihre Eltern miteinander veranstalteten, missbraucht zu werden.

Sie war nach St. Chris gekommen, um Frieden zu finden, den Frieden, nach dem sie sich fast ihr ganzes Leben lang gesehnt hatte.

Und sie war dabei, ihn zu finden.

Auch wenn ihre Mutter begeistert gewesen wäre – vielleicht

auch gerade *weil* ihre Mutter begeistert gewesen wäre –, dass Seth Quinn sich für ihre kostbare Tochter interessierte, hatte Dru nicht die Absicht, dieses Interesse zu schüren. Weder das des Künstlers noch das des Mannes, das sie in seinen Augen erkannt hatte, als er sie anblickte.

Und auch nicht ihr eigenes Interesse an ihm, dieses rein sexuelle Verlangen, das sie für ihn empfunden hatte.

Die Quinns waren, wie sie gehört hatte, eine große, unübersichtliche Familie – und Dru hatte weiß Gott die Nase voll von Familien.

Eigentlich eine Schande, das musste sie sich eingestehen, als sie die Karte gegen ihre Handfläche klopfte, bevor sie sie in eine Schublade fallen ließ. Der junge Meister war attraktiv und amüsant. Und jeder Mann, der sich die Mühe machte, Blumen für seine Schwestern zu kaufen und dann auch noch sicher gehen wollte, dass er mit seinem Kauf den Geschmack jeder einzelnen Beschenkten traf, erntete in ihren Augen Pluspunkte.

»Schade für uns beide«, murmelte sie und knallte die Schublade entschlossen zu.

Seth dachte an Dru und überlegte, welche Perspektiven und Farben bei einem Porträt am besten wirken würden. Ihm gefiel die Vorstellung von einer Dreiviertelansicht ihres Gesichts, auf der sie den Kopf leicht nach links gewandt hielt, während ihre Augen den Betrachter von der Leinwand aus ansahen.

Das würde den Kontrast zwischen ihrem kühlen Auftreten und ihrer erotischen Ausstrahlung gut zur Geltung bringen.

Er zweifelte keinen Moment daran, dass Dru für ihn Modell sitzen würde. Schließlich besaß er ein ganzes Arsenal von Waffen, um die Gegenwehr eines potenziellen Modells zu überwinden. Alles, was er tun musste, war zu entscheiden, welche davon bei Drusilla am besten geeignet wäre.

Während Seth mit den Fingern zur Musik von Aerosmith, die aus dem Autoradio dröhnte, auf das Lenkrand trommelte, dachte er darüber nach.

Ihre Familie hatte Geld. Er war durchaus imstande, einen Designerschnitt und einen guten Stoff zu erkennen, auch wenn er mehr an dem interessiert war, was *in* dem Kleid steckte. Außerdem war ihm ihre Aussprache aufgefallen, die sie mit Sicherheit einer erstklassigen Privatschule zu verdanken hatte.

Sie hatte James McNeill Whistler für den Namen ihres Ladens bemüht. Was ebenfalls darauf schließen ließ, dass sie eine sehr privilegierte Schulbildung genossen haben musste.

Man spürte, dass Dru sich wohl in ihrer Haut fühlte und nicht nervös wurde, wenn ihr ein Mann signalisierte, dass er sie attraktiv fand.

Sie war nicht verheiratet, und sein Instinkt sagte ihm, dass sie auch nicht anderweitig gebunden war. Eine Frau wie Dru krempelte nicht ihr Leben um, um einem Freund oder einem Liebhaber hinterher zu ziehen. Sie war aus Washington gekommen, hatte ein Geschäft gegründet und führte es allein, weil es genau das war, was sie wollte.

Dann fiel Seth ein, wie falsch er mit seinen Vorstellungen von der angeblichen Witwe Whitcomb Banks gelegen hatte, und entschied sich, vorerst noch keine Wetten auf seine Theorien über Dru abzuschließen. Lieber wollte er ein paar Nachforschungen anstellen, bevor er sich ihr wieder näherte.

Er bog auf den Parkplatz vor dem alten Backsteingebäude ein, das die Quinns Nancy Claremont abgekauft hatten, nachdem ihr knauseriger, sturer Ehemann während eines Streits mit Cy Crawford über den Preis eines Frikadellen-Sandwichs an einem Herzinfarkt gestorben war.

Ursprünglich hatten sie das riesige Gebäude nur gemietet. Es war im 18. Jahrhundert einmal ein Tabak-Lagerhaus gewesen, hatte im 19. Jahrhundert als Abpackbetrieb hergehalten und den größten Teil des 20. Jahrhunderts als Abstell- und Lagerraum gedient.

Dann hatten die Quinn-Brüder das Haus mit einigem Aufwand in eine Bootswerkstatt verwandelt, und seit acht Jahren gehörte es nun ihnen.

Als er aus dem Wagen stieg, blickte Seth zum Dach hinauf. Er erinnerte sich daran, wie er geholfen hatte, es neu zu decken und sich dabei fast den Hals gebrochen hätte.

In jenen ersten Jahren hatte er sich häufig an dem heißen Spezialgemisch, das jeweils zur Hälfte aus erhitztem Leinöl und Terpentin bestand, die Finger verbrannt, hatte mithilfe von Ethans unendlicher engelsgleicher Geduld gelernt, wie man Planken durch Überlappung verbindet, hatte neben Cam wie ein Schwein geschwitzt, als sie das Dock reparierten und jede nur erdenkliche Möglichkeit zur Flucht genutzt, wenn Phil wieder einmal mit dem Schuhanzieher hinter ihm her war, um ihn in sein Büro zu treiben, wo er ihm die Buchführung beizubringen versuchte.

Er ging auf die Vorderseite des Hauses zu und blieb für einen kurzen Augenblick grinsend und mit in die Hüften gestemmten Fäusten vor dem verwitterten Schild stehen. *BOATS BY QUINN.* Er bemerkte, dass den vier Namen, die von Anfang an dort gestanden hatten, ein weiterer hinzugefügt worden war.

Aubrey Quinn.

Er grinste immer noch, als die Vordertür aufgestoßen wurde und Aubrey heraustrat.

Sie trug einen Werkzeuggürtel um die Hüften und eine tief in die Stirn gezogene Kappe der *Baltimore Orioles.* Ihr Haar, das die Farbe von dunklem Honig hatte, hatte sie hinten durch die Öffnung gezogen, und dort wippte es jetzt auf und ab.

Ihre verschrammten, fleckigen Arbeitsstiefel sahen aus, als gehörten sie einer Puppe, denn sie hatte sehr kleine Füße.

Und eine sehr kräftige Stimme, dachte er, als sie ein lautes Freudengeschrei anstimmte und auf ihn zugestürmt kam.

Sie sprang an ihm hoch, suchte mit den Händen Halt an seinen Schultern und schlang die Beine um seine Taille. Der Schirm ihrer Kappe stieß gegen seine Stirn, als sie ihren Mund zu einem langen schmatzenden Kuss auf den seinen presste.

»Mein Seth!« Mit lautem Gejohle legte sie die Arme um seinen Hals. »Hau bloß nicht wieder ab! Verdammt noch mal, wag es ja nicht, je wieder abzuhauen!«

»Würde ich gar nicht fertigbringen. Hier passiert nämlich viel zu viel, wenn ich weg bin. Lass mich dich einmal ansehen«, sagte er und kippte sie ein wenig nach hinten, um ihr Gesicht zu betrachten.

Mit zwei Jahren war sie für ihn eine kleine Prinzessin gewesen. Heute war sie eine sportliche, attraktive, junge Frau von zwanzig Jahren.

»Menschenskind, bist du hübsch geworden!«, entfuhr es ihm.

»Ach ja? Du aber auch.«

»Warum bist du nicht am College?«

»Fang bloß nicht damit an.« Aubrey verdrehte ihre strahlend grünen Augen und sprang auf den Boden. »Ich habe es zwei Jahre lang versucht, und ich wäre in einer Sträflingskolonne glücklicher gewesen, das kannst du mir glauben. Das hier ist es, was ich machen will.« Sie deutete mit dem Daumen auf das Schild. »Als Beweis steht mein Name da oben drauf.«

»Du hast Ethan schon immer um den kleinen Finger wickeln können.«

»Mag sein. Aber das musste ich gar nicht. Dad hat es begriffen und Mom nach anfänglichem Jammern auch. Ich bin nicht zum Studieren gemacht, Seth, nicht so wie du – und du wirst niemals der Bootsbauer sein, der ich bin.«

»Verflixt, da lässt man dich mal ein paar Jahre allein, und schon bekommst du Anwandlungen von Größenwahn. Also, wenn du mich beleidigen willst, dann musst du wohl auf das Geschenk verzichten, das ich dir mitgebracht habe.«

»Wo ist es? Was ist es?« Aubrey bohrte ihre Finger in seine Rippen, denn sie wusste, dass er dort kitzlig war. »Gib schon her!«

»Hör auf damit! Schon gut, schon gut. Mann, du änderst dich wohl nie!«

»Was bringt es schon, perfekt zu sein? Und jetzt her mit der Beute, dann passiert dir auch nichts.«

»Es ist im Auto.« Seth deutete auf den Parkplatz und stellte befriedigt fest, dass ihr der Mund offen stehen blieb.

»Ein Jaguar? Oh Mann!« Sie flitzte über die Rasenstoppeln zum Parkplatz und strich mit den Fingern ehrfurchtsvoll über die glänzende, silberne Haube. »Cam werden die Tränen in die Augen steigen, wenn er das sieht. Er wird sich hinhocken und flennen. Gib mir mal die Schlüssel, damit ich den Kleinen ausprobieren kann.«

»Aber sonst geht's dir gut, ja?«

»Jetzt sei doch nicht so! Du kannst ja mitkommen. Wir düsen zu *Crawford's* und holen uns ...« Ihre Stimme versiegte, als er die lange, weiße Pappschachtel aus dem Kofferraum nahm. Sie starrte erst die Schachtel und dann ihn blinzelnd an, ehe ihre Augen einen weichen Ausdruck annahmen und feucht zu schimmern begannen.

»Du hast mir Blumen gekauft! Du hast mir ein richtiges Mädchengeschenk mitgebracht! Oh, lass mich sehen – welche Sorte hast du gekauft?« Sie zog ein Arbeitsmesser aus ihrem Gürtel, schlitzte das Band auf und zerrte den Deckel herunter. »Sonnenblumen! Sieh doch nur, wie glücklich die aussehen!«

»Sie haben mich an dich erinnert.«

Aubrey starrte auf die Blumen hinunter. »Ich war so böse auf dich, weil du gegangen bist.« Als ihr die Stimme versagte, tätschelte er ihr verlegen die Schulter. »Ich weine schon nicht«, murmelte sie und atmete tief ein. »Ich bin doch keine Memme.«

»Niemals!«

»Es ist so schön, dass du wieder da bist.« Sie umarmte ihn erneut. »Die Blumen gefallen mir wirklich gut.«

»Das freut mich.« Er schlug ihr auf die Hand, die versuchte, sich in seine Tasche zu schieben. »Du kriegst die Schlüssel nicht. Ich muss sowieso los. Ich habe noch Blumen für Grace und will auf dem Nachhauseweg bei ihr vorbeischauen.«

»Sie ist nicht da. Heute ist der Nachmittag, an dem sie ihre Einkäufe erledigt, und dann holt sie Deke von der Schule ab und bringt ihn zu seiner Klavierstunde und und und. Ich weiß wirklich nicht, wie sie das alles schafft. Ich nehme sie mit und gebe sie ihr«, fügte sie hinzu. »Die Blumen werden sie etwas darüber hinwegtrösten, dass sie dich heute verpasst hat.«

»Richte ihr aus, dass ich versuchen werde, morgen vorbeizukommen, ansonsten sehe ich sie dann am Sonntag.« Er nahm die Schachtel aus dem Kofferraum und trug sie zu dem flotten, kleinen, blauen Pick-up.

Aubrey legte ihre Blumen zusammen mit denen für ihre Mutter auf die Sitzbank. »Jetzt hast du doch etwas Zeit übrig. Komm, lass uns Cam holen und ihm deinen Wagen vorführen. Ich sage dir, er wird zusammenbrechen und flennen wie ein Baby. Ich kann es kaum erwarten.«

»Du hast einen ganz schön gemeinen Zug an dir, Aub.« Seth schlang seinen Arm um ihre Schultern. »Das mag ich so an dir. Und jetzt erzähl mir doch mal, was du über die Blumenfrau weißt. Drusilla.«

»Aha, so läuft der Hase also.« Aubrey grinste ihn anzüglich an, während sie auf das Gebäude zugingen.

»Möglicherweise.«

»Weißt du was? Treffen wir uns doch nach dem Abendessen bei *Shiney's.* So gegen acht. Du gibst mir was zu trinken aus, und ich erzähle dir alles, was ich weiß.«

»Du bist doch noch minderjährig.«

»Ich weiß, und ich habe natürlich auch noch nie in meinem Leben ein Bier angerührt«, erwiderte sie trocken. »Eine Cola, Daddy. Und vergiss nicht, dass ich in weniger als sechs Monaten alt genug bin.«

»Bis dahin wirst du tatsächlich Cola trinken, wenn ich dir einen ausgebe.« Seth zog den Schirm ihrer Kappe herunter und öffnete die Tür zur Bootswerkstatt.

Cam ist weder zusammengebrochen noch hat er geweint, aber er hat immerhin sehr neidisch geguckt, dachte Seth später, als er vor *Shiney's Pub* parkte. Sein Bruder hatte sich sofort die Schlüssel geschnappt und war mit dem Wagen zu einer Probefahrt losgebrettert.

Anschließend hatten sie eine überaus befriedigende Stunde damit verbracht, nebeneinander vor der geöffneten Motorhaube zu stehen und den Motor zu bewundern.

Seth warf einen Blick auf den Pick-up, der neben seinem Wagen parkte. Eines musste man Aubrey lassen: Sie war immer pünktlich.

Er öffnete die Tür zu dem Pub und hatte einmal mehr das Gefühl, nach Hause zu kommen. *Shiney's Pub* war eine weitere Konstante von St. Chris. Der Laden würde immer so aussehen, als müsste er einmal gründlich mit einem Schlauch abgespritzt werden, die Kellnerinnen würden immer langbeinig sein und es würden dort immer die schlimmsten Livebands aus ganz Maryland auftreten.

Während der Leadsänger eine grauenhafte Version von *Barenaked Ladies* zum Besten gab, ließ Seth auf der Suche nach einer kleinen Blondine mit einer Baseballkappe auf dem Kopf seinen Blick über die Tische und die Bar schweifen.

Im ersten Moment konnte er sie nirgends entdecken, doch dann blieb sein Blick an der Bar hängen. Dort saß Aubrey, lässig und kurvenreich in einem kleinen Schwarzen, und ihr dunkelblondes Haar ergoss sich über ihren Rücken. Sie führte eine hitzige Unterhaltung mit einem Kerl, der wie ein College-Junge aussah.

Seth steuerte mit grimmiger Miene auf die beiden zu. Er würde dem Jüngelchen schon zeigen, was passierte, wenn ein Kerl seine Schwester anmachte.

»Du hast sie wohl nicht alle!« Aubreys Stimme durchschnitt die Luft wie ein Peitschenhieb, und Seth knurrte ärgerlich. »Du bist wirklich total daneben! Die Leistung der *Pitcher* ist stabil, das Infield fängt jeden Ball. Die Trefferquote steigt. Bis zur Saisonmitte wird dieses Team mehr Spiele gewonnen als verloren haben.«

»Das glaubst auch nur du«, schoss ihr Gegenüber zurück. »Die schaufeln sich bis zur Saisonmitte selbst ihr Grab am Tabellenende!«

»Wetten, nicht?« Aubrey kramte einen Zwanzigdollar-Schein aus ihrer Tasche und klatschte ihn auf die Bar.

Seth seufzte erleichtert auf. Sie mochte vielleicht zum Anbeißen aussehen, aber an seiner Aubrey knabberte so leicht keiner.

»Seth!« Aubrey hatte ihn entdeckt, packte seinen Arm und zerrte ihn an die Bar. »Sam Jacoby«, sagte sie und nickte zu dem Mann neben ihr hinüber. »Glaubt, weil er selbst ein bisschen Softball spielt, könne er mitreden, wenn's um die echten Cracks geht.«

»Hab schon eine Menge von dir gehört.« Sam reichte Seth die Hand. »Von dieser gefühlsduseligen Banausin hier, die tatsächlich glaubt, dass die *Orioles* diese Saison so viel Glück haben könnten, sich ins Mittelmaß hochzuhangeln.«

Die beiden schüttelten sich die Hände. »Wenn du Selbstmord begehen möchtest, Sam, sieh zu, dass du dir eine Pistole besorgst. Es wird auf jeden Fall weniger schmerzvoll, als wenn dir Aub jeden Zentimeter deiner Haut langsam mit einem Spachtel herunterschält.«

»Ich lebe gern gefährlich«, entgegnete Sam und glitt von seinem Barhocker hinunter. »Hier, setz dich, ich habe den Stuhl eh für dich freigehalten. Ich muss los. Wir sehen uns, Aub.«

»Du schuldest mir im Juli garantiert zwanzig Mäuse!«, rief sie ihm hinterher, ehe sie ihre Aufmerksamkeit Seth zuwandte. »Sam ist ein netter Kerl, er hat nur einen fatalen Fehler: Er ist ein Fan der *Mariners.*«

»Und ich dachte schon, er würde dich anmachen.«

»Sam?« Aubrey schaute ihn mit einem so selbstgefälligen, durch und durch weiblichen Blick an, dass es Seth schauderte. »Oh ja, das hat er. Ich halte ihn mir sozusagen in Reserve. Im Moment bin ich mit Will McLean zusammen.«

»Will?« Seth hätte sich beinahe verschluckt. »Will McLean?« Die Vorstellung, dass Aubrey und einer seiner Jugendfreunde auf diese Weise zusammen sein könnten, brachte ihn dazu, den Barkeeper herüberzuwinken. »Ich brauche ganz dringend ein Bier. *Rolling Rock.*«

»Wir sehen uns aber nicht sehr oft«, fuhr Aubrey vergnügt fort. »Er ist Assistenzarzt am *St. Chris General.* Die Schichten im Krankenhaus sind mörderisch. Aber wenn wir einmal die Zeit finden, machen wir das Beste daraus.«

»Halt die Klappe. Er ist zu alt für dich.«

»Ich hatte schon immer eine Schwäche für ältere Männer.« Sie kniff ihn in die Wange. »Mein süßer Fratz. Außerdem sind wir gerade mal gut fünf Jahre auseinander. Aber wenn du gern über mein Liebesleben plaudern würdest …«

»Nein, vielen Dank.« Seth griff nach der Flasche, die der Barkeeper vor ihm abgestellt hatte, und nahm einen großen Schluck. »Im Augenblick nicht.«

»Na schön, so viel zu mir. Kommen wir zu dir. In wie vielen Ländern hast du die Damen denn aufs Kreuz gelegt, während du Europa unsicher gemacht hast?«

»Also jetzt klingst du wie Kevin.« Seth redete nicht annähernd so gern mit Aubrey über dieses Thema, und er hatte nicht vor, es weiter zu vertiefen. »Ich war auf keinem Sex-Marathon, ich habe gearbeitet.«

»Einige Mädels sollen ja eine Schwäche für Künstler haben. Vielleicht hast du Glück, und dein Blumenmädchen gehört auch dazu.«

»Offensichtlich hast du zu viel Zeit mit meinen Brüdern verbracht. Das hat dir wohl das Gehirn aufgeweicht. Sag mir einfach, was du über Drusilla weißt, okay?«

»Okay.« Aubrey nahm sich eine Brezel aus dem Schälchen, das auf der Bar stand, und begann zu kauen. »Also, sie ist ungefähr vor einem Jahr das erste Mal hier aufgetaucht. Hat sich eine Woche lang in der Gegend herumgetrieben und sich nach Ladenlokalen umgesehen«, sagte sie mit einem Nicken. »Das habe ich von Doug Motts. Du erinnerst dich doch noch an Dougie? Schweinchen Dick haben wir ihn immer genannt. War in der Schule zwei Klassen unter dir.«

»Vage.«

»Ist ja auch egal. Jedenfalls hat er den Babyspeck inzwischen verloren. Er arbeitet jetzt als Immobilienmakler bei *Shore Realtors.* Laut Doug wusste die Frau genau, wonach sie suchte und hat ihnen aufgetragen, sie in Washington zu benachrichtigen, wenn sie etwas Adäquates anzubieten hätten. Na ja, und Doug« – Sie deutete auf das leere Glas vor sich, als der Barkeeper vorbeikam –, »hatte gerade erst bei der Firma angefangen und wollte sich die Sache an Land ziehen. Also hat er sich umgehört und versucht, etwas über seine potenzielle Kundin herauszufinden. Sie hatte ihm erzählt, dass sie als Kind ein paarmal in St. Chris gewesen sei, und damit hatte er einen Ausgangspunkt.«

»Mutter Crawford«, sagte Seth lachend.

»Genau. Was Mutter Crawford nicht weiß, lohnt sich auch nicht zu wissen. Und die Frau hat ein Gedächtnis wie eine ganze Horde Elefanten zusammengenommen. Sie hat sich an die Whitcomb Banks erinnert. Wer würde das nicht bei so einem Namen? Aber sie hat sich wohl vor allem deshalb an sie erinnert, weil Mrs. W. B. schon mit ihrer Familie hier zu Besuch weilte, als sie selbst noch ein Kind war. Mit ihrer stinkreichen Familie, übrigens. Ich sage nur: *Whitcomb Technologies.* Die gehören zu den reichsten Leuten Amerikas. Verwandt mit Senator James P. Whitcomb aus Maryland.«

»Ach, *die* Whitcombs.«

»Genau. Der Senator, der wohl der Großvater des Blumenmädchens sein dürfte, hat eine Schwäche für unsere schöne Ostküste. Und seine Tochter, die derzeitige Mrs. W. B., hat Proctor Banks – Was ist das überhaupt für ein Name, Proctor? –, von *Banks and Shelby Communication* geheiratet. Bei dem Haufen geht es wirklich um schweinemäßig viel Schotter. Die besitzen ein ganzes verdammtes Imperium.«

»Und die junge, attraktive und extrem reiche Drusilla mietet einen Laden in St. Chris und verkauft Blumen.«

»*Kauft* einen Laden in St. Chris«, verbesserte ihn Aubrey. »Sie hat das ganze Gebäude gekauft – eine hervorragende Immobilie in unserem kleinen Städtchen. Ein paar Monate nachdem Doug das Glück hatte, am Schreibtisch von *Shore Realtors* die Stellung zu halten, als sie zur Tür hereinspazierte, kam der Laden auf den Markt. Die Vorbesitzer leben in Pennsylvania und hatten schon an verschiedene Leute vermietet, die dort mit mehr oder weniger großem Erfolg ihre Geschäfte betrieben haben. Erinnerst du dich noch an den New Age-Laden – Steine, Kristalle, Kerzen und Meditationskassetten?«

»Oh ja. Der Kerl, der ihn führte, hatte eine Drachentätowierung auf dem rechten Handrücken.«

»Also der ist länger da drin gewesen, als jeder gedacht hatte, aber als letztes Jahr der Mietvertrag zur Verlängerung anstand, hieß es dann Lebewohl. Doug, der eine fette Provision roch, hat die junge WB angerufen, um ihr von dem Mietobjekt zu erzählen, das gerade erst auf den Markt gekommen war, und sie stachelte ihn nur noch weiter an, als sie ihn fragte, ob die Eigentümer an einem Verkauf interessiert seien. Als sich herausstellte, dass dem so war, war der Deal perfekt, und Doug hat laut Halleluja geschrien. Und dann machte sie ihn zum glücklichsten Mann in ganz St. Chris, als sie ihm auftrug, auch noch ein Haus zum Wohnen zu finden. Sie kam herunter, schaute sich die drei an, die er ihr zeigte, und fand Gefallen an dem morschen, alten viktorianischen Schuppen am Oyster Inlet. Wieder eine Immobilie erster Sahne, wenn man die Lage bedenkt«, fügte Aubrey hinzu. »Die Dame mag es eben vom Feinsten.«

»Das alte blaue Haus?«, fragte Seth. »Das wie ein halb aufgegessenes Lebkuchenhaus aussieht? *Das* hat sie gekauft?«

»Mit allem Drum und Dran.« Aubrey nickte, während sie weiter auf ihrer Brezeln herumkaute. »Guy hatte es vor gut drei Jahren gekauft und ein bisschen auf Vordermann gebracht.«

»Da draußen gibt es doch nichts als Sumpfgras und Dickicht.« Aber dann fiel ihm ein, dass sich das Haus über einer Biegung des Flusses erhob, und dass das tabakfarbene Wasser wie Bernstein schimmerte, wenn die Sonne durch die Eichen und Gummibäume schien.

»Dein Mädel liebt seine Privatsphäre«, erklärte Aubrey. »Bleibt gern für sich. Ist den Kunden gegenüber zuvorkommend und hilfsbereit, höflich, immer freundlich, aber dabei distanziert. Das ist eine von der ganz kühlen Sorte.«

»Sie ist neu hier.« Und Seth wusste weiß Gott wie es war, wenn man sich an einem Ort wiederfand, der all das hatte, was man sich wünschte, und sich nicht sicher war, ob man dort seinen Platz finden würde.

»Sie ist eine Fremde.« Aubrey vollführte ein typisch Quinn'sches Schulterzucken. »Und sie wird die nächsten zwanzig Jahre eine Fremde bleiben.«

»Sie könnte bestimmt einen Freund gebrauchen.«

»Ah, du bist also auf der Suche nach neuen Freunden, was, Seth? Am liebsten wohl etwas Weibliches und Wohlgeformtes zum Schmusen, wie?«

Er bedeutete dem Barkeeper, dass er noch ein Bier haben wollte und lehnte sich dann so weit zu Aubrey hinüber, dass seine Nase gegen ihre stieß. »Vielleicht. Ist es etwa das, was du mit Will tust?«

»Wir überspringen den Schmuseteil und kommen gleich zur Sache. – Aber ich nehme dich gern mal im Prahm mit raus, wenn du Lust hast. Allerdings unter meinem Kommando. Es ist schon so lange her, dass du ein Segel gesetzt hast, dass du ihn wahrscheinlich zum Kentern bringen würdest.«

»Von wegen! Wir werden morgen rausfahren.«

»Oh, wir haben also ein Rendezvous! Abgemacht. Und wo wir gerade von Rendezvous reden – deine neue Freundin ist gerade auch hier.«

»Wer?« Aber Seth wusste schon, wen sie meinte, bevor er sich auf seinem Barhocker herumdrehte. Er ließ seinen Blick über die Gäste wandern und hatte Dru schon bald an der Tür entdeckt.

In ihrem adretten Kostüm wirkte sie vollkommen deplatziert inmitten der Fischer mit ihren windgegerbten Gesichtern und vernarbten Händen und der Universitätsstudenten mit ihren modischen Schuhen und zu großen T-Shirts.

Wahrscheinlich wusste sie, dass sich die meisten Köpfe zu ihr umdrehten, als sie durch das Lokal ging. Frauen wussten das immer. Aber sie bewegte sich mit Entschlossenheit und lässiger Anmut zwischen den fleckigen Tischen und wackeligen Stühlen hindurch.

»Die hat Klasse«, lautete Aubreys Kommentar.

»Kann mal wohl sagen.« Seth kramte das Geld für die Getränke hervor und warf es auf die Bar. »Ich muss dich leider verlassen, Kleines.«

Aubreys Augen weiteten sich in gespieltem Schock. »Ich bin tief getroffen.«

»Wir sehen uns morgen«, sagte er und beugte sich vor, um ihr einen schnellen Kuss aufzudrücken, bevor er losschlenderte, um Dru abzufangen.

Sie blieb an einem Tisch stehen und begann mit einer der Kellnerinnen zu reden. Es dauerte einen Moment, bis Seth sie erkannte.

Terri Hardgrove. Blond, Schmollmund und gut gebaut. Sie waren auf der Highschool einige denkwürdige Monate miteinander gegangen. Es hatte nicht gut geendet und Seth wäre in diesem Moment beinahe abgebogen, um einem Treffen aus dem Weg zu gehen.

Stattdessen setzte er ein ungezwungenes Lächeln auf und ging weiter, bis er etwas von ihrer Unterhaltung aufschnappte.

»Ich werde die Wohnung doch nicht mieten«, sagte Terri gerade, während sie ihr Tablett auf einer Hüfte balancierte. »Ich habe mich wieder mit J. J. vertragen.«

»J. J.?« Dru legte den Kopf auf die Seite. »Ist das nicht diese miese, verlogene Drecksau, die Sie niemals wieder sehen wollten, selbst wenn der verdammte Kerl seinen letzten Atemzug röcheln würde?«

»Na ja, als ich das sagte, da hatten wir uns noch nicht ausgesprochen.« Terri trat von einem Fuß auf den anderen und klimperte mit ihren Wimpern. »Und ich dachte, soll er sich doch zum Teufel scheren, such ich mir eben eine Bleibe und bin wieder zu haben. Und genau in dem Moment, als ich so sauer auf ihn war und so weiter und so fort, da habe ich Ihr »Zu vermieten«-Schild gesehen. Aber jetzt habe ich mich wieder mit ihm vertragen.«

»Das sagten Sie bereits. Nun, dann herzlichen Glückwunsch. Es wäre ganz hilfreich gewesen, wenn Sie heute Nachmittag vorbeigekommen wären, wie wir es vereinbart hatten, um es mich wissen zu lassen.«

»Tut mir echt leid, aber da war ich gerade damit beschäftigt …«

»… sich wieder mit ihm zu vertragen«, beendete Dru den Satz für sie.

»Hallo, Terri.«

Sie kreischte auf. Mit einem Mal fiel Seth ein, dass Terri immer schon gern gekreischt hatte. Offenbar hatte sich über die Jahre nichts daran geändert.

»Seth! Seth Quinn! Du bist es wirklich!«

»Wie geht's, Terri?«

»Oh, gut, danke. Ich hatte gehört, dass du wieder im Lande bist, aber dich so in natura zu sehen! Meine Güte, du siehst ja noch besser aus als früher und berühmt bist du! Das mit der Highschool ist ja schon eine ganze Weile her.«

»Wie wahr«, erwiderte er und blickte Dru an.

»Ihr kennt euch?«, fragte Terri.

»Wir sind uns schon einmal begegnet«, sagte Dru. »Dann werde ich Sie beide mal allein lassen, damit Sie sich über alte Zeiten unterhalten können. Ich hoffe, Sie und J. J. werden glücklich miteinander.«

»Du und J. J. Wyatt?«

Terri warf sich in die Brust. »Genau. Wir sind praktisch verlobt.«

»Wir können uns später unterhalten. Dann erzählst du mir alles.« Seth versuchte Dru einzuholen, die bereits auf dem Absatz kehrtgemacht hatte, und ließ die schmollende Terri einfach stehen.

»J. J. Wyatt«, begann Seth, als er Dru eingeholt hatte. »Angriffsspieler bei den *St. Chris High Sharks.* Hat sich auch an der Uni ständig geprügelt, bis ihn selbst seine Qualitäten auf dem Football-Feld nicht mehr davor bewahren konnten, rausgeschmissen zu werden.«

»Vielen Dank für diesen Einblick in ein faszinierendes Kapitel einheimischer Geschichte.«

»Sie sind sauer. Wie wäre es, wenn ich Ihnen etwas zu trinken spendiere und Sie mir alles erzählen?«

»Ich möchte nichts trinken, vielen Dank, und ich möchte gehen, bevor mein Trommelfell durch diese erstaunlich laute und untalentierte Band und ihre fürchterliche Version von *Jack and Diane* einen dauerhaften Schaden erleidet.«

Seth fand, dass es für sie sprach, dass sie den übel zugerichteten Song überhaupt erkannt hatte, und hielt ihr die Tür auf.

»Die Blumen waren übrigens ein voller Erfolg.«

»Freut mich zu hören.« Dru nahm ihre Schlüssel aus der schmalen gelbbraunen Handtasche.

Am liebsten hätte Seth ihr vorgeschlagen, in einem anderen Lokal etwas trinken zu gehen, doch die steile Falte zwischen ihren Augenbrauen verriet ihm, dass er heute nicht zum Zuge kommen würde.

»Sie haben also eine Wohnung zu vermieten?«

»Sieht ganz so aus«, sagte Dru abweisend und ging auf die Fahrerseite des schwarzen Mercedes SUV zu.

Seth legte seine Hand auf den Türgriff, ehe sie dazu Gelegenheit hatte, und lehnte sich dann freundlich lächelnd gegen die Tür. »Wo?«

»Über dem Laden.«

»Und Sie wollen sie vermieten?«

»Sie steht leer, und das ist meiner Ansicht nach Verschwendung von Wohnraum. – Ich kann meinen Wagen nicht fahren, wenn ich nicht hinter dem Steuer sitze«, wies sie ihn zurecht.

»Über dem Laden«, wiederholte er und vergegenwärtigte sich das Gebäude in Gedanken. Zwei Stockwerke, ja, das war richtig. »Drei große Fenster nach vorn und drei nach hinten raus«, sagte er laut. »Müsste eigentlich gutes Licht haben. Wie groß ist sie?«

»Fünfundachtzig Quadratmeter. Sie besteht nur aus einem großen Zimmer, einer kleinen Küche und einem Bad.«

»Das könnte reichen. Sehen wir sie uns einmal an.«

»Wie bitte?«

»Zeigen Sie mir die Wohnung. Vielleicht bin ich interessiert.«

Sie ließ die Schlüssel in ihrer Hand ungeduldig klirren. »Sie wollen, dass ich Ihnen die Wohnung *jetzt* zeige?«

»Sie wollen keinen Wohnraum verschwenden, warum dann Zeit?« Er öffnete ihr die Autotür. »Ich fahre hinter Ihnen her. Es wird nicht lange dauern«, fügte er breit grinsend hinzu. »Ich bin ein Mann schneller Entschlüsse.«

4. Kapitel

Und ich bin eine Frau, die gern schnell ein Urteil fällt, dachte Dru, als sie auf dem Parkplatz des Pubs zurücksetzte. Sie hatte Seth Quinn nämlich bereits in eine Schublade gesteckt.

Ein talentierter Mann und ein selbstbewusster dazu. Das Eine bedingte wahrscheinlich das Andere. Die Tatsache, dass seine rauen Kanten hier und da geschliffen waren, übte eine gewisse Faszination aus – was er mit Sicherheit nur allzu gut wusste.

Und für seine Zwecke einsetzte.

Er war attraktiv. Er besaß eine schlanke, fast schlaksige Statur, die dafür geschaffen zu sein schien, alte Jeans zu tragen. Dazu das üppige, glänzende, blonde Haar, vollkommen glatt und nie so recht frisiert. Die hohlen Wangen, die lebhaften blauen Augen. Nicht nur lebhaft, was die Farbe anging – sein Blick war von einer unglaublichen Intensität. Wenn der Mann einen ansieht, hat man den Eindruck, als sehe er etwas, was niemand sonst zu sehen vermag, nicht einmal man selbst, dachte Dru.

Es war schmeichelhaft, aufregend und ärgerlich zugleich. Auf jeden Fall ging dieser Mann ihr nicht mehr aus dem Kopf.

Frauen schienen für ihn wie die Farben auf einer Palette zu sein. Hier ein Tupfer und da ein Tupfer, wie es ihm gerade gefiel. Und wie er sich an die Blondine in der Bar herangemacht hatte! Das war Dru sofort aufgefallen, als sie durch die Tür getreten war.

Und wie er die Kellnerin angelächelt hatte, diese blöde

Terri! Mit einem warmen und freundlichen Blick hatte er sie angesehen, in dem ein Hauch von Intimität lag. Ein sehr wirkungsvolles Lächeln, aber bei ihr würde er damit keine Chance habe.

Männer, die wie ein Schmetterling von einer Frau zur nächsten flatterten, waren zu gewöhnlich für Drus Geschmack.

Und trotzdem saß sie nun hier in ihrem Auto und fuhr zum Laden zurück, um ihm die Wohnung im ersten Stock zu zeigen, während sie eigentlich viel lieber in ihr schönes, ruhiges Haus zurückgekehrt wäre.

Aber es war natürlich vernünftiger so. Es machte keinen Sinn, die Räume leer stehen zu lassen. Und doch hatte es sie maßlos geärgert, dass er einfach davon ausgegangen war, dass sie sich sofort die Zeit nehmen würde, nur weil er es so wollte.

Einen Parkplatz zu finden war um diese Zeit an einem kühlen Frühlingsabend kein Problem mehr. Es war gerade einmal neun Uhr, aber der Hafen lag beinahe verlassen da. Nur wenige Boote waren dort vertäut, schaukelten in der Strömung, und ein paar Leute – wahrscheinlich Touristen – machten einen Spaziergang im blassen Mondlicht.

Ach, wie sehr sie dieses Hafenviertel liebte! Sie hatte beinahe vor Freude geheult, als es ihr gelungen war, das Gebäude für ihren Laden zu erstehen. Zu wissen, dass sie von nun an, wann immer es ihr gefiel, nach draußen treten und einen Blick auf das Wasser, die Krebspuhler, die Touristen werfen und die feuchte Luft auf ihrer Haut spüren konnte!

Dru genoss es, in St. Chris zu leben und zu arbeiten. Und sie war stolz darauf, dass es ihre eigene Entscheidung gewesen war, und sie sich von niemandem mehr etwas vorschreiben ließ.

Es wäre wahrscheinlich vernünftiger gewesen, die obere Wohnung selbst zu nutzen. Aber sie hatte ganz bewusst die

Entscheidung getroffen, nicht im gleichen Haus zu leben, in dem sie auch arbeitete. Was, wie Dru zugeben musste, während sie von der Market abbog, um zur Rückseite des Gebäudes zu gelangen, eine sehr praktische Entschuldigung dafür gewesen war, dass sie ein Haus außerhalb des Trubels suchte. Ein eigenes Haus, direkt am Wasser, das ganz ihren Wünschen entsprach.

Das Haus in Georgetown hatte sich nie wie ihr eigenes angefühlt.

Sie schaltete das Licht und den Motor aus und griff nach ihrer Handtasche. Seth war schon zur Stelle und öffnete die Wagentür, ehe sie es selbst tun konnte.

»Es ist ziemlich dunkel. Passen Sie auf, wo sie hintreten.« Er nahm ihren Arm und lotste sie zu der Holztreppe, die in den ersten Stock hinaufführte.

»Ich sehe sehr gut, danke.« Sie rückte von ihm ab und öffnete die Handtasche, um die Schlüssel herauszuholen. »Das wäre also der Parkplatz und der Privateingang, wie Sie sehen.«

»Ja, das sehe ich. Hören Sie das?« Auf halbem Weg die Treppe hinauf legte er eine Hand auf ihren Arm, um sie aufzuhalten. »Hören Sie doch nur«, wiederholte er und blickte zu den Häusern hinüber, die entlang der Straße hinter ihnen standen. »Ist das nicht großartig?«

Dru vermochte ein Lächeln nicht zu unterdrücken. Sie wusste genau, was er meinte – diese Stille war wirklich großartig.

»In ein paar Wochen wird es hier nicht mehr so ruhig sein.« Sein Blick wanderte durch die Dunkelheit. Und wieder einmal dachte sie, dass er sah, was andere nicht sahen. »Ab dem Memorial Day werden die Touristen und die Ferienhausbesitzer in Scharen eintreffen. Die Nächte werden länger und wärmer, und die Leute halten sich mehr draußen auf. Diese Art von

Lärm kann auch großartig sein – Ferienlärm eben. Er klingt besonders gut, wenn man eine Eistüte in der Hand hält und keine Stechuhr im Kopf hat.«

Seth drehte sich um und sah Dru mit seinen durchdringenden blauen Augen an. Sie schienen sie förmlich zu durchbohren.

»Mögen Sie Eiscreme?«, fragte er.

»Es würde wohl etwas nicht mit mir stimmen, wenn ich darauf mit Nein antworten müsste.« Hastig stieg sie die letzten Stufen hinauf.

»Oh nein, bei dir stimmt alles«, murmelte er in sich hinein, die Daumen in seine vorderen Hosentaschen gehakt, während er dabei zusah, wie sie die Tür aufschloss.

Sie schaltete das Deckenlicht ein und ließ dann zur Sicherheit die Tür offen stehen, nachdem er eingetreten war.

Aber sie erkannte sofort, dass dies unnötig gewesen war. Seth Quinn verschwendete keinen Gedanken mehr an sie.

Er trat zuerst auf die Fenster zu, die nach vorn hinausgingen, und stand eine Weile breitbeinig da, was bei ihm entspannt und aufmerksam zugleich wirkte. Und sehr sexy.

Er trägt seine abgerissene Jeans mit mehr Stil, als es so mancher Mann in einem Fünfhundert-Dollar-Anzug zustande bringt, dachte Dru. Auf seinen Schuhen entdeckte sie Farbkleckse.

Als er etwas zu murmeln begann, blinzelte sie und kam wieder zu sich.

»Wie bitte?«

»Was? Oh, ich überlege nur wegen des Lichts – Sonneneinfall, Winkel und so weiter.« Er schritt zu den hinteren Fenstern hinüber und blieb auch dort eine Weile stehen. Murmelte wieder vor sich hin.

Er führt offenbar gern Selbstgespräche, dachte Dru. Nun,

das war eigentlich gar nicht so seltsam. Sie selbst bestritt schließlich ganze Unterhaltungen in ihrem Kopf.

»Die Küche ...«, begann sie.

»Spielt keine Rolle.« Er starrte mit gerunzelter Stirn zur Decke hinauf und sein Blick schien so konzentriert zu sein, dass sie sich dabei erwischte, wie sie selbst hinaufsah.

Nachdem sie ein paar Sekunden so dagestanden und nach oben gestarrt hatten, kam Dru sich allmählich albern vor. »Gibt es ein Problem mit der Decke? Man hat mir versichert, dass mit dem Dach alles in Ordnung sei, und ich weiß, dass es nicht undicht ist.«

»Hm. Hätten Sie etwas gegen Oberlichter einzuwenden – natürlich auf meine Kosten eingesetzt?«

»Ich ... nun ja, ich weiß nicht so recht. Ich denke ...«

»Dann würde es funktionieren.«

Er schritt im Raum umher, stellte in Gedanken seine Leinwände, Farben, die Staffelei, den Tisch, an dem er seine Skizzen anfertigte, die Regale für die Materialvorräte und seine Ausrüstung auf. Ich werde wohl auch ein Sofa oder ein Bett hineinstellen, dachte er. Besser wohl ein Bett, falls er lange arbeitete und sich nur noch zum Schlafen hineinfallen lassen wollte.

»Die Wohnung ist nicht schlecht«, sagte er schließlich. »Wenn das mit den Oberlichtern klargeht, wird es funktionieren. Ich nehme sie.«

Sie rief sich in Erinnerung, dass sie den Oberlichtern noch nicht wirklich zugestimmt hatte. Aber andererseits fand sie keinen Grund, sie abzulehnen. »Das ging ja wirklich schnell. Ganz wie versprochen. Möchten Sie denn nicht noch einen Blick in die Küche und das Bad werfen?«

»Sie haben doch bestimmt all das, was Küchen und Bäder gemeinhin so zu bieten haben?«

»Ja, schon. Allerdings ist im Bad keine Wanne, sondern nur eine Dusche.«

»Ich habe nicht vor, ständig Schaumbäder zu nehmen.« Er ging wieder zu den Vorderfenstern hinüber. »Erstklassige Aussicht.«

»Ja, sie ist sehr schön. Es geht mich ja nichts an, aber ich dachte, Sie hätten jede Menge Möglichkeiten, wo Sie während Ihres Aufenthalts hier wohnen können. Warum brauchen Sie da eine Wohnung?«

»Ich möchte hier nicht leben, sondern arbeiten. Ich brauche ein Atelier.« Er drehte sich zu ihr um. »Ich bin bei Cam und Anna untergekommen, und es gefällt mir bei ihnen. Irgendwann werde ich mir etwas Eigenes suchen, aber erst, wenn ich genau das finde, was ich mir vorstelle. Denn ich statte St. Chris nicht nur einen Besuch ab, ich will für immer hierbleiben.«

»Verstehe. Nun, dann wird es also ein Atelier. Das erklärt auch die Oberlichter.«

»Mit mir fahren Sie besser als mit Terri«, sagte er, da er ihr Zögern spürte. »Keine lauten Partys und keine Schreierei, wofür sie berühmt ist. Und ich kann mich nützlich machen.«

»Ach, wirklich?«

»Wenn's was zu schleppen oder zu warten gibt. Und ich werde auch nicht jedes Mal weinend angelaufen kommen, wenn der Wasserhahn tropft.«

»Der Punkt geht an Sie«, murmelte sie.

»Wie viele brauche ich denn? Ich würde die Wohnung wirklich gern haben. Ich will unbedingt wieder arbeiten. Was halten Sie von einem Mietvertrag über sechs Monate?«

»Sechs Monate? Ich hatte gehofft, einen Mieter für mindestens ein Jahr zu finden.«

»Wenn wir nicht miteinander klarkommen sollten, hätten

wir schon nach sechs Monaten die Möglichkeit, aus der Sache auszusteigen.«

Dru schürzte nachdenklich die Lippen. »Da haben Sie recht.«

»Wie viel wollen Sie denn für die Wohnung haben?«

Sie nannte ihm die Monatsmiete, zu der sie sich entschlossen hatte. »Bei Unterzeichnung des Mietvertrags möchte ich zwei Monatsmieten im Voraus und eine weitere Monatsmiete als Kaution haben.«

»Autsch! Sie sind ja knallhart.«

Jetzt lächelte sie. »Ich habe mich über Terri geärgert. Das müssen Sie jetzt ausbaden.«

»So etwas passiert mir öfter. Morgen bekommen Sie Ihr Geld. Am Sonntag bin ich auf einer Familienfeier, und ich muss erst noch die Oberlichter bestellen, aber ich würde gern sobald wie möglich damit anfangen, meine Sachen einzuräumen.«

»Kein Problem.« Die Vorstellung, dass er über ihrem Laden malen und dadurch ihr Haus auf so wunderbare Weise genutzt würde, gefiel ihr. »Herzlichen Glückwunsch«, sagte sie und bot ihm ihre Hand. »Sie haben jetzt ein Atelier.«

»Danke.« Er ergriff sie und hielt sie fest. Kein Ring, dachte er wieder. Lange, schlanke Finger und unlackierte Nägel. »Haben Sie sich noch einmal durch den Kopf gehen lassen, ob Sie für mich Modell sitzen wollen?«

»Nein.«

Ihre unverblümte Antwort entlockte ihm ein Grinsen. »Ich werde Sie schon noch dazu überreden.«

»Ich lasse mich nicht so leicht umstimmen. Und wir sollten einige Dinge ein für alle Mal klarstellen, bevor wir diese hoffentlich für beide Seiten befriedigende geschäftliche Beziehung eingehen.«

»In Ordnung. Dann möchte ich zunächst einmal Folgendes klarstellen: Sie haben ein ausdrucksstarkes, schönes Gesicht, das mich sowohl als Künstler, als auch als Mann anzieht. Der Künstler in mir möchte Ihre Schönheit auf die Leinwand bannen, der Mann in mir möchte sie genießen. Daher möchte ich Sie malen – und ich möchte gern mehr Zeit mit Ihnen verbringen.«

Trotz der geöffneten Tür, durch die eine leichte Brise hereinwehte, fühlte sich Dru plötzlich eingeengt. Es lag an der Art und Weise, wie er ihre Hand hielt und ihr in die Augen blickte.

»Ich bin mir sicher, dass Sie Ihr Quantum an Frauen hatten, die Sie auf die Leinwand gebannt und mit denen Sie sich vergnügt haben. Wie die dralle Blondine im kleinen Schwarzen zum Beispiel, mit der Sie an der Bar auf Tuchfühlung gegangen sind.«

»Wen zum Teufel ...?«

Sein Gesicht verzog sich zu einem herzhaften Lachen und Dru kam es so vor, als bräche ein Sonnenstrahl durch die Wolken.

»Dralle Blondine im kleinen Schwarzen«, wiederholte Seth. »Gott, das wird ihr gefallen! Aber Sie sind da leider auf dem falschen Dampfer. Das war Aubrey, Aubrey Quinn. Die älteste Tochter von Ethan, meinem Bruder.«

»Verstehe.« Dru kam sich vor wie eine Idiotin. »Es schien mir keine besonders onkelhafte Beziehung zu sein.«

»Ich fühle mich auch nicht wie ihr Onkel. Mehr wie ein großer Bruder. Sie war zwei Jahre alt, als ich nach St. Chris kam, und sie hatte es mir sofort angetan. Aubrey war der erste Mensch, den ich wirklich geliebt habe. Sie ist stark und schön – und das habe ich natürlich mit Vergnügen auf Leinwand gebannt. Aber nicht auf die gleiche Weise, wie ich es gern bei Ihnen täte.«

»Da muss ich Sie leider enttäuschen. Selbst wenn ich die

Zeit hätte, für Sie Modell zu sitzen, so hätte ich doch keine Lust auf mehr. Sie sind ein sehr attraktiver Mann, Seth, und wenn ich eine oberflächliche Frau wäre …«

»Oh ja, lassen Sie uns oberflächlich sein!« Wieder ein strahlendes Grinsen.

»Tut mir leid, das war ich vielleicht einmal, aber die Zeiten sind vorbei.« Aber es war ihm wieder einmal gelungen, ihr ein Lächeln zu entlocken. »Wenn ich eine oberflächliche Frau wäre, würde ich mich vielleicht mit Ihnen vergnügen. Aber so wie die Dinge nun einmal stehen, werden wir uns aufs Geschäftliche beschränken.«

»Das ist immerhin ein Anfang. Darf ich Ihnen eine Frage stellen?«

»Wenn es sein muss. Wie lautet sie?«

Aus dem verschlossenen und misstrauischen Ausdruck, den Drus Gesicht annahm, schloss Seth, dass sie sich auf eine persönliche Frage einstellte, die sie nicht beantworten würde. Und so entschied er sich für eine andere Taktik. »Mögen Sie gekochte Krebse?«

Sie starrte ihn einen Moment lang mit offenem Mund an. Dann sagte sie: »Ja, ich mag gekochte Krebse.«

»Gut. Dann werden wir bei unserer ersten Verabredung welche essen. Ich komme dann morgen früh vorbei, um den Mietvertrag zu unterzeichnen«, fügte er hinzu, während er auf die geöffnete Tür zuging.

»Morgen früh passt mir gut.«

Er blickte auf sie hinunter, als sie sich nach vorn lehnte, um die Tür hinter ihnen abzuschließen. Sie hatte einen langen, anmutig geschwungenen Hals. Der Kontrast zu dem strengen Schnitt ihres dunklen Haares war dramatisch. Ohne nachzudenken strich Seth mit dem Finger über ihren Nacken, einfach um zu spüren, wie er sich anfühlte.

Dru erstarrte, sodass sie für einen Moment wie auf ein Porträt gebannt dastanden. Eine Frau in einem eleganten Kostüm, leicht nach vorn geneigt, und ein Mann in abgetragener Kleidung mit einer Fingerspitze auf ihrem Nacken.

Dann richtete Dru sich mit einer ruckartigen Bewegung auf, und Seth ließ seine Hand fallen. »Tut mir leid, ist so eine lästige Angewohnheit von mir.«

»Haben Sie viele davon?«

»Ich fürchte ja. Es tut mir wirklich leid. Sie haben einen sehr schönen Nacken.« Er stopfte seine Hände in die Hosentaschen, damit keine Gefahr bestand, dass er zu weit ging. Noch nicht.

»Ich bin ein Experte, was Nacken angeht, ob schön oder nicht«, sagte er. Sie huschte an ihm vorbei die Treppe hinunter.

»Hey!« Er beeilte sich, ihr zu folgen. »Ich habe noch bessere Sprüche als den drauf.«

»Das glaube ich Ihnen nur zu gern.«

»Ich werde demnächst einige an Ihnen ausprobieren. Aber für den Moment bezähme ich mich.« Er öffnete ihr die Autotür. »Gibt es in diesem Haus eigentlich auch eine Möglichkeit, wo ich etwas lagern kann?«

»Es gibt einen Allzweckraum. Er befindet sich da drüben.« Sie deutete auf eine Tür unter der Treppe. »Dort sind der Heizkessel und das Heißwassergerät untergebracht, aber es gibt noch genug Platz, um etwas abzustellen.«

»Kann ich da, falls nötig, ein paar von meinen Sachen unterbringen, bis ich die Wohnung oben fertig habe? Ich erwarte einige Kisten aus Rom. Sie werden wahrscheinlich am Montag eintreffen.«

»Soll mir recht sein. Der Schlüssel ist im Laden. Erinnern Sie mich morgen daran, dass ich ihn Ihnen gebe.«

»Das ist sehr nett von Ihnen.« Seth schloss die Wagentür für sie, als sie eingestiegen war und klopfte dann noch einmal an die Scheibe. »Eins wollte ich Ihnen noch sagen«, begann er, nachdem sie das Fenster geöffnet hatte. »Es macht wirklich Spaß, Zeit mit einer klugen, selbstbewussten Frau zu verbringen, die weiß, was sie will, und losgeht, um es sich zu holen, wie Sie es mit dem Laden hier gemacht haben. So viel Zielbewusstsein und Hingabe finde ich sehr sexy.«

Er wartete einen Augenblick, ehe er hinzufügte: »Das war wieder so ein Spruch.«

Sie blickte ihm in die Augen, während sie die Scheibe wieder zwischen ihren Gesichtern hochfahren ließ.

Und sie begann erst zu kichern, nachdem sie losgefahren war.

Das Beste an Sonntagen war Drus Ansicht nach, dass sie ganz langsam aufwachen und noch für eine Weile ihren Träumen nachhängen konnte, während das Sonnenlicht durch die Bäume spähte, ins Zimmer hineinschaute und auf ihren geschlossenen Lidern tanzte.

Sonntage bedeuteten, dass sie nichts tun *musste,* aber zahllose Dinge tun *konnte.*

Sie würde sich in ihrer Küche Kaffee aufgießen und einen Bagel toasten und dann in dem kleinen Esszimmer frühstücken, während sie in ein paar Katalogen blätterte.

Später wollte sie in ihrem Garten herumwerkeln, den sie selbst angelegt hatte, und dabei Musik hören.

Es gab jetzt keine Wohltätigkeitsveranstaltungen mehr, zu denen sie erscheinen musste, keine obligatorischen Familienessen, keine Tennisturniere im Klub – kurzum: nichts, was ihr den Sonntag vergällen konnte.

Keine Streitigkeiten zwischen ihren Eltern, bei denen sie

gezwungen war, den Schiedsrichter zu spielen, keine verletzten Gefühle und traurigen Blicke, weil jeder meinte, sie habe Partei für den anderen ergriffen.

Sie konnte den vor ihr liegenden Sonntag nach Lust und Laune genießen.

In all den Monaten, die Dru nun schon in St. Chris wohnte, hatte sie das niemals als selbstverständlich hingenommen. Und nie hatte jenes Gefühl der Freude, das sie jedes Mal überkam, wenn sie auf ihren Garten hinausblickte, auch nur um einen Hauch nachgelassen.

Und so war es auch jetzt wieder, als sie das Fenster öffnete, um die kühle Morgenluft hineinzulassen. Vom Schlafzimmer aus hatte sie einen wunderbaren Blick auf die Flussbiegung.

Ihr Blick schweifte über die getupften Blätter und rosafarbenen Knospen der Leberblümchen, die sie im Schatten der Eichen gepflanzt hatte, und über die Maiglöckchen, die bereits blühten. Auf der anderen Seite des Gartens wuchsen Sumpfgras und Schilf mit einer kleinen Lichtung darin, die sie für die goldgelben Iris geschaffen hatte, die gern feuchte Füße hatten.

Sie konnte die Vögel, den Wind und das gelegentliche Platschen eines Fisches oder eines Frosches hören.

Dru vergaß das Frühstück und schlenderte durch das Haus zur Vordertür, ging auf die Veranda und blickte sich um. Sie trug die Boxershorts und das T-Shirt, in denen sie geschlafen hatte, und es gab niemanden, der einen Kommentar zu dieser Aufmachung abgeben konnte, die für die Enkelin des Senators so gar nicht angemessen war. Keinen Reporter, keinen Fotografen, der auf der Suche nach einem Knaller für die Gesellschaftsseite war.

Ein wunderbar friedliches Gefühl durchströmte Dru.

Sie griff nach der Gießkanne und nahm sie mit ins Haus, um sie zu füllen, während die Kaffeemaschine lief.

In einer Hinsicht hatte Seth Quinn recht gehabt. Sie war eine Frau, die wusste, was sie wollte, und losging, um es sich zu holen. Zwar hatte es ein wenig gedauert, bis sie gewusst hatte, was sie eigentlich wollte, aber als sie es einmal herausgefunden hatte, war sie losgezogen und hatte getan, was getan werden musste.

Sie wollte einen Laden führen, der ihr Raum ließ für Kreativität und in dem sie glücklich war. Und sie war wild entschlossen, Erfolg damit zu haben – Erfolg, den sie sich allein erarbeiten wollte. Anfangs hatte sie sogar mit der Idee gespielt, eine kleine Gärtnerei aufzubauen.

Aber sie war sich nicht sicher, ob ihre Fertigkeiten dafür ausreichten. Was das Gärtnern anging, hatten sich ihre Unternehmungen in Georgetown im Wesentlichen auf ihren kleinen Hinterhof und auf Topfpflanzen beschränkt. Und obwohl sie sehr stolz war auf ihre Bemühungen und die Resultate, die sie zeigten, machte sie das noch lange nicht zu einer Expertin.

Aber mit Blumen kannte sie sich aus.

Sie hatte sich bewusst in einer Kleinstadt niedergelassen, wo das Leben gemächlicher vonstattenging und weniger Ansprüche an sie stellte. Und sie war in ein Haus am Wasser gezogen, wovon sie schon immer geträumt hatte.

Dru hatte sich in St. Christopher verliebt, in die fröhliche Gelassenheit dieses gepflegten Städtchens und die sich ständig verändernden Geräusche und Stimmungen der Bucht. Sie lauschte gern dem Klirren der Fahrrinnenmarkierungen und dem heiseren Ruf der Nebelhörner, wenn Dunst heraufzog.

Sie hatte sich an die ungezwungene Freundlichkeit der Einwohner gewöhnt und fühlte sich recht wohl dabei. Und sie dachte dankbar an die Gutmütigkeit eines Ethan Quinn zurück, der bei dem Sturm im letzten Winter herausgekommen war, um nach ihr zu sehen.

Oh nein, Dru wollte nie wieder in einer großen Stadt wohnen.

Ihre Eltern würden sich an den Abstand gewöhnen müssen, den Dru – sowohl räumlich als auch emotional – zwischen sich und ihnen geschaffen hatte. Sie war sich sicher, dass es am Ende für alle Beteiligten so am besten war.

Und ganz gleich, wie egoistisch es auch scheinen mochte, im Augenblick war es für sie von größerer Bedeutung, was das Beste für sie selbst war.

Dru drehte den Wasserhahn zu, goss sich einen Kaffee ein und ging mit der Gießkanne und dem Becher nach draußen, um sich um die Topfpflanzen zu kümmern.

Irgendwann würde sie ein Gewächshaus anbauen lassen, um mit ihren eigenen Blumen zu experimentieren, die sie dann verkaufen wollte. Aber sie musste sich erst davon überzeugen, dass eine solche Konstruktion nicht das wundervolle Aussehen ihres Hauses beeinträchtigen würde.

Sie liebte sein Dach und das aufwändige Holzwerk, das an ein Lebkuchenhaus erinnerte. Die meisten Menschen würden das dunkelblaue Haus mit den vielen Ornamenten hier inmitten der Dickichte und Sümpfe wohl als kitschig betrachten, aber für Dru war es wunderschön.

Sie setzte den Kaffeebecher auf einem Tisch ab und goss die Töpfe auf der Blumenbank, die förmlich überquollen mit Eisenkraut und Heliotrop.

Als sie ein Rascheln vernahm, blickte sie auf und sah einen Reiher, der majestätisch über dem braunen Wasser aufstieg.

»Ich bin glücklich«, sagte sie laut. »Ich bin glücklicher, als ich es jemals zuvor in meinem Leben gewesen bin.«

Sie beschloss, auf den Bagel und die Kataloge zu verzichten, und schlüpfte stattdessen in ihre Gartenkluft.

Sie arbeitete eine Stunde auf der sonnigen Seite des Hauses, wo sie ein paar Sträucher pflanzen und ein Blumenbeet anlegen wollte. Die blutroten Blüten des Rhododendrons, den sie vor einer Woche gepflanzt hatte, würden einen starken Kontrast zum Blau des Hauses bilden, wenn sie sich öffneten. Sie hatte im Winter einen Monat lang jeden Abend an der Planung ihres Gartens gearbeitet. Er sollte schlicht sein und auch ein wenig wild, wie ein Zaubergarten, mit Akelei und Rittersporn und hübsch anzusehendem Goldlack.

Kunst kennt viele Ausdrucksformen, dachte sie, als sie eine duftende Levkoje pflanzte. Seth würde ihre Wahl der Farben und Formen gewiss gutheißen.

Was natürlich überhaupt keine Rolle spielte. Der Garten sollte ihr gefallen, ihr allein. Aber der Gedanke, dass ein Künstler ihre Bemühungen zu würdigen wüsste, verschaffte ihr eine gewisse Befriedigung.

Er war am vergangenen Tag – kurz nachdem sie den Laden geöffnet hatte – zur Tür hereingestürmt gekommen, hatte ihr den vereinbarten Betrag überreicht, seine Unterschrift unter den Mietvertrag gesetzt, die Schlüssel eingesteckt und war wieder verschwunden.

Kein Flirtversuch, kein Lächeln, keine weitere Kostprobe aus seinem reichhaltigen Repertoire an Sprüchen.

Was auch besser ist, dachte Dru. Schließlich wollte sie im Augenblick mit Männern nichts zu tun haben. Aber irgendwie war es in gewisser Weise doch nett, sich die Möglichkeit auf einen Flirt sozusagen in Reserve zu halten.

Wahrscheinlich hatte er am Samstagmorgen eine Verabredung mit einer der vielen Frauen gehabt, die sich in seiner Abwesenheit nach ihm verzehrt hatten. Mit seinem langen, dichten Haar und der schlanken Figur war er genau der Typ Mann, nach dem sich die Frauen verzehrten.

Und diese Hände! Seine Hände waren wirklich ungewöhnlich mit ihren breiten Handflächen und den langen Fingern. Sie besaßen eine natürliche Eleganz und konnten eine Frau – von ihr selbst natürlich abgesehen – dazu bringen sich vorzustellen, wie sie von solchen Händen gestreichelt wurde.

Dru setzte sich mit einem Seufzer auf ihre Fersen zurück, denn ihr wurde bewusst, dass sie genau dieser Vorstellung gerade mehr als einen flüchtigen Gedanken gewidmet hatte. Und das nur, weil es der erste Mann ist, den du seit langer Zeit attraktiv findest, dachte sie. Großer Gott, wie lange war es eigentlich her, dass ihr das zuletzt passiert war?

Sie hatte seit fast einem Jahr noch nicht einmal ein Rendezvous gehabt.

Aber sie wollte es ja nicht anders. Und sie würde ihre Meinung, was das anging, ganz bestimmt nicht ändern und bei Seth Quinn und seinen gekochten Krebsen enden.

Sie würde einfach so weitermachen wie bisher, sich ihr Zuhause einrichten und sich um ihren Laden kümmern, während er sich um seine Angelegenheiten kümmerte und jeden Tag in dem Atelier über ihrem Laden malte.

Sie würde sich schon daran gewöhnen, dass er dort oben war, und es mit der Zeit gar nicht mehr bemerken. Wenn der Mietvertrag auslief, würden sie sehen, ob …

Verdammt! Der Schlüssel zum Allzweckraum.

Sie hatte vergessen, ihn ihm zu geben. Nun ja, er hatte immerhin auch vergessen, sie daran zu erinnern.

Ist nicht mein Problem, dachte sie und zog ein Unkraut aus der Erde. Er war schließlich derjenige, der den Raum nutzen wollte, und wenn er nicht so in Eile gewesen wäre, hätte sie bestimmt daran gedacht, ihm den Schlüssel zu geben.

Sie pflanzte Kranichschnabel und gleich daneben Rittersporn. Dann richtete sie sich fluchend auf.

Der Gedanke an den Schlüssel würde ihr jetzt den ganzen

Tag keine Ruhe mehr lassen. Er würde sie ständig verfolgen, sie kannte sich nur zu gut. Sie würde sich Gedanken um die Kisten machen, die am nächsten Tag aus Rom eintreffen sollten. Es wäre wohl das Einfachste, den Zweitschlüssel, den sie hier zu Hause aufbewahrte, zu nehmen und eben bei Anna Quinn vorbeizufahren, um ihn abzugeben.

Es würde sie nicht mehr als zwanzig Minuten kosten, und außerdem könnte sie auf dem Rückweg bei der Gärtnerei vorbeischauen.

Sie ließ ihre Gartenhandschuhe und die Geräte in einem Korb auf der Veranda stehen.

Seth bekam die Leine zu fassen, die Ethan ihm zuwarf, und vertäute das Holzboot am Anlegesteg. Die Kinder sprangen zuerst hinaus: Emily mit ihrem elastischen Tänzerinnenkörper und Deke, der mit seinen vierzehn Jahren hoch aufgeschossen und schmächtig war, und die ungelenken Bewegungen eines Hundewelpen hatte.

Seth nahm Deke zur Begrüßung in den Schwitzkasten und sah Emily nur an. »Du solltest doch nicht erwachsen werden, während ich fort war.«

»Ich konnte nichts dagegen tun.« Sie legte ihre Wange an die seine und rieb sie dort hin und her. »Willkommen zu Hause.«

»Wann essen wir?«, wollte Deke wissen.

»Der Junge leidet unter einem Bandwurm.« Aubrey sprang leichtfüßig auf den Steg. »Er hat vor fünf Minuten erst ein halbes Baguette gegessen.«

»Ich wachse schließlich noch«, sagte ihr Bruder kichernd. »Dann werde ich Anna eben irgendwas abschmeicheln.«

»Er glaubt doch tatsächlich, er besäße so etwas wie Charme«, sagte Emily kopfschüttelnd. »Es ist mir ein Rätsel.«

Der Chesapeake Bay Retriever, den Ethan Nigel rief, landete mit einem fröhlichen Platscher im Wasser, sprang an Land, schüttelte sich und rannte hinter Deke her.

»Hilf mir mal mit den Sachen, wo der Schwachkopf sich einfach so davongemacht hat.« Aubrey packte einen Tragegriff der Kühlbox, die Ethan auf den Steg gehoben hatte. »Mom wird sich wahrscheinlich in Tränen auflösen«, flüsterte sie Seth zu. »Sie konnte es kaum erwarten, dich zu sehen.«

Seth trat auf das Boot zu, streckte die Hand aus und schloss sie um Grace'. Grace war die erste Frau gewesen, die er geliebt und der er wirklich vertraut hatte.

Sie legte ihre Arme um ihn, nachdem sie auf den Steg getreten war, und rieb ihre Wange auf dieselbe liebevolle Art an seiner, wie Emily es getan hatte. »Das fühlt sich gut an«, sagte sie leise mit einem lachenden Seufzer. »Ich bin so froh, dass du wieder da bist.«

Sie lehnte sich zurück und lächelte ihn an. »Vielen Dank für die Tulpen. Sie sind wunderschön. Es tut mir leid, dass ich nicht zu Hause war.«

»Ging mir genauso. Ich dachte, ich tausche sie gegen ein paar deiner selbst gemachten Fritten ein – die sind immer noch die besten.«

»Komm doch morgen zum Abendessen. Ich werde dir eine große Portion machen.«

»Mit Sloppy-Joe-Sandwichs?«

Sie lachte wieder und streckte den Arm nach Ethan aus, um dessen Hand zu ergreifen. »Diesbezüglich hast du dich nicht verändert, was? Also gut, mit Sloppy-Joe-Sandwichs. Deke wird begeistert sein.«

»Und Schokoladenkuchen?«

»Der Junge erwartet eine ganze Menge für ein paar Blumen«, warf Ethan ein.

»Wenigstens habe ich sie nicht aus Annas Garten geklaut und dann versucht, es auf einen unschuldigen Hirsch oder Hasen zu schieben.«

Ethan zuckte zusammen und warf einen unsicheren Blick zum Haus hinüber, um sich zu vergewissern, dass Anna sich nicht in Hörweite aufhielt. »Musst du jetzt davon anfangen? Das ist zwar beinahe schon zwanzig Jahre her, aber sie würde mich trotzdem immer noch dafür skalpieren.«

»Ich habe gehört, dass du die Blumen bei der überaus hübschen Floristin auf der Market Street gekauft hast.« Grace legte ihren Arm um Seths Taille, als sie auf das Haus zugingen. »Und dass du die Wohnung über ihrem Laden als Atelier gemietet hast.«

»So was spricht sich ja schnell herum.«

»Du weißt doch, wie das hier ist«, erwiderte Grace. »Erzähl doch mal, ich bin schrecklich neugierig.«

»Da gibt es noch nichts zu erzählen. Aber ich arbeite daran.«

Es wurde immer später, und das war Drus eigene Schuld. Es gab keinen Grund, keinen *vernünftigen* Grund, warum sie sich gezwungen gesehen hatte, erst noch ihre dreckigen Gartenklamotten auszuziehen und zu duschen. Überhaupt keinen Grund, dachte sie. Sie war wütend auf sich, weil sie so viel Zeit ihres kostbaren Sonntags damit vertrödelt hatte, sich zu schminken.

Und jetzt war es schon nach Mittag.

Aber egal. Es war ein wundervoller Tag für einen Ausflug. Sie würde zwei Minuten brauchen, um Seth Quinn den Schlüssel zu bringen, und sich dann ausgiebig in der Gärtnerei umsehen und das eine oder andere kaufen.

Natürlich würde sie danach wieder in ihre Gartenkluft steigen müssen, aber sei's drum. Sie würde weiter pflanzen, sich dann frische Limonade zubereiten und sich gemütlich hinsetzen und den Erfolg ihrer Arbeit genießen.

Wie wunderbar sich die Luft anfühlte! Frühlingsfrisch und feucht vom Wasser. Die Felder zu beiden Seiten der Straße waren bereits bestellt und zeigten die ersten grünen Triebe. Dru konnte den scharfen Geruch des Düngers wahrnehmen und den satten Duft der Erde, die auf dem Land den Frühling verhießen.

Sie bog ab und erhaschte einen Blick auf das Glitzern der Sonne auf dem Wattenmeer, bevor die Bäume es mit ihren tiefen Schatten verbargen.

Das alte weiße Haus passte ganz wunderbar in diese Landschaft. Rechts und links reichte das Grundstück bis zum Waldrand und an der hinteren Seite bis ans Wasser. Vor dem Haus erstreckte sich eine blumengeschmückte Wiese. Dru hatte das Haus schon früher bewundert. Es wirkte so gemütlich mit den Schaukelstühlen auf der vorderen Veranda und den verblassten blauen Fensterläden.

Auch wenn ihr das Aussehen und die Abgeschiedenheit ihres eigenen Hauses über alle Maßen gefielen, so mochte sie doch auch den Charakter des Quinn'schen Hauses. Es war jene Art von Zuhause, wo man es sich ungestraft mit den Füßen auf dem Couchtisch gemütlich machen durfte.

Niemand hätte dagegen je gewagt, einen Absatz auf dem Louis-XIV.-Tisch ihrer Mutter abzulegen, nicht einmal ihr Vater.

Als sie die vielen Autos auf der Auffahrt stehen sah, runzelte Dru die Stirn. Eine weiße Corvette – das erste Corvettemodell, das damals herausgekommen ist, vermutete Dru –, ein robustes SUV unbestimmter Marke, das schon einige Meilen auf dem Tacho zu haben schien, ein flottes, kleines Cabriolet, ein verbeultes, schäbiges Hecktürmodell, das mindestens zwanzig Jahre auf dem Buckel hatte, ein Pick-up und ein schnittiger Jaguar.

Sie zögerte und begann dann im Kopf die Wagen zuzuordnen. Das SUV war das Familienauto. Die Corvette gehörte ganz ohne Zweifel dem früheren Rennfahrer Cameron Quinn – genauso wie der Pick-up, den er beruflich benutzte. Für Anna blieb das Cabriolet, und die alte Klapperkiste wurde bestimmt vom ältesten Sohn gefahren, der inzwischen alt genug sein musste, um einen Führerschein zu haben.

Der Jaguar gehörte Seth. Sie hatte ihn bereits am Abend zuvor bewundert. Aber sie hätte von Seths neuester Anschaffung ohnehin durch die plaudernden Kunden in ihrem Laden erfahren.

Sie parkte ihren Wagen direkt hinter dem Jaguar.

Zwei Minuten, ermahnte sie sich, stellte den Motor ab und griff nach ihrer Handtasche.

Sofort hörte sie die dröhnende Musik. Das mussten wohl die Teenager sein, dachte sie, als sie auf die Haustür zuging und ihre Schritte unbewusst zum Rhythmus von *Matchbox 20* setzte.

Sie bewunderte die Töpfe und Blumenkübel auf der Veranda. Sie wusste, dass Anna einen grünen Daumen hatte. Als auf ihr anfängliches höfliches Klopfen niemand antwortete, steigerte sie es bis zu einem Hämmern, bis sie schließlich seufzend aufgab.

Bei der Musik würde sie niemand hören, selbst wenn sie einen Rammbock benutzte.

Resigniert stieg sie die Stufen der Veranda hinunter und ging zur Seite des Hauses. Jetzt hörte sie mehr als nur Musik. Rufe und Gekreische ertönten und etwas, das sie nur als ausgelassenes Lachen bezeichnen konnte.

Die Kinder feierten wohl eine Party. Sie würde nur kurz hinten vorbeischauen, einem von Annas Söhnen den Schlüssel geben und sich wieder auf den Weg machen.

Plötzlich kam ein Hund um die Ecke geschossen, eine Kugel aus schwarzem Fell mit einer heraushängenden Zunge. Er bellte wie verrückt.

»Hallo, mein Feiner. Du bist ein guter Hund«, sagte Dru mit sanfter Stimme. Sie mochte Hunde.

Das Tier schien dies als Einladung zu begreifen, sie zweimal wild zu umkreisen und dann seine Nase in ihren Schritt zu pressen.

»So habe ich es aber nicht gemeint.« Dru hob den Kopf des Hundes an, kraulte ihn ein wenig und gab ihm dann einen kleinen Stups. Als sie gerade weitergehen wollte, kam plötzlich ein Junge schreiend um die Ecke des Hauses gerannt. Obwohl er eine riesige Plastikpistole in der Hand hielt, befand er sich ganz offensichtlich auf dem Rückzug.

Außer Atem rannte er an ihr vorbei. »In Deckung!«, stieß er keuchend hervor, und im nächsten Moment wurde Dru schon von einem eiskalten Wasserstrahl an der Brust getroffen.

Der Schock war so groß, dass ihr Mund aufklappte, ohne dass sie jedoch einen Ton hervorbrachte. Hinter sich hörte sie den Jungen »Oh je« murmeln, bevor er das Schlachtfeld als Deserteur verließ.

Seth, mit einer Wasserpistole in der Hand, das Haar vom letzten Angriff noch triefend, warf nur einen einzigen Blick auf Dru und sagte: »Oh Scheiße!«

Dru blickte hilflos an sich hinunter. Ihre frisch gebügelte rote Bluse und die marineblaue Hose waren klatschnass. Einige dicke Spritzer hatten sogar ihr Gesicht erreicht und ihre Wimperntusche verschmiert. Die Zeit, die sie damit verbracht hatte, sich zurechtzumachen, hätte sie sich sparen können.

Ihr Blick verwandelte sich von einem fassungslosen in einen wütenden, als sie bemerkte, dass Seth sich offenbar große Mühe geben musste, nicht laut lachend herauszuplatzen.

»Sind Sie jetzt vollkommen verrückt geworden?«

»Tut mir leid. Ehrlich.« Er schluckte schwer, denn er wusste, dass das Lachen, das unbedingt aus seiner Kehle herauswollte, seinen Untergang bedeutet hätte. »Tut mir wirklich leid«, brachte er hervor, als er auf sie zuging. »Ich war hinter Jake her – der kleine Bastard hat mich erwischt. Sie sind mitten ins Kreuzfeuer geraten.« Er versuchte es mit einem charmanten Lächeln und zog ein Stofftaschentuch aus der Gesäßtasche seiner Jeans. »Was wieder einmal beweist, dass es im Krieg keine unbeteiligten Zivilisten gibt.«

»Was beweist, dass manche Männer Idioten sind, denen man besser kein Kinderspielzeug in die Hand drücken sollte«, presste sie zwischen ihren Zähnen hervor.

»Hey, mal langsam, das hier ist eine *Super Soaker 5000.*« Seth hob die große Wasserpistole und senkte sie hastig wieder, als er das Funkeln in Drus Augen bemerkte. »Wie auch immer, jedenfalls tut es mir wirklich aufrichtig leid. Wie wäre es mit einem Bier?«

»Sie können sich Ihr Bier und Ihre *Super Soaker 5000* irgendwo hin …«

»Seth!« Anna kam um die Ecke des Hauses geeilt und stieß einen langen Seufzer aus. »Du Schwachkopf!«

»Jake ist schuld«, murmelte er in sich hinein und schwor insgeheim Rache. »Anna, wir haben nur …«

»Sei still!« Ihr Finger durchbohrte die Luft in seine Richtung. Dann legte sie einen Arm um Drus Schulter. »Ich entschuldige mich für diese furchtbaren Kinder. Sie Ärmste! Kommen Sie mit ins Haus, ich gebe Ihnen etwas Trockenes zum Anziehen.«

»Nein, das ist nicht nötig, ich wollte nur …«

»Ich bestehe darauf«, unterbrach Anna sie und schob sie zur Haustür. »Was für eine Begrüßung! Ich würde ja gern behaupten, dass es hier normalerweise nicht so verrückt zugeht, aber da müsste ich lügen.«

Die eine Hand fest auf Drus Schulter gelegt – Anna spürte, wenn jemand zur Flucht bereit war – führte sie sie ins Haus und die Treppe hinauf.

»Es ist heute nur noch etwas verrückter, weil die ganze Bande da ist. Eine Willkommensparty für Seth. Die Jungs wollen gerade ein paar Krebse kochen. Sie essen mit uns.«

»Ich möchte mich nicht aufdrängen.« Drus Wut schlug in Verlegenheit um. »Ich bin eigentlich nur vorbeigekommen, um den Schlüssel vom Allzweckraum für Seth abzugeben. Ich muss wirklich …«

»Wenn wir etwas Trockenes für Sie gefunden haben, gönnen Sie sich eine Mahlzeit und ein Glas Wein dazu«, sagte Anna mit herzlicher Stimme. »Kevins Jeans müssten Ihnen passen.« Sie zog eine blaue Baumwollbluse aus ihrem eigenen Schrank. »Ich werde einmal nachsehen, ob ich in den Tiefen seines Zimmers eine auftreiben kann.«

»Es ist doch nur Wasser. Sie sollten unten bei Ihrer Familie sein und ich längst auf dem Rückweg.«

»Sie sind klatschnass und Sie zittern, meine Liebe. Also los, raus aus den nassen Sachen. Wir werden sie in den Trockner werfen, während wir essen. Ich bin in einer Minute wieder da.«

Damit spazierte sie davon und ließ Dru allein im Schlafzimmer stehen.

Diese Frau ist mir bei ihren Besuchen im Blumenladen gar nicht so resolut vorgekommen, sinnierte Dru. Ob es wohl irgendjemanden gab, der aus einer Auseinandersetzung mit ihr als Sieger hervorging?

Aber sie hatte recht, Dru war wirklich kalt. Also gab sie auf, zog die nasse Bluse aus, gab einen kleinen Seufzer von sich und befreite sich auch von dem ebenfalls nassen Büstenhalter. Sie schloss gerade die Knöpfe von Annas Bluse, als diese zurückkam.

»Meine Mission war erfolgreich.« Sie hielt Dru ein paar Levis hin. »Ist die Bluse in Ordnung?«

»Ja, wunderbar. Vielen Dank.«

»Bringen Sie Ihre nassen Sachen einfach mit nach unten in die Küche, wenn Sie sich umgezogen haben.« Sie war schon halb aus der Tür, als sie sich noch einmal umdrehte. »Übrigens, Dru: willkommen im Tollhaus.«

Da liegt sie gar nicht einmal so falsch, dachte Dru. Sie konnte die Rufe, das Lachen und das Dröhnen der Musik durch das geöffnete Fenster hören. Es kam ihr so vor, als feiere ganz St. Christopher im Garten der Quinns.

Aber als sie vorsichtig aus dem Fenster spähte, stellte sie fest, dass der ganze Krach von ihnen allein erzeugt wurde. Teenager unterschiedlichen Alters liefen umher und zwei, nein drei Hunde. Sie korrigierte die Zahl auf vier, als ein riesiger Retriever aus dem Wasser gesprungen kam und über den Rasen rannte, um sich dort, inmitten der Leute, kräftig zu schütteln.

Der Junge, hinter dem Seth her gewesen war, tat genau das Gleiche. Offenbar war es Seth gelungen, ihn doch noch zu erwischen.

Boote lagen vertäut am Steg – was erklärte, warum die Zahl der Wagen in der Einfahrt nicht der Zahl der Gäste entsprach.

Die Quinns segelten offenbar gern.

Und sie waren laut, nass und unordentlich. Die Szene dort unten hatte nichts mit jenen Familienfeiern gemeinsam, wie sie Drus Eltern veranstalteten. Dort lief stets gedämpfte klassische Musik, die Unterhaltungen verliefen ruhig und diszipliniert und die Tische waren sorgfältig gedeckt.

Drus Mutter war brillant im Erfinden von raffinierten Tischdekorationen und diktierte ihre präzisen Wünsche dem Partyservice, der sie noch nie enttäuscht hatte.

Dru hatte keine Ahnung, wie sie sich inmitten dieses Chaos im Garten mit jemandem unterhalten sollte, aber sie musste sich wohl oder übel unter die Leute mischen, denn alles andere wäre unhöflich gewesen.

Sie schlüpfte in die Levis. Der Junge – Kevin, hatte Anna ihn wohl genannt – war offenbar groß. Sie musste den ausgefransten Saum zweimal umschlagen.

Sie warf einen Blick in den hübschen, holzumrandeten Spiegel über der Kommode und nahm sich mit einem Kleenex bewaffnet seufzend der verschmierten Wimperntusche unter ihren Augen an, die sie der unerwarteten Dusche verdankte.

Dann sammelte sie ihre nassen Sachen ein und machte sich auf den Weg nach unten.

Im Wohnzimmer stand ein Klavier. Es sah alt und abgenutzt aus. Die Lilien, die sie Seth verkauft hatte, standen in einer Kristallvase darauf, und ihr Duft erfüllte den Raum.

Das Sofa schien neu zu sein, der Teppich alt. Es war ein echtes Familienzimmer mit fröhlichen Farben, gemütlichen Kissen, ein paar herumfliegenden Hundehaaren und einer weiblichen Note in Form von Blumen und Kerzen. Hier und da standen Schnappschüsse von der Familie herum, alle in unterschiedlichen Rahmen. Es hatte offenbar keinen Versuch irgendeiner Planung gegeben, aber gerade das war es, was den Charme dieses Zimmers ausmachte.

An den Wänden hingen Gemälde – Meeresansichten, Stadtszenen, Stillleben –, die bestimmt von Seth stammten. Eine hübsche kleine Bleistiftzeichnung zog Drus Blick magisch an.

Sie zeigte das weiße Haus mit seinem weitläufigen Grundstück, gesäumt von Wald und Wasser, und sagte in all ihrer Schlichtheit: Das ist mein Zuhause. Die Zeichnung berührte Dru so tief, dass sie ein Sehnen verspürte.

Sie trat näher und betrachtete die Unterschrift in der unteren Ecke. Es war eine sorgfältige Unterschrift, die sie als die eines Kindes erkannte, ehe sie überhaupt das Datum las, das darunter stand.

Seth hatte dieses Bild von dem weißen Haus gezeichnet, als er noch ein kleiner Junge war. Aber bereits damals hatte er den Wert seines Zuhauses erkannt und mit großem Talent zu Papier gebracht.

Dru wurde ganz schwach ums Herz. Seth mochte ein Idiot mit einer zu groß geratenen Wasserpistole sein, aber er war ein guter Mann. Und wenn es stimmte, dass sich die Seele eines Künstlers in seiner Kunst spiegelt, war er zudem ein ganz besonderer Mann.

Sie folgte dem Klang der Stimmen und ging in die Küche. Sofort wurde ihr klar, dass hier eine Frau das Sagen hatte, die das Kochen ernst nahm. Die großen Arbeitsflächen waren in einem makellosen Weiß gehalten, was einen fröhlichen Kontrast zu dem kräftigen Rot bildete, in dem der Rand abgesetzt war. Überall standen Teller, Platten und Schüsseln voller Essen herum.

Seth stand mit einem Arm um Annas Schultern gelegt da. Ihre Köpfe waren ganz nah beieinander, und obwohl Anna gleichzeitig fortfuhr, die Klarsichtfolie von einer Schüssel abzuziehen, strahlte die Haltung der beiden etwas sehr Vertrautes aus. Dru erwischte sich dabei, wie sie die beiden lächelnd betrachtete, als eine andere Frau – das musste wohl Grace sein – mit einer Schüssel in der Hand von dem riesigen Kühlschrank zurücktrat.

»Oh, hallo, Dru! Warten Sie, ich nehme Ihnen das ab.«

Grace setzte die Schüssel ab, und Anna und Seth drehten sich um. Dru lächelte kühl.

Ihr Herz mochte gegenüber dem Künstler in ihm schwach geworden sein, aber sie hatte trotzdem nicht vor, ihn so leicht davonkommen zu lassen.

»Danke. Die Sachen sind eigentlich nur feucht. Die Bluse hat am meisten abbekommen.«

»Oh nein, ich habe das meiste abbekommen.« Seth trat auf Dru zu. »Tut mir wirklich leid. Es ist mir vollkommen schleierhaft, wie ich Sie mit einem dreizehnjährigen Jungen verwechseln konnte.«

Der Blick, mit dem sie ihn bedachte, hätte leicht einen Teich auf zehn Schritte Entfernung zufrieren lassen können. »Warum einigen wir uns nicht darauf, dass ich im falschen Moment am falschen Ort gewesen bin, und belassen es dabei?«

»Oh nein, das hier ist schon der richtige Ort.« Seth nahm Drus Hand und hob sie an seine Lippen. Offenbar hielt er das für eine charmante Geste. Und das war es verdammt noch mal auch. »Und der Moment könnte nicht besser sein.«

»Würg!«, kommentierte Jake, der soeben durch die Hintertür eingetreten war. »Die Krebse sind auf dem Weg in den Topf«, erklärte er Seth. »Dad sagt, du sollst deinen Arsch nach draußen bewegen.«

»Jake!«

Jake warf seiner Mutter einen unschuldigen Blick zu. »Das waren Dads Worte. Und ich soll ausrichten, dass wir am Verhungern sind.«

»Hier.« Anna stopfte ihm eine gefüllte Eihälfte in den Mund. »Trag das da nach draußen. Und dann komm zurück, ohne die Tür zuknallen zu lassen, und entschuldige dich bei Dru.«

Jake murmelte kauend etwas vor sich hin und trug die Platte nach draußen.

»Es war wirklich nicht seine Schuld«, hob Dru an.

»Ach, er soll sich ruhig bei Ihnen entschuldigen – irgendetwas hat er ohnehin immer ausgefressen. Darf ich Ihnen ein Glas Wasser anbieten?«

»Ja, danke.« Offenbar war ein Entkommen ausgeschlossen. Und außerdem war Dru mittlerweile neugierig auf die Familie, die sie auf Seths Bleistiftzeichnung gesehen hatte. »Kann ich irgendwie helfen?«

»Greifen Sie sich irgendetwas und nehmen Sie es mit nach draußen. Wir werden die Meute bald abfüttern.«

Anna zog die Augenbrauen in die Höhe, als Seth sich eine Platte nahm und dann Dru mit ihrer Schüssel Krautsalat die Tür aufhielt. Dann blickte sie Grace vielsagend an. »Die beiden passen gut zusammen.«

»Finde ich auch«, stimmte ihr Grace zu. »Ich mag sie.« Sie ging zur Tür hinüber, um gemeinsam mit Anna hinauszuspähen. »Sie wirkt am Anfang ein bisschen kühl, aber sie wird schon noch lockerer. Sie ist wahnsinnig hübsch und hat so geschliffene Manieren, nicht wahr?«

»Tja, Geld hinterlässt irgendwie immer seine Spuren. Sie ist noch ein bisschen steif, aber wenn der Haufen hier sie nicht zum Auftauen bringt, dann schafft es keiner. Seth hat sich ganz schön in sie verguckt.«

»Das ist mir auch aufgefallen.« Grace schaute Anna an. »Wir sollten wohl besser versuchen, etwas mehr über sie herauszufinden.«

»Das denke ich auch.« Anna ging zurück, um den Wein zu holen.

Die Quinn-Brüder waren als Einzelexemplare bereits sehr eindrucksvolle Vertreter ihrer Spezies, aber als Gruppe, so fand Dru, waren sie einfach umwerfend. In ihren Adern mochte vielleicht nicht das gleiche Blut fließen, aber dennoch ähnelten sie sich. Sie waren groß gewachsen, schlank, gut aussehend und vor allem sehr maskulin.

Das Quartett um den riesigen dampfenden Topf verströmte Männlichkeit, wie andere Männer den Duft eines Aftershaves. Dru bezweifelte keinen Augenblick, dass die Brüder sich dessen bewusst waren.

Als Frau fand sie diese Art von angeborener Selbstzufriedenheit attraktiv. Sie respektierte Selbstbewusstsein und ein gutes, gesundes Ego. Als sie zu ihnen hinüberspazierte, um auf Annas Bitte hin vier Flaschen mit kaltem Bier abzuliefern, bekam sie das Ende einer Unterhaltung mit.

»Das Arschloch denkt, er sei Horatio Hornblower persönlich.« Das kam von Cam.

»Wohl eher der verdammte Captain aus *Star Wars*«, brummte Ethan.

»Er kann sein, wer er will, solange er genug Kohle auf den Tisch legt.« Das kam aus Phillips Mund. »Wir haben schon früher Boote für Arschlöcher gebaut und werden es wieder tun.« Er zuckte die Schultern.

»Ein Saftsack ist doch genau wie der and…« Seth verstummte, als er Dru entdeckte.

Sie verzog keine Miene. »Hier, meine Herren, ich bringe Ihnen etwas zum Abkühlen bei der schweißtreibenden Arbeit.«

»Danke.« Phillip nahm ihr die Flaschen ab. »Wie ich hörte, haben Sie Ihre Abkühlung für heute ja schon hinter sich.«

»Sozusagen.« Von den Flaschen befreit hob Dru ihr Weinglas an die Lippen und nahm einen Schluck. »Aber ich ziehe diese Methode der *Super Soaker 5000* vor.« Ohne Seth weiter zu beachten, wandte sie sich an Ethan. »Haben Sie die gefangen?«, fragte sie und deutete auf den Topf.

»Deke und ich, ja.« Ethan grinste, als Seth sich räusperte. »Wir haben ihn hier als Ballast mitgenommen«, erklärte er Dru und zeigte auf Seth. »Jetzt hat er Blasen an seinen Städterhänden.«

»Ein paar Tage in der Bootswerkstatt, und er wäre wieder fit«, behauptete Cam. »Aber er war schon immer ein schwächliches Kerlchen.«

»Du versuchst mich ja bloß zu beleidigen, damit ich vorbeikomme und die Mistarbeit mit dem Spezialgemisch für dich erledige.« Seth nahm einen großen Schluck von seinem Bier. »Da kannst du lange warten.«

»Schwächlich, aber nicht auf den Kopf gefallen«, sagte Phillip. »Er war eben immer schon ein ganz Schlauer.«

»Könnte ich vielleicht einmal vorbeischauen und mir Ihre Werkstatt ansehen?«

Cam blickte Dru von der Seite an. »Mögen Sie Boote?«

»Ja, allerdings.«

»Warum gehen wir nicht einmal zusammen segeln?«, fragte Seth.

Sie warf ihm einen vernichtenden Blick zu. »Träumen Sie nur weiter«, empfahl sie ihm und spazierte davon.

»Die hat Klasse«, lautete Phillips Meinung.

»Ein nettes Mädchen«, sagte Ethan, der einen prüfenden Blick in den Topf warf.

»Heiß«, kommentierte Cam. »Sehr, sehr heiß.«

»Wenn du eine Abkühlung brauchst, stecke ich dir gern die *Super Soaker 5000* in den Hintern«, bot Seth sich an.

»Hast du's etwa auf sie abgesehen?« Cam schüttelte mitleidig den Kopf. »Die spielt in einer anderen Liga als du, mein Junge.«

»Ja ja, schon klar.« Seth trank einen weiteren Schluck von seinem Bier. »Aber versuchen kann man es doch mal. Ist ja nicht verboten.«

Phillip blickte Seth kichernd hinterher, als dieser davonzog. »Der Kleine wird in der nächsten Zeit eine Menge Geld für Blumen ausgeben.«

»Und diese spezielle Blume hat ganz schön lange Stängel«, bemerkte Cam.

»Und wachsame Augen.« Auf Cams stirnrunzelnden Blick antwortete Ethan mit dem traditionellen Quinn'schen Schulterzucken. »Die beobachtet alles, Seth eingeschlossen, aber immer aus einer sicheren Distanz. Nicht etwa, weil sie schüchtern wäre – das ist sie bestimmt nicht. Bloß vorsichtig.«

»Ihre Familie hat Geld und Einfluss in der Politik.« Phillip betrachtete seine Bierflasche. »Das macht einen wohl notgedrungen zu einem vorsichtigen Menschen.«

»Komisch, dass sie hier in St. Chris gelandet ist, was?« Cams Ansicht nach formte einen die Familie – die Familie, in die man hineingeboren wurde, oder die, die man sich schuf. Er fragte sich, wie Dru wohl von ihrer Familie geformt worden war.

Dru hatte eigentlich nicht länger als eine Stunde bleiben wollen. Eine Geste der Höflichkeit, solange ihre Kleidung trocknete. Aber irgendwie hatte sie sich von Emily in eine Unterhaltung über New York hineinziehen lassen. Mit Anna hatte sie über das Gärtnern gesprochen und mit Sybill und Phillip über gemeinsame Bekannte aus Washington.

Das Essen war wundervoll. Als sie den Kartoffelsalat lobte, bot Grace ihr das Rezept an. Dru war sich nicht sicher, wie sie ihr beibringen sollte, dass sie gar nicht kochte.

Es gab bei den Quinns auch Auseinandersetzungen – über

Baseball, Kleidung, Videospiele und so weiter –, aber Dru wurde schon bald klar, dass dies nur eine weitere harmlose Art der Unterhaltung war.

Hunde schlichen sich an den Tisch heran und wurden mit energischer Stimme weggeschickt – meistens, nachdem ihnen jemand verstohlen etwas zu essen ins dankbare Maul geschoben hatte. Vom Wasser wehte eine kühle Brise herüber, während gut und gern sechs Unterhaltungen gleichzeitig geführt wurden.

Dru schlug sich in dem ganzen Durcheinander tapfer. Man hatte ihr schon früh die Kunst des Smalltalks beigebracht, und sie konnte Kommentare über Boote und Baseball, Essen und Musik, Kunst und Reisen beisteuern, selbst wenn die vielen gleichzeitig geführten Gespräche sie mehr und mehr verwirrten.

Sie trank ein zweites Glas Wein und blieb viel länger, als sie beabsichtigt hatte. Und das nicht nur, weil sie keine Möglichkeit zum Gehen fand, die der Höflichkeit Genüge getan hätte – sie mochte diese Menschen. Die Vertrautheit innerhalb der Familie amüsierte sie und machte sie gleichzeitig eifersüchtig. Trotz der offensichtlichen Verschiedenheit – zwei Schwestern konnten wohl nicht gegensätzlicher sein, als die scharfzüngige, sportliche Aubrey und Emily, die elfengleiche Ballerina – waren sie alle eng miteinander verbunden.

Wie die Einzelteile eines großen Puzzles, dachte Dru. Solche Familienpuzzles faszinierten sie, dabei würde ihr eigenes wohl immer ein Rätsel für sie bleiben.

Ganz gleich, wie fröhlich diese Menschen auf der Oberfläche auch zu sein schienen, auch sie hatten ihren Kummer und ihre Probleme, da war sich Dru sicher.

Sie drehte ihren Kopf mit Absicht so, dass sie Seths Blick begegnete. Sie war sich sehr wohl bewusst, dass seine Augen kaum einen Moment von ihr gewichen waren, seit sie sich zum Essen hingesetzt hatten. Zwar widmete er seine Aufmerksamkeit von Zeit zu Zeit jemand anders, aber seine durchdringenden, leuchtend blauen Augen kehrten immer wieder zu ihr zurück.

Dru konnte seinen Blick förmlich spüren, doch sie sträubte sich innerlich dagegen, sich davon verwirren zu lassen.

»Am Nachmittag ist das Licht besonders gut.« Ohne den Blick von Dru zu lösen, lud Seth sich die Gabel voll mit Nudelsalat. »Wir könnten draußen arbeiten. Besitzen Sie einen langen, weit fallenden Rock? Und ein trägerloses Oberteil, das ihre Schultern zur Geltung bringt? Sie haben schöne, kräftige Schultern«, fügte er hinzu und schob sich den Nudelsalat in den Mund. »Sie passen gut zu Ihrem Gesicht.«

»Da habe ich ja Glück gehabt, was?« Dru tat seine Bemerkung mit einer kleinen Handbewegung ab und wandte sich Sybill zu. »Ihr letztes Buch hat mir sehr gut gefallen, all diese Untersuchungen und Beispiele zur Dynamik von Patchworkfamilien. Ich nehme an, einige Ihrer Ergebnisse basieren auf eigenen Erfahrungen?«

»Nun, da haben Sie völlig recht. Ich könnte die nächsten zwei Jahrzehnte über diesen Haufen hier schreiben, ohne dass mir der Stoff ausgehen würde.«

»Wir sind Moms Versuchskaninchen«, erklärte Fiona, während sie geschickt das Fleisch aus einem Krebs herauspickte. »Passen Sie nur auf. Wenn Sie länger in der Gegend bleiben, wird Seth ein Aktbild von Ihnen zeichnen und Mom Sie in einem Buch analysieren.«

»Ach, da wäre ich mir nicht so sicher.« Aubrey vollführte eine abfällige Geste mit ihrem Glas. »Annie Crawford hat sich monatelang hier herumgetrieben, ohne dass Seth sie gemalt hat – weder nackt noch sonst wie. Und ich glaube auch nicht, dass Sybill jemals eine Silbe über sie geschrieben hat – es sei denn, sie hätte ein Buch über die gesellschaftliche Stellung hirnloser Kleiderständer veröffentlicht.«

»Sie war gar nicht so dumm, wie du sie darstellst«, wehrte sich Seth.

»Sie hat dich Sethie genannt. ›Oh Sethie, du bist ein echter Micky Angelo!‹«

»Soll ich mal einige der Kerle aufzählen, mit denen du dich in den letzten Jahren herumgetrieben hast? Matt Fisher, zum Beispiel?«

»Ich war jung und wusste es nicht besser.«

»Genau. Und jetzt bist du älter und weißt es immer noch nicht besser. Aber was soll's.« Er wandte seinen Blick wieder Dru zu. »Haben Sie so einen langen, fließenden Rock und ein kleines Oberteil?«

»Nein.«

»Wir werden schon etwas Passendes finden.«

Dru trank den letzten Rest ihres Weins aus und neigte den Kopf ein wenig zur Seite. »Hat es eigentlich schon jemals jemand abgelehnt, von Ihnen gemalt zu werden?«

»Nein, eigentlich nicht.«

»Dann lassen Sie mich doch bitte die Erste sein.«

»Er wird es trotzdem tun«, sagte Cam. »Der Junge ist stur wie ein Esel.«

»Und das aus dem Munde des flexibelsten, vernünftigsten, entgegenkommendsten aller Männer«, bemerkte Anna beim Aufstehen. »Hat noch jemand Platz für Nachtisch?«

Das hatten sie, obwohl Dru einfach nicht begreifen konnte, wie. Sie selbst lehnte zunächst alle Angebote an Torten und Kuchen ab, wurde dann aber angesichts eines saftigen Schokoladenkuchens schwach. Anschließend ging sie hinein, um wieder in ihre eigenen Kleider zu schlüpfen.

Sie faltete die geborgte Bluse und die Jeans, legte sie aufs Bett, warf einen letzten Blick auf das behagliche Schlafzimmer und machte sich dann auf den Weg die Treppe hinunter.

Dru verharrte unwillkürlich in der geöffneten Küchentür, als sie Anna und Cam vor der Spüle in einer Umarmung entdeckte, die heißer war, als sie es von den Eltern zweier Teenager erwartet hätte.

»Lass uns nach oben gehen und die Tür abschließen«, hörte Dru Cam sagen. Sie bemerkte, dass sich seine Hände besitzergreifend um das Hinterteil seiner Frau legten, und wusste vor Verlegenheit nicht, wo sie hinschauen sollte. »Keiner wird uns vermissen.«

»Das hast du nach dem Abendessen am letzten Thanksgiving auch gesagt.« In Annas Stimme lagen Wärme und Belustigung, als sie ihre Arme um Cams Nacken legte. »Und was war?«

»Phil war nur eifersüchtig, weil er nicht als Erster auf die Idee gekommen ist.«

»Später, Quinn. Wenn du dich benimmst, lass ich dich vielleicht … Oh, hallo, Dru!«

Aus dem ungezwungenen Lächeln auf ihren Gesichtern schloss Dru, dass ihr die Situation als Einziger peinlich war. »Tut mir leid. Ich wollte Ihnen für Ihre Gastfreundschaft danken. Ich habe den Nachmittag wirklich genossen.«

»Gut. Dann werden Sie hoffentlich wiederkommen. Cam, sag Seth Bescheid, dass Dru gehen will, ja?« Dru sah, dass Annas Hände erst noch zu Cams Hinterteil hinunterwanderten, ehe sie aus seinen Armen schlüpfte.

»Oh, das ist wirklich nicht nötig. – Sie haben eine wundervolle Familie und ein wunderschönes Haus. Ich danke Ihnen, dass Sie mich für heute in Ihren Kreis aufgenommen haben.«

»Ich habe mich gefreut, dass sie vorbeigekommen sind«,

erwiderte Anna und bedeutete Cam mit einer kleinen, ruckartigen Bewegung ihres Kopfes, sich endlich in Bewegung zu setzen. Dann legte sie einen Arm um Drus Schulter, um sie zur Haustür zu begleiten.

»Der Schlüssel.« Kopfschüttelnd begann Dru in ihrer Handtasche zu kramen. »Jetzt hätte ich fast vergessen, warum ich eigentlich vorbeigekommen war. Würden Sie den bitte Seth geben? Er kann in dem Raum unterbringen, was immer er für den Moment lagern möchte. Alles Weitere regele ich dann später mit ihm.«

Anna hörte, wie die Küchentür zugeknallt wurde. »Warum geben Sie ihm den Schlüssel nicht gleich selbst? Kommen Sie bald wieder einmal vorbei«, sagte sie und gab Dru einen flüchtigen Kuss auf die Wange.

»Sie wollen schon los?« Etwas außer Atem kam Seth auf die vordere Veranda geeilt. »Warum bleiben Sie denn nicht noch etwas? Aubrey stellt gerade ein Softball-Spiel auf die Beine.«

»Ich muss nach Hause. Hier, der Schlüssel.« Sie hielt ihn Seth hin, während er nur dastand und sie ansah. »Der Allzweckraum – Sie wollten doch Dinge darin abstellen.«

»Oh. Ja, ja.« Er nahm ihn und steckte ihn in seine Hosentasche. »Hören Sie, es ist noch früh, aber wenn sie keine Lust mehr auf diese Feier haben, können wir doch etwas zusammen unternehmen, zum Beispiel einen kleinen Ausflug machen.«

»Ich habe noch einiges zu erledigen.« Dru ging auf ihren Wagen zu.

»Bei unserem zweiten Rendezvous sollten auf jeden Fall weniger Leute anwesend sein.«

Sie blieb stehen und blickte über die Schulter zu ihm zurück. »Wir hatten ja noch nicht einmal unser erstes.«

»Aber klar doch. Gekochte Krebse, wie ich es vorhergesagt habe. Beim nächsten Mal dürfen sie den Ort und das Menü bestimmen.«

Mit den Autoschlüsseln in ihrer Hand klingelnd drehte sie sich zu ihm um. »Ich bin hierhergekommen, um Ihnen den Schlüssel zu geben, wurde mit einer Wasserpistole abgeduscht und habe an einem Krebsgelage mit ihrer großen, ausgesprochen freundlichen Familie teilgenommen. Das macht das Ganze aber noch lange nicht zu einem Rendezvous.«

»Aber das hier.«

Seth bewegte sich mit einer solchen Geschmeidigkeit, dass Dru so schnell gar nicht begriff, was geschah. Hätte sie es kommen sehen, wäre sie ihm vielleicht ausgewichen. Oder auch nicht. Aber das spielte nun keine Rolle mehr, da seine Hände ihre Schultern umfingen und sein Mund warm und fest auf dem ihren lag.

Er hob sie hoch, nur ein kleines bisschen. Dann neigte er den Kopf, sodass seine Lippen über die ihren rieben – ein verführerischer Reiz –, ehe seine Hände begannen, an ihrem Körper hinunterzugleiten. Dru wurde plötzlich heiß.

Sie spürte, wie eine sanfte Brise über ihre Wangen strich und hörte das Dröhnen der Musik, als jemand die Stereoanlage erneut bis zum Anschlag aufdrehte. Und als sich Seths harter Körper gegen sie presste, wurde ihr bewusst, dass sie es gewesen war, die sich zuerst an ihn geschmiegt hatte.

Das Ziehen in ihrem Bauch, ein Gefühl des Zerfließens, hätte ihr eine Warnung sein sollen, aber trotzdem vergrub sie ihre Finger in seinem dichten Haar und ließ es zu, dass seine Hände weiter über ihren Körper wanderten.

Er hatte eigentlich vorgehabt, nur einen Kuss anzudeuten, um ihr ein Lächeln oder ein Stirnrunzeln zu entlocken und dabei ihr Gesicht zu beobachten.

Noch nie hatte eine Frau Seth so beeindruckt wie Dru.

»Lass uns zu dir fahren, Drusilla.« Seine Lippen strichen über ihre Wange hinweg, an ihrem Hals hinunter, wieder hinauf und über die kleine Vertiefung in ihrem Kinn bis zu ihrem Mund. »Ich möchte mit dir zusammen sein, dich berühren.«

Sie schüttelte den Kopf. Das ging ihr alles zu schnell.

»Ich bin kein impulsiver Mensch, Seth. Ich überstürze nichts.« Sie legte ihre Hände auf seine Schultern, um ihn wegzustoßen, blickte ihm dabei aber direkt in die Augen. »Ich gebe mich keinem Mann hin, bloß weil ich Verlangen verspüre.«

»In Ordnung.« Er presste seine Lippen auf ihre Stirn, bevor er zurücktrat. »Bleib. Lass uns mit den anderen ein Spiel veranstalten, vielleicht ein bisschen Segeln gehen. Mehr nicht. Versprochen.«

Bei einem anderen Mann wäre dieser Vorschlag wahrscheinlich nur ein Trick gewesen, um sie am Ende doch ins Bett zu bekommen, aber sie spürte, dass es bei Seth anders war. Er meinte, was er sagte. »Ich könnte mich vielleicht nach einer Weile dazu durchringen, dich zu mögen.«

»Und ob du das wirst, darauf kannst du dich verlassen.«

»Aber ich kann nicht bleiben. Ich habe einige Dinge unerledigt zurückgelassen, und ich bin schon viel länger geblieben, als ich eigentlich wollte.«

»Hast du denn früher nie die Schule geschwänzt?«

»Nein.«

Er stemmte eine Hand gegen die Autotür, bevor sie sie öffnen konnte, und sein Gesicht trug einen aufrichtig schockierten Ausdruck. »Nicht ein einziges Mal?«

»Ich fürchte, nein.«

»Du hältst dich also genau an die Spielregeln«, sagte er nachdenklich. »Sehr sexy.«

Sie musste lachen. »Wenn ich dir gebeichtet hätte, dass ich einmal pro Woche die Schule geschwänzt habe, hättest du mich eine kleine Rebellin genannt und behauptet, *das* sei sexy.«

»Erwischt! Wie wäre es morgen mit einem gemeinsamen Abendessen?«

»Nein.« Sie winkte ihn von der Autotür weg. »Ich muss erst einmal über alles nachdenken. Ich will mich eigentlich gar nicht für dich interessieren.«

»Was bedeutet, dass du bereits interessiert bist.«

Sie schlüpfte hinter das Steuer. »Was bedeutet, dass ich es nicht will. Ich werde es dich wissen lassen, falls ich meine Meinung ändere. Geh wieder zu deiner Familie zurück. Du bist ein Glückspilz, sie zu haben«, sagte sie und schloss die Autotür.

Er beobachtete, wie sie den Wagen zurücksetzte und davonfuhr. Sein Blut war immer noch in Aufruhr von dem Kuss, und seine Gedanken kreisten allein um sie und um das, was werden könnte. So kam es, dass er den Wagen, der sich am Straßenrand hinten bei den Bäumen in Bewegung setzte und Dru folgte, gar nicht bemerkte.

5. Kapitel

Dru wusste, dass er eingezogen war. Ab und zu, wenn sie ins Hinterzimmer des Ladens ging, konnte sie Musik durch den Lüftungsschacht hören. Es überraschte sie nicht, dass er sie laut spielte oder dass seine Auswahl von hartem Rock über sanften Blues bis hin zu leidenschaftlichen Opernarien reichte.

Nichts an Seth Quinn überraschte sie.

In der ersten Woche kam und ging er ohne jeden für sie erkennbaren Rhythmus. Gelegentlich schaute er kurz im Laden vorbei, um sie zu fragen, ob sie etwas brauche, und einmal teilte er ihr mit, dass er mit den Oberlichtern beginnen würde. Eines Tages stellte er einige Dinge in den Allzweckraum, für den er sich einen Zweitschlüssel hatte anfertigen lassen.

Er war immer freundlich, schien niemals in besonderer Eile zu sein – und versuchte nicht ein einziges Mal an jenen ersten, heißen Kuss anzuknüpfen.

Das ärgerte Dru aus verschiedenen Gründen. Zum einen beraubte er sie der Möglichkeit, jeglichen weiteren Annäherungsversuch – zumindest für den Moment – abzuwehren. Sie hatte nicht vor, Seth oder einem anderen Mann zu erlauben, sie als selbstverständlich verfügbar zu betrachten.

Das war einfach eine prinzipielle Frage für sie.

Zum anderen hatte sie natürlich damit gerechnet, dass er weitere Versuche unternehmen würde. Ein Mann machte einer Frau schließlich nicht erst klar, dass er mit ihr schlafen wollte, um sie dann vom nächsten Tag an wie eine flüchtige Bekannte zu behandeln, die zufällig seine Nachbarin war. Also hatte er sie wieder einmal überrascht – was sie noch mehr ärgerte.

Dru dachte darüber nach, während sie an den kleinen Tischgestecken arbeitete, die sie für eins der gehobeneren Restaurants im Hafenviertel anfertigte. Sie gewöhnte sich allmählich in St. Chris ein, gewöhnte sich an ihren Laden, an ein Leben, nach dem sie sich unbewusst schon immer gesehnt hatte. Eine Beziehung – ganz gleich, ob es sich dabei um eine Affäre, eine Romanze oder lediglich um Sex ohne jede Verpflichtung handelte – würde ihre Balance stören, die sie im Augenblick doch so sehr genoss.

Die einzige Person, die dieser Tage etwas von ihr wollte, etwas von ihr verlangte, etwas von ihr erwartete, war sie selbst, und so sollte es auch bleiben.

Zufrieden mit ihrer Kombination aus Narzissen und Amaryllis stellte Dru die Gestecke kühl. Der Lieferant, den sie stundenweise beschäftige, würde sie später abholen und zusammen mit den Sträußen aus Iris und Tulpen und den prächtigen weißen Lilien, die einige der Frühstückspensionen bei ihr bestellt hatten, an Ort und Stelle bringen.

Sie hörte Seth kommen – das Geräusch der zuschlagenden Autotür, die knirschenden Schritte auf dem Kies, dann das Geräusch seiner Sohlen auf den Stufen der Hintertreppe.

Wenige Augenblicke später ertönte Musik. Heute war es Rock, wie Dru mit einem Seitenblick auf den Entlüftungsschacht bemerkte. Was wahrscheinlich bedeutete, dass er bald auf dem Dach sein und an den Oberlichtern arbeiten würde.

Sie ging in den Laden zurück, hob eine Pflanze auf, die sie bereitgestellt hatte, und ging dann durch die Hintertür die Treppe hinauf. Ein höfliches Klopfen würde bei der Lautstärke der Musik nicht ausreichen, daher benutzte sie ihre Faust, um damit gegen das Holz zu hämmern.

»Schon gut, schon gut, nur herein, es ist nicht abgeschlossen. Seit wann klopft ihr Jungs denn an?«

Seth drehte sich um, als sie die Tür öffnete. Er war gerade dabei, sich seinen Werkzeuggürtel umzuschnallen. »Hallo!« Sein Lächeln kam schnell und ungezwungen. »Ich habe mit einem meiner Brüder gerechnet. Wie schön, dass du es bist, du bist nämlich viel hübscher anzuschauen.«

»Ich habe dich kommen hören.« Sie schwor sich, nicht auf seine Flirtversuche einzugehen. »Ich dachte, das hier würde dir gefallen.«

»Wie bitte? Warte.« Er ging zu dem Stereogerät hinüber, aus dem die Musik ertönte, und reduzierte die Lautstärke. »Tut mir leid.«

Der Hammer schlug gegen seine Hüfte. Er trug eine Jeans, die zu gleichen Teilen aus Löchern und Denim bestand. Sein T-Shirt war blassgrau und präsentierte zahlreiche Spuren von Farbe sowie Flecken, die wahrscheinlich von Motoröl stammten. Er hatte sich nicht rasiert.

Sie hatte nichts, aber auch gar nichts für raubeinige, nachlässig gekleidete Männer übrig.

Normalerweise.

»Ich habe dir eine Pflanze mitgebracht.« Ihr Ton war schärfer und ungeduldiger, als sie beabsichtigt hatte. Nein, sie wollte sich wirklich nicht für Seth Quinn interessieren.

»Oh ja?« Trotz ihres Tonfalls trug sein Gesicht einen freudigen Ausdruck, als er das Zimmer durchquerte und ihr den Topf abnahm. »Danke«, sagte er und betrachtete forschend die grünen Blätter und die kleinen, weißen Blüten.

»Das ist ein Klee«, erklärte sie. »Bei dem Namen Quinn dachte ich an Irland, und da schien mir Klee passend.«

»Ich schätze, das ist er auch.« Seths blaue Augen durchbohrten sie. »Vielen Dank, das ist sehr nett von dir.«

»Vergiss nicht, ihn zu gießen.« Sie blickte zur Decke. Zwei Oberlichter waren schon eingesetzt. Er hatte recht gehabt, es machte wirklich einen riesengroßen Unterschied. »Du warst fleißig.«

»Hm. Meine Brüder haben mir geholfen, das muss ich dann später in der Bootswerkstatt abarbeiten. Cam wollte heute vorbeikommen, damit wir endlich fertig werden.«

»Na dann.« Sie blickte sich um. Schließlich war es ihr Haus, und es durfte sie interessieren, was hier vor sich ging.

An zwei Wänden lehnten Leinwände. Eine Staffelei mit einer leeren Leinwand war bereits vor den Fenstern aufgebaut. Sie fragte sich, wie es ihm gelungen war, den riesigen Arbeitstisch die Treppe hinauf und durch die recht schmale Tür zu bekommen. Er stand mitten im Zimmer und war bereits mit all den Dingen bedeckt, die ein Künstler so brauchte: Pinsel, Farben, ein Behälter mit Terpentin, Lappen, Bleistifte, Kreiden.

Es gab zwei Hocker, einen alten Holzstuhl, einen noch älteren Tisch, auf dem eine ausgesprochen hässliche Lampe stand, und Holzregale, in denen offensichtlich weitere Malutensilien untergebracht waren.

Er hatte nichts an die Wände gehängt. Der Raum enthielt nichts außer Licht und Werkzeugen.

»Du scheinst dich ja langsam einzurichten. Dann werde ich dich mal deiner Arbeit überlassen.« Aber eine der an die Wand gelehnten Leinwände zog Drus Blick magisch an. Es war ein Strudel von Violett auf Grün, der eine wahre Explosion von wildem Fingerhut darstellte. Das Bild zog Dru derart in seinen Bann, dass sie beinahe das Gefühl hatte zu spüren, wie die Blätter und Blüten über ihre Haut strichen.

»Das war an einem Straßenrand in Irland«, sagte Seth. »Im County Clare. Ich habe da einmal ein paar Wochen verbracht. Wo man dort auch hinschaut, alles ist wie ein Gemälde. Man kann es nie wirklich auf die Leinwand bannen.«

»Ich denke, es ist dir gelungen. Es ist wundervoll. Schlicht und ausdrucksstark zugleich. Ich habe noch niemals wilden Fingerhut an einem Straßenrand in Irland gesehen, aber jetzt habe ich das Gefühl, als sei es so. Ist es nicht das, was zählt?«

Er starrte sie für einen Moment an. Die Sonne ergoss sich durch das Oberlicht, umfing sie, betonte die Linie ihres Kiefers, ihrer Wange. »Bleib einfach so stehen, einfach so. Nicht bewegen«, sagte er, während er zu seinem Arbeitstisch ging. »Nur für zehn Minuten. Na schön, das wäre gelogen. Zwanzig. Allerhöchstens.«

»Wie bitte?«

»Bleib einfach so stehen. Verdammt, wo ist die – ach da.« Er griff nach einem Kreidestück und zog dann die Staffelei herum. »Nein, sieh mich nicht an. Schau da rüber. Warte.«

Er bewegte sich schnell, ergriff das Bild mit dem Fingerhut, zog einen Nagel aus seiner Tasche und schlug ihn in die Wand. »Schau dir einfach das Bild an.«

»Ich habe keine Zeit für …«

»Das Bild!« Dieses Mal war seine Stimme so voller Autorität und Ungeduld, dass sie ohne nachzudenken gehorchte. »Ich werde mich für die Zeit erkenntlich zeigen.«

»Ich will dein Geld nicht.«

»Als Handwerker.« Er strich mit der Kreide bereits über die Leinwand. »Du hast ein Haus am Fluss. Da müssen bestimmt ab und zu einige Dinge erledigt werden.«

»Ich kann mich selbst um …«

»Ja, ja, ja. Heb dein Kinn ein wenig, nach rechts. Gott, dieses Licht. Entspann deinen Kiefer. Du kannst später auf mich sauer sein, aber lass mich das jetzt bitte festhalten.«

Für wen zum Teufel hält er sich eigentlich, fragte Dru sich. Seth stand breitbeinig da, in der Pose eines Mannes, der zum Kampf bereit war, mit dem um die Hüften geschnallten Werkzeuggürtel, und zeichnete mit der Kreide, als hinge sein Leben davon ab.

Seine Augen waren zusammengekniffen und blickten so ernst und konzentriert, dass Drus Herz jedes Mal einen kleinen Hüpfer tat, wenn sie kurz aufsahen und über ihr Gesicht hinwegglitten.

Aus dem Stereogerät dröhnte *Highway to Hell* von AC/DC, und durch das geöffnete Fenster drangen die Schreie der Möwen herein, die über der Bucht ihre Sturzflüge veranstalteten. Dru war sich nicht ganz sicher, warum sie sich von Seth herumkommandieren ließ, aber sie gehorchte und betrachtete das Bild mit dem Fingerhut.

Sie stellte sich vor, wie es an ihrer Schlafzimmerwand aussehen würde.

»Wie viel willst du dafür haben?«

Er runzelte die Stirn. »Ich werde es dich wissen lassen, wenn ich fertig bin.«

»Nein, ich meine das Bild, das ich anstarre, während ich mir alle Mühe gebe, nicht sauer auf dich zu sein. Ich würde es gern kaufen. Du hast doch einen Agenten, nehme ich an. Soll ich mich an ihn wenden?«

Er brummte etwas Unverständliches und fuhr mit seiner Arbeit fort. Offensichtlich war er im Augenblick nicht im Mindesten an geschäftlichen Dingen interessiert. »Halt den Kopf still, beweg nur die Augen. Und sieh mich an. Was für ein Gesicht!«

»Danke. Dein Interesse daran ist ungeheuer aufregend, aber ich muss jetzt wirklich hinuntergehen und den Laden öffnen.«

»Nur noch ein paar Minuten.«

»Würde dich meine Meinung über Leute interessieren, die kein Nein akzeptieren können?«

»Im Augenblick nicht.« Er musste sie irgendwie beschäftigen, am Reden halten. Mein Gott, es war einfach alles perfekt – das Licht, das Gesicht, dieser kühle Blick aus moosgrünen Augen. »Wie ich höre, erledigt der alte Mr. Gimball die Auslieferungen für dich. Funktioniert das gut?«

»Wunderbar. Er wird übrigens jeden Moment an der Hintertür klopfen und …«

»Der wird schon warten, keine Sorge. Mr. Gimball hat mich in der Highschool in Geschichte unterrichtet. Er kam mir damals schon uralt und ebenso verstaubt vor wie die Präsidenten, über die er uns Vorträge hielt. Einmal haben einige von uns eine riesige Schlangenhaut gefunden. Die haben wir mit ins Klassenzimmer genommen und vor der dritten Stunde zusammengerollt auf Mr. Gimballs Stuhl gelegt.«

»Ihr dachtet wahrscheinlich, das sei umwerfend komisch.«

»Was glaubst denn du? Ich war elf. Ich habe mir vor Lachen beinahe eine Rippe gebrochen. Habt ihr in eurer Privatschule für Mädchen denn nie solche Nummern abgezogen?«

»Nein – Warum glaubst du eigentlich, dass ich auf eine Privatschule gegangen bin?«

»Ach, mein Engel, das steht dir einfach ins Gesicht geschrieben.« Er trat zurück und nickte der Leinwand zu. »Und es steht dir verdammt gut.« Er verwischte eine Linie noch ein wenig mit dem Daumen, bevor er zu ihr hinüberblickte. »Sollen wir das jetzt als Modellsitzen bezeichnen oder als unser zweites Rendezvous?«

»Weder noch.« Dru musste ihre ganze Willenskraft aufbringen, aber sie verkniff es sich, das Zimmer zu durchqueren, um einen Blick auf die Leinwand zu werfen.

»Zweites Rendezvous«, entschied er, warf die Kreide zur Seite und griff geistesabwesend nach einem Tuch, um sich die Hände abzuwischen. »Schließlich hast du mir Blumen mitgebracht.«

»Eine Pflanze«, korrigierte sie ihn.

»Wortklauberei! Willst du das Bild wirklich?«

»Es kommt darauf an, wie sehr sich mein Wollen auf den Preis auswirkt.«

»Du bist eine ziemliche Zynikerin.«

»Zynismus wird meiner Ansicht nach sehr unterschätzt. Warum nennst du mir nicht den Namen deines Agenten? Dann werden wir weitersehen.«

Wie wunderbar sich ihr kurzes, glattes Haar an die Form ihres Kopfes schmiegte. Er wollte mehr als sie zeichnen. Er wollte sie malen.

Und sie berühren. Mit seinen Händen über dieses seidige, dichte Schwarz streicheln, bis er seine Beschaffenheit im Schlaf kannte.

»Wie wäre es stattdessen mit einem Tauschgeschäft unter Freunden? Du sitzt für mich Modell, und es gehört dir.«

»Ich dachte, das hätte ich gerade getan.«

»Nein, ich will dich in Öl.« Und in Aquarell und in Pastell, fügte er in Gedanken hinzu.

Und im Bett.

Er hatte in den letzten Tagen viel Zeit darauf verwandt, über sie nachzudenken. Genug Zeit, um zu dem Schluss zu kommen, dass eine Frau wie Dru – mit ihrem Aussehen und ihrer Herkunft – daran gewöhnt sein musste, dass Männer sich um sie bemühten.

Also hatte er sich absichtlich zurückgezogen und darauf gewartet, dass sie den nächsten Schritt tun würde. Seiner Ansicht nach hatte sie ihn soeben getan – in Form einer Topfpflanze.

Er wollte sie, und zwar als Künstler und als Mann. Es war ihm egal, was zuerst kam, so lange er nur beides bekommen würde.

Sie richtete ihren Blick erneut auf das Bild mit dem Fingerhut. Es war immer wieder ein Vergnügen, aber auch ein gewisser Schock für Seth, wenn er die Bewunderung im Blick eines Menschen sah, der seine Arbeit betrachtete. Und als er jetzt Dru beobachtete, wusste er, dass er sie zumindest als Künstler beeindruckt hatte.

»Ich muss mich um meinen Laden kümmern«, begann sie.

»Ich werde dich malen, wenn er geschlossen ist. Gib mir eine Stunde am Morgen, bevor du öffnest, wenn das möglich ist. Und vier Stunden sonntags.«

Sie runzelte die Stirn. So gesehen schien es nicht sehr viel zu sein. Und das Gemälde war einfach hinreißend. »Für wie lange?«

»Das weiß ich noch nicht.« Er spürte eine gewisse Gereiztheit in sich aufsteigen. »Hier geht es um Kunst, nicht um Buchführung.«

»Hier im Atelier?«

»Für den Anfang jedenfalls.«

Sie überlegte, ging in Gedanken das Für und Wider durch. Hätte sie doch nie einen Blick auf das verdammte Bild geworfen. Und da es dumm war, ein Geschäft einzugehen, ohne alle Bedingungen zu kennen, schritt sie auf die Staffelei zu, um einen Blick auf die Leinwand zu werfen. Und blickte in ihr Gesicht.

Sie hatte einen groben Entwurf erwartet, da er noch nicht einmal fünfzehn Minuten gezeichnet hatte. Stattdessen war es eine sehr detaillierte und einfach atemberaubende Zeichnung ihres Kopfes. Es stimmte alles – die Perspektive, die Schatten, der Schwung der Linien.

Sie wirkte sehr kühl. Unnahbar. Und sehr, sehr ernst. Das Gesicht einer Zynikerin?, dachte Dru und ließ dem Lächeln, das um ihre Mundwinkeln spielte, freien Lauf.

»Ich sehe nicht gerade sehr freundlich aus«, sagte sie.

»Du warst ja auch nicht gerade freundlich gestimmt.«

»Das ist unbestreitbar. Ebenso wie die Tatsache, dass du ein erstaunliches Talent besitzt.« Sie seufzte. »Ich habe keinen langen, weiten Rock und kein schulterfreies Oberteil.«

Er grinste. »Dann müssen wir eben improvisieren.«

»Ich gebe dir morgen früh eine Stunde Zeit. Von halb acht bis halb neun.«

»Okay.« Er ging zur Wand hinüber, hängte das Gemälde ab und hielt es ihr hin.

»Du bist sehr vertrauensselig.«

»Vertrauen wird meiner Ansicht nach sehr unterschätzt.«

Sie nahm ihm das Bild aus den Händen, und im selben Moment ergriff er ihre Arme. Wieder hob er sie ein Stück in die Höhe, sodass sie auf den Zehenspitzen stand. In diesem Augenblick schwang die Wohnungstür auf.

»Meine Güte, sie klopfen wirklich nie an«, murmelte Seth, als Cam hereinspaziert kam.

»Hallo, Dru. Küss das Mädchen ruhig während der Arbeitszeit, mein Junge. Ich rieche gar keinen Kaffee.« Offensichtlich fühlte Cam sich in der Wohnung wie zu Hause und machte sich auf den Weg in die Küche. Doch dann erblickte er die Leinwand. Sein Gesicht begann zu strahlen. »So leicht habe ich noch nie fünfzig Mäuse gemacht. Ich habe nämlich mit Phil gewettet, dass Seth Sie noch vor Ende der Woche dazu überreden würde, für ihn Modell zu sitzen.«

»Ach, wirklich?«

»Nichts für ungut, aber wenn sich unser Rembrandt hier einmal in den Kopf gesetzt hat, etwas zu malen, dann findet er auch einen Weg, es zu tun. Und er wäre ja auch ein Narr, eine Chance wie die hier zu verpassen«, fügte er hinzu. Als er erneut auf die Leinwand blickte, war der Ausdruck auf seinem Gesicht von einem solchen Stolz erfüllt, dass Drus Wut nachließ. »Er mag einem ja furchtbar auf den Geist gehen, aber ein Narr ist er nicht.«

»Ersteres unterschreibe ich gern. Was meine Meinung angeht, ob er ein Narr ist, so halte ich sie zurück, bis ich ihn besser kenne. Morgen früh halb acht«, fügte sie an Seth gewandt hinzu und verließ die Wohnung.

Cam sagte nichts, legte nur seine Handfläche auf sein Herz und vollführte damit eine pochende Handbewegung.

»Kleiner Schleimer.«

»Und willst du sie nun malen oder befummeln?« Cam brach in johlendes Gelächter aus, als er Seths wütendes Knurren vernahm. »Tja, mein Junge, ist es nicht wunderbar, wie sich alles im Leben wiederholt? Du hast dich ja vor nicht allzu langer Zeit noch von der Vorstellung entrüstet gezeigt, dass *wir* Mädchen befummeln – so hast du dich damals zumindest ausgedrückt.«

»Wenn bei dir fünfzehn Jahre unter ›vor nicht allzu langer Zeit‹ fallen, wirst du wirklich langsam alt. Bist du sicher, dass du noch auf das Dach steigen solltest? Vielleicht bekommst du da oben einen Schwächeanfall und fällst runter.«

»Na warte, dich schaffe ich immer noch locker, mein Junge.«

»Aber klar. Wenn Ethan und Phil mich festhalten, hättest du vielleicht eine Chance.« Seth lachte, als Cam ihn in den Schwitzkasten nahm. »Oh Mann, jetzt krieg ich es aber mit der Angst zu tun.«

In diesem Augenblick erinnerten sich beide an jene Zeit, als es tatsächlich so gewesen war, als ein magerer, kleiner Junge mit frechem Mundwerk bei jeder noch so kleinen Berührung – ob rau oder sanft – sofort vor Angst erstarrt war.

Und bei der Erinnerung an jene Zeiten wäre Seth beinahe mit

den Schwierigkeiten herausgeplatzt, in denen er steckte, und die er immer wieder aus seinen Gedanken zu verbannen versuchte.

Aber er war doch schließlich schon mehr als einmal mit der Sache fertiggeworden und würde es wieder schaffen, wenn es sein musste.

Seth hielt Wort. Als das letzte Oberlicht eingesetzt war, folgte er Cam zur Bootswerkstatt, um dort ein paar Stunden mitzuhelfen.

Früher hatte er einmal geglaubt, hier irgendwann seinen Lebensunterhalt zu verdienen, Seite an Seite mit seinen Brüdern zu arbeiten und Holzsegelboote zu bauen. Einige seiner schönsten Erinnerungen waren mit dem alten Backsteingebäude verbunden, Erinnerungen, die den Geschmack von Schweiß und auch ein wenig Blut in sich trugen. Damals hatte er eine freudige Erregung dabei verspürt zu lernen, Teil von etwas zu sein.

Die Werkstatt hatte sich im Laufe der Jahre ziemlich verändert. Sie wirkt kultivierter, hätte Phillip wohl gesagt. Die Wände bestanden längst nicht mehr aus dem nackten Mauerwerk, sondern waren in einem schlichten Weiß gestrichen.

Mittlerweile gab es einen abgeschlossenen Eingangsbereich, von dem aus die Treppe abging, die zu Phillips Büro und dem Speicher im ersten Stock führte.

An den Wänden hingen in derben Holzrahmen Zeichnungen verschiedener Boote, die die Quinns über die Jahre gebaut hatten. In ihnen spiegelten sich gleichzeitig die Entwicklung der Bootswerkstatt und die des Künstlers wider.

Aubrey hatte Seth erzählt, dass vor zwei Jahren ein Kunstsammler vorbeigeschaut und seinen Brüdern eine Viertelmillion Dollar für die fünfzig Zeichnungen geboten hatte, die zurzeit hier hingen.

Sie hatten rundweg abgelehnt, ihm aber angeboten, ihm ein Boot auf Grundlage jeder Zeichnung zu bauen, die ihm gefiel.

Es ist nie um Geld gegangen, dachte Seth jetzt, obwohl es in den ersten Jahren harte Zeiten gegeben hat. Es war allein um die Familie gegangen. Und um ein Versprechen, das seine Brüder Ray Quinn gegeben hatten.

Die Werkstatt selbst hatte sich kaum verändert. Es war immer noch ein riesiger, hell erleuchteter Raum mit Flaschenzügen und Schraubenschlüsseln, die von der Decke herabhingen, mit Sägen, Werkbänken, Stapeln von Bauholz, dem Geruch nach frisch gesägtem Holz, nach Leinöl, Schweiß, Kaffee, mit dröhnendem Rock 'n' Roll, dem Brummen von Elektrosägen, dem in der Luft verweilenden Zwiebelduft eines zum Mittagessen genossenen Sandwichs.

Das Ganze war Seth so vertraut wie sein eigenes Gesicht.

Ja, er hatte einmal geglaubt, dass er sein Berufsleben hier verbringen und sich anhören würde, wie Phillip über unbezahlte Rechnungen schimpfte, dass er zusehen würde, wie Ethans geduldige Hände die Holzplanken formten, dass er gemeinsam mit Cam schwitzen würde, wenn sie einen Bootsrumpf umdrehten.

Aber durch seine Liebe zur Kunst war alles anders gekommen. Sie hatte ihn weggeführt von seinen jugendlichen Ambitionen – und für eine Weile auch von seiner Familie.

Aber jetzt war er ein Mann. Ein Mann, der auf eigenen Füßen stand, der seine eigenen Kämpfe austrug, und der der Mensch war, der er sein sollte.

Nichts und niemand würde ihn aufhalten.

»Hast du vor, dir da drüben noch länger die Beine in den Bauch zu stehen?«, fragte Cam. »Oder wirst du uns heute Nachmittag noch etwas Arbeit abnehmen?«

Seth kehrte mit einem Ruck wieder in die Gegenwart zurück. »Wie es aussieht, brauchst du mich ja gar nicht«, bemerkte er.

Er hatte Aubrey entdeckt, die damit beschäftigt war, einen Einhandsegler zu verschalen. Ihr Elektroschrauber surrte. Sie trug eine *Orioles-Kappe*, durch die sie im Nacken ihren Pferdeschwanz gezogen hatte. Ethan war an der Drehbank und arbeitete an einem Mast. Sein treuer Hund hatte sich zu seinen Füßen niedergelassen.

»Der Rumpf muss kalfatert und geglättet werden.«

Echte Mistarbeit, dachte Seth und seufzte. »Und was machst du?«

»Mich in der Pracht meines kleinen Imperiums sonnen.«

Das Sonnen schloss die Detailbehandlung des Schotts für den Sitzraum mit ein, jene Art von Zimmerhandwerk, die Cam in eine Kunst verwandelte.

Seth machte sich an die unangenehme Arbeit – sie war ihm noch bestens vertraut. Über seinem Kopf hörte er Aubrey hantieren.

Sie beugte sich zu ihm herab, um mit ihm zu reden. »Will hat heute Abend frei. Wir wollen Pizza essen gehen und dann ins Kino. Hast du Lust mitzukommen?«

Das klang verlockend. Seth hätte den Kontakt zu Will gern wieder aufgenommen und das nicht nur, weil sie einmal Freunde gewesen waren, sondern weil er gern jeden Kerl unter die Lupe nahm, der um Aubrey herumwedelte.

Wog all das die Tatsache auf, dass er das fünfte Rad am Wagen wäre?

»Village Pizza?«

»Da gibt es immer noch die beste Pizza in ganz St. Chris.«

»Vielleicht schaue ich kurz vorbei und begrüße Will«, sagte Seth. »Beim Kino werde ich aber passen. Ich muss morgen früh raus.«

»Ich dachte immer, ihr Künstler könntet eure Arbeitszeit selbst bestimmen.«

Seth arbeitete Kalfaterwerg in eine Fuge zwischen den abgeschrägten Planken des Rumpfs ein. »Das zu malende Subjekt verlangt danach.«

»Das zu malende Subjekt?« Aubrey setzte sich auf ihre Fersen zurück. Als sie den Ausdruck auf seinem Gesicht sah, begriff sie, was er meinte. »Oh, das feine Blumenmädchen wird also tatsächlich für den berühmten Künstler Modell sitzen. Ich habe übrigens noch ein paar nette Dinge über die Dame erfahren.«

»Klatsch und Tratsch interessieren mich nicht.« Seth schaffte es beinahe zehn Sekunden lang, dazu zu stehen, ehe er fragte: »Was für Sachen?«

»Überaus interessante, mein Schatz. Ich habe es von Jamie Styles, die es von ihrem Cousin gehört hat, der vor ein paar Jahren Amtsbote im Senat gewesen ist. Dru und ein Berater, der wohl ein ziemlich hohes Tier im Weißen Haus ist, sollen damals eine heiße Affäre gehabt haben.«

»Wie heiß?«

»So heiß, dass sie beinahe ein ganzes Jahr lang immer wieder auf der Gesellschaftsseite der *Post* auftauchte. Und so heiß, dass sie einen Verlobungsring rechtfertigte, der laut Jamies Cousin einen Diamanten in der Größe eines Türknaufs hatte. Und dann war der Diamantring plötzlich verschwunden, die ganze Sache kühlte sich dramatisch ab, und das hohe Tier tauchte mit einer Blondine in den Klatschspalten auf.«

»Dru war verlobt?«

»Ja. Aber nur kurz, wenn man meiner Quelle glauben kann. Es stellte sich heraus, dass sich zwischen der Blondine und dem hohen Tier schon *vor* der geplatzten Verlobung etwas abgespielt hatte, wenn du verstehst, was ich meine.«

»Er hat Dru mit dem Püppchen betrogen?«

»Nun, das ›Püppchen‹, wie du sie nennst, war – ist – eine erfolgreiche Anwältin, die fürs Weiße Haus arbeitet.«

»Muss hart für Dru gewesen sein, als ihr Privatleben in der Presse breitgetreten wurde.«

»Sie macht mir nicht den Eindruck, als würde sie sich unterkriegen lassen. Die lässt sich bestimmt nicht als Fußabtreter benutzen. Und ich wette einen Monatslohn, dass der Typ von ihr ganz schön durch die Mangel gedreht worden ist, bevor sie ihm den Ring vor die Füße geworfen hat.«

»Du hättest das bestimmt getan«, erwiderte Seth stolz. »Und anschließend hättest du den Boden mit ihm gewischt. Aber Dru scheint mir nicht der gewalttätige Typ zu sein. Sie hat ihn bestimmt durch einen kühlen Blick und einige eisige Worte erfrieren lassen.«

Aubrey schnaubte verächtlich. »Was weißt du schon über Frauen? Stille Wasser, mein Freund. Die sind nicht nur tief, sondern da unten kann es auch ganz schön brodeln.«

Mag sein, dachte Seth, als er sich völlig verdreckt und mit schmerzenden Knochen hinter das Lenkrad seines Wagens setzte. Aber er würde ein gehöriges Sümmchen darauf verwetten, dass Dru den Kerl zurechtgestutzt hatte, ohne auch nur einen einzigen Blutstropfen dabei zu vergießen.

Er wusste wie es war, wenn private Dinge – peinliche, intime Details – von der Presse breitgetreten wurden.

Vielleicht war sie hierhergekommen, um alldem zu entfliehen. Er konnte sehr gut nachempfinden, wie sie sich fühlte.

Beim Losfahren warf er einen Blick auf seine Armbanduhr. Er könnte jetzt diese Pizza, von der Aubrey gesprochen hatte, gut gebrauchen und es schien verschwendete Zeit zu sein, erst den ganzen Weg nach Hause zurückzulegen, um zu duschen und dann wieder in die Stadt zurückzufahren.

Also nahm er sich vor, im Atelier vorbeizufahren und sich dort die Spuren der Arbeit vom Körper zu waschen. Er hatte einige Handtücher und Seife ins Bad gelegt und sogar einmal daran gedacht, frische Jeans und einige Hemden und T-Shirts mitzubringen.

Vielleicht war Dru ja immer noch im Laden, und er konnte sie überreden, in die Pizzeria mitzukommen. Was dann ja wohl als ihr drittes Rendezvous zählen würde, dachte er zufrieden.

Wahrscheinlich würde sie wieder dieses kühle »Das-finde-ich-gar-nicht-lustig-Gesicht« aufsetzen, wenn er das Essen als Rendezvous bezeichnete. Und dabei würden ihre Augen funkeln, was ihren Sinn für Humor verriet.

Seth war verrückt nach diesem Kontrast.

Er hätte Stunden, nein Tage, damit verbringen können, die vielen Variationen von Licht und Schatten an Dru zu betrachten.

Aber ihr Wagen stand nicht auf dem kleinen Parkplatz hinter dem Gebäude. Er zog in Erwägung, sie anzurufen, um sie zu überreden, noch herzukommen, doch dann fiel ihm ein, dass er kein Telefon hatte.

Darum würde er sich demnächst kümmern müssen. Aber da er sie nicht von hier anrufen konnte, würde er sich duschen, zu *Village Pizza* hinüberdüsen und sie dort von einem öffentlichen Telefon aus anrufen.

Irgendjemand würde schon ihre Nummer haben.

Besser wäre es allerdings, eine Pizza zum Mitnehmen zu kaufen und auf dem Weg nach Hause bei ihr vorbeizufahren, überlegte er, während er die Stufen hinaufstapfte.

Welche Frau würde schon einen Kerl wegschicken, wenn er Pizza und Wein mitbrachte?

Zufrieden mit seinem Plan trat er durch die Tür und spürte, wie sein Fuß auf etwas wegrutschte. Er bückte sich stirnrunzelnd und hob das gefaltete Blatt Papier auf, das unter seiner Tür hindurchgeschoben worden war.

Als er die Nachricht las, krampfte sich sein Magen zusammen, und er hatte das Gefühl, als würde ihm der Boden unter den Füßen weggezogen.

Mit zehntausend käme ich über die Runden. Ich melde mich wieder.

Seth rutschte mit dem Rücken an der geschlossenen Wohnungstür zu Boden und knüllte das Blatt zu einem winzigen, armseligen Ball zusammen.

Gloria DeLauter war zurück. Seth hatte nicht damit gerechnet, dass sie ihn so schnell wieder aufspüren würde. Und er war nicht darauf vorbereitet, dass sie sich kaum zwei Wochen, nachdem er aus Rom heimgekehrt war, schon wieder an seine Fersen heftete.

Seth schleuderte den kleinen Papierball durch das Zimmer. Er brauchte Zeit zum Nachdenken. Zehntausend würden ihm etwas Zeit verschaffen, wenn er sein Geld unbedingt verschleudern wollte.

Aber schließlich wäre es ja nicht das erste Mal.

Wenn es um seine Mutter ging, war ihm kein Preis zu hoch, um nicht weiter von ihr behelligt zu werden. Viel wichtiger noch: um zu verhindern, dass seine Familie von ihr behelligt wurde.

Das war natürlich genau das, worauf sie zählte.

6. Kapitel

Seth sass auf dem Anlegesteg und angelte mit einem Stückchen von Annas Brie als Köder. Die Sonne brannte mit der ganzen Hitze des Augusts auf seinen Rücken herab. Seth, der nichts weiter trug, als eine abgeschnittene Jeans und eine Sonnenbrille, ließ seine Gedanken schweifen.

Durch die getönten Gläser beobachtete er, wie das Licht von dem dunstigen, blauen Himmel herunter auf die Wasseroberfläche fiel. Seth zog in Erwägung, die Angel für einen Moment beiseite zu legen und ins kühle Nass hineinzugleiten.

Das Wasser klatschte träge gegen den Rumpf des kleinen Prahms, der am Steg vertäut lag. Ein Eichelhäher schimpfte in den Bäumen, und die sanfte Brise, die über Seth hinwegstrich, trug den Duft von dem Rosenbusch mit sich, der schon länger hier lebte als er.

Das Haus lag ruhig da. Der Rasen war saftig und frisch gemäht, auch das konnte Seth riechen. Frisch geschnittenes Gras, Rosen, Wasser. Sommergerüche.

All das kam ihm nicht seltsam vor, obwohl es erst Frühling war.

Er musste etwas unternehmen, um den Frieden in und um das Haus zu erhalten, und er wünschte bei Gott, er hätte gewusst, was.

Plötzlich hörte er das Winseln eines Hundes, dann das Getrappel von Pfoten auf dem Steg. Seth blickte nicht auf, selbst dann nicht, als eine kalte Nase gegen seine Wange stupste. Er hob einfach einen Arm, damit sich der Hund an seine Seite kuscheln konnte.

Es war irgendwie tröstlich, einen Hund an seiner Seite zu wissen, wenn einem das Herz schwer war.

Aber das beiläufige Kraulen reichte dem Tier offenbar nicht, dessen Rute auf die Planken des Stegs klopfte. Emsig fuhr seine Zunge über Seths Wange.

»Schon gut, schon gut, mal langsam. Ich denke gerade über etwas nach«, sagte Seth und blickte den Hund an. Plötzlich schlug ihm das Herz bis zum Hals.

Es war gar nicht Cams Hund, der da neben ihm lag, sondern sein eigener. Es war Foolish, der vor fünf Jahren in seinen Armen gestorben war. Sprachlos starrte Seth in die vertrauten Hundeaugen, die ihn anzulachen schienen, als amüsierten sie sich über den besten Witz der Welt.

»Das gibt's doch nicht!« Freude und Schock rangen in Seths Inneren miteinander, als er die Schnauze des Hundes umfasste. »Was zum Teufel geht hier vor?«

Foolish gab ein fröhliches Kläffen von sich, ließ sich dann auf Seths Schoß plumpsen und himmelte ihn an.

»So ist's richtig, du dummer Kerl«, murmelte Seth. »So ist's richtig. Oh Gott, ich habe dich so vermisst!« Er vollführte eine ungeschickte Bewegung mit der Angel, ließ sie los und umfing den Hund.

Eine Hand griff nach der Angel und bekam sie gerade noch zu fassen, bevor sie ins Wasser fiel.

»Wäre doch schade um den guten Käse.« Die Frau, die neben ihm saß und die Füße über den Anlegesteg baumeln ließ, übernahm es, den Köder im Wasser zu halten. »Wir dachten uns, Foolish würde dich ein wenig aufmuntern. Ein Hund ist doch der beste Kamerad und kann einem so viel Liebe und Trost spenden. Beißen sie heute nicht?«

»Nein, nicht be…«

Die Worte erstarben auf seinen Lippen, als er die Frau

ansah. Er kannte dieses Gesicht; er hatte es schon auf Fotos gesehen. Es war schmal, mit Sommersprossen auf Nase und Wangen. Die Frau trug einen unförmigen, khakibraunen Hut auf ihren unfrisierten, von silbernen Strähnen durchzogenen Haaren. Und ihre dunkelgrünen Augen waren unverwechselbar.

»Sie sind Stella Quinn.« Stella Quinn, die schon seit zwanzig Jahren tot ist, dachte er, während er zu begreifen versuchte, was hier vor sich ging.

»Kannst mich Stella nennen, mein Junge, schließlich bin ich deine Großmutter. Aus dir ist ein gut aussehender Mann geworden, das muss ich schon sagen. Aber ich habe mir immer gedacht, dass es einmal so kommen würde.« Sie zog ihn neckend an seinem kleinen Pferdeschwanz. »Du brauchst dringend einen Haarschnitt.«

»Ich glaube, ich träume.«

»Ich schätze, das tust du auch«, erwiderte sie leichthin, aber ihre Hand bewegte sich von seinem Haar zu seiner Wange und rieb sie einmal, bevor sie seine Sonnenbrille ein Stück nach vorn zog. »Du hast Rays Augen. Ich habe mich damals zuerst in seine Augen verliebt, musst du wissen.«

»Ich wollte Sie … dich immer schon einmal kennenlernen.« Im Traum werden Wünsche wahr, dachte er.

»Tja und da wären wir nun.« Mit einem Kichern schob sie seine Sonnenbrille wieder hoch. »Es ist doch nie zu spät, nicht wahr? Ich habe mir nie viel aus Angeln gemacht. Aber das Wasser, das habe ich gemocht – habe es immer gern betrachtet, bin gern darin geschwommen. Aber Angeln ist gut, wenn man nachdenken oder einfach an gar nichts denken will. Wenn man schon vor sich hinbrütet, kann man dabei auch einen Köder ins Wasser halten. Man weiß ja nie, was man herauszieht.«

»Ich habe noch nie von dir geträumt. Nicht so.«

Tatsächlich hatte er noch niemals zuvor in seinem Leben mit einer solchen Klarheit geträumt. Er spürte das warme Fell des hechelnden Hundes unter seiner Hand und das regelmäßige Klopfen seines Herzens.

Er spürte das Brennen der Sonne auf seinem nackten Rücken und konnte in der Ferne das Tuckern und Surren eines Bootes hören. Der Eichelhäher setzte nicht für eine Sekunde mit seinem durchdringenden Gesang aus.

»Wir dachten uns, es sei an der Zeit, dass ich meinen großmütterlichen Pflichten nachkomme.« Stella tätschelte Seth liebevoll das Knie. »Großmutter spielen zu können habe ich sehr vermisst, als ich noch hier war. Mich um die Babys kümmern, die nach und nach kommen, dich und die anderen verwöhnen. Das Sterben ist verdammt unpraktisch, lass es dir gesagt sein.«

Als er sie nur anstarrte, ertönte ein langes, glockenhelles Lachen aus ihrem Mund. »Es ist ganz normal, dass du ein wenig erschrocken bist. Schließlich sitzt man nicht jeden Tag da und unterhält sich mit einem Geist.«

»Ich glaube nicht an Geister.«

»Das kann ich dir nicht übel nehmen.« Sie blickte auf das Wasser hinaus und etwas in ihrem Gesicht erzählte von einer uneingeschränkten Zufriedenheit. »Ich hätte Plätzchen für dich gebacken, obwohl ich nie eine gute Köchin gewesen bin. Aber man kann nicht alles haben, also nimmt man das, was man kriegen kann. Du bist Rays Enkelsohn, also auch der meine.«

In Seths Kopf drehte sich alles, und doch fühlte er sich nicht schwindelig. Sein Puls raste, aber er verspürte keine Furcht. »Er war immer gut zu mir. Ich hatte ihn nur für eine kleine Weile, aber er war …«

»Anständig.« Sie nickte, als sie das Wort aussprach. »Das war es, was du Cam gesagt hast, als er dich fragte. Ray war anständig, sagtest du, und bis dahin hattest du in deinem Leben wenig Anständigkeit erlebt, du armer Junge.«

»Ray hat mein Leben verändert.«

»Er hat dir eine Chance gegeben, es zu verändern, und du hast bis jetzt verdammt gute Arbeit geleistet. Man kann sich nicht aussuchen, wo man herkommt, Seth. Meine Jungs und du, ihr wisst das besser als sonst jemand. Aber du kannst dir aussuchen, wo du einmal endest und wie du dorthin kommst.«

»Ray hat mich bei sich aufgenommen, und deswegen ist er gestorben.«

»Wenn du das glaubst, dann bist du nicht so klug, wie jeder denkt. Ray wäre sehr enttäuscht, so etwas aus deinem Mund zu hören.«

»Wenn ich nicht gewesen wäre, wäre er damals nicht auf dieser Straße gefahren.«

»Woher willst du das denn wissen?« Stella tätschelte ihn erneut. »Wenn nicht diese Straße an jenem Tag, dann eine andere Straße an einem anderen Tag. Der verdammte Narr ist ja immer zu schnell gefahren. Dinge geschehen, so ist das nun einmal. Und wenn sie anders geschehen würden, würden wir trotzdem herumsitzen und uns darüber beschweren. Man verschwendet eine Menge Lebenszeit auf diese Wenns und Abers, wenn du mich fragst.«

»Aber ...«

»Zum Teufel mit ›aber‹. George Bailey hat seine Lektion doch auch gelernt, oder?«

Seth rutschte verdutzt auf den Planken hin und her. »Wer?«

Stella verdrehte die Augen. *»Ist das Leben nicht schön?* mit Jimmy Steward als George Bailey. Der meinte doch, es sei besser für alle, wenn er niemals geboren worden wäre, und da hat ihm ein Engel gezeigt, wie sich die Dinge entwickelt hätten, wenn er tatsächlich nie zur Welt gekommen wäre.«

»Und du willst mir das jetzt auch zeigen?«

»Sehe ich etwa wie ein Engel aus?«, erkundigte Stella sich amüsiert.

»Nein. Aber ich glaube wirklich, dass es besser wäre, wenn ich niemals geboren worden wäre.«

»Wenn man nur eine Kleinigkeit verändert, verändert man das Ganze. So ist das nun einmal. Was wäre, wenn Ray dich nicht hierhergebracht hätte? Wenn er nicht gegen diesen verdammten Telefonmast gefahren wäre? Vielleicht hätten sich Cam und Anna dann nie kennengelernt. Und vielleicht wären Kevin und Jake nie geboren worden. Wäre dir das lieber?«

»Oh Gott, natürlich nicht. Aber wenn Gloria ...«

»Aha!« Stella hob mit einem zufriedenen Nicken einen Finger. »Da liegt also der Hase begraben. Dieses ganze ›wenn Gloria‹ oder ›aber Gloria‹ macht doch keinen Sinn. Gloria DeLauter ist nun einmal Realität.«

»Sie hat sich wieder gemeldet.«

Ihr Gesicht nahm einen weichen Ausdruck an, und ihre Stimme wurde sanfter. »Ja, mein Schatz, ich weiß. Und das lastet auf deiner Seele.«

»Ich werde nicht zulassen, dass sie sich wieder in mein Leben drängt. Ich werde nicht zulassen, dass sie versucht, das Leben meiner Familie zu verpfuschen. Sie will nichts weiter als Geld. Das hat sie immer gewollt.«

»Glaubst du?« Stella seufzte. »Nun, wenn das so ist, wirst du es ihr wohl geben, nehme ich an. Wieder einmal.«

»Was soll ich denn sonst tun?«

»Das wirst du schon noch herausfinden.« Sie reichte ihm die Angel.

Und dann erwachte Seth, auf der Bettkante sitzend, die Hand zu einer lockeren Faust geballt, als halte er tatsächlich eine Angel fest.

Als er die Finger öffnete, zitterten sie ein wenig. Er atmete tief ein und hätte schwören können, dass er den schwachen Duft von Sommergras roch.

Komisch, dachte er und fuhr sich mit den Fingern durch das Haar. Was für ein seltsamer Traum. Und Seth meinte, immer noch die Wärme an der Stelle spüren zu können, wo sein Hund ihn berührt hatte.

Die ersten zehn Jahre seines Lebens waren ein Albtraum aus Furcht, Gewalt und Vernachlässigung gewesen. Das hatte ihn stärker gemacht als andere Jungen seines Alters. Und auch sehr viel misstrauischer.

Ray Quinns Affäre mit einer Frau namens Barbara Harrow, die er vor Stella kennengelernt hatte, war nur von kurzer Dauer gewesen. Er hatte sie aus seinem Gedächtnis gestrichen, und daher wussten seine drei Adoptivsöhne auch nichts von der Geschichte. Genauso wenig wie Ray von dem Kind wusste, das aus dieser Affäre entstanden war.

Gloria DeLauter.

Aber Gloria hatte gewusst, dass Ray ihr Vater war, und ihn aufgespürt. Sie hatte Drohungen ausgestoßen und Erpressungsversuche unternommen, um Ray auszunehmen. Und schließlich hatte sie ihren Sohn an ihren Vater verkauft. Aber Ray war gestorben, bevor er die Gelegenheit gefunden hatte, seinen Söhnen und seinem Enkel von der Verbindung zu erzählen.

Für die Quinn-Brüder war Seth nur ein weiterer von Ray Quinns Herumstreunern gewesen. Sie waren lediglich durch das Versprechen an ihn gebunden gewesen, das sie einem sterbenden Mann gegeben hatten. Aber das hatte ihnen gereicht.

Sie hatten für Seth ihre Leben umgekrempelt. Hatten ihm ein Zuhause gegeben, waren für ihn eingestanden, hatten ihm gezeigt, was es bedeutete, Teil einer Familie zu sein. Und sie hatten darum gekämpft, ihn behalten zu dürfen.

Anna war seine Sozialarbeiterin gewesen, Grace seine erste Ersatzmutter. Und Sybill, Glorias Halbschwester, hatte die einzigen guten Erinnerungen an seine Kindheit wiederaufleben lassen.

Er wusste, wie viel sie alle geopfert hatten, um ihm ein neues Leben zu ermöglichen. Ein Leben, das so anständig war wie Ray Quinn. Und als Gloria nach Rays Tod wieder auf der Bildfläche erschien, in der Hoffnung, bei seinen Brüdern Geld absahnen zu können, da war er bereits einer von ihnen gewesen.

Gloria hatte aber auch versucht, Geld von Seth selbst zu bekommen. Er hatte drei Jahre gehabt, um sie zu vergessen, um sich im Kreise seiner neuen Familie sicher zu fühlen. Dann war sie wieder in St. Chris aufgetaucht und hatte von einem vierzehnjährigen Jungen Geld erpresst.

Davon hatte er seiner Familie nie erzählt.

Ein paar hundert Dollar waren es das erste Mal gewesen. Mehr hatte er nicht zusammenkratzen können, sonst hätten seine Brüder es herausgefunden. Damit war sie zufrieden gewesen. Für eine kleine Weile.

Er hatte ihr jedes Mal etwas gezahlt, wenn sie zurückgekommen war – bis zu seiner Flucht nach Europa. Seine Zeit dort hatte nicht nur der Arbeit und dem Studium gedient, sondern war für ihn zudem eine Möglichkeit gewesen, dieser Frau zu entkommen.

Sie konnte seiner Familie nichts anhaben, wenn er nicht zu Hause war – und sie konnte ihm nicht über den Atlantik folgen.

Das hatte er zumindest geglaubt.

Sein Erfolg als Künstler und die daraus resultierende Publicity hatten Gloria allerdings auf neue Ideen gebracht, und ihre Forderungen waren immer höher geworden.

Seth fragte sich nun, ob es ein Fehler gewesen war, nach Hause zurückzukehren, ganz gleich, wie sehr er sich auch danach gesehnt hatte. Gloria zu bezahlen war auf jeden Fall falsch, das war ihm klar. Aber Geld bedeutete ihm nichts, seine Familie dagegen alles.

Bei Ray war es wohl genauso gewesen.

Eigentlich wusste Seth, dass es das Vernünftigste gewesen wäre, Gloria zu sagen, sie solle sich zum Teufel scheren, oder sie einfach zu ignorieren und es darauf ankommen zu lassen.

Aber dann erhielt er wieder eine ihrer Nachrichten oder begegnete ihr von Angesicht zu Angesicht, und schon hatte sie ihn in ihren Klauen. Er drohte zwischen den Nachwirkungen seiner traurigen Kindheit und dem verzweifelten Bedürfnis, die Menschen, die er liebte, zu beschützen, zerrieben zu werden.

Und so bezahlte er mit mehr als nur mit Geld.

Er kannte Glorias Vorgehensweise. Sie würde nicht sofort auf seiner Türschwelle auftauchen. Sie ließ ihn immer erst ein wenig schmoren, damit er begann, sich Sorgen zu machen und über alles nachzugrübeln, bis ihm zehntausend Dollar wie ein guter Preis für seinen Seelenfrieden erschienen. Sie würde nicht in St. Chris bleiben, würde es nicht riskieren, von seinen Brüdern oder Schwestern gesehen und erkannt zu werden. Aber sie würde sich weiter irgendwo in der Nähe aufhalten.

Es mochte übertrieben, ja, paranoid klingen, aber Seth glaubte ihren Hass und ihre Habgier wie einen heißen Atem in seinem Nacken spüren zu können.

Doch dieses Mal würde er nicht wieder fortlaufen. Er würde sich kein zweites Mal seines Heims und seiner Familie berauben lassen. Er würde tun, was er schon vorher getan hatte:

sich in seiner Arbeit verlieren und leben. Bis sie wieder auftauchte.

Es war ihm gelungen, Dru zu einer zweiten morgendlichen Malsitzung zu überreden. Von der Sitzung in der Woche zuvor wusste er, dass sie von ihm erwartete, dass er alles vorbereitet hatte, wenn sie um Punkt halb acht eintraf. Er sollte sofort mit der Arbeit beginnen, um dann genau sechzig Minuten später aufzuhören.

Und um sicherzugehen, dass er dies auch tat, hatte sie einen kleinen Küchenwecker mitgebracht.

Die Frau hatte einfach kein Verständnis für eine Künstlerseele. Aber das machte Seth nichts aus – in seinen Augen besaß er nämlich gar keine Künstlerseele.

Er benutzte Pastellkreide, um zunächst einmal eine grundlegende Studie anzufertigen. Es war eine Erweiterung der Kohlezeichnung. Eine Möglichkeit für ihn, ihr Gesicht kennenzulernen, ihre Stimmungen, ihre Körpersprache, bevor er zu den eigentlichen Porträts überging, die er in seinem Kopf bereits geplant hatte.

Er hatte das Gefühl, als ob all die Zeichnungen und Porträts der verschiedenen Modelle, die er im Laufe seiner Karriere angefertigt hatte, nichts weiter als bloße Übungen für seine Arbeit mit Drusilla gewesen wären.

Sie klopfte. Seth hatte ihr erklärt, dass das nicht notwendig sei, aber sie behielt diese formelle Distanz zwischen ihnen bei. Das muss sich bald ändern, dachte er, als er auf die Tür zuging.

Es durfte keine Förmlichkeit, keine Distanz zwischen ihnen stehen, wenn er sie so malen wollte, wie er sie einfach malen musste.

»Pünktlich wie immer. Welch eine Überraschung. Möchtest du einen Kaffee?«

Er hatte sich die Haare schneiden lassen. Sie waren immer noch so lang, dass sie hinten über den Halsausschnitt seines abgetragenen T-Shirts reichten, aber der Pferdeschwanz war verschwunden. Dru stellte überrascht fest, dass sie ihn vermisste. Sie war eigentlich immer der Ansicht gewesen, dass ein Pferdeschwanz bei einem Mann ein Zeichen für Affektiertheit war.

Seth hatte sich sogar rasiert, und man hätte sein Aussehen beinahe als gepflegt bezeichnen können, wenn da nicht die Löcher in den Knien seiner Jeans und die Farbspritzer auf seinen Schuhen gewesen wären.

»Nein, danke. Ich habe heute Morgen schon eine Tasse getrunken.«

»Nur eine?« Er schloss die Tür hinter ihr. »Mit solch einer geringen Koffeindosis wäre ich kaum imstande, einen zusammenhängenden Satz zu sprechen. Wie schaffst du das nur?«

»Willenskraft.«

»Davon besitzt du jede Menge, stimmt's?«

»In der Tat.«

Amüsiert betrachtete er, wie sie die kleine Zeitschaltuhr – genau auf sechzig Minuten eingestellt – auf seinem Arbeitstisch platzierte und dann geradewegs auf den Stuhl zuschritt, den er für sie bereitgestellt hatte, um sich darauf niederzulassen.

Sie bemerkte die Veränderung sofort.

Er hatte ein Bett gekauft, ein altes schwarzes Eisenbett mit einem schlichten, hohen Kopfteil. Die Matratze war nackt und trug noch die Etiketten.

»Ziehst du doch noch ein?«

Er warf einen kurzen Blick auf das Bett. »Nein. Aber das da ist besser als der Boden, wenn ich einmal bis tief in die Nacht arbeite und hier übernachte. Außerdem ist es eine gute Requisite.«

Ihre Brauen wanderten ein wenig in die Höhe. »Ach, wirklich?«

»Denkst du eigentlich auch einmal an etwas anderes als Sex, oder kannst du einfach nicht anders, wenn ich in der Nähe bin?« Er musste lachen, als er sah, wie ihr der Mund offen stehen blieb. »Das Bett ist eine Requisite wie der Stuhl dort drüben oder diese alten Flaschen«, fuhr er fort, während er zu seiner Staffelei hinüberging. Er deutete zu den Flaschen hinüber, die in einer Ecke gestapelt waren. »Oder wie die Urne oder auch die blaue Schüssel mit dem Sprung, die ich in der Küche stehen habe. Wenn ich etwas sehe, was mir gefällt, nehme ich es mir.«

Er betrachtete mit zuckenden Mundwinkeln seine Farben. »Frauen natürlich eingeschlossen.«

Dru entspannte ihre Schultern. Er würde es bemerken, wenn sie verkrampft waren, und dann würde sie sich nur noch alberner vorkommen. »Das war ja eine ziemlich lange Rede für ein einziges ›Ach, wirklich?‹.«

»Du packst ja auch eine ganze Menge in ein einziges ›Ach, wirklich?‹, mein Engel. Erinnerst du dich noch an die Pose?«

»Ja.« Gehorsam stützte Dru ihren Fuß auf den Querstab des Stuhls, schlang die Hände um ihr Knie und blickte dann über ihre linke Schulter, als habe sie gerade jemand angesprochen.

»Perfekt. Das machst du richtig gut.«

»Ich habe erst vor ein paar Tagen eine ganze Stunde auf diese Weise zugebracht.«

»Eine Stunde«, wiederholte er, als er mit seiner Arbeit begann, »bevor du dich aufgemacht hast, um dich den zügellosen Ausschweifungen des Wochenendes hinzugeben.«

»Ich bin derart an zügellose Ausschweifungen gewöhnt, dass sie keine großen Auswirkungen auf mein Leben haben.«

Jetzt war er an der Reihe. »Ach, wirklich?«

Er ahmte ihren Tonfall so perfekt nach, dass Dru ihre Pose vergaß und lachend zu ihm hinüberblickte. Er brachte es immer fertig, sie zum Lachen zu bringen. »Ich hatte zügellose Ausschweifungen als Hauptfach an der Uni.«

»Wer's glaubt.« Seine Finger beeilten sich, dieses strahlende, wunderschöne Lachen einzufangen. »Du gehörst zu dem Typ Frau, der Kerle wie mich leiden und träumen lässt – schön, klug, sexy und unnahbar.«

Damit hatte er offenbar das Falsche gesagt, denn das Lächeln auf ihrem Gesicht erstarb ganz plötzlich – als wenn jemand einen Schalter betätigt hätte. »Du weißt doch gar nichts über mich oder meinen Typ.«

»Ich wollte dich nicht verletzen. Tut mir leid.«

Sie zuckte mit den Schultern. »Ich kenne dich nicht gut genug, um mich von dir verletzen zu lassen, aber so gut, dass es dir durchaus gelegentlich gelingt, mich wütend zu machen.«

»Dann tut mir auch das leid. Es war nur ein Scherz. Ich höre dich so gern lachen. Und sehe dir so gern dabei zu.«

»Unnahbar.« Bevor sie es verhindern konnte, murmelte Dru das Wort vor sich hin. Nach einer Weile fragte sie: »Hast du mich wirklich für so verdammt unnahbar gehalten, als du mich gepackt und geküsst hast?«

»Du musst dir eins vor Augen halten: Wenn ein Kerl eine Frau sieht – eine schöne Frau, von der er sich angezogen fühlt –, führt er sich oft wie der letzte Idiot auf. Und dann fällt es ihm leichter, sich vorzustellen, dass diese Frau für ihn unerreichbar ist, als sein ungeschicktes Benehmen zu analysieren. Frauen ...« Er brach ab. Wenn Wut das einzige Gefühl war, das er aus ihr herauskitzeln konnte, dann würde er eben ihre Wut in Pastell einfangen. »Nun, ihr Frauen seid uns nun einmal ein Rätsel«, fuhr er nach einer Weile fort. »Wir wollen euch. Wir können nicht anders. Aber das heißt nicht, dass ihr uns nicht auf die eine oder andere Weise die Hälfte der Zeit eine teuflische Angst einjagt.«

»Willst du mir tatsächlich weismachen, dass du Angst vor Frauen hast?«

»Na ja, ich persönlich hatte einen gewissen Vorteil durch meine vielen Schwestern.« Mittlerweile arbeitete Seth konzentriert, aber Dru schien es gar nicht zu bemerken. Manchmal war es so auch besser. Also sprach er weiter, während sie ihn stirnrunzelnd anblickte. »Beim ersten Mädchen, in das ich mich ernsthaft verliebt hatte, brauchte ich geschlagene zwei Wochen, um überhaupt den Mut zu finden, sie anzurufen. Ihr Frauen wisst ja gar nicht, was wir Männer alles durchmachen.«

»Wie alt warst du damals?«

»Fünfzehn. Sie hieß Marilyn Pomeroy, eine alberne kleine Brünette.«

»Und wie lange warst du in Marilyn verliebt?«

»Ungefähr so lange, bis ich den Mut gefunden hatte, sie anzurufen. Zwei Wochen ungefähr. Was soll ich zu meiner Entschuldigung vorbringen? Männer taugen eben nichts.«

Drus Mundwinkel wanderten nach oben. »Das kann man wohl sagen. Mit fünfzehn war ich auch verliebt. In einen Jungen namens Wilson Bufferton Lawrence der Vierte. Buff genannt.«

»Du liebe Güte, wie kommen Leute wie ihr nur auf diese Namen? Was fängt man überhaupt mit einem Kerl an, der Buff heißt? Polo spielen? Oder Squash?«

Sie stellte fest, dass er ihre Wut besänftigt hatte. Das war ihm schon öfter gelungen. Da es ihm nie etwas auszumachen schien, wenn sie sauer war, kam es ihr oft wie reine Zeitverschwendung vor, überhaupt die Energie dafür aufzubringen.

»Es war Tennis, ehrlich gesagt. Bei unserer ersten offiziellen Verabredung haben wir Tennis im Klub gespielt. Ich habe ihn glatt in zwei Sätzen geschlagen, und das bedeutete dann das Ende unserer zarten Romanze.«

»Du hättest dir doch denken können, dass ein Kerl, der auf den Namen Buff hört, ein Arschloch sein muss.«

»Erst war ich am Boden zerstört und dann stocksauer. Bei Letzterem fühlte ich mich besser.«

»Kann ich gut verstehen. Geht mir genauso. Was ist aus Buff geworden?«

»Hm. Wie ich von meiner Mutter am Wochenende erfahren habe, wird er in diesem Herbst zum zweiten Mal heiraten. Seine erste Ehe dauerte nur unwesentlich länger als unser damaliges Tennismatch.«

»Vielleicht klappt's ja im zweiten Anlauf.«

»Natürlich ist er im Finanzwesen tätig, wie es sich für einen Lawrence der vierten Generation gehört, und das glückliche Paar ist momentan auf der Suche nach einem Haus für ihr Fünfzig-Zimmer-Liebesnest.«

»Gut zu wissen, dass du wegen der Sache damals nicht verbittert bist.«

»Ich wurde am Wochenende wohl insgesamt fünfmal daran erinnert, dass ich meinen Eltern immer noch nicht die Freude gemacht habe, ihr Geld mit vollen Händen für eine Hochzeit ausgeben zu können, die den Lawrences – und nicht nur denen – das eine oder andere beweisen würde.«

»Also hast du am Muttertag ein paar nette Stunden mit deiner Mutter verbracht?« Seth bemerkte, dass Drus Gesichtsausdruck erneut zunehmende Verärgerung signalisierte. »Vorsicht, setz dieses Gesicht bloß nicht auf, wenn dich einmal die Polizei anhält, die buchten dich direkt wegen Beamtenbeleidigung ein.«

Dru tat einen tiefen Atemzug und brachte ihren Kopf wieder in die richtige Position. »Die Bezeichnung ›nett‹ im Zusammenhang mit Besuchen bei meiner Mutter trifft selten zu. Ich nehme an, du hast den vergangenen Sonntag damit verbracht, deine sämtlichen Mütter – oder meinetwegen auch Schwestern –, zu besuchen.«

»Es lässt sich wirklich nicht eindeutig sagen, was sie nun genau für mich sind. Ja, ich habe ein wenig Zeit mit jeder von ihnen verbracht. Habe ihnen ihre Geschenke überreicht. Und da sie alle geweint haben, müssen sie wohl ein voller Erfolg gewesen sein.«

»Was hast du ihnen denn geschenkt?«

»Ich habe für jede kleine Familienporträts gemalt. Anna und Cam und die Jungs und so weiter.«

»Das ist wirklich nett. Was für eine wunderbare Idee«, sagte Dru leise. »Ich habe meiner Mutter eine Bakkarat-Vase geschenkt und ein Dutzend rote Rosen. Sie hat sich sehr gefreut.«

Seth legte die Kreide weg und wischte sich die Hände an seiner Jeans ab, während er zu ihr hinüberging. Dann umfing er ihr Gesicht mit seinen Händen. »Warum siehst du dann so traurig aus?«

»Ich bin nicht traurig.«

Statt weiterzureden presste er einfach seine Lippen auf ihre Stirn und ließ sie dort, während er spürte, wie sie sich erst verkrampfte und dann immer mehr entspannte.

Sie konnte sich nicht daran erinnern, jemals eine solche Unterhaltung mit einem Menschen geführt zu haben. Und sie konnte nicht begreifen, warum es ihr so vollkommen natürlich erschien, mit Seth auf diese Weise zu reden. »Du dürftest die Spannungen innerhalb einer zerstrittenen Familie kaum verstehen, wo sich die Menschen in deiner Familie einander so verbunden fühlen.«

»Wir haben auch unsere Auseinandersetzungen«, widersprach er.

»Das ist ja auch ganz normal. Aber ihr haltet zusammen. – Ich muss jetzt nach unten.«

»Die Stunde ist aber noch nicht ganz vorbei«, sagte er und hielt sie auf dem Stuhl fest, als sie aufstehen wollte.

»Du arbeitest aber nicht mehr.«

»Ich habe trotzdem immer noch etwas Zeit übrig«, wiederholte er und deutete zu der Zeitschaltuhr hinüber. »Wenn es eine Sache gibt, von der ich etwas verstehe, dann sind es Konflikte innerhalb von Familien und was das mit einem Menschen anrichten kann. Das erste Drittel meines Lebens war ein einziger Kampf.«

»Sprichst du von der Zeit, bevor du zu deinem Großvater kamst? Ich habe das eine oder andere über dich gelesen, aber über diesen Teil deines Lebens schweigst du dich offenbar immer aus«, sagte sie.

»Stimmt.« Er wartete darauf, dass der Druck in seiner Brust nachlassen würde. »Ich meine die Zeit, bevor ich hierherkam. Als ich bei meiner leiblichen Mutter lebte.«

»Verstehe.«

»Nein, das tust du nicht. Sie war eine Hure, Alkoholikerin und drogensüchtig, und sie hat die ersten Jahre meines Lebens zu einem Albtraum gemacht.«

»Das tut mir leid.« Er hatte wohl recht, das war etwas, wovon sie keine Ahnung hatte. Aber sie berührte seine Hand und ergriff sie in einer instinktiven Geste des Trostes. »Das muss schrecklich für dich gewesen sein. Aber es ist offensichtlich, dass du nichts von ihr geerbt hast.«

»Das folgerst du aus einem einzigen Satz und ein paar Zeitschriftenartikeln?«

»Nein, das folgere ich aus den Stunden, die ich mit dir

und deiner Familie bei Krebsen und Kartoffelsalat verbracht habe. Jetzt siehst *du* traurig aus«, murmelte sie und schüttelte den Kopf. »Ich weiß gar nicht, warum wir über diese Dinge reden.«

Er war sich selbst nicht sicher, warum er das Gespräch auf Gloria gebracht hatte. Vielleicht weil er hoffte, dass sich der Gedanke an sie dadurch verscheuchen lassen würde wie ein Geist. Oder weil er das Bedürfnis verspürte, Dru wissen zu lassen, wer er wirklich war, sie bis in sein tiefstes Inneres blicken zu lassen.

»Das ist doch ganz normal, wenn Menschen aneinander interessiert sind. Sie erzählen von sich und ihrer Familie.«

»Ich habe dir doch schon …«

»Ja, ja, du willst dich gar nicht für mich interessieren, ich weiß. Aber du tust es.« Er strich mit einem Finger über ihr Haar, von den kurzen, hochstehenden Ponyfransen bis zu ihrem zarten Nacken. »Und da wir seit ein paar Wochen zusammen sind …«

»Sind wir nicht!«

Er lehnte sich vor, umarmte sie und gab ihr einen Kuss, der ebenso heiß wie kurz war. »Siehst du?« Bevor sie eine Antwort geben konnte, ergriff sein Mund erneut Besitz von dem ihren. Aber dieses Mal war der Kuss länger und intensiver, und seine wundervollen Hände strichen über ihr Gesicht, ihren Hals und ihre Schultern.

Drus Widerstand begann zu schmelzen, und alles, was sie sich über Männer und Beziehungen geschworen hatte, geriet ins Wanken.

Als sie sich ihm sanft entzog, atmete sie vorsichtig durch. Und schlug eine neue Richtung ein. »Vielleicht wird es damit enden, dass ich mit dir schlafe, aber ich werde mich nicht ständig mit dir verabreden.«

»Oh, fürs Bett bin ich also gut genug, aber nicht für ein Abendessen bei Kerzenschein? Dabei käme ich mir ziemlich mies vor.«

Verdammt. *Verdammt!* Sie mochte ihn wirklich. »Das ganze Drumherum mit Rendezvous und Ausgehen ist doch meistens nur ein umständlicher Umweg, der letztendlich ins Bett führt. Ich bevorzuge die Abkürzung. – Aber ich habe gesagt, dass ich *vielleicht* mit dir schlafen werde, nicht dass ich es auf jeden Fall vorhabe.«

»Vielleicht sollten wir erst einmal miteinander Tennis spielen.«

»Na schön. Ich gebe zu, du bist witzig. Das hat seinen Reiz. Ich bewundere deine Arbeit, und ich mag deine Familie. All das ist bei einer Beziehung, die sich allein aufs Körperliche beschränkt, natürlich überflüssig, aber eine nette Dreingabe. Ich werde darüber nachdenken.«

Gott sei Dank schellte in diesem Moment der Wecker. Gerettet, dachte Dru. Sie stand vom Stuhl auf und schritt zur Staffelei hinüber. Sie erblickte ihr Gesicht ein halbes Dutzend Mal. Aus verschiedenen Perspektiven, mit verschiedenen Ausdrücken. »Ich verstehe nicht ganz …«, stammelte sie.

»Was versteht du nicht?« Er trat neben sie an die Staffelei. *»Bella donna«,* murmelte er, und sie stellte überrascht fest, dass sie ein Schauer überlief.

»Ich dachte, du würdest eine Studie von mir auf diesem Stuhl anfertigen. Du hast auch damit angefangen, aber was sollen all diese anderen Zeichnungen?«

»Du warst heute nicht in der Stimmung, Modell zu sitzen. Dir ging zu viel im Kopf herum. Das sah man. Also habe ich damit gearbeitet. Dadurch gewinne ich Einblicke und sammele Ideen für das, was in ein mehr formelles Porträt einfließen soll.«

Er sah, wie sie die Stirn runzelte. »Du hast gesagt, du könntest am Sonntag vier Stunden erübrigen«, rief er ihr ins Gedächtnis. »Ich würde gern draußen arbeiten, wenn das Wetter es zulässt. Ich bin an deinem Haus vorbeigekommen. Es ist wunderschön dort. Hättest du etwas dagegen, wenn wir da arbeiten?«

»Bei mir zu Hause?«

»Es ist ein hübsches Fleckchen Erde. Das weißt du, sonst wärest du nicht dort. Schließlich bist du sehr wählerisch. Wenn ich mit den Malsachen zu dir komme, ist es auch einfacher für dich. Zehn Uhr, ist dir das recht?«

»Ich denke schon.«

»Ach, und was den Fingerhut angeht, wie viele Sitzungen bekäme ich heraus, wenn ich das Bild für dich rahmen würde?«

»Ich glaube nicht ...«

»Wenn du es noch einmal mitbringen würdest, könnte ich es dir rahmen und dann entscheidest du, wie viel es dir wert ist, okay? Das ist doch ein faires Angebot.«

»Es steht unten im Laden. Ich wollte es eigentlich diese Woche ohnehin rahmen lassen.«

»Ich komme vorbei und hole es ab, bevor ich heute Schluss mache.« Er fuhr mit seinen Fingern an ihrem Arm hoch. »Es ist wohl sinnlos zu fragen, ob du heute Abend mit mir essen gehen würdest?«

»Stimmt.«

»Ich könnte aber vielleicht später auf eine Runde schnellen, billigen Sex bei dir vorbeikommen.«

»Das klingt wahnsinnig verlockend, aber ich glaube eher nicht.« Dru ging zur Tür und blickte noch einmal zu ihm zurück. »Falls es jemals dazu kommen sollte, Seth, dann verspreche ich dir, dass es weder billig noch schnell sein wird.«

Als sie die Tür hinter sich geschlossen hatte, rieb Seth sich über den Bauch, der sich bei ihrem letzten provozierenden Blick angespannt hatte.

Er schaute zurück auf die Leinwand. Dru verkörperte eine ganze Menge Frauen in einer einzigen faszinierenden Verpackung. Und jede Einzelne dieser Frauen übte eine große Anziehungskraft auf ihn aus.

»Irgendetwas beunruhigt ihn.« Anna unterhielt sich mit Cam im Badezimmer. Es war so ziemlich der einzige Platz in ihrem privaten Irrenhaus, in dem sie einmal ungestört miteinander reden konnten. Sie lief in dem beengten Raum hin und her und sprach mit Cams Silhouette hinter dem Duschvorhang.

»Es geht ihm gut. Er muss nur erst wieder in den Alltagsrhythmus zurückfinden.«

»Er schläft nicht gut. Das sehe ich doch. Und ich schwöre dir, ich habe neulich gehört, wie er nachts mit sich selbst gesprochen hat.«

»Du brabbelst doch auch die ganze Zeit vor dich hin, wenn dir etwas stinkt.«

»Was hast du gesagt?«

»Nichts. Ich rede nur mit mir selbst.«

Mit einem Ausdruck, der eine Mischung aus Süffisanz und Grimmigkeit darstellte – denn Anna hatte ihren Mann sehr wohl gehört –, drückte sie die Toilettenspülung und lächelte zufrieden, als Cam über den plötzlichen Schwall heißen Wassers fluchte. »Verdammt, warum hast du das gemacht?«

»Weil es dich ärgert und man damit deine Aufmerksamkeit gewinnt. Und jetzt zu Seth …«

»Seth malt«, fiel Cam ihr ins Wort. »Er arbeitet in der Werkstatt, er trifft sich mit seiner Familie. Gib ihm etwas Zeit, Anna.«

»Ist dir aufgefallen, was er nicht tut? Er geht nicht mit seinen Freunden weg. Er hat keine Freundin. Auch wenn sich aus der Art und Weise, wie er Dru ansieht, schließen lässt, dass er gern mit ihr zusammen wäre und gar keine Augen mehr für irgendeine andere hat.«

Und vielleicht nie wieder haben wird, fügte sie im Stillen hinzu.

»Er ist unten und vertreibt sich die Zeit mit Jake und seinen Videospielen«, fuhr sie fort. »An einem Freitagabend! Aubrey hat mir erzählt, dass er seit seiner Rückkehr erst ein Mal einen Abend mit ihr verbracht hat. Wie viele Wochenenden hast du zu Hause herumgehangen, als du in seinem Alter warst?«

»Wir leben schließlich in St. Chris, nicht Monte Carlo«, sagte Cam. »Schon gut, schon gut«, fuhr er eilig fort, bevor Anna wieder die Toilettenspülung betätigen konnte. Seine Frau hatte definitiv eine sadistische Ader. Das liebte er so an ihr. »Seth ist vielleicht etwas gedankenverloren, ich bin ja nicht blind. Aber das geht doch jedem einmal so.«

»Wenn ich glauben würde, dass es nur daran liegt, dass er in Dru vernarrt ist, würde ich mir keine Sorgen machen. Aber ich mache mir nun einmal Sorgen, und wenn ich mir Sorgen um einen meiner Männer mache, gibt es auch einen Grund.«

»Na schön, dann nimm meinetwegen die Verfolgung auf.«

»Nein. Ich möchte, dass du dich darum kümmerst.«

»Ich?« Cam zog mit einer schnellen Bewegung den Duschvorhang ein Stück zur Seite und starrte seine Frau an. »Warum ich?«

»Weil ... Hm, du siehst wirklich süß aus, wenn du nass und wütend bist.«

»Oh nein, das funktioniert so nicht.«

»Vielleicht sollte ich reinkommen und dir den Rücken waschen«, sagte sie und begann ihre Bluse aufzuknöpfen.

»Na schön, so könnte es funktionieren ...«

7. Kapitel

Cam sprang mit federnden Schritten gut gelaunt die Stufen hinunter. Es ging doch nichts über eine gemeinsame Dusche mit Anna. Er steckte den Kopf durch die Tür des Zimmers, in dem sein jüngster Sohn und Seth ein Videospiel spielten, das von lauten Flüchen, Grunzen und Schreien begleitet wurde.

Nicht alle Geräusche stammten von der Animation auf dem Bildschirm.

Wie gewöhnlich ging Seth völlig in dem Spiel auf. Äxte wurden geschwungen, Blut floss, Schwerter schlugen klirrend aneinander. Plötzlich stieß Jake einen triumphierenden Schrei aus.

»Jetzt hab ich's dir aber gezeigt!«

»Ach was, du hast einfach Glück gehabt.«

Jake hielt den Joystick in die Luft. »Ich bin der Größte! Verneige dich gefälligst vor dem König aller Schlachten.«

»Jetzt schnapp mal nicht gleich über. Lass uns noch eine Runde spielen.«

»Verneige dich vor dem König!«, wiederholte Jake hartnäckig. »Bete mich an, du Wicht.«

»Warte nur, ich werde dir schon zeigen, wer hier der Wicht ist.«

Seth packte ihn und Cam sah eine Weile grinsend dabei zu, wie die beiden miteinander rangen. Wieder ertönten grunzende Geräusche und wurden Drohungen ausgestoßen, begleitet von dem ausgelassenen Kichern des Jungen. Der Altersunterschied zwischen Seth und Jake entsprach ungefähr dem zwischen Seth und ihm selbst.

Jake besaß eine Unschuld, die Seth nie besessen hatte. Sein Sohn hatte sich niemals fragen müssen, wer er war, oder ob die Hände, die nach ihm griffen, ihm wehtun wollten, und dafür dankte Cam Gott.

Er lehnte sich lässig an den Türpfosten und rief: »Ach, komm schon, Anna, die zwei albern doch nur rum!«

Bei der Erwähnung ihres Namens stoben Seth und Jake auseinander und warfen Blicke in Richtung Tür, aus denen Entsetzen und ein furchtbar schlechtes Gewissen sprachen.

»Reingelegt!«, rief Cam amüsiert.

»Das war gemein, Dad.«

»So gewinnt man einen Kampf, ohne einen einzigen Schlag auszuführen. Du da«, – er deutete auf Seth –, »komm mit.«

»Wohin geht ihr denn?«, wollte Jake wissen und rappelte sich auf. »Darf ich mit?«

»Hast du dein Zimmer aufgeräumt, deine Hausaufgaben gemacht, ein Mittel gegen Krebs entdeckt und das Öl in meinem Auto gewechselt?«

»Ach, komm schon, Dad«, jammerte Jake.

»Seth, geh schon mal voraus und hol uns zwei Bier. Ich komme gleich nach.«

»Geht klar. Und nachher, Kleiner« – Seth schlug sich mit der Faust gegen die Handfläche –, »mache ich dich platt.«

»Hah, und wahrscheinlich glaubst du auch noch an den Weihnachtsmann!«

»Gut pariert«, kommentierte Cam, als Seth ein schnaubendes Lachen ausstieß und das Zimmer verließ.

»Den Spruch hab ich mir extra für ihn aufgespart«, erklärte Jake. »Warum darf ich denn nicht mit euch kommen?«

»Ich muss mit Seth reden.«

»Bist du böse auf ihn?«

»Sehe ich so aus?«

»Nein«, erwiderte Jake nachdem er das Gesicht seines Vaters aufmerksam gemustert hatte. »Aber du kannst in solchen Dingen ja manchmal ziemlich raffiniert sein.«

»Ich muss nur mit ihm reden.«

Jake zuckte mit einer Schulter, aber Cam sah die Enttäuschung in seinen Augen – Annas dunklen Augen –, bevor er sich wieder auf den Boden plumpsen ließ und nach seinem Joystick griff.

Cam hockte sich neben ihn. Er nahm den Geruch von Kaugummi und jugendlichem Schweiß wahr. Auf den Knien von Jakes Jeans prangten große Grasflecken, und die Schnürsenkel seiner Schuhe waren nicht zugebunden.

Cam spürte, wie ihn wieder einmal jenes intensive Gefühl aus Liebe und Stolz und Verblüffung überkam und sich zu einer einzigen starken Faust vereinte, die gegen sein Herz drückte.

»Ich liebe dich, Jake«, sagte er und strich seinem Sohn über das Haar.

»Oh Mann!« Jake zog die Schultern hoch und schaute seinen Vater an. »Schon gut, weiß ich ja.«

»Ich liebe dich«, wiederholte Cam. »Aber wenn ich zurückkomme, wird es einen blutigen Aufstand geben und einen neuen König von Quinnland. Und du darfst mir eins glauben: Dann wirst du mein Untertan sein, mein Freund.«

»Das hättest du wohl gern.«

Cam erhob sich grinsend, als er den großspurigen Ausdruck auf Jakes Gesicht sah. »Die Tage deiner Herrschaft sind gezählt. Fang schon mal an zu beten!«

»Ich werde darum beten, dass du mich nicht vollsabberst, wenn du mich um Gnade anflehst.«

Irgendwie habe ich einen Haufen Großmäuler großgezogen, dachte Cam, als er auf die Hintertür zuging, und diese Erkenntnis erfüllte ihn mit einem gewissen Stolz.

»Was ist denn los?«, erkundigte sich Seth und warf Cam ein Bier zu, als dieser aus der Hintertür trat.

»Lass uns segeln gehen.«

»Jetzt?« Seth blickte zum Himmel. »In einer Stunde wird's dunkel.«

»Na und, hast du etwa Angst im Dunkeln?« Cam schlenderte zum Anlegesteg und stieg behände in den Zwei-Mann-Segler. Er stellte sein Bier zur Seite, während Seth die Leine losmachte.

Seth hob das Ruder, um sie vom Steg abzustoßen, wie er es schon unzählige Male zuvor getan hatte. Dann hisste er das Hauptsegel. Das Geräusch des flatternden Tuchs war Musik in seinen Ohren. Cam saß am Ruder und brachte das Boot in eine gute Position, sodass sie ruhig und beinahe lautlos dahinglitten, während sie sich vom Ufer entfernten.

Die Sonne stand bereits tief. Ihre Strahlen verliehen dem Sumpfgras einen ganz eigenen Glanz. Das Licht verlor sich in den schmalen Kanälen, wo die Schatten tief wurden und das Wasser dunkel und geheimnisvoll war.

Cam und Seth glitten für eine Weile auf dem Wasser dahin, manövrierten das Boot zwischen Bojen hindurch, den Fluss hinunter und in die Bucht hinein. Es begann zu schaukeln, doch Seth behielt mühelos das Gleichgewicht, als er zum Hauptsegel auch noch den Klüver setzte und beide trimmte.

Das hölzerne Boot flog nur so dahin. Sein Rumpf glitzerte, und die schneeweißen Segel blähten sich im Wind. Die Luft schmeckte salzig, und die Wellen waren beinahe so blau wie der Himmel.

Das Gefühl der Freiheit und die unbeschreibliche Freude, auf dem Wasser dahinzufliegen, während die Sonne in der Dämmerung immer schwächer wurde, vertrieben alle Sorgen, alle Zweifel und allen Kummer aus Seths Herzen.

»Beidrehen!«, rief Cam und machte sich bereit zum Aufkreuzen, um noch mehr Tempo zu erreichen. In den nächsten fünfzehn Minuten wechselten die beiden Männer kaum ein Wort.

Als die Fahrt wieder langsamer wurde, streckte Cam die Beine aus und öffnete seine Bierdose. »Also, dann erzähl mal, was mit dir los ist.«

»Was soll mit mir los sein?«

»Annas Radar sagt ihr, dass etwas mit dir nicht stimmt, und sie hat mir keine Ruhe gelassen, bis ich ihr versprochen habe herauszufinden, was es ist.«

Seth gewann ein wenig Zeit, indem er seine eigene Dose öffnete und einen ersten kalten Schluck Bier nahm. »Ich bin doch erst seit zwei Wochen wieder hier und muss mich um viele Dinge kümmern, das ist alles. Ich muss herausbekommen, wie ich die Sachen angehe, muss mich wieder eingewöhnen und so weiter. Kein Grund zur Panik.«

»Ich soll also einfach zu Anna gehen und ihr sagen, sie müsse sich keine Sorgen machen? Also, das wird nicht gerade wahre Begeisterungsstürme auslösen, mein Freund.« Cam nahm einen weiteren Schluck Bier. »Hör zu, wir müssen doch wohl nicht diesen ganzen ›Du weißt ja, dass du jederzeit über alles mit mir reden kannst‹-Mist durchkauen, oder? Dann würden wir uns beide nämlich wie die Trottel vorkommen.«

»Nein, schon klar.« Seth lächelte. »Sag Anna einfach, dass ich mir Gedanken über die Zukunft mache. Ich muss mir früher oder später selbst ein Haus oder eine Wohnung suchen. Mein Agent drängt mich, eine weitere Ausstellung zusammenzustellen, und ich bin mir noch nicht sicher, welche Richtung ich dabei einschlagen möchte. Ich habe ja noch nicht einmal das Atelier ganz fertig.«

»Hm.« Cam blickte zum Ufer hinüber und zu dem hübschen alten Haus, das dort stand.

Als Seth seinem Blick folgte, verlagerte er sein Gewicht im Bug. Er war so ins Segeln vertieft gewesen, dass er gar nicht bemerkt hatte, in welche Richtung sie fuhren.

»Die hübsche kleine Blumenkönigin scheint nicht zu Hause zu sein«, bemerkte Cam. »Vielleicht hat sie ein Rendezvous.«

»Auf so etwas lässt sie sich nicht ein.«

»Ist das der Grund, warum du dich noch nicht an sie herangemacht hast?«

»Wer sagt denn, dass ich das noch nicht getan habe?«

Cam lachte und schlürfte sein Bier. »Wenn es so wäre, mein Junge, dann würdest du wesentlich entspannter aussehen.«

Wo er recht hat, hat er recht, dachte Seth, zuckte aber bloß mit den Schultern.

»Wie wäre es, wenn ich dich hier absetzen würde? Dann könntest du es einmal mit der ›Ich war gerade in der Nähe und dachte mir, ich schaue mal vorbei‹-Nummer versuchen. Vielleicht bekommst du sie ja ins Bett.«

»Hat das etwa bei dir jemals funktioniert?«

Cam stieß einen langen wehmütigen Seufzer aus und starrte zum Himmel hinauf, als sei er völlig in verträumte Erinnerungen vertieft. »Ich könnte dir da Geschichten erzählen ... Also, meiner Ansicht nach ist es eigentlich egal, ob ein Mann viel oder wenig Sex hat. Er denkt ohnehin ständig daran. Bloß, wenn er Sex hat, schläft er verdammt noch mal besser.«

Seth klopfte sich auf die Taschen. »Hast du mal etwas zu schreiben? Das will ich mir unbedingt notieren.«

»Das Mädchen ist ein echter Leckerbissen.«

Seth wurde ärgerlich. »Dru ist verdammt noch mal keine Frau, die man einfach so vernascht.«

»Schon gut, schon gut.« Damit hatte Cam seine Antwort bekommen, und er nickte. »Ich hatte schon vermutet, dass du dich ernsthaft in sie verguckt hast.«

Seth stieß zischend den Atem aus und blickte zu dem hübschen blauen Haus zurück, bis es außer Sichtweite war. »Ich weiß im Moment eigentlich gar nicht so recht, was ich will und was nicht. Ich muss erst einmal mein Leben hier richtig in den Griff bekommen, und solange das noch nicht geschehen ist, habe ich keine Zeit für ... für etwas Ernsthaftes. Aber wenn ich sie ansehe, dann ...« Er zuckte mit den Schultern. »Ich werde einfach nicht schlau aus Dru. Ich bin gern in ihrer Nähe, obwohl sie nicht gerade ein einfacher Mensch ist. Die Hälfte der Zeit ist es so, als habe man es mit einem Stachelschwein zu tun. Eins mit einem Diadem um den Hals.«

»Frauen ohne Rückgrat taugen für einen One-Night-Stand oder vielleicht auch für ein paar vergnügliche Tage, aber wenn du auf der Suche nach etwas Langfristigem bist ...«

Ein Ausdruck der Panik breitete sich auf Seths Gesicht aus. »Das habe ich doch gar nicht gemeint! Ich habe doch nur gesagt, dass ich gern in ihrer Nähe bin.«

»Und dabei hast du Dackelaugen bekommen.«

»Blödsinn!« Seth spürte, wie sich seine Wangen zu röten begannen. Er konnte nur hoffen, dass Cam es in dem düsteren Licht nicht sah.

»Noch eine Minute, und du hättest angefangen zu winseln. Hast du eigentlich vor, den Klüver zu trimmen oder soll er einfach gerefft bleiben?«

Vor sich hinbrummend korrigierte Seth die Leinen. »Hör zu, ich will sie malen, ich will Zeit mit ihr verbringen und ich will sie ins Bett bekommen. Und all das werde ich ganz wunderbar allein schaffen, vielen Dank auch.«

»Wenn du es geschafft hast, wirst du vielleicht besser schlafen.«

»Dru hat nichts damit zu tun, wie gut oder schlecht ich schlafe. Oder zumindest nicht viel.«

Cam drehte erneut bei, und sie machten sich auf den Heimweg. Die Dämmerung setzte ein. »Und wirst du mir jetzt erzählen, was dich nachts wach hält, oder muss ich dir das auch aus der Nase ziehen? Wenn du es mir nicht verrätst, wird Anna uns beiden das Leben zur Hölle machen, bis du damit herausrückst.«

Seth dachte an Gloria, aber die Worte blieben ihm im Hals stecken. Wenn ihm das erste über die Lippen gegangen wäre, würden die anderen nicht nur hervorsprudeln, sondern sich in einer wahren Lawine aus seinem Mund ergießen. Und er hatte Angst, dass seine Familie darunter verschüttet werden könnte.

Er konnte Cam alles erzählen. Alles, bis auf das.

Aber vielleicht war es an der Zeit, etwas anderes loszuwerden. »Ich hatte neulich einen wirklich verrückten Traum.«

»Sind wir jetzt wieder beim Sex angelangt?«, fragte Cam. »Denn wenn dem so ist, hätten wir mehr Bier mitnehmen sollen.«

»Ich habe von Stella geträumt.«

Das freche Grinsen auf Cams Gesicht erlosch und ließ es nackt und verwundbar erscheinen. »Mom? Du hast von Mom geträumt?«

»Ich weiß, dass es seltsam ist. Schließlich habe ich sie ja nie kennengelernt.«

»Und was hat sie ...« Cam sprach die Frage nicht aus. Ihm ging durch den Kopf, dass es doch eigenartig war, wie sich der Schmerz über den Tod eines geliebten Menschen in einem verstecken konnte. Wie ein Virus lauerte er Monate, sogar Jahre im Verborgenen, um einen dann wieder zu überfallen und schwach und hilflos zu machen. »Was hast du denn geträumt?«

»Ich saß auf dem Steg hinter dem Haus. Es war Sommer und sehr heiß. Ich habe geschwitzt. Ich saß da und angelte. Nur mit einer Stange, einer Schnur und etwas von Annas Brie.«

»Gut, dass du nur geträumt hast«, brachte Cam heraus. »Sonst wärst du ein toter Mann.«

»Aber das ist ja das Seltsame. Die Schnur hing im Wasser, aber ich wusste, dass ich den Käse als Köder stibitzt hatte. Und ich konnte den Duft der Rosen riechen und spürte wie die Sonne herabbrannte. Und dann ließ sich plötzlich Foolish neben mir nieder. Ich weiß, dass er tot ist – ich meine, in dem Traum wusste ich es auch – und deshalb war ich natürlich völlig verdattert, ihn zu sehen. Und im nächsten Moment saß schon Stella neben mir auf dem Steg.«

»Wie sah sie aus?«

Die Frage erschien Seth keineswegs merkwürdig, sie schien ihm sogar vernünftig zu sein. »Ganz toll. Sie trug einen alten khakifarbenen Hut ohne Krempe, wie man ihn sich einfach so überstülpt, und ihre Haare quollen darunter hervor.«

»Oh Gott.« Cam erinnerte sich sehr gut an den alten Hut und daran, wie Stella immer versucht hatte, ihr widerspenstiges Haar darunter zu stopfen. Besaßen sie eigentlich ein Foto, auf dem Stella das hässliche Ding anhatte? Er konnte sich an keines erinnern.

»Ich möchte dir damit nicht wehtun.«

Cam schüttelte nur den Kopf. »Und wie ging dein Traum dann weiter?«

»Es passierte eigentlich nichts Besonderes. Wir saßen einfach da und haben geredet. Über euch Jungs und Ray und …«

»Und was?«

»Und dass sie beide dachten, es sei einmal an der Zeit, dass sie ihren großmütterlichen Pflichten nachkommt, da sie ja nie die Gelegenheit dazu hatte, Großmutter zu spielen. Aber es war gar nicht so wichtig, *was* wir sagten, sondern wie real mir das alles vorkam. Selbst als ich aufwachte und auf der Bettkante saß, erschien es mir noch real. Ich weiß auch nicht, wie ich es erklären soll.«

»Schon gut, ich verstehe dich auch so«, sagte Cam. Hatte er nicht selbst nach Rays Tod im Traum eine Reihe von Unterhaltungen mit seinem Vater geführt? Und hatten seine Brüder nicht beide ähnliche Erfahrungen gemacht?

Aber all das war nun schon so lange her. Und der Tod ihrer Mutter lag noch länger zurück. Aber keinem der Brüder war Stella jemals im Traum erschienen.

»Ich habe es immer bedauert, dass ich Stella nie kennengelernt habe«, fuhr Seth fort. »Aber jetzt kommt es mir so vor, als hätte ich es.«

»Wie lange ist das her?«

»Ungefähr eine Woche. Und bevor du jetzt wieder zu brüllen anfängst: Ich habe nicht sofort etwas gesagt, weil ich dachte, du würdest ausflippen. Es ist schon ganz schön seltsam, das musst du zugeben.«

Mach dich auf etwas gefasst, dachte Cam. Aber als ein Quinn machte man seine Erfahrungen nun einmal selbst, und so würde auch Seth es selbst herausfinden müssen.

»Wenn du noch einmal von ihr träumst, frag sie mal, ob sie sich noch an das Zucchini-Brot erinnert.«

»Wie bitte?«

»Frag sie einfach danach«, sagte Cam.

Als sie zu Hause eintrafen, stand das Abendessen bereits auf dem Herd. Dan McLean stand mit einem Bier in der Hand daneben und beugte sich vor, damit ihm Anna einen Löffel von ihrer roten Soße zum Probieren geben konnte.

»Was hat der denn hier verloren?«, fragte Cam und setzte ein böses Gesicht auf, weil er wusste, dass Dan es erwartete.

»Ich spiele den Vorkoster. Das ist einfach umwerfend, Mrs. Q. Keiner bereitet diese Soße so köstlich zu wie Sie. Da fällt es einem glatt leichter, das Gesicht von dem Herrn da wiederzusehen«, fügte er hinzu und nickte zu Seth hinüber.

»Warst du nicht erst vor zwei Wochen zum Vorkosten bei uns?«, fragte Cam.

»Aber nein. Da war ich doch bei Ethan und habe dort etwas Essbares geschnorrt. Ich verteile meine Besuche immer schön gleichmäßig, damit keiner zu kurz kommt und sich beschwert.«

»Und wie ich sehe, gibt es inzwischen mehr an dir zu verteilen als beim letzten Mal.« Seth hakte seine Daumen in die Hosentaschen und warf einen prüfenden Blick auf seinen alten Freund aus Kindertagen. Er sah aus, als würde er regelmäßig im Fitnessstudio trainieren.

»Können Männer nicht einfach sagen: ›Hallo, schön dich zu sehen‹?«, fragte Anna.

»Hallo, schön dich zu sehen«, sagte Seth prompt.

Die Freunde begrüßten sich mit jener typisch männlichen Umarmung, bei der einer den anderen kurz mit einem Arm umschlingt.

»Du liebe Güte, mir kommen gleich die Tränen. Ist das rührend«, sagte Cam. Dann beugte er sich schnuppernd über die Töpfe.

»Warum deckst du nicht schon mal den Tisch?«, schlug Anna ihm vor. »Bevor du dich noch zum Narren machst.«

»Lass das doch den Vorkoster machen. Er weiß ja, wo alles ist. Ich muss erst noch unseren Jüngsten vom Thron werfen.«

»Sieh zu, dass du in zwanzig Minuten damit fertig bist. Wir essen nämlich in einundzwanzig.«

»Ich werde den Tisch decken, Mrs. Q.«

»Nein, nein, raus aus meiner Küche! Nehmt euer Bier und

euer Männergehabe mit nach draußen. Ich weiß wirklich nicht, warum mir nicht wenigstens eine einzige Tochter vergönnt gewesen ist. War das denn wirklich zu viel verlangt?«

»Wenn der Kerl hier das nächste Mal vorbeikommt, um unser Essen zu schnorren, steck ihn in ein Kleid«, rief Cam über seine Schulter zurück, während er sich auf den Weg zu seinem Sohn machte.

»Cam liebt mich wie einen Bruder«, sagte Dan. Und da er sich bei den Quinns wie zu Hause fühlte, öffnete er den Kühlschrank, um Seth ein Bier herauszuholen. »Komm, wir setzen uns nach draußen, kratzen uns wie echte Männer und lügen uns etwas über unsere zahllosen Eroberungen vor.«

Sie ließen sich auf der Treppe nieder. Jeder nahm einen Schluck von seinem Bier. »Aub hat mir erzählt, dass du dieses Mal hierbleiben willst und dass du dir ein Atelier über dem Blumenladen eingerichtet hast.«

»Das stimmt. Aub sagt das? Nach meinen Informationen ist dein kleiner Bruder hinter ihr her.«

»Wenn er die Möglichkeit dazu hat. Ich sehe Aub nämlich öfter, als ich Will zu Gesicht bekomme. Er muss so viele Doppelschichten im Krankenhaus schieben, dass er schon im Schlaf ›Herzstillstand‹ und andere wunderbare medizinische Ausdrücke ruft.«

»Haust ihr beiden immer noch zusammen?«

»Im Moment schon. Auch wenn ich die Wohnung meistens für mich allein habe. Er lebt ja für sein Krankenhaus. Dr. Will McLean. Wer hätte das gedacht, was?«

»Er hatte schon damals Spaß daran, im Biologieunterricht Frösche zu sezieren. Du hast gekniffen.«

Selbst nach all den Jahren brachte die Erinnerung an die Frösche Dan dazu, das Gesicht zu einer Grimasse zu verziehen. »Ich habe das schon immer für eine abscheuliche Geschichte gehalten und denke auch heute nicht anders darüber. Schließlich hat mir noch kein Frosch etwas Böses getan. – Jetzt, wo du zurück bist, haben sich meine Pläne erledigt, dich in Italien zu besuchen. Ich habe schon davon geträumt, mit dir in einem Straßencafé zu sitzen …«

»In einer Trattoria.«

»… wie auch immer, und all die hübschen Mädels anzusehen. Ich dachte, wir könnten es einmal so richtig krachen lassen da drüben. Du mit deinem Künstlergetue und ich mit meinem umwerfenden Aussehen.«

»Was ist denn aus dieser Lehrerin geworden, mit der du zusammen warst? Wie hieß sie doch gleich, Shelly?«

»Shelby. Nun ja, das ist die andere Sache, die meinen Traum von Italien zum Platzen gebracht hat.« Dan vergrub eine Hand in der Tasche, zog ein kleines Schmuckkästchen hervor und schnipste den Deckel mit dem Daumen auf.

»Ach du heiliger Strohsack, McLean!«, brachte Seth hervor und betrachtete blinzelnd den Diamantring.

»Habe große Pläne für morgen Abend. Abendessen, Kerzenlicht, Musik, Kniefall. Alles was dazugehört.« Dan atmete tief ein. »Ich habe eine Heidenangst.«

»Du wirst sie heiraten?«

»Oh Mann, ich hoffe es, denn ich liebe sie mehr als mein Leben. Was meinst du, ob ihr der Ring gefällt?«

»Wie soll ich das wissen?«

»Du bist doch der Künstler«, erklärte Dan und hielt Seth den Ring unter die Nase. »Was hältst du davon?«

Es war ein schlichter Goldring mit einem Diamanten in der Mitte. Aber die Freundschaft verlangte mehr als einen nüchternen Kommentar. »Er sieht großartig aus. Elegant, klassisch.«

»Das passt haargenau zu meiner Shelby.« Dan betrachtete den Ring zufrieden. Er seufzte und steckte das Schmuckdöschen wieder in die Tasche zurück. »Sie würde dich übrigens gern kennenlernen. Sie hat was übrig für diesen ganzen Kunstkram. Dadurch habe ich sie übrigens auch kennengelernt. Aubrey hat mich zu einer Kunstausstellung an der Uni geschleppt, weil Will keine Zeit hatte. Und da habe ich Shelby zum ersten Mal gesehen. Sie stand vor einem Gemälde, das so aussah, als hätte es ein Schimpanse gemalt. – Also wirklich, was soll dieser ganze Mist eigentlich, der nur aus Streifen und Farbspritzern besteht? Das ist doch Betrug, wenn du mich fragst.«

»Ich bin mir sicher, dass Pollock sich soeben im Grabe umgedreht hat.«

»Wenn du das sagst. Na, jedenfalls bin ich auf sie zugegangen und habe es mit dieser ›Was sagt Ihnen das Bild‹-Nummer versucht. Und weißt du, was sie geantwortet hat?«

Seth, der es genoss, seinen Freund so völlig vernarrt zu sehen, lehnte sich gegen die Stufe zurück. »Was hat sie denn gesagt?«

»Sie sagte, die Erstklässler an ihrer Schule würden bessere Bilder mit ihren Fingerfarben zustande bringen. Mann oh Mann, ich habe mich auf der Stelle in sie verliebt! Und das war der Moment, in dem ich die großen Geschütze aufgefahren und ihr von meinem Freund erzählt habe, der Künstler ist und richtige Bilder malt. Dann habe ich deinen Namen fallen lassen, und sie wäre beinahe in Ohnmacht gefallen. Ich glaube, in diesem Moment ist mir zum ersten Mal klar geworden, dass du jetzt eine echte Berühmtheit bist.«

»Hast du immer noch die Zeichnung, die ich einmal von dir und Will gemacht habe, über der Toilette hängen?«

»Das ist ein Ehrenplatz, Mann! Was hältst du davon, dich irgendwann nächste Woche mit Shelby und mir zu treffen?

Auf einen Drink vielleicht? Oder lass uns zusammen etwas essen.«

»Gern, warum nicht? Aber ich warne dich, sie könnte sich in mich verlieben und dir das Herz brechen.«

»Klar doch, wie sollte es auch anders sein! Aber für den Fall der Fälle, sie hat da diese Freundin ...«

»Nein!« Seth riss in gespieltem Entsetzen die Hände in die Höhe und hielt sie abwehrend vor sich. »Ohne mich. Keine abgekarteten Spielchen in dieser Richtung. Du wirst es einfach riskieren müssen, dass dein Mädel in den Bann meines verhängnisvollen Charmes gerät.«

Nach dem Essen ließ Seth sich von Dan für den Rest des Abends ins *Shiney's* schleppen. Sie schwelgten stundenlang in Erinnerungen, die von schlechter Musik untermalt wurden.

Anna hatte die Lichter auf der Veranda und im Wohnzimmer für Seth angelassen, und daher schaffte er es, auf dem Weg nach oben keinen Lärm zu machen – bis er über den Hund stolperte, der es sich vor der Badezimmertür bequem gemacht hatte.

Seth fluchte in sich hinein und humpelte in sein Zimmer, wo er sich sofort auszog. Die Ohren klangen ihm noch immer von den letzten beiden entsetzlichen Musikstücken, als er sich mit dem Gesicht nach unten auf das Bett fallen ließ.

Wie gut wieder zu Hause zu sein, war sein letzter Gedanke, ehe er in einen traumlosen Schlaf fiel.

»Mom?« Im Büro der Bootswerkstatt saß Phillip weit zurückgelehnt in seinem Sessel. »Er hat von Mom geträumt?«

»Vielleicht war es ein Traum, vielleicht auch nicht.«

Ethan rieb sich das Kinn. »Er hat gesagt, sie hätte diesen alten Hut aufgehabt?«

»Genau.«

»Den hat sie ja oft genug getragen«, gab Phillip zu bedenken. »Er hat ihn wahrscheinlich auf einem Foto gesehen.«

»Sie trägt ihn auf keinem der Fotos, die wir bei uns im Haus aufgestellt oder an der Wand hängen haben.« Cam hatte bereits nachgesehen. »Ich sage ja nicht, dass er niemals ein solches Foto gesehen hat, und ich sage auch nicht, dass es kein Traum war. Aber es ist schon seltsam. Sie ist immer so gern ans Wasser heruntergekommen und hat sich zu uns auf den Steg gesetzt. Dabei hat sie sich gar nicht viel aus Angeln gemacht, aber wenn einer von uns da draußen saß und über irgendetwas nachgrübelte, kam sie dazu und wartete, bis er darüber zu reden begann, was ihm im Magen lag.«

»Darin war sie unschlagbar«, stimmte ihm Ethan zu. »Sie hat immer gemerkt, wenn etwas mit uns nicht stimmte, und nie lockergelassen, ehe wir darüber geredet haben.«

»Aber das heißt ja nicht, dass Seths Traum so etwas ist wie das, was uns nach Dads Tod passiert ist.«

»Das wolltest du ja auch nicht glauben«, rief ihm Ethan in Erinnerung, während er eine Wasserflasche aus Phillips Bürokühlschrank nahm.

»Eines weiß ich: Irgendwas macht dem Jungen zu schaffen, und er will einfach nicht darüber reden. Zumindest nicht mit mir.« Cam musste sich eingestehen, dass ihn diese Erkenntnis ein wenig getroffen hatte. »Wenn es einer aus ihm herausbekommen kann, dann ist es Mom. Selbst wenn es in einem Traum ist. In der Zwischenzeit sollten wir einfach nur ein Auge auf ihn haben. Ich werde mal runtergehen, bevor er mitbekommt, dass wir hier oben sind und über ihn reden.«

Cam war schon halb zur Tür hinaus, als er noch einmal stehen blieb und sich umdrehte. »Ich habe ihm gesagt, wenn er noch einmal von ihr träumt, soll er sie nach dem Zucchini-Brot fragen.«

Seine Brüder blickten ihn verständnislos an. Ethan erinnerte sich als Erster und bekam einen solchen Lachanfall, dass er sich auf die Schreibtischkante setzen musste.

»Du liebe Güte!« Phillip lümmelte sich tiefer in seinen Sessel. »Das hatte ich ja ganz vergessen.«

»Mal sehen, ob sie sich noch daran erinnert«, sagte Cam und machte sich dann auf den Weg hinunter in das Getöse der Werkstatt. Er war gerade auf der untersten Stufe angekommen, als die Außentür geöffnet wurde und Dru eintrat.

»Hallo, schöne Frau. Sind Sie auf der Suche nach diesem Schwachkopf von einem Bruder?«

»Welchen Schwachkopf von einem Bruder meinen Sie denn genau?«

Er grinste anerkennend. »Sie lernen ja ganz schön schnell. Seth verdient sich gerade Kost und Logis hier.«

»Ehrlich gesagt, wollte ich gar nicht ...« Aber Cam hatte bereits Drus Hand ergriffen und zog sie mit sich.

Seth stand breitbeinig auf dem Bootsdeck, mit dem Rücken zu ihr. Er war bis zur Taille nackt. Sein Rücken und seine Arme waren muskulöser, als man es von einem Mann erwartet hätte, der sich seinen Lebensunterhalt damit verdiente, dass er einen Pinsel schwang. Er trank gerade aus einer Wasserflasche, als hätte er seit einer Woche keine Flüssigkeit mehr zu sich genommen.

Drus eigener Mund wurde ganz trocken, als sie ihn erblickte.

Wie oberflächlich, dachte sie. Wie verdammt oberflächlich, sich nur deshalb für einen Mann zu interessieren, weil er eine tolle Figur hatte und gut aussah. Sie legte Wert auf Intellekt und Charakterstärke und Persönlichkeit und ... Was für ein toller Hintern, schoss ihr durch den Kopf.

Der Teufel sollte sie holen.

Sie schaffte es nur mit Mühe, sich nicht über die Lippen zu lecken, als sie ihn dort stehen sah. Als er sich umdrehte und sich mit dem Unterarm über die Stirn fuhr, erblickte er sie.

Sie sah, wie sich seine Mundwinkel nach oben bewegten – auch sein Lächeln war, genau wie sein Hintern, einfach umwerfend. Aber was er dann sagte, ging in der Musik unter.

Cam kam ihnen zu Hilfe und ging zum Stereogerät hinüber, um es von »ohrenbetäubend« auf »laut« zu stellen.

»Hey! Was soll das?« Aubreys Kopf tauchte von unter Deck auf.

»Wir haben Besuch.«

Dru beobachtete mit einem gewissen Interesse, wie Seth mit einer Hand über Aubreys Schulter fuhr, bevor er vom Deck heruntersprang. »Das mit morgen geht doch klar, oder?«, fragte er, als er auf sie zukam und ein großes Stofftaschentuch aus seiner Hosentasche zog, um sich damit Hände und Gesicht abzuwischen.

»Ja.« Dru bemerkte, dass Aubrey sie interessiert beobachtete. »Ich wollte dich nicht bei der Arbeit stören. Ich habe gerade einige Besorgungen erledigt, während Mr. G. auf den Laden aufpasst, und da ich in der Nähe war, dachte ich mir, ich schaue mir den Betrieb hier einmal an.«

»Ich werde dich herumführen.«

»Du bist doch beschäftigt.« Und deine blonde Kollegin beobachtet mich wie ein Wachhund, fügte Dru in Gedanken hinzu. »Außerdem hat man mir ohnehin gesagt, dass *Sie* der Mann sind, an den ich mich wenden soll«, sagte sie an Cam gewandt.

Cam schaute Seth bedauernd an. »Habe ich dir nicht erzählt, dass das alle hübschen Damen sagen? Was kann ich für Sie tun?«, fragte er Dru.

»Ich möchte ein Boot kaufen.«

»Was Sie nicht sagen.« Cam legte einen Arm um ihre Schultern. »Nun, meine Liebe, da sind Sie bei uns an der richtigen Adresse.«

»Hey! Ich verstehe auch was von Booten!«, rief Seth.

»Das ist unser Juniorpartner. Wir versuchen, ihm so oft es geht seinen Willen zu lassen. Also, für welche Art von Boot interessieren Sie sich denn?«

»Eine Schaluppe. Fünfeinhalb Meter. Bogenboden, Zedernholzrumpf. Wahrscheinlich ein Löffelbug, aber wenn der Designer eine andere Idee hat, bin ich, was das angeht, flexibel. Ich will ein Boot mit einer guten Balance, einer verlässlichen Stabilität, aber wenn mir danach ist, sollte es auch einmal Tempo machen können.«

Sie betrachtete die Zeichnungen an der Wand und suchte nach einem Boot, das ihren Vorstellungen entsprach.

»Dieser Rumpf, dieser Bug«, sagte sie schließlich und deutete nacheinander auf zwei Zeichnungen. »Ich möchte ein zuverlässiges Boot, das schnell im Wind liegt, und ich möchte ein Boot, von dem ich lange etwas habe.«

Offensichtlich kannte sie sich gut aus. »Eine solche Maßanfertigung wird Sie einiges kosten.«

»Ich erwarte auch nicht, es umsonst zu bekommen, aber das Finanzielle bespreche ich doch wohl besser mit Ihrem Bruder Phillip, nicht wahr? Und wenn es um besondere Details des Designs geht, ist Ethan dafür zuständig, wenn mich nicht alles täuscht.«

»Sie haben offensichtlich Ihre Hausaufgaben gemacht.«

»Ich weiß ganz gern, mit wem ich es zu tun habe, und ich lege Wert auf Qualität. Und die bekomme ich, nach allem, was man hört, bei den Quinn-Brüdern. Wie schnell können Sie mir einen Entwurf präsentieren?«

Mann oh Mann, dachte Cam, diese Frau wird den Kleinen verrückt machen. Und es würde Spaß machen, dabei zuzusehen. »Lassen Sie uns nach oben gehen und alles genauer besprechen.«

Es war Ethan, der Dru eine halbe Stunde später nach unten begleitete. Die Dame konnte Steuerbord von Backbord unterscheiden, so viel war ihm klar geworden, und sie hatte nicht nur eine sehr genaue Vorstellung von dem, was sie wollte, sondern war auch in der Lage, sich gegen eine Gruppe von Männern durchzusetzen, deren raue Kanten nie so recht geschliffen worden waren.

»Wir werden bis Ende der Woche einen Entwurf angefertigt haben«, versprach er ihr. »Vielleicht sogar schon früher, wenn wir Seth dafür gewinnen können.«

»Ach ja?« Dru warf einen, wie sie hoffte, beiläufigen Blick zu ihm hinüber. »Ist er an den Entwürfen beteiligt?«

»Wenn wir ihn festnageln können. Er zeichnet nun einmal besser als wir drei zusammengenommen.«

Dru folgte seinem Blick und betrachtete die Galerie der Zeichnungen. »Es ist eine ganz wundervolle Sammlung und zugleich auch eine Retrospektive. Man erkennt seine künstlerische Entwicklung ganz deutlich.«

»Das hier hat er gezeichnet, als er zehn war.« Ethan tippte mit seinem Finger auf die Zeichnung eines Einmast-Seglers, wie er für den Krebsfang verwendet wurde.

»Zehn?« Sie trat fasziniert näher und betrachtete die Zeichnung auf die gleiche Weise wie ein Student die frühen Werke eines Meisters in einem Museum studiert. »Ich kann mir gar nicht vorstellen, wie es ist, mit einem solchen Talent geboren zu werden. Für einige Menschen wäre das sicherlich eine Last, nicht wahr?«

Wie es so seine Art war, nahm Ethan sich für die Antwort Zeit. »Das mag wohl stimmen«, sagte er nach einer Weile. »Aber auf Seth trifft es nicht zu. Ihm bereitet die Kunst Freude, und sie ist wohl auch so etwas wie ein Ventil für ihn, ist es schon immer gewesen. Nun ja.«

Er war kein Freund langer Unterhaltungen, und so lächelte er sie nur an und reichte ihr die Hand. »Es wird uns eine große Freude sein, Ihr Boot zu bauen.«

»Die Freude ist ganz meinerseits. Danke, dass Sie sich Zeit für mich genommen haben.«

»Das haben wir gern getan. Wann immer Sie Fragen haben, sprechen Sie uns an.«

Er begleitete sie zur Tür und ging dann in die Werkstatt zurück. Er befand sich auf halbem Wege zur Drehbank, als Seth sein Schleifgerät abstellte.

»Ist Dru noch oben bei den Jungs?«

»Nein. Sie ist gegangen.«

»Gegangen? Ach, verdammt noch mal, du hättest auch was sagen können!« Er sprang vom Boot hinunter und rannte auf die Tür zu.

Aubrey blickte ihm stirnrunzelnd hinterher. »Er ist in sie verknallt.«

»Sieht so aus.« Ethan neigte den Kopf zur Seite und blickte forschend in ihr Gesicht. »Ist das ein Problem für dich?«

»Ich bin mir nicht sicher.« Sie zuckte mit den Schultern. »Sie ist nicht gerade die Frau, die ich mir für ihn vorgestellt habe. Sie ist irgendwie so steif und eingebildet. Eine ziemlich hochnäsige Ziege, wenn du mich fragst.«

»Sie steht ganz allein da«, sagte Ethan. »Und nicht jeder kommt so leicht mit Menschen klar wie du, Aubrey. Außerdem kommt es darauf an, welche Vorstellungen Seth hat.«

»Ja, ja.« Aber das machte ihr Drusilla nicht sympathischer.

8. Kapitel

Da Seth ihr nicht gesagt hatte, was sie für die Sitzung anziehen sollte, entschied Dru sich für etwas Schlichtes: eine blaue Baumwollhose und ein weißes T-Shirt. Sie wässerte ihren Garten, wechselte zweimal ihre Ohrringe und bereitete dann frischen Kaffee zu.

Vielleicht wären die Kreolen doch die bessere Wahl gewesen als die kleinen Lapislazuli-Kugeln, die von ihren Ohren herabbaumelten, dachte sie. Männer mochten Kreolen an Frauen. Wahrscheinlich assoziierten sie diese Art Schmuck mit der Heißblütigkeit einer Zigeunerin.

Aber das konnte ihr ja schließlich vollkommen egal sein.

Dru war sich nicht sicher, ob sie wollte, dass Seth noch einmal versuchte, sich ihr zu nähern. Eines würde schließlich unweigerlich zum anderen führen, und im Augenblick war sie ganz und gar nicht an einer Beziehung interessiert.

Zumindest war sie es bis vor Kurzem nicht gewesen.

Das waren die Nachwirkungen ihrer Beziehung mit Jonah, und schon bei dem Gedanken daran spürte Dru, wie die kalte Wut in ihr aufstieg. Seine Verlogenheit und sein Betrug hatten nicht nur ihr Herz, sondern auch ihren Stolz verletzt. Während ihr Herz geheilt war – und das erstaunlich leicht –, hatte sich ihr Stolz immer noch nicht ganz erholt.

Sie würde sich niemals wieder so zum Narren machen lassen. Wenn sie sich jemals auf eine Beziehung mit Seth einließe – und darüber war das letzte Wort noch längst nicht gesprochen –, dann nur zu ihren Bedingungen.

Sie hatte sich selbst bewiesen, dass sie mehr war als ein netter Zierrat am Arm eines Mannes, mehr als eine Kerbe in seinem Bettpfosten und auch mehr als eine Sprosse auf seiner Karriereleiter.

Was das anging, hatte Jonah sie völlig unterschätzt.

Schließlich hatte sie bewiesen, dass sie auf eigenen Füßen stehen und ein zufriedenes Leben führen konnte.

Was allerdings nicht bedeutete, dass sie nicht eine Freundschaft, ja, vielleicht sogar eine gewisse sexuelle Spannung in der Gesellschaft eines interessanten, attraktiven Mannes genießen konnte.

Sie hörte Reifen auf dem Kies der Auffahrt knirschen. Eins nach dem anderen, ermahnte sie sich und wartete auf Seths Klopfen an der Tür. Na schön, ihr wurde also heiß, als sie ihm die Tür öffnete und ihn ansah. Das bedeutete nichts weiter, als dass sie ein Mensch war. Ein gesunder Mensch.

»Guten Morgen«, sagte sie und trat einen Schritt zurück, um Seth eintreten zu lassen.

»Guten Morgen. Was für ein wunderschönes Haus du hast! Wenn du es mir nicht so kurz vor meiner Rückkehr vor der Nase weggeschnappt hättest, hätte ich es gekauft.«

»Da habe ich ja noch einmal Glück gehabt.«

»Das kann man wohl sagen.« Als sie im Wohnzimmer standen, ließ Seth seinen Blick durch den Raum schweifen. Kräftige Farben, schöne Stoffe – das Zimmer gefiel ihm gut, obwohl es für seinen Geschmack noch etwas mehr Krimskrams vertragen hätte. Außer ein paar sorgfältig ausgewählten Dekorationsstücken standen überall Vasen mit frischen Blumen herum, und alles wirkte sehr gepflegt.

»Du hattest doch gesagt, du wolltest draußen arbeiten.«

»Stimmt. Oh, warte mal, dein Bild.« Er zog das in braunes Papier eingeschlagene Paket unter seinem Arm hervor und reichte es ihr. »Ich kann es für dich aufhängen, wenn du dir schon eine Stelle ausgesucht hast.«

»Das ging ja schnell.« Dru konnte nicht widerstehen. Sie setzte sich auf das Sofa und riss das Papier auf.

Der Rahmen war ebenso schlicht und überzeugend wie das Gemälde selbst. Er hatte schmale Holzleisten gewählt, die in einem matten Goldton gefärbt waren und die satten Töne der Blumen und Blätter wunderbar ergänzten.

»Einfach perfekt, vielen Dank. Das ist ein ganz wundervoller Anfang für meine Seth-Quinn-Sammlung.«

»Du planst eine ganze Sammlung?«

Sie strich mit einem Finger oben über den Rahmen, während sie zu ihm aufblickte. »Vielleicht. Und ich würde dein Angebot gern annehmen, es aufzuhängen, weil ich darauf brenne zu sehen, wie es wirkt, aber leider habe ich keinen passenden Aufhänger.«

»Wie wäre es mit dem hier?« Er kramte einen Haken aus seiner Tasche hervor.

»Der wäre ganz wunderbar.« Sie legte den Kopf auf die Seite und betrachtete Seth nachdenklich. »Du bist wohl ein richtig guter Heimwerker, was?«

»Ich bin einfach unentbehrlich! Hast du einen Hammer und ein Maßband oder soll ich meinen Werkzeugkasten aus dem Wagen holen?«

»Zufällig besitze ich durchaus einen Hammer und einige andere Werkzeuge für den Hausgebrauch.« Dru erhob sich, ging in die Küche und kehrte mit einem Hammer zurück, der so neu war, dass er glänzte.

»Wohin möchtest du es denn haben?«

»Nach oben. In mein Schlafzimmer.« Sie ging voran. »Was ist in der Tüte?«

»Klamotten. – Der Kerl, der dieses Haus restauriert hat, wusste, was er tat.« Seth betrachtete prüfend die seidige Oberfläche des Treppengeländers, als sie in den ersten Stock hinaufstiegen. »Ich frage mich, wie er es einfach so verkaufen konnte.«

»Er hatte wohl Spaß an der Arbeit selbst – und am Profit. Wenn er mit einem Projekt fertig ist, wird ihm langweilig, und er fängt etwas anderes an. So hat er es mir zumindest erzählt, als ich ihm genau die gleiche Frage gestellt habe.«

»Wie viele Schlafzimmer gibt es hier eigentlich? Drei?«

»Vier, auch wenn eins ziemlich klein ist und sich eher als Arbeitszimmer oder kleine Bibliothek eignet.«

»Und was ist ganz oben?«

»Ein Speicher, den man zu einer kleinen Wohnung ausbauen könnte. Oder«, fügte sie mit einem kurzen Seitenblick auf Seth hinzu, »zu einer Künstlermansarde.«

Sie betraten ihr Schlafzimmer, und Seth sah sofort, dass sie auch hier eine gute Wahl getroffen hatte. Durch das Fenster konnte man den Fluss, einige Bäume und den schattigen Garten sehen. Die Fensterrahmen waren hübsch verziert, und Dru hatte anstelle von strengen Vorhängen hauchdünne, weiße Gaze wie eine Art langer Girlande großzügig darum drapiert. Dadurch konnte das Licht ungehindert hereinströmen, und der schöne Ausblick nach draußen blieb erhalten.

Die Wände waren himmelblau gestrichen, und auf dem Kiefernboden lagen zwei Teppiche mit Blumenmuster. Die Einrichtung bestand aus Antiquitäten.

Das Bett war ordentlich gemacht, genau wie er erwartet hatte, und mit einer weißen Steppdecke abgedeckt, auf der ineinander verschlungene Ringe und Rosenblüten zu sehen waren. Die Decke schien extra für das Schlittenbett angefertigt worden zu sein.

»Sie ist wunderschön.« Er lehnte sich vor, um die Steppdecke zu bewundern. »Ein Erbstück?«

»Nein. Die habe ich letztes Jahr auf einem Kunsthandwerksmarkt in Pennsylvania entdeckt. – Ich hatte mir die Wand zwischen diesen Fenstern für das Bild ausgesucht. Dort hängt es hell, aber ohne direkte Sonneneinstrahlung.«

»Eine gute Wahl.« Er hielt das Gemälde in die Höhe. »Und es wird wie ein weiteres Fenster wirken, sodass du auch im Winter Blumen sehen kannst.«

Genau das war Drus Gedanke gewesen.

»Wie wäre es hier?«

Sie trat einen Schritt zurück und betrachtete die Stelle aus verschiedenen Perspektiven – wobei sie darauf verzichtete, sich auf das Bett zu legen, um zu sehen, wie das Bild wirken würde, wenn sie morgens aufwachte. Das wäre dann doch ein wenig zu aufreizend gewesen.

»Genau richtig.«

Er griff hinter das Bild, markierte mit dem Fingernagel die richtige Stelle an der Wand und stellte den Rahmen dann zur Seite, um Maß zu nehmen.

Dru fand es seltsam, einen Mann in ihrem Schlafzimmer zu haben. Und ganz und gar nicht unangenehm, wie er in seinen abgerissenen Klamotten mit dem Werkzeug in seinen schönen Händen hantierte, um das Bild aufzuhängen.

Sie stellte sich vor, wie diese schönen Hände auf ihrer Haut lagen.

»Erzähl mir doch mal, was du von den Sachen in der Tüte hältst«, sagte er, ohne sich umzublicken.

Sie hob die Tüte auf und öffnete sie. Ihre Augenbrauen wanderten in die Höhe, als sie den langen, hauchdünnen Rock – eine wahre Farborgie aus dunkelroten Stiefmütterchen auf blauem Untergrund – und das enge Top mit Spaghettiträgern im gleichen Blauton erblickte.

»Wenn du dir einmal etwas in den Kopf gesetzt hast, lässt du nicht mehr locker, was?«

»Es wird dir gut stehen, und ich bin auf die Wirkung auf dem Bild aus.«

»Aha, die Wirkung auf dem Bild. Und sonst nichts?«

Er blickte sie mit einem Gesichtsausdruck an, der lässig und frech zugleich war.

»Wir werden sehen. Du hast doch diese Ohrringe« – er vollführte mit seinem Finger eine kleine Kreisbewegung in der Luft –, »die wie kleine Reifen aussehen. Sie würden gut dazu passen.«

Wusste ich es doch, dachte Dru, sprach es aber nicht aus.

Sie legte den Rock und das Oberteil aufs Bett und trat dann einen Schritt zurück, als er das Bild an seinen Haken hing. »Links unten noch ein Stückchen höher. Ja, genau so. Das ist perfekt. Gemalt, gerahmt und aufgehängt von Seth Quinn. Ich habe kein schlechtes Geschäft gemacht, wenn du mich fragst.«

»Ich kann mich auch nicht beklagen«, erwiderte er und schaute sie an.

Dann machte er einen Schritt auf sie zu, und als sie gerade in Erwägung zog, ihm entgegenzutreten, läutete das Telefon.

»Entschuldige.« Wahrscheinlich ist es besser so, versicherte sie sich, als sie den Hörer des Telefons auf dem Nachttisch abnahm. »Hallo?«

»Hallo, Prinzessin«, drang die Stimme ihres Vaters in ihr Ohr.

»Dad!« Eine Mischung aus Freude und Verzweiflung – wofür sie sich schämte – überkam sie und führte dazu, dass sie sich innerlich sofort verkrampfte. »Warum befindest du dich an einem Sonntagmorgen um diese Zeit nicht auf dem siebten Grün?«

»Ich habe schlechte Neuigkeiten.« Proctor stieß einen langen Seufzer aus. »Schatz, deine Mutter und ich lassen uns scheiden.«

»Verstehe.« Der Puls an Drus Schläfe begann zu hämmern. »Ich muss dich bitten, einen kleinen Moment zu warten.« Dru drückte auf einen Knopf am Telefon und drehte sich dann zu Seth um. »Tut mir leid, aber ich muss kurz dieses Gespräch führen. In der Küche ist Kaffee. Es wird nicht lange dauern.« In ihrem Gesicht zeigte sich bei diesen Worten keine Regung.

»Kein Problem. Ich nehme mir einen Becher Kaffee und gehe dann hinaus, um alles aufzubauen. Lass dir ruhig Zeit.«

Sie wartete, bis sie seine Schritte auf der Treppe hörte, ließ sich dann auf die Bettkante sinken, drückte erneut die Taste am Telefon und setzte die Unterhaltung mit ihrem Vater fort. »Tut mir leid, Dad. Was ist denn passiert?« Sie verkniff sich, ein »dieses Mal« einzuschieben.

»Ich fürchte, deine Mutter und ich kommen schon eine ganze Weile nicht mehr so gut miteinander aus. Ich habe bisher versucht, dir unsere Probleme zu ersparen. Ich bin mir sicher, dass wir diesen Schritt schon vor Jahren unternommen hätten, wenn du nicht gewesen wärst. Aber solche Dinge geschehen nun einmal, Prinzessin.«

»Das tut mir sehr leid.« Dru wusste, was er von ihr erwartete, also endete sie mit: »Gibt es irgendetwas, was ich tun kann, um zu helfen?«

»Na ja, ich glaube, ich würde mich sehr viel besser fühlen, wenn ich dir die Dinge in Ruhe erklären könnte. Es ist allerdings zu kompliziert, um es am Telefon zu besprechen. Könntest du nicht heute Mittag vorbeikommen? Wir könnten schön essen gehen, nur du und ich. Nichts könnte mich mehr aufheitern, als diesen Tag mit meinem kleinen Mädchen zu verbringen.«

»Tut mir leid, Dad, aber ich habe heute schon etwas vor.«

»Unter den gegebenen Umständen ist meine Angelegenheit doch sicherlich wichtiger.«

Ihre Schläfe pochte erneut. Dru spürte, wie Schuldgefühle in ihr aufstiegen. »Ich kann meine Verabredung nicht absagen. Ehrlich gesagt, wollte ich gerade …«

»Schon gut. Es macht nichts«, unterbrach ihr Vater sie. Er schaffte es, seine Stimme leidend und forsch zugleich klingen zu lassen. »Ich hatte gehofft, du hättest etwas Zeit für mich. Dreißig Jahre! Dreißig Jahre, und so muss es enden.«

Dru rieb über die verkrampften Muskeln in ihrem Nacken. »Tut mir leid, Dad.«

Sie verlor den Überblick darüber, wie oft sie diesen Satz während der folgenden Unterhaltung noch wiederholte. Als sie endlich auflegte, war sie völlig erschöpft. Sie stand auf, und in diesem Moment läutete das Telefon erneut.

Dreißig Jahre Ehe mochten erklären, warum ihre Eltern jenen sechsten Sinn besaßen. Resigniert griff sie zum Hörer.

»Hallo, Mom.«

Seth hatte eine rote Decke auf dem Gras in der Nähe des Flussufers ausgebreitet, wo es sowohl Sonne als auch Halbschatten gab. Er fügte einen Weiden-Picknickkorb hinzu und lehnte eine geöffnete Weinflasche und ein langstieliges Glas dagegen. Ein dünnes Buch mit einem ausgefransten weißen Einband lag daneben.

Dru war in die Sachen geschlüpft, die er mitgebracht hatte, und trug auch die Kreolen, wie es sein Wunsch gewesen war. Mittlerweile hatte sie sich wieder gefangen.

Die Staffelei war aufgebaut, und es ruhte bereits eine Leinwand darauf. Auf dem Boden stand ein tragbares Stereogerät, aber statt lauter Rockmusik ertönte zu Drus Überraschung Mozart aus den Lautsprechern.

»Tut mir leid, dass ich dich aufgehalten habe«, sagte sie, als sie die Stufen der Veranda hinunterging.

»Macht nichts.« Ein einziger Blick auf ihr Gesicht genügte, um zu erkennen, dass es ihr nicht besonders gut ging. Seth ging auf sie zu, legte seine Arme um sie, ignorierte, dass sie zurückzuckte, und hielt sie sanft umfangen.

Am liebsten hätte sie sich ohne nachzudenken in diese bedingungslos dargebotene tröstliche Umarmung sinken lassen. »Sehe ich denn so schlimm aus?«

»Du siehst traurig aus.« Er strich mit seinen Lippen über ihr Haar. »Möchtest du das hier lieber ein anderes Mal machen?«

»Nein. Im Grunde ist gar nichts. Nur der übliche Familien-Irrsinn.«

»Oh, damit kenne ich mich gut aus.« Er neigte ihren Kopf mit seinen Fingern nach hinten. »Ich bin ein Experte darin.«

»Aber nicht in Irrsinn dieser Art.« Sie trat einen Schritt zurück. »Meine Eltern lassen sich scheiden.«

»Oh, Dru, das tut mir leid.« Er berührte sanft ihre Wange.

»Nein, nein.« Zu seinem Erstaunen begann sie zu lachen und presste ihre Handballen gegen die Schläfen. »Du verstehst das nicht. Sie spielen dieses Wort wie einen Pingpongball zwischen sich hin und her. Scheidung! Spätestens alle zwei Jahre bekomme ich einen Anruf. ›Dru, ich habe schlechte Neuigkeiten‹ oder ›Dru, ich weiß nicht, wie ich es dir sagen soll.‹ Als ich sechzehn war, haben sie sich tatsächlich einmal für beinahe zwei Monate getrennt – pünktlich zum Schulferienbeginn, sodass meine Mutter mit mir für einen Monat nach Europa flüchten und mein Vater mich anschließend nach Bar Harbor zum Segeln schleppen konnte.«

»Klingt eher so, als seiest du der Pingpongball.«

»Ja, das stimmt. Und es hat mich völlig fertiggemacht, deshalb bin ich weggelaufen, bevor … bevor ich anfing, sie zu hassen. Wenn sie die Sache doch endlich einmal durchziehen würden! Das klingt jetzt bestimmt schrecklich kalt und egoistisch.«

»Nein, das tut es nicht. Nicht, wenn du dabei Tränen in den Augen hast.«

»Sie lieben mich zu sehr«, sagte sie leise. »Oder nicht genug. Das habe ich nie herausbekommen können. Sie selbst wahrscheinlich auch nicht. Aber ich will nicht mein ganzes Leben lang als ihr Schiedsrichter missbraucht werden.«

»Hast du ihnen das gesagt?«

»Ich habe es versucht. Aber sie hören mir ja nie richtig zu.« Sie strich sich über den Arm, als wolle sie sich selbst beruhigen. »Ich habe wirklich kein Recht, meine Probleme bei dir abzuladen.«

»Warum denn nicht? Wir sind doch praktisch ein Paar.«

Dru stieß einen Laut aus, der beinahe wie ein kleines Lachen klang. »Du machst das richtig gut, weißt du?«

»Ich bin in so vielen Dingen gut, was genau meinst du denn?«

»Zuhören, zum Beispiel.« Sie beugte sich vor und küsste ihn auf die Wange. »Ich selbst war nie gut darin, einen anderen Menschen zu bitten, mir zuzuhören. Aber mit dir funktioniert das irgendwie wie von selbst. Und außerdem schaffst du es immer wieder« – sie küsste ihn auf die andere Wange –, »mich zum Lachen zu bringen, selbst wenn ich eigentlich sauer bin.«

»Ich höre dir gern noch weiter zu und bringe dich zum Lachen, wenn du mich noch einmal küsst. Und dieses Mal hierhin zielst«, sagte er und tippte sich mit einem Finger auf die Lippen.

»Danke, aber das wäre es erst einmal. Haken wir die Sache ab. Ich kann ohnehin nichts tun.« Sie rückte von ihm ab. »Ich nehme an, du möchtest, dass ich mich auf diese Decke setze.«

»Warum blasen wir das Ganze nicht einfach ab und gehen stattdessen segeln? Das hilft mir immer, einen klaren Kopf zu bekommen.«

»Nein, du hast doch schon alles aufgebaut, und es wird mich schon auf andere Gedanken bringen. Aber vielen Dank, Seth, du hast mir wirklich geholfen.«

Zufrieden, dass die Traurigkeit aus ihrem Gesicht gewichen war, nickte er. »Na schön. Aber wenn dir doch danach sein sollte aufzuhören, musst du es nur sagen. Zieh als Erstes einmal die Schuhe aus.«

Sie schlüpfte aus ihren Stoffslippern. »Ein Barfuß-Picknick?«

»Genau. Und jetzt leg dich auf die Decke.«

Sie hatte angenommen, dass sie darauf sitzen und so tun sollte als lese sie in dem Buch. Aber sie legte sich gehorsam auf die Decke. »Auf den Bauch oder auf den Rücken?«

»Auf den Rücken. Ja, genau so. Streck dich noch etwas weiter aus«, wies er sie an, während er um sie herumging. »Und jetzt den rechten Arm über den Kopf. Beug den Ellenbogen und lass die Hand ganz entspannt liegen.«

»Ich komme mir albern vor. Im Atelier habe ich mich nicht so gefühlt.«

»Denk einfach nicht darüber nach. Zieh das linke Knie nach oben.« Sie gehorchte, und als dabei der Rock hochrutschte, zog sie ihn herunter und strich ihn über ihren Beinen glatt.

»Ach, komm schon.« Er kniete nieder. Ihre Augen wurden zu schmalen Schlitzen, als er den Rocksaum wieder nach oben zog und ihr linkes Bein bis zur Mitte des Oberschenkels entblößte.

»Solltest du an dieser Stelle nicht betonen, dass du nicht etwa versuchst, mich anzubaggern, sondern das alles nur der Kunst zuliebe tust?«

»Ich tue es der Kunst zuliebe.« Seth strich mit den Rückseiten seiner Finger über ihren Oberschenkel, als er sich bemühte, den Stoff ihres Rocks genau nach seinen Vorstellungen zu drapieren. »Aber natürlich versuche ich dabei auch, dich anzubaggern.« Er schob ihr den einen Spaghettiträger von der Schulter, betrachtete das Ergebnis und nickte zufrieden.

»Entspann dich. Fang mit deinen Zehen an.« Er rieb mit der Hand über ihren nackten Fuß. »Und arbeite dich von dort aus weiter nach oben vor.« Während er sie beobachtete, ließ er seine Hand an ihrer Wade hinauf und über ihr Knie gleiten. »Dreh deinen Kopf zu mir.«

Sie tat es und blickte zu den Malerutensilien hinüber, die er neben seiner Staffelei aufgebaut hatte. »Sind das nicht Aquarellfarben? Ich dachte, du wolltest mich in Öl malen.«

»Heute werde ich Aquarellfarben verwenden. Mit den Ölfarben habe ich etwas anderes im Sinn.«

»Das hast du mir jetzt schon ein paarmal gesagt. Was glaubst du, wie oft du mich noch dazu überreden kannst, für dich Modell zu sitzen?«

»So oft wie nötig. So und jetzt stell dir vor, du würdest einen geruhsamen Nachmittag am Wasser verbringen«, erklärte er, während er sie mit leichten Bewegungen auf der Leinwand zu skizzieren begann, die er bereits vorbereitet hatte. »Du bist ein wenig schläfrig vom Wein und vom Lesen.«

»Bin ich allein?«

»Im Moment ja. Du hängst Tagträumen nach. Lass deine Gedanken einfach schweifen.«

»Wenn es wärmer wäre, würde ich im Fluss schwimmen.«

»Es ist so warm wie du es haben willst. Schließ die Augen, Dru. Träum ein wenig.«

Sie tat, worum er sie bat. Die leise, romantische Musik lag wie eine Liebkosung in der Luft.

»Woran denkst du, wenn du malst?«, fragte sie ihn.

»Woran ich denke?« Er wusste ganz und gar nicht, wie er diese Frage beantworten sollte. »Ich weiß nicht. Nun ja, an … Formen, schätze ich. An Licht, an Schatten. Stimmungen. Oh Gott, ich weiß darauf wirklich keine Antwort.«

»Du hast mir doch schon eine gegeben: Du denkst an nichts, sondern setzt dein Talent instinktiv ein. Eigentlich kann es gar nicht anders sein, weil du schon so früh so wunderbar gezeichnet hast.«

»Was wolltest du als Kind eigentlich einmal werden?«

»Oh, eine ganze Menge. Ballerina, Filmstar, Forscherin. Und später Missionarin.«

»Du liebe Güte, eine Missionarin. Wirklich?« Die Sonne spähte durch die Zweige und lag sanft auf ihrer Haut; ein Spiel von Licht und Schatten.

»Ja, aber es hat nicht lange angehalten. Komischerweise hatte ich nie den Wunsch, Geschäftsfrau zu werden.«

»Aber es gefällt dir?«

»Ich habe einen Riesenspaß daran. Ist es nicht wunderbar, einen Blumenladen eröffnen zu können, wenn man Blumen wahnsinnig liebt?« Ihre Gedanken begaben sich auf Wanderschaft, trieben dahin wie der Fluss neben ihr. »Ich habe noch nie jemanden getroffen, mit dem ich mich so unterhalten kann, wie mit dir.«

Mit ihren exotisch geschnittenen Augen und dem kurzen dunklem Haar sah Dru aus wie eine Feenkönigin, die allein auf einer kleinen Lichtung vor sich hindöste.

»Warum glaubst du, ist das so?«, fragte er.

»Ich habe keine Ahnung.« Dru stieß einen Seufzer aus und schlief ein.

Die Musik hatte sich verändert. Eine Frau mit einer Stimme, die so klang, als hätte sie eine Menge Kummer erlebt, sang über die Liebe. Dru bewegte sich, immer noch halb im Schlaf. »Wer singt da?«, murmelte sie.

»Darcy Gallagher. Tolle Stimme, nicht wahr? Ich habe sie vor zwei Jahren im County Waterford bei einem Konzert mit ihren beiden Brüdern erlebt. In einem kleinen Ort namens Ardmore. Es war unglaublich.«

»Hm. Ich glaube, ich habe schon einmal ...« Sie verstummte, als sie die Augen öffnete und feststellte, dass Seth mit einem Skizzenbuch neben ihr auf der Decke saß, statt an seiner Staffelei zu stehen. »Was machst du da?«

»Ich warte darauf, dass du aufwachst.«

»Bin ich tatsächlich eingeschlafen?« Verlegen rappelte sie sich auf und stützte sich auf einem Ellenbogen ab. »Das tut mir leid. War ich lange weg?«

»Keine Ahnung. Ich habe keine Uhr dabei.« Er legte das Buch zur Seite. »Es muss dir aber nicht leidtun. Ich habe das, was ich haben wollte.«

Sie bemühte sich, den Kopf wieder klar zu bekommen und warf einen Blick zu der Staffelei hinüber. Aber sie stand so, dass sie die Vorderseite der Leinwand nicht sehen konnte. »Bist du fertig?«

»Nein, aber ich habe einen teuflisch guten Anfang hinbekommen. Auch ohne Uhr sagt mir mein knurrender Magen, dass es Zeit fürs Mittagessen ist.« Er öffnete den Deckel einer Kühlbox.

»Du hast ein echtes Picknick mitgebracht?«

»Den Korb für die Kunst, die Kühlbox aus praktischen Gründen. Es gibt Brot, Käse, Weintrauben und etwas von einer Pastete, auf die Phil schwört.« Er zog zwei Teller hervor. »Und auch wenn ich mich dafür erniedrigen und darum betteln musste, ein wenig von Annas Nudelsalat. Und diesen wundervollen Wein, den ich in Venedig entdeckt habe. Er heißt ›Träume‹. Scheint ja zu passen.«

»Du versuchst ein Rendezvous aus der Situation zu machen«, sagte Dru misstrauisch.

»Zu spät.« Seth goss ein Glas Wein ein und reichte es ihr. »Es ist bereits ein Rendezvous. Ich würde übrigens gern wissen, warum du gestern so schnell aus der Werkstatt verschwunden bist.«

»Ich hatte alles erledigt, weshalb ich gekommen war.« Sie nahm sich eine Weintraube und steckte sie in den Mund. »Und ich musste wieder zurück in den Laden.«

»Du willst also ein Boot kaufen?«

»Ja, das möchte ich. Ich segele gern.«

»Dann komm einmal mit mir raus aufs Wasser. Auf diese Weise kannst du auch gleich feststellen, wie seetüchtig ein Boot von den Quinn-Brüdern ist.«

»Ich werde darüber nachdenken.« Sie probierte die Pastete und gab einen kleinen zufriedenen Laut von sich, der in Seths Ohren sehr erotisch klang. »Dein Bruder Phillip hat einen hervorragenden Geschmack. Deine Brüder sind so verschieden, und dennoch erscheinen sie mir wie eine untrennbare Einheit.«

»So ist das eben in einer Familie.«

»Meinst du wirklich? Meiner Erfahrung nach trifft das auf die wenigsten Familien zu. Deine ist diesbezüglich schon ziemlich einzigartig. – Warum hast du eigentlich keine Narben davongetragen?«

Er war gerade damit beschäftigt, den Nudelsalat auf Teller zu verteilen und blickte fragend zu ihr auf. »Wie meinst du das?«

»In den Artikeln, die ich über dich gelesen habe, wurde

immer mal wieder angesprochen, dass du eine sehr schwere Kindheit hattest, und es ist mir auch hier in St. Chris schon zu Ohren gekommen. Außerdem hast du es mir ja auch selbst erzählt. Wie steht man so etwas durch, ohne seelische Narben davonzutragen?«

Die Zeitschriftenartikel haben nicht einmal an der Oberfläche gekratzt, dachte Seth. Sie wussten nichts von dem kleinen Jungen, der sich mehr als einmal vor den zudringlichen Händen der betrunkenen Männer hatte verstecken müssen.

Sie wussten nichts von den Schlägen, den Erpressungen und der Angst, die immer noch wie eine Pfeilspitze in seinem Herzen steckte.

»Die Quinns haben mich gerettet.« Seth sprach die Worte auf eine so schlichte, ehrliche Weise aus, dass es Dru die Kehle zuschnürte. »Es ist keine Übertreibung zu behaupten, dass sie mir das Leben gerettet haben. Erst Ray Quinn, dann Cam und Ethan und Phil. Sie haben ihre Welt für mich auf den Kopf gestellt und damit zugleich auch die meine. Genauso wie Anna und Grace und Sybill und auch Aubrey. Sie alle haben für mich ein Heim geschaffen und nichts, was vorher geschehen war, bedeutet auch nur annähernd so viel wie das, was danach kam.«

Seine Worte bewegten Dru auf eine unaussprechliche Weise. Sie beugte sich vor und berührte seine Lippen mit den ihren. »Das ist dafür, dass du es geschafft hast, dass ich dich mag. Du bist ein guter Mann. Ich weiß nur noch nicht so recht, was ich mit dir anfangen soll.«

»Du könntest einfach damit beginnen, mir zu vertrauen.«

»Nein.« Sie lehnte sich wieder zurück und brach sich ein Stück Brot ab. »Mit Vertrauen kann man nicht beginnen. Vertrauen entwickelt sich, es muss wachsen. Und bei mir könnte dieser Prozess eine ganz beachtliche Zeit in Anspruch nehmen.«

»Ich kann dir garantieren, dass ich nicht so bin wie der Kerl, mit dem du verlobt warst.« Seth sah, wie sie sich unwillkürlich versteifte und zuckte mit den Schultern. »Ich bin nicht der Einzige, über den geschrieben oder geredet wird.«

Und als sie über sehr private Dinge aus seinem Leben geredet haben, ist er auch nicht zur Salzsäule erstarrt und hat geschwiegen, rief Dru sich in Erinnerung. »Nein, du bist wirklich nicht wie Jonah. Wir haben niemals ein Picknick veranstaltet und dabei den Nudelsalat seiner Schwester gegessen.«

»Abendessen bei Jean-Louis im *Watergate* – oder welcher schicke Laden auch gerade in sein mochte. Eröffnungen im Kennedy Center. Raffinierte Cocktailpartys in den besten Wohngegenden und gelegentlich ein Sonntagsbrunch mit vornehmen Freunden.« Seth wartete einen Moment, ehe er fragte: »Wie nah war ich dran?«

»Ziemlich nah.« Mitten ins Schwarze getroffen, fügte Dru in Gedanken hinzu.

»Und jetzt hast du mit all dem nichts mehr am Hut. Sein Pech.«

»Er scheint es mit Fassung zu tragen.«

»Hast du ihn geliebt?«

Sie öffnete den Mund und stellte zu ihrer Überraschung fest, dass sie ihm spontan eine vollkommen ehrliche Antwort gab: »Ich weiß es nicht. Ich habe einmal geglaubt, ihn zu lieben, sonst hätte ich nicht vorgehabt, ihn zu heiraten. Er ist attraktiv und sehr intelligent, besitzt einen vernichtenden Sarkasmus, der meist als geistreich durchgeht – und es manchmal auch ist –, und zudem die Treue eines streunenden Katers. Besser, so etwas vor der Hochzeit herauszufinden als hinterher. Aber ich habe aufgrund dieser Erfahrung etwas sehr Wertvolles über mich gelernt: Wer mich betrügt, muss mit Konsequenzen rechnen.«

»Hast du ihm richtig eins in die Weichteile gegeben?«

»Oh, viel schlimmer.« Dru knabberte an ihrer Pastete. »Er hatte neben einigen anderen Dingen seinen Kaschmirmantel bei mir gelassen. Als ich seine Sachen zusammenpackte, habe ich die Ärmel, den Kragen und die Köpfe abgeschnitten. Und da mir das noch nicht die richtige Befriedigung verschafft hat, habe ich seine sämtlichen Melissa-Etheridge-CDs in die Mikrowelle getan – eine nach der anderen. Sie ist eine wundervolle Künstlerin, aber ich kann mir ihre Musik heute noch nicht anhören, ohne einen zerstörerischen Drang zu verspüren. Dann habe ich seine Ferragamo-Schuhe in die Waschmaschine gesteckt. Diese Aktionen haben zwar meinen Haushaltsgeräten ziemlich zugesetzt, aber sie waren gut für meine Seele. Und da ich gerade dabei war, wollte ich auch gleich meinen dreikarätigen Diamant-Verlobungsring die Toilette hinunterspülen, aber dann hat doch mein Verstand gesiegt.«

»Was hast du mit dem Ring angestellt?«

»Ich habe ihn in einen Umschlag gesteckt, vorn darauf geschrieben ›Für seine Sünden‹ und ihn dann in den Kollektenbehälter einer kleinen Kirche in Georgetown geworfen. Es mag ein bisschen überzogen wirken, aber auch das war sehr befriedigend für mich.«

Seth beugte sich vor und berührte ihre Lippen mit den seinen. »Das hast du klasse gemacht.«

»Ja, das finde ich auch.« Sie zog die Knie an und nahm einen Schluck von ihrem Wein, während sie auf den Fluss hinausblickte. »Eine ganze Reihe von meinen Bekannten glaubt, dass ich wegen Jonah aus Washington weggegangen und hierhergezogen bin. Aber das stimmt nicht. Seit ich das erste Mal mit meinem Großvater hier gewesen bin, habe ich mein Herz an dieses Städtchen verloren. Als mir klar wurde, dass ich mein Leben umkrempeln und ganz neu anfangen wollte, da versuchte ich mir vorzustellen, an welchen Orten ich leben könnte, vielleicht sogar im Ausland. Aber meine Gedanken kehrten immer wieder hierher zurück. Es war also keine impulsive Entscheidung, obwohl auch das eine Menge Leute glauben. Der Wunsch ist sozusagen über Jahre in mir gewachsen. Das passt zu meiner Art, an Dinge heranzugehen – ich plane nämlich gern alles genau, Schritt für Schritt.«

Sie schwieg für einen Moment und stützte ihr Kinn auf die Knie, während sie ihn eingehend musterte. »Ganz offensichtlich habe ich bei dir irgendwann einen Schritt übersprungen, denn sonst würde ich nicht an einem Sonntagnachmittag mit dir auf einer Decke sitzen und Wein trinken und dir Dinge erzählen, über die ich eigentlich gar nicht reden wollte.«

Sie hob den Kopf und nahm erneut einen Schluck von ihrem Wein. »Du kannst gut zuhören. Das ist ein Geschenk – und eine Waffe.«

»Ich werde dich nicht verletzen.«

»Vernünftige Menschen beginnen keine Beziehung mit der Absicht, einander zu verletzen, und doch kommt es viel zu oft dazu. Vielleicht werde ich am Ende diejenige sein, die *dich* verletzt.«

»Warten wir es ab.« Seth legte die Hand um ihren Nacken und rieb leicht darüber hinweg, als er sich vorbeugte, um sie zu küssen. »Nein, ich kann noch keine blauen Flecken feststellen«, sagte er nach einer Weile.

Dann umfasste er ihr Gesicht mit seinen Händen, um es anzuheben, bis sich ihre Lippen erneut trafen.

Sein Mund bewegte sich anfangs sanft auf dem ihren, doch mit einem Mal wurde er fordernder, während seine Finger an ihrem Hals und über die Wölbung ihrer Schultern hinunterwanderten.

Sie schmeckte nach dem Wein, der unbemerkt auf dem

Rasen versickerte, als ihre Hand, die das Glas gehalten hatte, erschlaffte. Schließlich lösten sich ihre Lippen wieder voneinander. Dru stockte für einen Moment der Atem, was Seth ebenso erregend fand wie ein Stöhnen.

Er legte sie auf die Decke und glitt neben sie. Ihre Arme schlossen sich um seinen Hals.

Sie wollte sein Gewicht spüren, seine Hände, wollte, dass sein Mund sich immer weiter an dem ihren labte. Sie spürte, wie seine Finger über ihr Schlüsselbein hinwegglitten, und erzitterte. Mit seinen schönen Händen, die von der Arbeit ganz rau waren, streichelte er ihre Brüste durch den dünnen Stoff ihres Oberteils. Er murmelte ihren Namen und streifte mit den Zähnen an ihrem Kiefer entlang.

Eine Hitzewelle durchflutete sie, drängte sie, zu geben und zu nehmen. Stattdessen presste sie eine Hand gegen seine Schulter. »Warte. Nein, Seth, warte.«

Sein Mund kehrte zurück zu dem ihren, hungriger jetzt und fordernder. »Ich will dich berühren. Bitte, ich muss es tun.«

»Warte.«

Seth unterdrückte einen Fluch und legte seine Stirn auf ihre. Er spürte, wie ihr Körper unter dem seinen bebte, und wusste, dass ihr Bedürfnis ebenso groß war wie seins. »Okay. Okay«, presste er hervor. »Warum?«

»Ich bin noch nicht so weit.«

»Oh doch, das bist du, mein Engel, glaub mir.«

»Verlangen zu verspüren heißt nicht, dass man bereit ist. Ich will nicht, dass es passiert, nicht so. Ich werde nicht mit einem Mann schlafen, der offenbar an einer anderen interessiert ist.«

»An einer anderen? Mein Gott, Dru, ich bin doch gerade erst nach Hause gekommen und habe keine Frau mehr angeschaut, seit ich dich das erste Mal gesehen habe.«

»Du bist schon an dieser anderen interessiert gewesen, lange bevor du mich kennengelernt hast.« Er machte ein so verdutztes Gesicht, dass sie am liebsten gekichert hätte. Aber sie blieb ernst. »Aubrey.«

»Was ist mit Aubrey?« Er benötige einige Sekunden, bis er begriff, was sie meinte. *»Aubrey?* Ich und ... Machst du Witze?« Er hätte gelacht, wenn ihn die Vorstellung nicht derart schockiert hätte. »Wie kommst du denn darauf?«

»Ich bin nicht blind.« Dru schob ihn verärgert weg, und er setzte sich auf.

»Ich bin nicht interessiert an ...« Er konnte es nicht einmal aussprechen. »Meine Güte, Dru, sie ist meine Schwester.«

»Nein, das ist sie nicht.«

»Meine Nichte.«

»Auch das nicht. Und vielleicht bist du dir ja auch gar nicht bewusst, was zwischen euch läuft – auch wenn ich dich nicht für einen solchen Dummkopf halte –, aber *sie* weiß es sehr genau.«

»Aber zwischen uns läuft doch gar nichts!«

»Vielleicht hast du den Gedanken bisher einfach noch nicht zugelassen.«

»Das ist doch völliger Blödsinn, und Aub würde es genauso sehen.«

Dru strich ihren Rock glatt. »Bist du dir da sicher?«

»Ja. Ja, das bin ich.« Aber der Keim des Zweifels war gesät worden. »Und falls du der irrigen Auffassung sein solltest, dass dein Zusammensein mit mir irgendwie einen Betrug Aubrey gegenüber darstellt – das kannst du getrost vergessen.«

»Ich vertrete lediglich die Auffassung, dass ich keine Affäre mit einem Mann haben will, von dem ich vermute, dass er sich zu einer anderen Frau hingezogen fühlt«, erwiderte Dru ruhig. »Vielleicht solltest du das erst einmal mit Aubrey klären, bevor zwischen uns irgendetwas geschieht. Für heute sollten wir wohl besser Schluss machen. Hast du etwas dagegen, wenn ich einen Blick auf das Bild werfe?«

»Ja, das habe ich«, knurrte er. »Du kannst es dir anschauen, wenn es fertig ist.«

»Na schön.« Sieh an, sieh an, dachte sie, sein Temperament hat also bisher nur geschlummert. »Ich packe dir nur eben das Essen zusammen. Ich nehme an, dass du mindestens noch eine Sitzung benötigst«, sagte sie, während sie begann, die Teller und Schüsseln in die Kühlbox zurückzulegen. »Nächsten Sonntag könnte ich etwas Zeit erübrigen.«

Er stand auf und starrte auf sie hinunter. »Ich verstehe dich einfach nicht! Da betrügt dich irgendein Arschloch, und jetzt glaubst du, alle Männer wären so, wie?«

»Nein, das stimmt nicht. Ich halte dich für einen absolut ehrlichen Kerl. Ich könnte niemals ernsthaft in Erwägung ziehen, mit dir zusammen zu sein, wenn es anders wäre. Aber wie ich schon sagte, ich bin noch nicht so weit, diesen Schritt mit dir zu tun, und ich habe Vorbehalte, was deine Gefühle für eine andere Frau angeht – und ihre Gefühle für dich.«

Sie blickte zu ihm auf. »Ich habe selbst erlebt, wie es ist, in der Rolle der Betrogenen zu sein, Seth. Das werde ich keiner Frau antun.«

»Klingt so, als hätte ich wohl besser dich nach irgendwelchen seelischen Narben gefragt, die die Vergangenheit hinterlassen hat.«

Dru erhob sich und nickte. »Ja, vielleicht hättest du das tun sollen. Da du offensichtlich eingeschnappt bist, lasse ich dich jetzt wohl besser in Ruhe schmollen.«

Er packte sie am Arm, als sie an ihm vorbeigehen wollte, und riss sie so schnell herum, dass sie erschrak. »Mach du nur schön brav einen Schritt nach dem anderen, wie du es immer getan hast, mein Engel. Dadurch brauchst du vielleicht länger, bis du hinfällst, aber der Sturz wird genauso hart sein, glaube mir.«

»Lass mich gehen.«

Er ließ sie los und wandte ihr den Rücken zu, um seine Ausrüstung zusammenzupacken. Aufgewühlter als sie es sich selbst eingestehen wollte, zwang Dru sich dazu, langsam ins Haus zu gehen.

9. Kapitel

Frauen! Seth knallte die Kühlbox in den Kofferraum seines Wagens und stellte den Picknickkorb unsanft daneben. Gerade, wenn man glaubte, sie zu verstehen, verwandelten sie sich in Aliens. Und diese Aliens besaßen die Macht, einen normalen, vernünftigen Mann in einen völligen Trottel zu verwandeln. Gab es überhaupt irgendeinen Mann, der in der Lage war, den Gedankengängen der Frauen zu folgen? Er warf die Decke auf die Rückbank, starrte zum Haus hinüber und murmelte eine Mischung aus Flüchen, Kraftausdrücken und wenig schmeichelhaften Selbstbetitelungen vor sich hin. Dann stürmte er in den Garten zurück, um seine Staffelei und die Leinwand zu holen.

»Ich sollte doch wissen, zu wem ich mich hingezogen fühle«, erklärte er dem noch unfertigen Bild, hob es vorsichtig hoch und trug es zum Wagen. »Ein Mann entpuppt sich als Mistkerl, und schon verdammst du die halbe Gattung?« Er legte die Leinwand auf die Decke und betrachtete sie mit finsterem Blick. »Aber das ist dein Problem, Schwester.«

Schwester, wiederholte er in Gedanken und verspürte ein unbehagliches Zittern in seinen Eingeweiden. Warum zum Teufel hatte sie ihm nur diesen Floh mit Aubrey ins Ohr gesetzt? Damit lag sie schief, total schief.

Er liebte Aubrey. Natürlich tat er das. Aber er hatte noch niemals daran gedacht … Oder etwa doch?

»Siehst du? Siehst du?« Wütend tippte er mit dem Finger auf die Leinwand. »So weit bringt ihr uns. Ihr erzeugt ein solches Chaos, dass wir unsere eigenen Gedanken infrage stellen. Bei mir funktioniert das aber nicht.«

Während er die restlichen Dinge in den Wagen lud, murmelte er wütend vor sich hin. Dann machte er sich auf den Heimweg. Kurz vor der Abbiegung zum weißen Haus der Quinns bremste er plötzlich ab und wendete.

»Wir werden diese Sache jetzt gleich klären«, sagte er laut und nickte dem Bild zu. »Damit sie ein für alle Mal aus der Welt ist. Und dann werden wir ja sehen, wer hier der Trottel ist.«

Seth hielt vor Grace' und Ethans Haus, sprang aus dem Wagen und marschierte mit großen Schritten auf die Tür zu. Er trat ein, ohne anzuklopfen – das hätte auch niemand von ihm erwartet.

Das Wohnzimmer war – wie der Rest des Hauses auch – hübsch eingerichtet. Es stand gerade genug Krimskrams herum, dass man sich darin wohlfühlen konnte. Grace hatte ein Talent für diese Dinge.

Früher hatte sie sich eine Zeit lang ihren Lebensunterhalt damit verdient, die Häuser anderer Leute zu putzen. Heute besaß sie eine Reinigungsfirma mit mehr als zwanzig Angestellten, und ihr eigenes Haus war die beste Werbung. Im Augenblick war es allerdings viel zu still.

»Aubrey?«, rief Seth die Treppe hinauf. »Ist jemand zu Hause?«

»Seth?« Grace kam aus der Küche. Mit ihren nackten Füßen, der abgeschnittenen Hose und ihrem achtlos zurückgebundenen Haar sah sie viel zu jung aus, um eine erwachsene Tochter zu haben. Du meine Güte, er war früher Aubreys Babysitter gewesen!

»Komm mit nach hinten«, forderte Grace ihn auf, nachdem sie ihm einen flüchtigen Kuss auf die Wange gegeben hatte. »Ethan und Deke sind draußen und versuchen den Rasenmäher wieder in Gang zu bringen. Ich wollte gerade frische Limonade machen.«

»Ich bin nur vorbeigekommen, um Aubrey zu sehen und …« Er brach ab. Oh nein, dachte er, damit kann ich Grace unmöglich belasten. »Ist sie da?«

»Sonntagnachmittags spielt sie doch immer Softball.«

»Ach ja, richtig.« Seth stopfte die Hände in seine Hosentaschen und blickte finster drein. »Hatte ich vergessen.«

»Stimmt etwas nicht, Schatz? Hast du dich mit Aubrey gestritten?«

»Nein. Nein, ich wollte nur … mit ihr über etwas reden.«

»Sie ist in einer guten Stunde bestimmt wieder da. Emily übrigens auch. Sie ist mit ihrem Freund unterwegs. Warum gehst du nicht zu Ethan und Deke hinaus und bleibst zum Essen? Wir wollen nachher grillen.«

»Danke, aber … ich hab noch etwas zu erledigen.« Es war ein zu komisches Gefühl, in Grace' Gesicht zu blicken, die Ähnlichkeit mit Aubrey darin zu sehen und an das zu denken, woran er gerade dachte. »Ich muss los.«

»Aber …«, hob Grace an, doch sie sagte es zu Seths Rücken, denn er war bereits auf dem Weg zur Tür. Anna hat recht, dachte Grace seufzend, irgendetwas stimmt nicht mit ihrem Jungen.

Als Seth im Park ankam, befand sich das Spiel gerade in der zweiten Hälfte des achten Spielabschnitts mit zwei Spielern auf Base und zwei Spielern aus. Aubreys Mannschaft, die *Blue Crabs,* lagen mit einem Lauf gegen ihre Erzfeinde, die *Rockfishs,* im Rückstand. Die Zuschauer aßen Hotdogs, nippten kühle Getränke aus Papierbechern und warfen mit den üblichen Beleidigungen oder Ermunterungen in Richtung der Spieler um sich. Der Juni mit seinem heißen Atem stand vor der Tür und ließ den Frühling zu einer schönen Erinnerung verblassen. Die Sonne knallte auf das Spielfeld.

Seth ging am Hotdog-Stand vorbei und stieg die Tribüne hinauf.

Er entdeckte Junior Crawford mit einer Baseballkappe auf dem kahlen Schädel, die er weit in die faltige Stirn gezogen hatte. Auf seinen knochigen Knien hockte ein Junge, der nicht älter als drei Jahre sein konnte.

»Hallo Seth, wie geht's?« Junior rückte einladend ein paar Zentimeter nach rechts. »Wie kommt's, dass du nicht mit da unten auf dem Spielfeld bist?«

»Als ich heimkam, war die Auswahl schon gelaufen.« Seth blickte sich suchend auf dem Spielfeld um und sah, dass Aubrey als Nächste am Schlag war, während der gegenwärtige Batter den dritten Fehlball nahm. Dann blinzelte er dem kleinen Jungen zu. »Und wer ist dieser junge Mann?«

»Das ist Bart.« Junior ließ den Jungen auf seinen Knien einmal auf und ab hüpfen. »Mein Urenkel.«

»Urenkel?«

»Jawohl. Wir haben inzwischen acht Enkelkinder, und das hier ist unser erster Urenkel.« Bei dem typischen knallenden Geräusch, mit dem der Ball auf den Schläger trifft, wandte Junior seine Aufmerksamkeit wieder dem Spielfeld zu. »Ging nach hinten weg«, murmelte er. Dann brüllte er: »Lern endlich mal richtig zu schlagen, Jed Wilson! Himmel noch mal!«

»Jed Wilson? Mrs. Wilsons Enkel?«

»Höchstpersönlich. Netter Junge, sehr umgänglich, aber wenn er einen Schläger in der Hand hält, ist er einen Scheißdreck wert.«

»Scheißdreck wert«, plapperte ihm Bart fröhlich nach.

»Na, na, mein Junge.« Junior kicherte und drohte Bart tadelnd mit dem Finger. »Du weißt doch, dass du mich wieder in Teufels Küche bringst, wenn du das vor deiner Mama sagst.«

»Scheißdreck wert! Scheißdreck wert!« Bart stieß ein fröhliches Lachen aus und streckte Seth seinen schon übel zugerichteten Hotdog entgegen. »Beißen?«

»Klar.« Dankbar für die Ablenkung lehnte sich Seth vor und tat so, als nehme er einen Riesenbissen.

Als auf Fehlball vier entschieden wurde, brach die Menge in Beifall aus und Junior ließ ein Freudengeschrei ertönen. »Gott sei Dank, er hat einen Freilauf bekommen. Jetzt seid ihr dran, ihr Stinkefische!«

»Stinkefische!«, ertönte es fröhlich aus Barts Mund.

»Jetzt geht die Post ab! Denen werden wir es aber zeigen!«

Die Fans der *Blue Crabs* begannen wie aus einem Munde »Aub-rey! Aub-rey!« zu brüllen, als sie zur Homeplate stolzierte.

»Hau den Ball raus, Aub! Die Kleine könnte es glatt schaffen«, sagte Junior mit einer solch unbändigen Begeisterung, dass Seth schon fürchtete, ihn von einem Schlaganfall niedergestreckt zu Boden sinken zu sehen. »Sieh genau hin!« Er stieß Seth seinen spitzen Ellenbogen in die Seite »Sieh genau hin, wie sie diesen Mistkerl fertigmacht.«

»Mistkerl! Mistkerl!«, schrie Bart und wedelte mit seinem zerdrückten Hotdog, von dem der Senf herabtropfte.

Seth nahm den Jungen von Juniors Knien und setzte ihn auf seine eigenen.

Keine Frage, es war schon ein Vergnügen, Aubrey zuzusehen. Diese durchtrainierte athletische Figur. Diese unbestreitbare Weiblichkeit trotz – oder vielleicht gerade wegen – des männlich wirkenden Baseball-Hemds, das sie trug.

Aber das hieß ja nicht, dass er gleich etwas von ihr wollte.

Sie ging zur Homeplate. Es kam zu einem Austausch von Höflichkeiten mit dem Catcher, die nach Seths Einschätzung wohl auf beiden Seiten recht spöttisch ausgefallen sein durften. Dann vollführte Aubrey ein paar Testschwünge mit dem Schläger und wackelte mit dem Hintern.

Oh Gott, warum schaute er ihr bloß auf den Hintern?

Und dann traf sie den ersten Wurf mit einem harten Schlag.

Die Menge sprang brüllend auf die Füße. Aubrey schoss wie ein geölter Blitz in Richtung erster Base los.

Gleich darauf ließen sich die Zuschauer wieder auf ihre Sitze fallen, und Aubrey joggte zurück zur Homeplate.

Die Menge begann wieder ihren Namen zu rufen, als sie den Schläger aufhob und die gleiche Prozedur von vorn begann – zwei Schwünge, einmal mit dem Schläger wackeln, einmal mit dem Hintern wackeln und auf den Wurf warten.

Sie ließ den Ball durch, ohne mit dem Schläger danach zu schwingen, und als der Schiedsrichter Strike zwei ausrief, fuhr sie ihn an. Seth konnte sehen, wie sich ihre Lippen bewegten, konnte sich ihre ätzenden Worte bestens vorstellen.

Von wegen Strike! Noch ein Stückchen weiter im Aus, und dieser Wurf wäre in Virginia gelandet. Wie groß soll die Strike-Zone für den Kerl da eigentlich sein?

Bring bloß nicht die zweifelhaften Sexpraktiken seiner Mutter zur Sprache, warnte Seth sie in Gedanken. Lass es, sonst fliegst du vom Platz.

Vielleicht hatte Aubrey in den letzten Jahren gelernt, sich zu beherrschen, oder seine warnenden Worte waren zu ihr durchgedrungen, jedenfalls bedachte sie den Schiedsrichter mit einem bösen Blick und begab sich dann wieder auf ihre Schlagposition zurück.

Die Rufe ertönten erneut, Füße begannen auf Holz zu stampfen, bis die Zuschauertribüne vibrierte. Auf Seths Schoß zerquetschte der kleine Bart die Überreste seines Hotdogs und schrie: »Mistkerl fertigmacht!«

Und das tat sie.

In dem Moment, als der Ball den Schläger traf, wusste Seth, dass er für die gegnerische Mannschaft unerreichbar sein würde. Offensichtlich ging es Aubrey ebenso, denn sie blieb dort unten stehen – ein Bein vor dem Körper balancierend wie eine Tänzerin – und blickte dem Ball hinterher, der hoch und weit durch die Luft flog.

Sämtliche Zuschauer waren vor Begeisterung auf den Füßen, als Aubrey ihren Schläger beiseite warf und um die Bases joggte.

»Ein gottverdammter Grandslam-Homerun!« Junior klang, als würde er jeden Moment in Tränen ausbrechen. »Das Mädchen hat wirklich Pfeffer im Arsch.«

»Pfeffer im Arsch«, stimmte ihm Bart zu und lehnte sich zu seinem Urgroßvater hinüber, um ihm einen feuchten Kuss auf die Wange zu drücken.

Die *Rockfishs* erzielten im neunten Spielabschnitt keinen einzigen Punkt mehr. Sie wurden durch ein Strikeout und ein famoses Doubleplay, das Aubrey auf der Shortstop-Position ausgelöst hatte, quasi ausgeschaltet. Seth kletterte zur Spielerbank hinunter, als die Fans begannen, sich auf den Heimweg zu machen. Aubrey stand da und trank Limonade direkt aus einem Krug.

»Gutes Spiel, Supergirl.«

Sie reichte den Krug an einen ihrer Mitspieler weiter und kam zu Seth herübergeschlendert. »Ich hatte keine Ahnung, dass du hier bist.«

»Ich kam gegen Ende des achten Spielabschnittes. Gerade noch rechtzeitig, um zu sehen, wie du den *Rockfish* fertiggemacht hast.«

»Mit einem Fastball. Schön tief und ab die Post damit. Er hätte es besser wissen müssen. Ich dachte, du wolltest heute das Blumenmädchen malen.«

»Ja, sie hat auch eine Weile lang für mich Modell gesessen.«

Als Seth sie unverwandt anstarrte, zog Aubrey eine Augenbraue in die Höhe und rieb sich über die Nase. »Was ist denn? Habe ich Dreck im Gesicht?«

»Nein, das ist es nicht. Hör zu, ich muss mit dir reden.«

»Na schön, leg los.«

»Nein, nicht hier.« Er zog die Schultern hoch. Hier war zu viel los. Sie waren umgeben von Spielern, Zuschauern und Kindern. Dutzende von bekannten Gesichtern. Menschen, die sie beide kannten. Mein Gott, ob vielleicht auch andere Leute glaubten, dass er und Aubrey …?

»Es ist was … hm … Privates.«

»Also, wenn etwas nicht in Ordnung ist …«

»Das habe ich nicht gesagt.«

Sie seufzte. »Aber dein Gesicht sagt es. Ich bin mit Joe und Alice gekommen und werde ihnen eben Bescheid sagen, dass ich mit dir zurückfahre.«

»Gut. Großartig. Wir treffen uns dann am Auto.«

Seth legte die Decke und die Leinwand auf den Rücksitz des Wagens. Als Aubrey mit ihrem Handschuh in der Hand und dem Schläger über der Schulter herbeigeschlendert kam, versuchte Seth, sie anzuschauen, als habe er sie noch niemals zuvor gesehen.

Aber es wollte einfach nicht funktionieren.

»Ich fange langsam an, mir Sorgen zu machen, Seth«, sagte sie.

»Musst du nicht. Warte, ich lege deine Sachen in den Kofferraum. Der Rücksitz ist voll.«

Sie zuckte mit den Schultern, reichte ihm ihre Ausrüstung und warf einen Blick auf den Rücksitz. »Mensch!« Sie starrte fasziniert auf das Bild und riss die Wagentür auf, um es besser sehen zu können. »Kein Wunder, dass du so scharf darauf gewesen bist, sie zu malen. Das ist einfach toll. Oh Mann, Seth, ich werde mich wohl nie daran gewöhnen, dass du ein richtiger Künstler geworden bist!«

»Es ist noch nicht fertig.«

»Das sehe selbst ich«, erwiderte sie trocken. »Es strahlt Erotik aus, aber auch eine gewisse Zartheit. Und Intimität.« Sie blickte zu ihm auf, und ihre schönen, grünen Augen begegneten den seinen.

Er versuchte festzustellen, ob er irgendein sexuelles Verlangen verspürte, wie er es tat, wenn er in Drus dunkle Augen schaute.

Es war ihm beinahe schon peinlich, darüber nachzudenken.

»Ist es das, was du willst?«, fragte Aubrey.

»Wie bitte?« Er blickte sie erschrocken an. »Was ich will?«

»Ja, Erotik, Zartheit, Intimität.«

»Äh …«

»Bei dem Bild«, fügte sie erklärend hinzu und war nun selbst etwas verwirrt.

»Bei dem Bild …« Die Furcht in seinem Bauch wich einer leichten Übelkeit. »Ja, genau, das ist es.«

Als er ihr die Autotür aufhielt, nahm ihr Gesicht einen überraschten Ausdruck an. »Haben wir es eilig?«

»Bloß weil du Grandslams schlägst, heißt das ja noch lange nicht, dass dir ein Kerl nicht mal eine Tür aufhalten kann.« Er stieß die Worte hervor, während er um den Wagen herum zur Fahrerseite ging und sich hinter das Steuer setzte. »Also, wenn Will dich nicht mit dem nötigen Respekt behandelt, dann solltest du ihn abservieren.«

»Hey, jetzt mal langsam. Will behandelt mich prima. Welche Laus ist dir denn über die Leber gelaufen?«

»Ich will noch nicht darüber reden.« Er scherte aus und fuhr los.

Aubrey schwieg. Sie kannte ihn gut genug, um zu wissen, dass er den Mund nicht mehr aufbekam, wenn ihm etwas im Magen lag. Dann zog er sich an einen Ort zurück, zu dem sogar sie keinen Zutritt hatte.

Wenn er so weit war, würde er schon reden.

Er bog auf den Parkplatz der Bootswerkstatt ab, blieb für einen Moment sitzen und trommelte mit den Händen auf dem Lenkrad. »Lass uns zum Pier hinuntergehen, ja?«

»Warum nicht?«

Seth stieg aus, aber sie blieb sitzen, bis er zu ihrer Seite herumkam und die Tür aufriss. »Was machst du denn?«

»Na, ich warte darauf, dass du mich mit dem nötigen Respekt behandelst.« Aubrey klimperte mit ihren Wimpern und sprang aus dem Wagen. Dann zog sie lachend ein Päckchen Kaugummi aus der Hosentasche und bot ihm eins an.

»Nein, danke.«

»Was ist denn los, Seth?«, fragte sie, während sie einen Kaugummistreifen aus dem Papier wickelte.

»Ich möchte dich um einen Gefallen bitten.«

Sie schob sich den Streifen in den Mund. »Schieß los.«

Sie gingen den Pier entlang. Nach einer Weile blieb Seth stehen und starrte auf das Wasser hinaus, bevor er sich zu Aubrey umwandte. »Ich würde dich gern küssen.«

Sie hob die Hände, mit den Handflächen nach oben. »Das ist alles? Gott, ich dachte schon, du hättest nur noch sechs Monate zu leben oder so was in der Art. Okay. Mein Gott, Seth, du hast mich doch schon hundertmal geküsst. Was ist denn schon dabei?«

Er verschränkte die Arme vor der Brust, fuhr sich dann mit den Händen über die Oberschenkel, als hätte er verschwitzte Handflächen, und stopfte die Hände schließlich in die Hosentaschen. »Ich meine, ich würde dich gern *richtig* küssen.«

»Was?« Der Schock stand ihr ins Gesicht geschrieben.

»Ich muss etwas klären, und dafür muss ich dich küssen, wie es ein ganz normaler Mann tun würde.«

»Seth, das klingt ein wenig seltsam.« Aubrey tätschelte seinen Arm. »Hast du einen Schlag auf den Kopf bekommen, oder bist du hingefallen?«

»Natürlich klingt es seltsam«, schoss er zurück. »Glaubst du, das wüsste ich nicht? Was meinst du, wie ich mich dabei fühle?«

Er stapfte ein Stück den Pier hinauf und kam wieder zurück. »Dru hat sich in den Kopf gesetzt, dass ich – dass wir – ach, verdammt! Dass ich mich zu dir hingezogen fühle. Wie ein Mann zu einer Frau. Und dass es dir umgekehrt ähnlich gehen könnte.«

Aubrey blinzelte zweimal, langsam wie eine Eule. »Sie glaubt, ich wäre scharf auf dich?«

»Oh Mann, Aub!«

»Sie glaubt, dass was zwischen uns ist, und deshalb hat sie dich abserviert?«

»So ungefähr«, murmelte er.

»Und deshalb willst du mich jetzt küssen?«

»Ja. Nein. Ach, ich weiß auch nicht.« Es hätte nicht schlimmer laufen können. Die Situation war an Peinlichkeit wirklich nicht mehr zu überbieten. Wie konnte er sich nur so dämlich anstellen.

»Sie hat mir diesen Floh ins Ohr gesetzt. Und irgendwie kriege ich die Sache nicht mehr aus meinem Schädel. Was ist, wenn sie recht hat?«

»Ja, was ist, wenn sie recht hat, Seth?« Ein Lachen stieg in Aubreys Kehle auf, aber sie schluckte es gerade noch rechtzeitig hinunter. »Was ist, wenn du irgendwelche heimlichen Fantasien hast? Also wirklich, Seth, hör auf zu spinnen!«

»Hör zu«, sagte er energisch und packte sie an den Schultern, »es wird dich schon nicht umbringen, mich zu küssen.«

»Na schön, wenn's sein muss. Nur zu.«

»Okay.« Er atmete prustend aus, beugte den Kopf vor und richtete sich dann aber wieder auf. »Ich weiß nicht so recht, wie ich es anstellen soll. Warte mal kurz.«

Er trat zurück, wandte sich ab und versuchte, den Kopf freizubekommen. »Lass es uns einmal so versuchen.« Er ging wieder auf sie zu und legte seine Hände auf ihre Hüften, um sie an sich zu ziehen. Sekunden verstrichen. »Wie wäre es, wenn du zum Beispiel deine Arme um mich legst?«

»Oh, tut mir leid.« Aubrey hob die Arme und verschränkte die Finger hinter seinem Kopf. »Was hältst du davon?«

»Prima. Ja, das ist gut. Komm etwas höher«, schlug er vor. Sie stellte sich auf die Zehenspitzen, und Seth beugte den Kopf vor. Sein Mund war nur einen Hauch weit von dem ihren entfernt, als sie plötzlich losprustete.

»Oh Mann!«

»Tut mir leid. Tut mir echt leid.« Aubrey konnte einfach nicht mehr aufhören zu lachen und musste sich den Bauch halten. Seth stand mit finsterem Gesicht da, bis sie sich wieder unter Kontrolle hatte. »Kommt nicht wieder vor. Also los.« Sie machte Anstalten, ihre Arme wieder um seinen Hals zu legen, dann sagte sie: »Scheiße, warte mal.« Sie nahm den Kaugummi aus dem Mund, wickelte ihn gewissenhaft in das alte Papier und ließ ihn in der Hosentasche verschwinden. »Wenn wir es machen, dann richtig, stimmt's?«

»Falls du es dir dieses Mal verkneifen kannst loszuprusten.«

Aubrey legte ihre Arme erneut um seinen Hals, umfasste ihn dieses Mal fester, trat entschlossen auf ihn zu und küsste ihn, ehe einer von ihnen noch weiter darüber nachdenken konnte.

Sie standen eng umschlungen da. Eine vom Wasser kommende Brise strich über sie hinweg. Seth hörte das Brummen eines Wagens, der auf der Straße hinter ihnen vorbeifuhr. Ein Hund bellte, bis der Wagen verschwunden war.

Ihre Lippen trennten sich, und sie schauten sich an. Einige Sekunden lang blieb es still zwischen ihnen.

Und dann begannen sie zu gackern.

Sie hielten einander immer noch umfangen, während sie vor Lachen hin und her schwankten. Seth legte seine Stirn gegen die ihre und seufzte erleichtert.

»Na?« Sie versetzte seinem Hinterteil einen freundschaftlichen Kniff. »Du bist verrückt nach mir, stimmt's?«

»Halt die Klappe, Aubrey!«

Er umarmte sie noch einmal ganz fest, ehe er sie losließ. »Danke, Schwesterlein.«

»Schon gut. Du machst das jedenfalls nicht schlecht.«

»Du auch nicht.« Er rieb ihr mit seinen Knöcheln über die Wange. »Und wir werden das nie wieder tun.«

»Abgemacht.«

Er wollte gerade einen Arm um ihre Schultern legen, verharrte aber mitten in der Bewegung, als ihm ein entsetzlicher Gedanke kam. »Du hast doch nicht vor, irgendjemandem davon zu erzählen? Deiner Mutter vielleicht, oder Will? Oder sonst jemandem?«

»Machst du Witze?« Der bloße Gedanke daran ließ Aubrey erschauern. »Du doch wohl auch nicht, oder? Lass es uns einander versprechen.« Sie spuckte sich in die Handfläche und hielt sie ihm hin.

Seth verzog das Gesicht. »Ich hätte dir das nie beibringen dürfen.« Aber er fügte sich und spuckte in seine eigene Handfläche. Dann schüttelten sie einander mit ernsten Gesichtern die Hände.

Seth hatte nicht die Ruhe, nach Hause zu gehen. Er brauchte ein wenig Zeit, bevor er seiner Familie gegenübertreten konnte, da ihn die Sache mit dem Kuss doch ziemlich aufgewühlt hatte.

Am liebsten wäre er sofort zu Dru zurückgeeilt, um ihr zu sagen, wie sehr sie danebengetippt hatte, wie beleidigend ihr Vorwurf gewesen war und wie unberechtigt.

Aber eine innere Stimme warnte ihn, dass er im Augenblick noch nicht in der Verfassung war, eine vernünftige Unterhaltung mit Dru zu führen.

Sie hatte ihn dazu gebracht, an sich selbst zu zweifeln, und das saß wie ein Stachel in seinem Herzen. Er hatte sich sein Selbstbewusstsein im Laufe der Jahre hart erarbeitet, hatte sich große Mühe gegeben, sich beruflich und auch als Mensch weiterzuentwickeln. Und er hatte nicht vor, all das von irgendeiner Frau erschüttern zu lassen.

Damit war die Sache zwischen Dru und ihm wohl schon vorbei, bevor sie überhaupt richtig begonnen hatte. Er würde sie malen, weil er es einfach tun musste. Aber das würde auch alles sein.

Er hatte es wirklich nicht nötig, sich mit einer Frau einzulassen, die so kompliziert war, so unberechenbar und so verdammt rechthaberisch.

Es war an der Zeit, die Dinge etwas ruhiger angehen zu lassen, sich auf die Arbeit und die Familie zu konzentrieren. Er wollte erst einmal die eigenen Probleme lösen, bevor er sich die anderer Leute aufhalste.

Seth parkte am Atelier und schleppte seine Ausrüstung und die Leinwand die Stufen hinauf. Von seinem neuen Telefon aus rief er zu Hause an und ließ Anna wissen, dass er zum Abendessen nicht da sein würde.

Dann schaltete er Musik ein und begann, weiter an dem Aquarell zu arbeiten.

Genau wie beim Segeln verschwanden seine Sorgen, sein Ärger und seine Probleme, sobald er zu malen begann. Schon als Kind hatte er sich immer ins Zeichnen geflüchtet. Manchmal war es dabei für ihn ums schiere Überleben gegangen und manchmal nur darum, gegen die Langeweile anzukämpfen. Aber das Malen hatte ihm immer Freude bereitet.

In seinen späten Teenagerjahren hatte er sich mit einem schlechten Gewissen und mit Zweifeln gequält, weil er für seine Kunst niemals gelitten hatte, niemals das Drama eines emotionalen Konflikts empfunden hatte.

Als er Cam dies eines Tages anvertraut hatte, hatte ihn sein Bruder nur angestarrt und »Dir geht's wohl zu gut, was?«, gefragt.

Und das war genau die richtige Reaktion gewesen, um Seth aus seiner Beschäftigung mit sich selbst und all seinen Zweifeln zu reißen.

Manchmal gab es allerdings Zeiten, in denen sich ein Bild, das er im Kopf hatte, sozusagen weigerte, auf die Leinwand gebannt zu werden. Und dann wieder gab es Momente, in denen alles wunderbar lief und die Bilder wie von selbst entstanden.

Durch die Fenster drang nicht genug Licht, und so öffnete Seth zunächst die Oberlichter, bevor er auf die Leinwand zutrat und das Bild von Dru betrachtete.

Die Farben besaßen eine ganz besondere Dynamik – das Grün des Rasens und der Blätter, das sonnendurchtränkte Bernstein des Wassers, das satte Rot der Decke und das milchige Weiß von Drus Haut. Seth betrachtete die Wölbung ihrer Schulter, den Winkel ihres Arms, die Konturen der Decke. Auf Drus Gesicht schimmerte ein sanftes Licht, das seinen verträumten Ausdruck betonte.

Er konnte nicht erklären, wie es ihm gelungen war, diese

Stimmung einzufangen. Genauso wenig wie er Dru zu erklären vermocht hatte, woran er beim Malen dachte. Das Malen geschah bei ihm ebenso unbewusst wie das Atmen. Seth griff nach dem Pinsel und machte sich wieder an die Arbeit.

Später, als er vollständig bekleidet ins Bett fiel und sofort einschlief, hatte er ein Bild von Drusilla im Kopf, wie sie neben ihm schlief.

»Wie willst du es nennen?«, fragte Stella ihn.

Sie standen vor der Staffelei und betrachteten das Bild im hellen Schein des Atelierlichts. »Ich weiß es nicht. Ich habe noch nicht darüber nachgedacht.«

»Schlafende Schönheit«, schlug Stella vor. »So würde ich es nennen.«

Sie trug ein weites Chambray-Hemd, ausgebeulte Jeans und dazu flache Segeltuchschuhe, die aussahen, als hätte sie schon viele Meilen darin zurückgelegt. Als sie sich bei Seth am Arm einhängte, konnte er den schwachen Zitronenduft ihres Shampoos riechen.

»Wir sind stolz auf dich, Seth. Nicht so sehr wegen deines Talents, das hat dir Gott in die Wiege gelegt. Aber weil du diesem Talent treu bleibst und vor allem dir selbst – das macht den Unterschied.«

Sie trat zurück und blickte sich um. »Es wäre nicht schlecht, wenn du hier ab und zu auch einmal aufräumen würdest. Nur weil du ein Künstler bist, musst du ja kein Ferkel sein.«

»Ich werde mich morgen früh darum kümmern.«

Sie warf ihm einen ironischen Blick zu. »Das habe ich doch irgendwo schon einmal gehört. Also, die junge Dame« – Stella wies mit dem Kopf auf die Leinwand –, »ist wirklich hübsch. Vielleicht zu hübsch – aber das ist ja wohl weniger dein Problem, nicht wahr? Sie hat Angst davor, dass ihr Leben noch einmal aus den Fugen geraten könnte. Unordnung verwirrt sie, ganz besonders, wenn es um ihre eigenen Gefühle geht. Und du kannst dir ja sicher denken, dass die im Augenblick, was dich angeht, ziemlich durcheinander sind.«

Er hob eine Schulter auf eine Weise, die Stella lächeln ließ. »Ich bremse mich gerade etwas. Es ist mir einfach zu anstrengend mit ihr.«

»Oh, verstehe.« Stella zwinkerte ihm zu. »Rede dir das nur weiter ein, mein Junge.«

Seth hätte gern das Thema gewechselt. Es machte ihm nichts aus, wenn seine Gefühle durcheinandergerieten, aber momentan befanden sie sich in einem derart chaotischen Zustand, dass er sich nicht sicher war, ob es ihm jemals gelingen würde, sie wieder in Ordnung zu bringen.

»Cam sagte, ich solle dich auf das Zucchini-Brot ansprechen.«

»So, sagte er das? Vielleicht glaubt er, ich hätte die Geschichte schon vergessen. Nun, du kannst ihm von mir ausrichten, dass ich immer noch meine fünf Sinne beisammenhabe, auch wenn ich tot bin. Ich war nie eine große Köchin. Ray hat sich meistens ums Essen gekümmert. Aber hin und wieder wollte ich auch einmal mitmischen. In einem Herbst hatte ich eine große Schwäche für Zucchini-Brot entwickelt. Wir hatten Zucchini im Garten gepflanzt und in jenem Jahr ernteten wir mehr, als wir überhaupt essen konnten. Vor allem, da Ethan das Zeug nicht anrühren wollte. Also habe ich das Kochbuch hervorgeholt und mich an einem Rezept für Zucchini-Brot versucht. Vier Brotlaibe habe ich gebacken und sie zum Abkühlen auf ein Gitter gestellt. Ich war verdammt stolz auf meine Leistung.«

Sie verstummte für einen Moment und blickte nachdenklich zur Decke, als lasse sie die Erinnerung noch einmal vor ihrem inneren Auge vorüberziehen. »Ungefähr eine halbe Stunde später kam ich in die Küche zurück und statt der vier Laibe lagen da nur noch drei. Mein erster Gedanke war, dass die Jungs sich selbst bedient hatten – was mir voller Stolz die Brust schwellen ließ. Bis ich dann aus dem Fenster schaute. Und was glaubst du, was ich dort mitansehen musste?«

»Ich habe keine Ahnung.« Aber Seth war sich sicher, dass er seinen Spaß daran haben würde.

»Ich werde dir erzählen, was ich da gesehen habe«, sagte Stella mit vorgerecktem Kinn. »Meine Jungs und mein Göttergatte waren draußen im Garten und missbrauchten das Zucchini-Brot, das ich im Schweiße meines Angesichts gebacken hatte, als einen verdammten Football! Sie brüllten und jauchzten und warfen das Ding durch die Luft, als befänden sie sich beim Super Bowl. Ich eilte wie der Blitz zur Tür hinaus und war drauf und dran, den ganzen Haufen zusammenzustauchen. Genau in dem Augenblick setzte Phil zu einem hohen, schnellen Wurf an, und Ethan lief mit großen Schritten los, um das Brot zu fangen. Und Cam – er war immer schon flink wie ein Wiesel – flitzte über den Rasen und sprang hoch, um es abzufangen. Aber dabei verkalkulierte er sich. Das Brot traf ihn genau hier.«

Sie tippte sich über der Braue an die Stirn. »Er ging sofort zu Boden und landete auf seinem Hintern. Das verdammte Ding war nämlich steinhart.«

Sie lachte und schaukelte dabei auf ihren Füßen vor und zurück. »Ethan schnappte sich das Brot, stieg einfach über Cam hinweg, der mit verdrehten Augen dasaß, und machte den Touchdown. Als ich bei Cam angekommen war, um nachzuschauen, wie es ihm ging, hatte er sich schon wieder erholt, und alle vier grölten um die Wette. Nach diesem Tag habe ich übrigens nie wieder Brot gebacken, das kannst du mir glauben. Ach, ich vermisse die alten Zeiten. Und wie ich sie vermisse.«

»Ich wünschte, ich hätte etwas Zeit mit dir verbringen können. Mit dir und Ray.«

Stella trat auf ihn zu und strich ihm eine verirrte Haarsträhne aus der Stirn. Diese zärtliche Geste machte ihm das Herz ganz schwer.

»Darf ich dich Grandma nennen?«

»Aber natürlich, mein Junge«, murmelte Stella. »Diese Frau hat es nicht geschafft, dir dein reines Herz zu verderben, ganz gleich, wie sehr sie sich auch bemüht hat. Sie hat dich nie verstanden, und deshalb ist es ihr immer so leichtgefallen, dir wehzutun.«

Jetzt sprach sie nicht mehr über Dru, sondern über Gloria, das war Seth klar. »Ich möchte nicht an sie denken. Sie kann mir nicht mehr wehtun.«

»Wirklich nicht? Es wird Ärger geben. Den gibt es ja immer. Sei stark Seth, sei klug, und bleib dir immer treu, hörst du? Du bist nicht allein. Du wirst niemals allein sein.«

»Geh nicht weg.«

»Du bist nicht allein«, wiederholte Stella.

Aber als Seth aufwachte und das Licht der frühen Morgensonne durch sein Fenster fiel, da fühlte er sich schrecklich allein.

Und er fühlte sich noch schlimmer, als er den zusammengefalteten Zettel erblickte, der unter der Tür hindurchgeschoben worden war. Er zwang sich, aufzustehen, hinüberzugehen und ihn aufzuheben.

Lucy's Diner, neben dem By-Way Hotel an der Route 13.
Heute Abend um elf.
Bring das Geld mit.

»Es wird Ärger geben. Den gibt es ja immer.« Seth meinte das Echo von Stellas Stimme zu hören.

10. Kapitel

In Aubrey brodelte es. Die Sache mit Seth ließ ihr einfach keine Ruhe. Sie steigerte sich immer weiter in ihre Wut hinein, und diese Wut sagte ihr klar und deutlich, dass sich jemand Drusilla Whitcomb Banks einmal gründlich vornehmen sollte. Und dieser Jemand war sie.

Da sie mit Seth eine Abmachung getroffen hatte, konnte sie sich weder an ihre Mutter noch an ihren Vater wenden. Und sie konnte auch nicht zu Sybill gehen, um sich eine psychologische Einschätzung bei der Fachfrau zu besorgen. Auch der Weg zu Anna war ihr versperrt, bei der sie sonst immer all ihre Wut und ihren Groll loswurde.

Als Aubrey die Bootswerkstatt um fünf Uhr verließ, machte sie sich sofort auf den Weg zu Dru.

Unterwegs im Auto übte sie schon einmal die kühlen, kontrollierten, rasiermesserscharfen Worte, mit denen sie die kleine Miss Perfect zurechtstutzen würde.

Jemand, der Seth unglücklich machte, durfte nicht ungestraft davonkommen.

Wenn man sich mit einem Quinn anlegt, dachte sie, während sie ihren Pick-up in eine Parklücke zurücksetzte, legt man sich mit allen an.

Dann marschierte sie in ihren Arbeitsstiefeln, dem dreckigen T-Shirt und ihrer abgetragenen Jeans in den Blumenladen hinein.

Oh ja, sie ist wirklich perfekt, dachte Aubrey, während sie Dru dabei beobachtete, wie sie einen Strauß Gänseblümchen für Carla Wiggins einwickelte. Dru trug eine roséfarbene Seidenbluse und eine steingraue Hose aus einem fließenden

Stoff – wahrscheinlich auch Seide. Aubrey begann langsam sauer auf sich selbst zu werden, weil sie diesen exklusiven, legeren Look insgeheim bewunderte.

Dru schaute auf. Was als ein höflich-freundliches Lächeln begonnen hatte, schlug schnell in ein vorsichtiges um, als sie Aubreys wütenden Blick auf sich ruhen sah.

Carla, wie immer redselig und strahlend, drehte sich um. »Hallo, Aubrey. Das war ja ein Spiel gestern! Jeder in der Stadt spricht von deinem Homerun. Alle Bases waren besetzt«, erklärte sie Dru, »und Aub hat diese *Rockfish-Typen* fertiggemacht.«

»Ach, wirklich?« Dru hatte die Geschichte an diesem Tag schon mindestens ein halbes Dutzend Mal gehört. »Meinen Glückwunsch.«

»Wenn ich am Schlag bin, will ich auch gewinnen.«

»Ich habe beinahe einen Herzanfall bekommen, als der Ball durch die Luft flog.« Carla schlug sich mit der flachen Hand auf die Herzregion. »Jed schwebt immer noch irgendwo da oben. Er bekam einen Freilauf«, erläuterte sie Dru, »um alle Bases zu besetzen, bevor Aubrey an den Schlag kam. Na, ist ja auch egal. Jedenfalls habe ich für heute Abend seine Eltern eingeladen – damit wir noch mal über die Pläne für die Hochzeit reden können –, und als ich gerade dabei war, alles schön aufzuräumen – ich habe mir extra einen halben Tag freigenommen –, da fiel mir ein, dass ich ja gar keine Blumen für den Tisch habe. Es gibt Spaghetti und Fleischklöße. Das ist Jeds Lieblingsgericht. Alles ganz zwanglos. Dru hat mir zu Gänseblümchen geraten. Sie sagte, die würden sehr gut in der roten Vase aussehen, die ich habe. Was meinst du?«

Aubrey warf einen Blick auf die Blumen und zuckte kurz mit den Schultern. »Die sind hübsch. Wirken irgendwie heiter, würde ich sagen.«

»Das ist es. Genau so soll es sein.« Carla strich sich hektisch durch das dünne blonde Haar. »Ich weiß gar nicht, warum ich so nervös bin. Ich kenne Jeds Familie schon mein ganzes Leben, aber irgendwie ist alles anders, wo wir doch im Dezember heiraten werden. Ich habe Dru erzählt, dass ich die Dekoration in Mitternachtsblau und Silber haben möchte. Ich will kein Rot und Grün, weißt du, aber irgendwie soll es doch festlich und ein bisschen weihnachtlich wirken. Meinen Sie wirklich, dass das geeignete Farben sind?« Carla biss sich auf die Lippe und sah Dru fragend an. »Für die Blumen und so weiter?«

»Auf jeden Fall.« Dru lächelte die Kundin freundlich an. »Festlich, wie Sie schon sagten, und auch romantisch. Ich werde einige Ideen zusammenstellen, und dann können Sie gemeinsam mit Ihrer Mutter alles durchgehen. Machen Sie sich keine Sorgen.«

»Ach, ich kann einfach nicht anders. Bis Dezember werde ich bestimmt alle verrückt gemacht haben. Aber jetzt muss ich los.« Sie nahm die Blumen schwungvoll von der Theke. »Sie werden in einer Stunde da sein.«

»Einen schönen Abend«, sagte Dru.

»Danke. Bis bald mal, Aubrey.«

»Ja, bis bald. Grüße an Jed.«

Die Tür schloss sich hinter Carla, und sobald die Glöckchen aufhörten zu läuten, kühlte sich die freundliche Atmosphäre im Laden merklich ab.

»Sie sind wohl kaum gekommen, um Blumen zu kaufen, wenn ich mich nicht irre.« Dru faltete die Hände. »Was kann ich für Sie tun?«

»Aufhören mit Seth herumzumachen und mir die Rolle der heimlichen Geliebten zuzuschieben.«

»Ich hatte eigentlich den Eindruck, das sei meine Rolle – und ich hatte, ehrlich gesagt, keine Lust, sie zu spielen.«

All die kühlen, kontrollierten, rasiermesserscharfen Worte, die Aubrey sich zurechtgelegt hatte, waren mit einem Mal aus ihrem Gedächtnis verschwunden. »Was zum Teufel ist los mit Ihnen? Glauben Sie etwa, Seth würde Sie befummeln, wenn er an einer anderen interessiert wäre?«

»Mich *befummeln?*«

Aubrey zog die Schultern hoch. »Das war jetzt vielleicht nicht so glücklich ausgedrückt«, murmelte sie. »Wofür halten Sie Seth eigentlich? Er würde sich nie an Sie heranmachen und dabei gleichzeitig versuchen, eine andere anzubaggern. So ist er nicht, und wenn Sie das noch nicht gemerkt haben, dann sind Sie schön blöd.«

»Wenn Sie so weitermachen, ist diese Unterhaltung vorbei, bevor Sie überhaupt richtig begonnen hat.«

»Wäre es Ihnen lieber, wenn ich Ihnen eins auf die Nase gebe?«

Dru hob herausfordernd ihr Kinn. Feige war sie nicht, das musste Aubrey ihr lassen, und auch der verächtliche Tonfall war nicht schlecht. »Ist das etwa ihre Art, Meinungsverschiedenheiten zu klären?«

»Manchmal. Zumindest ist es effektiv.« Aubrey zeigte ihre Zähne. »Und ich habe noch eine Rechnung mit Ihnen zu begleichen wegen der ›drallen Blondine im kleinen Schwarzen.«

Dru zuckte zusammen, doch ihre Stimme blieb frostig. »Das war eine blöde Bemerkung von mir, was aber noch lange nicht heißt, dass ich auch blöd bin. Aber sie war deplatziert und unklug, und dafür entschuldige ich mich. Sie waren sicherlich noch nie in der Situation, dass Ihnen etwas herausrutscht, was sie sofort bedauern.«

»Passiert mir andauernd«, erwiderte Aubrey. Ihre Stimme hatte einen vergnügten Tonfall angenommen. »Ich nehme Ihre Entschuldigung an. Aber das gilt nicht für die Sache mit Seth.

Sie sind schuld, dass er ganz durcheinander und unglücklich ist. Und deswegen verdienen Sie aus meiner Sicht eine verdammte Menge mehr als bloß einen Schlag auf die Nase.«

»Das war nicht meine Absicht.« Dru spürte, wie sich ihr schlechtes Gewissen rührte. Sie hatte kein Problem damit, Seth verrückt zu machen, aber er sollte ihretwegen nicht unglücklich sein. Trotzdem hatte sie ihrer Ansicht nach getan, was für alle Beteiligten das Beste war.

»Ich werde nicht zulassen, dass ein Mann mit mir spielt, auch wenn ihm gar nicht bewusst ist, dass er es tut. Ich habe sie beide zusammen gesehen. Und ich habe gesehen, wie Sie mich gestern angeschaut haben, als ich in der Bootswerkstatt war. Und im Moment würden Sie mir am liebsten an die Kehle gehen, weil Sie und Seth einander so viel bedeuten.«

»Soll ich Ihnen einmal erzählen, was wir einander wirklich bedeuten?« Aubrey stützte sich, inzwischen wieder ziemlich verärgert, auf den Ladentisch. »Wir gehören zur selben Familie. Und wenn Sie nicht wissen, dass man sich in einer Familie liebt und einer für den anderen da ist und man sich Sorgen macht, wenn man glaubt, ein Mitglied der Familie würde sich auf eine Sache einlassen, die nicht gut für es ist, dann tun Sie mir leid. Und wenn Sie es nicht mögen, wie ich Sie ansehe, dann haben Sie eben Pech gehabt. Ich werde Sie nämlich weiter so ansehen, weil ich mir nicht sicher bin, ob Sie die Richtige für ihn sind.«

»Das geht mir genauso«, erwiderte Dru und brachte Aubrey damit abrupt zum Schweigen. »Darin zumindest sind wir uns einig.«

»Ich werde einfach nicht schlau aus Ihnen«, gestand Aubrey. »Aber Seth kenne ich in- und auswendig. Sie sind ihm ganz und gar nicht gleichgültig. Ich kenne ihn nun schon seit … Ach, ich kann mich gar nicht daran erinnern, ihn nicht gekannt zu haben, und ich merke es, wenn ihm ein Mensch etwas bedeutet. Sie haben ihm gestern wehgetan, und ich kann es nicht mit ansehen, wenn er leidet.«

Dru bemerkte, dass sie sich unwillkürlich mit den Händen am Verkaufstisch festgeklammert hatte. Sie lockerte ihren Griff ganz bewusst. »Ich möchte Sie gern etwas fragen. Wenn Sie feststellen würden, dass Sie sich zu einem Zeitpunkt in Ihrem Leben mit einem Mann einlassen, wo eine Beziehung wirklich das Letzte ist, was sie wollen, wenn es aber trotzdem passiert und sie dann herausfinden würden, dass dieser Mann eine Beziehung zu einer anderen Frau unterhält – einer überaus attraktiven, temperamentvollen, interessanten Frau –, die sie aber nicht näher zu definieren vermögen, von der sie lediglich annehmen, dass es sich um eine ganz besondere, enge Beziehung handelt, die ihr Verständnis übersteigt – wie würden *Sie* sich da fühlen?«

Aubrey öffnete den Mund und schloss ihn wieder. Sie benötigte einen Augenblick, ehe sie antworten konnte. »Ich weiß es nicht. Verdammt, Dru, ich liebe ihn. Ich liebe ihn so sehr, dass ich das Gefühl hatte, mir fehlte ein Stück, als er in Europa war. Aber es ist nichts Sexuelles oder Romantisches zwischen uns. Er ist mein bester Freund. Er ist mein Bruder. Er ist mein Seth.«

»Ich hatte nie einen besten Freund oder einen Bruder. Meine Familie besitzt nicht dieses ... Temperament wie die Ihre. Vielleicht fällt es mir auch deshalb so schwer, das alles zu verstehen.«

»Vielleicht hätten Sie gestern eine Vorstellung von unserem Verhältnis bekommen, wenn Sie gesehen hätten, wie wir zwei uns halb totgelacht haben, nachdem wir uns geküsst hatten.« Aubreys Mundwinkel zuckten. »Das war mal wieder typisch Seth. Sie hatten ihm diesen Floh ins Ohr gesetzt und prompt macht er sich Gedanken darüber und wühlt darin herum. ›Oh mein Gott, spiele ich mit ihr vielleicht nur herum, tue ich Menschen weh, die mir etwas bedeuten? Wie kann ich das nur wieder in Ordnung bringen?‹ Also macht er sich auf die Suche nach mir, setzt mich ins Bild, erklärt mir, dass er mich küssen muss – ein richtig dicker Schmatzer, wie ihn ein echter Kerl einem Mädchen gibt – damit wir uns auch sicher sein können, dass in dieser Richtung nichts läuft.«

»Oh Gott.« Dru schloss die Augen. »Und er hat gar nicht bemerkt, wie beleidigend das für Sie war?«

»Keine Spur.« Freudig überrascht, dass Dru sich in sie hineinversetzt hatte, lehnte sich Aubrey über den Ladentisch. »Aber ich habe auch nicht weiter darüber nachgedacht, weil er sich wegen der ganzen Sache ohnehin so dumm aufgeführt hat. Meine Güte, er war so besorgt und so durcheinander. Also haben wir unser kleines Experiment durchgezogen. Knutschen kann er wirklich gut, das muss man ihm lassen.«

»Ja, ich weiß.«

»Danach waren wir beide total erleichtert, weil die Erde nicht zu beben begonnen hatte. Sie hat nicht einmal gezittert. Und dann haben wir uns ausgeschüttet vor Lachen, und alles war gut. Diesen letzten Teil wollte ich Ihnen eigentlich nicht erzählen«, fügte Aubrey hinzu. »Ich wollte den Ausgang offen lassen, damit Sie etwas mehr leiden. Aber da Sie gesagt haben, ich sei attraktiv und temperamentvoll und interessant, dachte ich mir, ich gebe Ihnen mal eine kleine Atempause.«

»Danke. Und es tut mir wirklich leid. Es fing an …« Dru verstummte und schüttelte den Kopf. »Ach, ist ja nicht so wichtig.«

»Also, jetzt haben wir uns schon so viel erzählt, da sollten Sie mit nichts hinter dem Berg halten.«

Dru begann wieder den Kopf zu schütteln, doch dann sagte sie: »Na schön. Also, was zwischen Seth und mir passierte, begann mich ein wenig zu beunruhigen. Ich bin vor einiger Zeit von einem Mann, den ich sehr mochte, betrogen worden. Und mit einem Mal begann ich mich jetzt in diese andere Frau hineinzuversetzen und ein gewisses Verständnis für ihre Position zu entwickeln. Ich wollte aber kein Verständnis für sie haben. Ich ziehe es vor, sie zu verachten.«

»Ja, klar.« Das verstand sich für Aubrey von selbst. »Aber Sie müssen sich wirklich keine Sorgen machen. Seth gehört Ihnen. Sind wir uns da einig?«

»Ja. Ja, das sind wir. Und ich bin Ihnen wirklich sehr dankbar, dass Sie hergekommen sind, um mit mir zu reden und mir keine auf die Nase verpasst haben.«

»Das hätte Seth auch bestimmt nicht gefallen – von meinen Eltern ganz zu schweigen. Ich glaube, ich sollte mich jetzt langsam auf den Weg machen.«

»Ich schließe nicht so leicht Freundschaften, Aubrey. Es gehört nicht gerade zu meinen Talenten. Ich bin großartig darin, Bekanntschaften zu machen, und ich bin eine Meisterin in oberflächlicher und höflicher Konversation. Aber ich habe nicht viele Freunde.«

Dru atmete tief durch. »Ich wollte heute ein wenig früher schließen. Ich brauche nur ein paar Minuten, um zuzumachen. Sind Sie sehr in Eile, oder hätten Sie Lust, etwas mit mir zu trinken?«

In diesem Moment befürchtete Aubrey, dass Seth niemals mit der Verletzlichkeit und den verborgenen Bedürfnissen fertigwerden würde, die unter der geschliffenen Oberfläche dieser Frau versteckt lagen. »Haben Sie eine gute Flasche Wein bei sich zu Hause?«

»Ja.« Drus Mundwinkel wanderten in die Höhe.

»Schön, dann werde ich mich mal nach Hause schwingen

und einen kleinen Abstecher unter die Dusche machen. Wir treffen uns dann bei Ihnen. Aber nur unter einer Bedingung: Von jetzt an duzen wir uns!«

Dru nickte und strahlte Aubrey an.

Vom Fenster seines Ateliers aus beobachtete Seth, wie Aubrey zu ihrem Pick-up zurückmarschierte. Er hatte sie schon vor einer halben Stunde kommen sehen. Und auch wenn er von dort oben nicht in der Lage gewesen war, ihr ins Gesicht zu schauen, so war ihre Körpersprache doch eindeutig gewesen.

Sie hätte nichts gegen eine kleine Schlägerei einzuwenden gehabt.

Trotzdem war er nicht hinuntergegangen. Bis er sich mit Gloria getroffen und diese ganze Angelegenheit wieder irgendwo tief in seinem Inneren weggeschlossen hatte, wollte er Abstand zu seiner Familie halten.

Aber er hatte gelauscht, ob Schreie oder zerbrechendes Glas zu hören waren. Wäre es so weit gekommen, hätte er sich sofort nach unten begeben und wäre dazwischengegangen.

Aber nichts dergleichen geschah. Er beobachtete, wie Aubrey behände in ihren Wagen kletterte und in gemessenem Tempo davonfuhr.

Scheinbar eine Sorge weniger, dachte er, als er in die Küche ging, um einen Blick auf die Uhr am Herd zu werfen. Nur noch gut fünf Stunden, dann würde er sich mit Gloria treffen und ihr das Geld geben, das er von seinem Konto abgehoben hatte.

Und anschließend würde er wieder in seinen Alltag zurückkehren.

Dru war gerade erst nach Hause gekommen, als Aubreys Wagen auch schon auf der Auffahrt hielt. Also hatte sie keine

Zeit mehr, um Cracker und Käse bereitzustellen, wie sie es geplant hatte, oder um die dicken, roten Trauben zu waschen, die sie auf dem Nachhauseweg gekauft hatte.

Ganz gleich, wie zwanglos die Einladung auch sein mochte, Dru war an gewisse Umgangsformen gewöhnt, wenn sie Besuch empfing. Für sie war es neu, dass ein Gast zur Tür hereinmarschiert kam, ihr eine braune Tüte in die Hand drückte und sich dann pfeifend umblickte.

»Cool. Könnte glatt aufs Titelblatt von *House & Garden.*« Aubrey warf Dru ein freches Grinsen zu. »Nichts für ungut. Mann, das wäre was für meine Mutter. Die ist schon so lange scharf darauf, hier mal einen Blick reinzuwerfen. Hast du eine Putzfrau?«, fragte sie und fuhr mit dem Finger über eine Tischplatte. Kein Staub.

»Nein. Ich wohne ja allein hier und …«

»Solltest du aber, schließlich bist du eine berufstätige Frau. Mom könnte dir die ganze Leier erzählen. Ist ja ein riesiger Schuppen.« Aubrey begann ohne Einladung im Haus herumzuwandern, während Dru die Tüte festhielt. »Ich möchte später auch so was Großes haben, wenn ich von Zuhause ausziehe. Etwas zum Verlaufen, verstehst du? Mal eine Abwechslung zu dem Taubenschlag, in dem ich jetzt lebe. Aber dann würde ich bestimmt schnell einsam werden und alle ganz schrecklich vermissen und sowieso die Hälfte der Zeit daheim verbringen.«

Sie blickte nach oben. »Hohe Decken«, lautete ihr Kommentar. »Es muss dich ja im Winter eine ganz schöne Stange Geld kosten zu heizen.«

»Würdest du gern die Rechnungen sehen?«, erkundigte sich Dru trocken und brachte Aubrey damit zum Lachen.

»Vielleicht später. Jetzt hätte ich gern erst einmal ein Glas Wein. Oh, und das da in der Tüte sind übrigens Plätzchen.

Mom hat gestern welche gebacken. Mit ganz vielen Schokoladenstückchen. Schmecken irre gut. Geht's zur Küche in diese Richtung?«

»Ja.« Dru seufzte und folgte ihr. Es war wohl am besten zu versuchen, einfach mit dem Strom zu schwimmen.

»Du bist ja eine ganz Ordentliche«, sagte Aubrey, nachdem sie einen kurzen Blick in die Runde geworfen hatte, und öffnete die Hintertür. »Mann, das ist ja großartig! Da hast du ja deine eigene kleine Insel. Wirst du als Stadtmensch denn nicht verrückt so ganz allein?«

»Nein. Obwohl ich diese Bedenken am Anfang auch hatte«, erwiderte Dru. Sie setzte die Tüte auf der Arbeitsplatte ab und holte eine Flasche Pinot Grigio hervor. »Aber so ist es ganz und gar nicht. Ich lausche dem Wasser und den Vögeln und dem Wind. Mir gefällt es hier. Ich brauche die Stadt nicht. Und an dem ersten Morgen, als ich hier oben in dieser herrlichen Ruhe aufwachte und die Sonne durch die Fenster schien, da wurde mir klar, dass ich die Stadt eigentlich nie gebraucht habe. Ich habe mir nur von anderen Leuten einreden lassen, dass es so wäre.«

Sie goss Wein in zwei Gläser. »Sollen wir uns auf die Veranda setzen?«

»Oh ja, das wäre prima. Ich bringe die Plätzchen mit.«

Und so tranken sie herben Weißwein und aßen selbst gebackene Plätzchen, während die Sonne langsam hinter den Bäumen verschwand.

»Oh« – Aubrey schluckte ihren Wein hinunter –, »ehe ich es vergesse, Seth und ich haben einen Pakt geschlossen, niemandem von dem großen Experiment zu erzählen.«

»Dem ... oh, ich verstehe.«

»Ich glaube allerdings nicht, dass du zählst, schließlich hast du Seth erst auf die Idee gebracht – auf eine gewisse Art zumindest. Aber da ich mich ja nun einmal verplappert habe, bleibt mir nichts anderes übrig, als dich um die Ecke zu bringen – es sei denn, du schwörst mir, niemandem davon zu erzählen.«

»Muss ich bei diesem Schwur in irgendeiner Form Blut lassen?«

»Ich erledige das für gewöhnlich mit Spucke.«

Dru dachte zwei Sekunden lang darüber nach. »Ich würde es vorziehen, keine Körperflüssigkeiten auszutauschen. Reicht dir auch mein Wort?«

»Na klar.« Aubrey nahm sich ein weiteres Plätzchen. »Leute wie du halten, was sie versprechen.«

»Leute wie ich?«

»Ja. Mit erstklassiger Kinderstube«, sagte sie. »Du hast bestimmt einen hervorragenden Stammbaum.«

»Ich werde es einfach einmal als Kompliment nehmen.«

»Klar. Du strahlst dieses ›Ich bin viel zu kultiviert und wohlerzogen, um eine große Sache daraus zu machen‹ aus. Und du bist immer perfekt gestylt. Ich bewundere das, obwohl ich es gleichzeitig hasse. Aber es ist ja nicht so, als wärst du irgendein Modepüppchen. Du siehst einfach immer gut aus.«

Aubrey hielt in ihrem Redefluss inne und schluckte. »Oh, hör zu, nicht, dass du meinst, ich würde versuchen, dich anzubaggern. Ich steh auf Jungs. Ehrlich.«

»Verstehe. Dann hat es wohl keinen Sinn, wenn wir beide auch ein großes Experiment machen, nehme ich an?« Daraufhin herrschte Stille, bis Dru zwei Sekunden später lachend herausprustete. Sie musste sich zurücklehnen und sich die Seiten halten, weil sie ihr vor Lachen wehtaten. »Dein Gesicht – einfach unbezahlbar! Das ist das erste Mal, dass ich dich sprachlos erlebe.«

»Das war gut.« Aubrey nickte ihr anerkennend zu und griff nach ihrem Weinglas. »Das war verdammt gut. Vielleicht entscheide ich mich ja doch noch, dich zu mögen. Hast du eigentlich vor, Seth das Aquarell von dir abzuschwatzen, wenn es fertig ist?«

»Ich weiß es nicht.« Würde er es überhaupt jemals beenden?, fragte sie sich. Würde er sie noch einmal mit diesen Augen sehen, oder war er zu wütend auf sie? Nein, er würde das Bild beenden, entschied sie. Der Künstler in ihm ließ ihm keine andere Möglichkeit.

»Wenn ich du wäre, würde ich es ihm abschmeicheln.«

»Ich glaube, ich würde mir etwas seltsam dabei vorkommen, ein Bild von mir selbst an die Wand zu hängen. Außerdem durfte ich es mir noch gar nicht anschauen. Er war zu wütend auf mich.«

»Ja, er wird ziemlich stur, wenn er sauer ist. Hör zu, ich werde dir einen Rat geben.« Ohne Dru aus den Augen zu lassen, stützte Aubrey ihre Ellenbogen auf den Tisch. »Wenn du mit ihm sprichst, solltest du nicht weinen, sondern tapfer gegen deine Tränen ankämpfen, sodass deine Augen anfangen zu glänzen und deine Lippe ein kleines bisschen zittert. Warte mal.«

Sie lehnte sich wieder zurück, schloss die Lider und atmete einige Male tief ein. Dann öffnete sie die Augen wieder und blickte Dru Mitleid erregend an. Ihre Augen schwammen in Tränen.

»Mein Gott, das ist wirklich gut«, murmelte Dru bewundernd. »Nein, ehrlich gesagt, das ist brillant.«

»Wem sagst du das?« Aubrey schniefte. »Du kannst auch eine Träne kullern lassen, wenn es sein muss, aber mehr auch nicht.« Eine einzelne Träne lief ihre Wange hinunter. Aubrey kicherte. »Wenn du richtig zu flennen beginnst, wird er dir nur den Kopf tätscheln und dir einen alten Lappen voller Farbe in die Hand drücken, ehe er sich in sein Schneckenhaus zurückzieht. Dann ist die Sache gelaufen. Aber wenn du ihm diese Nummer präsentierst, wird er alles für dich tun. Das haut ihn garantiert um.«

»Wo um Himmels willen lernt man so etwas?«, fragte Dru.

»Hey, ich arbeite mit Kerlen zusammen.« Aubrey wischte sich die Träne von der Wange. »Da legt man sich den einen oder anderen Trick zu. Du kannst dir am Anfang auf die Zunge beißen, das hilft. Ich kann es mittlerweile jederzeit an- und abstellen. Da wir gerade von Kerlen reden – warum erzählst du mir nicht von diesem Ekelpaket, mit dem du verlobt warst, dann können wir ein bisschen über ihn herziehen.«

»Jonah? Er ist PR-Berater im Mitarbeiterstab des Weißen Hauses, ein Mann, dem der Präsident sein Ohr leiht. Brillanter Kopf, sieht umwerfend aus und hat einen fantastischen Körper. Trägt Armani.«

»Es fällt mir schwer, ihn dafür zu hassen. Erzähl weiter.«

»Jonah und ich haben uns auf einer Cocktailparty kennengelernt und uns auf Anhieb gut verstanden. Wir mochten uns. Hatten viele gemeinsame Interessen und Bekannte und ähnliche Vorstellungen von der Zukunft. Und ich glaubte, wir würden uns lieben.«

Wenn Dru daran zurückdachte, verspürte sie keine Wut, nur Traurigkeit.

»Vielleicht war das ja auch so. Jedenfalls wurden wir ein Liebespaar.«

»Wie war er denn so? Im Bett meine ich.«

Dru zögerte, goss dann etwas Wein nach. Sie redete normalerweise nicht gern über diese Dinge. Aber andererseits hatte sie bisher auch noch nie jemanden gekannt, bei dem sie das Gefühl gehabt hatte, offen über Sex sprechen zu können.

Für Aubrey schien das eine ganz natürliche Sache zu sein.

»Ach, was soll's. Er war gut im Bett. Aber andererseits hatte ich keine Vergleichsmöglichkeiten, denn bei mir ist es mit den Liebhabern wie mit den Freunden: Ich hatte bisher nicht viele.«

»Dann muss es ja doppelt wehtun, wenn eine Beziehung kaputtgeht.«

»Ja, das mag sein. Aber zunächst dachte ich eben, Jonah und ich würden gut miteinander harmonieren – im Bett und auch sonst. Als er mir einen Heiratsantrag machte, sagte ich Ja. Wir waren schon eine ganze Weile lang zusammen, und ich hatte mit seinem Antrag gerechnet und mir bereits alles gründlich überlegt.«

Aubrey hob neugierig den Kopf. »Wenn du erst darüber nachdenken musstest, hast du ihn vielleicht nie geliebt.«

»Mag sein.« Dru blickte zur Seite, beobachtete den flatternden Flug eines Schmetterlings und lauschte dem leisen Summen eines Bootsmotors auf dem Fluss. »Aber ich muss mir immer erst alles genau überlegen. Je folgenreicher ein Schritt ist, desto länger und genauer denke ich vorher darüber nach. Ich war mir nicht sicher, ob ich überhaupt heiraten wollte. Die Ehe meiner Eltern – nun ja, sie ist nicht so wie die deiner Eltern. Aber ich hatte das Gefühl, dass es mit Jonah und mir anders sein würde. Wir haben uns nie gestritten.«

»Nie?« Auf Aubreys Gesicht spiegelte sich blankes Entsetzen. »Ihr habt euch nie richtig angeschrien?«

»Nein.« Dru musste unwillkürlich lächeln, denn ihr wurde bewusst, wie langweilig das jemandem namens Quinn vorkommen musste. »Wenn wir einmal nicht einer Meinung waren, haben wir es ausdiskutiert.«

»Oh ja, genauso machen wir es in unserer Familie auch. Wir diskutieren unsere Meinungsverschiedenheiten aus. Aber wir tun es mit voller Lautstärke. Also du und dieser Kerl, ihr hattet Spaß im Bett, ihr habt euch nicht gestritten, und ihr hattet viel gemeinsam. Was ist denn nur passiert?«

»Wir haben uns verlobt, gaben einige Partys und begannen, Pläne für die Hochzeit zu schmieden, die im darauf folgenden Sommer stattfinden sollte. Juli passte uns beiden am besten in den Terminplan. Jonah war mit seiner Arbeit beschäftigt, und ich ließ mich von meiner Mutter zu Brautkleidschauen schleppen. Und nebenbei machten wir uns auf Haussuche – Jonah und ich, meine Mutter und ich, mein Vater und ich.«

»Das ist ganz schön viel Sucherei auf einmal.«

»Du machst dir gar keine Vorstellung! Und dann, eines Abends, waren wir in seiner Wohnung. Wir gingen ins Bett, und während wir uns liebten, spürte ich, wie mich etwas am Rücken pikte. Irgendwann wurde das Piken richtig schmerzhaft. Es war eigentlich komisch, und ich machte noch einen Scherz darüber. Dann schalteten wir das Licht an, und ich begann das Bett abzusuchen. Und fand einen Ohrring.«

»Ach du Scheiße!« Aubrey blickte sie mitleidig an.

»Ich erkannte ihn direkt. Seine Besitzerin hatte ihn bei irgendeinem gesellschaftlichen Ereignis getragen, wo ich ihn auch noch bewundert und sie darauf angesprochen hatte. Was wohl auch der Grund war, warum sie ihn genau dort liegen ließ, wo ich ihn im ungeeignetsten Moment finden würde.«

»So ein Miststück!«

»Oh ja, das kann man wohl sagen.« Dru hob ihr Glas wie zu einem Toast. »Aber sie liebte Jonah, und das war eine diskrete und todsichere Art, mich abzuservieren.«

»Keine Entschuldigungen.« Aubrey drohte ihr tadelnd mit dem Finger. »Sie hat sich am Mann einer anderen vergriffen, selbst wenn dieser Mann ein Scheißkerl ist. Sie war genauso raffiniert wie er und genauso schuldig.«

»Du hast recht. Keine Entschuldigungen. Sie haben einander verdient.«

»Richtig so. Ich hoffe nur, du hast ihm einen Knoten in seinen Schwanz gemacht!«

Dru stieß einen langen Seufzer aus. »Gott, wenn ich in diesen Dingen doch nur so wäre wie du. Nur einen einzigen Tag lang. Nein, ich bin aufgestanden und habe mich angezogen, während er irgendwelche Ausreden vor sich hinstammelte. Er behauptete, dass er mich liebe und diese andere Sache bloß etwas rein Körperliches sei und nichts zu bedeuten habe.«

»Das ist ja wohl nicht wahr!« Die Empörung in Aubreys Stimme war nicht zu überhören. »Können sich die Kerle denn nie mal etwas Originelleres einfallen lassen?«

»Meiner Erfahrung nach nicht.« Das uneingeschränkte Mitgefühl und die Unterstützung, die in Aubreys Worten mitgeschwungen waren, taten Dru gut. Sie war noch immer verletzt, wenn sie sich an jenen Abend erinnerte. »Dann sagte er noch, er habe Bedürfnisse, sexuelle Bedürfnisse, die zu erfüllen ich zu zurückhaltend sei. Er wolle sich doch nur noch einmal austoben, bevor er ein geregeltes Leben anfinge. Im Grunde meinte er nichts anderes, als dass er seine Wünsche nicht woanders hätte befriedigen müssen, wenn ich im Bett eine heißere Nummer gewesen wäre.«

»Und wahrscheinlich glaubt er heute noch daran«, murmelte Aubrey. »Und du hast es zugelassen, dass er die Tatsachen verdreht und dir die Schuld in die Schuhe schiebt, anstatt ihm die Eier abzuschneiden und sie ihm übers Ohr zu hängen?«

»Ich habe mich aber auf meine Art an ihm gerächt«, wandte Dru ein und erzählte ihr von der systematischen Zerstörung von Jonahs wertvollsten Besitztümern.

»Du hast also seine CDs ruiniert. Nicht schlecht. Da fühle ich mich doch gleich viel besser. Nur ein Vorschlag am

Rande: Wenn du das nächste Mal einen Kaschmirmantel versauen willst, lass das mal mit dem Zerschneiden und hinterlass stattdessen etwas in den Taschen – eine nette Mischung aus rohen Eiern, Motoröl und etwas Mehl zum Andicken, vielleicht auch einen Hauch Knoblauch. Das meiste davon hat man in einem gut geführten Haushalt immer vorrätig. Und dann faltest du den Mantel ganz ordentlich zusammen, sodass die Taschen innen liegen. Was glaubst du, was das für eine Überraschung ist, wenn der Besitzer ihn anziehen will?«

»Ich werde es mir für den Fall merken, dass sich eine solche Gelegenheit noch einmal ergeben sollte.«

»Tu das. Aber das mit den CDs und den Schuhen hat mir wirklich gefallen. Wenn der Typ auch nur im Entferntesten wie Phil ist, wenn es um seine Schuhe geht, dann hat ihm das so richtig wehgetan. Wie wäre es, wenn wir einen Spaziergang machen, um uns die Plätzchen abzutrainieren? Danach können wir uns ja etwas vom Chinesen kommen lassen.«

»Klingt sehr verlockend«, sagte Dru. Es ist doch eigentlich gar nicht so schwer, Freundschaften zu schließen, fügte sie in Gedanken hinzu.

Der Laden war wie eine Landebahn erleuchtet, aber das Geschäft florierte trotzdem nicht gerade. Seth setzte sich auf das von der Sonne ausgebleichte rote Vinyl einer Sitznische im hinteren Teil. Gloria war nicht da. Sie würde sich mal wieder verspäten.

Sie kam immer zu spät. Dadurch wollte sie ihm nur noch deutlicher machen, dass sie die Oberhand hatte.

Seth bestellte einen Kaffee, von dem er wusste, dass er ihn nicht trinken würde. Aber er benötigte ihn als Requisite. Die Zehntausend lagen in einer alten Segeltuchtasche auf dem Sitz neben ihm.

Auf einem Barhocker an der Theke saß ein Mann mit Schultern wie ein Kleiderschrank. Sein Nacken war von der Sonne gerötet, und sein kurz geschnittenes Haar stand so schnurgerade in die Höhe, dass es messerscharf wirkte. Er trug eine Jeans, und die Tabaksdose, die er offenbar normalerweise in seiner Gesäßtasche trug, hatte einen weißen Kreis in dem ausgebleichten Denim hinterlassen. Er aß seinen Apfelkuchen nach Art des Hauses mit einer Konzentration, die einem Chirurgen, der eine schwierige Operation durchführt, zur Ehre gereicht hätte.

Die Waylon-Jennings-Melodie, die aus einer Jukebox in der Ecke schmalzte, war genau nach Seths Geschmack.

Die Kellnerin hinter der Theke trug Bonbonrosa. Ihr Name stand in Weiß über ihrer rechten Brust. Sie nahm eine Kanne Kaffee von der Warmhalteplatte, ging fröhlich auf den Kuchenesser zu und füllte seine Tasse nach.

Seth sehnte sich nach seinem Zeichenblock.

Da er ihn nicht dabeihatte, fertigte er im Kopf eine Skizze an, um sich die Zeit zu vertreiben. Die Thekenszene – in leuchtenden Grundfarben. Und das Paar, das an einem Tisch in einer Nische saß und den Eindruck erweckte, als wäre es den ganzen Tag mit dem Wagen unterwegs gewesen und nun hundemüde. Die beiden aßen schweigend, aber einmal reichte die Frau dem Mann das Salz, worauf dieser kurz ihre Hand drückte.

Seth hätte das Bild *Am Straßenrand* genannt. Oder vielleicht auch *An der Route 13.* Er entspannte sich allmählich, während ihm diese Gedanken durch den Kopf gingen.

Dann kam Gloria zur Tür herein, und das Bild in seinem Kopf verblasste.

Sie war unglaublich mager geworden. Er sah, wie sich die Sehnen an der Seite ihres Halses unter der Haut und ihre kantigen Hüftknochen unter der engen roten Hose abzeichneten. Sie trug Stöckelschuhe ohne Ferse, die gegen ihre Füße schnalzten und auf dem schäbigen Linoleumboden klapperten.

Glorias Haar war in einem so hellen Blond gefärbt, dass es beinahe weiß wirkte. Sie trug es kurz und fransig geschnitten, was die Magerkeit ihres Gesichts nur noch mehr betonte. Tiefe Falten hatten sich um ihren Mund und um die Augen eingegraben. Das Make-up, das sie aufgelegt hatte, vermochte dies nicht zu verbergen.

Sie war noch keine Fünfzig, wirkte aber um einiges älter.

Sie schlüpfte auf die Bank gegenüber von ihm. Er roch ihr Parfüm – es war stark und blumig. Entweder verdeckte es den Whiskeygeruch, den sie üblicherweise an sich hatte, oder sie hatte sich vor ihrem Treffen mit dem Trinken zurückgehalten.

»Dein Haar war beim letzten Mal länger«, sagte sie, und wandte sich dann zur Seite, um die Kellnerin mit einem Lächeln zu bedenken, das ihre Zähne aufblitzen ließ. »Was für Kuchen haben Sie heute Abend?«

»Apfel, Kirsch, Zitronen-Baiser.«

»Dann nehme ich ein Stück Kirsch mit Vanilleeis. Was ist mit dir, Seth, mein Liebling?«

Schon allein ihre Stimme brachte ihn auf die Palme. »Ich will nichts.«

»Wie schade. Haben Sie auch Schokoladensoße?«, fragte sie die Kellnerin.

»Sicher. Wollen Sie die auch?«

»Gießen Sie sie einfach über das Eis. Und bringen Sie mir einen Kaffee. Und jetzt zu dir.« Gloria lehnte sich zurück und legte einen Arm über die Rückenlehne der Bank. Obwohl sie so mager war, begann ihre Haut bereits zu erschlaffen. »Ich dachte, du würdest in Europa bleiben und mit den kleinen Italienerinnen spielen. Aber wahrscheinlich hattest du Heimweh. Und wie geht es all den glücklichen Quinns? Was macht meine liebe Schwester Sybill?«

Seth hob die Tasche vom Sitz neben sich und beobachtete, wie sich Glorias Aufmerksamkeit darauf richtete, als er sie vor sich auf den Tisch legte. Aber als sie danach griff, schloss er die Faust um den Griff.

»Nimm das hier und verschwinde. Wenn du auch nur Anstalten machst, dich jemandem von meiner Familie zu nähern, wirst du dafür bezahlen. Und zwar eine ganze Menge mehr als hier in dieser Tasche ist.«

»So spricht man aber nicht mit seiner Mutter.«

Sein Tonfall blieb eiskalt. »Du bist nicht meine Mutter. Das warst du nie.«

Sie klopfte sich auf den Bauch. »Neun Monate hab ich dich hier drin getragen! Ich hab dich zur Welt gebracht. Du bist mir was schuldig.«

Er zog den Reißverschluss der Tasche auf und hielt sie ihr hin, sodass sie einen Blick hineinwerfen konnte. Ihr zufriedener Gesichtsausdruck ließ seinen Magen zusammenkrampfen. »Da ist die Bezahlung. Aber halt dich von mir und meinen Leuten fern.«

»Du und deine Leute! Hah! Als ob ich irgendwas um diese kleinen Scheißer geben würde! Du wirst wohl jetzt größenwahnsinnig, wie? Hältst dich für was ganz Besonderes. Aber du bist ein Nichts!«

Bei den letzten Worten hatte sie ihre Stimme erhoben, sodass der Mann an der Theke aufmerksam wurde und die Kellnerin ihnen misstrauische Blicke zuwarf. Seth erhob sich, nahm einen Zehndollar-Schein aus seinem Portemonnaie und warf ihn auf den Tisch.

»Das mag ja sein, aber ich bin immer noch besser als du.«

Gloria formte ihre Hand zu einer Klaue, als wolle sie Seth

das Gesicht zerkratzen. Doch als er einfach aufstand und zur Tür ging, schloss sie sie zur Faust und legte sie vor sich auf den Tisch. Dann griff sie nach der Tasche, zog sie auf die Bank und lehnte sie gegen ihre Hüfte.

Eine Anzahlung, dachte sie. Genug, um sie einige Wochen über Wasser zu halten, während sie sich überlegte, wie sie weiter vorgehen würde.

Sie war noch nicht fertig mit Seth. Noch lange nicht.

11. Kapitel

Seth vergrub sich in seinem Atelier. Er benutzte das Malen als Flucht, als Entschuldigung, als ein Ventil für seine Wut.

Er wusste, dass sich seine Familie Sorgen um ihn machte. Er war in den letzten drei Tagen praktisch untergetaucht und hatte niemanden sehen wollen. Nach dem Treffen mit Gloria hatte er es nicht über sich gebracht, nach Hause zu gehen.

Er wollte diese Frau um jeden Preis von seiner Familie fernhalten. Diese Last ruhte allein auf seinen Schultern, und er hatte nicht vor, auch nur ein paar Gramm davon bei irgendeinem seiner Lieben abzuladen.

Das Geld, das er ihr gab, war der Preis, den er zahlte, um sie loszuwerden. Sie würde wiederkommen, das war ihm klar. Sie kam immer wieder. Aber die Zehntausend würden ihm eine kleine Verschnaufpause verschaffen.

Also entschloss er sich, seine Wut abzuarbeiten, bis er seinen inneren Frieden wiedergefunden hatte.

Er hatte sich die großen Leinwände aus dem Allzweckraum hervorgeholt und malte, was er empfand. Seine düsteren Emotionen nahmen Formen und Farben an, und dabei floss alles Negative aus ihm heraus.

Er aß, wenn er hungrig war, und schlief, wenn sein Blick verschwamm.

Er malt, als hinge sein Leben davon ab, dachte Dru, als sie im Türrahmen stand und ihn beobachtete. Es schien ein Kampf auf Leben und Tod zu sein, ein Kampf zwischen Verstand und Verzweiflung, der mit einem Pinsel ausgetragen wurde.

Im Augenblick schien er gerade mit einem Pinsel auf die

Leinwand einstechen zu wollen. Einen weiteren hatte er sich zwischen die Zähne geklemmt. Musik dröhnte durch den Raum, ein leidenschaftliches Gitarrensolo, das an einen Kampfschrei erinnerte. Rote Farbe war auf sein Hemd, auf seine Jeans und seine Schuhe gespritzt. Und auf den Boden.

Es sah aus, als habe er Blut verloren, und Dru umklammerte die Vase, die sie in den Händen hielt, unwillkürlich fester.

Er hatte ihr Klopfen wegen der lauten Musik nicht gehört, aber als sie ihn jetzt bei der Arbeit beobachtete, wurde ihr klar, dass er sie auch nicht gehört hätte, wenn es im Zimmer totenstill gewesen wäre und sie seinen Namen geschrien hätte.

Er war gar nicht im Raum. Er war in diesem Bild.

Es wäre wohl das Beste, sich zurückzuziehen und die Tür wieder zu schließen. Sie wollte nicht in seine Privatsphäre eindringen und ihn bei der Arbeit stören. Aber sie brachte es einfach nicht fertig zu gehen.

Ihn so zu sehen war beeindruckend, hatte etwas Intimes und zugleich etwas seltsam Erotisches. Er verführte sie mit einer Leidenschaft, die nicht nur über all das hinausging, was sie verstand, sondern so weit von ihrer Welt entfernt war wie der Mond.

Sie beobachtete, wie er einen Pinsel gegen den anderen austauschte, wie er besessen in der Farbe herumtupfte und sich dann damit auf die Leinwand stürzte. Kraftvolle, beinahe brutale Striche, dann zarte, die eine unterdrückte Wut zu enthalten schienen.

Dru konnte den dunklen Umriss eines Schweißflecks erkennen, der sich trotz der Brise, die durch die geöffneten Fenster drang, auf der Mitte seines Rückens ausbreitete. Die Haut auf seinen Armen und am Hals glänzte feucht.

Er malte ganz offensichtlich aus Liebe zur Sache, aber es schien keine unbeschwerte Liebe zu sein.

Er hatte ihr anvertraut, dass er noch niemals für seine Kunst gelitten hatte, aber da hatte er sich getäuscht. Alles, was einen Menschen derart vereinnahmte, ging mit seelischem Schmerz einher.

Als er von der Leinwand zurücktrat, schien er auf das Bild, das er geschaffen hatte, zu starren, als sei es gerade aus dem Nichts aufgetaucht. Die Hand, die den Pinsel hielt, fiel schlaff an seiner Seite herab. Er nahm den anderen, den er sich zwischen die Zähne geklemmt hatte und legte ihn beiseite. Dann rieb er sich – geistesabwesend, wie es schien – über die Muskeln seines rechten Arms und öffnete und schloss einige Male seine rechte Hand.

Dru machte einen behutsamen Schritt zurück, doch in diesem Moment drehte er sich um und blickte sie an. Er sah aus, als sei er soeben aus einer Trance erwacht. Er schien erschöpft zu sein, ein wenig verstört und schrecklich verletzbar.

Da sie ihre Gelegenheit verpasst hatte, unbemerkt zu verschwinden, tat Dru das Einzige, was ihr einfiel. Sie trat ins Zimmer, ging auf das Stereogerät zu und drehte die Musik leiser.

»Es tut mir leid. Du hast nicht auf mein Klopfen reagiert.« Sie schaute nicht auf die Leinwand, hatte irgendwie Angst vor dem, was sie dort sehen könnte. Stattdessen blickte sie ihn an. »Ich habe dich bei deiner Arbeit unterbrochen.«

»Nein.« Er strich sich die Haarsträhnen zurück, die ihm in die Stirn gefallen waren. »Ich denke, das Bild ist fertig.«

Er hoffte es jedenfalls, denn er fühlte sich wie ausgelaugt, hatte ihm nichts mehr zu geben. Seine Kunst hatte ihm wieder einmal geholfen, sich von allem zu befreien, was ihn bedrückte.

Er ging zum Arbeitstisch, um die Pinsel zu reinigen. »Was hältst du davon?«, fragte er und nickte zu der Leinwand hinüber.

Sie sah hin und erblickte einen Sturm auf dem Meer. Brutal, grausam und irgendwie ausgesprochen lebendig. Die Farben waren furchtbar düster – Blau- und Grüntöne, Grau in allen Schattierungen, jähzorniges Gelb, vereint zu schmerzhaften Blutergüssen.

Regen peitschte auf die Wasseroberfläche, Blitze zuckten vom stürmischen Himmel herab. Inmitten der bedrohlichen Wolken entdeckte Dru Gesichter, die kaum mehr waren als gespenstische Schatten. Und als sie fasziniert näher trat, bemerkte sie weitere Gesichter im Wasser.

Sie sah ein Boot und einen Mann, ganz allein im Kampf gegen die Naturgewalten. Sie konnte den Wind schreien hören, spürte die panische Angst eines Mannes, der einen verzweifelten Kampf führte, um sein Boot davor zu bewahren, von den turmhohen Wellen verschluckt zu werden. In der Ferne erahnte man Land und Licht. Dort war ein kleines Stück blauer Himmel, dort war sein Zuhause.

Der Mann kämpfte darum heimzukommen.

»Es ist sehr ausdrucksvoll«, brachte Dru hervor. »Und schmerzhaft. Du zeigst das Gesicht des Mannes nicht, und ich frage mich, ob ich darauf wohl Verzweiflung oder Entschlossenheit sehen würde, Aufregung oder Angst. Aber das ist ja wohl genau deine Absicht, nicht wahr? Du zeigst sein Gesicht nicht, damit der Betrachter hinschaut und darüber nachdenkt, was er an seiner Stelle empfinden würde, wenn er allein gegen seine Dämonen kämpfen müsste.«

»Fragst du dich denn gar nicht, ob er gewinnen wird?«

»Ich weiß, dass er gewinnen wird, denn er muss ja nach Hause. Dort warten sie auf ihn.« Dru blickte zu Seth hinüber. Er war immer noch in das Bild vertieft und rieb sich mit seiner linken Hand über die rechte.

»Alles in Ordnung?«

»Was?« Er sah sie an und schaute dann auf seine Hände. »Oh. Ja. Sie verkrampft sich manchmal, wenn ich zu lange gearbeitet habe.«

»Wie lange hast du dafür gebraucht?«

»Keine Ahnung. Welcher Tag ist heute?«

»So lange also. Dann könnte ich mir vorstellen, dass du jetzt gern nach Hause fahren und dich ausruhen würdest.« Sie hob die Vase mit den Blumen in die Höhe, die sie neben dem Stereogerät abgestellt hatte. »Ich habe dir diesen Strauß zusammengestellt, bevor ich heute Abend den Laden zugemacht habe.« Sie hielt ihm die Blumen hin. »Ein Friedensangebot.«

Es war eine farbenfrohe Mischung aus verschiedenen Blüten in einer niedrigen blauen Vase. »Danke. Das ist sehr nett von dir.«

»Ich bin mir nicht sicher, ob ich enttäuscht oder erleichtert sein soll, dass du dich nicht in den letzten Tagen hier verbarrikadiert hast, um über unsere Meinungsverschiedenheit zu brüten.«

Er schnupperte an den Blumen. Irgendetwas in dem Strauß roch ein wenig nach Vanille. »Hatten wir eine Meinungsverschiedenheit?«

»Nun, auf jeden Fall waren wir nicht einer Meinung. Aber ich hatte unrecht. Das passiert mir nicht allzu oft.«

»Wirklich?«

»Ja, wirklich«, erwiderte sie. »Deshalb ist es immer ein ziemlicher Schock, wenn der seltene Fall dann doch einmal eintritt. Aber dann gebe ich meinen Fehler zu, entschuldige mich und versuche, alles zu vergessen.«

»Na schön. Warum erzählst du mir nicht, bei welchem Teil unserer Meinungsverschiedenheit du dich geirrt hast?«

»Was dich und Aubrey angeht. Ich lag nicht nur falsch, was

eure Beziehung betrifft, sondern hatte auch kein Recht, mich in deine persönlichen Angelegenheiten einzumischen.«

»Verstehe. Dann hast du dich also gleich zweimal geirrt.«

»Oh nein. Es ist ein Fehler mit zwei Teilen. Geirrt habe ich mich nur einmal. Und es tut mir leid.«

Seth stellte die Blumen hin und rollte dann seine Schultern vor und zurück, um sie ein wenig zu lockern. »Und woher weißt du, dass du dich geirrt hast?«

Dru hatte erwartet, dass er sie mit einer kurzen Entschuldigung davonkommen lassen würde. Eigentlich hätte sie es aber besser wissen sollen. »Aubrey ist neulich im Laden gewesen und hat einige Dinge klargestellt. Dann haben wir bei mir zu Hause zusammen eine Flasche Wein getrunken und uns etwas vom Chinesen bestellt.«

»Jetzt mal langsam. Immerhin hatte ich dir auch erklärt, wie die Dinge liegen, und du hast mich rausgeworfen ...«

»Aber das ist doch gar nicht ...«

»Bildlich gesprochen. Und wenn Aub dir die Sachlage erklärt, ist alles in Ordnung.«

»Nun ja, das stimmt wohl.« Dru kicherte und zuckte mit den Schultern.

»Du hast ihr also ohne Weiteres geglaubt und dann Frühlingsrollen mit ihr gegessen?«

»Genau.« Sie dachte gern daran zurück. Der Abend mit Aubrey hatte ihr gefallen. »Da sie nicht versucht hat, mich ins Bett zu kriegen, gab es für sie meiner Ansicht nach keinen Grund zu lügen. Und wenn sie in sexueller Hinsicht an dir interessiert gewesen wäre, hätte es für sie kein Motiv gegeben, den Weg für mich frei zu machen. Was beweist, dass ich im Unrecht gewesen bin, wofür ich mich nochmals entschuldige.«

»Ich kann es nicht so richtig benennen, aber aus irgendeinem Grund wurmt mich das jetzt auch schon wieder. Ich brauche ein Bier. Willst du auch eins?«, fragte er nach einer Weile.

»Heißt das, dass du meine Entschuldigung annimmst?«

»Ich denke darüber nach«, rief er aus der Küche zurück. »Lass uns noch mal auf diesen Punkt zurückkommen, wo es darum ging, ›den Weg für dich frei zu machen‹. Das könnte das Blatt möglicherweise wenden.«

Als er zurückkam, nahm sie die Flasche entgegen, die er ihr reichte. »Ich kenne dich nicht besonders gut.«

»Ich bin ein offenes Buch, mein Engel.«

»Nein, das bist du nicht. Und ich genauso wenig. Aber ich glaube, ich würde dich gern besser kennenlernen.«

»Was hältst du von Pizza?«

»Wie bitte?«

»Wie wär's, wenn wir eine Pizza bestellen? Ich bin nämlich am Verhungern. Und ich würde gern etwas Zeit mit dir verbringen. Hast du auch Hunger?«

»Nun ja, ich …«

»Gut. Wo zum Teufel ist das Telefon?« Er schob die Malutensilien auf dem Arbeitstisch hin und her, rückte Gegenstände auf den Regalen zur Seite und holte das Telefon schließlich unter einem Kissen auf dem Bett hervor. »Ist im Speicher«, erklärte er ihr, nachdem er einige Knöpfe gedrückt hatte. »Ich habe alle wichtigen Nummern. – Oh, hallo, hier ist Seth Quinn. Ja, danke, gut. Und selbst? Prima. Ich hätte gern eine Maxipizza mit allem drauf.«

»Nein«, sagte Dru und handelte sich damit einen stirnrunzelnden Blick von ihm ein.

»Einen Moment mal«, sagte er ins Telefon, und dann an Dru gewandt: »Willst du jetzt doch keine Pizza?«

»Eine Pizza schon, mit Tomatensoße und Käse, aber ohne weiteren Belag.«

»Ohne weiteren Belag?« Er starrte sie mit offenem Mund an. »Was ist los mit dir? Bist du krank?«

»Ohne weiteren Belag«, wiederholte sie, dieses Mal mit mehr Nachdruck. »Wenn ich einen Salat möchte, dann nehme ich einen Salat. Wenn ich Fleisch möchte, nehme ich Fleisch. Wenn ich Pizza möchte, nehme ich Pizza.«

»Oh Mann.« Seth stieß schnaufend den Atem aus und rieb sich in einer Weise das Kinn, wie Dru es schon bei Ethan gesehen hatte. »Na schön, also dann hätte ich gern eine Hälfte der Pizza mit langweiliger Tomatensoße und Käse und eine Hälfte mit allem Drum und Dran. Ja, richtig. In meine Wohnung über dem Blumenladen. Danke.«

Er legte auf und warf das Telefon zurück aufs Bett. »Wird nicht lange dauern. Hör zu, ich würde mich gern etwas frisch machen.« Er wühlte in einer Umzugskiste herum und zog etwas heraus, das wie eine saubere Jeans aussah. »Ich werde mich mal kurz unter die Dusche stellen. Lauf nicht weg, okay? Ich bin gleich wieder da.«

»Darf ich mir einige deiner anderen Bilder ansehen?«

»Klar.« Er vollführte eine einladende Geste in den Raum hinein und marschierte dann mit seinem Bier in der Hand ins Bad. »Nur zu.«

Und mit einem Mal schien der Bruch zwischen ihnen gekittet. Lauf nicht weg, hatte er gesagt. War es da ein Wunder, dass es Dru so vorkam, als seien sie Freunde? Ganz gleich, was zwischen ihnen auch geschehen oder nicht geschehen würde, sie waren Freunde.

Dennoch wartete Dru, bis er die Badezimmertür geschlossen hatte und sie das Wasser der Dusche laufen hörte, bevor sie zu einer weiteren Staffelei hinüberging, die vor den vorderen Fenstern stand.

Der Anblick, der sich ihr bot, verschlug ihr den Atem.

Wahrscheinlich handelt es sich um eine typische Reaktion von jemandem, der sich selbst zum ersten Mal auf einer Leinwand erblickt, dachte sie. Sie hätte sich niemals so gesehen. Nicht so romantisch und entspannt und erotisch zugleich. Die Farben ließen sie verwegen erscheinen, das Licht verträumt, und die Pose mit ihren nackten Beinen und dem scheinbar nachlässig drapierten leuchtenden Rock wirkte sehr erotisch.

Sie hatte eine ungeheure Ausstrahlung, sogar während sie ruhte.

Er hatte das Bild also beendet. Es musste fertig sein, denn es war perfekt. Und wunderschön.

In seinen Augen war sie schön. Begehrenswert, konnte man wohl sagen und dabei immer noch unnahbar, denn es war überaus deutlich, dass sie allein war – und auch allein sein wollte.

Sie hatte ihm gesagt, dass sie ihn nicht gut kennen würde. Und nun begriff sie mehr als jemals zuvor, wie sehr das der Wahrheit entsprach. Aber wie konnte ihn nur irgendjemand wirklich kennen? Wie konnte irgendjemand einen Mann verstehen, der so viel in sich trug, der fähig war, etwas so Schönes und Verträumtes auf die eine Leinwand zu bannen, und etwas so Leidenschaftliches und Grimmiges auf die andere?

Und dennoch – je mehr Dru über Seth erfuhr, desto mehr wollte sie über ihn wissen.

Sie ging zu den Leinwänden hinüber, die hintereinander an der Wand lehnten, setzte sich auf den Boden, stellte ihr Bier zur Seite und betrachtete die Bilder.

Sonnendurchtränkte Schauplätze, die Florenz mit seinen roten Ziegeldächern, seinen goldenen Gebäuden und seinen verwinkelten Gassen zeigten. Dann ein Durcheinander aus Farben und Bewegung und Menschenmengen – das musste wohl Venedig sein.

Eine leere Straße, die sich durch leuchtend grüne Felder wand. Der Akt einer Frau mit dunklen, schläfrigen Augen. Ihr Gesicht und die Schultern waren von ihrer ungezähmten Haarpracht umrahmt, und durch das Fenster hinter ihr erblickte man die Herrlichkeit Roms.

Ein Feld mit Sonnenblumen an einem sonnigen Tag, dessen Hitze beinahe spürbar war – und das lachende Gesicht eines jungen Mädchens, das durch das Feld lief und einen roten Luftballon hinter sich herzog.

Dru sah Freude und romantischen Zauber, Kummer und Launenhaftigkeit, Verlangen und Verzweiflung.

Nein, *er* sieht all das, verbesserte sie sich, er sieht einfach alles.

Als er zurückkam, saß sie auf dem Boden, ein Gemälde auf dem Schoß. Das Bier stand unberührt neben ihr.

Er kam zu ihr herüber und hob die Flasche auf. »Wie wäre es stattdessen mit einem Wein?«

»Lass nur.« Sie vermochte ihren Blick einfach nicht von dem Bild zu lösen.

Es war ein Aquarell, das er an einem verregneten Tag in Italien aus der Erinnerung gemalt hatte. Er hatte Heimweh gehabt und eine innere Unruhe verspürt.

Also hatte er den Sumpf mit seinem Gewirr aus Gummibäumen und Eichen, aus Meeressalde und Lieschkolben und mit dem in der Dämmerung gefangenen, fluoreszierenden Licht gemalt, den er als Junge erkundet hatte.

»Die Stelle ist nicht weit von unserem Haus entfernt«, erklärte er ihr. Er wies auf das Bild. »Du kannst diesem Pfad bis dahin folgen.« Genau das hatte er wohl auch in Gedanken getan, als er es malte.

»Würdest du es mir verkaufen?«

»Wenn du weiter hier heraufkommst, brauche ich gar keinen Agenten mehr.« Er setzte sich neben sie. »Warum gerade dieses Bild?«

»Ich möchte gern dort spazieren gehen, durch diesen Nebel. Zusehen, wie er über dem Wasser aufsteigt, während die Sonne aufgeht. Dabei spüre ich …«

Ihre Stimme versiegte, als sie aufblickte, um ihn anzusehen.

Er hatte sich kein Hemd übergezogen, und auf seiner Brust glänzten noch einige vereinzelte Wassertropfen. Die Jeans hing ihm auf den Hüften, und er hatte den obersten Knopf nicht geschlossen.

Dru stellte sich vor, mit dem Finger an seinem Hosenbund entlangzuwandern. Oder auch darunter.

»Du spürst?«, soufflierte er.

Das Verlangen, mich hinzugeben, dachte sie. Mich treiben zu lassen. Genommen zu werden.

»Nun.« Mit einiger Mühe richtete Dru ihre Aufmerksamkeit wieder auf das Bild. »Eine gewisse Einsamkeit. Aber nicht auf traurige Weise. Denn es ist schön dort, und der Pfad bedeutet, dass man nur allein sein muss, wenn man es will.«

Seth beugte sich ein wenig vor, um das Bild aus der Nähe zu betrachten. Er roch nach Seife, und Drus Bauchmuskeln zogen sich unwillkürlich zusammen. »Wo würdest du es denn hinhängen wollen?«, fragte er.

Wenn das Verlangen ist, dachte Dru, wenn das Lust ist, dann habe ich so etwas noch niemals zuvor gespürt.

»Zuhause in mein Arbeitszimmer. Und wenn ich die Buchführung leid bin, könnte ich es mir ansehen und in Gedanken einen kleinen Spaziergang machen.«

Sie richtete den Oberkörper auf und lehnte die Leinwand gegen die anderen. »Also, verkaufst du es mir?«

»Möglicherweise.« Auch er richtete sich auf, und ihre Körper berührten sich flüchtig. Das Funkeln in seinen Augen verriet ihr, dass er sich seiner Wirkung auf sie durchaus bewusst war. »Hast du dein Porträt gesehen?«

»Ja.« Diese Frage bot ihr die Möglichkeit, ein wenig Abstand zwischen Seth und sich zu schaffen. Sie erhob sich vom Boden und ging zu der Staffelei am Fenster hinüber, um es sich noch einmal anzuschauen. »Es ist wunderschön.«

»Aber du möchtest es nicht kaufen?« Seth war ebenfalls aufgestanden und folgte ihr.

»Ein Bild von mir selbst? Nein. Wie wirst du es denn nennen?«

»Schlafende Schönheit«, erwiderte er und runzelte die Stirn, als ihm der Traum, den er schon längst vergessen hatte, wieder einfiel. »Zucchini-Football«, murmelte er.

»Wie bitte?«

»Ach, nichts. Mir ist nur gerade etwas durch den Kopf gegangen. Aha, die Pizza«, fügte er hinzu, als ein forsches Klopfen an der Tür ertönte.

Er holte sein Portemonnaie, das auf dem Arbeitstisch lag, und ging – immer noch ohne T-Shirt und barfuß – zur Tür. »Hallo, Mike, wie geht's denn so?«

»Alles im grünen Bereich.«

Der magere, picklige Teenager reichte Seth die Pizzaschachtel. Dann schweifte sein Blick durch den Raum und fiel auf Dru. Die Art und Weise, wie sein Adamsapfel plötzlich auf und ab hüpfte und ein Ausdruck von Überraschung und Interesse über sein junges Gesicht huschte, sagte Dru, dass es bald neues Futter für die Klatschmäuler von St. Chris geben würde.

»Oh, hi Mrs. Whitcomb. – Grandma hat dir noch einen Stapel Servietten und so was beigelegt.« Er drückte Seth eine Papiertüte in die Hand.

»Großartig. Sag ihr vielen Dank. Hier Mike, behalte das Wechselgeld.«

»Okay. Tja, dann – mach's gut.«

»Sieht ganz so aus, als wäre der kleine Mike in dich verknallt«, kommentierte Seth, nachdem er die Tür mit dem Fuß geschlossen hatte.

»Ich schätze, dass Mike in Rekordzeit zu *Village Pizza* zurückdüsen wird, damit er die Neuigkeit unter die Leute bringen kann, dass sich der Maler und die Blumenverkäuferin heiße Pizza und heißen Sex gönnen.«

»Ich hoffe nur, er wird recht behalten. Aber wenn wir den ersten Teil in die Realität umsetzen wollen, sollten wir jetzt besser essen.« Er ließ die Schachtel auf das Bett fallen. »Brauchst du einen Teller?«

Ihr Herz stand für einen kleinen Moment still, dann nickte sie. »Ja, ich brauche einen Teller.«

»Langsam, kein Grund, nervös zu werden. Ich werde dir ein Glas leckeren Chianti anstelle des Biers holen.«

»Ich kann es trinken, kein Problem.«

»Ich weiß, dass du es trinken kannst«, erwiderte er, als er sich erneut auf den Weg in die Küche machte. »Aber du hättest lieber Wein. Ich trinke das Bier. Und noch was, mein Engel, wenn es dir nicht gefällt, dass Leute über dich reden, dann solltest du nicht in einer Kleinstadt leben.«

»Es macht mir nicht viel aus, dass die Leute über mich reden.« Denn hier war es anders, hier waren Klatsch und Tratsch weitaus weniger gehässig als in Washington. »Es gefällt mir nur nicht, wenn sie über etwas reden, bevor ich überhaupt die Gelegenheit hatte, es zu tun.«

»Bezieht sich das jetzt auf die Pizza oder den Sex?«, fragte Seth, als er mit den Papptellern zurückkam.

»Da habe ich mich noch nicht entschieden.« Sie kramte in einem Umzugskarton herum, bis sie ein baumwollenes Arbeitshemd gefunden hatte. »Hier, zieh das über.«

»Zu Befehl. Meinst du, du schaffst es, dich auf das Bett zu setzen und zu essen, wenn ich dir verspreche, nicht über dich herzufallen?«

Sie setzte sich und begann mithilfe einer weißen Plastikgabel, die Mikes Großmutter mit in die Tüte gelegt hatte, ein Stück Pizza abzuteilen. Sie ließ es auf ihren Teller fallen und benutzte dieselbe Methode, um ein Stück von seiner Hälfte auf seinen Teller zu befördern.

»Also, wir sind ja jetzt schon eine ganze Weile zusammen …«

»Wir sind *nicht* zusammen. Und das hier ist übrigens kein Rendezvous. Das ist nur eine Pizza.«

»Na schön. Trotzdem.« Er setzte sich im Schneidersitz mit seinem nicht zugeknöpften Hemd aufs Bett.

Ihr wurde klar, dass das noch schlimmer war, als wenn er gar kein Hemd angehabt hätte.

»Wir haben noch gar nicht über einige der wesentlichen Fragen geredet, um festzustellen, ob eine Beziehung überhaupt eine Zukunft hätte.«

»Zum Beispiel?«

»Verlängerte Wochenenden. In die Berge oder an die Küste?«

»Berge. Wir leben ja an der Küste.«

»Einverstanden.«

Seth biss in seine Pizza. »Lieblingsgitarrist? Eric Clapton oder Chet Atkins?«

»Chet wer?« Er wurde etwas blass um die Nase. »Oh Gott! Nun gut, überspringen wir die Frage. Es ist einfach zu schmerzhaft. Gruseligster Film aller Zeiten – Kategorie Klassiker, *Psycho* oder *Der weiße Hai?*«

»Weder noch. *Der Exorzist.*«

»Gute Antwort. Wem würdest du im Kampf gegen das Böse dein Leben anvertrauen. Superman oder Batman?«

»Buffy – der Vampirjägerin.«

»Jetzt mach mal halblang.« Er trank einen Schluck Bier. »Superman. Das muss doch einfach Superman sein.«

»Ein Hauch Kryptonit, und schon liegt er am Boden. Außerdem« – Dru verdrückte den Rest ihres Stücks Pizza und legte sich ein neues auf den Teller –, »hat Buffy eine viel abwechslungsreichere Garderobe.«

Seth schüttelte empört den Kopf. »Lass uns lieber weitermachen. Dusche oder Badewanne?«

»Kommt darauf an, ob ...«

»Nein, nein, nein.« Er griff sich ein weiteres Stück Pizza. »Kein ›kommt darauf an‹. Such dir eins aus.«

»Badewanne.« Sie leckte sich Soße vom Finger. »Es geht nichts über ein langes, heißes Bad mit viel Schaum.«

»Hatte ich mir schon gedacht. Hund oder Katze?«

»Katze.«

Er ließ seine Pizza auf den Teller fallen. »Das ist ja so was von daneben.«

»Ich arbeite den ganzen Tag. Katzen sind selbstständig, und sie zerkauen einem nicht die Schuhe.«

Er schüttelte bedauernd den Kopf. »Das verringert unsere Chancen natürlich dramatisch. Gibt es noch eine Möglichkeit, diese Beziehung zu retten? Schnell. Fritten oder Kaviar?«

»Also wirklich, was für eine Frage! Fritten natürlich.«

»Ist das dein Ernst?« Er packte ihre Hand und hielt sie umklammert, als hätte die Hoffnung mit einem Mal wieder Einzug gehalten in sein Herz. »Das sagst du jetzt nicht nur, um mich hinzuhalten und um meinen Körper für deine Zwecke zu missbrauchen?«

»Ab und zu ist Kaviar sicherlich etwas Feines, aber es ist wohl kaum ein wesentlicher Bestandteil des Lebens.«

»Gott sei Dank.« Er gab ihr einen schmatzenden Kuss auf

den Handrücken und machte sich dann wieder über seine Pizza her. »Abgesehen von einer beklagenswerten Ignoranz, was Musik angeht, und einem bedauernswerten Urteilsvermögen in Bezug auf Haustiere klingt das ja gar nicht so übel. Ich werde mit dir schlafen.«

»Wie großzügig! Ich bin überwältigt. Aber erzähl mir doch erst einmal von der Frau auf diesem einen Bild – dieser Brünetten, die vor dem Fenster in Rom sitzt.«

»Bella? Möchtest du noch etwas Wein?«

Drus Augenbraue wanderte auf jene ganz bestimmte Weise in die Höhe, die sein Blut in Wallung brachte. »Versuchst du etwa Zeit zu schinden?«

»Ja. Aber möchtest du trotzdem noch etwas Wein?«

»Na gut.«

Er stand auf, um die Flasche zu holen und füllte Drus Glas, bevor er sich wieder setzte. »Willst du wissen, ob ich mit ihr geschlafen habe?«

»Es ist einfach unglaublich. Du durchschaust mich, als wäre ich aus Glas.« Sie nahm einen weiteren Bissen von ihrer Pizza. »Du könntest mir ja sagen, dass es mich nichts angeht.«

»Das könnte ich. Oder ich könnte dich anlügen. Sie ist Fremdenführerin. Ich bin ihr ab und zu begegnet, wenn ich unterwegs war. Wir haben uns näher kennengelernt. Ich mochte sie. Ich habe sie gemalt, und ich habe mit ihr geschlafen. Wir hatten Spaß. Mehr war es nicht, weder von ihrer Seite noch von meiner. Ich schlafe aber nicht mit jeder Frau, die mir Modell sitzt. Und ich male nicht jede Frau, mit der ich schlafe.«

»Diese Frage hatte ich mir auch schon gestellt. Und auch die, ob du mich vielleicht anlügen würdest. Es ist so eine Angewohnheit von mir zu glauben, dass Männer eine einfache

Lüge einer komplizierteren Wahrheit vorziehen. Aber du bist nicht so wie die Männer, die ich kenne.«

»Drusilla …« Er verstummte und murmelte einen Fluch in sich hinein, als das Telefon läutete.

»Geh nur ran. Ich werde das hier mal wegstellen.«

Sie glitt vom Bett und sammelte die Pizzaschachtel und die Teller ein, während er das Telefon aufklappte. »Ja? Nein, alles in Ordnung. Ich habe gearbeitet. Doch, Anna, es geht mir gut. Ich bin jetzt fertig mit dem Bild. Nein, ich verhungere nicht. Ehrlich gesagt, habe ich gerade eine Pizza mit Dru gegessen. Hm. Klar. Morgen komme ich bestimmt wieder nach Hause. Versprochen. Ich liebe dich auch.«

Er warf das Telefon gerade aufs Bett, als Dru ins Zimmer zurückkam. »Das war Anna.«

»Ja, das habe ich mitbekommen.« Sie hob es auf und legte es auf den Tisch, der in der Nähe stand.

»Ist dir eigentlich klar, dass der Inhalt deines Kühlschranks nur aus Bier, Wein, einer Monatsration Cola und jetzt noch den Resten einer Pizza besteht?«

»Da war auch noch ein halbes Frikadellen-Sandwich, aber das habe ich gegessen.«

»Na dann.« Dru ging zur Tür hinüber und schloss sie ab. Das Geräusch des zuschnappenden Schlosses hallte in ihrem Kopf wider. Dann durchquerte sie das Zimmer und schritt auf das Bett zu.

»Als ich das letzte Mal mit einem Mann geschlafen habe, war das eine sehr demütigende Erfahrung für mich. Das ist jetzt beinahe zwei Jahre her. Ich habe den Sex nicht besonders vermisst. Es ist möglich, dass ich dich auf irgendeiner Ebene benutze, um mir etwas zurückzuholen, von dem ich glaube, dass es mir genommen worden ist.«

Seth saß immer noch im Schneidersitz da, und sie glitt auf

seinen Schoß, umfing seine Hüften mit ihren Beinen und legte ihm die Arme um den Hals. »Stört dich das?«

»Nicht im Mindesten.« Er fuhr mit seinen Händen an ihrem Rücken hoch. »Aber du könntest ein blaues Wunder erleben.«

»Das Risiko gehe ich ein«, murmelte sie und senkte ihren Mund auf den seinen.

12. Kapitel

Seine Hände glitten über ihren Körper hinweg und entfachten ein Feuer auf ihrer Haut. Dru wollte es, sie wollte ihn. Die Entscheidung, mit ihm ins Bett zu gehen, hatte sie bewusst getroffen. Aber sie wusste, dass das wilde Pochen ihres Herzens nicht nur auf das Verlangen zurückzuführen war, das sie empfand, sondern auch auf Angst.

Seth spürte es und streichelte mit seinen wundervollen Händen über ihren Rücken.

»Entspann dich«, flüsterte er, während seine Lippen ihre Wange streiften. »Es ist alles in Ordnung.«

»Ich glaube nicht, dass ich mich entspannen will.« Die Angst war eine zusätzliche Erregung, die Drus Verlangen nur noch schürte. »Und ich glaube nicht, dass ich es kann.«

Seth streichelte sie weiter mit sanften Händen und zarten Lippen. »Bist du denn sicher, dass du es willst?«

»Das bin ich. Das bin ich wirklich.« Dru lehnte sich zurück. Sie wollte sein Gesicht sehen. »Ich tue nie etwas, von dem ich nicht überzeugt bin.« Sie strich ihm ein paar Haarsträhnen aus der Stirn. »Es ist nur … so lange her.«

Wie sollte sie ihm erklären, dass sie auf diesem Gebiet ihr Selbstvertrauen verloren hatte?

»Dann werden wir uns eben Zeit lassen.«

Intimität setzte Drus Ansicht nach nicht nur Verlangen, sondern auch Mut voraus, und mutig war sie gewesen. Sie hatte die Tür abgeschlossen. Sie war zu ihm ins Bett gekommen. Nun würde sie sich noch weiter vorwagen.

»Vielleicht werden wir das.« Dru ließ Seth nicht aus den Augen, während sie begann, ihre Bluse aufzuknöpfen. Sie beobachtete, wie sein Blick nach unten wanderte, wie sich das Blau seiner Augen vertiefte, als sie den zarten Stoff von ihren Schultern gleiten ließ. »Vielleicht aber auch nicht.«

Er strich mit seinen Fingerspitzen über die Wölbung ihrer Brüste, über die zarte Haut oberhalb der kunstvollen weißen Spitze ihres Büstenhalters.

»Weißt du, was mir an euch Frauen besonders gut gefällt?«, fragte er im Plauderton, während seine Finger fortfuhren, über die Spitze zu tanzen. »Abgesehen davon, dass ihr Brüste habt – was ich als Mann überaus zu schätzen weiß –, gibt es so viele wunderbare Möglichkeiten, sie zu verpacken.«

Sie musste lachen, obwohl seine Berührungen eine wohlige Gänsehaut bei ihr auslösten. »Du magst wohl Unterwäsche?«

»Oh ja.« Er spielte mit dem rechten Träger, ehe er ihn von ihrer Schulter schob. »Zumindest an Frauen. Ich habe früher immer Annas *Victoria's Secret-Kataloge* stibitzt, damit ich … nun ja …« Er schob den anderen Träger hinunter. »Wahrscheinlich ist das jetzt kein sehr günstiger Moment, um näher darauf einzugehen. Trägst du ein passendes Höschen?«

Unter ihrer Angst begann sich ein Gefühl von Macht zu rühren. »Das wirst du schon allein herausfinden müssen.«

»Ich wette, dass es so ist.« Er lehnte sich vor und streifte mit seinen Lippen zärtlich über ihre Schulter. »Du bist der Typ Frau, der es mag, wenn die Dinge aufeinander abgestimmt sind. Weißt du, welchen anderen Teil ich – anatomisch gesehen – auch sehr an euch Frauen mag?«

Seine Lippen glitten jetzt erregend und beruhigend zugleich an ihrem Hals entlang. »Ich wage kaum zu fragen.«

»Diesen hier.« Er streichelte ihren Nacken. »Macht mich vollkommen verrückt. Ich warne dich – ich werde demnächst wahrscheinlich hineinbeißen müssen, also erschrick nicht.«

»Vielen Dank, dass du mich … oh.« Seine Zähne streiften

an ihrem Kiefer entlang, schlossen sich sanft um ihr Kinn und knabberten dann an ihrer Unterlippe.

»Du warst abgelenkt«, flüsterte er, als sie den Atem anhielt. »Das konnte ich doch nicht zulassen.«

Dieses Mal ergriff sein Mund heiß und hart von dem ihren Besitz. Der Wechsel von verspielt zu besitzergreifend erfolgte so unglaublich schnell, dass Dru sich vor Lust an ihn klammerte, während er sie leidenschaftlich küsste.

Habe ich wirklich jemals geglaubt, dass es das Wichtigste ist, alles in Ruhe zu planen und vernünftig zu sein?, fragte sie sich, während sich in ihrem Kopf alles drehte. Diese atemlose Hast war so viel besser.

Ihre Beine schlossen sich fester um seine Taille, und von Leidenschaft übermannt beantwortete sie seinen fordernden Kuss mit ihren eigenen Forderungen.

Sie wollte ihn nicht nur, sie verzehrte sich nach ihm.

Sie riss an seinem Hemd, zog es ihm von den Schultern, sodass sich ihre Finger in seinen muskulösen Oberkörper graben konnten.

Ihr Duft war überall, als hätte sie in wilden Blumen gebadet. Die Zartheit, die seidige Beschaffenheit dieser duftenden Haut trübte Seths Verstand. Das leise, kehlige Stöhnen, das sie von sich gab, wenn er sie berührte, wenn er sie schmeckte, brachte sein Blut in Wallung.

Er bemerkte, dass sich das Licht allmählich veränderte, weil es auf den Abend zuging. Er wollte sehen, wie dieses sanfte Licht auf Drus Haut glühte, wollte sehen, wie es sich im Grün und Gold ihrer Augen fing.

Sie stieß zitternd den Atem aus und bäumte sich auf, als er mit den Lippen immer wieder an ihrem Hals entlangfuhr. Als seine Zunge über ihre Brüste glitt, hatte sie das Gefühl zu zerfließen. Es schien, als habe sie keinen einzigen Knochen im Leib.

In seinem Bemühen, nichts zu übereilen, hob er den Kopf und blickte auf sie hinunter. »Du bist ganz schön beweglich.«

»Ich ... ich nehme Yoga-Unterricht«, stieß sie zitternd hervor.

»Oh mein Gott«, war alles, was er hervorbrachte, als sich ihr langer, schlanker Oberkörper zurückbog, während ihre Beine immer noch um seine Taille geschlungen waren.

Beinahe ehrfürchtig strichen seine Hände über ihren Körper hinweg, erforschten die Krümmung ihrer Schultern, die Wölbung ihrer Brust, die zarte Haut ihres Oberkörpers. Dann öffnete er den Knopf ihrer Hose und zog ganz langsam den Reißverschluss herunter.

»Ich hatte recht.« Er quälte sie beide, indem er seine Finger nur ein kleines Stückchen unter den Rand ihres weißen Spitzenhöschens gleiten ließ. »Es passt zu deinem Büstenhalter. Wusste ich es doch.«

Seth umfasste ihre Hüften und fuhr mit den Lippen über ihren Bauch. Er spürte, wie ihre Muskeln unter seinem Mund erzitterten, als er ihn auf ihren Spitzenslip presste.

Ihr Verlangen lag zusammengerollt in ihrem Inneren wie eine geballte Faust, die sich langsam öffnete, zu streichelnden Fingern der Lust wurde. Als Drus Beine zu zittern begannen, legte er sie auf den Rücken und zog ihr dann langsam die maßgeschneiderte Hose aus.

»Ich werde mich jetzt bis zu deinem Nacken hinaufarbeiten.« Seine Lippen und Finger spielten über ihre Beine hinweg. »Es könnte eine Weile dauern.«

»Das ist schon in Ordnung.« Sie hielt den Atem an und stieß ihn dann seufzend wieder aus. »Lass dir Zeit.«

Und die ließ er sich auch. Als ihr Verlangen immer größer wurde, griffen ihre Hände in das Laken und ballten den Stoff zusammen. Beinahe hätte sie ihn angefleht, sie endlich zu nehmen. Sie hätte ihm so gern durchs Haar gestrichen, hätte ihre Finger so gern über seinen Körper wandern lassen, aber sie hatte Angst, dass sie, wenn sie das Laken auch nur für eine Sekunde losließ, vom Sog der Lust mitgerissen werden würde.

Er knabberte leicht an ihrem Oberschenkel, und Dru musste ihr Gesicht in das Kissen pressen, um ein Stöhnen zu unterdrücken. Als seine Zunge am Rand ihres Höschens entlangglitt, verwandelte sich Drus Stöhnen in ein Schluchzen. Und als sie sich suchend unter die Spitze schob, wurde das Schluchzen zu schnellen, keuchenden Schreien.

Sein Verlangen wuchs im gleichen Maße wie das ihre, und dennoch waren seine Hände unglaublich sanft, als er ihr den Slip hinunterzog und seine Hand auf ihre Hitze legte. Es war wunderbar zu sehen, wie sie sich aufbäumte, wie ihre Augen zunächst einen überraschten Ausdruck annahmen und dann blind wurden vor Erregung.

Seth wanderte mit kleinen langsamen Küssen über ihren Körper hinweg. Er wollte sie zum Erzittern bringen, wollte, dass sie seinen Namen rief, sich an ihn klammerte, als ob ihr Leben davon abhinge.

Dru erschauerte unter seinen Küssen, und ihr Herzschlag erhöhte sich, als er ihren Büstenhalter öffnete und sich seine Lippen um ihre Brustwarzen schlossen.

Ihre Finger griffen in sein Haar, pressten seinen Kopf fester an sich, glitten dann an seinem Rücken hinunter.

»Zieh dich aus.« Ihre Stimme klang belegt, als sie an seiner Jeans zog. »Bitte zieh dich aus.«

Sie zog ihm die Hose aus und presste ihren Körper der Länge nach an den seinen, fand seinen Mund und küsste ihn verzweifelt.

Dru verzehrte sich nach ihm und schickte ihre Lippen auf eine wilde Reise über sein Gesicht, seine Kehle, seine Brust.

Gott, wie fest er war, wie schlank, wie männlich.

Sie wollte ihn in sich spüren, wollte das Wunder der Vereinigung erleben. Aber als sie sich gerade rittlings auf ihn setzen, ihn in sich aufnehmen wollte, da bäumte er sich auf und warf sie auf den Bauch. »Noch nicht«, flüsterte er heiser.

»Aber ich will ...«

»Ich auch. Oh Gott, ich auch.«

Als sich seine Zähne um ihr Genick schlossen, schrie sie vor Lust auf. Ihre Hände schlossen sich um die eisernen Sprossen des Kopfteils, aber dieses Mal fand sie keinen Halt. Dieses Mal verlor sie die Kontrolle.

Sie bäumte sich auf, spürte, wie sie unweigerlich auf etwas zuschoss, das dem Wahnsinn gleichkam. »Gott! Oh Gott! Jetzt!«

Er führte seine Hand zwischen ihre Beine und seine geschickten Finger tauchten in sie ein, in die Hitze und die Nässe. Dru kam mit einer solchen Macht, dass sie hilflos und zitternd liegen blieb.

Als ihre Hände die Sprossen losließen, drehte Seth sie wieder auf den Rücken. »Jetzt«, sagte er, presste seinen Mund auf den ihren und erstickte den Schrei, der ihr entfuhr, als er in sie eindrang.

Sie umfing ihn mit ihren Beinen, wölbte sich ihm entgegen und folgte seinem Rhythmus. Und jedes Mal, wenn sie aufstöhnte, kochte Seths Blut höher.

Er sah sie die ganze Zeit an, sah, wie die letzten Strahlen des Sonnenlichts auf ihrem Gesicht glühten und sich im Grün und Gold ihrer Augen fingen, während sie sich mit Tränen füllten. Er hatte das Gefühl, in ihrer Schönheit zu ertrinken.

Sie hob eine Hand an seine Wange, und ihre Stimme war voller Verwunderung. »Seth«, sagte sie.

Er schaute ihr immer noch in die Augen, als sie gemeinsam den Gipfel der Lust erreichten.

Seth liebte es, nach dem Sex auf jenem warmen Fluss der Befriedigung dahinzutreiben. Der Körper einer Frau hatte, nachdem er Erfüllung gefunden hatte, etwas so unglaublich Weiches und Schönes an sich, dass es ihn zu einem idealen Ruheplatz machte.

Die Sonne war untergegangen, und das Licht im Atelier war dämmerig geworden. Irgendwann musste die CD aufgehört haben zu spielen. Jetzt hörte er nur noch das Geräusch des auflebenden Windes und Drusillas Atem.

Es würde Regen geben. Seth konnte ihn bereits riechen, konnte den Sturm spüren, der in der Luft zu tanzen begann.

Er sollte besser das Fenster schließen. Irgendwann.

Er hob eine Hand, um damit über die Seite ihrer Brust zu streicheln. »Ich glaube, jetzt bist du sehr entspannt«, murmelte er, »ob du es willst oder nicht.«

»Das bin ich wohl.«

Du bist ganz bestimmt entspannt, dachte Dru. Das war ein gutes Zeichen, oder nicht? Sie hasste sich selbst dafür, dass sich jetzt, wo ihr Kopf langsam klarer wurde, wieder Zweifel einschlichen.

Sie konnte ihn wohl kaum fragen, ob es ihm gefallen hatte, ohne wie ein wandelndes Klischee zu klingen.

Aber sie hätte es schon zu gern gewusst.

»Durstig?«, fragte er.

»Ein bisschen.«

»Hm.« Er kuschelte sich an sie. »Ich werde uns etwas holen, wenn ich wieder imstande bin, mich zu bewegen.«

Sie fuhr ihm mit den Fingern durchs Haar. Es war so wunderbar weich, so glatt und glänzend. »Ist alles in Ordnung bei dir?«

»Oh ja. – Wir bekommen Regen.«

Sie blickte zum Fenster hinüber. »Sieht aber gar nicht danach aus.«

»Doch, doch, es wird bald anfangen.« Er drehte den Kopf, um den Himmel anzuschauen. »Ein Sturm zieht auf. Sind die Fenster an deinem Auto zu?«

Wie in aller Welt konnte er sie jetzt nach ihren Autofenstern fragen, wo sie doch gerade die Erde zum Beben gebracht hatten? »Ja.«

»Gut.«

Dru starrte zur Decke. »Ich sollte besser gehen, bevor es zu regnen anfängt.«

Er zog sie an sich und rollte sich mit ihr herum. »Du könntest aber auch bleiben und dem Regen lauschen, während wir uns noch einmal lieben.«

»Noch einmal?«

»Hm. Wusstest du eigentlich, dass du da unten am Rücken dieses entzückende kleine Grübchen hast?« Er strich mit dem Finger darüber hinweg. Als er ihren Gesichtsausdruck sah, fragte er: »Stimmt etwas nicht?«

»Keine Ahnung. Sag du's mir.«

Er nahm ihren Kopf in die Hände und sah sie forschend an. »Ich kenne diesen Ausdruck. Du bist leicht gereizt und auf dem besten Wege, stocksauer zu werden. Was ist denn los? War ich zu grob?«

»Nein.«

»Nicht grob genug?« Er schüttelte ganz leicht ihren Kopf. »Hey, erzähl mir, was los ist, Dru.«

»Nichts. Wirklich nichts. Du bist ein wunderbarer Liebhaber. Ich bin noch niemals mit jemandem zusammen gewesen, der so zärtlich und aufregend ist.«

»Was ist es dann?«, drängte er, während sie von ihm abrückte und sich aufsetzte.

»Nichts, wie ich schon sagte.« Sie konnte die Gereiztheit in ihrer eigenen Stimme hören. Oh Gott, dachte sie, gleich werde ich bestimmt anfangen zu heulen. Das erste drohende Donnergrollen schien eine passende Untermalung für ihre Stimmung zu sein. »Aber du könntest doch wenigstens irgendetwas über mich sagen. Und wenn es nur das übliche ›Du warst fantastisch, Kleines‹ ist.«

»Du warst fantastisch, Kleines.« Seth hätte wohl laut herausgelacht, wäre da nicht dieses Funkeln in ihren Augen gewesen, das mehr war als nur Wut. »Warte.« Er musste sich beeilen, um sie noch zu fassen zu bekommen, bevor sie aus dem Bett springen konnte. Und um ein Gerangel zu vermeiden, wälzte er sich auf sie, um sie festzuhalten. »Was ist zwischen dir und diesem Kerl passiert, mit dem du verlobt warst?«

»Das spielt doch jetzt wohl keine Rolle.«

»Oh doch, schließlich hast du ihn gerade zu uns ins Bett geholt.«

Sie öffnete den Mund, um ihm eine scharfe Antwort zu geben, seufzte stattdessen aber auf. »Du hast recht. Du hast absolut recht. Und ich verhalte mich albern. Lass mich los. Ich kann so nicht mit dir reden.«

Er rutschte von ihr herunter, damit sie sich aufsetzen konnte, und sagte auch nichts, als sie das Laken über ihre Brüste hochzog wie einen Schild, mit dem sie sich zu schützen versuchte.

Dru versuchte ihre Gedanken zu sammeln, während draußen der Donner grollte und ein Blitz durch die Dunkelheit zuckte. »Er hat mich betrogen, und obwohl er mich liebte, hat er mir als Grund genannt, dass ich im Bett einfallslos sei.«

»Hast du damals schon Yoga-Unterricht genommen?« Als sie ihn bloß kühl ansah, schüttelte Seth den Kopf. »Wenn du ihm das abgenommen hast, mein Engel, bist du dümmer als ich geglaubt habe.«

»Meine Güte, ich wollte diesen Mann heiraten. Wir hatten schon die Einladungen bestellt. Ich hatte bereits die erste Anprobe des Hochzeitskleides hinter mir. Und dann fand ich heraus, dass er mit einer anderen Frau ins Bett steigt – in das Bett, für das ich das Bettzeug gekauft habe, wenn ich das hinzufügen darf –, die zu allem Überfluss auch noch Anwältin ist.«

Eine Windbö blies zum Fenster herein, dann blitzte es erneut. Doch Seth eilte nicht hinüber, um die Fenster vor dem drohenden Regen zu schließen. Sein Blick wich nicht von Drus Gesicht.

»Und dann hat er auch noch von mir erwartet, dass ich seine Argumentation verstehe«, fuhr sie fort. »Er hat erwartet, dass ich ihn trotzdem heirate, da es bei der anderen ja um nichts weiter als um Sex gegangen sei, etwas, in dem ich eben nicht besonders gut sei.«

So ein Arschloch, dachte Seth. Genau die Art von Mistkerl, die anderen Männern einen schlechten Ruf verpasst. »Und du bist der Ansicht, dass ein Kerl, der Hochzeitseinladungen drucken lässt und hinter dem Rücken seiner zukünftigen Frau mit einer anderen herummacht, wirklich auch nur eine Minute deiner Zeit wert ist?«

»Wohl kaum, denn sonst hätte ich ihn nicht sitzen lassen und mich selbst und meine Familie in erhebliche Verlegenheit gebracht. Heute denke ich nicht mehr an ihn. Ich denke nur noch an mich.«

Da lag sie falsch, aber er ließ es durchgehen. »Soll ich dir ehrlich sagen, wie es war, mit dir zu schlafen? Es war fantastisch«, sagte er und lehnte sich vor, um ihre Lippen mit den seinen zu berühren. »Einfach fantastisch.«

Als er ihre Hand ergriff, blickte sie auf ihre verschlungenen Hände hinunter. Dann schaute sie seufzend zu den Fenstern hinüber. »Es regnet«, sagte sie leise.

»Bleib noch für eine Weile bei mir.« Er zog ihre Hand an seine Lippen. »Wir bleiben einfach liegen und lauschen dem Regen.«

Es regnete immer noch, als Dru aufstand. Das leise, gleichmäßige Plätschern verwandelte den Raum in ein gemütliches Nest, das sie nur ungern verließ.

»Bleib doch heute Nacht hier. Ich verspreche dir auch, morgen früh etwas Anständiges zum Frühstück herbeizuschaffen.«

»Ich kann nicht.« Es kam ihr so vertraut, so romantisch vor, sich in der Dunkelheit mit ihm zu unterhalten, dass sie im ersten Moment enttäuscht war, als er das Licht einschaltete. Im nächsten Moment erschrak sie, als ihr bewusst wurde, dass man sie von draußen wunderbar durch die Fenster sehen konnte. »Um Himmels willen!« Mit ihrer Unterwäsche in der Hand huschte sie gebückt ins Badezimmer.

»Als wenn da draußen um diese Zeit und bei Regen noch jemand wäre.« Ohne jegliches Schamgefühl stand Seth auf und folgte ihr aufrecht und splitterfasernackt. Er schaffte es gerade noch, die Tür abzufangen, bevor sie sie ihm vor der Nase zuschlagen konnte. »Sieh mal, du müsstest morgen früh doch nur die Treppe hinuntergehen, um zu deinem Arbeitsplatz zu gelangen.«

»Ich habe nichts anzuziehen. Nichts Frisches«, fügte sie hinzu, als er auf die Bluse deutete, die auf dem Boden im großen Zimmer lag. »Der Vorschlag, in den Kleidern vom Vortag zur Arbeit zu gehen, kann auch nur von einem Mann kommen. Würde es dir etwas ausmachen, mir die Bluse zu holen?«

Er brachte sie ihr, aber das bedeutete noch lange nicht, dass er aufgab. »Dann bring morgen eben etwas Frisches zum Anziehen mit. Ich werde einkaufen gehen, und wir können abends zusammen essen. Ich koche ganz passabel«, behauptete er, als eine ihrer Augenbrauen in die Höhe wanderte. »Oder wir treffen uns bei dir zu Hause, und du kochst uns etwas.«

»Ich koche nicht annähernd passabel. Ich koche gar nicht.«

»Dann können wir ja essen gehen und hier übernachten. Oder bei dir«, fügte er hinzu und nahm sie in die Arme. »Es ist mir egal wo. Ein richtiges Rendezvous statt unserer üblichen improvisierten wäre einmal ganz schön.«

»Das hier war kein Rendezvous.« Sie wand sich aus seiner Umarmung, um die Bluse zuzuknöpfen. »Das war Sex.«

»Entschuldige, aber wir haben gemeinsam etwas gegessen, Alkohol getrunken, uns unterhalten und dann miteinander geschlafen. Das, mein Engel, ist ein Rendezvous.«

Sie spürte, wie sich ihre Lippen zu einem kleinen Lächeln verzogen. »Verflixt. Jetzt hast du mich erwischt.«

»Genau.« Seth umfasste ihre Taille, als sie an ihm vorbeigehen wollte, und zog sie erneut an sich. »Lass uns morgen zusammen essen, zusammen ins Bett gehen und zusammen aufwachen.«

»Na schön, aber wir können erst spät essen. Ich habe morgen Abend meinen Yogakurs.«

»Das sagst du nur, um mich zu quälen. Aber da wir nun schon einmal beim Thema sind: Schaffst du es eigentlich, deine Ferse hinter dem Kopf einzuhaken?«

Sie kicherte und wich zurück. »Ich muss jetzt los. Es ist schon nach Mitternacht. Ich komme morgen Abend gegen acht vorbei und werde deine Kochkünste testen.«

»Klasse. Hey, soll ich das Aquarell für dich rahmen?«

Sie strahlte ihn an. »Kann ich es denn haben?«

»Das kommt darauf an. Ich wäre bereit, es dir zu geben, wenn du für mich für ein Porträt Modell sitzt.«

»Du hast das Porträt doch schon fertig.«

»Ich möchte noch eins von dir malen.«

Sie zog ihre Schuhe an. »Du hast schon zwei gemalt.«

»Eines Tages, wenn ich ein toter, aber berühmter Künstler sein werde, dessen lächerlich teure Werke man studiert, werden sie das meine ›Drusilla-Periode‹ nennen.«

»Interessant. Also gut, wenn du das als Bezahlung forderst, werde ich gern noch einmal für dich Modell sitzen.«

»Sonntag?«

»Geht in Ordnung. Hast du denn schon irgendwelche Vorstellungen, was das Bild angeht? Was soll ich tragen?«

»Ich habe schon sehr konkrete Vorstellungen.« Seth ging zu ihr hinüber, legte seine Hände auf ihre Schultern und küsste sie. »Und du wirst Blütenblätter tragen. Von roten Rosen.«

»Wie bitte?«

»Rote Rosenblätter. Da du Floristin bist, solltest du in der Lage sein, mir einen Vorrat zu besorgen.«

»Wenn du glaubst, ich würde für dich Modell sitzen und nichts weiter tragen als Rosenblätter … Nein, das mache ich nicht.«

»Möchtest du das Aquarell nun haben oder nicht?«

»Nicht so dringend, dass ich mich erpressen ließe.«

Sie wandte sich ab, aber er bekam ihre Hand zu fassen und wirbelte sie wieder zu sich herum. »Du bewunderst meine Bilder immerhin so sehr, dass du sie besitzen möchtest.«

»Es stimmt, ich bewundere deine Bilder, aber du wirst mich nicht nackt malen.«

»Also gut, ich werde Klamotten tragen und du Rosenblätter.

Psst.« Er legte ihr einen Finger auf die Lippen, bevor sie etwas antworten konnte. »Offensichtlich möchte ich dich nicht nackt zeichnen, um mit dir zu schlafen, denn das hat ja schon geklappt. Und nur damit Klarheit herrscht: Ich habe noch nie eine Frau gemalt, um sie ins Bett zu bekommen. Ich habe ein bestimmtes Porträt von dir in meinem Kopf, seit ich dich das erste Mal gesehen habe. Ich muss es einfach malen.«

Er ergriff ihre Hände und wiederholte: »Ich muss es einfach malen. Aber lass uns eine Abmachung treffen.«

»Was für eine Abmachung?«

»Ich werde das Bild niemandem zeigen. Wenn es fertig ist, kannst du entscheiden, was damit werden soll.«

Er erkannte diesen Ausdruck auf ihrem Gesicht – eine Mischung aus angestrengtem Nachdenken und Abwägen.

Und er wusste, dass er gewonnen hatte.

»Ich darf es entscheiden?«

»Ich vertraue deiner Entscheidung. Und du musst mir vertrauen bei dem, was ich male, was ich sehe, was ich fühle. Abgemacht?«

»Rote Rosenblätter.« Sie legte den Kopf zur Seite. »Ich denke, ich muss eine ganze Menge Rosen bestellen.«

Am nächsten Morgen spazierte Seth pfeifend in die Bootswerkstatt. Er brachte eine Schachtel Doughnuts mit, frisch aus der Bäckerei.

Cam arbeitete bereits, bohrte Spannschrauben in einen Rumpf.

»Eine echte Schönheit!«, rief Seth, als er auf die wohlproportionierte Jolle zuging. »Da habt ihr euch ja Arme und Beine ausgerissen. Die ist ja schon fast fertig!«

»Ja. Bis auf die Verzierungen und einige Kleinigkeiten in der Kajüte. Der Kunde will sie am Sonntag abholen.«

»Tut mir leid, dass ich euch die letzten Tage nicht zur Hand gegangen bin.«

»Wir haben es auch so geschafft.« Ein Hauch von Schärfe lag in Cams Stimme.

»Wo sind denn die anderen?«

»Phil ist oben. Ethan und Aubrey überprüfen heute Morgen Krebsfallen. Kevin kommt nach der Schule vorbei. In einer Woche hat er Ferien, dann hat er mehr Zeit zu helfen.«

»In einer Woche sind schon Schulferien? Was zum Teufel ist denn heute für ein Tag?«

»Das wüsstest du bestimmt, wenn du ab und zu einmal zu Hause vorbeischauen würdest.«

»Ich hatte zu tun, Cam.«

»Ja.« Cam setzte eine weitere Spannschraube. »Hab so was gehört.«

»Weshalb bist du denn so sauer?« Seth schmiss die Schachtel mit den Doughnuts auf das Deck der Jolle. »Ich bin doch hier, oder?«

»Du stolzierst hier rein und raus, wie es dir gefällt. Hast du dich heute etwa entschieden, uns wieder einmal zu beehren, weil du gestern Nacht endlich einen Treffer gelandet hast?«

»Was geht dich das an?«

»Was mich das angeht?« Cam legte die Drillmaschine zur Seite und sprang – sichtlich verärgert – auf den Boden hinunter. »Du willst also wissen, was mich das angeht, du Idiot? Es geht mich eine ganze Menge an, wenn du für den Großteil einer Woche einfach so verschwindest. Erst marschierst du mit einer verdammt düsteren Miene durch die Gegend, und dann verkriechst du dich in deinem Atelier. Es geht mich eine ganze Menge an, wenn ich zusehen muss, wie Anna sich sorgt, weil der Herr hier sich nicht die Mühe macht, uns zu sagen, was zum Teufel eigentlich los ist. Du glaubst also, du könntest hier einfach so hereinspaziert kommen, weil du Dru endlich flachgelegt hast?«

Obwohl sich zunächst sein schlechtes Gewissen geregt hatte, sah Seth mit einem Mal rot vor Wut. Er setzte sich ohne nachzudenken in Bewegung, packte Cam beim Kragen und drückte ihn gegen den Rumpf der Jolle. »Rede nicht so über sie. Sie ist nicht irgendeine Tussi, die leicht zu haben ist, und mit der ich ins Bett gestiegen bin, weil es mich gejuckt hat. Rede nie wieder so über sie!«

Cam stieß Seth zurück. Die beiden Männer standen einander in Kampfstellung gegenüber wie zwei Boxer im Ring. »So behandelt man seine Familie nicht, verdammt noch mal!«

Mittlerweile war Seth richtig wütend. »Na, willst du eine Runde gegen mich antreten? Versuch's doch!«

»Hört auf! Hört verdammt noch mal auf! Was ist denn mit euch los? Ich kann euch ja bis oben hören.«

»Der Kleine glaubt, er könne es mit mir aufnehmen«, erwiderte Cam hitzig. »Ich wollte es ihn gerade einmal versuchen lassen.«

»Den Teufel wirst du tun! Wenn ihr zwei euch schlagen wollt, dann geht nach draußen. Nein, besser du gehst allein nach draußen, Seth, um dich abzukühlen.« Phillip deutete auf die Ladetür. »Du hast dich hier in letzter Zeit rar genug gemacht, da werden ein paar weitere Minuten auch nicht schaden.«

»Das hier ist eine Sache zwischen Cam und mir.«

»Das hier ist Firmengelände«, verbesserte ihn Phillip. »Und das hier ist unsere Firma, also geht mich die Sache sehr wohl etwas an. Wenn du so weitermachst, werde ich der Erste sein, von dem du einen Schlag kassierst. Ich bin ohnehin schon sauer genug auf dich.«

»Wovon zum Teufel redest du?«

»Ich rede davon, dass man Versprechen einhält, die man gegeben hat, ich rede davon, dass man sich seiner Verantwortung bewusst ist. Ich rede von einer Klientin, die einen perfekten Entwurf erwartet, den anzufertigen du zugestimmt hast. Wo zum Teufel ist er, Seth?«

Er öffnete den Mund und schloss ihn gleich wieder. Drusillas Schaluppe. Er hatte sie völlig vergessen. Genauso, wie er vergessen hatte, den Mulch für Annas neues Blumenbeet zu besorgen und mit Bram eine Probefahrt in seinem neuen Auto zu unternehmen.

Wütend auf sich selbst marschierte er zur Tür hinaus.

»Nichtsnutz«, brummte Cam. »Der braucht mal einen gehörigen Tritt in den Allerwertesten.«

»Jetzt lass den Jungen doch mal in Ruhe.«

Cam, der immer noch wütend war, fuhr Phillip an: »Ach, leck mich doch! Du bist schließlich derjenige, der gerade auf ihm herumgetrampelt ist.«

»Ich bin genauso besorgt um ihn gewesen wie du und auch genauso sauer«, schoss Phil zurück. »Aber jetzt reicht's. Er ist alt genug und kann kommen und gehen wie es ihm passt. Als du in seinem Alter warst, bist du in Europa Autorennen gefahren und von einem Bett ins andere gehüpft.«

»Aber ich habe niemals mein Wort gebrochen.«

»Nein, das hast du nicht.« Phillip, der jetzt ruhiger war, blickte durch das Fenster auf Seth, der am Ende des Piers stand. »Und so, wie es aussieht, hatte er auch nicht vor, seines zu brechen. Wie lange willst du ihn eigentlich noch da draußen stehen lassen?«

»Eine Woche oder zwei sollten reichen.«

Auf Phillips durchdringenden Blick hin stieß Cam zischend den Atem aus und spürte, wie seine Wut dabei mit entwich. »Verdammt. Ich werde wohl langsam alt. Ich hasse das. Ich werde die Sache aus der Welt schaffen.«

Seth hörte Cams Schritte auf dem Dock. Er drehte sich um und wappnete sich für eine Schlägerei. »Mach nur. Der erste Schlag gehört dir. Aber danach werde ich mich wehren.«

»Junge, mehr als einen Schlag brauche ich ohnehin nicht.«

»Gott, es tut mir so leid!«, brach es aus Seth hervor. »Es tut mir leid, dass ich dich enttäuscht habe. Ich erledige jede Arbeit, die du mir aufdrückst, egal, wie schwer sie ist. Und ich werde den Entwurf noch heute fertigstellen. Ich mache alles wieder gut, das verspreche ich dir.«

»Ach, verdammt!« Cam fuhr sich mit den Fingern durch das Haar. Wer war jetzt derjenige, der sich schlechter fühlte? »Du hast mich nicht enttäuscht. Du hast mir Sorgen gemacht, mich wütend gemacht, aber nicht enttäuscht. Niemand erwartet von dir, dass du dem Laden hier deine ganze Zeit widmest. Oder jede freie Minute zu Hause verbringst. Verdammt, erst lässt mir Anna keine Ruhe, weil du zu viel zu Hause herumhängst und sie der Ansicht ist, dass das nicht gut für dich ist, und dann geht sie in die Luft, weil du gar nicht mehr nach Hause kommst. Wie bin ich da nur hineingeraten?«

»Reine Glückssache, wahrscheinlich. Ich musste mich um einige Dinge kümmern, das ist alles. Und dann habe ich gearbeitet und alles um mich herum vergessen. Die Familie ist das Wichtigste für mich, Cam, das musst du mir glauben. Wenn du nicht gewesen wärst …«

»Hör sofort damit auf. Hier geht es nicht um alte Geschichten, sondern um das Hier und Heute.«

»Aber dieses Hier und Heute hätte ich doch ohne dich gar nicht.«

»Nein, Ray ist derjenige, dem du zu danken hast. Wie wir alle. Belassen wir es dabei.« Cam stopfte die Hände in die Hosentaschen und blickte aufs Wasser.

Himmel, es spielt wirklich keine Rolle, wie alt ein Kind ist, dachte er. Es gehört immer zu einem.

»Also, ist es dir ernst mit der hübschen Floristin?«

Seth nahm unbewusst Cams Haltung ein, und nun blickten sie beide aufs Wasser hinaus. »Sieht ganz so aus.«

»Na schön, wo du dich jetzt ausgetobt hast, könntest du uns vielleicht hier noch ein wenig unter die Arme greifen – das heißt, wenn du noch etwas Kraft übrig hast.«

»Ein kleiner Rest ist schon noch da«, erwiderte Seth.

»Prima. Was für Doughnuts hast du uns denn mitgebracht?«

Es ist wieder alles gut, dachte Seth. Egal, was auch passierte, am Ende war immer wieder alles gut. »Von allem etwas. Auch welche mit Zuckerguss.«

»Die mag ich am liebsten. Dann lass uns mal schnell wieder hineingehen, bevor Phil sie findet.«

Sie machten sich auf den Weg, doch dann blieb Seth mit einem Mal wie angewurzelt stehen. »Zucchini-Football.«

Jegliche Farbe wich aus Cams Wangen. »Was hast du gesagt?«

»Die Sache mit dem Zucchini-Brot. Stella hat Brot gebacken, und ihr Jungs habt es als Ball missbraucht. Das hat sie mir erzählt.«

Cam packte mit zitternden Händen Seths Schultern. »Wann hast du sie gesehen?«

»Ich weiß es nicht genau. Wirklich nicht. Ich habe es geträumt. Zumindest kam es mir wie ein Traum vor«, murmelte er. Sein Magen zog sich zusammen, aber nicht vor Übelkeit. Was er empfand, war Freude.

Er hatte mit Stella gesprochen. Er hatte eine Großmutter, die ihn in ein Geheimnis eingeweiht hatte.

»Es stimmt doch, oder?« Seth strahlte über das ganze Gesicht. »Und du – du hast versucht einen Pass abzufangen und wurdest dabei über dem Auge getroffen. Hat dich umgehauen. Es stimmt doch, oder?«

»Ja.« Cam rang um Fassung. Es war eine schöne Erinnerung. Es gab so viele schöne Erinnerungen. »Sie kam aus der Hintertür gerannt und schrie zu uns herüber, als ich gerade zum Sprung ansetzte. Ich habe mich umgedreht und Peng, da ist es passiert. Ich habe nur noch Sterne gesehen. Eine ganze Galaxie, ehrlich gesagt. Das Brot war hart wie ein verdammter Ziegelstein. Stella war eine teuflisch gute Ärztin, aber als Köchin eine absolute Niete.«

»Ja, das hat sie mir auch gesagt.«

»Na ja, sie hat sich zu mir runtergebeugt, sich meine Pupillen angesehen und einige Finger in die Höhe gehalten, die ich zählen musste. Sie sagte, es sei nur gut, dass ich auf diese Weise Prügel kassiert hätte, damit hätte ich ihr die Arbeit erspart. Dann begannen wir alle zu lachen – Dad, Phil, Ethan und ich. Wie ein Haufen Verrückter. Mom stand da und starrte uns mit in die Hüften gestemmten Fäusten an. Ich kann sie immer noch so vor mir sehen.«

Er seufzte. »Dann ging sie wieder ins Haus und kehrte mit einem weiteren Brotlaib zurück, damit wir weiterspielen konnten. Hat sie dir das auch erzählt?«

»Nein.« Seth legte eine Hand auf Cams Schulter. »Sie hat wahrscheinlich gewollt, dass du es mir sagst.«

13. Kapitel

Nachdem die Brüder die Doughnuts verschlungen hatten, setzte sich Seth in eine Ecke, um Ethans ersten Entwurf für Drus Schaluppe zu überarbeiten. Zur selben Zeit trat Dru aus ihrem Laden, um einige vertrocknete Blüten von den Eisenkraut- und Heliotrop-Pflanzen abzuschneiden, die sie in das alte Whiskeyfass neben der Tür gepflanzt hatte.

Der nächtliche Sturm hatte die Luft abgekühlt, die quälende Luftfeuchtigkeit weggefegt und einen frischen, glasklaren Morgen hinterlassen.

Die Bucht lag in einem strahlenden Blau da, immer noch ein wenig unruhig von dem ungestümen Wind der letzten Nacht. Einige Boote befanden sich bereits auf dem Wasser. Die Fischkutter teilten sich das Meer mit den gemieteten Einhandseglern und den Motorbooten der Urlauber. Die Ferienhausbesitzer, die ihre Boote in St. Chris liegen hatten, waren immer schon früh draußen. Warum sollte man auch nur eine einzige Minute eines so perfekten Tages verschwenden?, dachte Dru.

In ein paar Monaten würde auch sie sich an einem solch schönen Morgen um ein Boot kümmern können, würde die Zeit mit Auftakeln, Scheuern und dem Polieren von Messingteilen verbringen. Ein eigenes Boot zu besitzen bedeutete wesentlich mehr als die Leinen loszumachen, die Segel zu setzen und sich vom Wind über das Wasser tragen zu lassen. Es bedeutete einen gehörigen Aufwand an Zeit, Geld und Energie, die in die Wartung und Pflege flössen. Aber zugleich machte es einen Teil des Vergnügens aus – so empfand Dru es zumindest.

Sie arbeitete gern. Zu arbeiten, etwas zu schaffen und mit einem befriedigten Gefühl zurückzutreten und zu sehen, was sie allein auf die Beine gestellt hatte, bedeutete für sie pure Selbstverwirklichung.

Sie fand Gefallen an den vielfältigen Aufgaben, die zur Führung eines Geschäfts gehörten. Die Buchhaltung, die Kontrolle der Lieferungen, das Ausfüllen der Bestellungen, das Kalkulieren des Gewinns. Über all das den Überblick zu bewahren, kam ihrem Sinn für Ordnung entgegen – so, wie es ihrem Sinn für Ästhetik entsprach, die Blumen im Laden zu arrangieren.

Mit dem eigenen Boot wollte sie sich dafür belohnen, all das geschafft zu haben.

Und Seth … Dru war sich nicht vollkommen sicher, welche Rolle Seth für sie spielte. Sie hatte eine wundervolle Nacht mit ihm verbracht, aber genau wie bei dem Boot würde eine Beziehung mit ihm niemals nur eine ruhige Segelpartie sein und gewiss sehr viel Pflege und Wartung benötigen.

Was würde wohl passieren, wenn der Wind, der sie bis an diesen Punkt getragen hatte, mit einem Male schwand? Was wäre, wenn sie in einen schweren Sturm gerieten oder auf Grund liefen oder einfach – wie so viele Paare – feststellten, dass der Törn an Reiz verloren hatte?

Ach, wenn sie doch jemals nur den Moment genießen könnte, ohne nach Problemen Ausschau zu halten!

Seth faszinierte sie und forderte sie zugleich heraus. Er erregte und amüsierte sie. Er weckte Gefühle in ihr, wie es noch niemand zuvor getan hatte; nicht einmal – wie sie sich eingestehen musste – der Mann, den sie beinahe geheiratet hätte.

Sie bewunderte Seths Selbstbewusstsein, fühlte sich von seiner Ehrlichkeit und seiner Ungezwungenheit angezogen.

Und sie war fasziniert von der Wildheit und Leidenschaft, die unter der Oberfläche dieser Ungezwungenheit brodelten.

Er war in ihren Augen ein Mann mit einer so bezwingenden Persönlichkeit, wie ihr noch niemals zuvor ein anderer begegnet war. Er machte sie glücklich. Aber kaum waren sie ein Liebespaar geworden, hielt sie bereits Ausschau nach möglichen Schwierigkeiten.

Denn wenn man sich nicht über die Probleme im Klaren war, bestand die Gefahr, später an ihnen zu scheitern.

Dru ging ins Haus und legte die kleine Schere zurück auf ihren Platz im Lagerraum. Wenn sie doch nur mit einer anderen Frau über die Erregung und die Angst hätte reden können, die in ihrem Inneren tobte. Sie hätte sich so gern mit einer Freundin zusammengesetzt und ungezwungen über ihre Gefühle geplappert.

Darüber, wie ihr Herz zu hüpfen begann, wenn Seth sie anlächelte. Wie es raste, wenn er sie berührte. Wie wundervoll es war, mit jemandem zusammen zu sein, der sie als genau der Mensch akzeptierte, der sie war.

Wie gern hätte Dru jemandem erzählt, dass sie verliebt war.

Keine der Frauen aus ihren früheren gesellschaftlichen Kreisen hätte das verstanden, jedenfalls nicht auf die Weise, wie Dru verstanden werden wollte. Sie wären interessiert, das gewiss, würden sie vielleicht sogar unterstützen. Aber Dru konnte sich nicht vorstellen, einer dieser Frauen zu erzählen, wie Seth sie in den Nacken gebissen hatte, um damit ein neidisches Stöhnen und Seufzen zu ernten.

Aber genau das war es, was sie wollte.

Sie konnte auch wohl kaum ihre Mutter anrufen, um ihr zu sagen, dass sie den unglaublichsten Sex ihres Lebens mit einem Mann gehabt hatte, den sie zu lieben begann.

Bei einer solchen Unterhaltung würden sie sich beide unbehaglich fühlen.

Obwohl Dru ahnte, dass es nichts gab, womit sie Aubrey

schockieren konnte, und sie sich absolut sicher war, dass sie von ihrer neuen Freundin genau die Reaktion erhalten würde, die sie sich erhoffte, machte Aubreys Verbindung zu Seth die Angelegenheit ein wenig heikel.

Also war Dru auf sich gestellt. Was sie ja auch eigentlich immer gewollt hatte. Aber nun, da etwas Wunderbares in ihrem Leben geschah und sich so vieles zu verändern schien, gab es niemanden, mit dem sie ihre Freude hätte teilen können.

Es war ihre eigene Schuld. Und es lag in ihrer Hand, es zu verändern. Sie nahm sich vor, daran zu arbeiten, gelassener und offener zu werden.

Die Glocken der Vordertür läuteten und sagten ihr, dass der erste Kunde des Tages den Laden betreten hatte. Dru straffte die Schultern. Sie hatte schon einmal bewiesen, dass sie ihr Leben ändern konnte. Warum sollte es ihr nicht noch einmal gelingen?

Mit einem herzlichen Lächeln trat sie aus dem Lager in den Verkaufsraum.

»Guten Morgen. Wie kann ich Ihnen helfen?«

»Oh, ich bin mir noch nicht sicher. Ich würde mich gern erst einmal umschauen.«

»Nur zu. Ist das nicht ein wunderbarer Tag heute?« Dru ging zur Eingangstür, öffnete sie und schob einen Keil darunter, damit sie offen stehen blieb. »Viel zu schön, um eingesperrt zu sein. Verbringen Sie Ihren Urlaub in St. Chris?«

»Ja, allerdings nur ein paar Tage«, erwiderte Gloria.

»Da haben Sie sich aber eine sehr gute Zeit ausgesucht.« Dru ignorierte den Anflug von Beklommenheit, der sie angesichts der Art und Weise, wie sie gemustert wurde, überfiel. »Sind Sie mit Ihrer Familie hier?«

»Nein, allein.« Gloria strich mit den Fingern über die Blütenblätter eines Arrangements, ohne die Augen von Dru zu nehmen. »Manchmal muss eine Frau einfach ein paar Tage für sich haben, finden Sie nicht auch?«

»Da haben Sie wohl recht.« Die Frau wirkte eigentlich nicht wie jemand, der Zeit oder Geld auf Blumen verwandte, fand Dru. Sie wirkte eher kaltschnäuzig, nervös und – billig. Ihre Shorts waren zu eng und zu kurz, und auch das Oberteil, das sie trug, schmiegte sich viel zu eng an ihren Körper. Als sie unter dem blumigen Parfüm der Frau einen leichten Whiskeygeruch bemerkte, fragte Dru sich, ob sie jetzt wohl ausgeraubt werden würde.

Aber dann schob sie den Gedanken beiseite. Niemand raubte Blumenläden aus, schon gar nicht in St. Chris. Und wenn die Frau irgendeine Waffe bei sich trug, musste es schon eine sehr kleine sein, um sie unter dieser Kleidung verstecken zu können.

Außerdem war es nicht gerade der richtige Einstieg in einen offeneren Umgang mit ihren Mitmenschen, über eine Kundin ein Urteil zu fällen, weil ihr deren Kleidungsstil nicht gefiel.

»Wenn Sie etwas suchen, um Ihr Hotelzimmer für die Zeit Ihres Aufenthalts ein wenig zu verschönern: Ich habe diese Woche Nelken im Angebot. Sie haben einen angenehmen Duft und benötigen kaum Pflege.«

»Das wäre nicht schlecht. – Wissen Sie, Sie kommen mir irgendwie bekannt vor, und Sie klingen, als wären Sie nicht von hier. Vielleicht sind wir uns schon einmal über den Weg gelaufen. Verbringen Sie viel Zeit in Washington?«

Dru entspannte sich wieder. »Ich bin dort aufgewachsen.«

»Das muss es sein. Als ich Sie sah, dachte ich ... Warten Sie mal, Sie sind Katherines Tochter. Prucilla – nein, nein, Drusilla.«

Dru versuchte sich vorzustellen, ob ihre Mutter tatsächlich irgendeine Bekanntschaft mit dieser dünnen, geschmacklos gekleideten Frau pflegen könnte, die nach billigem Parfüm und Whiskey roch. Und verfluchte sich sogleich, weil sie wie ein Snob dachte.

»Das stimmt.«

»Donnerwetter.« Gloria stemmte die Fäuste in die Hüften und setzte ein breites, freundliches Lächeln auf. Sie hatte ihre Hausaufgaben gemacht. »Was zum Teufel tun Sie denn hier?«

»Ich lebe jetzt hier. Sie kennen also meine Mutter?«

»Aber klar. Ich habe mit Kathy in verschiedenen Komitees gesessen. Habe Sie allerdings eine ganze Weile schon nicht mehr gesehen. Müssen jetzt bestimmt schon drei oder vier Jahre sein. Das letzte Mal sind wir uns wohl auf einer Veranstaltung begegnet, bei der Spenden für den Kampf gegen das Analphabetentum gesammelt wurden. Lesung inklusive Abendessen mit dem Autor im *Shorham.*«

Die *Washington Post* hatte über die Veranstaltung berichtet, und Gloria hatte sich im Internetarchiv der Zeitung mühelos über alle Details informieren können. »Wie geht es ihr denn? Und Ihrem Vater?«

Nein, ich bin kein Snob, dachte Dru, ich bin einfach eine gute Menschenkennerin. Sie antwortete mit ruhiger Stimme: »Es geht ihnen beiden gut, vielen Dank. Ich fürchte, ich habe Ihren Namen nicht verstanden.«

»Glo. Glo Harrow.« Das war der Mädchenname ihrer Mutter. »Die Welt ist doch verdammt klein, was? Als ich das letzte Mal mit Kath sprach, hat sie, soweit ich mich erinnere, Ihre Verlobung erwähnt. Sie war ganz aus dem Häuschen deswegen. Das hat wohl nicht funktioniert?«

»Nein, hat es nicht.«

»Ach, nehmen Sie's nicht so tragisch – mit den Männern ist es wie mit den Bussen: Es kommt immer wieder einer vorbei. Meine Mutter ist übrigens mit Ihrem Großvater befreundet.« Und das stimmte in gewisser Weise sogar, auch wenn das Wort »bekannt« zutreffender gewesen wäre. »Der Senator ist ja nicht unterzukriegen. Schon fast eine Institution.«

»Er ist ein erstaunlicher Mann.« Dru sprach nun merklich kühler.

»Man muss ihn einfach bewundern. Ein Mann in seinem Alter und noch so aktiv. Wo er doch bei dem Familienvermögen, das er geerbt hat, nicht einen einzigen Tag in seinem Leben hätte arbeiten müssen, viel weniger noch sich der Politik verschreiben. Da geht es knallhart zu. Das wäre selbst für einen jungen Mann nicht einfach, wenn man bedenkt, wie einen die Leute heutzutage mit Schmutz bewerfen.«

»Das war immer schon so. Meine Familie hat übrigens nie die Ansicht vertreten, dass Geld einen dazu berechtigt, andere Menschen die Arbeit machen zu lassen.«

»Eine bewundernswerte Einstellung, wie ich schon sagte.«

Als ein Mann das Geschäft betrat, schluckte Dru ihre wachsende Verärgerung hinunter und wandte sich ihm zu. »Guten Morgen.«

»Oh, beraten Sie die Dame nur weiter. Ich habe es nicht eilig.«

»Würden Sie sich gern noch etwas umsehen, Ms. Harrow?«

»Nein.« Gloria hatte genug erfahren. »Ich werde ein Dutzend von diesen ... Wie hießen noch mal die Blumen, die im Angebot waren?«

»Nelken.« Dru deutete auf eine Vase, in der sie Muster in allen Farben arrangiert hatte. »Hätten Sie gern eine bestimmte Farbe oder Kombination?«

»Nein, nein, mischen Sie sie einfach.«

Gloria las das Schild unter der Vase und kam zu dem Schluss, dass es ein günstiger Preis für einen Blick aus nächster Nähe gewesen war. Sie legte das Geld auf den Ladentisch.

Nun, da der Kontakt geknüpft war, wollte sie so schnell wie möglich verschwinden. Es gefiel ihr ganz und gar nicht, wie der Kerl, der gerade hereingekommen war, sie ansah und gleichzeitig so tat, als beobachte er sie nicht.

»Ich hoffe, Sie haben Ihre Freude daran.«

»Die habe ich bestimmt. Grüßen Sie Ihre Mutter von mir, wenn Sie sie sprechen«, fügte Gloria im Hinausgehen hinzu.

»Oh ja, das werde ich.« Dru wandte sich dem neuen Kunden zu. Das ungute Gefühl, das in ihrem Inneren zu brodeln begonnen hatte, stand ihr offenbar ins Gesicht geschrieben.

»Komme ich vielleicht gerade ungelegen?«

»Aber nein, natürlich nicht.« Sie riss sich zusammen. »Wie kann ich Ihnen behilflich sein?«

»Zuerst darf ich mich einmal vorstellen: Ich bin Will, Will McLean.« Er hielt ihr seine Hand hin.

»Oh, Sie sind Aubreys Freund.« Ausgesprochen niedlich, hatte Aubrey gesagt. Und das ist er auch, dachte Dru und schüttelte seine Hand. »Freut mich, Sie kennenzulernen.«

»Mich auch. Ich habe gerade meinen Dienst beendet und dachte, ich schaue einmal bei Aubrey vorbei – vielleicht erwische ich Seth ja auch noch –, bevor ich nach Hause gehe und mich ein paar Stunden aufs Ohr lege. Diese Blumen, die Seth meinem Mädchen vor ein paar Wochen mitgebracht hat, sind wirklich gut angekommen. Und ich darf doch nicht zulassen, dass er mich übertrumpft. Haben Sie nicht irgendetwas da, das sie umhauen wird? Eine kleine Wiedergutmachung dafür, dass ich den größten Teil der Woche Doppelschichten schiebe?«

»Wie groß ist denn Ihr Budget?«

»Habe gerade mein Gehalt bekommen.« Will klopfte sich auf seine Gesäßtasche. »Kein Limit.«

»In dem Fall warten Sie hier.« Dru dachte einen Moment

lang nach. Sie durfte nicht zulassen, dass ihr das seltsame Auftreten dieser Frau ihr Vorhaben durchkreuzte. »Nein, kommen Sie doch einfach mit nach hinten. Ich mache die Blumen fertig, und Sie können sich in der Zwischenzeit hinsetzen und ein paar Minuten die Füße hochlegen.«

»Sehe ich denn so schlimm aus?«

»Ein wenig erschöpft.« Sie bedeutete ihm, ihr nach hinten zu folgen. »Nur zu, setzen Sie sich«, forderte sie ihn auf und ging zu einer Kühlvitrine hinüber. »Heute Morgen frisch eingetroffen«, sagte sie, während sie eine einzige, langstielige Rose in Bonbonrosa herausnahm. »Ein Dutzend von denen wird Aubrey garantiert umhauen.«

Er schnupperte an der Rose, als Dru sie ihm hinhielt. »Duftet ja wundervoll. Vielleicht sollte ich direkt zwei Dutzend davon nehmen. Ich musste in den letzten zehn Tagen gleich zwei Verabredungen absagen.«

»Bei zwei Dutzend wird sie glatt ins Koma fallen.«

»Wunderbar. Könnten Sie sie in eine dieser eleganten Schachteln legen?«

»Aber natürlich.« Dru zählte die Rosen ab und ging mit Will in den Verkaufsraum zurück. »Sie und Ihr Bruder werden langsam zu meinen besten Kunden. Er hat letzte Woche meinen gesamten Vorrat an gelben Rosen gekauft.«

»Er hat sich verlobt.«

»Ja, ich weiß. Er schwebte auf Wolke sieben. Sie beide sind schon lange mit Seth befreundet, nicht wahr?«

»Seit der Kindheit schon«, bestätigte Will. »Ich kann es gar nicht glauben, dass er bereits seit einem Monat wieder hier ist und ich bisher noch nicht einmal die Zeit gefunden habe, ihm Hallo zu sagen. Dan erzählte mir allerdings, dass Seth momentan auch ziemlich beschäftigt ist mit seiner Arbeit, der Bootswerkstatt und mit Ihnen. Ups!« Ein schiefes Lächeln erschien auf seinen Lippen, und er rieb sich verlegen die Augen. »Tut mir leid. Wenn ich so erschossen bin, rutschen mir manchmal Dinge einfach heraus.«

»Schon gut. Es ist wohl ohnehin kein Geheimnis, dass Seth und ich …« – ja, was verband sie eigentlich? –, »… näher befreundet sind«, beendete sie den Satz.

Will gab sich Mühe, ein Gähnen zu unterdrücken. »Wenn wir es jemals schaffen sollten, einen freien Termin zu finden, können wir ja einmal zu sechst etwas zusammen unternehmen.«

»Das würde mich wirklich freuen.« Dru legte die Rosen zusammen mit Schleierkraut in die mit Seidenpapier ausgeschlagene Schachtel.

»Prima. – Ach, könnte ich Sie wohl etwas fragen? Diese Frau, die eben im Laden war – hat sie Sie irgendwie bedrängt?«

»Wie kommen Sie darauf?«

»Ich weiß nicht, ich hatte so ein Gefühl. Außerdem hatte sie irgendetwas Merkwürdiges an sich. Ich glaube, ich kenne sie. Ich kann es nicht genau in Worte fassen, aber ich hatte irgendwie ein komisches Gefühl, als ich sie sah. Verstehen Sie, was ich meine?«

»Ich verstehe Sie sehr gut.« Sie warf ihm einen Blick zu. Will war ein Freund von Aubrey und von Seth. Die neue offenere Dru beschloss, selbst auch einen Freund in ihm zu sehen.

»Sie hat behauptet, meine Mutter zu kennen, aber das war eine Lüge.« Niemand, absolut niemand, nannte ihre Mutter Kathy. Sie hieß Katherine und wurde von wenigen Leuten hin und wieder Kate genannt, aber niemals Kathy oder gar Kath. »Ich habe keine Ahnung, was sie wollte, aber ich war froh, als Sie hereinkamen.«

»Soll ich noch für eine Weile in der Nähe bleiben, falls sie wiederkommt?«

»Nein, vielen Dank, das ist nicht nötig. Ich habe keine Angst.«

»Und sie hieß Harrow?« Will schüttelte den Kopf. »Der Name sagt mir nichts. Aber ich kenne sie irgendwoher. Wenn es mir wieder einfällt, lasse ich es Sie wissen.«

»Das wäre wirklich sehr nett.«

Es war ein Fehler gewesen, ihre Mutter anzurufen, das wurde Dru sofort klar. Aber ihre morgendliche Kundin war ihr einfach nicht mehr aus dem Kopf gegangen. Sie hatte nur eine Möglichkeit zu klären, was dahinter steckte, und so war ihr keine andere Wahl geblieben.

Ihre Mutter hatte ihr erklärt, niemanden mit dem Namen Glo Harrow zu kennen, aber sie hatte in ihrem Bekanntenkreis eine Laura Harrow und eine frühere Barbara Harrow. Dru ließ sich von der guten Laune ihrer Mutter und der Neuigkeit einlullen, dass sie sich wieder mit ihrem Vater versöhnt hatte.

Für den Moment zumindest.

Aber die Unterhaltung hatte schon bald den üblichen Verlauf genommen. Warum sie nicht für das Wochenende – oder besser noch den Sommer – nach Hause komme? Warum sie nicht alle gemeinsam ein paar Tage auf dem Familienanwesen in North Hampton verbringen könnten?

Jegliche Einwände wurden beiseite gewischt, Erläuterungen ignoriert, und Dru hatte keinen Zweifel daran, dass ihre Mutter, als sie auflegten, ebenso verärgert und unglücklich über das Gespräch war wie sie selbst. Es rief Dru wieder einmal in Erinnerung, dass es besser war, nicht zu oft mit zu Hause zu telefonieren.

Zehn Minuten vor Ladenschluss tauchte ihre Mutter dann auch noch in ihrem Geschäft auf.

»Liebling!« Katherine breitete ihre Arme aus, während sie auf den Ladentisch zugeeilt kam, und schlang sie dann wie Seile um Dru. »Ich freue mich ja so, dich zu sehen!«

»Mom!« Dru tätschelte Katherines Rücken und hasste sich dafür, dass sie das Verlangen verspürte zurückzuweichen. »Was machst du denn hier?«

»Als wir unser Telefongespräch beendet hatten, wurde mir klar, dass ich dich einfach sehen musste. Ich vermisse meine Kleine so sehr. Lass dich einmal anschauen.« Katherine trat einen Schritt zurück und strich mit der Hand über Drus Haar. »Wann wirst du es endlich wieder wachsen lassen? Du hast so wundervolles Haar und lässt es dir abhacken, um herumzulaufen wie ein Junge. Und du bist so dünn! Du hast bestimmt abgenommen!«

»Ich habe nicht abgenommen.«

»Ich mache mir solche Sorgen, dass du nicht vernünftig isst. Wenn du dir ein paar Hausangestellte nehmen würdest ...«

»Mom, ich möchte keine Hausangestellten. Und ich esse sehr gut. Ich habe nicht ein Gramm verloren, seit wir uns letzten Monat gesehen haben. Du sieht übrigens sehr gut aus.«

Das traf in der Tat zu. Ihre Mutter trug einen wundervoll geschnittenen Blazer über einer perlgrauen Hose, und beides umspielte auf perfekte Weise ihre Figur, die sie mit einer ausgeklügelten, peinlich genau befolgten Diät und Gymnastik in Form hielt.

»Ach, ich komme mir in letzter Zeit wie eine Hexe vor.« Katherine tat Drus Bemerkung mit einer Handbewegung ab.

Drus Stimme wurde sanfter. »Das kann gar nicht sein, denn immerhin hast du gute Augen und genug Spiegel im Haus.«

»Du bist so lieb zu mir!«

»Bist du selbst gefahren?«

»Henry hat mich hergebracht«, erwiderte Katherine und

meinte damit ihren Chauffeur. »Ich habe ihm ein paar Minuten freigegeben, damit er ein wenig herumspazieren kann. Es ist eine so entzückende kleine Stadt, um einen Urlaub hier zu verbringen.«

»Ja, das stimmt.« Dru gab sich große Mühe, um ihrer Stimme weiterhin einen freundlichen Ton zu verleihen. »Wir, die wir in dieser Stadt leben, sind sehr dankbar, dass die Touristen sie ebenso reizend finden wie wir selbst.«

»Aber was bleibt einem hier schon zu tun? Oh, jetzt werde nicht gleich böse! Bitte nicht.« Katherine hob abwehrend eine Hand, als sie zum Schaufenster hinüberging. »Du bist so weit weg von der Stadt. Von allem, was sie zu bieten hat, von allem, woran du gewöhnt bist. Du könntest doch *überall* leben, Schatz. Auch wenn ich bestimmt verrückt werden würde, wenn du noch weiter wegziehen würdest. Aber wenn ich sehe, wie du dich hier vergräbst, tut es mir in der Seele weh.«

»Ich vergrabe mich nicht. Und St. Christopher ist nicht das Ende der Welt. Wenn ich etwas von dem wollte, was die Stadt zu bieten hat, könnte ich mit dem Auto in einer Stunde da sein.«

»Ich meinte es ja auch nicht in geografischer Hinsicht, Dru, sondern in kultureller und gesellschaftlicher. Die Gegend hier ist wirklich malerisch, aber du hast dich total von deinem Leben, deiner Familie, deinen Freunden zurückgezogen. Du liebe Güte, Kind, wann hast du zum letzten Mal eine Verabredung mit einem akzeptablen Mann gehabt?«

»Gestern Abend.«

»Ach, wirklich?« Katherine zog eine Augenbraue in die Höhe, wie Dru es selbst oft tat. »Und was habt ihr unternommen?«

Dru antwortete frei heraus: »Erst haben wir Pizza gegessen und dann miteinander geschlafen.«

Katherine fiel die Kinnlade herunter. »Ach du meine Güte, Drusilla!«, rief sie schockiert.

»Aber darum geht es gar nicht. Ich war nicht zufrieden mit meinem Leben, also habe ich es geändert. Jetzt bin ich zufrieden. Ich wünschte nur, du könntest dich für mich freuen.«

»Das ist alles Jonahs Schuld. Ich könnte ihn erwürgen.«

»Nein, Jonah war nichts weiter als ein kleines Steinchen auf meinem Weg. Ich möchte diese Geschichte nicht immer und immer wieder durchkauen, Mom. Es tut mir wirklich leid, dass wir einander nicht verstehen.«

»Ich möchte doch nur das Beste für dich. Du bist mein Ein und Alles.« In Drus Schläfen begann es zu pochen.

»Es ist aber nicht richtig, dass ich dein Ein und Alles bin, und ich möchte es auch nicht sein. Dad …«

»Natürlich, dein Vater. Die Hälfte der Zeit weiß nur Gott allein, warum ich mich überhaupt mit diesem Mann abgebe. Aber immerhin haben wir achtundzwanzig Jahre investiert.«

»Deine Ehe ist also eine Investition?«

»Wie um Himmels willen konnten wir nur so vom Thema abkommen? Das ist wirklich nicht der Grund, warum ich hergekommen bin.«

»Liebst du ihn?«, wollte Dru wissen und sah, wie ihre Mutter blinzelte.

»Aber natürlich liebe ich ihn. Was für eine Frage. Und auch wenn wir nicht immer einer Meinung sind, so sind wir uns doch in einer Hinsicht vollkommen einig: dass du das Kostbarste in unserem Leben bist. Und jetzt« – sie lehnte sich vor und küsste Dru auf beide Wangen –, »habe ich eine ganz wunderbare Überraschung für dich.« Sie ergriff Drus Hand. »Wir werden jetzt zu deinem kleinen Haus fahren, damit du deinen Reisepass und ein paar Sachen einpacken kannst. Du wirst nicht viel brauchen. Wir kümmern uns um deine Garderobe, wenn wir dort sind.«

»Was meinst du mit ›dort‹?«

»Paris. Es ist schon alles in die Wege geleitet. Nach unserem Gespräch heute Morgen hatte ich diese fantastische Idee. Ich habe sofort deinen Vater angerufen, und er wird in ein, zwei Tagen nachkommen. Das Flugzeug wartet am Flughafen auf uns. Wir werden einige Zeit in Tante Michelles Wohnung in Paris verbringen, shoppen gehen und eine kleine Dinnerparty geben. Dann fahren wir in Richtung Süden und wohnen eine Woche in der Villa.«

»Mom ...«

»Und dann sollten wir beide uns demnächst einmal auf und davon machen und ein nettes Wochenende zusammen verbringen. Nur wir zwei. Wir verbringen gar nicht mehr genug Zeit miteinander. Da gibt es dieses wundervolle Mineralbad nicht weit entfernt von ...«

»Mom! Ich kann nicht mit.«

»Ach, sei nicht albern. Es ist bereits alles arrangiert. Du musst dich um gar nichts kümmern.«

»Ich kann nicht mit. Ich habe ein Geschäft zu führen.«

»Also wirklich, Dru! Du kannst doch bestimmt für ein paar Wochen zumachen oder jemanden bitten, sich darum zu kümmern. Du darfst nicht zulassen, dass dir dieses kleine Hobby jeden Spaß verdirbt.«

»Dieser Laden ist kein Hobby für mich. Und ich kann nicht einfach so zumachen, um herumzureisen.«

»Du willst es nicht.«

»Na schön, ich will es nicht.«

Katherines Augen füllten sich mit Tränen. »Aber ich tue es doch für dich! Begreifst du das denn nicht? Du bist doch meine Kleine, meine süße Kleine. Ich sorge mich halb zu Tode, weil du hier so allein herumhockst.«

»Ich hocke hier nicht allein herum. Ich bin beinahe siebenundzwanzig Jahre alt, und ich will mein eigenes Leben führen. Du und Dad, ihr müsst euer Leben führen. Jetzt wein doch nicht!«

»Ich weiß wirklich nicht, was ich falsch gemacht habe.« Katherine öffnete ihre Handtasche und holte ein Taschentuch hervor. »Warum du nicht ein wenig von deiner Zeit opferst, um sie mit mir zu verbringen. Ich fühle mich so verlassen.«

»Aber das musst du wirklich nicht. Bitte ...« Als die Türglocke ertönte, blickte Dru auf. »Seth!«, rief sie erleichtert.

»Ich dachte, ich schaue einmal vorbei, bevor du ...« Er brach ab, als er die Frau erblickte, die in ihr Taschentuch schniefte. »Tut mir leid ... Ich werde später wiederkommen.«

»Nein. Nein.« Dru musste sich förmlich zwingen, nicht vor die Tür zu springen und ihm damit seinen Fluchtweg zu versperren. Sie wusste, dass nichts die Tränen ihrer Mutter schneller zum Versiegen brachte, als die Rückbesinnung auf angemessene gesellschaftliche Umgangsformen. »Ich bin froh, dass du vorbeigekommen bist. Ich würde dir gern meine Mutter vorstellen. Katherine Whitcomb Banks, Seth Quinn.«

»Sehr erfreut, Sie kennenzulernen.«

»Ganz meinerseits.« Katherine warf ihm ein tränenumflortes Lächeln zu und hielt ihm ihre Hand hin. »Sie müssen mir verzeihen. Ich habe meine Tochter vermisst, und das Zusammentreffen mit ihr hat mich doch sehr aufgewühlt.« Als sie ihre Augen trockentupfte, wurde ihr Blick mit einem Mal interessierter. »Seth Quinn? Der Maler?«

»Ja«, bestätigte Dru strahlend. »Wir sind große Bewunderer seiner Werke, nicht wahr, Mom?«

»Oh ja, das sind wir. Das sind wir in der Tat. Mein Bruder und seine Frau waren letztes Jahr in Rom und haben sich in Ihr Bild von der Spanischen Treppe verliebt. Ich war sehr neidisch auf ihren Fund. Sie sind hier in der Gegend aufgewachsen, nicht wahr?«

»Ja, das stimmt. Meine Familie lebt hier.«

»Es ist sehr wichtig, den Kontakt zu seiner Familie zu halten«, sagte Katherine mit einem traurigen Seitenblick in Drus Richtung. »Wie lange werden Sie denn bleiben?«

»Ich lebe hier.«

»Oh ... aber ich dachte, Sie leben in Europa.«

»Ich habe mich für eine Weile dort aufgehalten. Aber ich lebe in St. Chris. Hier ist mein Zuhause.«

»Ich verstehe. Werden Sie vielleicht einmal in Washington oder Baltimore ausstellen?«

»Über kurz oder lang sicherlich.«

»Dann müssen Sie mir unbedingt Bescheid geben. Ich würde liebend gern mehr von Ihrer Arbeit sehen. Und ich würde mich freuen, Sie einmal zum Abendessen einladen zu dürfen, wenn Sie die Zeit erübrigen können. Haben Sie eine Visitenkarte, damit ich Ihnen eine Einladung zusenden kann?«

»Eine Visitenkarte?« Ein amüsiertes Grinsen huschte über Seths Gesicht. »Nein, tut mir leid. Sagen Sie einfach Dru Bescheid. Sie weiß, wie ich zu erreichen bin.«

»Ich verstehe.« Und Katherine begann in der Tat langsam zu begreifen, was hier vor sich ging. »Wir sollten nicht zu lange damit warten.«

»Mom ist sozusagen schon auf dem Weg nach Paris«, warf Dru rasch ein. »Wenn du wieder da bist, werden wir bestimmt einen Termin finden«, sagte sie zu ihrer Mutter und führte sie mit sanfter Gewalt zur Tür.

»Bon voyage.« Seth hob die Hand zu einem Abschiedsgruß.

»Danke, aber ich bin mir noch nicht sicher, ob ...«

»Mom, flieg nach Paris!« Dru gab ihr einen festen Kuss auf die Wange. »Amüsier dich. Verbringe einen schönen, romantischen Urlaub mit Dad. Kauf Chanel leer. Und schick mir eine Postkarte.«

»Ich bin mir noch nicht sicher. Ich werde darüber nachdenken. Ich habe mich gefreut, Sie kennenzulernen, Seth. Ich hoffe, wir werden uns sehr bald wiedersehen.«

»Das wäre großartig. Gute Reise!«

Er wartete und trommelte mit den Fingern auf seine Oberschenkel, während Dru ihre Mutter nach draußen begleitete. Durch das Schaufenster beobachtete er, wie sie Katherine in eine cremefarbene Mercedes-Limousine mit uniformiertem Fahrer verfrachtete.

Das erinnerte ihn an eine Kleinigkeit, die er völlig vergessen hatte: Drus Familie schwamm in Geld. Aber das konnte man auch nur allzu leicht vergessen, denn Dru lebte ganz normal.

Als sie in den Laden zurückkam, schloss sie die Tür ab und lehnte sich dagegen. »Es tut mir leid.«

»Was denn?«

»Dass ich dich benutzt habe, um aus einer sehr unangenehmen Situation herauszukommen.«

»Dafür sind Freunde doch da.« Er trat auf sie zu und tippte mit dem Finger gegen ihr Kinn. »Möchtest du darüber reden, warum sie geweint hat und so unglücklich aussah?«

»Sie wollte, dass ich mit ihr nach Paris fliege. Einfach so«, fügte Dru hinzu, hob die Hände und ließ sie wieder fallen. »Sie hatte schon alles in die Wege geleitet, ohne mich zu fragen, ist dann hergekommen und hat erwartet, dass ich vor Freude in die Luft springe, alles stehen und liegen lasse, eine Tasche packe und mit ihr losziehe.«

»Ich schätze, nicht jeder hätte so ein Angebot ausgeschlagen.«

»Es hat ja auch nicht jeder ein Geschäft zu führen«, fuhr sie ihn an. »Und nicht jeder war schon so oft in Paris, dass er aufgehört hat mitzuzählen. Und nicht jeder mag es, wenn man sein Leben verplant, als wäre er immer noch acht Jahre alt.«

»Na, na, na, mein Engel.« Seth spürte, dass Dru vor Wut zitterte, und rieb mit seinen Händen an ihren Armen entlang. »Ich sage ja auch nicht, dass du hättest mitfahren sollen. Sie hat dich ganz schön auf die Palme gebracht, was?«

»Das gelingt ihr fast jedes Mal. Dabei weiß ich, dass es eigentlich gar nicht ihre Absicht ist. Sie glaubt wirklich, sie tue es für mich, aber das macht es nur noch schlimmer. Sie geht von falschen Annahmen aus, trifft Entscheidungen, die zu treffen sie schon lange kein Recht mehr hat, und wenn ich dann nicht mitziehe, ist sie beleidigt.«

»Tröste dich, ich habe heute Morgen auch einen Rüffel von Cam bekommen, weil ich mich rar gemacht und vergessen habe, einige Dinge zu erledigen, die ich versprochen hatte zu tun.«

Dru legte den Kopf schräg. »Hat er geweint?«

»Er hat vielleicht einen etwas verschleierten Blick gehabt … Also schön, nein«, sagte Seth kleinlaut und stellte erleichtert fest, dass ihre Mundwinkel in die Höhe wandelten. »Aber wir standen kurz davor, uns zu prügeln, als Phil sich einmischte.«

»Tja, ich kann meiner Mutter wohl kaum einen Kinnhaken verpassen. Hast du dich denn wieder mit deinem Bruder vertragen?«

»Oh ja, ist schon längst alles vergessen. Ich muss jetzt nur noch bei Anna zu Kreuze kriechen, aber ich dachte, ich bringe dir vorher noch den Entwurf für das Boot vorbei.« Er nickte zu der großen Aktenmappe hinüber, die er auf den Ladentisch gelegt hatte.

»Oh.« Dru presste ihre Finger gegen die Schläfen. »Darf ich später einen Blick darauf werfen? Wenn ich mich jetzt nicht auf den Weg mache, komme ich zu spät zu meinem Yogakurs.«

»Dein Yogakurs … Oh ja, den solltest du auf keinen Fall verpassen. Gilt unsere Verabredung für nachher noch?«

»Möchtest du es denn?«

»Ich habe den ganzen Tag an dich gedacht und mich darauf gefreut, mit dir zusammen zu sein.«

Dru wurde warm ums Herz. »Stell dir vor, hin und wieder habe auch ich einen flüchtigen Gedanken an dich verschwendet, obwohl ich heute einiges zu tun hatte.«

»Habe ich schon gehört. Aub wäre beinahe in Ohnmacht gefallen, als Will mit seinem Riesenstrauß in der Werkstatt vorbeikam.«

»Haben ihr die Rosen denn gefallen?«

»Sie ist vor Rührung fast zerflossen, und das will bei Aubrey schon etwas heißen. Will andererseits sah aus, als würde er jeden Moment umfallen. Er muss es schon ganz schön ernst mit ihr meinen, wenn er hier vorbeikommt, Blumen kauft und sie ihr bringt, obwohl er offenbar seit einer geschlagenen Woche kein Auge mehr zugetan hat.«

»Ich mag ihn. Und seinen Bruder auch. Du hast Glück, solche Freunde zu haben, die du schon seit der Kindheit kennst.«

»Hat du denn keine alten Freunde?«

»Nicht wirklich. Ach, übrigens«, fuhr sie fort, um das Thema zu wechseln, »unmittelbar bevor dein Freund Will hereinkam, hatte ich noch eine Kundin, die sich etwas seltsam aufführte.« Dru nahm die Tageseinnahmen aus der Kasse und steckte sie ein. »Sie behauptete, meine Mutter zu kennen, aber sobald sie zu reden begann, wusste ich, dass das nicht sein konnte. Es lag nicht nur an dem, was sie sagte, sondern auch an ihrem Aussehen. Das mag jetzt versnobt klingen, ist aber nichts weiter als eine logische Schlussfolgerung.«

»Wie sah sie denn aus?«

»Harte Züge, billig und ganz bestimmt nicht wie jemand,

der einmal mit meiner Mutter in einem Wohltätigkeitskomitee gesessen hat. Sie hat versucht mich auszuhorchen.« Dru zuckte mit den Schultern. »Nichts Ungewöhnliches eigentlich, wenn man aus einer einflussreichen Familie kommt.«

Ein eisiges Gefühl breitete sich in Seths Magengrube aus. »Was hat sie gesagt?«

»Nicht viel. Ich glaube, sie wollte irgendetwas herausbekommen, aber dann kam Will in den Laden. Sie hat ein paar Nelken gekauft und ist verschwunden. Komischerweise sagte Will, sie komme ihm bekannt vor, aber er konnte sich nicht genau erinnern.«

Jetzt stieg Übelkeit in Seths Kehle auf. »Hat sie ihren Namen genannt?«

»Hm? Ja, Harrow, Glo Harrow. Jetzt muss ich aber wirklich los.« Dru warf einen letzten Blick in die Runde und griff nach ihrer Handtasche und den Schlüsseln.

Sie erstarrte vor Überraschung, als sich Seths Hand wie ein Schraubstock um ihren Arm legte. »Was ist los?«

»Ich möchte, dass du mich sofort anrufst, wenn diese Frau jemals wiederkommen sollte.«

»Aber warum denn? Das ist doch nur eine Frau, die versucht, sich etwas Geld oder die Bekanntschaft mit meinem Großvater zu ermogeln. Glaub mir, mit solchen Leuten muss ich schon mein ganzes Leben fertigwerden.«

»Ich möchte, dass du es mir versprichst. Es ist mein Ernst. Wenn sie wieder hier auftaucht, gehst du nach hinten, greifst zum Telefon und rufst mich an.«

Dru wollte ihm antworten, dass sie keinen Schutz benötige, aber da war ein solches Feuer, eine solche Dringlichkeit in seiner Stimme, dass sie stattdessen zustimmend nickte. »Na schön. Ich verspreche es dir.«

14. Kapitel

Seth wartete bis zum Morgen, bis Dru nach unten gelaufen war, um ihre täglichen Bestellungen vorzubereiten. Er hatte kaum geschlafen. Obwohl er sich nach Kräften bemüht hatte, den Tumult in seinem Inneren zu ignorieren, war ihm dies für den größten Teil der Nacht einfach nicht gelungen.

Selbst das Vergnügen, Dru zusammengerollt neben sich liegen zu haben, war getrübt worden.

Er musste Gewissheit haben.

Auch wenn ihm sein Instinkt bereits sagte, dass sich Gloria wieder einmal in sein Leben gedrängt hatte, klopfte er an die Wohnungstür der McLean-Brüder. Er wollte es einfach genau wissen.

Dan öffnete ihm. Er war fertig angezogen, um zur Arbeit zu gehen, und hielt eine riesige Tasse mit Kaffee in der Hand. »Hallo, was gibt's denn? Du hast Glück, dass du mich noch erwischst. Ich habe eine frühe Besprechung.«

»Ich muss mit Will reden.«

»Der ist ausnahmsweise auch mal da. Der tote Mann im Zimmer am Ende des Flurs. Ich nehme an, dass Will so um die Mittagszeit wieder von den Toten auferstehen wird. Möchtest du in der Zwischenzeit einen Kaffee?«

»Ich kann aber nicht warten.«

»Mensch, Seth, der Junge ist völlig fertig.« Doch Seth durchquerte bereits schnurstracks den Flur. Dan eilte ihm hinterher. »Nein, das ist mein Zimmer.« Resigniert deutete Dan auf eine zweite Tür. Darauf war ein Zettel angebracht, auf dem zu lesen stand:

Nehmen Sie zwei Aspirin und verschwinden Sie.

Seth machte sich gar nicht erst die Mühe zu klopfen, sondern öffnete sofort die Tür. Im Licht, das sich vom Flur aus in das Zimmer ergoss, konnte Seth erkennen, dass die Verdunklungsvorhänge vor dem Fenster sorgfältig zugezogen waren. Das Zimmer selbst war kaum größer als ein Kleiderschrank und bestand zum größten Teil aus einem Bett.

Will lag auf dem Rücken, die Arme links und rechts neben dem Körper ausgestreckt, und schnarchte. Es sah aus, als sei er in dieser Position aufs Bett gefallen und hätte sich seither nicht mehr bewegt. Er trug Boxershorts mit der Cartoonfigur Marvin, dem Marsianer, und an einem Fuß eine Socke.

»Das sollte man jetzt fotografieren«, murmelte Dan. »Hör zu, Seth, es ist seit zwei Wochen seine erste Chance, einmal acht Stunden an einem Stück zu schlafen. Er hatte sich mit Aubrey getroffen und ist erst kurz nach zwei nach Hause gekommen. Er war kaum bei Bewusstsein, als er zur Tür hereinkam.«

»Es ist wichtig.«

»Ach, verflixt noch mal. Also schön.« Dan ging zum Fenster hinüber. »Er wird bestimmt nur unverständliches Zeug faseln.« Mit diesen Worten riss er gnadenlos die Vorhänge zur Seite.

Das helle Morgenlicht ergoss sich über das Bett. Will rührte keinen Muskel. Seth beugte sich über das Bett und rüttelte seinen Freund an der Schulter. »Wach schon auf.«

»Hibbida gehssu.«

»Hab ich dir ja gleich gesagt.« Dan trat auf das Bett zu. »So macht man das.« Er legte seinen Mund an Wills Ohr und brüllte: »Alarm! Alarm! Dr. McLean bitte sofort ins Untersuchungszimmer drei! Herzstillstand!«

»Wassa?« Will schnellte in eine sitzende Position hoch, als sei sein Oberkörper von einem Bogen abgeschossen worden. »Sofort das Reanimationsgerät! Wo ist …« Ein Teil seines

Gehirns schien langsam seine Funktion aufzunehmen, als er in Seths Gesicht blinzelte. »Oh Scheiße.« Er wollte sich gerade wieder in die Kissen zurückfallen lassen, als Seth seinen Arm packte.

»Ich muss mit dir reden.«

»Hast du innere Blutungen?«

»Nein.«

»Die wirst du aber gleich bekommen, wenn du nicht sofort von hier verschwindest und mich schlafen lässt.« Will zog ein Kissen unter seinem Kopf hervor und legte es sich aufs Gesicht. »Da sieht man einen Kerl jahrelang nicht, und dann wird man ihn einfach nicht mehr wieder los. Verzieh dich und nimm diesen Trottel mit, der einmal mein Bruder gewesen ist.«

»Du warst doch gestern in Drus Laden.«

»Ich fange gleich an zu heulen.«

»Will!« Seth riss das Kissen weg. »Die Frau, die im Laden war, als du hereinkamst – du hast doch gesagt, sie wäre dir bekannt vorgekommen.«

»Im Augenblick würde ich nicht mal meine eigene Mutter erkennen. Wer bist du überhaupt, und was tust du in meinem Zimmer? Ich werde die Polizei rufen.«

»Erzähl mir, wie sie ausgesehen hat.«

»Wenn ich es dir sage, gehst du dann?«

»Ja. Bitte, jetzt mach schon!«

»Oh Gott, lass mich nachdenken.« Will gähnte ausgiebig und rieb sich mit den Händen über das Gesicht. Dann schnupperte er. »Kaffee!« Seine Augen begannen herumzuwandern, bis sie auf Dans Tasse verharrten. »Gib mir den Kaffee.«

»Der gehört mir, du Blödmann.«

»Gib mir sofort den Kaffee, sonst erzähle ich Mom, dass du findest, ihr Hintern sehe in dem gelben Kleid fett aus. Und dann wirst du deines Lebens nicht mehr froh, das kannst du mir glauben.«

»Jetzt gib ihm schon den verdammten Kaffee!«, fuhr Seth Dan an.

Dan gab nach und reichte seinem Bruder die Tasse.

Will nahm einen großen Schluck, dann noch einen. Seth hätte es nicht überrascht, wenn er seinen Kopf in die riesige Tasse gesteckt und den Kaffee mit der Zunge aufgeschleckt hätte. »Also schön, wie war noch mal die Frage?«

Seth ballte unwillkürlich die Hände zu Fäusten, aber er beherrschte sich. »Es geht um die Frau, die du in Drus Laden gesehen hast.«

»Ach ja, richtig.« Will gähnte wieder und versuchte sich zu konzentrieren. »Irgendetwas an ihr kam mir merkwürdig vor. Sie war angezogen, als würde sie in Baltimore auf den Strich gehen. Nicht etwa, dass ich mich da auskennen würde«, fügte er mit einem engelsgleichen Lächeln hinzu. »Bleich, knochig, blond. Was mein Dad als leicht verlebt bezeichnen würde. Ohne sie untersucht zu haben lautet meine Diagnose: schwerer Alkoholmissbrauch und auch Partydrogen nicht abgeneigt. Ihre Haut hat eine ungesunde Färbung. Wahrscheinlich aufgrund einer geschädigten Leber.«

»Wie alt?«, wollte Seth wissen.

»Geht auf die fünfzig zu. Aber die Jahre haben ganz schön ihre Spuren hinterlassen. Könnte auch jünger sein. Rasselnde Atmung von zu viel Nikotin. Sollte sie ihren Körper einmal der Wissenschaft zur Verfügung stellen wollen, werden wir nicht viel Freude daran haben.«

»Bestimmt nicht.« Seth ließ sich auf die Bettkante sinken.

»Wie ich Dru schon sagte, sie kam mir irgendwie bekannt vor. Aber ich komme einfach nicht darauf, wer sie sein könnte. Vielleicht war es einfach der Typ. Harte Züge, nervös, hatte etwas – ach, ich weiß auch nicht – Raubtierhaftes an sich. Ist sie etwa zurückgekommen und hat Dru belästigt? Ich wäre dageblieben, wenn ich gewusst hätte, dass ...«

Dann kam ihm mit einem Mal die Erkenntnis, und ihm fiel die Kinnlade hinunter. »Ach, du Scheiße! Das darf doch nicht wahr sein! Gloria DeLauter.«

Seth presste sich die Handballen gegen die Stirn.

»Das darf doch einfach nicht wahr sein!«

»Langsam, langsam.« Dan hielt beide Hände in die Höhe. »Wollt ihr etwa damit sagen, dass Gloria DeLauter in Drus Blumenladen gewesen ist? Und das gestern? Das kann doch gar nicht sein. Sie ist doch fort, schon seit Jahren.«

»Sie war es aber«, erklärte Will. »Das ist mir bloß eben erst klar geworden. Wir haben sie zwar damals nur dieses eine Mal gesehen«, sagte er an Dan gewandt, »aber sie hat einen bleibenden Eindruck bei mir hinterlassen. Wie sie damals geschrien und versucht hat, Seth in den Wagen zu zerren, und Sybill sie niedergeschlagen hat. Und Foolish hat geknurrt, als wollte er ihr ein Stück Fleisch herausbeißen. Sie hat sich nicht allzu sehr verändert.«

»Nein.« Seth ließ die Hände fallen. »Sie hat sich wirklich nicht allzu sehr verändert.«

»Was zum Teufel will sie denn hier?«, fragte Will. »Du bist doch kein Kind mehr. Sie kann schließlich nicht mehr vorhaben, dich hier wegzuschleppen und deinen Brüdern ein Lösegeld abzupressen oder Gott weiß was. Und ganz bestimmt ist sie nicht auf eine tränenreiche Wiedervereinigung von Mutter und Sohn aus. Also, was soll das Ganze?«

»Will ist nun einmal ein bisschen schwer von Begriff«, kommentierte Dan, »ganz besonders, wenn es um dunkle Machenschaften geht. Das liebe Geld spielt schon eine Rolle, nicht wahr, Seth? Schließlich ist unser Freund hier ein erfolgreicher Künstler, der auf dem besten Wege zu Ruhm und Reichtum ist. Egal, in welchem Loch sie sich auch verkrochen haben mag, das hat sie bestimmt mitbekommen. Und jetzt ist sie wieder da, um sich ein dickes Stück vom Kuchen abzuschneiden.«

»Dem ist nichts mehr hinzuzufügen«, brummte Seth.

»Ich verstehe es trotzdem noch nicht.« Will fuhr sich mit den Händen durchs Haar. »Du bist ihr doch nichts schuldig. Und sie hat doch nichts gegen dich in der Hand.«

»Ich bezahle sie schon seit Jahren.«

»Ach verdammt, Seth.«

»Sie ist einfach immer wieder aufgetaucht. Ich habe ihr Geld gegeben, damit sie verschwindet. Das war dumm, ich weiß, aber ich sah einfach keinen anderen Weg, um sie davon abzuhalten, meine Familie zu schikanieren. Meine Brüder hatten gerade die Firma gegründet, und dann kamen die Kinder. Ich wollte nicht, dass sie ihnen das Leben schwer macht.«

»Sie wissen also gar nichts davon?«, fragte Will.

»Nein, ich habe es niemandem erzählt. Sie hat mich vor ein paar Monaten in Rom aufgespürt. Daraufhin sah ich dann auch keinen Sinn mehr darin, weiterhin dreitausend Meilen weit entfernt von zu Hause zu leben. Ich wollte wieder zurück. Und vor ungefähr einer Woche hat sie mich hier ausfindig gemacht. Normalerweise hält sie sich länger zurück, ein Jahr oder auch zwei. Ich dachte, ich hätte mir etwas Zeit erkauft. Aber wenn sie in Drus Laden aufgetaucht ist, dann bestimmt nicht, um ein paar verdammte Gänseblümchen zu kaufen.«

»Und was sollen wir jetzt tun?«, fragte Dan.

»Ihr könnt gar nichts tun – außer, die Sache für euch zu behalten. Ich werde jetzt erst einmal abwarten und sehen, was sie als Nächstes unternimmt.«

Aber Seth konnte nicht einfach so stillsitzen. Er verbrachte Stunden damit, Hotels, Motels und Frühstückspensionen abzuklappern, um sie zu finden, ohne dabei auch nur die geringste Vorstellung zu haben, was er tun würde, wenn er sie tatsächlich irgendwo aufspürte.

Er startete seine Suche mehr mit Wut im Bauch als einem Plan im Kopf und nur dem einen Gedanken folgend, dass er ihr die Stirn bieten, sie mit allen notwendigen Mitteln vertreiben musste. Aber während er so von einem Hotel zum anderen fuhr, beruhigte er sich allmählich. Und er zwang sich, wie sie zu denken: kühl und berechnend.

Wenn sie zu dem Schluss gelangte, dass Dru ihm etwas bedeutete, würde sie sie benutzen – als Werkzeug, als Waffe oder als Opfer. Vielleicht auch alles gleichzeitig. Wenn er sie finden sollte, würde er darauf achten müssen, seine Beziehung zu Dru herunterzuspielen und ihr vorzumachen, dass dabei keine Gefühle im Spiel waren.

Wenn es eines gab, was Gloria verstand – sogar respektierte – dann war es, wenn jemand einen anderen Menschen für seine eigenen Zwecke ausnutzte. Und so lange sie glaubte, dass er Dru lediglich benutzte, um billig an Sex und ein Atelier heranzukommen, wäre Dru in Sicherheit.

Dann würde zumindest *ein* Mensch, an dem ihm etwas lag, nicht von Glorias Machenschaften beschmutzt werden.

Ungefähr vierzig Meilen außerhalb von St. Christopher wurde er fündig.

Das Motel rühmte sich, einen Swimmingpool, Kabel-TV und Familienzimmer zu bieten. Die Frau am Empfang war lebhaft und jung, was Seth zu dem Schluss kommen ließ, dass sie für den Sommer als Aushilfe eingestellt worden war.

Er stützte sich auf die Theke und fragte mit freundlicher Stimme: »Hallo, wie geht's denn so?«

»Gut, danke. Möchten Sie sich anmelden?«

»Nein, ich bin hier, um eine Freundin zu besuchen. Gloria DeLauter.«

»DeLauter. Einen Moment, bitte.« Sie biss sich auf die Unterlippe, während sie auf der Tastatur zu tippen begann. »Könnten Sie mir den Nachnamen vielleicht buchstabieren?«

»Natürlich.«

Aber als er dies getan hatte, blickte sie entschuldigend auf. »Tut mir leid. Wir haben niemanden namens DeLauter registriert.«

»Ach! Wissen Sie was, es könnte auch sein, dass sie sich unter Harrow eingetragen hat. Den Namen benutzt sie geschäftlich.«

»Gloria Harrow?« Sie ging zur Tastatur zurück und runzelte die Stirn. »Ich fürchte, Miss Harrow ist abgereist.«

»Abgereist?« Seth richtete sich auf und bemühte sich, seiner Stimme nichts anmerken zu lassen. »Wann?«

»Heute Morgen. Ich habe sie selbst abgefertigt.«

»Das ist aber seltsam. Blond? Dünn? Ungefähr so groß.« Er hielt eine Hand in die Höhe.

»Ja, genau.«

»Verdammt, da muss ich die Termine durcheinander geworfen haben. Vielen Dank.« Seth machte sich auf den Weg zur Tür und drehte sich dort noch einmal beiläufig um. »Sie hat nicht zufällig erwähnt, dass sie in Richtung St. Christopher fahren wollte?«

»Nein. Schien mir eher so, als wolle sie in die Gegenrichtung. Du meine Güte, ich hoffe, es ist alles in Ordnung?«

»Oh ja, es handelt sich nur um ein Missverständnis, nichts weiter«, sagte er und erlaubte sich, der aufkeimenden Erleichterung nachzugeben. »Vielen Dank für Ihre Hilfe.«

Er sagte sich immer wieder, dass Gloria fort war. Sie hatte die Zehntausend genommen und das Weite gesucht. Und vorher hatte sie Dru überprüft. Das war beunruhigend, aber wahrscheinlich war sie, nachdem sie sie kennengelernt hatte, zu der Erkenntnis gelangt, dass er und Dru unmöglich eine ernsthafte Beziehung haben konnten, die sich für ihre Zwecke ausnutzen ließ.

Tatsache war, dass er selbst sehr weit davon entfernt war, sich sicher zu sein, wo er mit Dru stand.

Sie war nicht der Typ, der das Herz auf der Zunge trug. Oder sonst irgendwo, wo man einen Blick darauf erhaschen konnte. Aber machte es nicht einen Teil der Faszination für ihn aus, dass sie so beherrscht war?

Zumindest war es am Anfang so gewesen, aber mittlerweile wollte er mehr.

Eine Möglichkeit, in einen Menschen hineinzusehen, stellte für ihn die Malerei dar.

Er wusste, dass sie nicht sehr begeistert von der Vorstellung war, aufs Neue für ihn Modell zu sitzen – ganz besonders nicht auf die Art und Weise, die ihm vorschwebte.

»Warum nimmst du denn nicht einfach Geld für das Bild?«, fragte sie ihn am verabredeten Sonntagmorgen.

»Ich will kein Geld.« Seth arrangierte das Laken, das er sich nach einer Plünderung von Phils Wäscheschrank geborgt hatte, auf dem Bett.

Der Stoff war weich und ließ sich fließend drapieren. Die Farbe – ein blasser Rosaton – würde das kräftige Rot der Rosenblätter und das zarte Weiß von Drus Haut perfekt untermalen.

Diese Mischung aus Farben und Stimmungen – warm, heiß, kühl – strebte er an, denn Dru war in seinen Augen genau das.

»Ist das nicht der Sinn und Zweck beim Verkauf deiner Bilder?« Mit einer Hand hielt sie ihren Morgenmantel am Hals zu und warf beklommene Blicke zum Bett hinüber. »Geld zu machen?«

»Ich male nicht für Geld. Es ist lediglich eine angenehme Begleiterscheinung, und diesbezüglich überlasse ich alles meinem Agenten.«

»Ich sehe doch gar nicht aus wie ein Model.«

»Ich will ja auch gar kein Model.« Er schob und zog an dem Bett, bis er es in die richtige Position gebracht hatte. »Professionelle Models können ganz hervorragend für Studien sein. Aber ich habe festgestellt, dass ich mehr davon habe, wenn ich ganz normale Leute male. Außerdem kann ich niemand anders als Modell für dieses Bild benutzen.«

»Warum nicht?«

»Weil ich nur dich malen will.«

Sie stieß einen zischenden Laut zwischen ihren Zähnen hervor, als er die erste Tüte mit den Blüten öffnete. »Und warum?«

»Ich sehe dich einfach vor mir.« Er verteilte die Blütenblätter in einem scheinbar zufälligen Muster auf dem Laken. »Und jetzt entspann dich und überlass alles mir.«

»Ich kann mich unmöglich entspannen, wenn ich nackt auf einem Bett voller Blütenblätter liege und du mich anstarrst.«

»Aber natürlich kannst du das.« Er fügte ein paar weitere Blätter hinzu und trat mit prüfendem Blick zurück.

»Wir haben uns erst vor ein paar Stunden auf diesem Bett geliebt.«

»Genau.« Jetzt blickte er sie lächelnd an. »Es wäre hilfreich, wenn du daran denken würdest, während ich arbeite.«

»Oh, hatten wir etwa Sex, damit ich in die richtige Stimmung fürs Modellsitzen komme?«

»Nein, wir hatten Sex, weil ich einfach nicht genug von dir bekommen kann. Aber die Stimmung ist ein weiteres praktisches Nebenprodukt.«

»Ich werde dir gleich sagen, wo du dir dein praktisches Nebenprodukt hinstecken kannst.«

Er lachte nur, packte sie aber, bevor sie ins Badezimmer verschwinden konnte. »Ich bin verrückt nach dir.«

»Hör auf!« Dru schäumte vor Wut, als er an ihrem Ohrläppchen zu knabbern begann. »Es ist mein Ernst, Seth.«

»Vollkommen verrückt. Du bist so wunderschön. Sei doch nicht so schüchtern.«

»Du wirst mich mit Komplimenten oder gutem Zureden ganz bestimmt nicht dazu bringen, mich auszuziehen.«

»Wie wäre es dann, wenn ich an deinen Kunstsinn appelliere? Versuch es doch einfach, ja?« Seine Lippen streiften die ihren. »Gib mir eine Stunde. Wenn du dich dann immer noch unbehaglich fühlst, werden wir die Sache noch einmal überdenken. Der menschliche Körper ist doch etwas ganz Natürliches.«

»Das ist Baumwollunterwäsche auch.«

»Und ob sie das ist, so wie du sie trägst.«

Das brachte Dru natürlich wieder zum Lachen. »Eine Stunde, und ich bekomme das Bild?« Sie ging langsam zum Bett zurück.

»Abgemacht. Gefällt dir diese Musik oder hättest du lieber andere, zu der du besser strippen kannst?«

»Oh, du bist ja so witzig!«

»Dann wollen wir dich mal von dem hier befreien.« Seth löste den Gürtel des Morgenmantels und zog ihn Dru sanft von den Schultern. »Ich sehe dich so gern an. Ich liebe deine Formen.« Er sprach mit sanfter Stimme und führte sie dabei zum Bett. »Ich liebe es, wie deine Haut im Licht schimmert. Ich möchte dir zeigen, wie ich dich sehe.«

»Wie soll es mir beim Entspannen helfen, wenn du mich verführst?«

»Leg dich hin. Denk noch an gar nichts. Ich möchte, dass du dich auf die Seite legst, mit dem Gesicht zu mir. Deinen Arm hältst du so.« Er hob ihn hoch und legte ihn ihr über die Brüste.

Sie gab sich Mühe, das Kribbeln ihrer Haut zu ignorieren, das sie an den Stellen verspürte, wo er sie berührte. »Ich fühle mich so … nackt.«

»Enthüllt«, verbesserte er sie. »Das ist ein Unterschied. Winkele das Knie ein wenig an. Lass den anderen Arm herabfallen. Die geöffnete Handfläche nach oben. Gut. Bequem so?«

»Ich glaube einfach nicht, dass ich das hier mache. Das sieht mir überhaupt nicht ähnlich.«

»Doch, das tut es.« Seth griff in die Tüte und verstreute Blütenblätter auf ihrem Körper, wobei er einige in ihre geöffnete Handfläche fallen ließ, bevor er andere ganz bewusst auf ihr Haar, die Wölbung ihrer Brüste, auf den Arm und entlang der Linie ihrer Hüfte und des Beines verteilte.

»Versuch, so zu bleiben.« Er trat zurück und ließ seinen Blick auf eine Weise über sie hinwegwandern, die sie erröten ließ.

»Seth!«

»Versuch einfach, dich nicht viel zu bewegen. Ich brauche zuerst den Körper. Über den Kopf und das Gesicht mache ich mir noch nicht so viele Gedanken. Rede mit mir.« Er zog sich hinter die Leinwand zurück.

»Worüber denn? Wie albern ich mich fühle, vielleicht?«

»Warum gehen wir heute Abend nicht segeln? Wir schnorren ein Abendessen bei Anna und fahren danach raus.«

»Ich kann jetzt nicht ans Abendessen denken und ganz gewiss nicht an deine Schwester! Die Leute werden mich so sehen. *Mich.* Völlig nackt.«

»Die Leute werden das Bild einer wunderschönen Frau sehen.«

»Meine Mutter!«, entfuhr es Dru voller Entsetzen.

»Wie geht es ihr eigentlich? Verträgt sie sich immer noch mit deinem Vater?«

»Soweit ich weiß, schon. Sie sind tatsächlich nach Paris geflogen. Im Augenblick haben sie wegen mir wohl ziemlichen Kummer.«

»Es ist nicht leicht, andere Menschen glücklich zu machen.« Seth zeichnete die Wölbung ihrer Schulter, den Ansatz ihres Halses, die schlanke Silhouette ihres Oberkörpers. »Wann bist du das letzte Mal in Paris gewesen?«

»Vor ungefähr drei Jahren. Zur Hochzeit meiner Tante. Sie lebt dort – eigentlich außerhalb von Paris, aber sie besitzt auch noch eine Stadtwohnung.«

In den nächsten Minuten plauderten sie über Paris, und Seth stellte zufrieden fest, dass Dru sich allmählich entspannte. Dann begann er ernsthaft zu malen – den Kontrast von Rot auf weißer Haut, das Schimmern des Lichts, den zarten Farbton des Lakens und die dunklen Schatten an den Stellen, wo es Falten schlug. Seth wollte die Eleganz ihrer geöffneten Hand einfangen und die starken Muskeln ihrer Wade.

Sie bewegte sich ein wenig, aber er ermahnte sie nicht, ihre Pose zu korrigieren. Die beiläufige Unterhaltung, die er mit ihr führte, fand in einem kleinen Teil seines Hirns statt. Der Rest war in das Bild eingetaucht, das er mit Pinsel und Farbe schuf.

Hier war sie wieder, seine Feenkönigin, aber jetzt war sie erwacht, jetzt war sie sich ihrer Schönheit bewusst.

Nach einer Weile dachte Dru nicht mehr darüber nach, ob

ihre Pose sittsam war oder nicht. Es war ein Erlebnis, Seth bei der Arbeit zu beobachten, und es verschaffte ihr ein Hochgefühl. Ob er wohl wusste, welch eine Intensität über ihn kam? Wie sich seine Augen veränderten und eine gewisse Grimmigkeit ausstrahlten, die in einem direkten Gegensatz zu seinem Geplauder stand?

Ob er sich wohl selbst so sah? Bestimmt. Er musste sich einfach der fließenden Bewegungen, der Konzentriertheit bewusst sein, die so sehr Teil seiner Technik waren. Und er musste sich ebenso seiner sexuellen Ausstrahlung dabei bewusst sein, genauso wie der Schönheit und der Macht, die auch seinem Modell das Gefühl vermittelten, schön und mächtig zu sein.

Dru vergaß das Zeitlimit, das sie sich gesetzt hatten. Welche Fantasie auch immer er in seinem Kopf erschaffen hatte, sie war viel zu sehr ein Teil davon geworden, um den Zauberbann zu brechen.

Ob sich ein Modell immer in den Künstler verliebte? Oder war es etwas Besonderes, dass sie Seth gegenüber diese unglaubliche Vertrautheit empfand und dieses wahnsinnige Verlangen?

Er war der erste, der einzige Mann, dem sie sich völlig hingeben wollte, dem sie alles zu geben bereit war – worum er sie auch bat. In diesem Moment begriff Dru, dass die Liebe bedeuten konnte, einen Teil seines Selbst aufzugeben, und dieses Wissen machte ihr Angst.

Was würde von ihr übrig bleiben, wenn sie ihren Gefühlen nachgab?

Als sein Blick über sie hinwegwanderte, als wolle er die Essenz dessen, was sie war, absorbieren, begann sie zu zittern.

»Ist dir kalt?« Seths Stimme klang ungeduldig. Dann, mit einem Mal, sprach er wie verwandelt und viel freundlicher: »Entschuldige meinen Ton. Also, ist dir kalt?«

»Nein. Ja. Vielleicht ein bisschen. Ich bin ein wenig steif.«

Er runzelte die Stirn, blickte auf sein Handgelenk hinunter und stellte fest, dass er wieder einmal keine Armbanduhr umgelegt hatte. »Die Stunde dürfte herum sein.«

»Endlich.« Dru brachte ein Lächeln zustande.

»Du brauchst eine Pause. Möchtest du etwas Wasser haben? Oder Saft? Habe ich überhaupt Saft gekauft?«

»Wasser würde mir reichen. Darf ich mich jetzt aufsetzen?«

»Sicher.« Zumindest blickte er jetzt nicht mehr sie an, sondern das Bild.

»Darf ich sehen, was du bis jetzt gemalt hast?«

»Hm.« Er legte den Pinsel ab und griff nach einem Lappen, ohne dabei auch nur für einen Moment die Augen von der Leinwand zu nehmen.

Dru stieg vom Bett, nahm ihren Morgenmantel von der Stuhllehne, hüllte sich darin ein und ging zu ihm hinüber.

Das Bett bildete den Mittelpunkt des Gemäldes, wobei der größte Teil der Leinwand noch unbemalt war, und auch von Dru war bisher nur der Körper zu sehen. Ihre langen Glieder waren mit Rosenblättern geschmückt. Die Pose mit dem Arm über den Brüsten wirkte nicht züchtig, sondern eher einladend und wissend.

Er hatte erst einen Bruchteil des Bildes erschaffen, doch es wirkte jetzt bereits brillant. Dru war von dem wunderschönen Spiel von Licht und Schatten begeistert.

Jetzt sah man auch, dass das Bett mit seinem schlichten Kopfteil aus Eisenstäben eine gute Wahl gewesen war. Der zarte Farbton des Lakens ließ ihre Haut warm erscheinen und schuf einen Kontrast zu den kraftvollen Strichen.

»Es ist wunderschön«, flüsterte Dru.

»Das wird es einmal sein«, antwortete er. »Das hier ist erst ein guter Anfang.«

»Du wusstest, dass ich dich nicht mehr aufhalten würde, sobald ich gesehen hätte, wie du mich siehst.«

»Wenn du dir das Bild angeschaut und nicht gesehen hättest, was ich dich sehen lassen wollte, dann hätte ich versagt, Drusilla.«

Sie musterte ihn eingehend. Ihr Pulsschlag erhöhte sich, als sie erneut jene Intensität, jene Konzentration und Entschlossenheit auf seinem Gesicht erblickte, jenes Verlangen, das ihn scheinbar vibrieren ließ, wenn er arbeitete.

Nur, dass es dieses Mal ihr galt.

»Ich habe noch niemals ein solches Verlangen nach einem Mann verspürt«, brachte sie hervor. »Ich habe keine Ahnung, was das bedeutet.«

Er zog sie wortlos an sich und presste seine Lippen auf ihren Mund.

Während er sie zum Bett zog, begann er ihr bereits den Morgenmantel herunterzuzerren.

Einerseits war sie über diese Behandlung schockiert – andererseits musste sie zugeben, dass sie innerlich triumphierte. Sie riss an Seths Hemd, während sie auf das mit Blütenblättern übersäte Bett stürzten.

»Berühre mich, oh, bitte, berühre mich.« Sie krallte sich an ihn. »So, wie ich es mir vorstelle, während du mich malst.«

Seine Hände streiften grob und voller Verlangen über ihren Körper hinweg, heizten die Flammen an, die in der Zeit, als er sie gemalt hatte, vor sich hingezüngelt hatten.

Ihr Mund stritt mit dem seinen in einem verzweifelten Kampf, bei dem jeder dem anderen mehr zu geben versuchte, als er erhielt.

Er verlor sich in ihr, gefangen in dem Irrgarten der Emotionen, den sie in ihm geschaffen hatte, tauchte ein in die Flut der Empfindungen, die jede Zärtlichkeit, jedes Wort hervorrief.

Und als er sie ganz nah an sich heranzog und sie an sich presste, spürte er, dass plötzlich eine Veränderung in ihm vorging. Es war, als bahne sich eine Welle der Zärtlichkeit ihren Weg durch die Begierde. Sie überschwemmte sie beide, und Dru schmiegte sich an Seth.

Dann trafen sich ihre Lippen erneut zu einem langen, leidenschaftlichen Kuss. Hände strichen zart über Haut hinweg. Die Luft trug den Duft der Rosen, den Geruch der Farbe und des Terpentins in sich, und vom Fenster her wehte eine leichte Brise herein.

Dru setzte sich auf Seth und blickte auf sein Gesicht hinunter, das sie so liebevoll ansah.

Ihre Kehle schmerzte, und ihr Herz wollte schier zerspringen. Sie war auf eine Weise bewegt, wie sie es niemals zuvor erlebt hatte, und als sie ihren Mund auf den seinen senkte, spürte sie, dass dies mehr war als Lust, mehr als Verlangen und Bedürfnis.

Dru wollte sich von diesem wunderbaren Gefühl verzehren lassen. Und sie nahm ihn in sich auf und gab sich ihm hin.

Langsam und zärtlich, intensiv und entschlossen bewegten sie sich zusammen. Erzitterten, als sie sich dem Höhepunkt näherten. Seufzten, als sie zerflossen. Es kam ihr so vor, als würden sich Farben in ihr ausbreiten – die kräftigen Töne, die er in seinem Gemälde benutzt hatte.

Seth richtete sich auf, fand ihren Mund und küsste sie erneut, während er sie mit seinen Armen umfing. Eng umschlungen schmiegten sie sich aneinander.

Sie sprachen für eine ganze Weile kein Wort. Sie ließ ihren Kopf auf seiner Schulter ruhen und blickte durch das Fenster hinaus zum Licht.

Seth hatte ein Fenster in ihr geöffnet. Eines von dem sie geglaubt hatte, dass es besser geschlossen bleiben sollte. Doch jetzt strömten Licht und Luft herein.

Dru ahnte, dass sie es niemals wieder würde schließen können.

»Ich habe noch niemals auf Rosenblättern mit einem Mann geschlafen«, sagte sie leise. »Es hat mir gefallen.«

»Mir auch.«

Sie zupfte ein Blütenblatt von seinem Rücken. »Sieh nur, was wir angerichtet haben.« Sie hielt ihm das Blatt hin. »Der Künstler wird ganz schön böse auf uns sein.«

»Das sollte er, aber er ist es nicht. – Der Künstler ist übrigens ganz schön fantasievoll.«

»Das kann ich nur bestätigen.«

»Gib mir noch eine Stunde.«

Sie lehnte sich zurück und starrte ihn an. »Du willst weitermalen? Jetzt?«

»Vertraue mir. Es ist wichtig, wirklich wichtig. Leg dich einfach wieder hin – nein, warte, erinnerst du dich überhaupt noch an die Pose, oder soll ich dir helfen?« Sie starrte ihn immer noch an, als er sich von ihr löste und sie sanft in die Mitte des Betts schubste.

»Ob ich mich … oh, verflixt noch mal!« Ärgerlich rollte Dru sich auf die Seite und legte den Arm über ihre Brüste.

»Also schön, ich werde dir helfen.« Gut gelaunt und voller Energie rückte Seth sie in die richtige Position, verteilte die Blütenblätter aufs Neue, trat zurück und wieder vor, um weitere Veränderungen vorzunehmen.

»Meinetwegen kannst du schmollen, aber dreh mir dabei bitte den Kopf zu.«

»Ich schmolle nicht. Ich bin schon ein großes Mädchen, und große Mädchen schmollen nicht.«

»Wie du meinst.« Er griff nach seiner Jeans und zog sie über. »Aber Hauptsache, du drehst den Kopf … und das Kinn bitte ein wenig höher. Langsam, langsam, das war zu weit, mein Engel. Ja, so ist es besser«, sagte er und suchte sich den Pinsel heraus, den er benötigte. »Neige den Kopf noch ein kleines bisschen zur Seite, aber nicht zu viel! Ah, das ist es! Du machst das ganz toll. Perfekt. Du bist die Beste.«

»Und du redest saudummes Zeug.«

»Aus deinem Munde klingt das ja fast schon ordinär.« Seth machte sich an die Arbeit.

»Ich kann sehr wohl ordinär werden, wenn es sein muss.« Dru war der Meinung, dass eine Situation, in der ein Mann mehr an seiner Arbeit interessiert war, als daran, seine Geliebte in den Armen zu halten, förmlich danach schrie, ordinär zu werden.

»Schon gut, ich glaube dir ja. Aber jetzt halt den Mund und sieh mich einfach an. Lausche der Musik.«

»Warum nicht? Ich hatte dir sowieso nichts mehr zu sagen.«

Zu sagen vielleicht nicht, dachte er, aber dein Gesicht spricht dafür Bände. Und er wollte alles, was er darin las, auf die Leinwand bannen. Er malte den arroganten Ausdruck, den er dort erblickte, das starke Kinn mit dem reizenden Grübchen in der Mitte, die wohlgeformten Wangenknochen, die wundervolle Form ihrer Augen, der Brauen, die klassische Linie ihrer Nase.

Aber was den Rest anging – ihren Mund, den Ausdruck in ihren Augen – benötigte er etwas anderes.

»Beweg dich nicht«, befahl er, als er zum Bett zurückkam. »Ich möchte, dass du darüber nachdenkst, wie sehr ich dich begehre.«

»Wie bitte?«

»Denk daran, welche Macht du hast, wie schön du bist. Als würdest du gerade erwachen und bemerken, wie ich dich ansehe und mich nach dir verzehre. Du hast Macht über mich.«

»Habe ich die?«

»Ich brauche dich« – er beugte sich zu ihr hinunter, seine Lippen nur einen Hauch von den ihren entfernt –, »und das weißt du. Du brauchst nur mit dem Finger zu schnipsen.« Er senkte seine Lippen zu einem langsamen, intensiven Kuss auf die ihren und gab ihr einen Geschmack von seinem Begehren. »Ich bin dein Sklave.«

Dann wich er wieder zurück, ohne sie aus den Augen zu lassen, und verschwand hinter der Leinwand. »Du hast die Macht, Drusilla. Du allein.«

Ihre Lippen verzogen sich zu einem wissenden Lächeln, und ihr Blick glich einer schimmernden Einladung.

In diesem Moment erblickte er in ihrem Gesichtsausdruck alles, was er wollte: das Selbstvertrauen, das Verlangen und das Versprechen.

»Bleib so!«

Er sah nur noch sie, fühlte nur noch sie, sodass seine Hand sich wie von allein bewegte. Sie mischte die Farben, tupfte den Pinsel hinein, strich darin herum und hauchte sie beinahe auf die Leinwand, ließ ihr Gesicht dort für ihn erblühen.

Seth wusste, dass er dieses Licht auf ihrem Gesicht niemals vergessen würde. Es würde noch in seinem Kopf existieren, wenn er das Bild längst beendet hatte.

Es würde in seinem Kopf und seinem Herzen sein, wann immer er allein war, wann immer er sich einsam fühlte.

Schließlich legte er den Pinsel beiseite. »Wenn dieses Bild fertig ist, wird es das Wichtigste sein, was ich jemals vollbracht habe. Weißt du warum?«

Dru brachte kein Wort heraus, vermochte über den Aufruhr der Gefühle in ihrem Innern kaum zu atmen. Sie konnte nur den Kopf schütteln.

»Weil du alles, was aus diesem Bild spricht, für mich bist. Weil ich irgendwie schon vom ersten Moment an wusste, dass du all das für mich sein würdest, Drusilla.« Er trat auf das Bett zu. »Ich liebe dich.«

Sie stieß zitternd den Atem aus. »Ich weiß.« Sie presste eine Hand auf ihr Herz und hätte sich nicht gewundert, wenn es vor Freude aus ihrer Brust gehüpft wäre. »Ich weiß. Und ich habe solche Angst. Oh Gott, Seth, ich habe solche Angst, weil ich dich auch liebe.«

Sie sprang vom Bett auf und sank in seine Arme. Die Blütenblätter flogen durch den ganzen Raum.

15. Kapitel

Der Hurrikan Anna wirbelte durch das Haus, und die Männer gingen vorsichtshalber in Deckung. Er blies durch das Wohnzimmer und riss Socken, Schuhe, Baseball-Kappen und leere Gläser mit sich. Diejenigen, die nicht schnell genug das Feld räumten, wurden unter Androhung von Prügel dazu gezwungen, die durch die Gegend geschleuderten Dinge aufzufangen und wegzuräumen.

Als der Sturm die Küche erreichte, suchten die Überlebenden das Weite. Sogar der Hund verkroch sich.

Aus einer – wie er hoffte – sicheren Entfernung räusperte sich Seth. »Ähem, Anna, es ist doch nur ein simples Abendessen.«

Sie fuhr zu ihm herum. Er wog bestimmt vierzig Pfund mehr als sie, und trotzdem zog sich sein Magen zusammen, als er den mörderischen Ausdruck in ihren dunklen Augen sah. »Nur ein simples Abendessen?«, wiederholte sie. »Und ich nehme an, dass es sich auch von selbst kocht?«

»Nein. Aber egal, was du auch vorhattest für uns zu kochen, es ist bestimmt ausreichend. Dein Essen schmeckt doch immer fantastisch«, ergänzte er. »Und Dru ist nicht wählerisch.«

»Oh, Dru ist nicht wählerisch«, äffte Anna ihn nach, während sie Schränke aufriss, Zutaten herausnahm und die Türen wieder zuknallte. »Und deshalb geht es natürlich vollkommen in Ordnung, dass du mir nur eine jämmerliche Stunde vor dem Abendessen Bescheid sagst, dass wir sie zu Gast haben werden.«

»Sie ist ja nicht wirklich ein Gast. Ich dachte mir, wir essen nur etwas auf die Schnelle und dann ...«

»Oh, du dachtest, ihr esst nur etwas auf die Schnelle.« Sie kam mit langsamen, bedächtigen Schritten auf ihn zu und löste damit eine panische Angst in seinem Herzen aus. »Vielleicht sollten wir einfach Pizza bestellen, die könnte sie ja dann unterwegs abholen und mitbringen.«

Sie baute sich vor Seth auf und funkelte ihn wütend an. Cam hatte offenbar gehofft, diesen Moment nutzen zu können, um sich unbeobachtet zum Kühlschrank zu schleichen und eine Dose Bier herauszunehmen. Er hätte es eigentlich besser wissen müssen.

»Und du!« Anna warf einen wütenden Blick in seine Richtung. »Glaubst du etwa, du könntest mit deinen dreckigen Schuhen einfach so in meine Küche hereinspaziert kommen? Glaube bloß nicht, du kannst deinen Hintern im Wohnzimmer niederlassen und an dem Bier da nuckeln. Du bist hier nicht der König.«

Cam hatte in der Tat ein Bier ergattert und versteckte es nun schnell hinter seinem Rücken für den Fall, dass sie auf die falschen Ideen kommen könnte. »Hey, ich bin unschuldig, ich bin nichts weiter als ein unbeteiligter Zuschauer.«

»In diesem Haus ist niemand unschuldig. Bleib hier!«, rief sie, als Seth versuchte, aus dem Zimmer zu schlüpfen. »Mit dir bin ich noch nicht fertig.«

»Schon gut, schon gut. Aber wo liegt denn das Problem? Es kommt doch ständig irgendjemand zum Essen vorbei. Kürzlich erst hat Kevin noch seinen Freund, diesen Freak, mitgebracht.«

»Er ist kein Freak!«, rief Kevin aus dem Wohnzimmer, wo er Zuflucht gesucht hatte.

»Aber er hatte einen Nasenring und warf ständig mit Dylan-Thomas-Zitaten um sich.«

»Ach, Marcus. Ja, der ist wirklich ein Freak. Ich dachte, du meinst Jerry.«

»Siehst du?« Seth hob die Hände. »Hier gehen so viele Leute ein und aus, dass wir sie nicht einmal mehr auseinanderhalten können.«

»Das hier ist etwas anderes.« Da Anna gerade ein großes Küchenmesser aus dem Messerblock gezogen hatte und Cam, der Feigling, das Weite suchte, beschloss Seth, sich auf keine weitere Diskussion einzulassen.

»Also gut. Es tut mir leid. Ich werde dir helfen.«

»Und ob du das wirst. Rote Kartoffeln.« Sie zielte mit dem Messer Richtung Speisekammer. »Schrubben.«

»Jawohl, Ma'am.«

»Quinn!«

»Was denn?« Cam erschien mit gekränkter Miene erneut im Türrahmen, hielt das Bier aber außer Sichtweite. »Ich habe doch gar nichts gemacht.«

»Eben. Stell dich unter die Dusche. Und wage es ja nicht, das Handtuch einfach auf den Boden zu werfen. Und rasier dich.«

»Rasieren?« Er rieb sich mit der Hand über das Kinn und blickte seine Frau gequält an. »Aber es ist doch noch nicht Morgen.«

»Rasier dich!«, wiederholte Anna und begann mit einem solch gewaltigen Enthusiasmus Knoblauch zu hacken, dass Seth seine Finger vorsichtshalber in seinen Hosentaschen in Sicherheit brachte.

»Großer Gott!« Cam warf Seth einen wütenden Blick zu und kräuselte seine Lippen, ehe er davonmarschierte.

»Jake! Heb deinen Mist auf, der im Familienzimmer auf dem Boden liegt! Kevin! Geh einmal mit dem Sauger durch!«

»Warum willst du, dass mich alle hassen?«, fragte Seth mit jammernder Stimme.

Annas einzige Antwort war ein stählerner Blick. »Wenn du

die Kartoffeln geschrubbt hast, schneide sie in Stücke. Ungefähr so groß«, sagte sie und hielt ihren Daumen und den Zeigefinger in die Höhe. »Wenn du damit fertig bist, leg ein Stück Gästeseife und Handtücher in das untere Bad. Wenn ich einen erwische, der diese Seife benutzt oder Fingerabdrücke auf den Handtüchern hinterlässt, hacke ich ihm die Finger ab!«, rief sie so laut, dass alle es hören mussten.

Dann gab sie einige Zutaten in eine Schüssel und verquirlte sie mit dem Schneebesen.

»Das ist nicht alles mein Mist, der im Familienzimmer auf dem Boden liegt, das wollte ich dir nur sagen.« Jake kam hereingestürmt und warf Seth einen bösen Blick zu. »Eine Menge Leute lassen in diesem Haus ihren Mist herumliegen.«

»Was glaubst du, was du da tust?«, wollte Anna wissen, als Jake die Kühlschranktür öffnete.

»Ich wolle mir nur ein …«

»Nein, wolltest du nicht. Du wirst den Tisch decken!«

»Aber Kev ist damit an der Reihe! Tisch decken und abräumen. Ich bin fürs Spülmaschine einräumen zuständig.«

»Heute wirst du decken *und die* Spülmaschine einräumen.«

»Aber warum denn ich? Ich habe doch nicht irgendein blödes Mädchen zum Abendessen eingeladen.«

»Weil ich es sage. Deck den Tisch im Esszimmer. Nimm das gute Geschirr.«

»Warum essen wir denn da? Es ist doch gar nicht Thanksgiving.«

»Und die Leinenservietten«, fügte Anna hinzu. »Die mit den Rosen. Sechs Gedecke. Aber wasch dir zuerst die Hände.«

»Oh Mann! Es ist doch bloß Seths Freundin. Man könnte glatt meinen, die Königin von England käme auf einen Besuch vorbei!«

Jake schlich zur Spüle, und als er das Wasser laufen ließ,

kräuselten sich seine Lippen auf die gleiche Weise wie bei seinem Vater. »Ich werde ganz bestimmt niemals ein Mädchen mit nach Hause mitbringen.«

»Ich werde dich in ein paar Jahren daran erinnern.« Die Vorstellung, dass ihr kleiner Junge ein Mädchen zum Abendessen mitbringen könnte, hätte Anna um ein Haar die Tränen in die Augen getrieben. Sie schniefte und goss energisch die Marinade über die Hühnerbrüste.

»Du solltest es dir auf jeden Fall zweimal überlegen«, murmelte Seth in sich hinein.

»Wie bitte?«

Er zuckte zusammen. »Ach, nichts. Es ist ja nur … Ach, verdammt, Anna, ich habe doch schon vorher Mädchen mit nach Hause gebracht. Und selbst Dru hat schon einmal hier gegessen, und du bist deswegen nicht gleich ausgeflippt.«

»Das war etwas anderes. Sie ist unerwartet vorbeigekommen, und du kanntest sie kaum.«

»Ja, aber …«

»Und du magst vielleicht vorher schon Mädchen mitgebracht haben, aber du hast nie eine Frau zum Abendessen eingeladen, in die du wirklich verliebt bist. Männer verstehen aber auch gar nichts, und ich frage mich immer häufiger, warum ich gleich mit einer ganzen Horde dieser seltsamen Kreaturen gestraft worden bin.«

»Jetzt weine doch nicht! Oh Gott. Bitte, Anna, bitte tu das nicht.«

»Ich weine, wann *ich* will, ob es dir passt oder nicht.«

»Klasse gemacht«, murmelte Jake und floh ins Esszimmer.

»Ich werde mich um das Geflügel kümmern.« Seth ließ die Kartoffeln Kartoffeln sein und eilte zu Anna, um ihr über das Haar zu streichen. »Sag mir bloß, was ich damit anstellen muss. Und den Rest mache ich auch. Hinterher kümmere ich mich ums Geschirr und …« Er trat einen Schritt zurück. »Ich habe nie behauptet, dass ich in Dru verliebt bin.«

»Ich bin weder blind noch dämlich.« Anna schnappte sich das Olivenöl und den Dijon-Senf, um ihre Spezialsoße für die Kartoffeln zu mischen. »Und jetzt reich mir bitte die verdammte Worcestersoße.«

Aber stattdessen ergriff er ihre Hände und zog sie in seine Arme. »Ich habe es ihr doch gerade erst gesagt. Wie kommt es nur, dass du mich so gut kennst?«

»Weil ich dich liebe, du Dummkopf. Und jetzt lass mich los. Ich habe zu tun.«

Er legte seine Wange an die ihre und seufzte.

»Ach, verdammt!« Sie erwiderte seine Umarmung. »Ich möchte doch nur, dass du glücklich bist. Das wünsche ich mir so sehr!«

»Ich *bin* glücklich mit Dru.« Er presste seine Nase in ihr Haar. »Auch wenn mir das alles gleichzeitig ein wenig unheimlich ist.«

»Es wäre auch kein echtes Gefühl, wenn es nicht so wäre.« Anna hielt ihn noch einen Moment länger fest und ließ ihn dann los. »Und jetzt sieh zu, dass du hier verschwindest. Und vergiss nicht: Gästeseife und Handtücher. Und klapp den Toilettensitz runter! Und schau einmal, ob du eine Jeans auftreiben kannst, die keine Löcher hat!«

»Ich bin mir nicht sicher, ob ich so etwas besitze. Und, Anna? Vielen Dank!«

»Gern geschehen. Aber du wirst dich trotzdem um den Abwasch kümmern!«

Im Esszimmer stieß Jake einen Freudenschrei aus.

»Es tut mir leid, dass ich Ihnen wieder einmal Umstände mache.«

Anna wählte eine dunkelblaue Vase für die hübschen Thunbergien, die Dru ihr mitgebracht hatte. »Wir freuen uns, dass Sie gekommen sind. Und Sie machen uns ganz und gar keine Umstände.«

»Ich kann mir nicht vorstellen, dass ein Gast, der sich auf die allerletzte Minute zum Abendessen ankündigt, Ihnen keine Umstände macht, wo Sie doch den ganzen Tag gearbeitet haben.«

»Ach, es ist doch nur Geflügel. Nichts Besonderes.« Ein dünnes Lächeln erschien auf Annas Gesicht, als Jake in der Küche auftauchte und hinter Drus Rücken die Augen verdrehte. »Wolltest du etwas, Jake?«

»Bloß fragen, wann wir essen.«

»Du wirst der Erste sein, der es erfährt.« Anna setzte die Blumen auf dem Küchentisch ab. »Sag Seth, dass er herkommen soll, damit er den wunderbaren Wein öffnen kann, den Dru für uns mitgebracht hat. Wir werden ein Glas vor dem Essen trinken.«

»Wenn das so weitergeht, werden einige Leute hier noch verhungern«, beschwerte sich Jake – allerdings im Flüsterton –, als er aus der Küche marschierte.

»Kann ich irgendwie helfen?«, fragte Dru. In der Küche duftete es fantastisch. Etwas köchelte in einer abgedeckten Bratpfanne vor sich hin – wahrscheinlich das Geflügel.

»Alles unter Kontrolle, danke.« Anna hob geschickt den Deckel der Pfanne an, schüttelte sie leicht am Griff, stach mit einer Küchengabel ins Fleisch und legte den Deckel wieder auf. »Können Sie kochen?«

»Nicht so wie Sie. Bei mir reicht es nur für Nudeln mit Fertigsoße.«

»Oh Gott. Das zerreißt mir das Herz«, sagte Anna lachend. »Da haben Sie ja noch Potenzial. Welch eine Herausforderung für mich! Eines Tages werde ich Ihnen zeigen, wie man eine schöne einfache Tomatensoße zubereitet, und dann werden wir weitersehen. Seth!« Anna strahlte ihn an, als er hereinkam. »Mach doch bitte den Wein auf, ja? Und schenke Dru ein Glas ein. Du kannst sie ja mit nach draußen nehmen und ihr zeigen, wie sich meine Pflanzen machen, während ich mich ums Essen kümmere.«

»Ich würde aber gern helfen«, protestierte Dru. »Ich bin zwar keine gute Köchin, aber dafür umso besser im Befolgen von Anweisungen.«

»Beim nächsten Mal. Gehen Sie einfach mit Seth hinaus und genießen Sie Ihren Wein. In zehn Minuten sind wir so weit.«

Anna scheuchte sie hinaus und rieb sich dann, sehr zufrieden mit sich selbst, die Hände, ehe sie sich an die restlichen Vorbereitungen machte.

Fünfzehn Minuten später saßen alle im Schein von einem halben Dutzend flackernder Teelichter im selten genutzten Esszimmer. Dru fiel auf, dass der Hund verbannt worden war.

»Was für wundervolles Geschirr«, sagte Dru.

»Ja, nicht wahr? Cam und ich haben es uns auf unserer Hochzeitsreise in Italien gekauft.«

»Wenn man irgendetwas davon zerbricht«, mischte sich Jake ein, der sich über seine Hähnchenbrust hermachte, »wird man im Keller angekettet, bis einem die Ratten die Ohren abfressen.«

»Jake!« Anna reichte die Kartoffeln mit einem verlegenen Lachen nach links weiter. »Wie kommst du denn auf diese Idee? Wir haben doch noch nicht einmal einen Keller.«

»Dad meint immer, dass du das tun würdest, selbst wenn du erst einen Keller bauen müsstest. Stimmt doch, oder, Dad?«

»Ich weiß überhaupt nicht, wovon du sprichst. Iss auch etwas von dem Spargel.«

»Muss ich wirklich?«

»Wenn ich es muss, dann musst du es auch.«

»Keiner von euch beiden *muss* irgendetwas essen.« Anna betete im Stillen um Geduld.

»Cool, dann bleibt mehr für mich übrig.« Kevin langte begeistert nach der Platte, als er den warnenden Blick seiner Mutter bemerkte. »Was denn? Ich esse Spargel gern.«

»Dann frag bitte erst, ob du noch mehr nehmen darfst, statt einfach so über den Tisch zu grapschen. Wir lassen die beiden nicht allzu oft aus dem Zwinger«, wandte sich Cam erklärend an Dru.

»Ich wollte immer Brüder haben.«

»Warum das denn?«, fragte Jake. »Die trampeln doch immer bloß auf einem rum.«

»Hm, so übel zugerichtet siehst du aber gar nicht aus«, erwiderte sie nachdenklich. »Ich dachte immer, dass es Spaß machen müsste, Geschwister zu haben, mit denen man reden kann – und auf denen man auch ein bisschen herumtrampeln kann, natürlich. Aber es muss doch toll sein, einen Bruder oder eine Schwester zu haben, auf die sich der Zorn der Eltern ein wenig verteilt, wenn sie wieder einmal wütend oder sauer auf einen sind. Als Einzelkind hat man niemanden, um die Aufmerksamkeit von sich abzulenken, weißt du. Und es ist keiner da, der den Spargel isst, den man nicht mag.«

»Ja, aber Kev hat letztes Jahr die Hälfte von den guten Halloween-Süßigkeiten weggeputzt.«

»Oh Mann, bist du da etwa immer noch nicht drüber weg?« Jake musterte seinen Bruder. »Das werde ich dir nie verzeihen. Ich habe deine sämtlichen Missetaten in meiner Datenbank gespeichert. Und eines Tages wirst du mir dafür bezahlen, das schwöre ich dir.«

»Du bist so ein Idiot!«

»Schmierenkomödiant!«

»Das ist Jakes neuestes Schimpfwort. Er hat es aus irgendeinem alten Schwarz-Weiß-Film aufgeschnappt.« Seth deutete mit seinem Weinglas auf Kevin. »Seit Kev unter die Schauspieler gegangen ist, wird er ständig so tituliert.«

»Oh, deine Schulaufführung letzten Monat hat mir übrigens sehr gut gefallen«, sagte Dru an Kevin gewandt. »Sie war wirklich sehr gelungen. Denkst du vielleicht darüber nach, eine Schauspielschule zu besuchen?«

»Das wäre geil.« Anna unterdrückte ein Stöhnen. »Theaterstücke sind cool, aber Filme gefallen mir besser. Ich habe mit meinen Kumpels ein paar echt irre Videos gedreht. Das letzte, das wir gemacht haben, war das Beste. ›Der Schlitzer‹ haben wir es genannt. Es geht um einen einarmigen Psychopathen, der ein paar Jäger in den Wäldern verfolgt. Aus Rache schlitzt er einen nach dem anderen auf, weil ihm einer von ihnen bei einem verrückten Jagdunfall den Arm abgeschossen hat. Wir haben sogar Rückblenden eingebaut. Möchten Sie es mal sehen?«

»Aber klar.«

»Ich wusste ja gar nicht, dass du dir Kevins Theaterstück angesehen hast.«

Dru wandte ihre Aufmerksamkeit Seth zu. »Ich bin gern auf dem Laufenden, was die Gemeindeveranstaltungen angeht, und ich liebe Laientheater.«

»Wir hätten doch zusammen hingehen können.«

Sie hob ihr Weinglas und lächelte ihn über den Rand hinweg auf eine Weise an, die Anna das Herz aufgehen ließ. »Und ein Rendezvous daraus machen?«

»Dru hat nämlich grundsätzlich etwas gegen Rendezvous einzuwenden«, erklärte Seth, ohne seinen Blick von ihr zu nehmen. »Wie kommt das bloß?«

»Nun, vielleicht weil daran so oft Männer beteiligt sind, die mich nicht interessieren. Aber vor allem, weil ich keine Zeit für diese Art von Zeitvertreib habe, seit ich hierhergezogen bin. Meine Prioritäten waren es nun einmal, den Laden zu eröffnen und die Geschäfte in Gang zu bringen.«

»Was hat Sie eigentlich bewogen, einen Blumenladen aufzumachen?«, erkundigte sich Anna.

»Ich habe mich gefragt, was ich beruflich machen könnte, und dann, was mir davon am meisten Spaß machen würde. Ich liebe Blumen. Ich habe an einigen Blumensteck-Kursen teilgenommen und entdeckt, dass ich ein gewisses Talent in dieser Richtung besitze.«

»Es gehört viel Mut dazu, einen Laden zu eröffnen – und dazu noch an einem fremden Ort.«

»In Washington wäre ich auf Dauer eingegangen. Das klingt jetzt vielleicht dramatisch. Aber ich brauchte einfach etwas Neues. Etwas, das mir gehört. Und irgendwie landete ich in Gedanken immer wieder bei St. Christopher und der Idee mit dem Blumenladen. Mit einem Blumenladen ist man sozusagen immer mitten im Geschehen.«

»Wieso das?«, fragte Cam.

»Weil man sofort vertraut wird mit den Menschen. Wenn man Blumen verkauft, weiß man, wer gerade Geburtstag hat oder einen Jahrestag begeht. Man weiß, wer gestorben ist und wer ein Kind bekommen hat. Und auch wer verliebt ist oder sich nach einem Streit wieder versöhnen will. Wer eine Beförderung bekommen hat und wer krank ist. Und in einer kleinen Stadt wie dieser bekommt man dabei die Details notgedrungen mit.«

Sie hielt für einen Moment inne und redete dann in jener trägen, für die Küste so typischen Sprechweise weiter. »Die alte Mrs. Wilcox ist gestorben – wäre im nächsten September neunundachtzig geworden. Ist vom Markt nach Hause gekommen und hatte einen Schlaganfall mitten in der Küche, als sie gerade ein paar Dosen wegräumte. Zu schade, dass sie sich nicht mehr mit ihrer Schwester versöhnt hat, bevor es zu spät war. Die haben ja in zwölf Jahren kein Wort mehr miteinander gewechselt.«

»Das ist gut.« Cam stützte belustigt das Kinn auf seine Hand. Bei Dru steckte also mehr als nur gutes Aussehen und Köpfchen dahinter. Wenn sie erst einmal aufgetaut war, spürte man ihre Wärme und ihren Humor.

Seth war völlig hingerissen von ihr.

»Und ich dachte, es ginge um nichts weiter als darum, Blumensträuße zu verkaufen«, sagte Cam.

»Oh, es ist eine Menge mehr als das. Wenn ein Mann ganz aufgeregt hereinkommt, weil ihm sein Hochzeitstag erst im letzten Moment eingefallen ist, dann ist es nicht nur meine Aufgabe, ihm die richtigen Blumen in die Hand zu drücken, sondern auch diskret zu sein.«

»Wie ein Priester«, warf Cam ein und brachte sie damit zum Lachen.

»Das ist gar kein schlechter Vergleich. Sie glauben gar nicht, wie viele Beichten ich zu hören bekomme. Und das gehört alles mit zu meinem Alltag im Laden.«

»Sie lieben Ihre Arbeit«, murmelte Anna.

»Ja, das tue ich. Das tue ich wirklich. In Washington« – Dru stellte erstaunt fest, wie leicht es ihr fiel, einfach so drauflos zu reden –, »war alles anders. Hier kann ich genau das Leben führen, nach dem ich mich gesehnt habe.«

Seth begleitete Dru nach Hause, wo sie sich noch ein wenig auf die Verandastufen setzten und den Glühwürmchen bei ihrem Tanz zusahen.

»Hat dir der Abend Spaß gemacht?«

»Oh ja, das hat er. Erst das Abendessen und die Gelegenheit, deine Familie ein bisschen besser kennenzulernen, und dann das Segeln.«

»Das freut mich.« Er zog ihre Hand an seine Lippen. »Denn wie ich Anna kenne, wird sie schon dafür sorgen, dass die anderen von unser Beziehung erfahren, und das heißt, du wirst demnächst wohl auch von Grace und Sybill eingeladen werden.«

»Oh.« Daran hatte Dru gar nicht gedacht. »Das werde ich natürlich erwidern müssen. Ich könnte ja alle zusammen einmal zu mir einladen und ...«

Natürlich würde sie das Essen bestellen. Und sie musste sich etwas einfallen lassen, wie man wohl eine solche Zahl von Teenagern am besten unterhielt.

»Ich fürchte, damit bin ich etwas überfordert«, gab sie schließlich zu. »Die Art von Dinnerparty, die ich von meinem früheren Leben gewöhnt bin, ist hier nicht unbedingt passend.«

»Möchtest du denn wirklich alle einladen?« Seth fand Gefallen an dieser Idee. »Dann besorgen wir uns am besten einen Grill und veranstalten alles draußen. Wie wäre es mit Steaks und Maiskolben? Nichts Kompliziertes.«

Wir, dachte sie. Irgendwie war aus zwei Individuen ein *Wir* geworden. Sie war sich nicht ganz sicher, was sie dabei empfand.

»Ich wollte dich schon lange etwas fragen.« Er lehnte sich auf der Stufe zurück, sodass er ihr Profil studieren konnte. »Wie ist es, wenn man mit so viel Schotter aufwächst?«

Ihre Augenbraue wanderte auf jene gewisse Art in die Höhe, die er so liebte. »Wir bevorzugten zu Hause den Ausdruck ›vermögend‹. Und es hat gewisse Vorteile.«

»Das kann ich mir gut vorstellen. Also wir haben wohl geklärt, warum die Kleine aus der High Society mit dem vielen Schotter einen Blumenladen am Meer betreibt – aber wie kommt es, dass sie keine Haushaltshilfe, keine Bediensteten, keine Angestellten hat?«

»Ich habe ja Mr. G. Es funktioniert ganz wunderbar mit ihm. Er ist flexibel, zuverlässig, und er mag Blumen. Und später werde ich noch jemanden auf Teilzeitbasis einstellen. Aber ich musste ja erst sichergehen, ob das Geschäft überhaupt gut genug läuft, um das rechtfertigen zu können. Ich werde mich schon bald nach jemandem umsehen.«

»Aber du machst weiter die Buchführung.«

»Das macht mir Spaß!«

»Genauso wie die Bestellungen und die Überprüfung des Warenbestands und was sonst noch so nötig ist.«

»Das macht mir auch alles Spaß und außerdem …«

»Schon gut, ich habe es ja begriffen. Jetzt geh doch nicht gleich in die Defensive.« Amüsiert stellte Seth fest, dass sich Drus Schultern versteiften. »Du hältst eben gern das Ruder in der Hand. Das ist doch in Ordnung.«

»Da wir gerade von Rudern reden – der Entwurf der Schaluppe hat mir sehr gut gefallen. Ich werde Phillip anrufen und ihn bitten, einen Kaufvertrag aufzusetzen.«

»Prima, aber du weichst mir aus. Wie kommt es, dass du keine Haushälterin hast?«

»Wenn das ein versteckter Hinweis auf Grace' Reinigungsservice sein soll – was das angeht, lässt Aubrey mir schon keine Ruhe. Ich werde demnächst einmal mit Grace sprechen.«

»Das war es nicht, was ich meinte, aber ich halte es trotzdem für eine gute Idee.« Er strich mit den Fingern an ihrem Bein entlang – eine unbewusste Geste der Vertrautheit. »Du hast doch genug Kohle, um dir etwas mehr Freizeit zu verschaffen.«

»Du bist ja mit einem Mal so an meinem Geld interessiert.«

»Oh nein, an dir«, verbesserte er sie. »Sybill ist der einzige Mensch, den ich kenne – wirklich kenne –, der aus einer reichen Familie kommt. Und wenn ich das richtig sehe, sind das nur kleine Fische im Vergleich zu deinen Leuten. Deine Mutter kommt hier mit einem uniformierten Chauffeur vorgefahren, um ihre Tochter zu besuchen. Piekfein, wenn du mich fragst. Und du hast noch nicht einmal jemanden, der dir die Toilettenschüssel schrubbt. Also frage ich mich natürlich, wie das kommt. Hast du vielleicht Spaß daran, Toilettenschüsseln zu schrubben?«

»Das ist ein alter Kindertraum von mir«, erwiderte Dru trocken.

»Oh, wenn das so ist – diesen Traum darfst du dir gern auch in der Toilette des Ateliers erfüllen!«

»Das ist sehr großzügig von dir.«

»Nun ja, ich liebe dich. Da tut man für den anderen eben, was man kann.«

Beinahe wäre ihr ein Seufzer entfahren. Er liebte sie. Und er versuchte, sie zu verstehen. »Wenn man viel Geld besitzt, lassen sich damit viele Probleme lösen«, begann sie. »Aber andere entstehen auch erst dadurch. Aber egal, ob man arm ist oder reich, wenn man sich den Zeh stößt, tut er weh. Geld kann auch einsam machen, sodass man nicht imstande ist, Bekanntschaften zu knüpfen oder Freundschaften mit Menschen außerhalb des illustren Kreises zu schließen, in dem man hauptsächlich verkehrt. Und ganz bestimmt verpasst man eine ganze Menge, wenn sich die eigenen Eltern die größte Mühe geben, einen vor vielen Dingen außerhalb dieses Kreises zu schützen.«

Sie schaute ihm in die Augen. »Das ist jetzt kein ›Armes-reiches-Mädchen-Geplapper‹, sondern eine Tatsache. Ich habe eine sehr privilegierte Erziehung genossen. Was materielle Dinge angeht, hat es mir nie an etwas gemangelt und das wird es sicher auch nie. Ich habe eine hervorragende Schule besucht und bin weit gereist. Aber wenn ich nicht aus diesem Leben ausgebrochen wäre, wäre ich innerlich Stück für Stück verkümmert.«

Sie schüttelte den Kopf. »Das klingt wieder einmal sehr dramatisch.«

»Das finde ich gar nicht. Es gibt verschiedene Arten von Hunger. Und ein Mensch, der seinen Hunger nicht stillt, stirbt.«

»Dann kann man es wohl so ausdrücken, dass ich ein anderes Menü gebraucht habe. In unserem Haus in Washington hat meine Mutter sechzehn Angestellte. Es ist ein wunderschönes Haus, alles daran ist einfach perfekt. Aber das hier ist mein erstes richtiges Zuhause, das allein mir gehört. Als ich in mein erstes Haus in Georgetown gezogen bin, haben meine Eltern eine Haushälterin für mich eingestellt, obwohl ich ihnen ausdrücklich gesagt hatte, dass ich keine Angestellte haben wollte, die im Haus wohnt. Aber sie haben sich einfach darüber hinweggesetzt.«

»Du hättest doch ablehnen können.«

Dru schüttelte nur den Kopf. »Das ist nicht so einfach, wie du denkst, und außerdem hätte es nur noch weitere Konflikte geschaffen, wo ich doch gerade erst den schweren Kampf hinter mir hatte, meinen Eltern klar zu machen, dass ich von zu Hause ausziehen wollte. Zudem traf ja die Haushälterin keine Schuld. Sie war eine sehr sympathische, fleißige, nette Frau. Aber ich wollte sie einfach nicht haben. Ich habe sie nur deshalb nicht entlassen, weil meine Eltern ohnehin schon außer sich waren, dass ich nicht mehr zu Hause wohnte, und einfach nicht aufhören wollten mir zu erzählen, wie besorgt sie um mich seien, und um wie viel besser sie sich fühlen würden, wenn jemand bei mir lebte, auf den Verlass war. Und ich war diese ganzen Diskussionen und Auseinandersetzungen einfach leid.«

»Ja ja, die liebe Familie weiß genau, wie sie einen in die Mangel nehmen kann.«

»Es kommt dir wahrscheinlich irgendwie lächerlich vor, dass man sich darüber beschweren kann, dass jemand für einen kocht, sauber macht, Besorgungen erledigt und so weiter und so fort. Aber man gibt dadurch auf der anderen Seite immer seine Privatsphäre auf. Man ist niemals allein. Und egal wie nett, wie loyal, wie diskret Hausangestellte auch sein mögen, sie wissen immer alles über einen. Sie wissen, wann man eine Auseinandersetzung mit seinen Eltern oder seinem Liebhaber gehabt hat. Sie wissen, was man isst oder nicht isst, wann man schläft oder nicht schläft, ob man Sex hat oder keinen Sex hat. Sie haben Anteil an jeder Stimmung, jeder Bewegung, die man macht und – wenn sie schon lange genug bei einem sind – sogar an jedem Gedanken, den man hat. Und das möchte ich einfach nicht mehr.« Dru stieß einen langen Seufzer aus. »Ich kümmere mich nun einmal lieber um mich selbst, regele meine Angelegenheiten auf meine Art. Und ich finde, dass ich darin ziemlich gut bin. Aber ich bin mir ganz und gar nicht sicher, wie gut es mir gelingen wird, eine Dinnerparty für die ganze Quinn-Meute auf die Beine zu stellen.«

»Da kann ich dich vielleicht trösten: Anna hat sich für eine geschlagene Stunde in eine Verrückte verwandelt, bevor du heute Abend eingetroffen bist.«

»Wirklich?« Diese Vorstellung tröstete Dru in der Tat. »Da geht es mir doch schon gleich viel besser. Anna macht nämlich immer den Eindruck, als hätte sie alles im Griff.«

»Das hat sie auch. Wir leben in ständiger Angst vor ihr.«

»Blödsinn! Ihr liegt ihr alle zu Füßen. Es ist einfach faszinierend. So eine Art von Familienleben ist etwas völlig Neues für mich, Seth. Für dich dagegen ist es etwas absolut Vertrautes. Du brauchst keine Anleitung, um dich zurechtzufinden. Du kannst dich glücklich schätzen, eine solche Familie zu haben.«

»Ich weiß.« Er dachte an die Zeit zurück, wo alles noch ganz anders gewesen war. Er dachte an Gloria. »Und wie ich es weiß.«

»Ja, das sieht man auch. Wie ihr alle miteinander umgeht. Sie haben Platz gemacht für mich, weil du sie darum gebeten hast. Ich bedeute dir etwas, also bemühen sie sich, mich zu mögen. Das wird bei meiner Familie anders sein. Wenn ich dich mit zu meinen Eltern nehme, wirst du sehr genau befragt, beobachtet, analysiert und beurteilt werden.«

»Sie sorgen sich doch nur um dich.«

»Weniger um mich, als vielmehr um sich selbst. Schließlich geht es um den Familiennamen und die gesellschaftliche Stellung. Sie werden diskrete Erkundigungen einziehen, was deine Finanzen angeht, um sicherzustellen, dass du nicht hinter meinem Geld her bist. Obwohl meine Mutter natürlich – zumindest anfangs – begeistert sein wird, dass ich mit jemandem zusammen bin, der einen solchen Ruf in Künstlerkreisen genießt ...«

»Ach, lass sie doch!«

»Aber das ist so schrecklich oberflächlich!«

Seth zauste ihr durchs Haar, wie er es bei einem kleinen Jungen getan hätte. »Ich werde nicht gleich beleidigt sein, weil jemand von meiner Reputation als Künstler beeindruckt ist.«

»Aber du könntest beleidigt sein, wenn dein Leben und deine Herkunft heimlich, still und leise, aber sehr gründlich durchleuchtet und die Kreditwürdigkeit von ›Boats by Quinn‹ überprüft würde.«

Die Vorstellung, dass jemand in seiner Vergangenheit wühlen und sein Leben unter die Lupe nehmen könnte, ließ Seth in der Tat das Blut in den Adern gefrieren.

»Also wirklich, nun übertreibe mal nicht!«

»Es ist besser, wenn du es weißt. In meiner Familie ist das so üblich. Jonah hat dabei natürlich hervorragend abgeschnitten, und seine politischen Kontakte waren noch das Sahnehäubchen auf dem Kuchen. Deshalb war auch keiner begeistert, als ich die Hochzeit abgesagt habe. Es tut mir leid. Ich weiß, dass ich die schöne Stimmung verderbe, aber so, wie sich die Dinge zwischen uns entwickeln, halte ich es für das Beste, es dir offen zu sagen.«

»Na schön, dann beantworte mir doch gleich auch eine Frage.« Er nahm ihre Hand und spielte mit ihren Fingern. »Wenn ihnen nicht gefallen würde, was sie herausfinden, wäre das dann das Aus für uns beide?«

»Ich habe mich von all dem gelöst, weil ich so nicht leben konnte.« Sie schob ihre Finger zwischen die seinen. »Und ich entscheide selbst über mein Leben und mein Herz.«

»Dann sollten wir uns darüber keine Gedanken machen.« Er zog sie in seine Arme. »Ich liebe dich. Und es ist mir egal, was andere denken.«

Wenn es doch nur so einfach gewesen wäre.

Seth hatte gelernt, dass die Macht der Liebe unermesslich war. Sie war imstande, Habgier, Kleinlichkeit, Hass und Neid zu überwinden. Sie vermochte ein Leben zu verändern.

Er hatte es am eigenen Leib erfahren.

Er glaubte an die Macht der Liebe, ob sie sich in Leidenschaft oder Selbstlosigkeit, in Wut oder in Zärtlichkeit äußerte.

Aber die Liebe selbst war selten einfach. Es waren all ihre Facetten, ihre Vielschichtigkeit, die ihr ihre Macht verliehen.

Und da er Dru liebte, musste er sich wohl oder übel an den Gedanken gewöhnen, ihr alles zu erzählen. Er war nicht mit zehn Jahren geboren worden. Sie hatte ein Recht darauf, alles über seine Herkunft zu erfahren. Er musste einen Weg finden, ihr von seiner Kindheit zu erzählen. Von Gloria.

Aber er wollte nichts überstürzen. Er fand immer neue Entschuldigungen: Er redete sich ein, dass er es verdient hatte, die Gefühle, die sie füreinander empfanden und die noch so neu für sie beide waren, auszukosten. Er wollte, dass sie seine Familie besser kennenlernte und vertrauter mit ihr wurde. Er musste das Bild unbedingt fertig malen. Er wollte einen guten Teil seiner Zeit in den Bau ihres Bootes stecken, sodass es, wenn es fertig war, irgendwie ihnen beiden gehörte.

Schließlich gab es ja auch keinen Grund, etwas zu überstürzen. Tage wurden zu Wochen, ohne dass Gloria sich noch einmal meldete. Und so redete Seth sich ein, dass sie wieder verschwunden war. Und vielleicht würde sie ja dieses Mal für immer wegbleiben.

Er begann mit sich selbst zu handeln, nahm sich vor, erst nach dem Nationalfeiertag am vierten Juli wieder über alles nachzudenken. An diesem Tag veranstalteten die Quinns jedes Jahr ein großes Picknick, zu dem alle eingeladen waren – Familienmitglieder, Freunde, Nachbarn. Sie alle trafen sich in dem weißen Haus, wie sie es schon zu Lebzeiten von Ray und Stella getan hatten, um zu essen und zu trinken, über den neuesten Klatsch zu reden, im kühlen Wasser des Meeresarms zu schwimmen und sich das Feuerwerk anzusehen.

Aber bevor sie Bier und Krabben genießen durften, mussten Dru und Seth erst einmal Champagner und Kaviar über sich ergehen lassen. Drus Eltern hatten ihr so lange zugesetzt, bis sie sich schließlich widerstrebend bereit erklärt hatte, in

Begleitung von Seth an einer der zahlreichen in Washington stattfindenden Galaveranstaltungen teilzunehmen.

»Sieh mal einer an.« Cam stand im Türrahmen von Seths Zimmer und pfiff anerkennend durch die Zähne, als er seinen kleinen Bruder in einem Smoking sah. »Der Kleine hat sich für die hohen Herrschaften als Pinguin verkleidet.«

»Ach, du bist ja nur neidisch, weil du selbst gern so gut aussehen würdest.« Seth schloss seine Manschettenknöpfe. »Ich habe das Gefühl, dass Drus Eltern mich bei dieser kleinen Soirée zur Schau stellen wollen. Ich hätte beinahe statt des Smokings einen Umhang und eine Baskenmütze gekauft, um dem Klischee des Künstlers auch gerecht zu werden. Aber ich konnte mich gerade noch einmal zurückhalten.«

Er begann an der Krawatte herumzuzerren. »Diese ganze Aufmachung war Phils Idee. Angeblich klassisch, ohne konservativ zu wirken.«

»Er muss es ja wissen. Oh Gott, jetzt hör schon auf, da so herumzupfuschen.« Cam stieß sich vom Türrahmen ab und durchquerte das Zimmer, um Seth bei dem Krawattenknoten zu helfen. »Du bist ja nervöser als eine Jungfrau vor dem Schulabschlussball.«

»Schon möglich. Ich werde ja auch heute Abend von Leuten umgeben sein, die in Geld schwimmen. Da will ich nicht absaufen.«

Cam blickte ihm in die Augen. »Geld bedeutet doch einen Dreck. Du bist so gut wie jeder Einzelne von denen, wahrscheinlich sogar besser als die meisten. Wir Quinns müssen uns vor niemandem verstecken.«

»Ich möchte Dru heiraten, Cam.«

Cams Magen zog sich ein wenig zusammen. Die Reise vom Jungen zum Mann dauert nie so lange, wie sie eigentlich sollte, dachte er. »Hm. Verstehe.«

»Wenn man jemanden heiratet, bekommt man die Familie und all den Ballast gleich mit dazu.«

»Das ist richtig.«

»Ich muss mit ihrer Familie klarkommen und sie mit meiner. Wenn ich den heutigen Abend überstanden und sie den Irrsinn hinter sich gebracht hat, der hier am vierten Juli toben wird, dann ... werde ich ihr von früher erzählen müssen. Von Gloria. Und dieses Mal eine ganze Menge mehr, als ich bisher habe verlauten lassen. Ich werde ihr alles anvertrauen.«

»Und jetzt fragst du dich vermutlich, ob sie daraufhin davonlaufen wird. Glaub mir, wenn sie es täte, wäre sie ohnehin nicht die Richtige für dich gewesen. Aber ich kenne mich mit Frauen ein wenig aus und kann dir sagen, dass Dru nicht der Typ ist, der sich davonmacht.«

»Ich glaube auch nicht, dass sie davonlaufen wird. Ich weiß nicht, was sie tun wird. Was *ich* tun werde. Aber ich muss ihr reinen Wein einschenken und ihr die Gelegenheit geben, eine Entscheidung zu treffen, in welche Richtung sie von da an gehen will. Ich habe schon viel zu lange damit gewartet.«

»Das alles ist längst Vergangenheit. Aber es ist deine Vergangenheit, also musst du es ihr sagen. Und dann kannst du für immer damit abschließen.« Cam trat einen Schritt zurück. »Du siehst zum Anbeißen aus.« Er prüfte Seths Bizeps, weil er wusste, dass das den besorgten Ausdruck von seinem Gesicht wischen würde. »Sieh mal einer an, du hast also Gewichte gestemmt.«

»Ach, halt die Klappe!«

Seth verließ lachend das Haus und öffnete grinsend die Wagentür. Doch als er den Zettel auf dem Fahrersitz liegen sah, stieg Panik in seiner Kehle auf und drohte ihn beinahe zu ersticken.

Morgen Abend, zehn Uhr.
Miller's Bar, St. Michael's.
Wir müssen uns unterhalten.

Sie will also wieder herkommen, dachte er, während er den Zettel in seiner Hand zusammenknüllte, und sich nur wenige Meter von meiner Familie entfernt mit mir treffen.

Und ob sie sich unterhalten würden! Darauf konnte sie sich verlassen.

16. Kapitel

Seth schaffte es, Dru zu sagen, dass sie wundervoll aussah in ihrem knallroten Kleid, das an ihrem Körper herabfiel und ihren Rücken bis auf ein Kreuzmuster aus schmalen, glitzernden Trägern freiließ.

Er schaffte es, auf der Fahrt nach Washington zu lächeln und sich mit ihr zu unterhalten. Er befahl sich, sich zu entspannen. Er würde schon mit Gloria fertigwerden, das hatte er bisher ja schließlich immer geschafft.

Sie konnte ihm ohnehin nichts anderes nehmen als sein Geld. Aber Seth wusste, dass er sich diesbezüglich etwas vormachte.

Hatte ihm Stella das nicht auch in seinem Traum angedeutet? Gloria wollte nicht nur sein Geld. Sie wollte ihm das Herz ausquetschen, bis jeder Tropfen Glück herausgeblutet war.

Sie hasste ihn, weil er so anders war als sie, hasste ihn für das, was er erreicht hatte. Irgendwie hatte er das schon immer gewusst.

»Ich weiß es zu schätzen, dass du dich für den heutigen Abend so elegant angezogen hast.«

Seth blickte zu Dru hinüber und strich mit seiner Hand über die ihre hinweg. »Nun ja, man hat schließlich nicht jeden Tag die Gelegenheit, sich bei einer todschicken Party unter die Reichen und Mächtigen zu mischen. Ist doch alles sehr nobel«, fügte er hinzu.

»Ich würde jetzt lieber zu Hause auf der Verandaschaukel sitzen.«

»Du hast doch gar keine Verandaschaukel.«

»Ich möchte mir aber eine kaufen. Dann würde ich ein

schönes Glas Wein trinken und mir den Sonnenuntergang ansehen.« Und ihm wäre es auch lieber, da war Dru sich sicher.

Wie ungezwungen er sich auch geben mochte – irgendetwas stimmte nicht. Sie kannte sein Gesicht inzwischen so gut – gut genug, um es mit geschlossenen Augen in Gedanken Zug um Zug malen zu können. Und der Ausdruck in seinen Augen verriet ihr, dass ihn etwas quälte.

»Maximal zwei Stunden«, sagte sie. »Wir bleiben maximal zwei Stunden, dann sind wir wieder weg.«

»Ich richte mich ganz nach dir, Dru. Wir bleiben so lange du möchtest.«

»Wenn es nach mir gegangen wäre, hätten wir diese Fahrt gar nicht erst unternommen. Aber meine Eltern haben mich mit vereinten Kräften dazu überredet. Ich frage mich, ob man wohl jemals den Punkt erreicht, wo einen die Eltern nicht mehr mit emotionalem Druck dazu bringen können, etwas zu tun, was man eigentlich gar nicht will.«

Ihre Worte ließen ihn erneut an Gloria denken, und prompt machte sich ein Angstgefühl in seinem Magen breit. »Es ist doch nur eine Party, mein Engel.«

»Hah, wenn's doch nur so wäre! Eine Party besucht man, um Spaß zu haben, um sich zu entspannen und die Gesellschaft von Menschen zu genießen, mit denen man etwas gemeinsam hat. Aber ich habe mit diesen Menschen nichts mehr gemeinsam. Vielleicht ist es sogar nie so gewesen. Meine Mutter möchte mit dir angeben, und ich werde es zulassen, weil sie mich mürbe gemacht hat.«

»Aber du musst schon zugeben, dass ich heute Abend einfach umwerfend aussehe.«

»Das lässt sich wirklich nicht bestreiten. Und du versuchst mich aufzuheitern. Dafür danke ich dir. Ich werde mich auf der Rückfahrt dafür revanchieren, denn nach dem Verhör, dem man dich unterziehen wird, wirst du bestimmt nur noch mit glasigem Blick dasitzen.«

»Ist es dir denn wichtig, was sie von mir halten?«

»Aber natürlich.« Die ganze Sache schien Dru irgendwie zu amüsieren. Sie zog ihren Lippenstift aus der Handtasche und bemerkte dadurch nicht, wie sich sein Kiefer anspannte. »Es geht mir um all die Leute, die mich nach meiner Trennung von Jonah mit ihrem falschen Mitleid übergossen haben, all diejenigen, die mir das Geschehene immer und immer wieder unter die Nase gerieben haben, in der Hoffnung, dass ich etwas tun oder sagen würde, das sie bei nächster Gelegenheit brühwarm weitererzählen konnten. All diese falschen Freunde sollen einen Blick auf dich werfen und denken: ›Nun sieh mal einer an, Dru ist ja wohl auf die Füße gefallen, was? Sie hat sich *il maestro giovane* geangelt.‹«

Seth spürte, wie sich seine Nackenmuskulatur verspannte. »Ich bin also sozusagen dein wandelndes Statussymbol«, sagte er und versuchte, seiner Stimme einen heiteren Tonfall zu verleihen.

Dru zog ihre Lippen nach und verschloss den Lippenstift wieder. »Du bist besser als jede Harry-Winston-Diamantenhalskette. Es ist armselig, ich weiß, es ist billig und auf eine erbärmliche Art typisch Frau. Aber das ist mir egal. Offenbar habe ich gerade genug von meiner Mutter abbekommen, dass auch ich mit dir angeben will.«

»Unsere Herkunft holt uns eben immer wieder ein. Egal, wie weit wir auch davonlaufen.«

»Das ist wirklich eine deprimierende Vorstellung. Wenn ich daran glaubte, würde ich von der nächsten Klippe springen. Ich werde bestimmt niemals den Vorsitz bei irgendwelchen Komitees führen und jeden Mittwochnachmittag Damenkränzchen geben.«

Seth schwieg, und Dru berührte instinktiv zärtlich seinen Arm. »Zwei Stunden, Seth. Allerhöchstens.«

»Wird schon gut gehen«, sagte er.

Seth bekam seine erste Kostprobe von Drus früherem Leben nur wenige Minuten, nachdem sie den Ballsaal betreten hatten.

Menschen standen zu den gedämpften Klängen eines zwölfköpfigen Orchesters in kleinen Gruppen beisammen oder schlenderten umher. Die Dekoration war in den patriotischen Farben Rot, Weiß und Blau gehalten, die sich in Blumen, Tischdecken, Luftballons und Fähnchen wiederholten.

Eine riesige Eisskulptur stellte die im Wind flatternde amerikanische Flagge dar.

Auch an den weiblichen Gästen war viel Weiß zu entdecken, oft in Form von Diamanten und Perlen. Die Kleidung wirkte konservativ, traditionell und sehr, sehr teuer.

Diese Veranstaltung schien offenbar zum Teil eine politische Versammlung, zum Teil ein gesellschaftliches Ereignis und zum Teil eine Klatschbörse zu sein.

Seth würde sie in Acrylfarben malen. Leuchtende Farben und Formen in grellem Kunstlicht.

»Drusilla!« Katherine kam in prächtigem Militärblau herangerauscht. »Du siehst hübsch aus, Liebes. Aber hatten wir uns nicht auf das weiße Valentino-Kleid geeinigt?« Sie küsste Dru auf die Wange und strich ihr mit einem nachsichtigen »Ts-ts« über das Haar.

»Wie schön, Sie wiederzusehen, Seth«, fuhr sie an Seth gewandt fort. Sie hielt ihm ihre Hand hin. »Ich dachte schon, Sie wären im Verkehr stecken geblieben. Ich hatte so sehr gehofft, Sie und Dru würden für das Wochenende unsere Gäste sein, damit Ihnen diese schreckliche Hin- und Herfahrerei an einem Tag erspart bliebe.«

Seth hörte zum ersten Mal von solchen Plänen, aber er schaltete schnell. »Vielen Dank für die Einladung, aber ich konnte mich leider nur für den einen Abend freimachen. Ich hoffe, Sie vergeben mir und reservieren einen Tanz für mich. Auf diese Weise werde ich sagen können, dass ich mit den beiden schönsten Frauen im Saal getanzt habe.«

»Wie charmant von Ihnen!« Katherines Wangen färbten sich zartrosa. »Sie können sich sicher sein, dass ich genau das tun werde. Aber kommen Sie nur, ich werde Sie vorstellen. Es gibt hier so viele Leute, die sich darauf freuen, Sie kennenzulernen.«

In diesem Moment kam Drusillas Vater mit großen Schritten auf sie zu. Er war ein auffallend gut aussehender Mann mit silbernen Strähnchen im schwarzen Haar und dunkelbraunen Augen mit schweren Lidern. »Da ist ja meine Prinzessin!« Er umfing Drusilla in einer heftigen und besitzergreifenden Umarmung. »Ihr seid spät dran, ich hatte mir schon Sorgen gemacht.«

»Wir sind überhaupt nicht spät dran.«

»Um Himmels willen, das Mädchen bekommt ja gar keine Luft mehr«, sagte Katherine und zerrte an Proctors Arm.

Seth musste unwillkürlich an Witless denken, der sich sofort dazwischenquetschte, wenn jemand versuchte, Anna zu umarmen.

»Proctor, das hier ist Drusillas Begleiter, Seth Quinn.«

»Sehr erfreut, Sie kennenzulernen. Wurde aber auch langsam Zeit.« Proctor packte Seths Hand mit festem Griff. Seine dunklen Augen richteten sich auf Seths Gesicht und schienen es durchbohren zu wollen.

»Die Freude ist ganz meinerseits.« Als Seth sich schon zu fragen begann, ob er wohl gerade zu einer Runde Armdrücken herausgefordert wurde, ließ Proctor seine Hand wieder los.

»Schade, dass Sie nicht die Zeit finden konnten, übers Wochenende zu bleiben.«

»Ja, es tut mir aufrichtig leid.«

»Es ist aber nicht Seths Schuld. Ich habe dir – euch beiden –, doch gesagt, dass ich es nicht ermöglichen konnte. Wenn ich …«, setzte Dru an.

»Drus Laden ist fantastisch, nicht wahr?«, unterbrach Seth sie in fröhlichem Tonfall, während er Champagnergläser von einem Tablett nahm, das ihm ein Kellner hinhielt, und sie an Katherine, Dru und Proctor weiterreichte, bevor er selbst eins nahm. »Ich bin mir sicher, dass die geschäftlichen Aspekte kompliziert sind und eine Herausforderung darstellen, aber ich betrachte es zudem rein vom ästhetischen Standpunkt. Wie sie den Raum und das Licht genutzt und die Farben und die verschiedenen Materialien gemischt hat – als Künstler verbeuge ich mich vor ihr«, erklärte er. »Sie müssen unglaublich stolz auf Ihre Tochter sein.«

»Natürlich sind wir das.« Proctors Lächeln war frostig, wirkte fast schon bedrohlich. Es schien ebenso deutlich wie Katherines Zerren an seinem Arm sagen zu wollen: »Sie ist mein Mädchen.«

»Drusilla ist unser größter Schatz«, fuhr Proctor fort.

»Wie könnte es auch anders sein?«, entgegnete Seth.

»Da ist mein Großvater, Seth.« Dru griff nach Seths Hand. »Ich muss dich ihm unbedingt vorstellen.«

»Gern.« Er schenkte ihren Eltern ein strahlendes Lächeln. »Entschuldigen Sie uns bitte für einen Moment.«

»Du machst das sehr gut«, lobte ihn Dru.

»Oh, was Takt und Diplomatie angeht, habe ich wahrscheinlich einiges von Phil gelernt. Du hättest die Wochenendeinladung aber wenigstens erwähnen können.«

»Ja, tut mir leid, das hätte ich. Ich dachte, ich würde uns

beiden etwas ersparen, aber stattdessen habe ich dich in Verlegenheit gebracht.«

Auf dem Weg zu dem Tisch, wo Senator Whitcomb Hof hielt, wurden sie ein halbes Dutzend Mal angehalten. Jedes Mal hauchte Dru einen flüchtigen Kuss auf eine Wange oder schüttelte Hände, stellte Seth vor und zog sich dann freundlich, aber bestimmt zurück, um weiterzugehen.

»Du machst das auch sehr gut«, sagte Seth.

»Das liegt mir eben im Blut. Hallo, Granddad.« Sie beugte sich hinunter, um den gut aussehenden, kräftig gebauten Mann zu küssen.

Er wirkte grob und berechnend auf Seth. Wie ein Boxer, der im Ring sowohl durch sein Köpfchen als auch durch seine Muskeln dominiert. Sein Haar hatte die Farbe von dunklem Zinn, und seine Augen waren genauso grün wie die seiner Enkelin.

Er stand auf, um ihr Gesicht mit zwei großen Händen zu umfassen. Sein Lächeln war unwiderstehlich. »Da ist ja meine liebste Enkeltochter.«

»Das sagst du doch zu all deinen Enkeltöchtern!«

»Und ich meine es auch jedes Mal so. Wo steckt dieser Maler, mit dem mir deine Mutter in den Ohren gelegen hat? Ist er das?« Er ließ eine Hand auf Drus Schulter ruhen und betrachtete Seth abschätzend. »Nun, Sie sehen nicht aus wie ein Schwachkopf, mein Junge.«

»Ich gebe mir auch Mühe, keiner zu sein.«

»Granddad!«

»Ruhe. Zumindest haben Sie genug Grips im Schädel, um Ihre Zeit mit diesem hübschen Ding hier zu verbringen, stimmt's?«

Seth grinste. »Das stimmt, Sir.«

»Senator Whitcomb, Seth Quinn. Bring mich nicht in Verlegenheit, Granddad.«

»Es ist das Privileg eines alten Mannes, seine Enkeltöchter in Verlegenheit bringen zu dürfen. Ihre Arbeit gefällt mir recht gut«, sagte er an Seth gewandt.

»Vielen Dank, Senator. Ihre ist meiner Ansicht nach auch nicht schlecht.«

Whitcomb schürzte für einen Moment die Lippen, doch dann wanderten seine Mundwinkel in die Höhe. »Der junge Mann scheint Rückgrat zu haben. Meine Quellen sagen mir, dass Sie ein anständiges Leben von Ihrer Malerei führen können.«

»Warte«, sagte Seth zu Dru, als diese den Mund öffnete, um etwas einzuwerfen, und fuhr dann an den Senator gewandt fort: »Ich habe das Glück, meinen Lebensunterhalt mit einer Arbeit verdienen zu dürfen, die ich liebe. Sie selbst sind ja dafür bekannt, ein großer Förderer der Kunst zu sein, Sir, also wissen Sie die Kunst um der Kunst willen zu schätzen und begreifen sie auch als solche. Finanzielle Entlohnungen sind zweitrangig.«

»Sie bauen Boote, nicht wahr?«

»Das stimmt, Sir. Wann immer ich kann. Meine Brüder sind die besten Konstrukteure von Holzsegelbooten an der Ostküste. Wenn Sie wieder einmal nach St. Chris kommen, müssen Sie unbedingt in der Werkstatt vorbeischauen.«

»Das werde ich gern einmal tun. Ihr Großvater war Lehrer. Ist das richtig?«

»Ja«, erwiderte Seth gelassen. »Das ist richtig.«

»Ein sehr ehrbarer Beruf. Ich habe ihn einmal bei einer politischen Veranstaltung am College kennengelernt. Er war ein interessanter und außergewöhnlicher Mann. Hat drei Söhne adoptiert, nicht wahr?«

»Ja, Sir.«

»Aber Sie stammen von seiner Tochter.«

»Wenn man so will. Ich hatte leider nicht das Glück, meinen Großvater mein ganzes Leben lang um mich zu haben, wie es bei Dru der Fall ist. Aber seine Wirkung auf mich, seine Bedeutung für mich, ist ebenso groß. Ich hoffe, wenn er noch lebte, wäre er auch nur halb so stolz auf mich wie ich auf ihn.«

Dru legte eine Hand auf Seths Arm und spürte seine Anspannung. »Wenn du für einen Moment mit dem Herumschnüffeln aufhören könntest, Großvater, dann würde ich jetzt gern mit Seth tanzen.«

»Wer könnte einer solchen Frau widerstehen, Senator? Wenn Sie mich bitte entschuldigen würden.«

»Es tut mir leid.« Auf der Tanzfläche schmiegte Dru sich in Seths Arme. »Es tut mir wirklich leid.«

»Das muss es nicht.«

»Oh doch. Es liegt in seiner Natur, Fragen zu stellen, ganz gleich, wie persönlich sie auch sein mögen.«

»Er schien mich aber zumindest nicht über einem offenen Feuer rösten zu wollen wie dein Vater.«

»Nein. Er ist nicht so besitzergreifend, und er ist offener, wenn es darum geht, mich meine Entscheidungen selbst treffen zu lassen. Außerdem hat er Verständnis dafür, dass ich mein eigenes Leben führen will.«

»Ich mag ihn.« Dieser scharfsinnige und intelligente Mann liebte seine Enkelin über alles und wollte nur das Beste für sie.

Aber das Beste war wohl kaum ein Herumstreuner, der seinen leiblichen Vater nie kennengelernt hatte, und dessen Mutter eine Vorliebe für Erpressungen hegte.

»Normalerweise benutzt er nicht die Holzhammer-Methode«, sagte Dru. »Aber die Sache mit Jonah hat ihn sehr wütend gemacht. Jetzt wird er wohl für eine Weile etwas überängstlich sein, wenn es um mich geht. Warum verschwinden wir nicht einfach?«

»Weglaufen bringt nichts, glaub mir. Ich habe es versucht.«

»Du hast natürlich recht, und das ist sehr ärgerlich.«

Die Musik verstummte, und Dru löste sich aus Seths Armen. Als sie über seine Schulter schaute, erblickte sie Jonah. »Manchmal kommt es aber auch knüppeldick«, sagte sie leise. »Wie steht es um deinen Takt und deine Diplomatie – ist noch ein Rest davon übrig?«

»Ich denke doch.«

»Dann leih mir bitte etwas davon«, sagte sie und verzog den Mund zu einem kühlen und unnahbaren Lächeln.

»Hallo, Jonah. Und Angela, nicht wahr?«

»Dru!« Jonah beugte sich vor, als wolle er sie auf die Wange küssen. Aber er verharrte mitten in der Bewegung, als er das warnende Flackern in ihren Augen sah, und wandelte sein Vorhaben geschickt und unauffällig in ein höfliches Händeschütteln ab. »Du siehst wie immer ganz wundervoll aus. Jonah Stuben«, sagte er an Seth gewandt und hielt ihm seine Hand hin.

»Quinn, Seth Quinn.«

»Ja, richtig, der Künstler. Ich habe schon von Ihnen gehört. Meine Verlobte, Angela Downey.«

»Herzlichen Glückwunsch.« Dru, die sich sehr wohl der Dutzenden von Augenpaaren bewusst war, die auf ihr ruhten, hatte einen vollkommen leeren Gesichtsausdruck aufgesetzt. »Und alles Gute auch für Sie«, sagte sie zu Angela.

»Vielen Dank.« Angela hatte sich fest bei Jonah eingehakt und ließ ihn nicht einen Augenblick lang los. »Ich habe letztes Jahr zwei Ihrer Bilder in einer Ausstellung zeitgenössischer Künstler im *Smithsonian* gesehen. Eins schien eine sehr persönliche Studie in Öl zu sein, mit einem alten, weißen Haus, schattigen Bäumen, Menschen, die im Garten um einen großen Picknicktisch herumsaßen, und ein paar herumstreunenden Hunden. Es war sehr hübsch und wirkte so heiter.«

»Danke.« *Zuhause,* dachte Seth. So lautete der Namen des Bildes, das er einst aus der Erinnerung gemalt hatte.

»Und was macht dein kleines Hobby, Dru?«, fragte Jonah. »Und das geruhsame Leben?«

»Beides ist sehr lohnend. Ich genieße es, unter Menschen zu leben und zu arbeiten, die nicht jeden Morgen die Maske des Heuchlers aufsetzen.«

»Ach wirklich?« Jonahs Lächeln schien auf seinem Gesicht festzufrieren. »Nach dem, was deine Eltern erzählen, hatte ich den Eindruck gewonnen, als wolltest du bald wieder nach Washington zurückziehen.«

»Nun, da hast du dich getäuscht. Und meine Eltern ebenso. Seth, ich brauche ein wenig frische Luft.«

»Ich begleite dich hinaus. Ach, und Jonah, ich möchte Ihnen herzlich dafür danken, dass Sie ein solches Arschloch sind.« Seth lächelte Angela fröhlich an. »Ich hoffe, Sie beide werden sehr glücklich zusammen.«

»Das war weder sehr taktvoll noch sehr diplomatisch«, ermahnte ihn Dru.

»Ein Arschloch ein Arschloch zu nennen habe ich wohl von Cam gelernt. Aber dass ich ihn nicht seiner Männlichkeit beraubt habe, als er deinen Laden ›dein kleines Hobby‹ nannte, ist wohl Ethans Einfluss zu verdanken. Möchtest du auf die Terrasse hinausgehen?«

»Ja. Aber … gib mir eine Minute, ja? Ich würde gern für einen Moment allein sein, um mich zu beruhigen. Dann können wir ja die restliche Runde machen und zusehen, dass wir hier wegkommen.«

»Klingt gut.«

Seth schaute ihr nach. Dann sah er sich nach einem geeigneten Versteck um, doch im selben Moment kam auch schon Katherine auf ihn zugestürzt.

Draußen atmete Dru zweimal tief durch, um sich wieder zu fangen, und nahm dann einen Schluck von dem Champagner, den sie von einem Tablett genommen hatte, bevor sie auf die Terrasse hinausgetreten war.

Diese Stadt droht einen zu ersticken, dachte sie, während sie die hell erleuchtete Skyline Washingtons betrachtete. War es da ein Wunder, dass sie an einen Ort geflohen war, wo die Luft klar war?

Mehr denn je sehnte sie sich danach, auf ihrer Veranda zu sitzen und jene stille Befriedigung zu spüren, die sie nach einem erfolgreichen Arbeitstag empfand. Und sie sehnte sich danach, Seth dabei neben sich zu wissen.

Wie seltsam, dass sie dieses Bild so klar vor Augen hatte und sich vorstellen konnte, dass es Tag für Tag, Jahr für Jahr so sein würde. Dabei konnte sie sich kaum noch an das Leben erinnern, das sie vorher geführt hatte. Nur die Last, die es bedeutet hatte, war ihr in Momenten wie diesen wieder gegenwärtig.

»Drusilla?«

Sie blickte über ihre Schulter zurück und konnte gerade noch einen Fluch unterdrücken, als Angela auf sie zutrat. »Bitte lassen Sie uns nicht so tun, als hätten wir einander etwas zu sagen, Angela. Das eben war doch nur etwas für das Publikum.«

»Ich habe Ihnen sehr wohl etwas zu sagen. Etwas, das ich Ihnen schon lange sagen wollte. Ich schulde Ihnen nämlich eine Entschuldigung.«

Dru zog eine Augenbraue in die Höhe. »Wofür?«

»Es fällt mir nicht leicht, müssen Sie wissen. Ich war immer eifersüchtig auf Sie. Ich habe es Ihnen übel genommen, dass Sie hatten, was ich haben wollte. Und das hat mir als Rechtfertigung gedient, mit dem Mann zu schlafen, den Sie zu heiraten beabsichtigten. Ich habe ihn geliebt, ich wollte ihn, und deshalb habe ich genommen, was ich kriegen konnte.«

»Und jetzt gehört er Ihnen.« Dru hob eine Hand, die Handfläche nach oben. »Problem gelöst.«

»Es hat mir nicht gefallen, die heimliche Geliebte zu sein, mich zu verstecken und mit den Resten zufriedenzugeben, die für mich übrig blieben. Ich habe mir eingeredet, dass es Ihre Schuld gewesen ist, denn das war die einzige Möglichkeit für mich, damit zu leben. Also musste ich nichts weiter tun, als Sie aus dem Weg schaffen, damit Jonah und ich zusammen sein konnten.«

»Sie haben es also mit Absicht getan.« Dru drehte sich um und lehnte sich mit dem Rücken gegen das Geländer. »Ich hatte mich das immer gefragt.«

»Ja, ich habe es mit Absicht getan. Es war ein Impuls, einer, den ich später bedauert habe, auch wenn … nun ja, wie auch immer. Jedenfalls hatten Sie es nicht verdient, es auf diese Weise zu erfahren. Sie hatten ja nichts getan. Ich habe Ihnen großen Schaden zugefügt, und das tut mir sehr leid.«

»Entschuldigen Sie sich, weil Ihnen Ihr Gewissen zu schaffen macht, Angela, oder weil Sie einfach ein paar Dinge in Ordnung bringen wollen, bevor Sie Jonah heiraten?«

»Beides.«

Nun, das ist endlich einmal eine ehrliche Antwort, die ich respektieren kann, dachte Dru. »Na schön, Sie sind von Ihren Sünden freigesprochen. Jonah würde niemals den Mut aufbringen, sich zu entschuldigen, würde niemals vor mich treten und mir ins Gesicht sagen, dass er falsch gehandelt hat. Warum sind Sie mit einem solchen Mann zusammen?«

»Ich liebe ihn«, erwiderte Angela schlicht. »Seine Stärken, seine Schwächen, alles.«

»Ja, ich glaube, das tun Sie wirklich. Ich wünsche Ihnen viel Glück. Und das meine ich ehrlich.«

»Danke.« Angela wandte sich ab, um wieder hineinzugehen, drehte sich dann aber noch einmal um. »Wissen Sie, Jonah hat mich noch nie auf diese Weise angeschaut, wie Seth Quinn Sie anschaut. Und ich denke, das wird er auch niemals tun. Einige von uns müssen sich eben mit dem begnügen, was sie bekommen können.«

Und einige von uns bekommen mehr, als sie jemals zu träumen gewagt hätten, dachte Dru.

Seth war völlig erschöpft, als sie aus Washington zurückkamen. Erschöpft von der Fahrt, von der Anspannung, von den Gedanken, die wie Geier in seinem Kopf kreisten.

»Ich stehe in deiner Schuld«, sagte Dru.

Er drehte den Kopf und starrte sie ausdruckslos an. »Was?«

»Ich stehe in deiner Schuld, weil du das alles über dich hast ergehen lassen. Die Fragen meines Großvaters, die Selbstgefälligkeit meines Exverlobten. Ich danke dir, dass Mutter über eine Stunde mit dir angeben durfte, als wärest du ein wertvoller Zuchthengst. Ich danke dir für all die Fragen, die Andeutungen, die Spekulationen, die du ertragen hast. Es muss wie ein Spießrutenlauf für dich gewesen sein.«

»Nun ja, du hattest mich ja vorgewarnt.« Er zuckte mit den Schultern und öffnete die Autotür.

»Mein Vater war sehr unhöflich zu dir.«

»Eigentlich nicht. Er kann mich bloß nicht leiden.« Die Hände in den Taschen vergraben, begleitete Seth Dru zur Haustür. »Ich habe den Eindruck, dass ihm kein Kerl besonders gefallen wird, der seine Prinzessin anrührt.«

»Ich bin keine Prinzessin.«

»Mein Engel, deine Familie hat sich ein Geschäftsimperium

aufgebaut und ein politisches dazu, glaub mir, du bist eine Prinzessin. Du willst nur nicht in einem Elfenbeinturm leben.«

»Ich bin aber nicht der Mensch, für den sie mich halten. Ich will gar nicht all das haben, von dem sie immer behaupten, dass ich es haben möchte. Ich werde sie niemals so zufriedenstellen, wie sie es von mir erwarten. Das hier ist jetzt mein Leben. Wirst du bei mir bleiben?«

»Heute Nacht?«

»Für den Anfang.«

Seth trat mit ihr ins Haus. Er wusste nicht, wie er mit der Verzweiflung, mit der plötzlichen drängenden Angst, dass er alles verlieren könnte, um was er so schwer gekämpft hatte, umgehen sollte.

Er zog Dru ganz eng an sich, als wolle er damit beweisen, dass er wenigstens sie festhalten konnte. Und meinte, ein spöttisches Lachen in seinem Kopf zu hören.

»Ich will ...« Er presste sein Gesicht in ihren Nacken. »Oh verdammt, ich will ...«

»Was denn?« In dem Versuch, ihn zu beruhigen, streichelte Dru mit ihren Händen über seinen Rücken. »Was willst du?«

Zu viel, dachte er. Auf jeden Fall mehr, als das Schicksal ihm jemals zugestehen würde. Aber in diesem Moment, in dieser Nacht, konnten all seine Bedürfnisse zu einem einzigen werden.

»Dich.« Unvermittelt drängte er sie gegen die Tür. Sein Mund erstickte ihr überraschtes Keuchen in einem wilden, verzehrenden Kuss.

»Ich will dich«, wiederholte er. Er blickte in ihre aufgerissenen, erschrockenen Augen. »Heute Nacht werde ich dich nicht wie eine Prinzessin behandeln.« Er zerrte ihr Kleid bis zur Taille hoch und presste seine Hand grob zwischen ihre Beine. »Und du wirst es auch gar nicht wollen.«

»Seth!« Sie packte seine Schultern, zu benommen, um ihn wegzustoßen.

»Sag mir, dass ich aufhören soll.« Er stieß seine Finger in sie hinein, bewegte sie fest und schnell.

Panik und Erregung explodierten in ihr und entfachten eine bis dahin nicht gekannte Lust. »Nein.« Sie überließ sich ihren Gefühlen, schwor sich, ihn auf diese Reise mitzunehmen. »Nein, wir werden nicht aufhören.«

»Ich werde mir nehmen, worauf ich Lust habe.« Er zerriss einen der schmalen, strassbesetzten Träger, sodass das Kleid ein Stück hinunterglitt und sich um ihre Brüste schmiegte. »Du wirst vielleicht noch nicht bereit sein für das, worauf ich heute Nacht Lust habe.«

»Ich bin nicht zerbrechlich.« Der Atem stockte ihr in der Kehle. »Ich bin nicht schwach.« Obwohl sie erzitterte, wichen ihre Augen keinen Moment von den seinen. »Vielleicht bist ja auch du noch nicht bereit für das, worauf ich heute Nacht Lust habe.«

»Dann lass es uns herausfinden.« Er warf sie herum, presste sie gegen die Tür und grub seine Zähne in ihren Nacken.

Dru schrie auf und schlug mit den Fäusten gegen die Tür, während seine Hände über ihren Körper hinwegjagten.

Sie hatten sich schon voller Dringlichkeit, mit großer Zärtlichkeit, sogar lachend geliebt, aber Dru hatte noch niemals jene Art der Verzweiflung erlebt, die er ihr nun offenbarte. Eine Verzweiflung, die schonungslos, unbarmherzig und roh war. Sie hätte niemals geglaubt, dass sie es genießen würde, dass sie den Verlust ihrer Selbstbeherrschung sogar bejubeln würde.

Es war ein Anschlag auf ihre Sinne, der sie nach mehr verlangen ließ.

Er riss an dem zweiten Träger, zerfetzte ihn, sodass das

Kleid schon im nächsten Moment wie eine rote Pfütze zu ihren Füßen lag.

Sie trug einen trägerlosen Büstenhalter und Strumpfhalter aus champagnerfarbener Spitze, hauchdünne Nylonstrümpfe und silberfarbene Stilettoabsätze. Als Seth sie herumdrehte und in ihre Augen blickte, gruben sich seine Finger in ihre Schultern.

Sie zitterte, und in ihren Augen funkelte wieder jene Macht, jenes Wissen. »Lass uns ins Schlafzimmer gehen.«

»Nein.« Er umfasste ihre Brüste. »Ich werde dich hier nehmen.«

Dann lagen seine Hände auf ihren Hüften, hoben sie hoch, brachten sie zu ihm. Seine Zunge drängte sich zwischen ihre Lippen, während seine Hände auf eine ungeduldige Reise über Spitze und Haut und Seide gingen. Sein Herz hämmerte, und er folgte demselben heißen Pfad mit seinem Mund.

Er hätte sie am liebsten lebendig verspeist, sich an ihr gelabt, bis sein nagender Hunger gesättigt war. Er hätte nur allzu gern den Verstand verloren, um an nichts anderes mehr denken zu müssen als an das ungestüme Verlangen.

Die Zartheit ihrer Haut steigerte in ihm den brennenden Wunsch, sie zu besitzen, und ihr Geruch weckte in ihm eine noch wildere Leidenschaft.

Als sie unter seinen Händen die Kontrolle verlor, da kannte er nichts weiter als ein strahlendes, loderndes Gefühl des Triumphs.

Sie zerrte ungeduldig an seinem Jackett, ihre Finger tasteten hektisch in der Eile, ihre erstickten Schreie klangen gedämpft unter seinem Mund. Benommen, verzweifelt, riss sie an seiner Krawatte.

»Mach schnell!« Sie scherte sich nicht länger darum, dass sie ihn anbettelte. »Bitte, mach schnell!«

Er war immer noch halb angezogen, als er sie auf den Boden zog. Sie bäumte sich vor Verlangen auf, als er endlich in sie eindrang.

Ihre Nägel kratzten über sein Hemd, dann schob sie ihre Hände darunter und klammerte sich an seinen heißen, feuchten Oberkörper. Sie jagte mit ihm dahin, empfing seine immer härter werdenden Stöße.

Ihrer beider Atem kam in Stößen, ihre Herzen rasten zu demselben Urrhythmus, und sie gaben sich der Leidenschaft hin, bis sie gemeinsam den Gipfel der Lust erreichten.

Später lagen sie erschöpft und selig auf dem nackten, polierten Boden, und das Licht der wertvollen Tiffany-Lampe verteilte Juwelen in der Luft. Als sich das Pochen des Blutes in Drus Ohren langsam legte, vernahm sie die Geräusche der Nacht, die durch die geöffneten Fenster drangen.

Das Wasser, der träge Ruf einer Eule, der Gesang der Insekten.

Seths Hitze pulsierte noch immer in ihr. Sie rieb ihren Fuß an seinem Knöchel.

»Seth?«

»Hm?«

»Ich hätte nie geglaubt, dass ich es einmal sagen würde, aber ich bin so froh, dass wir heute Abend zu dieser langweiligen Party gegangen sind. Ehrlich gesagt, wenn dich das immer in eine solche Stimmung versetzt, dann sollten wir uns mindestens einmal pro Woche zu solch einer Veranstaltung einladen lassen.«

Er drehte den Kopf und erblickte den kleinen, roten Stoffhaufen auf dem Boden. »Ich werde für die Reparatur des Kleides bezahlen.«

»In Ordnung, aber es könnte ein wenig peinlich werden, der Schneiderin zu erklären, wie der Schaden entstanden ist.«

Gewalt ist ein Teil meines Lebens, dachte Seth. Er wusste, wie er Dru kontrollieren, wie er sie lenken konnte. Er kannte den Unterschied zwischen Leidenschaft und Bestrafung. Er wusste, dass Sex schäbig sein konnte, genauso wie er wusste, dass zwischen dem, was sich gerade zwischen ihnen abgespielt hatte, und dem, was in den ersten Jahren seines Lebens geschehen war, Welten lagen.

Und dennoch …

»Es gibt so vieles, was du nicht von mir weißt, Dru.«

»Ich glaube, dass es ohnehin noch eine Menge gibt, was wir voneinander nicht wissen. Wir sind beide mit anderen Partnern zusammen gewesen, Seth. Wir sind ja keine Kinder mehr. Aber ich weiß, dass ich noch niemals zuvor in meinem Leben so für einen Mann empfunden habe. Und zum ersten Mal habe ich nicht das Verlangen, jedes kleinste Detail planen zu müssen. Das ist irgendwie sehr befreiend für mich. Es macht mir Spaß, nach und nach herauszufinden, wer du bist und wer ich bin. Und was aus uns wird, wenn wir zusammen sind.«

Sie strich ihm mit den Fingern über das Haar. »Für mich ist das ein ganz wundervoller Teil des Verliebtseins. Es ist wie eine Entdeckungsreise«, sagte sie, als er seinen Kopf hob, um sie anzusehen. »Und das Schöne ist, dass wir uns Zeit lassen können, mehr zu entdecken.«

Aber Seth fürchtete, dass ihnen die Zeit durch die Finger rann.

»Weißt du, welchen Gefallen du mir jetzt tun könntest?«, fragte sie.

»Nein, aber ich würde alles für dich tun.«

»Trag mich ins Bett.« Sie legte ihre Arme um seinen Hals. »Ich verrate dir etwas, was du noch nicht über mich weißt. Ich habe mir schon immer gewünscht, einmal von einem starken, gut aussehenden Mann die Treppe hinauf getragen zu werden. Ich weiß, dass das nicht gerade zu dem Frauenbild passt, das ich verkörpere, aber ich kann nun einmal nicht anders.«

»Eine geheime, romantische Fantasie also.« Entschlossen, wenigstens diese eine Nacht des Friedens zu genießen, legte Seth seine Lippen leicht auf die ihren. »Das ist ja sehr interessant. Dann lass uns einmal sehen, ob ich sie für dich wahr werden lassen kann.«

Er stand auf und blickte an sich hinunter. »Aber jetzt ziehe ich erst einmal mein Hemd aus. Es wäre doch ein ziemlich alberner Anblick, wenn ein Kerl, der nichts weiter als ein Smokinghemd anhat, eine nackte Frau die Treppe hinaufträgt.«

»Gute Idee.«

Er befreite sich von den Manschettenknöpfen und warf das Hemd neben ihr Kleid auf den Boden. Dann beugte er sich zu ihr hinunter, und sie streckte ihm die Arme entgegen.

»Wie mache ich mich bisher?«

»Ganz wunderbar«, sagte sie und schmiegte ihre Wange an seinen Hals, als er sie auf die Treppe zutrug. »Und jetzt erzähl mir etwas, das ich noch nicht von dir weiß.«

Diese Worte brachten ihn beinahe zum Stolpern, aber er fing sich wieder und machte sich daran, die Treppe hinaufzusteigen. »Ich habe ein paarmal von der Frau meines Großvaters geträumt. Ich habe sie nie kennengelernt. Sie starb, bevor ich nach St. Chris kam.«

»Wirklich? Und was waren das für Träume?«

»Sehr realistische Träume, in denen wir lange Unterhaltungen führten. Ich habe immer zugehört, wenn sich meine Brüder über sie unterhielten und mir gewünscht, ich hätte sie noch kennenlernen dürfen.«

»Das zeugt von einer großen Zuneigung.«

»Die Sache ist nur die – ich glaube nicht, dass es Träume

waren. Ich bin der Überzeugung, dass ich mich tatsächlich mit ihr unterhalten habe.«

»Du warst davon überzeugt, während du träumtest?«

»Nein.« Seth legte Dru auf das Bett, streckte sich neben ihr aus und zog sie dann an sich. »Ich bin jetzt in diesem Moment davon überzeugt.«

»Oh.«

»Jetzt bist du überrascht, was?«

»Ich denke nach.« Sie rutschte hin und her, bis ihr Kopf bequem in seiner Halsmulde lag. »Glaubst du, es handelt sich um eine Art Erscheinung? Dass du mit ihrem Geist kommuniziert hast?«

»Etwas in der Art.«

»Und worüber habt ihr gesprochen?«

Er zögerte einen Moment lang und antwortete dann ausweichend: »Über die Familie. Sachen, die die Familie betreffen. Sie hat mir Dinge erzählt, die ich nicht wusste, Dinge, die geschehen sind, als meine Brüder noch klein waren. Dinge, die sich als wahr herausstellten.«

»Wirklich?« Sie kuschelte sich an ihn. »Dann solltest du ihr wohl gut zuhören.«

»Deine Freundin ist eine sehr kluge Frau«, erklärte Stella.

Sie gingen durch die feuchte, schwere Nachtluft am Flussufer in der Nähe von Drus Haus spazieren. Die Lampe im Wohnzimmerfenster sandte ihr hübsches, buntes Licht durch die Dunkelheit.

»Sie hat einen starken Willen und einen scharfen Verstand. Aber sie ist auch ein wenig kompliziert.«

»Aber das ist doch sexy«, erwiderte Stella. »Glaubst du nicht, dass sie bei dir nach den gleichen Eigenschaften sucht? Willensstärke, Charakterstärke, Herzensstärke? Alles andere ist doch nur eine Frage der Hormone – nicht, dass es etwas gegen Hormone einzuwenden gäbe. Schließlich dreht sich alles darum.«

»Ich habe mich Hals über Kopf in sie verliebt. Es ging alles so schnell. Ich hätte nie gedacht, dass es ihr ebenso ergehen würde. Aber irgendwie ist es einfach passiert.«

»Und was wirst du jetzt tun?«

»Ich weiß es nicht.« Seth hob einen Stein auf und warf ihn in den tintenschwarzen Fluss. »Wenn man sich langfristig an jemanden bindet, bindet man sich auch an alle Probleme, die dieser Mensch mit sich herumschleppt. Meine Last ist verdammt schwer, Grandma, und ich werde den Verdacht nicht los, dass sie noch schwerer werden wird.«

»Du hast dich aber selbst mit Handschellen an diese Last gefesselt, Seth. Und du besitzt den Schlüssel zu diesen Handschellen, hast ihn schon immer besessen. Meinst du nicht, dass es an der Zeit wäre, ihn zu benutzen und diese Last über Bord zu werfen?«

»Gloria wird niemals für immer fortbleiben.«

»Wahrscheinlich nicht. Aber das Entscheidende ist doch, wie du mit dieser Last umgehst. Du bist einfach zu gottverdammt stur, um sie zu teilen. In dieser Hinsicht bist du genau wie dein Großvater.«

»Wirklich?« Diese Vorstellung wärmte Seths Herz. »Findest du, dass ich ihm ähnele?«

»Du hast seine Augen.« Stella strich ihm durch das Haar. »Aber das weißt du ja schon. Und seine Sturheit. Er hat immer geglaubt, er könne mit allem allein fertigwerden. Sehr ärgerlich. Er hatte so eine ruhige Art an sich – konnte aber auch explodieren. Du bist genauso. Und du hast den gleichen verdammten Fehler mit Gloria begangen wie er. Du lässt zu, dass sie die Liebe, die du für deine Familie und für Dru empfindest, als Waffe missbraucht.«

»Es geht doch bloß um Geld, Grandma.«

»Du weißt, was du zu tun hast, Seth. Also mach dich auf und tu es! Kein Grund, es länger hinauszuschieben.«

Sein Kiefer spannte sich. »Ich werde Dru in diesen Dreck nicht hineinziehen.«

»Du liebe Güte! Das Mädchen möchte aber gar keinen Märtyrer.« Stella pflanzte die Fäuste auf ihre Hüften und blickte ihn finster an. »Stur, dass es schon an Dummheit grenzt. Genau wie dein Großvater«, murmelte sie.

Und dann war sie verschwunden.

17. Kapitel

Die Bar war eine billige Spelunke, jene Art von Kneipe, wo das Trinken eine ernsthafte, meist einsame Beschäftigung ist. Der blaue Vorhang aus Rauch war so dick, dass man ihn mit den Händen hätte teilen können. Seth fühlte sich in eine Szene aus einem billig produzierten Schwarz-Weiß-Film versetzt. Das schummerige Licht verbarg die Flecken, die entstanden waren, wenn jemand meinte, sich tatkräftig in die Angelegenheiten eines anderen einmischen zu müssen.

Es stank nach Zigaretten und Bier, und Seth hatte den Eindruck, als wäre der Raum schon seit Jahren nicht mehr gelüftet worden.

In einer Ecke stand ein Billardtisch. Ein paar Kerle spielten eine Runde, während andere um den Tisch herumstanden, Bier tranken und einen Ausdruck gelangweilter Empörung zur Schau trugen, der der Welt zeigen sollte, was für knallharte Typen sie waren.

Die Klimaanlage war in ein mit einer Sperrholzplatte verrammeltes Fenster eingelassen. Ihre einzige Wirkung bestand darin, dass sie den Gestank ein wenig in Bewegung versetzte, wobei sie ein schepperndes Geräusch von sich gab.

Seth suchte sich einen Platz am Ende der Bar und bestellte eine Flasche Budweiser.

Es erschien ihm irgendwie passend, dass Gloria ihn in einen solchen Laden bestellte. Als Kind hatte sie ihn oft genug in solche Spelunken geschleppt. Manchmal war er auch im Wagen geblieben, um zu schlafen – wenn Gloria gerade wieder einmal ein Auto hatte – während sie allein hineingegangen war.

Gloria war als Mitglied der respektierten Oberschicht aufgewachsen, aber sämtliche Vorteile dieser sozialen Stellung waren – ebenso wie alle Erziehungsversuche – an sie verschwendet gewesen. Sie war ständig auf der Suche nach dem niedrigsten Niveau und fühlte sich dort offenbar wohl.

Seth hatte längst aufgehört, sich zu fragen, was sie dazu trieb, alles, was anständig war, zu hassen und zu verachten. Warum sie jeden Menschen, der jemals einen Grund gehabt hatte, sich um sie zu sorgen, für ihre Zwecke benutzte, bis sie ihn vollkommen ausgesaugt oder ihn zerstört hatte.

Ihre Süchte – Männer, Drogen, Alkohol – waren nicht die Ursache. Sie stellten lediglich eine weitere Form ihrer absoluten Maßlosigkeit dar.

Das Klacken der Billardkugeln, das laute Scheppern der defekten Klimaanlage und die ekligen Gerüche dieser Kneipe versetzten Seth schlagartig in den Albtraum seiner Kindheit zurück.

Gloria hatte in solchen Läden ihre Freier aufgerissen, wenn sie Geld brauchte. Oder sich betrunken, wenn sie welches hatte – es sei denn, der Alkohol war an dem betreffenden Abend nicht die Droge ihrer Wahl gewesen. Dann beschaffte sie sich in solchen Spelunken den Stoff, den sie brauchte.

Anschließend brachte sie ihre Freier mit in die Absteige, wo sie gerade lebten. Seth, der im Nebenzimmer schlief, konnte dann die Geräusche hören, die sie beim Sex machten, und Glorias wildes Lachen. Manchmal ging sie mit ihm danach in irgendeinen Schuppen, der die ganze Nacht geöffnet hatte. An solchen Abenden bekam er meist etwas zu essen.

Aber wenn die Stimmung umschlug – was häufig der Fall war – gab es Schläge anstatt eines vollen Magens.

So war es zumindest gewesen, bis er groß und schnell genug war, um ihren Schlägen auszuweichen.

»Trinken Sie das Bier, oder wollen Sie es den ganzen Abend nur anstarren?«, fragte der Barkeeper.

Seth warf ihm einen Blick zu und die Warnung, die darin lag, ließ den Barkeeper einen Schritt zurückweichen. Ohne die Augen von ihm zu nehmen, zog Seth einen Zehner aus der Tasche und ließ ihn neben seinem unberührten Bier auf die Theke fallen.

»Ist das ein Problem?« Seine Stimme war eine leise Drohung.

Der Barkeeper zuckte mit den Schultern und verzog sich.

Als Gloria zur Tür hereinkam, blickten ein paar von den Billardspielern auf und musterten sie. Seth konnte sich vorstellen, dass Gloria das lüsterne Grinsen der Männer als schmeichelhaftes Taxieren wertete.

Sie trug knallenge, abgeschnittene Jeans, unter denen sich ihre knochigen Hüften abzeichneten. Der ausgefranste Saum reichte gerade einmal ein paar Zentimeter über ihren Hintern. Das sich eng anschmiegende Oberteil war leuchtend pink und endete ein ganzes Stück über ihrem gepiercten Bauchnabel, neben dem sich eine Tätowierung in Form einer Libelle befand. Ihre Nägel an Fingern und Füßen waren mit Glitzerlack bemalt, der in dem schummerigen Licht schwarz wirkte.

Gloria setzte sich auf einen Barhocker und warf den Billardspielern einen langen, heißen Blick zu.

Ein Blick in ihre Augen genügte, und Seth erkannte, dass zumindest ein Teil des Geldes, das er ihr gegeben hatte, ihre Nase hinaufgewandert war.

»Gin Tonic«, sagte sie dem Barkeeper. »Aber geh sparsam mit dem Tonic um.«

Sie zog eine Zigarette hervor, zündete sie mit einem silbernen Feuerzeug an und blies den Rauch langsam zur Decke. Dann schlug sie die Beine übereinander und wippte mit dem Fuß.

»Bin ich nicht heiß?«, fragte sie und lachte.

»Du hast fünf Minuten.«

»Warum denn die Eile?« Sie zog erneut an ihrer Zigarette und trommelte mit ihren glitzernden Nägeln auf die Bar. »Trink dein Bier und entspann dich.«

»Ich trinke nicht mit Leuten, die ich nicht leiden kann. Was willst du, Gloria?«

»Also, zuerst einmal diesen Gin Tonic.« Sie griff nach dem Glas, das der Barkeeper vor ihr abgesetzt hatte und nahm einen langen Schluck. »Und vielleicht ein bisschen Spaß.« Erneut warf sie den Billardspielern einen Blick zu und fuhr sich mit der Zunge auf eine Weise über die Lippen, bei der sich Seth der Magen umdrehte. »Und seit Kurzem überlege ich, wie schön es wäre, ein nettes, kleines Haus am Meer zu haben. Vielleicht in Daytona.«

Sie trank erneut von ihrem Gin Tonic, und ihr Mund hinterließ einen verschmierten Lippenstiftabdruck auf dem Glasrand. »Aber du, du willst wohl nichts Eigenes, wie? Du lebst immer noch in diesem Haus, das voll gestopft ist mit Kindern und Hunden. Immer der alte Trott, was?«

»Halte meine Familie da raus.«

»Und wenn nicht?« Gloria warf ihm ein eiskaltes Lächeln zu. »Glaubst du etwa, ich hätte Angst vor den Quinns? Die sind doch alle längst zu Waschlappen und Dummköpfen geworden, wie das immer bei Leuten ist, die ihr ganzes, verdammtes, nutzloses Leben in irgendeinem langweiligen Kaff verbringen, einen Haufen lärmender Kinder in die Welt setzen und jeden Abend wie gottverdammte Zombies vor der Glotze hocken. Das einzig Kluge, das die jemals getan haben, war doch, dich aufzunehmen, damit sie an das Geld des Alten kommen konnten – genauso wie dieses Arschloch, das meine dämliche Schwester doch auch nur wegen ihrem Schotter geheiratet hat.«

Sie kippte den Rest des Drinks herunter und knallte das Glas zweimal kräftig auf die Theke, um dem Barkeeper zu bedeuten, dass sie Nachschub haben wollte. Ihr Körper war ständig in Bewegung – sie wippte mit dem Fuß, trommelte mit den Fingern und drehte den Kopf hin und her. »In den Adern des Alten floss mein Blut, nicht ihres. Das Geld hat mir gehört.«

»Du hast ihm genug abgenommen, bevor er starb. Aber du kriegst ja den Hals nie voll, stimmt's?«

»Behalt deine Weisheiten für dich, du kleiner Scheißkerl.« Sie zündete sich die nächste Zigarette an. »Du hast nach all den Jahren offenbar auch endlich kapiert, wo's langgeht, und dir eine echte Goldgrube geangelt. Drusilla Whitcomb Banks.« Gloria stieß ein anerkennendes Pfeifen aus. »Nobel. Und steinreich. Dass du dir die angelacht hast, ist das einzig Clevere, was du bisher in deinem Leben auf die Beine gestellt hast. Damit hast du ausgesorgt.«

Sie griff nach dem Glas, sobald es der Barkeeper vor ihr abgesetzt hatte. »Natürlich bist du selbst auch ganz gut dran mit deiner Zeichnerei. Besser, als ich dachte.« Sie zerbiss einen Eiswürfel. »Auch wenn ich einfach nicht kapiere, warum Leute ihr Geld zum Fenster rausschmeißen, um sich so ein Zeug an die Wände zu hängen. Aber es gibt eben solche und solche.«

Seth legte eine Hand auf Glorias Handgelenk und umschloss es langsam mit den Fingern. Der Griff war fest genug, um sie zusammenzucken zu lassen. »Merk dir eins: Wenn du auch nur in die Nähe von meiner Familie oder von Dru oder sonst irgendjemandem kommst, der mir etwas bedeutet, wirst du herausfinden, wozu ich fähig bin. Und das wird um einiges schlimmer werden als damals, als dir Sybill eine verpasst hat, und du auf deinem verdammten Hintern gelandet bist.«

Sie beugte sich zu ihm hinüber. »Soll das etwa eine Drohung sein, mein *Sohn?*«

»Nein, das ist ein Versprechen.«

Trotz der Drogen und des Alkohols in ihrem Blut ahnte Gloria beim Blick in seine Augen wohl, was ein solches Versprechen bedeutete, und sie wich instinktiv zurück. »Ist das dein letztes Wort?« Sie griff mit der freien Hand nach ihrem Drink, und ihr hageres, verlebtes Gesicht nahm einen berechnenden Ausdruck an. »Du willst also, dass ich mich von deinen Liebsten fernhalte?«

»Genau das.«

»Dann werde ich dir jetzt mal verraten, was *mein* letztes Wort ist.« Sie riss ihre Hand los und griff nach ihrer Zigarette. »Du und ich, wir haben jetzt lange genug mit Kleingeld herumgespielt. Du scheffelst die Kohle nur so mit deinen Bildern und fickst dich gerade zum ganz großen Geld durch. Ich will meinen Anteil. Eine einmalige Sache, keine Angst. Du zahlst mir die Summe, die ich haben will, und ich bin aus deinem Leben verschwunden. Das ist doch genau das, was du willst, oder?«

»Wie viel?«

Zufrieden nahm sie einen weiteren Schluck und pustete ihm den Zigarettenrauch ins Gesicht. Sie hatte schon immer leichtes Spiel mit ihm gehabt. »Eine Million.«

Er blinzelte nicht einmal. »Du willst eine Million Dollar?«

»Ich habe meine Hausaufgaben gemacht, mein Schatz. Du sackst mit deinen Bildern eine Menge Schotter ein. Du hast schon in Europa einen Haufen verdient. Wer weiß, wie lange diese Idioten deinen Scheiß noch kaufen? Und dazu kommt noch dieses kleine, stinkreiche Flittchen, das du vögelst.«

Sie veränderte ihre Sitzposition, schlug die Beine zur anderen Seite übereinander. Die Mischung aus Drogen und Alkohol, die durch ihren Körper jagte, verlieh ihr ein Gefühl der Macht. Gab ihr das Gefühl, lebendig zu sein.

»Die schwimmt doch in Geld. Und das sind keine Neureichen. In deren Kreisen hasst man Skandale. Es würde dir bestimmt die Tour vermasseln, wenn es durch die Presse ginge, dass die reinrassige Enkelin des Senators ihre Beine für einen Bastard breit macht. Noch dazu einen, der den Armen seiner Mutter entrissen wurde, als sie den Vater, den sie nie gekannt hat, um Hilfe bat. Egal, wie ich die Sache auch drehe«, fügte sie hinzu. »Du und die Quinns, ihr kommt bei keiner Version gut weg. Und der Dreck wird auch an deiner Freundin kleben bleiben. Die wird bestimmt nicht bei dir bleiben, wenn die Scheiße erst einmal durch die Gegend fliegt.«

Sie bestellte den dritten Drink beim Barkeeper und veränderte erneut ihre Sitzposition. »Die wird dich ganz schnell fallen lassen, und vielleicht werden die Leute auch nicht mehr gewillt sein, so viel Kohle für deine Bilder hinzublättern, wenn sie erst einmal meine Version der Dinge gehört haben. Oh, und dabei habe ich dir deinen ersten Malkasten gekauft, schnief-schnief.«

Sie warf den Kopf zurück und lachte, und ihr Lachen war so voller Bosheit und Schadenfreude, dass die Männer am Billardtisch zu spielen aufhörten und herüberblickten. »Die Presse wird sich mit Genuss darauf stürzen. Tatsache ist, ich könnte diese Geschichte verkaufen und ein ansehnliches Sümmchen dafür kassieren. Aber ich gebe dir die Chance, sie als Erster zu bekommen. Betrachte es als eine Investition. Du bezahlst mich, und ich verschwinde ein für alle Mal aus deinem Leben. Wenn du es nicht tust, werde ich einen anderen finden, der bereit ist, das Geld springen zu lassen.«

Glorias Gesicht war während der ganzen Schimpfkanonade völlig ausdruckslos geblieben. Seth fand, dass sie es nicht einmal wert war, dass er sich empörte. »Deine Geschichte ist absoluter Bockmist.«

»Klar ist sie das.« Sie lachte und kippte ihren Gin Tonic in einem Zug hinunter. »Aber die Leute kriegen doch nie genug von diesem Bockmist, solange sie ihn über jemand anderem auskippen können. Ich gebe dir eine Woche, um das Geld zu beschaffen – und ich will Bares sehen. Aber ich will eine Anzahlung. Nennen wir es ein Zeichen des guten Willens. Zehntausend. Morgen Abend. Wieder hier, um zehn Uhr. Wenn du hier nicht auftauchen solltest, werde ich die ersten Anrufe machen.«

Er stand auf. »Wenn du noch mal zehn Riesen für Koks ausgibst, Gloria, wirst du mausetot im Hinterzimmer eines Drecklochs wie diesem hier enden, bevor du überhaupt etwas von dieser Million verpulvern kannst.«

»Lass das mal meine Sorge sein. Bezahl lieber für die Drinks.«

Er drehte ihr wortlos den Rücken zu und marschierte zur Tür hinaus.

Seth war nach dem Treffen mit Gloria nach Hause gegangen. Er hatte sich vorgenommen, sich volllaufen zu lassen, obwohl er wusste, dass es nichts weiter als eine Flucht war.

Aber das scherte ihn nicht. Also schüttete er sich ein weiteres Glas ein und betrachtete das tiefe bernsteinfarbene Glühen im Licht der einzigen Lampe, die er in seinem Atelier eingeschaltet hatte.

Seine Brüder hatten ihm an seinem einundzwanzigsten Geburtstag seinen ersten Whiskey spendiert. Sie hatten nur zu viert um den Küchentisch gesessen, die Frauen und die Kinder waren nicht da gewesen.

Es war eine jener schönen Erinnerungen, von denen er wusste, dass sie ihm immer bleiben würden. Der durchdringende Geruch des Zigarrenrauches, nachdem Ethan eine Runde spendiert hatte. Das Brennen des Whiskeys auf seiner Zunge und in seiner Kehle, das nachließ, als er seinen Magen erreichte. Die Stimmen seiner Brüder, ihr Lachen und diese vollkommene Überzeugung dazuzugehören, die er damals empfand.

Er machte sich zu jener Zeit nicht viel aus Whiskey, tat es heute immer noch nicht. Aber es war nun einmal das Mittel der Wahl für einen Mann, wenn er nur nach einem trachtete: zu vergessen.

Seth hatte schon lange aufgehört, sich zu fragen, warum Gloria DeLauter der Mensch war, der sie war, oder wie sie so hatte werden können. Ein Teil von ihr war auch in ihm und er akzeptierte es, wie er seine Muttermale akzeptierte. Er glaubte nicht an »schlechtes Blut«. Jeder seiner Brüder hatte Entsetzliches erlebt, und doch waren sie die besten Männer, die er kannte.

Ganz gleich, was auch von Gloria in ihm stecken mochte, es war verdrängt worden von all der Anständigkeit und dem Stolz und dem Mitgefühl, das ihm die Quinns vermittelt hatten.

Vielleicht war allein das der Grund, warum Gloria ihn hasste – warum sie sie alle hasste. Aber was spielte das schon für eine Rolle? Sie war nun einmal Teil seines Lebens, und er musste mit ihr fertigwerden.

Auf welche Weise auch immer.

Seth hatte bereits eine Entscheidung getroffen, und er würde damit leben. Aber heute Nacht wollte er den Gedanken an die

Zukunft in irischem Whiskey und dem Dröhnen des klagenden Blues ertränken, den er sich als Begleitmusik ausgesucht hatte.

Als das Telefon läutete, ignorierte er es, griff nach der Flasche und schüttete sich ein weiteres Glas ein.

Dru hängte ein und lief unruhig im Wohnzimmer auf und ab. Seit Aubrey vor zwei Stunden angerufen und nach Seth gefragt hatte, hatte sie seine Nummer schon mindestens ein halbes Dutzend Mal gewählt.

Er war also nicht mit Aubrey zusammen, wie er Dru noch am Abend erklärt hatte. Und er war auch nicht bei Dru – was er wiederum Aubrey und seiner Familie gesagt hatte.

Wo zum Teufel steckte er also?

Irgendetwas stimmte seit dem gestrigen Abend nicht mit ihm. Eigentlich hatte er sich schon vor der Party anders benommen, schon vor der Fahrt dorthin. Sie hatte eine Art von unterdrückter Gewalt bei ihm wahrgenommen, die ihren Ausdruck schließlich in wildem Sex gefunden hatte.

Und selbst nachdem sie einander bis zur Erschöpfung geliebt hatten, hatte sie immer noch eine unterschwellige Aufgewühltheit bei ihm gespürt. Sie hatte ihn nicht darauf angesprochen, das musste sie sich eingestehen. Aber es lag nun einmal nicht in ihrer Natur herumzuschnüffeln. Sie selbst hatte es immer gehasst, wie ihre Eltern jede ihrer Stimmungen wahrgenommen und hinterfragt hatten.

Und jetzt hatte Seth sie also angelogen. Das lag allerdings nicht in seiner Natur, davon war sie überzeugt.

Wenn etwas nicht stimmte, musste sie ihm helfen. Gehörte das nicht auch dazu, wenn man jemanden liebte?

Sie schaute auf die Uhr. Es war schon nach Mitternacht. Was wäre, wenn er verletzt war? Was wäre, wenn er einen Unfall gehabt hatte?

Und was wäre, wenn er bloß einen Abend allein verbringen wollte?

»Dann hätte er es sagen sollen«, murmelte Dru und ging zielstrebig auf die Tür zu.

Es gab einen Ort, von dem sie glaubte, dass er dort sein könnte. Und sie musste einfach dorthin fahren, weil sie sonst keine Ruhe finden würde.

Auf der Fahrt in die Stadt hielt sie sich im Stillen einen Vortrag. Ihre Beziehung zu Seth bedeutete nicht, dass er ihr über jede Minute seines Tages Rechenschaft ablegen musste. Sie hatten schließlich beide ein Privatleben, eigene Interessen und Verpflichtungen. Und sie war gewiss nicht die Sorte Frau, die sich nicht selbst beschäftigen konnte.

Aber das gab ihm schließlich noch lange nicht das Recht, sie über seine Pläne für den heutigen Abend anzulügen. Wenn er doch nur an das verdammte Telefon gehen würde, dann müsste sie nicht mitten in der Nacht in die Stadt fahren, um wie die hysterische Ehefrau aus irgendeiner Sitcom nach ihm zu suchen.

Dru beabsichtigte, ihm die Hölle heißzumachen, weil er dafür verantwortlich war, dass sie sich genau so fühlte.

Als sie schließlich auf den Parkplatz hinter dem Haus einbog und seinen Wagen dort stehen sah, hatte sie sich bereits in eine ausgewachsene Wut hineingesteigert. Seinen Jaguar dort zu sehen war wie ein Schlag ins Gesicht für sie und beinahe hätte sie den Wagen gewendet und wäre wieder nach Hause gefahren. Warum konnte er ihr und allen anderen denn nicht einfach sagen, dass er arbeiten wollte? Warum konnte er nicht einfach ans Telefon gehen und …

Sie trat abrupt auf die Bremse.

Was wäre, wenn er das Telefon nicht erreichen konnte? Was wäre, wenn er bewusstlos oder krank war?

Sie parkte hastig den Wagen, sprang hinaus und rannte die Treppe hinauf.

Das Bild, wie er hilflos auf dem Boden lag, war in ihrem Kopf so lebendig, dass Dru erst gar nicht begriff, was vor sich ging, als sie ins Zimmer platzte und ihn auf dem Bett sitzen sah, wo er sich Whiskey aus einer Flasche in ein kleines Glas schüttete.

»Gott sei Dank, es geht dir gut!« Die Erleichterung ließ ihre Knie weich werden. »Oh Seth! Ich habe mir solche Sorgen gemacht.«

»Warum denn?« Er stellte die Flasche ab und musterte sie mit trübem Blick, während er einen Schluck nahm.

»Keiner wusste, wo du ...« In diesem Moment begriff sie erst, was los war, und die Erkenntnis versetzte sie erneut in Wut. »Du bist betrunken!«

»Noch nicht. Aber ich arbeite dran. Hab noch ein ganzes Stück vor mir. Was machst du denn hier?«

»Aubrey hat schon vor Stunden bei mir angerufen. Sie ist auf der Suche nach dir. Da du nicht ans Telefon gingst, war ich dumm genug, mir Sorgen um dich zu machen.«

Seth war immer noch viel zu nüchtern. Zumindest nüchtern genug, um in Erwägung zu ziehen, dass die Stimmung, in der sie sich befand, es ihnen beiden leichter machen könnte. »Wenn du hergerannt bist, weil du dachtest, du würdest mich mit einer anderen Frau im Bett erwischen, muss ich dich leider enttäuschen.«

»Es ist mir nie in den Sinn gekommen, dass du mich betrügen könntest.« Ihre Verblüffung war beinahe ebenso groß wie ihre Wut, als sie auf das Bett zuging und bemerkte, wie wenig nur noch in der Flasche war. »Aber andererseits hätte ich auch nie gedacht, dass du mich anlügst. Oder dass du hier allein herumsitzen und dich betrinken würdest.«

»Ich habe dir ja gesagt, dass es eine Menge gibt, was du nicht von mir weißt, mein Engel.« Er deutete mit dem Daumen auf die Flasche. »Willst du einen? Gläser sind in der Küche.«

»Nein, vielen Dank. Gibt es einen besonderen Grund, warum du deine Familie beunruhigst und einen Saufmarathon veranstaltest?«

»Ich bin schon ein großer Junge, Dru, und ich kann darauf verzichten, dass du mir aufs Dach steigst, wenn ich mal Durst auf ein paar Drinks habe. Das hier ist eher mein Ding als ein paar höfliche Schlückchen Champagner bei irgendeiner langweiligen politischen Galaveranstaltung. Wenn du damit nicht klarkommst, ist das dein Problem.«

Damit hatte er sie getroffen, und sie reckte das Kinn in die Höhe. »Ich war verpflichtet, zu dieser Party zu gehen. Du nicht. Die Entscheidung hast du selbst getroffen. Und wenn du dich mit Whiskey betrinken willst, ist das mit Sicherheit auch deine eigene Entscheidung. Aber ich lasse mich nicht belügen. Und ich lasse mich nicht zum Narren halten.«

Er zuckte unbekümmert mit der Schulter und glaubte in seinem alkoholvernebelten Zustand zu wissen, was das Beste für sie war. Er musste ihrem Stolz nur noch ein paar Stiche versetzen, dann würde sie schon verschwinden.

»Weißt du, was das Problem mit euch Frauen ist? Man schläft ein paarmal mit euch, man erzählt euch, was ihr hören wollt, man zeigt euch, wie man Spaß hat – und schon fangt ihr an, einen zu bedrängen, hängt an einem wie die Läuse an einem Affen. Gott, ich wusste, dass ich gestern Abend nicht mit dir zu dieser Zirkusveranstaltung hätte gehen sollen. Ich wusste, dass du auf dumme Gedanken kommen würdest.«

»Dumme Gedanken?«, wiederholte Dru. Sie spürte, wie ihr die Kehle eng wurde. *»Dumme Gedanken?«*

»Du kannst es einfach nicht lassen, was?« Er schüttelte den Kopf und goss sich ein weiteres Glas ein. »Immer musst du nach vorn schauen. Was ist mit Morgen, was passiert nächste Woche? Du planst unsere Zukunft, mein Engel, und für so was bin ich einfach nicht der Richtige. Es macht verdammt viel Spaß mit dir, wenn du auftaust, aber wir sollten die Sache besser beizeiten beenden.«

»Du – du willst mich loswerden?«

»Ach, wenn du das so sagst, mein Schatz, klingt es aber gar nicht nett. Nein, nein, wir sollten die Sache nur ein wenig drosseln.«

Ein Gefühl von Traurigkeit stieg in Dru auf und schien sie zu betäuben. »Das alles war also nichts weiter als Sex und bestenfalls ein Opfer für die Kunst? Das glaube ich nicht. Das glaube ich einfach nicht.«

»Lass uns doch keine große Sache daraus machen.« Er griff erneut nach der Flasche. Goss Whiskey auf Whiskey. Bloß, um ihr nicht in die Augen sehen zu müssen, die in Tränen schwammen.

»Ich habe dir vertraut. Mit meinem Körper und mit meinem Herzen. Ich habe dich nie um etwas gebeten. Du hast mir alles aus freien Stücken gegeben. Ich habe es nicht verdient, dass du mich so behandelst, mich einfach so abservierst, nur weil ich mich in dich verliebt habe.«

In diesem Moment musste er sie doch ansehen, und die Mischung aus Stolz und Traurigkeit auf ihrem Gesicht versetzte ihm einen Dolchstoß. »Dru …«

»Ich liebe dich.« Sie sagte es ganz ruhig, solange sie noch die Beherrschung besaß, ruhig zu bleiben. »Aber das ist mein Problem. Ich werde dich jetzt mit deiner Flasche allein lassen.«

»Ach, verdammt, verdammt, geh nicht!«, rief Seth verzweifelt, als sie auf die Tür zueilte. »Dru, bitte lauf nicht einfach so weg. Bitte nicht!« Er knallte das Glas auf den Boden und ließ den Kopf in die Hände sinken. »Ich kann das einfach nicht. Ich kann nicht zulassen, dass sie mir das auch noch wegnimmt.«

»Glaubst du etwa, dass ich hier stehen bleibe und vor dir in Tränen ausbreche? Oder auch nur Lust habe, mit dir zu *reden*, wenn du betrunken bist und beleidigend wirst?«

»Es tut mir leid. Oh Gott, es tut mir so leid!«

»Nein, *mir* tut es leid.« Ihre Hand, die die Türklinke gepackt hatte, zitterte, und eine Träne lief ihre Wange hinunter. Das machte Dru erst recht zornig. »Ich will dein jämmerliches schlechtes Gewissen nicht, bloß weil ich ein paar Tränen vergieße, weil du mir wehgetan hast. Ich will nur eins: dass du dich zum Teufel scherst!«

»Bitte geh nicht! Ich würde es nicht ertragen!« Die widerstreitenden Gefühle in seinem Innern – Kummer, schlechtes Gewissen, Hass und Liebe –, drohten seine Kehle wie mit würgenden Händen zusammenzudrücken. »Ich dachte, ich könnte dich einfach loswerden, bevor du mit in den Dreck hineingezogen wirst. Aber das kann ich nicht. Ich halte das einfach nicht aus! Ich weiß nicht, ob es richtig oder falsch ist, aber ich kann dich einfach nicht gehen lassen. Um Himmels willen, bitte verlass mich nicht!«

Sie starrte ihn an, erblickte den gequälten Ausdruck auf seinem Gesicht, und ihr Herz, das bereits so schlimm gelitten hatte, schien zu zerreißen. »Seth, bitte sag mir, was los ist. Erzähl mir, was dir solchen Kummer bereitet.«

»Ich hätte dir diese Dinge nicht sagen dürfen. Das war dumm.«

»Erklär mir, warum du sie gesagt hast. Erklär mir, warum du hier allein herumsitzt und dich so betrinkst, dass dir übel wird.«

»Mir war schon übel, bevor ich die Flasche gekauft habe. Ich weiß nicht, wo ich anfangen soll.« Seth fuhr sich mit den Händen durch das Haar. »Wohl am besten am Anfang.« Er presste die Finger auf die Lider. »Ich bin ziemlich angetrunken. Ich brauche einen starken Kaffee.«

»Ich werde dir einen kochen.«

»Dru!« Seth hob die Hände in einer hilflosen Geste und ließ sie dann gleich wieder fallen. »Alles, was ich dir gesagt habe, seit du durch diese Tür gekommen bist, war eine Lüge.«

Sie tat einen tiefen Atemzug. Vorerst wollte sie sich bemühen, ihre Wut und ihren Schmerz beiseite zu schieben und ihm zuzuhören. »Na schön. Ich werde dir einen Kaffee kochen, und dann kannst du mir ja die Wahrheit erzählen.«

»Das Ganze reicht weit in die Vergangenheit zurück«, begann Seth. »In die Zeit, als mein Großvater noch lebte. Bevor er Stella geheiratet hat. Bevor er sie überhaupt kennengelernt hat. – Dru, es tut mir so leid, dass ich dir wehgetan habe.«

»Erzähl einfach. Über das andere reden wir später.«

Er nahm einen Schluck Kaffee. »Ray hatte damals eine Affäre mit einer Frau«, erzählte er. »Sie waren beide jung und ungebunden, also warum nicht? Aber er war nicht der Typ Mann, den sie suchte. Ein Lehrer, obendrein einer, der politisch eher links stand, während sie nach rechts tendierte. Sie kam aus einer Familie wie der deinen. Was ich damit sagen will, ist ...«

»Ich weiß schon, was du meinst. Sie hatte eine bestimmte gesellschaftliche Position und gewisse Ambitionen, was ihre Zukunft anging.«

»Genau.« Er atmete tief durch, trank mehr Kaffee. »Danke. Sie hat die Beziehung beendet und ist gegangen, ohne Ray zu sagen, dass sie schwanger war. Darüber war sie nicht gerade erfreut, wenn ich das richtig verstanden habe. Sie hat einen anderen Mann kennengelernt, einen, mit dem sie sich wohl auf Anhieb verstand. Also hat sie sich entschieden, das Kind zu bekommen und ihn geheiratet.«

»Und sie hat deinem Großvater nie von dem Kind erzählt?«

»Nein, das hat sie nicht. Kurz darauf bekam sie eine zweite Tochter – Sybill.«

»Sybill? Aber dann ist ja … Oh!« Dru ging alles in Gedanken noch einmal durch, bis es für sie einen Sinn ergab. »Ich verstehe. Ray Quinns Tochter, Sybills Halbschwester. Deine Mutter.«

»Ihr Name ist Gloria. Sie ist nicht wie Sybill. Gloria hat Sybill gehasst. Sie muss wohl mit einem Hass auf Gott und die Welt geboren worden sein. Egal, was ihr auch geboten wurde, als sie heranwuchs, es schien nie genug zu sein.«

Seth war bleich und sah abgespannt und krank aus. Dru musste gegen das Verlangen ankämpfen, ihn einfach in die Arme zu nehmen und zu trösten. »Manche Menschen können einfach nie genug bekommen.«

»Das stimmt wohl. Irgendwann ist sie dann mit einem Kerl auf und davon und hat sich ein Kind machen lassen. Das war ich. Der Typ hat sie sogar geheiratet. Aber das ist nicht wichtig. Ich habe ihn nie kennengelernt. Er spielt bei der ganzen Sache keine Rolle.«

»Dein Vater …«

»Mein Erzeuger«, verbesserte Seth sie. »Ich weiß nicht, was zwischen ihnen vorgefallen ist, und es ist mir auch egal. Als Gloria das Geld ausging, ist sie nach Hause zurückgekehrt und hat mich mitgenommen. Ich erinnere mich aber nicht mehr daran. Sie haben sie nicht gerade mit offenen Armen empfangen. Gloria hatte eine Schwäche für Alkohol und verschiedene Drogen entwickelt. Ich glaube, sie ist jahrelang immer mal wieder aufgetaucht und dann wieder verschwunden. Ich weiß, dass sie mich immer mal wieder bei Sybill abgeladen hat, als die eine eigene Wohnung in New York hatte. Ich kann mich daran aber kaum erinnern und habe Sybill überhaupt nicht erkannt, als ich sie Jahre später das erste Mal wieder traf. Ich war ja damals noch sehr klein. Aber Sybill hatte mir einen Plüschhund geschenkt. Ich habe ihn ›Dir‹ genannt. Weißt du, als ich sie fragte, wem er gehört, sagte sie ...«

»›Dir‹«, beendete Dru den Satz tief berührt und strich ihm übers Haar. »Sie war eben lieb zu dir.«

»Sie war großartig. Wie ich schon sagte, ich erinnere mich nicht mehr an sehr viel, nur daran, dass ich mich sicher fühlte, wenn ich bei ihr war. Sybill nahm Gloria und mich bei sich auf, kaufte uns etwas zu essen und Kleider und hat sich um mich gekümmert, wenn Gloria einfach für ein paar Tage verschwand. Und Gloria hat es ihr gedankt, indem sie einmal, als Sybill nicht da war, alles stahl, was nicht niet- und nagelfest war, und sich mit mir aus dem Staub machte.«

»Du hattest keine andere Wahl. Kinder haben nie eine Wahl.«

»Ich übernehme auch keine Verantwortung dafür. Ich erzähle es ja nur. Ich weiß nicht, warum sie mich nicht einfach dagelassen hat und allein weggegangen ist. Ich kann es mir nur so erklären, dass es wohl daran lag, dass Sybill und ich allmählich eine Beziehung aufbauten, weil wir ...«

»Weil ihr begannt, euch zu lieben.« Dru ergriff seine Hand und spürte, wie seine Finger sich fest um die ihren schlossen. »Und das hat sie euch beiden nicht gegönnt, weil sie selbst dazu nicht in der Lage war.«

Er schloss für einen Moment die Augen. »Es hilft sehr, dass du es verstehst.«

»Hast du etwa geglaubt, dass ich das nicht tun würde?«

»Ich weiß auch nicht, was ich geglaubt habe. Diese Frau bringt mich einfach immer total durcheinander. Das ist die einzige Entschuldigung, die ich habe.«

»Spar dir deine Entschuldigungen, und erzähl mir den Rest.«

Seth stellte den Becher zur Seite. Der Kaffee machte seine Kopfschmerzen auch nicht besser. »Wir haben an sehr vielen Orten gelebt, aber immer nur für kurze Zeit. Gloria hatte viele Männerbekanntschaften. Ich wusste über Sex Bescheid, bevor ich meinen Namen schreiben konnte. Sie war oft betrunken oder high, sodass ich viel auf mich allein gestellt war. Wenn ihr das Geld ausging und sie keine Drogen kaufen konnte, ließ sie es an mir aus.«

»Hat sie dich geschlagen?«

»Ach Dru, es tut so gut, mit dir darüber zu reden. Wie kommt es nur, dass du so viel erahnst, wo dir diese Welt doch vollkommen fremd ist?« Er riss sich zusammen. »Sie hat mich grün und blau geschlagen, wenn ihr danach war. Ich blieb hungrig, wenn sie keine Lust hatte, mir etwas zu essen zu geben. Und wenn sie für ihre Drogen mit Sex bezahlte, hörte ich im Nebenzimmer die Geräusche. Mit sechs Jahren gab es kaum etwas, was ich noch nicht gesehen hatte.«

Die Vorstellung machte Dru ganz krank. Am liebsten hätte sie geweint, aber sie musste jetzt stark sein. Für ihn. »Warum haben die Sozialdienste denn nichts unternommen, um dir zu helfen?«

Er blickte sie für einen Moment an, als hätte sie in einer fremden Sprache geredet. »Wir haben nicht an Orten gelebt, wo besorgte Erwachsene die Behörden über drogenabhängige Mütter und ihre missbrauchten Kinder informieren. Gloria ist gemein, aber nicht dumm. Ich begann darüber nachzudenken wegzulaufen, begann sogar, dafür zu sparen. Ein Nickel hier, ein Vierteldollar da. Als ich alt genug war, hat sie mich in die

Schule gesteckt – das verschaffte ihr mehr Zeit, um sich herumzutreiben. Gott, wie habe ich die Schule geliebt. Das habe ich natürlich nie zugegeben, es wäre ja ziemlich uncool gewesen, aber ich habe die Schule geliebt.«

»Hat denn keiner deiner Lehrer gemerkt, was vor sich ging?«

»Es ist mir nie in den Sinn gekommen, irgendjemand davon zu erzählen.« Er zuckte mit den Schultern. »Ich wusste ja gar nicht, dass das Leben auch anders sein konnte. Und tief in meinem Inneren hatte ich so eine verdammte Angst vor ihr. Und dann – ich muss damals wohl so sieben gewesen sein – hat einer der Männer, die sie mit nach Hause brachte …«

Seth schüttelte den Kopf und sprang auf die Füße. Selbst nach so vielen Jahren brach ihm beim bloßen Gedanken daran noch der Schweiß aus. »Einige von ihnen hatten eine Vorliebe für kleine Jungs.«

Drus Herz setzte für einen Moment aus und schlug ihr dann bis zum Hals. »Nein!«, rief sie entsetzt.

»Ich bin ihnen immer entwischt. Ich war nicht blöd und wusste, was es zu bedeuten hatte, wenn einer von ihnen versuchte, mich anzufassen. Also habe ich mich versteckt. Ich war immer schneller als sie. Es hat lange gedauert, bis ich es wieder ertragen konnte, wenn mich jemand berührte. Ich kann nicht weitererzählen, wenn du weinst.«

Dru schluckte ihre Tränen um seinetwillen hinunter, schlang aber wortlos ihre Arme um ihn.

»Du Armer«, sagte sie mit sanfter Stimme und schaukelte ihn hin und her, während sie ihn in den Armen hielt. »Du armer kleiner Kerl.«

Nun rang auch er um Fassung und presste sein Gesicht an ihre Schulter. Der Duft ihrer Haare und ihrer Haut war so rein. »Ich wollte nicht, dass du all das erfährst.«

»Hast du geglaubt, ich würde dich dann weniger lieben?«

»Ich wollte einfach nicht, dass du es erfährst.«

»Aber jetzt weiß ich es, und ich habe den größten Respekt vor dem Menschen, der du geworden bist. Du glaubst, das alles übersteige mein Fassungsvermögen, weil ich in ganz anderen Verhältnissen groß geworden bin, aber da täuschst du dich.« Sie hielt ihn ganz fest. »Und du täuschst dich noch in ganz anderer Hinsicht. Sie hat dich nie brechen können, hat nie zerstören können, was du wirklich bist, Seth.«

»Aber es wäre ihr gelungen, wenn die Quinns nicht gewesen wären.« Er löste sich aus ihrer Umarmung. »Lass mich zu Ende erzählen.«

»Komm, setz dich.«

Seth folgte ihr und nahm neben ihr auf der Bettkante Platz. »Während einer Auseinandersetzung mit ihrer Mutter fand Gloria die Sache mit Ray heraus. Damit hatte ihr Hass ein neues Ziel gefunden. Da war plötzlich jemand, den sie für all die Ungerechtigkeiten, von denen sie glaubte, dass man sie ihr angetan hatte, verantwortlich machen konnte. Er lehrte hier an der Universität, als sie ihn aufspürte. Das war nach Stellas Tod, als meine Brüder schon erwachsen und von zu Hause ausgezogen waren. Cam trieb sich in Europa herum, Phil lebte in Baltimore, und Ethan hatte sein eigenes Häuschen in St. Chris. Gloria wollte Geld von Ray.«

»Aber wie konnte sie das verlangen? Er hatte doch von ihrer Existenz überhaupt nichts gewusst.«

»Das spielte keine Rolle. Sie verlangte Geld, und er zahlte. Sie wollte mehr, ging zum Dekan und erfand eine Lügengeschichte über sexuelle Belästigung. Hat versucht, mich als Rays Kind auszugeben. Das hat nicht funktioniert, aber einiges fiel doch auf fruchtbaren Boden und setzte Gerüchte in Gang. Ray machte einen Deal mit ihr. Er wollte mich von ihr wegholen, wollte sich um mich kümmern.«

»Er muss ein guter Mann gewesen sein. Jedes Mal, wenn irgendjemand in St. Chris seinen Namen erwähnt, ist es voller Zuneigung und Respekt.«

»Ja, er war wirklich großartig«, stimmte Seth ihr zu. »Gloria wusste, dass er ein guter Mann war. Und das ist genau das, was sie an anderen Menschen verachtet und immer für ihre Zwecke benutzt. Also hat sie mich an ihn verkauft.«

»Tja, das war ein Fehler«, sagte Dru sanft. »Und andererseits das erste Anständige, was sie jemals für dich getan hat.«

»Ja.« Seth atmete tief durch. »Du hast den Nagel auf den Kopf getroffen. Ich wusste nicht, wer Ray war, aber ich spürte, dass dieser große, alte Mann mich anständig behandelte. Und ich wollte für immer bei ihm in diesem Haus am Wasser leben. Wenn er mir etwas versprach, hielt er es auch, und er hat mir nie wehgetan. Er hat mich an die Kandare genommen, aber das war in Ordnung. Ich hätte alles für ihn getan. Bei ihm musste ich nie hungern. Er hatte einen Hundewelpen. Aber vor allem war ich zum ersten Mal in meinem Leben vor ihr in Sicherheit. Und ich hatte nicht vor, jemals zu ihr zurückzugehen. Ray hat mir versichert, dass ich das auch nicht müsse, und ich habe ihm geglaubt. Aber dann ist sie wieder aufgetaucht.«

»Weil sie ihren Fehler eingesehen hatte.«

»Weil ihr klar geworden war, dass sie mich zu billig verkauft hatte. Sie wollte mehr Geld, hat gedroht, dass sie mich sonst wieder mitnehmen würde. Ray hat ihr mehr Geld gegeben. Immer und immer wieder. Eines Tages hatte er einen Unfall auf dem Nachhauseweg von einem dieser Treffen, bei denen er sie bezahlte. Einen schlimmen Unfall. Sie riefen Cam aus Europa nach Hause. Ich erinnere mich noch sehr gut an den Tag, als ich ihn zum ersten Mal sah, als ich sie alle drei zusammen sah, wie sie um Rays Bett im Krankenhaus standen. Sie haben Ray versprechen müssen, sich um mich zu kümmern, mich bei sich zu behalten. Er hat ihnen weder von Gloria noch von den genauen Umständen erzählt. Vielleicht hat er einfach nicht daran gedacht. Er lag im Sterben und wollte nur noch dafür sorgen, dass ich in Sicherheit war. Er hat darauf vertraut, dass sie sich um mich kümmern würden.«

»Er kannte seine Söhne eben«, sagte Dru.

»Er kannte sie in der Tat, und zwar viel besser als ich sie kannte. Als er starb, dachte ich nämlich, sie würden mich loswerden wollen, und dass mir nur noch die Möglichkeit bliebe wegzulaufen. Ich habe nicht einen Moment lang geglaubt, dass sie mich tatsächlich bei sich behalten würden. Sie kannten mich nicht, also konnte ich ihnen ja wohl egal sein. Aber sie haben das Versprechen gehalten, das sie Ray gegeben hatten. Sie haben ihre Leben für ihn und für mich auf den Kopf gestellt. Sie haben ein Zuhause geschaffen – in dem es anfangs allerdings recht chaotisch zuging, als Cam noch für den Haushalt verantwortlich war.«

Zum ersten Mal, seit Seth zu erzählen begonnen hatte, schwand die Traurigkeit, die ihn ergriffen hatte, ein wenig, und seine Stimme bekam einen amüsierten Unterton. »Er brachte ständig irgendetwas in der Mikrowelle zur Explosion oder setzte die Küche unter Wasser. Der Kerl hatte einfach überhaupt keine Ahnung, was zu tun war. Ich habe mich anfangs vollkommen quergestellt und ihnen – aber eigentlich vor allem Cam – so viel Kummer bereitet, wie ich eben konnte. Und darin war ich wirklich ein Meister. Ich habe immer darauf gewartet, dass sie mich hinauswerfen oder besinnungslos schlagen würden. Aber sie haben zu mir gestanden. Und als Gloria versuchte, sie ebenso abzuzocken, wie sie es mit Ray gemacht hatte, haben sie um mich gekämpft. Bevor sie überhaupt wussten, dass ich Rays Enkelsohn war, hatten sie mich schon zu einem der ihren gemacht.«

»Sie lieben dich, Seth. Es ist ganz offensichtlich, dass sie es ebenso sehr um deiner selbst willen wie aus Zuneigung zu ihrem Vater taten.«

»Ich weiß. Und es gibt nichts, was ich meinerseits nicht für sie tun würde. Einschließlich Gloria Geld zu geben, damit sie sich fernhält – was ich seit meinem vierzehnten Lebensjahr immer wieder getan habe.«

»Aber sie ist nicht weggeblieben.«

»Nein. Und sie ist auch jetzt wieder da. Ich habe mich heute Abend mit ihr getroffen, um mir ihre neuesten Forderungen anzuhören. Sie ist in deinem Laden gewesen. Wahrscheinlich wollte sie dich genauer unter die Lupe nehmen, während sie sich überlegte, was dieses Mal für sie herausspringen könnte.«

»Meine Güte, das war diese Frau!« Dru erstarrte und rieb sich über die Arme, auf denen sich plötzlich eine Gänsehaut zeigte. »Sie hat sich mir als Glo Harrow vorgestellt.«

»Sie heißt DeLauter, nennt sich aber manchmal Harrow. Ich glaube, es ist der Mädchenname ihrer Mutter. Sie weiß über deine Familie Bescheid. Über ihr Geld, die Verbindungen, die politischen Einflüsse. Sie hat all das in ihre Pläne miteinbezogen. Sie wird sich alle Mühe geben, dir zu schaden, genauso wie sie mit allen Mitteln versuchen wird, meiner Familie zu schaden, wenn ich ihr nicht gebe, was sie verlangt.«

»Das ist eine Form von Erpressung, mit der ich mich gut auskenne. Eine, bei der sie deine Gefühle benutzt, um dich auszuquetschen. Sie missbraucht deine Liebe als Waffe.«

Als Dru diesen Satz aussprach, lief es ihm kalt den Rücken hinunter, und er hörte Stellas Stimme wie ein Echo in seinem Kopf. »Was hast du gesagt?«

»Ich sagte, dass sie deine Liebe als Waffe missbraucht, und du lässt es immer wieder mit dir machen. Das muss aufhören. Du musst deiner Familie davon erzählen. Sofort.«

»Du liebe Güte, Dru, ich bin mir überhaupt noch nicht sicher, ob es das Richtige ist, ihnen überhaupt etwas davon zu sagen. Aber ganz bestimmt nicht um zwei Uhr nachts.«

»Du weißt sehr gut, dass es das Richtige ist, das einzig Richtige. Glaubst du etwa, dass es für die anderen eine Rolle spielt, wie viel Uhr es ist?«

Sie ging zum Arbeitstisch hinüber, auf dem das Telefon lag. »Ich finde, du solltest zuerst Anna anrufen, sie kann dann den anderen Bescheid sagen.« Sie hielt ihm das Telefon hin. »Möchtest du ihr sagen, dass wir auf dem Weg sind – oder soll ich es tun?«

»Du kommandierst hier ja plötzlich ganz schön herum!«

»Weil du im Moment jemanden brauchst, der dich herumkommandiert. Glaubst du etwa, ich stehe einfach da und lasse zu, dass diese Frau dir so etwas antut? Glaubst du etwa, dass irgendeiner von uns es zulassen wird?«

»Die Sache ist die: Diese Frau ist *mein* Problem, *meine* Last, die ich mit mir herumschleppen muss. Ich möchte nicht, dass sie dir oder meiner Familie etwas antut. Davor will ich dich beschützen.«

»Mich beschützen? Du hast verdammtes Glück, dass ich dich nicht mit diesem Telefon hier niederschlage. Alles was dir einfiel war, mir den Laufpass zu geben. Glaubst du etwa, ich will irgendeinen Weißen Ritter, der sich für mich aufopfert?«

Er hätte beinah gelächelt. »Ist das ungefähr so etwas wie ein Märtyrer?«

»Ein guter Vergleich.«

Er streckte die Hand aus. »Schlag mich nicht. Gib mir lieber das Telefon.«

18. Kapitel

Wichtige Familientreffen hatten schon immer in der Küche stattgefunden. Dort wurden Diskussionen geführt und kleine Feiern abgehalten, Entscheidungen getroffen und Pläne geschmiedet. An dem alten Küchentisch, den noch nie jemand hatte ersetzen wollen, fanden Bestrafungen statt und wurde Lob ausgeteilt.

Und genau dort fanden die Quinns nun auch wieder zusammen. Eine große Kanne Kaffee stand auf dem Herd. Dru kam es so vor, als wären eigentlich viel zu viele Menschen in diesem Raum, aber sie rückten einfach zusammen und nahmen auch sie in ihrer Mitte auf.

Sie waren alle ohne zu zögern gekommen, hatten ihre schlafenden Kinder aus den warmen Betten geholt und hergeschleppt. Bestimmt machten sie sich Sorgen, aber niemand löcherte Seth mit Fragen. Dru konnte die Spannung förmlich spüren.

Die Jüngeren wurden nach oben gebracht und in jedes verfügbare Bett gesteckt, und Emily wurde die Verantwortung übertragen. Dru konnte sich vorstellen, dass dort oben unter denen, die es geschafft hatten, wach zu bleiben, eine Menge Spekulationen hin und her geflüstert wurden.

»Diese ganze Sache tut mir wirklich leid«, begann Seth.

»Wenn du uns um zwei Uhr nachts aus dem Bett holst, wirst du schon einen guten Grund dafür haben.« Phil schloss seine Hand um Sybills. »Hast du jemanden umgebracht? Denn wenn es darum geht, um diese Zeit noch eine Leiche beiseite zu schaffen, sollten wir besser sofort loslegen.«

Seth, der dankbar für den Versuch war, die Stimmung ein

wenig zu lockern, schüttelte den Kopf. »Dieses Mal nicht. Wäre vielleicht alles leichter, wenn ich es getan hätte.«

»Jetzt spuck's schon aus, Seth«, riet ihm Cam. »Je eher du uns sagst, was los ist, desto eher können wir etwas unternehmen.«

»Ich habe mich heute Abend mit Gloria getroffen.«

Es wurde für einen Moment ganz still. Seth blickte Sybill an, weil er wusste, dass sie diejenige war, die all dies am meisten mitnehmen würde. »Es tut mir leid, Sybill, ich wollte eigentlich einen Weg finden, es dir nicht sagen zu müssen, aber es gibt einfach keinen.«

»Warum wolltest du es uns denn nicht sagen?« Sybills Stimme klang angestrengt, und ihre Hand umklammerte Phillips sichtbar fester als zuvor. »Wenn sie in der Gegend ist und dich belästigt, müssen wir es doch wissen.«

»Es ist nicht das erste Mal.«

»Aber es wird das letzte Mal sein.« Blanker Zorn sprach aus Cams Stimme. »Was zum Teufel soll das, Seth? Ist sie etwa schon einmal hier gewesen, und du hast es uns nicht erzählt?«

»Ich sah keinen Sinn darin, dass sich alle aufregen – wie es jetzt der Fall ist.«

»Scheiß drauf! Wann? Wann ist sie hier wieder aufgetaucht und hat sich an dich rangemacht?«

»Cam …«, hob Anna an.

»Wenn du mir jetzt sagen willst, dass ich mich beruhigen soll«, sagte Cam zu seiner Frau, »dann verschwendest du nur deine Zeit. Ich habe dir eine Frage gestellt, Seth.«

»Immer wieder, seit ich ungefähr vierzehn war.«

»Du kleiner Mistkerl!« Cam stieß sich mit seinem Stuhl vom Tisch ab und sprang auf. Dru, die ihm gegenübersaß, fuhr zusammen. Sie hatte noch niemals eine solche Wut in den Augen eines Menschen gesehen, eine Wut, die von einer solchen Intensität war, dass sie alles zu zermalmen drohte, was sich ihr in den Weg stellte.

»Sie ist also all die Jahre immer wieder aufgetaucht, und du hast kein einziges, verdammtes Wort darüber verlauten lassen?«

»Es hat keinen Sinn, ihn anzuschreien.« Ethan stützte sich auf den Tisch, und obwohl seine Stimme ruhig war, schimmerte auch in seinen Augen Wut. »Hat sie dir etwa Geld abgeknöpft?«

Seth wollte etwas antworten, zuckte aber nur mit den Schultern.

»Jetzt darfst du ihn anschreien«, murmelte Ethan.

»Du hast ihr Geld gegeben? *Geld?*« Cam starrte Seth entsetzt an. »Was zum Teufel ist denn bloß in dich gefahren? Wir hätten ihren gierigen Hintern bis nach Nebraska gekickt, wenn du auch nur ein gottverdammtes Wort darüber verloren hättest! Wir haben sämtliche rechtliche Schritte unternommen, um sie dir vom Hals zu halten. Warum zum Teufel hast du zugelassen, dass sie dich ausnimmt?«

»Ich hätte alles getan, um sie davon abzuhalten, einem von euch auch nur ein Haar zu krümmen. Es war doch nur Geld. Himmel noch mal, das war mir doch egal, so lange sie bloß von hier verschwand.«

»Aber sie ist immer wiedergekommen, nicht wahr?«, sagte Anna leise. Sie sagte es leise, weil auch bei ihr die Wut unter der Oberfläche brodelte. Sollte diese allerdings überkochen, so würde sie Cams Wutanfall wie den eines kleinen Jungen aussehen lassen.

»Ja, aber ...«

»Du hättest uns vertrauen sollen. Du hättest wissen müssen, dass wir für dich da gewesen wären.«

»Oh Gott, Anna, das wusste ich doch.«

»Du hast aber eine seltsame Art, es zu zeigen«, fuhr Cam ihn an.

»Ich habe ihr doch bloß Geld gegeben.« Seth streckte seine Hände aus. »Ich wusste mir keinen anderen Rat, wie ich euch hätte beschützen können. Ich musste doch etwas tun, um euch wenigstens etwas zurückzuzahlen.«

»Was denn zurückzahlen? Wovon redest du?«

»Ihr habt mich damals gerettet.« Seths Stimme drohte schier zu versagen, so überwältigt war er von den Gefühlen, die in seinem Inneren tobten. Sie verfehlten ihre Wirkung auf die anderen nicht. Es wurde ganz still im Zimmer. »Ihr habt mir gezeigt, dass Menschen anständig sein können, habt mir gezeigt, wie es ist, ein normales Leben zu führen. Ihr habt euer Leben für mich auf den Kopf gestellt und das zu einer Zeit, als ich euch noch gar nichts bedeutet habe. Durch euch habe ich erst erfahren, was es heißt, eine Familie zu haben. Ach verdammt, verdammt, Cam, du hast mir gezeigt, was es bedeutet, Teil einer Familie zu sein.«

Es dauerte einen Augenblick, bis Cam sprechen konnte, aber als er es tat, war seine Stimme rau und von einer unnachgiebigen Endgültigkeit. »Ich will so einen Mist nicht von dir hören. Du musst hier keine Rechnungen begleichen oder uns irgendetwas zurückzahlen.«

»So meinte er es doch gar nicht.« Grace, die mit den Tränen kämpfte, sprach leise. »Setz dich wieder hin, Cam. Jetzt setz dich schon. Und geh doch nicht so auf ihn los. Er hat doch recht.«

»Was zum Teufel soll das heißen?« Aber Cam ließ sich wieder auf seinen Stuhl fallen. »Was zum Teufel soll das heißen?«

»Er lässt es mich nie aussprechen«, brachte Seth hervor. »Keiner von euch lässt mich …«

»Sch, sch, es ist ja gut«, sagte Grace. »Sie haben dich gerettet, das stimmt, sie haben sich deiner angenommen, obwohl sie dich überhaupt nicht kannten. Und das nur aufgrund eines Versprechens, das sie ihrem Vater gegeben hatten, weil sie ihn liebten. Aber später haben sie es für dich getan, weil sie auch dich liebten. Wir alle lieben dich. Wenn du ihnen nicht dankbar wärest für das, was sie getan haben, dann würde etwas mit dir nicht stimmen.«

»Ich wollte doch nur …«

»Warte.« Grace hob einen Finger, um ihn zum Verstummen zu bringen. »Liebe fordert keine Gegenleistung. Da hat Cam recht. Es geht dabei nicht darum, irgendetwas zurückzuzahlen.«

»Das allein war auch nicht der Grund. Gloria hat auch Sachen über Aubrey gesagt.« Er starrte Grace an, deren Gesicht leichenblass wurde.

Aubrey, die bisher nur still vor sich hingeweint hatte, fand ihre Stimme wieder. »Was? Sie hat mich benutzt?«

»Sie hat immer davon gesprochen, wie hübsch Aubrey doch sei und dass es eine Schande wäre, wenn ihr etwas zustieße. Oder ihrer kleinen Schwester oder ihren Cousins. Gott, ich hatte so schreckliche Angst. Ich war doch erst vierzehn! Ich habe mich zu Tode gefürchtet, dass sie Aubrey oder einem der Kinder etwas antun würde, wenn ich auch nur ein Wort darüber verlauten ließe.«

»Natürlich hast du dich gefürchtet«, sagte Anna. »Und darauf hat sie auch gezählt.«

»Und als sie mir erklärte, ich sei ihr etwas schuldig für all die Schwierigkeiten, die ich ihr bereitet hätte, und dass sie ein paar Hundert Dollar als Reisegeld benötige, da dachte ich, das sei der beste Weg, sie loszuwerden. Herrgott, Grace war schwanger mit Deke, und Kevin und Bram waren doch noch so klein. Ich wollte nichts weiter, als dass sie abhaut und sich von ihnen fernhält.«

»Und genau das wusste sie.« Sybill stieß einen Seufzer aus und erhob sich, um die Kaffeekanne zu holen. »Sie wusste, wie sehr dir deine Familie am Herzen liegt, also hat sie es ausgenutzt. Sie war immer schon gut darin, die richtigen Knöpfe ausfindig zu machen, die es zu drücken gilt. Das hat sie bei mir noch oft genug getan, als ich schon um einiges älter als vierzehn war.« Sie legte eine Hand auf Seths Schulter und drückte sie, während sie die Tassen der anderen nachfüllte. »Selbst Ray, der schließlich ein erwachsener Mann war, hat sie bezahlt.«

»Sie ist immer wieder verschwunden, oft monatelang«, fuhr Seth fort. »Manchmal sogar für Jahre. Aber sie ist jedes Mal wiedergekommen. Ich hatte Geld – meinen Verdienst aus der Bootswerkstatt, das, was ihr mir von Ray gegeben habt, dann das erste Geld aus Bilderverkäufen. Sie hat mich zweimal im College abgefangen, kam dann noch ein drittes Mal wieder. Ich glaubte schon, sie würde gar nicht mehr verschwinden. Ich wusste, dass es dumm war, sie weiter zu bezahlen. Dann erhielt ich die Chance, mein Studium in Europa fortzusetzen, dort zu arbeiten, und ich habe sie ergriffen. Auf diese Art hatte Gloria keinen Grund mehr hierherzukommen. Schließlich war ich nicht mehr da.«

»Seth« – Anna wartete, bis er sie ansah –, »bist du etwa nach Europa gegangen, um von ihr fortzukommen? Um von uns fortzukommen?«

Der Blick, den er ihr zuwarf, war so grimmig und zugleich so voller Liebe, dass es Dru die Kehle zuschnürte. »Ich wollte auf jeden Fall nach Europa gehen. Ich musste herausfinden, ob meine Arbeit etwas taugte, und das konnte ich nur allein. Aber ihr habt es mir damals ermöglicht. Doch dabei hatte ich schon im Hinterkopf … Nun ja, es war ein Grund mehr, das ist alles.«

»Okay.« Ethan drehte seinen Becher in der Hand. »Du hast getan, was du glaubtest, tun zu müssen. Aber das ist Vergangenheit. Wie sieht es jetzt aus?«

»Vor ungefähr vier Monaten stand sie in Rom vor meiner Tür. Sie hatte irgendeinen Kerl dabei, mit dem sie durch die Gegend zog. Sie hatte von mir gehört – Artikel über mich gelesen – und dachte wohl, dass bei mir nun eine ganze Menge mehr zu holen sei. Sie drohte, zur Presse zu gehen, zu den Galerien, und denen die ganze Geschichte zu erzählen. Ihre Version der Geschichte«, verbesserte er sich, »in der sie alles verdreht und Rays Namen durch den Dreck gezogen hätte. Ich habe ihr Geld gegeben und bin nach Hause geflogen, weil ich sowieso wieder zurück wollte. Aber wie es aussieht, habe ich sie mitgebracht.«

»Das hast du nicht«, erwiderte Phillip. »Das hast du nie. Geht das jetzt endlich mal in deinen Dickschädel?«

»Na schön, sie ist also zurückgekommen. Bloß ist sie dieses Mal mit dem Geld nicht einfach verschwunden. Sie ist irgendwo in der Nähe geblieben. Ist zu Dru in den Laden gekommen.«

»Hat sie Sie bedroht?« Wieder flammte die Wut in Cams Augen auf. »Hat sie Ihnen etwas angetan?«

»Nein.« Dru schüttelte den Kopf. »Sie weiß, dass Seth und ich zusammen sind. Also hat sie mich genauso als Waffe benutzt, um ihm wehzutun. Ich kenne diese Frau nicht, aber aus allem, was ich bisher über sie gehört habe, ist das ebenso ihr Bestreben, wie an Geld zu gelangen. Sie will ihm wehtun. Ihnen allen. Ich kann nicht gutheißen, was Seth getan hat, aber ich verstehe, warum er es getan hat.«

Ihr Blick wanderte um den Tisch herum, von einem Gesicht zum anderen. »Ich sollte eigentlich nicht hier an diesem Tisch sitzen, während Sie über diese persönliche Familienangelegenheit reden. Aber niemand hat meine Anwesenheit infrage gestellt.«

»Sie gehören zu Seth«, sagte Phillip schlicht.

»Sie wissen gar nicht, was für ganz besondere Menschen Sie sind. Sie alle. Ob Seth nun richtig oder falsch gehandelt hat, spielt an diesem Punkt keine Rolle. Wichtig ist, dass er Sie alle zu sehr geliebt hat, um anders zu handeln – und das wusste diese Frau. Aber damit muss jetzt einfach Schluss sein. Sie darf diese Liebe keine Sekunde länger ausnutzen!«

»Die Frau hat Köpfchen«, sagte Cam. »Hast du Gloria etwa heute Abend schon Geld gegeben?«

»Nein, sie hat neue Bedingungen genannt. An der alten Leier, dass sie sich an die Presse wenden wird, um ihre Geschichte zu erzählen, hat sich allerdings nichts geändert.« Seth zuckte mit den Schultern und bemerkte, dass das Gewicht, das darauf gelastet hatte, schon viel leichter geworden war. »Aber sie hat sich einen neuen Dreh ausgedacht und Dru mit hineingezogen. ›Enkelin des Senators in Sexskandal verwickelt‹, so was in der Art. Es ist Schwachsinn, aber wenn sie damit wirklich hausieren ginge, würden wir alle mit hineingezogen werden. Reporter würden Dru im Blumenladen belästigen und Jagd auf unsere und auf Drus Familie machen.«

»Zum Teufel mit ihr«, sagte Aubrey laut und deutlich.

»Noch ein Mädchen mit Köpfchen.« Cam blinzelte Aubrey zu. »Wie viel will sie denn dieses Mal?«

»Eine Million.«

Cam verschluckte sich an dem Kaffee, von dem er gerade getrunken hatte. »Eine Million? Eine verdammte Million Dollar?«

»Sie wird nicht einen Penny bekommen.« Mit grimmigem Gesicht klopfte Anna Cam auf den Rücken. »Weder dieses Mal noch sonst irgendwann. Nicht wahr, Seth?«

»Als ich in dieser Spelunke saß, in die sie mich bestellt hatte, wurde mir klar, dass ich mich nicht auf ihre Forderung einlassen darf. Und dann werde ich ja sehen, was sie tut.«

»Aber wir werden ganz bestimmt nicht tatenlos dasitzen und zuschauen«, versprach Phillip. »Wann sollst du dich wieder mit ihr treffen?«

»Morgen Abend, mit einer Anzahlung in Höhe von zehntausend Dollar.«

»Wo?«

»In dieser Proleten-Bar in St. Michael's.«

»Phil denkt nach.« Cam grinste über das ganze Gesicht. »Das ist immer ein gutes Zeichen.«

»Und ob ich nachdenke.«

»Ich werde uns jetzt erst einmal Frühstück machen.« Grace stand auf. »Und dann kannst du uns allen erzählen, zu welchem Schluss du gekommen bist.«

Dru lauschte den Vorschlägen, den Diskussionen, den unglaublichen Ausbrüchen von Heiterkeit und den kleinen Sticheleien, während der Plan langsam Gestalt annahm.

In der Pfanne brutzelten Schinken und Eier, und die ganze Küche duftete nach frisch aufgebrühtem Kaffee. Dru fragte sich, ob es am Schlafmangel lag, dass sie kaum in der Lage war, mit dem, was diese Familie ausheckte, Schritt zu halten.

Als sie aufstehen wollte, um beim Tischdecken zu helfen, legte Anna ihr eine Hand auf die Schulter und drückte sie. »Bleiben Sie nur sitzen, meine Liebe. Sie sehen erschöpft aus.«

»Es geht mir gut. Aber ich fürchte, ich kann nicht so ganz nachvollziehen, wie Sie an die Sache herangehen wollen. Gloria hat vielleicht noch kein wirkliches Verbrechen begangen, aber meiner Ansicht nach wäre es das Beste, wenn Sie mit der Polizei oder einem Anwalt reden würden, anstatt zu versuchen, die Dinge selbst in die Hand zu nehmen.«

Die Gespräche verstummten. Einige Sekunden lang war nichts weiter zu hören als das Gurgeln der Kaffeemaschine und das Geräusch des bratenden Schinkens.

»Nun ja, das wäre wohl eine Möglichkeit«, sagte Ethan in seiner nachdenklichen Art. »Aber Sie sollten bedenken, dass die Polizei Seth lediglich erklären würde, was für ein Idiot er gewesen ist, weil er ihr überhaupt jemals Geld gegeben hat. Und das haben wir ja eigentlich schon zur Genüge selbst erledigt.«

»Sie hat ihn schließlich erpresst.«

»In gewisser Weise schon«, stimmte Ethan ihr zu. »Aber man würde sie deswegen nicht verhaften, oder?«

»Nein, aber ...«

»Wahrscheinlich würde ein Anwalt jede Menge Schreiben aufsetzen, und vielleicht könnten wir Gloria sogar wegen irgendeiner Sache verklagen – man kann schließlich jeden wegen irgendetwas verklagen. Möglicherweise ginge der Fall sogar vor Gericht. Aber dann würde sich die Sache wahrscheinlich endlos lange hinziehen.«

»Sie sollte aber für das bezahlen, was sie getan hat«, beharrte Dru. »Sie wissen doch, wie unser Rechtssystem arbeitet«, fuhr sie an Anna gewandt fort.

»Ja, das weiß ich. Und ich glaube auch daran. Aber ich kenne auch seine Schwächen. So sehr ich es mir auch wünsche, dass diese Frau für jeden Schmerz und jede Sorge, die sie Seth jemals zugefügt hat, bezahlen muss – ich weiß, dass es über den Rechtsweg nicht dazu kommen würde.«

»Wir regeln das auf unsere Weise«, sagte Cam mit fester Stimme. »Als Familie stehen wir füreinander ein. Mehr gibt es da nicht zu sagen.«

Dru lehnte sich vor. »Glauben Sie etwa, ich würde nicht für Seth einstehen?«

Cam beugte sich ebenfalls vor. »Dru, Sie sind ein Bild von einer Frau, aber Sie sitzen nicht zu Dekorationszwecken an diesem Tisch. Natürlich werden Sie für ihn einstehen. Die Männer der Quinn-Familie suchen sich Frauen, die auch Rückgrat haben.«

Drus Blick war unverwandt auf Cam gerichtet. »War das ein Kompliment?«

Er grinste sie an. »Das waren zwei Komplimente. Und von jetzt ab sollten wir uns hier alle duzen, findet ihr nicht auch?«

Sein Vorschlag fand allgemeine Zustimmung, und auch Dru lehnte sich wieder etwas entspannter in ihrem Stuhl zurück und nickte zustimmend. »Nennt mich doch bitte Dru statt Drusilla. – Ihr habt mich übrigens davon überzeugt, dass ihr die Sache auf eure Weise regeln solltet. Auf die Quinn'sche Weise«, fügte sie hinzu. »Aber ich finde, es könnte nicht schaden, einen Blick auf Glorias Vergangenheit zu werfen, um herauszufinden, ob zufällig irgendwo ein Haftbefehl gegen sie vorliegt. Ein Anruf bei meinem Großvater sollte genügen, um diese Information vor morgen Abend zu beschaffen. Es wäre doch nicht schlecht, wenn sie erkennen müsste, dass auch wir mit harten Bandagen kämpfen.«

»Die Kleine gefällt mir«, sagte Cam zu Seth.

»Mir auch«, erwiderte Seth, ergriff Drus Hand und fuhr an sie gewandt fort: »Ich möchte aber deine Familie da nicht mit hineinziehen.«

»Diese verflixte Einstellung ist doch gerade der Grund, warum wir alle um vier Uhr in der Frühe um diesen Tisch sitzen.« Dru nahm die Platte mit dem Rührei, die Aubrey ihr reichte, und schaufelte sich einige Löffel auf den Teller. »Deine beste Idee bestand doch darin, dich zu betrinken und mich abzuservieren. Hat das etwa funktioniert?«

Er nahm ihr die Platte ab und versuchte ein Lächeln. »Besser als ich erwartet hatte.«

»Aber das verdanken wir ja nicht gerade dir, oder? Ich würde dir nicht raten, das noch einmal zu versuchen. Reich mir bitte das Salz.«

Während seine Familie zusah, nahm Seth Drus Gesicht in seine Hände und drückte ihr einen langen, festen Kuss auf die Lippen. »Ich liebe dich, Dru«, sagte er.

»Gut. Ich liebe dich nämlich auch.« Sie ergriff seine Handgelenke und drückte sie leicht. »Und jetzt reich mir bitte das Salz.«

Seth hätte nicht geglaubt, dass er ein Auge zutun würde, aber er schlief vier Stunden lang wie ein Stein. Als er schließlich mit dröhnendem Schädel und einen Moment lang völlig desorientiert aufwachte, war der erste klare Gedanke, den er zu fassen vermochte, dass Dru nicht neben ihm lag.

Er stolperte aus dem Zimmer und ging nach unten, wo er Cam allein in der Küche vorfand. »Wo ist Dru?«

»Sie ist vor einer guten Stunde losgefahren, um den Laden aufzumachen. Hat sich dein Auto geliehen.«

»Sie ist zum Laden gefahren? Du liebe Güte.« Seth rieb sich mit den Händen über das Gesicht und versuchte, sein Gehirn in Gang zu bekommen. »Warum lässt sie ihn denn nicht einmal für einen Tag geschlossen? Sie hat doch auch nicht viel Schlaf bekommen.«

»Sie machte mir aber den Eindruck, als hätte sie es besser verkraftet als du, mein Freund.«

»Nun ja, sie hat sich ja auch nicht zuerst noch eine halbe Flasche *Jameson's* gegönnt.«

»Von wem stammt noch mal der Spruch ›Alkoholiker haben allen Grund, auf ihre Gesundheit zu trinken‹?«

»Ha, ha! Wirklich witzig.« Seth öffnete einen Schrank auf der Suche nach Aspirin.

Cam füllte ihm ein Glas mit Wasser und hielt es ihm hin. »Schluck die da runter, und dann lass uns ein paar Schritte gehen.«

»Ich muss unter die Dusche und in die Stadt. Vielleicht kann ich Dru im Laden helfen oder sonst etwas für sie tun.«

»Sie wird schon noch für ein paar Minuten ohne dich zurechtkommen.« Cam öffnete die Küchentür. »Lass uns rausgehen.«

»Falls du vorhaben solltest, mir eine Abreibung zu verpassen, hast du heute Morgen leichtes Spiel.«

»Ich hatte es in Erwägung gezogen, aber ich glaube, vorerst hast du genug einstecken müssen.«

»Hör zu, ich weiß, dass ich Mist gebaut habe …«

»Halt einfach mal für einen Moment die Klappe.« Cam schubste Seth zur Tür hinaus. »Ich habe dir nämlich was zu sagen.«

Er ging in Richtung Anlegesteg, wie Seth es erwartet hatte. Die Sonne schickte ihre Strahlen schon mit großer Kraft vom Himmel herab. Es war zwar erst neun Uhr morgens, aber die Luft besaß bereits jene bedrohliche Schwere, die einen sehr heißen Tag versprach.

»Du hast mich ganz schön auf die Palme gebracht«, begann Cam. »Ich bin mittlerweile fast darüber hinweg, aber eins möchte ich noch klarstellen – und ich spreche jetzt auch für Ethan und Phil. Kapiert?«

»Kapiert.«

»Wir haben nicht eine einzige, gottverdammte Sache für dich aufgegeben. Sei still, Seth, jetzt rede ich!«, fuhr er ihn an, als dieser den Mund öffnete. »Halt einfach die Klappe und hör mir zu.« Er stieß den Atem aus. »Ha! Sieht ganz so aus, als wäre ich doch noch ein bisschen sauer auf dich. Grace hat sicher in einigen Dingen recht, und ich will das hier jetzt auch gar nicht weiter diskutieren, aber eins lass dir gesagt sein: Keiner von uns hat irgendetwas aufgeben müssen.«

»Du wolltest Rennen fahren ...«

»Und das habe ich auch getan«, polterte Cam. »Ich habe dir doch gesagt, dass du die Klappe halten sollst. Also tu das gefälligst jetzt auch, bis ich fertig bin. Du warst zehn Jahre alt, und wir haben getan, was wir für richtig hielten. Keiner will, dass du dich irgendwie verpflichtet fühlst, keiner will, dass du uns irgendetwas zurückzahlst, und es ist verdammt noch mal eine Riesenbeleidigung, wenn du glaubst, dass es anders wäre.«

»Aber du hast das in den falschen Hals bekommen.«

Cam trat einen Schritt näher. »Soll ich dir einen Knoten in die Zunge machen, oder bist du jetzt endlich still?«

Seth, der sich allmählich vorkam, als wäre er wieder zehn Jahre alt, zuckte nur mit den Schultern.

»Die Dinge haben sich für dich geändert, wie es das Schicksal für dich vorgesehen hatte. Und uns ist es ebenso ergangen. Ist dir schon jemals in den Sinn gekommen, dass ich Anna wahrscheinlich nie kennengelernt hätte, wenn ich nicht plötzlich mit einem kleinen, mageren Klugscheißer dagestanden hätte, der mir ganz fürchterlich auf den Wecker gefallen ist? Ich hätte vielleicht mein ganzes Leben ohne sie verbringen müssen – und ohne Kevin und Jake. Das Gleiche gilt für Phil und Sybill. Sie haben einander gefunden, weil du hier warst. Und ich schätze, dass Ethan und Grace, die mittlerweile zwanzig Jahre verheiratet sind, wohl erst jetzt ganz langsam angefangen hätten, zarte Bande zu knüpfen, wenn nicht der ganze Wirbel um dich damals nachgeholfen hätte.«

Er hielt für einen Moment inne. »Also, wie viel sind wir dir für unsere Frauen und Kinder schuldig? Dafür, dass du uns nach Hause zurückgeholt und uns einen Grund gegeben hast, die Firma zu gründen?«

»Es tut mir leid.«

Cam raufte sich vor Verzweiflung die Haare. »Ich will aber nicht, dass es dir leidtut, geht dir das denn nicht in den Schädel? Ich will, dass du endlich aufwachst!«

»Ich bin doch schon wach. Ich fühle mich nicht unbedingt wie George Bailey, aber ich bin wach. Du weißt schon, der aus *Ist das Leben nicht schön?«*, fügte Seth hinzu. »Grandma ... Stella hat mir erklärt, dass ich einmal darüber nachdenken sollte.«

»Ja, sie hat sich immer gern diese alten Filme angesehen. Ich hätte es wissen müssen. Wenn es einer schafft, durch diesen Dickschädel durchzudringen, den du da auf deinen Schultern sitzen hast, dann ist es Mom.«

»Ich fürchte bloß, ich habe ihr auch nicht richtig zugehört. Ich glaube nämlich, sie ist sauer auf mich.«

»Was geschehen ist, ist nun einmal geschehen. Also lass uns einen neuen Anfang machen. Und heute Abend werden wir uns als Erstes Gloria DeLauter vornehmen.«

»Ich freue mich schon richtig darauf.« Seth grinste seinen Bruder an. »Ich hätte ja nie geglaubt, dass ich das einmal sagen würde, aber ich freue mich wirklich darauf, sie heute Abend zu treffen. Das Ganze geht schon viel zu lange so. Also was ist – willst du mir jetzt einen Tritt in den Hintern geben oder mir lieber eine Abreibung verpassen?«

»Du liebe Güte, jetzt mach mal halblang. Ich wollte nichts weiter als ein paar Dinge klarstellen.« Cam schlang freundschaftlich den Arm um Seths Schultern. Und versetzte ihm dann einen kräftigen Stoß, der ihn ins Wasser beförderte. »Ich weiß auch nicht, wie es kommt«, sagte Cam, als Seth hustend und spuckend wieder auftauchte, »aber danach fühle ich mich immer besser.«

»Freut mich, dass ich helfen konnte«, prustete Seth und ließ sich wieder unter Wasser sinken.

»Du bleibst hier, und damit hat sich der Fall!«

»Und seit wann bist du derjenige, der mir diktiert, was ich zu tun und zu lassen habe? Möglicherweise habe ich ja irgendetwas verpasst, also wäre ich dir dankbar, wenn du es mir noch einmal erklären könntest.«

»Ich werde nicht darüber diskutieren.«

»Oh doch«, sagte Dru süßlich, »das wirst du.«

»Ich werde diese Frau nicht mehr in deine Nähe kommen lassen. Außerdem ist der Laden, wo ich mich mit ihr treffe, eine ganz üble Spelunke, und da bist du einfach fehl am Platz.«

»Oh, ich verstehe. Du entscheidest jetzt also schon, wo ich hinpasse und wo nicht. Also, diese Leier habe ich mein ganzes Leben lang gehört, und auf dem Ohr bin ich mittlerweile taub.«

»Dru …« Seth verstummte für einen Moment, marschierte zur Hintertür der Küche und wieder zurück. »Das Ganze ist schon schlimm genug für mich, da will ich mir nicht auch noch Sorgen darüber machen, dass dich irgendein Mistkerl bedrängt. Der Laden ist ein richtig übles Loch, glaub mir.«

»Ich weiß wirklich nicht, warum du meinst, dass ich nicht mit Mistkerlen fertigwerden könnte. Bei dir hat es doch auch geklappt, oder?«

»Das ist wirklich witzig, aber wenn du erlaubst, lache ich später darüber. Ich will diese Sache jetzt erst einmal durchziehen. Ich will das alles hinter mir haben. Bitte!« Er änderte die Taktik und legte seine Hand sanft auf ihre Schulter. »Bitte bleib hier und lass mich diese Geschichte aus der Welt schaffen. Für uns.«

Aus seinen Augen sprach der innere Aufruhr, in dem er sich befand, was seine Wirkung auf Dru nicht verfehlte. »Na schön, wenn du mich so nett bittest.«

Seine Schultern entspannten sich, als er seine Stirn gegen die ihre legte. »Gut. Vielleicht solltest du dich für eine Weile hinlegen. Du hast gestern Nacht nicht viel geschlafen.«

»Treib es nicht zu weit, Seth.«

»Ich bin ja schon still. Außerdem sollte ich jetzt wohl besser gehen.«

»Ich weiß, was du für ein wunderbarer Mensch bist.« Sie hob den Kopf und streifte seinen Mund mit ihren Lippen. »Und du selbst weißt es auch. Aber diese Frau hat das nie begriffen.«

Dru stand mit den anderen Quinn-Frauen auf der Veranda, als die beiden Wagen davonfuhren.

Anna senkte die Hand, die sie zum Winken gehoben hatte. »Da ziehen sie nun in den Kampf, unsere starken, tapferen Männer. Und wir Frauen bleiben im sicheren Heim zurück.«

»Bindet euch die Schürzen um und lasst uns den Kartoffelsalat für morgen zusammenschmeißen«, murmelte Aubrey.

Dru schaute die anderen an und sah an ihren Augen, dass sie das Gleiche dachten wie sie selbst. »Ich befürchte, daraus wird nichts.«

Sybill rollte die Schultern und blickte auf ihre Armbanduhr. »Also, wie viel Vorsprung wollen wir ihnen geben?«

»Eine Viertelstunde dürfte reichen«, entschied Anna.

Grace nickte. »Wir nehmen meinen Wagen.«

Seth saß an der Bar und brütete über seinem Bier, das er noch nicht angerührt hatte. Die Angst in seiner Magengrube war ihm schon vertraut – Gloria hatte es immer geschafft, dass er sie verspürte. Kein anderer Ort wäre für diese Abrechnung mit ihr, mit seiner frühen Kindheit, mit seinen eigenen Geistern und Dämonen, besser geeignet gewesen.

Wenn er damit fertig war, würde er durch die Tür hinausmarschieren und den ganzen Kummer hinter sich lassen.

Er wollte sich endlich wieder rein und wie ein ganzer Mensch fühlen. Und er fragte sich, ob Ray wohl dieses Tauziehen zwischen Wut und Trauer in seinem Bauch verstanden hätte. Seth wollte nur zu gern glauben, dass es so gewesen wäre.

Ein paar Minuten später kam Gloria hereinspaziert. Sie setzte sich auf einen Barhocker, schlug die Beine übereinander und blinzelte dem Barkeeper zu.

»Du siehst ein bisschen mitgenommen aus«, sagte sie anstatt einer Begrüßung. »Harte Nacht gehabt?«

»Das Kompliment kann ich nur zurückgeben. Weißt du, ich habe eben hier gesessen und über dich nachgedacht. Eigentlich hattest du doch eine Kindheit, wie man sie sich nicht besser wünschen könnte.«

»Red doch keinen Scheiß.« Sie schnappte sich den Gin Tonic, den der Barkeeper vor ihr absetzte. »Was weißt du denn schon?«

»Großes Haus, viel Geld, die besten Schulen.«

»Ach, ein Dreck war's.« Sie nahm einen großen Schluck. »Ich musste mich mit einem Haufen von Schwachköpfen und Arschlöchern abgeben.«

»Du hast sie gehasst.«

»Meine Mutter ist ein kalter Fisch, mein Stiefvater ein Waschlappen. Und dann nicht zu vergessen Sybill, die perfekte Tochter. Ich konnte es gar nicht erwarten, dort herauszukommen und endlich zu leben.«

»Ob das mit deinen Eltern so stimmt, weiß ich nicht. Es geht mich auch nichts an. Aber Sybill hat dir nie etwas getan. Sie hat uns beide aufgenommen, als du ohne einen Penny in der Tasche auf ihrer Türschwelle aufgetaucht bist.«

»Das hat sie doch nur getan, damit sie mich herumkommandieren konnte. Diese verdammte, hochnäsige Schlampe!«

»Ist das der Grund, warum du sie bestohlen hast, als wir in New York waren? Ihre Sachen geklaut und dich dann davongemacht hast, nachdem sie dir ein Dach über dem Kopf gegeben hatte?«

»Ich nehme mir eben, was ich brauche. Auf diese Weise kommt man im Leben weiter. Ich musste dich ja schließlich durchbringen, oder etwa nicht?«

»Hör auf mit diesem Scheiß. Ich war dir doch immer völlig egal. Der einzige Grund, warum du dich nicht aus dem Staub gemacht und mich einfach bei Sybill zurückgelassen hast, war doch, dass du wusstest, wie sehr ich ihr am Herzen lag. Und genau deshalb hast du mich mitgenommen und sie bestohlen. Du hasst sie. Und du hast sie beklaut, um dir Stoff zu beschaffen.«

»Oh ja, das wäre ganz in ihrem Sinn gewesen, wenn ich dich dagelassen hätte. Dann hätte sie mit diesem selbstgerechten Gefühl herumlaufen und allen von der nichtsnutzigen Gloria erzählen können. Zum Teufel mit Sybill! Was auch immer ich aus ihrer Wohnung habe mitgehen lassen – ich hatte ein Recht darauf. Regel Nummer eins in diesem Leben: Nimm, was du kriegen kannst. Aber das habe ich dir ja nie beibringen können.«

»Oh, du hast mir eine Menge beigebracht.« Als Gloria die Eiswürfel in ihrem Glas klirren ließ, bedeutete er dem Barkeeper, ihr einen weiteren Drink zu bringen. »Ray hat doch nicht einmal gewusst, dass es dich überhaupt gibt, aber du hast ihn verachtet. Als er es herausfand, als er versuchte, dir zu helfen, da hast du ihn dafür nur noch mehr gehasst.«

»Er war mir was schuldig. Wenn so ein Mistkerl es einfach nicht schafft, seinen Schwanz in der Hose zu halten und irgendeine idiotische Studentin schwängert, dann soll er auch dafür bezahlen.«

»Und das hat er ja auch getan. Er wusste nicht, dass Barbara mit dir schwanger war, er hatte überhaupt keine Ahnung, dass du existierst. Aber als du es ihm gesagt hast, da hat er dir Geld gegeben. Doch das war dir ja nicht genug. Du hast versucht, ihn mit Lügengeschichten zu ruinieren. Dann hast du seine Anständigkeit ausgenutzt und mich wie einen Welpen, dessen du überdrüssig warst, an ihn verkauft.«

»Ich war dich wirklich einfach leid, das war der Hauptgrund. Ich habe mich immerhin zehn Jahre mit dir herumgeschlagen. Zehn Jahre, in denen ich nicht so leben konnte, wie ich wollte. Und der Alte war es mir schuldig, weil ich ihm einen Enkel geschenkt hatte. Am Ende ist die ganze Sache doch sehr gut für dich ausgegangen, oder etwa nicht?«

»Ja, ich schätze, was das angeht, bin ich dir was schuldig.« Er hob sein Bier wie zu einem Toast und nahm einen Schluck. »Aber du bist ja auch nicht schlecht dabei weggekommen – zumindest solange er noch lebte. Du hast ihm immer und immer mehr Geld abgeknöpft und mich dabei als Köder benutzt.«

»Hey, er hätte dich ja jederzeit wieder zurückgeben können.«

»Tja, einige Leute sind nun mal dumm und haben ein weiches Herz. Die geben doch ganz wunderbare Opfer ab, weil sie glauben, dass man ein Versprechen, das man einem zehnjährigen Jungen gegeben hat, auch halten muss. Und genau diese Leute glauben auch, dass ein solcher Junge das Recht auf ein anständiges Leben hat, auf ein Zuhause und eine Familie. Und Ray hätte dir all das auch gegeben, wenn du es nur gewollt hättest.«

»Ja, glaubst du etwa, ich hätte in irgendeinem Hinterwäldler-Kaff leben wollen, um einem alten Knacker in den Arsch zu kriechen, der Streuner aufsammelt?« Sie kippte ihren Gin Tonic hinunter. »Das ist dein Ding, nicht meins. Und du hast doch gekriegt, was du wolltest, worüber beklagst du dich also? Und wenn du es behalten willst, musst du blechen. Wie du es immer getan hast. Wie steht's jetzt mit der Anzahlung? Hast du die Kohle dabei?«

»Was schätzt du, was du in all den Jahren kassiert hast, Gloria? Wenn man mal das zusammenrechnet, was du Ray und mir abgeknöpft hast? Da dürften doch ein paar Hunderttausend zusammenkommen, oder? Aber du hast es nie geschafft, dir etwas bei meinen Brüdern zu holen, obwohl du es versucht hast – mit den üblichen Lügen, Drohungen und Einschüchterungen. Aber sie haben sich nicht so leicht schröpfen lassen. Da bist du bei alten Männern und Kindern schon erfolgreicher.«

Sie grinste. »Die hätten schon gezahlt, wenn ich es nur gewollt hätte. Aber da hatte ich Besseres zu tun. Habe mir größere Fische geangelt. Und wie ich das so sehe, willst du dir wohl jetzt selbst die großen Fische an Land ziehen. Also, wenn dir deine tolle Karriere als Schmierfink was wert ist und du es weiter mit der Enkelin des Senators treiben willst, solltest du besser zahlen.«

»Das hast du ja bereits mehr als deutlich gesagt. Dann lass uns die Bedingungen noch einmal klarstellen: Ich bezahle dir eine Million Dollar, angefangen mit einem Vorschuss von zehntausend, zahlbar am heutigen Abend …«

»Bar auf die Hand.«

»Genau, bar auf die Hand. Andernfalls wirst du dich an die Presse und an Drus Familie wenden und ein weiteres Lügennetz darüber spinnen, wie du von den Quinns benutzt und fertiggemacht worden bist – mit Ray angefangen. Du wirst sie in den Schmutz ziehen und Dru und mich dabei gleich mit. Du wirst dich als die arme, verzweifelte Frau darstellen – eigentlich noch ein Mädchen –, die sich alle Mühe gab, ein Kind allein großzuziehen und um Hilfe bettelte und die dann gezwungen wurde, genau dieses Kind wegzugeben.«

»Klingt nicht schlecht. Hollywood würde sich drum reißen.«

»Und nirgendwo auch nur die kleinste Erwähnung der vielen Freier, denen du es besorgt hast, während dieses Kind im Nebenzimmer war – oder der Männer, die den Jungen anfassen durften. Keine Erwähnung der Drogen, des Alkohols und der Schläge.«

»Oh, jetzt werde bloß nicht sentimental.« Gloria lehnte sich vor, kam ganz nah an sein Gesicht heran. »Du bist mir furchtbar auf den Geist gegangen. Kannst froh sein, dass ich dich überhaupt so lang bei mir behalten hab.« Dann senkte sie die Stimme. »Hätte dich ja auch an einen meiner Freier verscherbeln können. Ein paar von denen hätten gutes Geld gezahlt.«

»Das hättest du früher oder später bestimmt auch getan.«

Sie zuckte mit den Schultern. »Musste doch mal was rausspringen für all die Mühe, die ich mit dir hatte, oder?«

»Du hast mir, seit ich vierzehn bin, immer wieder Geld abgeknöpft. Ich habe gezahlt, um meine Familie und mich selbst zu schützen. Aber meistens habe ich gezahlt, weil mir mein Seelenfrieden verdammt noch mal mehr wert war als das Geld. Ich habe mich von dir erpressen lassen.«

»Ich will nur das, was mir zusteht.« Sie griff nach ihrem

dritten Drink. »Ich schlage dir hier einen guten Deal vor. Eine einmalige Zahlung und du behältst dein nettes, langweiliges Leben. Wenn du mich bescheißt, verlierst du alles.«

»Eine Million Dollar, oder du wirst alles in deiner Macht Stehende tun, um meiner Familie zu schaden, meine Karriere zu ruinieren und meine Beziehung zu Dru zu zerstören.«

»Du hast es erfasst. Also los, leg die Mäuse auf den Tisch.«

Seth schob sein Bier zur Seite und blickte ihr in die Augen. »Das werde ich nicht tun. Weder jetzt noch in der Zukunft. Von mir wirst du keinen müden Cent mehr sehen.«

Sie packte die Vorderseite seines Hemdes, drehte es in ihrer Faust zusammen und zog sein Gesicht ganz nah an das ihre heran. »Mach mir das Leben bloß nicht schwer, mein Kleiner.«

»Doch, genau das werde ich. Und den Anfang habe ich schon gemacht.« Er griff in seine Tasche und zog ein kleines Aufnahmegerät hervor. »Alles, was wir gesagt haben, ist hier drauf. Falls ich mich entscheiden sollte, dich anzuzeigen, könnte dir das vor Gericht einige Probleme bereiten.«

Als sie nach dem Gerät greifen wollte, packte er ihr Handgelenk. »Wo wir gerade davon reden: Die Polizei wird sich bestimmt dafür interessieren, dass du unten in Fort Worth abgehauen bist, als du auf Kaution draußen warst. Hehlerei und Drogenbesitz werfen sie dir vor. Wenn du an die Öffentlichkeit gehst, wird bestimmt irgendein scharfer Hund von einem Kopfgeldjäger sich mächtig freuen, wenn er dich hier auflesen und nach Texas zurückschaffen darf.«

»Du Hurensohn!«

»Wie wahr«, erwiderte Seth milde. »Aber nur zu, versuch doch deine Version der Geschichte zu verkaufen. Ich bin mir sicher, dass jeder, der etwas über diese Sache schreiben will, ganz bestimmt sehr an unserer kleinen Unterhaltung interessiert sein wird.«

»Ich will mein Geld!«, kreischte Gloria und kippte ihm den Rest ihres Gin Tonics ins Gesicht.

Das Quartett am Billardtisch blickte herüber. Der Größte der Männer klopfte sich mit seinem Queue auf die Handfläche, während er Seth abschätzend betrachtete.

Gloria sprang vom Barhocker. Tränen der Wut standen ihr in den Augen. »Der Typ hier hat mir mein Geld gestohlen!«

Die vier Männer setzten sich in Bewegung. Seth erhob sich von seinem Hocker.

Und dann kamen seine Brüder zur Tür hereinmarschiert und bauten sich links und rechts von ihm auf.

»Damit dürfte die Sache wohl etwas ausgeglichener sein.« Cam hakte seine Daumen in den Vordertaschen seiner Jeans ein und schenkte Gloria ein grimmiges Lächeln. »Lange nicht gesehen.«

»Ihr Scheißkerle! Ihr seid alle verdammte Scheißkerle! Ich will bloß das, was mir ohnehin gehört!«

»Wir haben nichts, was Ihnen gehört«, sagte Ethan mit ruhiger Stimme. »Das hatten wir nie.«

»Habe ich ihr irgendetwas abgenommen?«, fragte Seth den Barkeeper.

»Nicht dass ich wüsste.« Der Mann fuhr fort, den Tresen abzuwischen. »Wenn Sie Ärger machen wollen, gehen Sie nach draußen.«

Phillip ließ seinen Blick über die Gesichter der vier Männer wandern. »Wollt ihr Ärger?«

Der große Mann klopfte sich noch zweimal mit seinem Queue auf die Handfläche. »Wenn Bob sagt, dass er nix genommen hat, dann hat er auch nix genommen. Stimmt's Jungs?« Seine Kumpel nickten schweigend.

»Wie steht es mit Ihnen, Gloria? Wollen Sie Ärger?«, fragte Phillip.

Doch bevor sie antworten konnte, öffnete sich die Tür, und die Frauen kamen herein.

»Oh, verdammt«, murmelte Cam. »Hätte ich mir ja denken können.«

Dru ging geradewegs auf Seth zu und ließ ihre Hand in die seine gleiten. »So sieht man sich wieder, Gloria. Wissen Sie was? Seltsamerweise erinnert sich meine Mutter überhaupt nicht an Sie. Und sie interessiert sich auch nicht im Geringsten für Ihre Person. Aber mein Großvater hat ein großes Interesse an Ihnen.« Sie zog einen Zettel aus der Tasche. »Das hier ist die Telefonnummer seines Büros in Washington. Er würde sich gern einmal mit Ihnen unterhalten.«

Gloria schlug Dru den Zettel aus der Hand und wich schnell zurück, als Seth vortrat.

»Das wirst du noch bereuen!« Sie drängte sich an ihnen vorbei und blieb nur noch einmal kurz stehen, um Sybill wütend anzufunkeln.

»Du hättest nicht zurückkommen sollen, Gloria«, sagte Sybill. »Warum hast du nicht rechtzeitig damit Schluss gemacht?«

»Du Miststück! Das wirst du noch bereuen. Ihr alle werdet es bereuen.« Mit einem letzten wütenden Blick stieß Gloria die Tür auf und war verschwunden.

»Du solltest doch eigentlich zu Hause bleiben«, sagte Seth zu Dru.

»Oh, sollte ich das?«, erwiderte sie und strich ihm über die Wange.

19. Kapitel

Das Haus und der Garten waren voller Leute. Der Topf mit den Krebsen dampfte, und ein halbes Dutzend Picknick-Tische drohten unter der Last der Speisen zusammenzubrechen.

Die alljährliche Feier der Quinns zum Unabhängigkeitstag war in vollem Gange.

Seth zapfte sich ein Bier vom Fass und suchte sich ein schattiges Plätzchen, um ein wenig zu zeichnen.

Das hier war seine Welt. Freunde, Familie, die gemächliche Sprechweise der Küste und schreiende Kinder. Der Duft von gekochten Krebsen, von Bier und frisch gemähtem Gras.

Zwei Kinder waren in einem Sunfish-Boot mit leuchtend gelbem Segel hinausgefahren. Ethans Hund planschte im seichten Wasser mit Aubrey. Seth hörte Anna lachen und das fröhliche Klirren der Hufeisen. Alles war wie in den guten, alten Zeiten.

An diesen vierten Juli würde er sich für den Rest seines Lebens erinnern.

»So haben wir schon gefeiert, als du überhaupt noch nicht geboren warst«, sagte Stella neben ihm.

Der Bleistift glitt aus Seths Fingern. Dieses Mal war es kein Traum, dachte er mit atemlosem Erstaunen. Er saß im kühlen Schatten, umgeben von Menschen und Lärm, und unterhielt sich mit einem Geist.

»Ich war mir nicht sicher, ob du noch mit mir reden würdest.«

»Beinahe hättest du alles verdorben, und das hat mir ganz schön zugesetzt. Aber am Ende hast du ja doch noch einmal die Kurve gekriegt.«

Sie trug wieder den alten, khakifarbenen Hut, ein rotes Hemd und ausgebeulte, blaue Shorts. Unwillkürlich hob Seth den Bleistift auf, schlug das Blatt seines Skizzenbuches um und begann Stella zu zeichnen, wie sie dort zufrieden im Schatten saß.

»Irgendwie habe ich mich immer ein wenig vor Gloria gefürchtet, ganz gleich, wie alt ich auch war. Aber das ist jetzt vorbei.«

»Gut. So sollte es auch bleiben, denn sie wird immer wieder versuchen, dir Schwierigkeiten zu machen. Mein Gott, sieh sich mal einer Crawford an. Ist der alt geworden! Ach ja, die Zeit vergeht, egal, was man auch macht. Einige Dinge lässt man, andere lohnen eine Wiederholung. Wie diese Feier hier, die jedes Jahr immer wieder wunderschön ist.«

Er fuhr mit dem Zeichnen fort, aber etwas schien ihm die Kehle zuzuschnüren. »Du wirst nicht mehr wiederkommen, stimmt's?«

»Nein, mein Schatz, das werde ich nicht.«

Stella legte ihm die Hand aufs Knie, und er wusste, dass er nie vergessen würde, wie sich diese Berührung angefühlt hatte. »Es ist Zeit, nach vorn zu schauen, Seth. Du solltest niemals vergessen, was hinter dir liegt, aber du musst nach vorn schauen. – Sieh dir nur meine Jungs an.« Sie stieß einen langen Seufzer aus, als sie zu Cam, Ethan und Phillip hinüberblickte. »Alle schon erwachsen, mit eigenen Familien. Ich bin so froh, dass ich ihnen beizeiten gesagt habe, wie sehr ich sie liebe und wie stolz ich auf sie bin.«

Sie lächelte und tätschelte Seths Knie. »Und ich bin froh, dass ich die Gelegenheit hatte, auch dir zu sagen, dass ich dich liebe und sehr stolz auf dich bin.«

»Grandma ...«

»Mach dir ein schönes Leben, mein Junge, sonst werde ich

noch ernsthaft böse auf dich. Da kommt deine Kleine«, sagte sie, und im nächsten Moment war sie verschwunden.

Das Herz tat ihm weh, als er den leeren Platz sah, wo sie eben noch gegessen hatte. Doch nun trat Dru auf ihn zu und setzte sich neben ihn. »Lust auf etwas Gesellschaft?«, fragte sie.

»Solange du es bist.«

»Hier sind so viele Leute!« Sie lehnte sich auf die Ellenbogen zurück. »St. Chris muss ja im Moment wie eine Geisterstadt aussehen.«

»Beinahe jeder schaut einmal vorbei, zumindest für eine kleine Weile. Gegen Abend lässt es dann langsam nach, und zum Schluss ist nur noch die Familie da und schaut sich gemeinsam das Feuerwerk an.«

Einige Dinge lässt man, andere lohnen eine Wiederholung, dachte er.

»Ich liebe dich, Drusilla. Das kann ich dir gar nicht oft genug sagen.«

Sie legte den Kopf zur Seite und betrachtete das seltsame kleine Lächeln, das seine Lippen umspielte. »Und ich kann es gar nicht oft genug hören. Wenn du nachher, wenn alles vorbei ist, mit zu mir nach Hause kommst, können wir unser eigenes Feuerwerk veranstalten.«

»Abgemacht.«

Sie richtete sich wieder auf und betrachtete seine Zeichnung. »Das ist ja wunderschön. So ein ausdrucksvolles Gesicht. Und sie wirkt so freundlich.« Sie blickte sich suchend um. »Wo ist sie? Ich kann mich gar nicht daran erinnern, sie hier gesehen zu haben.«

»Sie ist schon gegangen.« Er warf einen letzten Blick auf die Zeichnung und schloss dann sanft das Skizzenbuch. »Hast du Lust, schwimmen zu gehen?«

»Heiß genug ist es ja, aber ich habe nicht daran gedacht, einen Badeanzug mitzubringen.«

»Ach nein?« Er stand grinsend auf und zog sie auf die Füße. »Aber du kannst doch schwimmen, oder?«

»Natürlich kann ich schwimmen.« Sobald sie die Worte ausgesprochen hatte, erblickte sie das Funkeln in seinen Augen. »Untersteh dich!«, rief sie.

»Zu spät.« Er hob sie mit einer lässigen Bewegung in die Höhe.

»Nicht ...« Dru wand sich, presste die Hände gegen seine Brust und begann voller Panik zu zappeln, als er auf den Anlegesteg zumarschierte. »Das ist nicht lustig!«

»Das wird es schon noch. Vergiss nicht, die Luft anzuhalten.«

Er schritt zielstrebig auf das Ende des Stegs zu und sprang ins Wasser.

»Das ist so eine Art Quinn'sche Tradition«, sagte Anna, als sie Dru eine trockene Bluse reichte. »Man kann es schlecht erklären. Sie tun das andauernd.«

»Ich habe einen Schuh verloren.«

»Den werden sie bestimmt finden.«

Dru saß auf dem Bett. »Männer sind seltsame Wesen.«

»Man darf nicht vergessen, dass sie in mancherlei Hinsicht nie über das fünfte Lebensjahr hinauskommen. Diese Sandalen müssten dir eigentlich passen.« Sie hielt sie ihr hin.

»Danke. Oh, die sind ja toll!«

»Ich liebe Schuhe. Ich könnte dafür sterben.«

»Bei mir sind es Ohrringe. Da bin ich einfach machtlos.«

»Ich habe dich wirklich sehr gern.«

Dru blickte von den Sandalen auf. »Danke. Ich dich auch.«

»Ich hätte jede Frau, die Seth liebt, herzlich aufgenommen.

Wir alle hätten das getan. Aber dass du es bist, freut mich ganz besonders. Das wollte ich dir nur einmal sagen.«

»Ich … ich habe keine Erfahrungen mit Familien wie deiner.«

»Wer hat die schon?« Anna setzte sich mit einem Lachen neben sie auf das Bett.

»Meine Familie ist nicht so großzügig. Ich werde versuchen, noch einmal mit meinen Eltern zu reden. Nachdem ich gesehen habe, was Seth hinter sich hat, was er gestern Abend durchstehen musste, da ist mir klar geworden, dass ich das einfach tun muss. Aber ganz gleich, welches Übereinkommen wir auch treffen werden – so wie ihr werden wir niemals. Und Seth wird von meinen Eltern auch niemals so herzlich aufgenommen werden, wie ihr mich aufgenommen habt.«

»Sei dir da einmal nicht so sicher.« Anna legte einen Arm um Drus Schultern. »Er hat so eine gewisse Art, Menschen für sich zu gewinnen.«

»Also bei mir hat es jedenfalls funktioniert. Ich liebe ihn.« Sie presste eine Hand auf ihren Bauch. »Es ist schon beinahe Furcht erregend, wie sehr ich ihn liebe.«

»Ich kenne das Gefühl.« Anna drückte Dru einmal kurz an sich. »Es wird bald dunkel. Komm, wir holen uns ein Glas Wein und suchen uns eine gute Stelle, um das Feuerwerk anzuschauen.«

Als Dru nach draußen trat, kam ihr Seth verlegen grinsend mit einem total durchgeweichten Stoffslipper entgegen. »Hab ihn gefunden.«

Sie riss ihm den Schuh aus der Hand und stellte ihn neben die Hintertür, wo sie bereits den anderen zum Trocknen platziert hatte. »Du bist und bleibst ein Kindskopf.«

»Mrs. Monroe hat selbst gemachtes Pfirsicheis mitgebracht.« Er zog seine Hand hinter dem Rücken hervor und hielt ihr ein Waffelhörnchen mit zwei Kugeln darin hin. Sie nahm das Hörnchen entgegen.

»Hast du Lust, dich mit mir ins Gras zu setzen? Wir könnten uns das Feuerwerk zusammen ansehen.«

Sie leckte genüsslich an ihrem Eis. »Möglicherweise.«

»Darf ich dich küssen, wenn keiner zuschaut?«

»Vielleicht.«

»Teilst du das Eis mit mir?«

»Auf gar keinen Fall.«

Während Seth versuchte, seinen Anteil an dem Pfirsicheis zu ergattern und aufgeregte Kinder in Erwartung der ersten Feuerwerkskörper am Nachthimmel auf dem Rasen auf und ab hüpften, bog Gloria DeLauter auf den Parkplatz der Bootswerkstatt ein.

Der Wagen kam ruckend zum Stehen, und sie schmorte für einen Augenblick in ihrem eigenen Saft vor sich hin, der aus einer wilden Mischung aus Wut und einer Menge Gin bestand.

Sie würde es ihnen schon heimzahlen. Allen würde sie es heimzahlen. Diese Arschlöcher! Hatten wohl gedacht, es würde sie abschrecken, wenn sie geschlossen auf sie losgingen, um dann in ihre langweiligen, kleinen Häuser zurückzukehren und über sie zu lachen.

Wenn sie mit ihnen fertig war, würde ihnen das Lachen schon im Hals stecken bleiben.

Die waren ihr schließlich was schuldig. Gloria schlug vor Wut mit dem Handballen auf das Lenkrad.

Dieser kleine Scheißkerl, den sie geboren hatte, würde schon noch bereuen, was er getan hatte. Sie alle würden es bereuen.

Sie hievte sich aus dem Auto und stolperte, als sich alles in ihrem Kopf zu drehen begann. Mit beiden Händen tastete sie sich am Wagen entlang bis zum Kofferraum. Was für ein wunderbares Gefühl es doch war, so blau zu sein! Leute, die nüchtern und spießig durchs Leben gingen, waren Arschlöcher. Die Welt war überhaupt voller Arschlöcher. Gloria zielte mit dem Schlüssel auf das Kofferraumschloss.

Du musst einen Entzug machen, Gloria, hatten sie immer wieder gesagt. Ihre nichtsnutzige Mutter, dieses Weichei von einem Stiefvater und ihre verbohrte Schwester. Und auch dieser selbst ernannte Heilige, dieser Ray Quinn, hatte es auf die gleiche Tour versucht.

Das war doch alles Schwachsinn.

Beim vierten Versuch schaffte sie es, den Schlüssel ins Schloss zu bekommen. Sie hob den Kofferraumdeckel und stieß einen Freudenschrei aus, als sie die beiden Benzinkanister herauszerrte.

»Das wird ein gottverdammtes Feuerwerk geben, wie ihr es noch nie gesehen habt, ihr kleinen Spießer.«

Sie stolperte wieder und verlor dabei einen ihrer Schuhe, war aber zu betrunken, um es zu bemerken. Auf einem Absatz humpelnd schleppte sie die Kanister zur Tür. Dann atmete sie tief durch.

Es dauerte eine ganze Weile, bis es ihr gelang, den Verschluss des ersten Kanisters zu öffnen. Sie verfluchte den unbeholfenen Jungen an der Tankstelle, der das Benzin für sie abgefüllt hatte.

Bloß ein weiteres Arschloch in einer Welt voller Arschlöcher.

Aber ihre gute Laune kehrte zurück, als sie die Tür mit Benzin übergoss und der durchdringende Geruch die Luft erfüllte.

»Ihr könnt euch eure Boote in den Arsch stecken, ihr verdammten Quinns!«

Sie schüttete das Benzin gegen Mauern und Fenster und goss es über die hübschen Berberitzen-Büsche, die Anna rund um das Haus gepflanzt hatte. Als der erste Kanister leer war, öffnete Gloria den zweiten und fuhr mit ihrem zerstörerischen Werk fort.

Ein freudiger Schauer überkam sie, als sie schließlich den noch halb vollen Kanister durch das Vorderfenster in die Werkstatt warf. Das Glas der Scheibe zersplitterte mit einem lauten Klirren.

Dann humpelte sie wieder zum Auto zurück und holte die beiden Flaschen aus dem Kofferraum, die sie vorher mit Benzin gefüllt und mit Lappen zugestopft hatte. »Geht doch nichts über einen guten Molotow-Cocktail.« Sie kicherte und lief schwankend zur Werkstatt zurück. »Hab euch gleich zwei mitgebracht, ihr Mistkerle.«

Sie kramte ihr Feuerzeug hervor und schnipste es an. Lächelnd setzte sie den ersten Lappen in Brand.

Er fing schneller Feuer als sie gedacht hatte, und sie verbrannte sich dabei die Fingerspitzen. Mit einem kleinen Aufschrei warf sie die Flasche in Richtung des zerstörten Fensters, doch sie zerschmetterte an der Backsteinwand.

»Scheiße!« Flammen sprangen von Busch zu Busch und fraßen sich auf die Tür zu. Aber Gloria wollte mehr.

Sie ging langsam auf das Fenster zu. Die Hitze brachte ihr Gesicht zum Glühen. Vorsichtiger als beim ersten Versuch entzündete sie den nächsten Lappen und warf die zweite Flasche ins Innere des Gebäudes. Dieses Mal hatte sie besser gezielt, und sie hörte, wie sie auf dem Boden zersplitterte.

»Jetzt wisst ihr, was ich von euch halte, ihr Schleimscheißer!«, schrie sie. Dann schaute sie noch eine Weile lang voller Vergnügen dabei zu, wie sich das Feuer ausbreitete, bevor sie zu ihrem Wagen zurückrannte.

Der Feuerwerkskörper explodierte in einer goldenen Fontäne am schwarzen Nachthimmel. Als Seth so dasaß – die Arme um Dru gelegt, die eingekuschelt zwischen seinen Beinen saß – breitete sich eine ungeheure Zufriedenheit in ihm aus.

»Gott, wie habe ich das hier vermisst, als ich in Europa war«, sagte er. »Am vierten Juli im Garten zu sitzen und zuzusehen, wie der Himmel verrückt spielt.« Er legte seine Lippen auf ihren Nacken. »Steht dein Angebot noch, dass wir nachher unser eigenes Feuerwerk veranstalten?«

»Möglich. Wenn du nett zu mir bist, lasse ich dich vielleicht sogar …«

Sie verstummte und blickte im selben Moment wie Seth auf, als sie laute Stimmen vernahm. Er sprang auf die Füße und zog Dru in die Höhe, als auch schon Cam auf sie zugerannt kam.

»Die Bootswerkstatt brennt!«

Die Feuerwehr war bereits damit beschäftigt, den Brand zu bekämpfen. Sämtliche Fensterscheiben waren zerborsten, die Backsteine rings um die leeren Fensterhöhlen verkohlt. Seth stand da, die Hände zu Fäusten geballt, während Wasser in das Gebäude hineingespritzt wurde und gleichzeitig schwarzer Rauch daraus hervorquoll.

Er dachte an all die Arbeit, die in diesem alten Gebäude steckte. An den Schweiß und das Herzblut, das hineingeflossen war, an die wilde Entschlossenheit und den Familienstolz.

Dann bückte er sich und hob den Stöckelschuh auf, der zu seinen Füßen lag. »Der gehört Gloria. Bleib bei Anna und den anderen«, sagte er zu Dru und ging zu seinem Bruder hinüber.

»Kinder haben die Explosion gehört und gesehen, wie der Wagen davongefahren ist.« Cam rieb sich die Augen, die vom

Rauch brannten. »Sie hat die Benzinkanister dagelassen, da dürfte es wohl keine großen Zweifel daran geben, dass es sich um Brandstiftung handelt. Die Polizei hat eine genaue Beschreibung des Wagens. Sie wird nicht weit kommen.«

»Das war wahrscheinlich ihre Rache«, sagte Seth. »Schließlich hatte sie uns angedroht, sich zu rächen.«

»Dann sollte sie sich aber nicht zu früh freuen, denn dieses Mal wird sie ins Gefängnis wandern.«

»Sie hat uns aber erst mal ganz schön eins ausgewischt.«

»Wir sind ja versichert.« Cam starrte auf den geschwärzten Backstein, die niedergetrampelten Büsche, den dicken Rauch, der nach wie vor aus der zerbrochenen Tür und den leeren Fensterhöhlen hervorquoll.

Der Schmerz in seinem Herzen fühlte sich an, als habe man ihm ein Messer hineingestoßen. »Wir haben diese Firma schon einmal aufgebaut, und wir werden es wieder schaffen. Übrigens, falls du vorhast, wieder mit Schuldgefühlen herumzulaufen ...«

»Nein, nein.« Seth schüttelte den Kopf. »Damit bin ich durch.« Er streckte Aubrey, die auf ihn zukam, die Hand entgegen.

»Uns ist nichts passiert.« Sie drückte seine Finger. »Das ist das Einzige, was zählt.« Aber die Tränen auf ihren Wangen stammten nicht alle von dem Rauch.

»Was für eine Schweinerei«, sagte Phillip, der sich ebenfalls zu ihnen gesellte. Sein Gesicht war rußverschmiert, seine Kleidung völlig verdreckt. »Aber das Feuer ist gelöscht. Wir müssen uns unbedingt bei den Kindern bedanken, die die Feuerwehr gerufen haben. Die war ja dann zum Glück in wenigen Minuten zur Stelle.«

»Hast du ihre Namen?«, fragte Cam.

»Ja, hab ich.« Er stieß einen Seufzer aus. »Ethan spricht

gerade mit dem Feuerwehrhauptmann. Er sagt uns Bescheid, wenn wir hineingehen können. Es wird allerdings noch eine Weile dauern, weil erst noch die Untersuchung wegen der Brandstiftung erfolgen muss.«

»Wer von uns redet mit den Frauen, damit sie mit den Kindern nach Hause fahren?«

Phillip steckte die Hand in die Tasche und zog eine Münze hervor. »Kopf, und es ist dein Problem, Zahl, und es ist meins.«

»Abgemacht. Aber ich werde werfen. Deine Finger sind mir immer ein wenig zu flink.«

»Willst du damit etwa sagen, dass ich betrüge?«

»Bei einer solchen Angelegenheit? Mit Sicherheit.«

»Und das vom eigenen Bruder! Das ist ja ganz schön bitter!« Phil reichte Cam die Münze.

»Verdammt«, zischte Cam, als sie nach seinem Wurf Kopf zeigte.

»Jetzt komm bloß nicht auf die Idee, im Nachhinein die Regeln ändern zu wollen. Abgemacht ist abgemacht.«

Mit finsterem Blick warf Cam Phillip die Münze zu und marschierte dann mit gestrafften Schultern zu den Frauen hinüber.

»Tja.« Phillip verschränkte die Arme und betrachtete das Gebäude. »Wir könnten natürlich auch einfach nach Tahiti ziehen und eine Tiki-Bar aufmachen. Dann könnten wir den ganzen Tag angeln, wären braun wie die Eingeborenen, und nachts schliefen wir im Dschungel in den Armen unserer Frauen.«

»Nein, danke. Wenn man auf einer Insel lebt, säuft man am Ende doch immer nur Rum. Und für das Zeug hatte ich noch nie was übrig.«

Phillip schlug Seth mit der flachen Hand auf den Rücken.

»Nun, dann werden wir wohl besser hierbleiben. Bringst du es Ethan bei?« Er nickte zu seinem Bruder hinüber, der gerade über den matschigen Rasen auf sie zukam.

»Es wird keine große Enttäuschung für ihn sein. Er mag nämlich auch keinen Rum.« Aber der Optimismus, an den Seth sich zu klammern versuchte, geriet gefährlich ins Wanken, als er Ethans Gesicht sah.

»Die Polizei hat sie gefasst.« Ethan wischte sich mit dem Unterarm über die verschwitzte Stirn. »Sie saß in einer Bar, gerade mal fünf Meilen außerhalb der Stadt. Wirst du damit klarkommen?«, fragte er Seth.

»Ich schaffe das schon.«

»Na schön. – Vielleicht solltest du jetzt besser dein Mädchen überreden, nach Hause zu fahren. Es wird noch eine lange Nacht werden.«

Es wurde tatsächlich eine lange Nacht, und der Tag, der darauf folgte, wurde ebenso lang. Wahrscheinlich wird es noch einige Wochen dauern, bis »Boats by Quinn« seine Arbeit wieder aufnehmen kann, dachte Seth.

Er stapfte durch die Trümmer des Gebäudes und beklagte gemeinsam mit seinen Brüdern und Aubrey den Verlust des hübschen, halb fertigen Skiffs, von dem nur noch einige verkohlte Teakholz-Reste übrig geblieben waren.

Seth trauerte um seine Zeichnungen, die er von Kindheit an gemalt hatte, und die nun zu Asche verbrannt waren. Er würde sie aus der Erinnerung nachzeichnen, doch er wusste, dass er dabei nicht mehr dieselbe Freude verspüren würde, die er beim ersten Zeichnen empfunden hatte.

Als es nichts mehr zu tun gab, ging er nach Hause, wusch sich und legte sich schlafen.

Es dämmerte bereits, als er am Abend bei Dru eintraf. Er

war immer noch hundemüde, doch sein Kopf war klar. Er hob die Verandaschaukel, die er gekauft hatte, von der Ladefläche des Wagens herunter, den er sich von Cam geliehen hatte. Dann holte er das Werkzeug.

Er schraubte gerade den ersten Haken in die Decke, als Dru zu ihm auf die Veranda trat.

»Du hast doch gesagt, dass du gern eine Schaukel hättest. Und das hier schien mir der richtige Platz dafür zu sein.«

»Er ist perfekt.« Sie kam zu ihm herüber und berührte seine Schulter. »Erzähl mir, wie es gelaufen ist.«

»Deshalb bin ich hergekommen. Tut mir leid, dass ich mich heute tagsüber nicht bei dir gemeldet habe.«

»Du hattest bestimmt viel zu tun. Die halbe Stadt ist heute bei mir im Laden gewesen. Es kam mir schon gestern Nacht so vor, als hätten sich sämtliche Einwohner von St. Chris bei der brennenden Werkstatt versammelt.«

»Man hat uns mehr Hilfe angeboten, als wir jemals in Anspruch nehmen können. Das Feuer hat sich Gott sei Dank nicht bis in den ersten Stock ausgebreitet.«

Das wusste Dru bereits, denn solche Neuigkeiten verbreiteten sich in St. Chris rasend schnell. Aber sie ließ ihn weitererzählen.

»Das Erdgeschoss ist durch das Feuer und das Löschwasser völlig zerstört worden. Wir müssen es komplett ausräumen und neu aufbauen. Das meiste Werkzeug ist unbrauchbar geworden, ein Schiffsrumpf zerstört. Der Kerl von der Versicherung war heute draußen. Von der Seite geht wohl alles klar.«

»Das ist beruhigend.«

Er trat ein Stück zur Seite, um den zweiten Haken zu befestigen. »Sie haben Gloria verhaftet. Die Kinder, die die Feuerwehr gerufen haben, haben den Wagen wiedererkannt, und der Junge, der ihr das Benzin verkauft hat, hat sie identifiziert.

Außerdem sind ihre Fingerabdrücke überall auf den Kanistern, die sie vor dem Gebäude hat liegen lassen. Als sie sie zur Vernehmung mitgenommen haben, trug sie immer noch nur einen Schuh. Schuhe zu verlieren scheint offenbar in dieser Gegend um sich zu greifen.«

»Es tut mir so leid, Seth.«

»Mir auch. Aber ich fühle mich nicht verantwortlich dafür«, fügte er hinzu. »Ich weiß, dass es nicht meine Schuld ist. Alles, was sie geschafft hat, ist, ein Gebäude zu zerstören. Der Familie hat sie aber nichts anhaben können. Wir haben etwas aufgebaut, das sie nicht kaputtmachen kann.«

Er hängte die Kette auf der einen Seite ein und zog probeweise daran. »Aber sie wird wohl nie aufhören, es zu versuchen.«

Er ging zu dem anderen Haken und hängte die zweite Kette ein. »Sie wird ins Gefängnis wandern.« Er sprach im Plauderton, und Dru fragte sich, ob er glaubte, dass sie die Erschöpfung in seinem Gesicht nicht sah. »Aber sie wird sich nicht ändern. Sie wird sich niemals ändern, weil sie nicht imstande ist, sich selbst objektiv zu sehen. Und wenn sie herauskommt, wird sie früher oder später wieder hier auftauchen und einen weiteren Versuch unternehmen, an Geld zu kommen. Sie gehört nun einmal zu meinem Leben, und ich werde lernen müssen, damit umzugehen.«

Er versetzte der Schaukel einen vorsichtigen Stoß, und sie begann hin und her zu schwingen. »Aber es ist schon viel verlangt, dies einem anderen zuzumuten.«

»Das stimmt wohl. – Ich habe übrigens vor, ein offenes Gespräch mit meinen Eltern zu führen. Ich glaube allerdings nicht, dass das viel ändern wird. Sie sind nun einmal allzu besitzergreifende, unzufriedene Menschen, die mich auch in Zukunft als Waffe missbrauchen werden, um einander wehzutun – oder als eine Entschuldigung, ihre Ehe nicht näher unter die Lupe nehmen zu müssen. Sie gehören nun einmal zu meinem Leben, und ich werde lernen müssen, damit umzugehen.«

Sie schwieg für einen Moment, legte den Kopf zur Seite und schaute ihn an. »Aber es ist schon viel verlangt, dies einem anderen zuzumuten.«

»Da magst du wohl recht haben. Hast du Lust, die Schaukel auszuprobieren?«

»Und wie.«

Sie setzten sich und schaukelten sanft vor und zurück, während es um sie herum immer dunkler wurde und das Wasser ans Ufer plätscherte. »Gefällt es dir?«, fragte er.

»Oh ja. Genau hier hätte ich sie auch aufgehängt.«

»Dru?«

»Hm?«

»Willst du mich heiraten?«

Ihre Mundwinkel wanderten in die Höhe. »Ich hatte so etwas in der Art geplant.«

»Ein guter Plan.« Er griff nach ihrer Hand und zog sie an seine Lippen. »Willst du Kinder mit mir haben?«

Tränen brannten in ihren Augen, und sie hielt sie geschlossen, um nicht zu weinen. »Auf jeden Fall. Das sah die zweite Phase meines Plans vor. Du weißt doch, wie gern ich immer alles plane.«

Er drehte ihre Hand um und küsste die Handfläche. »Lass uns hier in diesem Haus am Wasser zusammen alt werden.«

In diesem Moment öffnete sie die Augen und ließ es zu, dass die erste Träne über ihre Wange kullerte. »Du wusstest ganz genau, dass mich das zum Weinen bringen würde.«

»Ich habe dir noch etwas anderes mitgebracht.« Er zog einen schmalen Goldring mit einem kleinen, runden Rubin aus der Tasche. »Er ist eher schlicht, aber er hat Stella gehört – meiner Großmutter.« Er schob ihn ihr über den Finger. »Die Jungs dachten, dass es Stella gefallen hätte, wenn du ihn jetzt trägst.«

»Oh Gott!«

»Was ist?«

Drus Finger schlossen sich fest um die seinen, als sie seine Hand an ihre Wange zog. »Jetzt kann ich bestimmt gar nicht mehr aufhören zu weinen. Das ist das schönste Geschenk, das du mir machen konntest.«

Er küsste sie sanft, zog sie an sich und schlang seine Arme um sie. »Ein sehr kluger Mensch hat mir einmal gesagt, dass man nach vorn schauen muss. Man sollte nicht vergessen, was hinter einem liegt, aber man muss nach vorn schauen. Und damit fange ich jetzt an. Gemeinsam mit dir.«

Werkverzeichnis der im Heyne und Diana Verlag erschienenen Titel von Nora Roberts

© Bruce Wilder

› Zusatzmaterial

HEYNE ‹

Die Autorin

Nora Roberts wurde 1950 in Silver Spring, Maryland, als einzige und jüngste Tochter von fünf Kindern geboren. Ihre Ausbildung endete mit der Highschool in Silver Spring. Bis zur Geburt ihrer beiden Söhne Jason und Dan arbeitete sie als Sekretärin, anschließend war sie Hausfrau und Mutter. Anfang der Siebzigerjahre zog sie mit ihrem Mann und den beiden Kindern nach Maryland aufs Land. Sie begann mit dem Schreiben, als sie im Winter 1979 während eines Blizzards tagelang eingeschneit war. Nachdem Nora Roberts jedes im Haus vorhandene Buch gelesen hatte, schrieb sie selbst eins. 1981 wurde ihr erster Roman *Rote Rosen für Delia* (Originaltitel: *Irish Thoroughbred*) veröffentlicht, der sich rasch zu einem Bestseller entwickelte. Seitdem hat sie über 200 Romane geschrieben, von denen mehr als 400 Millionen Exemplare verkauft wurden; ihre Bücher wurden in mehr als 30 Sprachen übersetzt. Sowohl die Romance Writers of America als auch die Romantic Times haben sie mit Preisen überschüttet; sie erhielt unter anderem den Rita Award, den Maggie Award und das Golden Leaf. Ihr Werk umfasst mehr als 190 New-York-Times-Bestseller, und 1986 wurde sie in die Romance Writers Hall of Fame aufgenommen.

Heute lebt die Bestsellerautorin mit ihrem Ehemann in Maryland.

E-Books

Alle Romane in diesem Werkverzeichnis sind auch als E-Book erhältlich.

Besuchen Sie Nora Roberts auf ihrer Website
www.noraroberts.com

1. Einzelbände

Dunkle Herzen *(Divine Evil)*
Eine New Yorker Bildhauerin erlebt in ihren Albträumen eine »Schwarze Messe«, welche in ihrem Heimatort in Maryland stattfindet. Sie erinnert sich an den grauenvollen Tod ihres Vaters und entschließt sich zur Heimkehr in ihr Elternhaus. Dunkle Mächte werden daraufhin wiedergeweckt.

Erinnerung des Herzens *(Genuine Lies)*
Eine alleinerziehende Mutter und erfolgreiche Autorin soll für eine Filmdiva die Memoiren verfassen. Sie erhält deshalb immer häufiger Drohbriefe, je mehr sich die Diva in ihren brisanten Informationen öffnet.

Gefährliche Verstrickung *(Sweet Revenge)*
Die schöne Adrianne führt ein Doppelleben: bei Tag elegante Society-Lady, bei Nacht gefürchtete Juwelendiebin. Doch all ihre Einbrüche sind bloß Fingerübungen für ihren größten Coup: Sie will jenen Mann bestehlen, der einst ihrer Mutter das Leben zur Hölle machte. Nur einer könnte ihre Pläne zunichtemachen: Philip Chamberlain, Ex-Juwelendieb und Interpol-Agent …

Das Haus der Donna *(Homeport)*
Eine amerikanische Kunstexpertin wird zu einer wichtigen Expertise über eine Bronzefigur aus der Zeit der Medici nach Florenz eingeladen, doch vorher überfallen und mit einem Messer bedroht. Die Echtheit der Figur und der Überfall stehen in einem gefährlichen Zusammenhang.

Im Sturm des Lebens *(The Villa)*

Teresa Giambelli legt die Führung ihrer Weinfirma in die Hände ihrer Enkelin Sophia und in die von Tyker, dem Enkelsohn ihres zweiten Mannes, beide charakterlich sehr unterschiedlich. Als vergiftete Weine der Firma auftauchen, erkennen beide, dass sie gemeinsam für ihre Familie und das Weingut kämpfen müssen.

Insel der Sehnsucht *(Sanctuary)*

Anonyme Fotos beunruhigen die Fotografin Jo Hathaway, und deshalb kommt sie nach Jahren zurück in ihr Elternhaus auf der Insel Desire. Dort findet sie ihren Vater und die Geschwister vor. Jo versucht herauszufinden, weshalb ihre Mutter vor langer Zeit verschwand.

Lilien im Sommerwind *(Carolina Moon)*

South Carolina. Tory Bodeen findet keine Ruhe, seit vor achtzehn Jahren ihre beste Schulfreundin Hope ermordet wurde. Heimlich stellt sie Nachforschungen an, unterstützt von Hopes Bruder. Sie stellen fest, dass Hope das erste Opfer einer Mordserie ist.

Nächtliches Schweigen *(Public Secrets)*

Der Sohn eines umjubelten Bandleaders wird entführt und dabei versehentlich getötet. Die Tochter Emma beobachtet die Untat, stürzt dabei und verliert jede Erinnerung an die Täter. Sie quält sich mit Vorwürfen und versucht mithilfe eines Polizeibeamten, ihr Gedächtnis wiederzuerlangen. Dadurch gerät sie in große Gefahr.

Rückkehr nach River's End *(River's End)*
Auf mörderische Weise verliert die kleine Livvy ihre Eltern, ein Hollywood-Traumpaar. Die Großeltern bieten ihr im friedlichen River's End eine neue Heimat. Jahre später kommen die Erinnerungen und damit die Gefahr, dass bedrohlicher Besuch eintreffen könnte.

Der Ruf der Wellen *(The Reef)*
Auf der Suche nach einem geheimnisumwitterten Amulett vor der Küste Australiens wird James Lassiter bei einem Tauchgang ermordet. Dessen Sohn Matthew und sein Onkel sind weiter auf der Suche, zusammen mit Ray Beaumont und dessen Tochter Tate, und entdecken ein spanisches Wrack.

Schatten über den Weiden *(True Betrayals)*
Nach der Trennung von ihrem Mann erhält Kelsey einen Brief von ihrer totgesagten Mutter. Diese widmet sich seit ihrer Entlassung aus dem Gefängnis der Pferdezucht in Virginia. Kelsey entdeckt dort ihre Wurzeln, verliebt sich, beginnt aber auch in der Vergangenheit ihrer Mutter zu forschen: Weshalb wurde ihr ein mysteriöser Mord zur Last gelegt?

Sehnsucht der Unschuldigen *(Carnal Innocence)*
Innocence am Mississippi ist für die Musikerin Caroline Waverly der richtige Ort der Erholung nach einer monatelangen Tournee mit Beziehungskonflikten. Tucker Longstreet, Erbe der größten Farm in Innocence, verliebt sich in Caroline. Drei Frauen werden innerhalb einiger Wochen ermordet, eine von ihnen war die ehemalige Geliebte von Tucker.

Die Tochter des Magiers *(Honest Illusions)*
Roxanne teilt das geerbte Talent für Magie mit Luke, einem früheren Straßenjungen, den ihr Vater, ein Zauberkünstler, einst aufnahm. Allerdings erleichtern sie Reiche auch um deren Juwelen. Sie werden Partner in der Zauberkunst und in der Liebe. Ein dunkler Punkt in Lukes Vergangenheit lässt ihn verschwinden – Jahre später taucht er wieder auf ...

Tödliche Liebe *(Private Scandals)*
Die erfolgreiche Fernsehmoderatorin Deanna Reynolds hat Glück im Beruf – und in der Liebe mit dem Reporter Finn Riley. Doch eine eifersüchtige Kollegin und anonyme Fanpost machen ihr das Leben schwer.

Träume wie Gold *(Hidden Riches)*
Philadelphia. Die Antiquitätenbesitzerin Dora Conroy kauft eine Reihe von Objekten und gerät damit ins Blickfeld von internationalen Schmugglern. Sie und der ehemalige Polizist Jed Skimmerhorn beginnen, Diebstähle und Todesfälle im Umkreis der geheimnisvollen Lieferung zu untersuchen.

Verborgene Gefühle *(Hot Ice)*
Manhattan. Auf der Flucht vor Gangstern landet der charmante Meisterdieb Douglas Lord im Luxusauto von Whitney. Dabei erfährt sie von Douglas Plan, im Dschungel von Madagaskar einen sagenhaften Schatz zu suchen.

Verlorene Liebe *(Brazen Virtue)*

Zwei Schwestern. Während Grace unbekümmert alleine als Krimiautorin lebt, arbeitet Kathleen als Lehrerin an einer Klosterschule und verdient sich nebenbei Geld mit Telefonsex für den Scheidungsanwalt. Ein lebensgefährlicher Job, denn Grace findet Kathleen mit einem Telefonkabel erdrosselt.

Verlorene Seelen *(Sacred Sins)*

Washington. Blondinen sind die Opfer eines Frauenmörders, die Tatwaffe immer eine weiße Priesterstola. Mithilfe der Psychiaterin Tess Court versucht Police Sergeant Ben Paris die Mordserie aufzuklären. Doch nicht nur er hat ein Auge auf Tess geworfen.

Der weite Himmel *(Montana Sky)*

Montana. Der steinreiche Farmer Jack Mercy verfügte in seinem Testament, dass seine drei Töchter aus drei Ehen erst dann ihren Erbteil erhalten, wenn sie ein Jahr lang friedlich zusammen auf der Farm verbringen. Sie versuchen es, doch in dieser Zeit geschehen auf der Farm mysteriöse Dinge.

Tödliche Flammen *(Blue Smoke)*

Reena Hale ist Brandermittlerin und kennt durch ein schlimmes Kindheitserlebnis die Macht des Feuers. Neben Bo Goodnight interessiert sich noch jemand sehr für sie – allerdings verfolgt dieser Unbekannte ihre Spur, um die Macht des Feuers für seinen Racheplan zu benutzen.

Verschlungene Wege *(Angels Fall)*

Reece Gilmore ist auf der Flucht: vor der Erinnerung und vor sich selbst. Als sie sich endlich in einem Dorf in Wyoming dem einfühlsamen Schriftsteller Brody anvertraut, glaubt sie, zur Ruhe zu kommen. Doch die Vergangenheit holt sie bald ein.

Im Licht des Vergessens *(High Noon)*

Phoebe MacNamara kennt die Gefahr. Geiselnehmer, Amokläufer – kein Problem für die beim FBI ausgebildete Expertin für Ausnahmezustände. Aber erst die Liebe zu Duncan hat sie unverwundbar gemacht. Glaubt sie. Bis sie von einem Unbekannten brutal überfallen wird. Fortan muss sie um ihr Leben fürchten.

Lockruf der Gefahr *(Black Hills)*

Tierärztin Lilian führt auf ihrer Wildtierfarm in South Dakota ein erfülltes, aber auch abgeschiedenes Leben. Fast zu spät erkennt sie die Gefahr, der sie ausgesetzt ist, als ein Mann sie und ihre Familie bedroht. In letzter Minute nimmt sie die Hilfe ihrer Jugendliebe Cooper an. Kann er sie retten?

Die falsche Tochter *(Birthright)*

Als die Archäologin Callie Dunbrook an den Fundort eines fünftausend Jahre alten menschlichen Schädels gerufen wird, ahnt sie nicht, dass dieses Projekt auch ihre eigene Vergangenheit heraufbeschwören wird.

Sommerflammen *(Chasing Fire)*

Die Feuerspringerin Rowan kämpft jeden Sommer erfolgreich gegen die Brände in den Wäldern Montanas. Doch seit ihr Kollege dabei ums Leben kam, plagen sie Schuldgefühle. Hätte sie Jim retten können?

Gestohlene Träume *(Three Fates)*

Tia Marshs Leben gehört der Wissenschaft. Dass das Interesse für griechische Mythologie ihr einmal zum Verhängnis wird, ahnt sie nicht – bis sie Malachi Sullivan begegnet. Der attraktive Ire ist dem Geheimnis dreier Götterfiguren auf der Spur, und nicht nur er will die wertvollen Statuen um jeden Preis besitzen …

Das Geheimnis der Wellen *(Whiskey Beach)*

Eli Landon wird unschuldig des Mordes an seiner Frau verdächtigt. Im Anwesen seiner Familie an der rauen Küste Neuenglands sucht er Zuflucht. Auch seine hübsche Nachbarin, Abra Walsh, will dort ihre schmerzhaften Erinnerungen vergessen. Doch während sich die beiden näherkommen, holt sie die Vergangenheit ein.

2. *Zusammenhängende Titel*

a) Quinn-Familiensaga

– Tief im Herzen *(Sea Swept)*

Maryland. Der Rennfahrer Cameron Quinn kehrt zurück in die Kleinstadtidylle an das Sterbebett seines Adoptivvaters. Dieser bittet ihn, sich mit den beiden Adoptivbrüdern um den zehnjährigen Seth zu kümmern. Er ist ein ebenso schwieriger Junge, wie es Cameron einst war. Hinzu kommt, dass sich die Sozialarbeiterin Anna Spinelli einmischt, um zu prüfen, ob in dem Männerhaushalt die Voraussetzungen für eine Adoption gegeben sind.

– **Gezeiten der Liebe** *(Rising Tides)*

Ethan Quinn übernimmt während der Abwesenheit seiner Brüder die Rolle des Familienoberhaupts. Seine Arbeit als Fischer und die Verantwortung für den elfjährigen Seth binden ihn an die kleine Stadt. Außerdem liebt er Grace Monroe, eine alleinerziehende Mutter, welche den Haushalt der Quinns führt.

– **Hafen der Träume** *(Inner Harbour)*

Gemeinsam kämpfen die drei Quinn-Brüder um das Sorgerecht für Seth, denn sie wissen, dass Seths Mutter eher am Geld als an dem Jungen gelegen ist. Da kommt die Bestsellerautorin Sybill in die Stadt und will unbedingt verhindern, dass Seth von Philipp und seinen Brüdern adoptiert wird.

– **Ufer der Hoffnung** *(Chesapeake Blue)*

Seth Quinn hat sich durch die Fürsorge seiner älteren Brüder zu einem erfolgreichen Maler entwickelt. Als er aus Europa nach Maryland zurückkehrt, wird er von seiner leiblichen Mutter mit der Publikation seiner Kindheitsgeschichte erpresst. Seth lernt Drusilla kennen, welche sich auch nicht mehr mit ihrer leiblichen Familie identifizieren kann.

b) Garten-Eden-Trilogie

– Blüte der Tage *(Blue Dahlia)*

Tennessee. Die Witwe Stella Rothchild kehrt mit ihren kleinen Söhnen in ihre Heimat zurück. Die Gartenarchitektin beginnt, sich ein neues Leben in der Gärtnerei Harper aufzubauen, unterstützt von der Hausherrin Rosalind. Alles ist gut, bis Stella dem Landschaftsgärtner Logan Kitridge begegnet. Doch jemand will diese Verbindung verhindern.

– Dunkle Rosen *(Black Rose)*

Rosalind Harper hat sich in die Arbeit gestürzt, um den Tod ihres Mannes zu überwinden. Besonders der Gartenkunst widmet sie sich. Doch in dem Harperschen Anwesen geht ein Geist um. Rosalind engagiert den Ahnenforscher Mitchell Carnegie, um zu erfahren, um welche übernatürlichen Kräfte es sich dabei handelt.

– Rote Lilien *(Red Lily)*

Hayley Phillips kommt mit ihrer neugeborenen Tochter Lily zu ihrer Cousine Rosalind Harper und findet dort ein neues Heim. Für Rosalinds Sohn Harper empfindet sie tiefe Gefühle, doch dann ergreift eine dunkle Macht von Hayley Besitz.

c) Der Jahreszeiten-Zyklus

– Frühlingsträume *(Vision in White)*

Gemeinsam mit ihren Freundinnen Parker, Laurel und Emma betreibt Mac eine erfolgreiche Hochzeitsagentur. Sie lebt und arbeitet mit den drei wichtigsten Menschen in ihrem Leben – wozu braucht sie da noch einen Mann? Doch als Mac Carter trifft, gerät ihr so gut ausbalanciertes Leben ins Wanken.

– **Sommersehnsucht** *(Bed of Roses)*

Freundschaft und Liebe – das geht nicht zusammen. Zu dumm nur, dass sich Emmas langjähriger Freund Jack völlig überraschend als ihre große Liebe erweist. Nun steckt Emma in der Klemme, zumal sie weiß, wie sehr Jack an seiner Freiheit hängt.

– **Herbstmagie** *(Savor the Moment)*

Laurel verliebt sich in den smarten Staranwalt Del, den Bruder ihrer Freundin Parker. Er ist für sie die Liebe ihres Lebens, aber sieht der heißbegehrte Junggeselle das ebenso?

– **Winterwunder** *(Happy Ever After)*

Parker ist anscheinend mit ihrem Beruf verheiratet – bis Malcolm in ihr Leben tritt. Aber wie soll sie mit ihm eine Beziehung führen, wenn er sich weigert, über seine Vergangenheit zu sprechen?

d) Die O'Dwyer-Trilogie

– **Spuren der Hoffnung** *(Dark Witch)*

Iona verlässt Baltimore, um sich im sagenumwobenen County Mayo auf die Suche nach ihren Vorfahren zu machen. Als sie den attraktiven Boyle trifft, bietet er ihr an, auf seinem Gestüt zu arbeiten. Schnell spüren beide, dass sie mehr verbindet als die gemeinsame Leidenschaft für Pferde. Doch dann droht ein dunkles Familiengeheimnis das Glück der beiden zu zerstören.

– **Pfade der Sehnsucht** *(Shadow Spell)*

Ionas Cousin Connor O'Dwyer hat die Frau fürs Leben noch nicht gefunden, doch auf wundersame Weise fühlt er sich immer mehr zur leidenschaftlichen Meara hingezogen. Das Glück wird getrübt, als Cabhan, der alte Feind der Familie, Meara benutzt, um sie alle zu vernichten. Hält der Kreis der Freunde dieser Herausforderung stand?

– **Wege der Liebe** *(Blood Magick)*

Branna und Fin waren schon mit 17 ein Paar, doch dann ist ihre Liebe zerbrochen. Branna liebt Fin zwar noch immer, sie fühlt sich aber von ihm verraten und misstraut ihm seither. Doch sie gehören beide zum magischen Kreis der Freunde und kämpfen gemeinsam gegen Cabhan, den unversöhnlichen Feind des O'Dwyer-Clans. Aber welche Rolle spielt Fin eigentlich in diesem Kampf? Ist er in die Machtspiele seines Vorfahren verwickelt, oder steht er aufseiten von Iona, Connor und Branna?

3. Sammelbände

a) Die Unendlichkeit der Liebe

(Drei Romane in einem Band)

Auch als Einzeltitel erschienen:

– **Heute und für immer** *(Tonight and Always)*
Kasey gewinnt das Herz von Jordan und seiner Nichte Alison, aber jetzt fürchtet Großmutter Beatrice, dass sie die Macht über ihre Familie verliert.

– **Eine Frage der Liebe** *(A Matter of Choice)*
Ein Antiquitätenladen im Herzen Neuenglands. Ohne Jessicas Wissen dient er einer internationalen Schmugglerbande als Umschlagplatz für Diamanten. Zu ihrem Schutz reist der New Yorker Cop James Sladerman nach Connecticut, wo ihm Jessica die Ermittlungen aus der Hand nimmt.

– **Der Anfang aller Dinge** *(Endings and Beginnings)*
Die beiden erfolgreichen Fernsehjournalisten Olivia Carmichael und T.C. Thorpe sind erbitterte Konkurrenten im Kampf um die neuesten Meldungen. Sie kommen sich näher, doch da gibt es einen dunklen Punkt in Olivias Vergangenheit.

b) Königin des Lichts
(A Little Fate)

(Drei Fantasy-Kurzromane in einem Band)

– Zauberin des Lichts *(The Witching Hour)*
Aurora muss den Königsthron zurückerobern, nachdem Lorcan ihre Eltern getötet und ihre Heimatstadt zerstört hat. Verkleidet gelangt sie an den Hof des Tyrannen. Dort trifft sie auf dessen Stiefsohn Thane und verliebt sich.

– Das Schloss der Rosen *(Winter Rose)*
Der schwer verletzte Prinz Kylar wird von Deidre, Königin der Rosenburg, auf welcher ewiger Winter herrscht, gerettet und gepflegt. Dafür will Kylar die Rosenburg von ihrem Fluch befreien.

– Die Dämonenjägerin *(World Apart)*
Kadra ist auf der Jagd nach den Bok-Dämonen. Dabei erfährt sie, dass sich der Dämonenkönig Sorak des Tors zu einer anderen Welt bemächtigt hat. Um beide Welten vor dem Untergang zu bewahren, folgt sie Sorak dorthin. Sie landet mitten in New York, in der Wohnung von Harper Doyle. Sie braucht seine Hilfe.

c) Im Licht der Träume
(A Little Magic)

(Drei Romane in einem Band)

– Verzaubert *(Spellbound)*

Der amerikanische Fotograf Calin Farrell begegnet im Schlaf der Hexe Bryna, welche ihn um Hilfe bittet, und wird dazu bewegt, nach Irland zu reisen, ins Land seiner Vorfahren. Dort kommt er dem Rätsel auf die Spur: Die Vorfahren von Calin und Bryna waren vor tausend Jahren ein Paar. Doch der Magier Alasdir hatte ihr Leben zerstört – und er versucht es aufs Neue.

– Für alle Ewigkeit *(Ever After)*

Allena aus Boston soll eigentlich ihrer Schwester in Irland helfen. Durch Zufall verbringt sie stattdessen einige Tage im Haus von Conal O'Neil. Die offenbar zufällige Begegnung scheint vom Schicksal vorbestimmt zu sein, denn die beiden fühlen sich stark zueinander hingezogen.

– Im Traum *(In Dreams)*

Die Amerikanerin Kayleen landet durch einen Sturm im Haus des Magiers Draidor. Kayleen verliebt sich sofort in Draidor, und er bereitet ihr einen im wahrsten Sinne des Wortes zauberhaften Aufenthalt.